Les Pêcheurs
de
coquillages

ROSAMUNDE PILCHER

Les Pêcheurs de coquillages

Traduit de l'anglais par
Claire Fargeot et Jean-André Rey

FRANCE LOISIRS
123, boulevard de Grenelle, Paris

Ce livre a été publié sous le titre original
THE SHELL SEEKERS
par St. Martin's Press, New York

Édition du Club France Loisirs, Paris,
avec l'autorisation des Éditions Belfond

ISBN 2-7242-6234-4

A mes enfants et petits-enfants

Prologue

Le taxi — une Rover d'un vieux modèle — bringuebalait sur la route à une allure poussive. Février tirait à sa fin. La terre gelée scintillait sous le pâle soleil hivernal. Çà et là, de minces colonnes de fumée s'élevaient des fermes ; les moutons se serraient frileusement autour des abreuvoirs.

Pénélope Keeling s'adossa à la banquette avec un soupir d'aise. Jamais, songea-t-elle, ce paysage pourtant familier ne lui avait paru si beau.

Au carrefour, le véhicule ralentit, freina en émettant un crissement de pneus, tourna et descendit la colline.

Temple Pudley était un village typique des Cotswolds, aux massives maisons de pierre grise entourant l'église et son cimetière. Dans les rues désertes — les enfants n'étaient pas encore rentrés de l'école —, seul un vieil homme en mitaines bravait le froid, avec son chien.

— Où habitez-vous ? demanda le chauffeur par-dessus son épaule. Pénélope se pencha, le cœur battant. Bientôt chez elle, enfin !

— Un peu plus loin, sur la droite. Une barrière blanche... Voilà, c'est ici !

Le taxi s'engagea dans l'allée et s'arrêta devant la maison, baptisée Podmore's Thatch.

Emmitouflée dans sa cape, Pénélope s'extirpa du véhicule et fouilla dans son sac pour chercher ses clefs. Le chauffeur sortit sa valise du coffre puis la regarda, les sourcils froncés.

— Personne n'est venu vous accueillir ?

— Non ! Je vis seule et tout le monde me croit à l'hôpital.

— Seule ? Dans ce cas... Prenez bien soin de vous !

Il avait l'air si jeune, avec sa chevelure ébouriffée !

— C'est promis, assura-t-elle en souriant.

— Je vais vous aider à porter votre valise, déclara-t-il d'autorité.

Ils traversèrent la cuisine et s'engagèrent dans l'escalier menant à l'étage. La demeure embaumait la cire. Mme Plackett — que Dieu la bénisse ! — n'avait pas perdu son temps. En fait, elle appréciait les absences de Pénélope, qu'elle mettait à profit pour lessiver les balustrades ou astiquer les cuivres et l'argenterie.

Pénélope entra dans sa chambre, le jeune homme sur les talons.

— Puis-je faire autre chose pour vous ? demanda-t-il.

— Non, vraiment rien. Je vous remercie. Combien vous dois-je ?

Il répondit, l'air un peu embarrassé. Amusée, elle le régla, lui dit de garder la monnaie, puis le raccompagna au rez-de-chaussée.

Il répugnait encore à partir, comme s'il se sentait responsable du sort de la vieille dame. Peut-être avait-il une grand-mère à qui elle ressemblait ?

— Êtes-vous sûre de n'avoir besoin de rien ?

— Certaine. D'ailleurs mon amie Mme Plackett doit venir demain. Vous voyez, je ne serai plus seule.

Le visage du jeune homme s'éclaira.

— Parfait... Alors je m'en vais.

— Au revoir, et merci encore !

Elle referma derrière lui. Seule chez elle, enfin... Quel soulagement ! Elle retrouvait sa maison, ses affaires, sa cuisine. Le poêle à pétrole ronronnait. Il régnait une douce chaleur. Après avoir dégrafé sa cape, elle la laissa glisser sur le dossier d'une chaise. Une pile de courrier attendait sur la table. Elle la parcourut, n'y vit rien d'intéressant, la reposa et passa dans le jardin d'hiver attenant. Ces derniers jours, elle avait souvent redouté que ses plantes ne souffrent du gel ou de la soif. Dieu merci, Mme Plackett avait veillé à cela comme au reste. La terre des pots était humide, les feuilles d'un vert luisant. Un géranium précoce s'ornait même de jeunes pousses. Derrière la verrière, les arbres du jardin dressaient encore leur dentelle noirâtre vers le ciel, mais les premiers aconits perçaient au pied du grand chêne.

Quittant le jardin d'hiver, elle regagna l'étage pour défaire ses bagages. Cependant, toute au bonheur d'être de retour, elle se laissa distraire et se mit à déambuler d'une pièce à l'autre, arrangeant un rideau ici, caressant un meuble là. Tout était à sa place, paisible... Elle redescendit, prit la pile de courrier et, cette fois, traversa la salle à manger jusqu'au salon. La pièce, sa préférée, contenait tout ce qu'elle avait de plus cher : son secrétaire, ses tableaux, ses fleurs. S'approchant de l'âtre, elle craqua une allumette pour embraser le menu bois ; puis, après avoir empilé des bûches, elle regarda les flammes s'élever. La maison vivait de nouveau... Désormais, elle n'avait plus aucune excuse. Il fallait téléphoner à l'un de ses enfants afin de lui raconter ce qu'elle avait fait.

Oui, mais lequel ? Elle s'assit pour mieux réfléchir. En théorie, elle aurait dû appeler Nancy, l'aînée, si sérieuse, si consciente de ses devoirs filiaux. Seulement voilà : Nancy serait horrifiée, elle s'affolerait, se répandrait en récriminations. Non ! Pénélope n'avait pas encore assez d'énergie pour affronter Nancy.

Noël ? Après tout, c'était l'homme de la famille. Mais elle sourit malgré elle, tant lui semblait absurde l'idée d'attendre de lui le moindre conseil, le moindre avis sensé. « J'ai décidé de quitter l'hôpital, Noël, et je suis rentrée à la maison. » Ce à quoi il répondrait, selon toute probabilité : « Ah bon ? »

Pénélope fit donc ce par quoi elle aurait dû commencer. Elle décrocha son téléphone et composa le numéro d'Olivia, à son bureau londonien.

— Bonjour, ici *Véé-nus* !

La standardiste psalmodiait toujours le nom du magazine.

— Je voudrais parler à Olivia Keeling, s'il vous plaît.

— Un instant.

Pénélope attendit. Une seconde voix se fit entendre.

— Bonjour. Le secrétariat de Mlle Keeling.

Appeler Olivia était à peu près aussi aisé que joindre le président des États-Unis.

— Je désire parler à Mlle Keeling en personne.

— Je suis désolée. Mlle Keeling est en réunion...

— Autour d'une table ronde, ou dans son propre bureau?

— Eh bien... dans son bureau, mais elle reçoit quelqu'un.

— Dans ce cas prévenez-la, je vous prie. Je suis sa mère et c'est très urgent.

— Si vous pouviez patienter...

— Impossible, répliqua Pénélope. Je n'en ai pas pour longtemps.

— Très bien.

Il y eut une nouvelle pause puis, enfin, Olivia.

— Excuse-moi de te déranger, Olivia...

— Quelque chose ne va pas, Maman?

— Non, tout va très bien.

— Dieu merci! Tu appelles de l'hôpital?

— Non! De chez moi.

— De *chez toi*? Quand donc es-tu rentrée?

— Aujourd'hui à deux heures et demie, environ.

— Ne devait-on pas te garder une semaine?

— Si! Seulement je m'ennuyais. Je ne pouvais pas fermer l'œil de la nuit. La vieille dame, à côté de moi, ne cessait de bavarder... Je devrais dire de délirer, la pauvre femme. Bref, j'ai expliqué au médecin que j'en avais par-dessus la tête, j'ai plié bagage et je suis partie.

— De ton propre chef, commenta Olivia d'un ton résigné, sans la moindre surprise.

— Exactement. Et je me porte comme un charme. Un chauffeur de taxi fort gentil m'a raccompagnée.

12

Les Pêcheurs de coquillages

— Mon Dieu, Maman, tu es incorrigible, s'écria Olivia en riant. Moi qui allais venir te voir à l'hôpital ce week-end. Avec des kilos de raisin que j'aurais mangés moi-même.

— Tu pourrais les apporter ici, suggéra Pénélope qui s'en repentit aussitôt, craignant de paraître regretter sa solitude, d'implorer la présence de sa fille.

— A vrai dire... si tu te sens bien, j'aimerais autant remettre de quelques jours. Je suis très occupée. As-tu prévenu Nancy ?

— Pas encore. J'y ai songé, puis renoncé. Elle complique tant les choses ! Je l'appellerai demain, lorsque Mme Plackett sera là.

— Promets-moi de ne pas te fatiguer, de ne pas recommencer à arracher des souches dans le jardin.

— Aucun risque. La terre est bien trop dure pour l'instant !

— Alors, c'est parfait. Écoute, Maman, je dois te laisser. Je suis avec un collègue...

— Je sais, ta secrétaire me l'a dit. Pardonne-moi de t'avoir dérangée. Je voulais te mettre au courant.

— Tu as bien fait. Rappelle-moi et soigne-toi bien, surtout.

Après avoir raccroché, Pénélope s'enfonça dans son fauteuil. Voilà ! Elle n'avait plus rien à faire. Elle se rendit soudain compte qu'elle était lasse, mais d'une lassitude agréable, comme apaisée par l'ambiance familière de la demeure. Pour la première fois depuis des années, elle éprouvait une sensation de pur bonheur, sans raison précise. C'est parce que je suis vivante, songea-t-elle. J'ai soixante-quatre ans, je viens d'avoir — à en croire ces idiots de médecins — un infarctus, et j'ai survécu. Mais c'est du passé, à présent. Je n'en parlerai plus, je n'y penserai plus, jamais. Je peux voir, toucher, entendre, profiter de la vie. Il y a des aconits et des perce-neige dans le jardin ; le printemps ne tardera plus. Je le verrai naître. Je contemplerai ce miracle toujours renouvelé. Je sentirai la chaleur croître, semaine après semaine. Et je ferai moi-même partie de ce miracle...

Elle se rappela une belle histoire sur Maurice Chevalier. « Quel

13

effet cela fait-il d'avoir soixante-dix ans ? » lui avait-on demandé. « Ce n'est pas trop mal, avait-il répondu, si l'on songe à ce qui nous attend. »

Mais Pénélope Keeling se sentait mille fois mieux que « pas trop mal ». La vie, désormais, n'était plus un simple fait banal, qui allait de soi sans qu'on y réfléchisse ; c'était un don, une grâce, et chaque nouveau jour s'annonçait comme une promesse savoureuse. Je ne gaspillerai pas un seul instant, se jura-t-elle. Elle ne s'était jamais sentie aussi forte, aussi optimiste. Comme si elle eût été jeune de nouveau, que tout recommençât et qu'un merveilleux événement dût advenir.

Chapitre 1
Nancy

NANCY Chamberlain en avait parfaitement conscience. Lorsqu'elle se lançait dans les occupations les plus simples, les plus innocentes, une montagne de complications se dressait aussitôt sur son chemin.

Ce matin, par exemple. Une banale journée de mars. Tout ce qu'elle avait à faire — ce qu'elle avait *prévu* de faire —, c'était prendre le train de neuf heures quinze de Cheltenham à Londres, déjeuner avec sa sœur Olivia, passer chez Harrods, peut-être, puis rentrer chez elle. Était-ce un programme si extravagant ? Non ; un simple rendez-vous pour discuter de la situation, envisager des décisions. Pourtant, dès l'instant où elle avait fait allusion à ses projets, elle n'avait rencontré chez ses proches que des objections ou, pis, une totale indifférence.

La veille au soir, après avoir téléphoné à Olivia, elle s'était mise en quête de ses enfants. Elle les avait trouvés dans le petit salon qu'elle appelait, par euphémisme, la bibliothèque. Vautrés sur le sofa, près du feu, ils regardaient la télévision.

— Je dois aller à Londres demain, mes chéris. Tante Olivia et moi avons à parler de grand-mère Pen...

— Si tu vas à Londres, qui emmènera Éclair chez le maréchal-ferrant ?

C'était Mélanie qui venait de parler. L'œil rivé sur le chanteur

15

de rock qui se trémoussait sur l'écran, elle mâchonnait l'extrémité de sa queue de cheval. Elle avait quatorze ans, et, se répétait sa mère, traversait « l'âge ingrat ».

— Je demanderai à Croftway de s'en charger. Il devrait très bien s'en tirer.

Croftway, leur jardinier-homme à tout faire, habitait avec son épouse au-dessus des écuries. Il détestait les chevaux, ne cessait de les rudoyer et les terrorisait, mais il avait pour tâche de s'en occuper et Nancy se plaisait à l'appeler parfois le « palefrenier ».

Rupert, âgé de onze ans, protesta à son tour.

— J'ai dit à Tommy Robson que j'irai prendre le thé chez lui, demain. Je dois lui emprunter des magazines de football. Comment rentrerai-je si tu n'es pas là ?

C'était la première fois qu'il en parlait. Refusant de perdre son sang-froid, consciente que la moindre objection lui vaudrait un chœur de lamentations et de « ce n'est pas juste ! » elle répliqua le plus calmement possible qu'il pourrait revenir en bus.

— Mais cela m'oblige à marcher depuis le village !

— Il y a cinq cents mètres, à peine.

Elle sourit, essayant de l'amadouer.

— Pour une fois, tu n'en mourras pas !

Elle espéra en vain un sourire en retour. Il se remit à fixer l'écran, maussade.

Elle attendit. N'allaient-ils pas s'enquérir de leur grand-mère, s'inquiéter de sa santé ? Ou au moins quémander des cadeaux de Londres ? Mais non. Ils s'étaient enfermés dans un silence boudeur. Elle quitta la pièce. Aussitôt, l'atmosphère glaciale du hall la saisit.

On sortait d'un hiver rigoureux. De temps à autre, Nancy répétait avec conviction à qui voulait l'entendre que le froid ne la gênait pas. Elle n'était pas frileuse et, d'ailleurs, pouvait-on avoir froid dans sa propre maison, où il y avait toujours tant à faire ?

Ce soir, pourtant, le vent qui s'engouffrait sous la porte d'entrée la fit frissonner. Elle serra son cardigan contre elle, découragée. Non seulement ses enfants s'étaient montrés désagréables, mais elle devait maintenant affronter la redoutable Mme Croftway, à la cuisine...

Ils habitaient une très vieille maison, un presbytère de l'époque du roi George, dans un village pittoresque des Cotswolds. Une adresse élégante, qu'elle donnait avec fierté aux commerçants. « Vous mettrez cela sur mon compte. Mme George Chamberlain, Le Vieux Presbytère, Bamworth, Gloucestershire... » Elle avait même fait imprimer un coûteux papier à lettres bleu pâle, chez Harrods. Les détails de ce genre lui importaient beaucoup, parce qu'ils faisaient impression.

Elle et George s'étaient installés là juste après leur mariage. Peu de temps avant, le pasteur qui occupait la demeure avait informé ses supérieurs que ses maigres revenus lui interdisaient désormais d'entretenir à la fois sa nombreuse famille et cette immense et inconfortable bâtisse. L'archidiacre venu en visite ayant contracté une pneumonie dont il avait failli mourir, le diocèse s'était enfin résolu à construire un nouveau presbytère. Un bungalow de brique neuf se dressait désormais à l'autre bout du village, et le vieil édifice avait été mis en vente.

George et Nancy l'avaient acheté. « Nous avons sauté sur l'occasion ! » expliquait Nancy à ses amis comme s'ils avaient déployé un flair remarquable. Elle s'aperçut seulement par la suite qu'ils l'avaient eu pour un prix dérisoire parce que personne d'autre n'en voulait.

— Il y a beaucoup de travaux à faire, bien sûr, mais c'est une maison délicieuse, d'un style très pur... un grand terrain... des enclos, des étables... à une demi-heure de Cheltenham et du bureau de George. L'idéal, en fait.

Oui, l'idéal. Pour Nancy, qui avait grandi à Londres, la demeure concrétisait tous ses rêves d'adolescente, nourris de la lecture de Barbara Cartland et de Georgette Heyer. Le bal des Débutantes, un mariage en blanc avec demoiselles d'honneur, sa photographie dans le *Tatler*, un notable pour époux, telles étaient alors ses modestes ambitions. Elle avait eu tout cela, sauf le bal, et elle régnait maintenant sur un domaine des Cotswolds, avec un cheval à l'écurie et un vaste jardin pour les fêtes de la paroisse. Elle avait les amis qu'il fallait, les chiens qu'il fallait ; George, responsable local du parti conservateur, lisait le sermon chaque dimanche matin.

Au début, tout s'était déroulé à la perfection. Ils ne manquaient pas d'argent à cette époque. Ils avaient restauré la vieille maison, installé le chauffage central, Nancy avait meublé les pièces en style victorien et drapé sa chambre à coucher d'une profusion de chintz. Au fil des années, cependant, l'inflation s'était envolée. Le prix du fuel, les gages des domestiques avaient grimpé en flèche. L'entretien de la demeure augmentait sans cesse, et Nancy se disait parfois qu'ils avaient peut-être vu trop grand.

Comme si cela ne suffisait pas, ils devaient faire face maintenant à de lourdes dépenses d'éducation. Mélanie et Rupert étaient tous les deux externes dans des écoles privées de la région. Mélanie fréquenterait sans doute la sienne jusqu'au baccalauréat, mais Rupert devait partir pour Charlesworth, le collège où son père l'avait inscrit le lendemain même de sa naissance. George avait bien souscrit alors une assurance spéciale, mais le capital couvrait désormais à peine − en 1984 − un simple trajet en train.

Un jour, Nancy s'était confiée à sa sœur, comptant sur les conseils avisés d'une femme d'affaires. Mais Olivia ne lui avait témoigné aucune sympathie.

− Ces collèges privés sont un anachronisme, avait-elle déclaré. Envoie-le donc au lycée, qu'il se frotte un peu aux gens ordinaires. Cela lui sera plus utile, à longue échéance, que de rester confiné dans des traditions archaïques.

C'était hors de question. Ni George ni Nancy n'auraient supporté de confier leur seul fils à un établissement public. Dans son for intérieur, Nancy aurait même aimé l'inscrire à Eton. Elle s'imaginait en chapeau à fleurs, assistant aux garden-parties du

18

prestigieux collège... Non, Charlesworth était le minimum qu'ils puissent envisager.

— Nous ne ferons rien de tel, avait-elle affirmé d'un ton sec.

— Qu'il décroche une bourse, alors. C'est à lui d'agir. A quoi bon vous saigner aux quatre veines pour ce garçon ?

Mais Rupert n'était pas bon élève. Il n'avait aucune chance d'obtenir une bourse, et ses parents le savaient.

— Dans ce cas, avait conclu Olivia que le sujet ennuyait, vous n'avez à mon avis pas d'autre solution que de vendre le presbytère pour acheter une maison moins grande. Pense à toutes les économies que vous feriez.

Cette perspective horrifiait Nancy plus encore que l'idée de mettre son fils dans un lycée d'État. D'abord, ce serait renoncer à tout ce pour quoi elle avait lutté. Ensuite, une voix intérieure lui soufflait qu'une fois la famille installée dans la banlieue de Cheltenham et privée de son cheval, du comité conservateur, des gymkhanas et des fêtes de la paroisse, elle perdrait tout intérêt aux yeux de leurs amis bien nés et, livrée à elle-même, glisserait dans un redoutable anonymat.

Elle frissonna une fois de plus, se ressaisit puis, chassant ces visions lugubres, se dirigea d'un pas ferme vers la cuisine. Là, du moins, un poêle répandait une chaleur réconfortante. Quel dommage qu'ils ne puissent pas tous vivre dans cette pièce, songeait-elle parfois, surtout à cette époque de l'année. D'autres familles auraient succombé sans hésiter à la tentation... Mais ils n'étaient pas n'importe qui. Lorsque, petite fille, Nancy résidait encore dans la grande maison d'Oakley Street, à Londres, sa mère — Pénélope Keeling — se tenait en permanence dans sa cuisine. C'est là qu'elle préparait de substantiels repas, écrivait son courrier, élevait ses enfants, ravaudait, et recevait ses innombrables hôtes. Or, Nancy avait toujours eu un peu honte de sa mère, de ce mode de vie chaleureux mais bohème. Dès l'enfance, elle avait juré qu'en se mariant elle aurait un salon et une salle à manger, comme les autres. Et qu'elle mettrait le moins possible les pieds à la cuisine.

Par bonheur, George partageait ses opinions. Certes, quelques années plus tôt, ils s'étaient résolus, après une sérieuse discussion, à prendre le petit déjeuner à la cuisine, jugeant qu'un confort accru valait bien une légère baisse de standing ; mais ils se refusaient à aller plus loin. En conséquence, on servait le déjeuner et le dîner dans l'immense salle à manger à haut plafond, sur une table disposée selon les règles de l'art. Quand elle recevait, deux ou trois heures avant le début du repas, Nancy allumait le radiateur électrique et n'avait jamais compris pourquoi les femmes arrivaient drapées dans leur châle. Un soir même — elle ne l'oublierait jamais — elle avait deviné, sous le smoking d'un hôte, la présence irréfutable d'un épais pull-over. On ne l'avait jamais plus invité.

Mme Croftway, devant l'évier, pelait des pommes de terre pour le dîner. C'était une personne très collet monté (infiniment plus que son butor de mari), qui portait un tablier blanc comme si cela eût suffi à rendre sa cuisine digne de celle d'un chef. Ce n'était pas le cas, mais du moins sa présence signifiait-elle que Nancy n'avait pas à se charger elle-même du dîner.

Nancy se décida.

— Euh, madame Croftway, il y a un léger changement de programme. Je dois déjeuner demain avec ma sœur, à Londres. Nous avons à discuter de ma mère.

— Je la croyais sortie de l'hôpital.

— C'est exact, mais j'ai parlé à son médecin et il affirme qu'elle n'est plus en état de vivre seule. Certes, elle s'est très bien remise de son infarctus, seulement on ne sait jamais...

Elle donnait ces détails non pour se faire plaindre, mais pour se gagner les bonnes grâces de Mme Croftway qui, elle le savait, adorait disserter sur les maladies.

— Quand ma mère a eu une crise cardiaque, déclara la

20

cuisinière, elle est devenue toute bleue, avec les mains si gonflées qu'on a dû couper son alliance.

— Je ne le savais pas.

— Elle ne pouvait plus rester seule. Je l'ai fait venir chez nous et lui ai donné la meilleure chambre, mais c'était une vraie torture, croyez-moi. Elle cognait par terre avec sa canne. Je devais sans cesse monter et descendre l'escalier. J'étais épuisée. Le médecin l'a mise à l'hôpital et elle y est morte.

Ainsi s'achevait la déprimante saga. Mme Croftway retourna à ses pommes de terre. Nancy reprit d'un air gêné :

— Je suis désolée. Quel malheur pour vous... Était-elle très âgée ?

— Quatre-vingt-six ans moins une semaine.

— Ma mère n'a que soixante-quatre ans, répondit Nancy. Elle n'aura aucune séquelle, j'en suis sûre.

Mme Croftway jeta une pomme de terre dans la casserole et se tourna vers Nancy. Elle regardait rarement les gens en face ; mais quand cela arrivait, ses yeux pâles et étrangement fixes déconcertaient son interlocuteur.

Son opinion sur cette Mme Keeling, la mère de Nancy, était arrêtée. Elle ne l'avait rencontrée qu'une fois, et cela lui avait suffi. Une grande femme aux yeux noirs, l'air d'une gitane, affublée d'oripeaux qu'on aurait mieux vus à une vente de charité. Et têtue, avec cela, insistant toujours pour venir laver la vaisselle à la cuisine, alors que Mme Croftway avait ses habitudes et détestait être dérangée.

— C'est drôle qu'elle ait eu une crise cardiaque, fit-elle observer. Elle m'avait paru solide.

— Oui, nous avons tous eu un grand choc, ajouta Nancy d'un ton pieux, comme si sa mère était déjà morte et qu'il convînt d'en parler avec tact.

Mme Croftway fit la moue.

— Soixante-quatre ans ? Je lui en aurais donné pour le moins soixante-dix. Mais alors, quel âge avez-vous donc ?

Elle dépassait les bornes. Quelle grossièreté! Nancy se raidit, le rouge aux joues. Si seulement elle avait eu le courage de riposter avec vigueur! Hélas! Mme Croftway risquerait de donner son congé. Et comment se débrouillerait-elle alors avec les chevaux, la maison, sa famille à nourrir?

— Je... (Elle bredouillait et dut s'éclaircir la gorge avant de répondre :) J'ai quarante-trois ans.

— Pas plus? J'aurais plutôt dit la cinquantaine...

Nancy eut un petit rire, pour tourner les choses à la dérision.

— Voilà qui n'est pas très flatteur, madame Croftway.

— Votre poids, voilà le problème. C'est cela qui vous vieillit. Vous devriez suivre un régime. En outre, grossir est mauvais pour la santé. C'est *vous* qui aurez une crise cardiaque, la prochaine fois.

Je vous déteste, madame Croftway. Je vous déteste!

— Il y a un très bon régime dans le *Woman's Own* de cette semaine. Un jour un pamplemousse, le lendemain un yaourt. A moins que ce ne soit l'inverse... Je peux vous l'apporter, si vous voulez.

— Vous êtes très aimable. (La voix de Nancy tremblait. Elle prit une profonde inspiration et tenta de reprendre le contrôle de la situation.) Ce dont je voulais vous entretenir, madame Croftway, c'est de la journée de demain. Je dois prendre le train de neuf heures quinze. Je n'aurai pas le temps de faire beaucoup de rangement, je m'en remets à vous... Par ailleurs, auriez-vous l'extrême bonté de nourrir les chiens? Je préparerai leurs bols. Ensuite, peut-être, une petite promenade dans le jardin... Et aussi, — elle se hâta de couper court aux objections — si vous vouliez bien laisser le message à M. Croftway... demandez-lui d'emmener Éclair chez le maréchal-ferrant. Cela m'ennuierait de devoir remettre le ferrage.

— Oh! pour cela, dit Mme Croftway d'un ton sceptique, je ne sais s'il pourra se débrouiller seul avec cet animal.

— Je suis sûre que si, il l'a déjà fait. Et pour demain soir, à mon retour, peut-être pourrions-nous avoir de l'agneau pour dîner ? Ou des côtelettes, avec les délicieux choux de Bruxelles de M. Croftway ?

Nancy ne trouva le temps de parler à George qu'après le dîner. Avant cela, elle avait prévenu par téléphone la femme du pasteur qu'elle n'assisterait pas au comité féminin du lendemain, surveillé les devoirs des enfants, aidé Mélanie à chercher ses chaussons de danse... Quand elle rejoignit enfin son mari, il était installé dans la bibliothèque avec son journal et un verre de whisky, comme tous les soirs.

Nancy referma la porte. Plongé dans la lecture du *Times*, George ne leva pas les yeux. Elle se servit un whisky à son tour et alla s'asseoir face à lui, dans un fauteuil. Elle devait se dépêcher avant qu'il n'allumât la télévision pour les informations... et ne devînt sourd à tout entretien.

— George ? Peux-tu m'écouter une minute, s'il te plaît ?

Il acheva la lecture de son article, puis posa son journal avec réticence. Ses cheveux rares et grisonnants, ses verres sans monture et son costume sombre lui donnaient l'air d'un vieux monsieur. Bien qu'il n'eût guère plus de cinquante ans, il s'imaginait qu'une tenue austère convenait mieux à sa profession d'avoué et inspirait confiance à ses clients. Nancy ne pouvait s'empêcher de penser, pour sa part, qu'un veston de tweed élégant et des lunettes d'écaille n'auraient sûrement pas nui aux activités de la firme Chamberlain, Plantwell & Richards. Au contraire ! Depuis qu'une autoroute la reliait à Londres, la région était devenue très recherchée. Les résidences secondaires se multipliaient. Les promoteurs immobiliers réalisaient des affaires d'or. Des boutiques de luxe s'ouvraient dans les villages les plus reculés. Nancy comprenait mal pourquoi Chamberlain, Plantwell & Richards n'auraient pu tirer eux aussi profit de cet afflux de clientèle. Mais George était tellement vieux jeu ! Le progrès le terrifiait et il se raccrochait aux traditions de toutes ses forces.

— Je t'écoute, grommela-t-il. Qu'y a-t-il ?

— Demain, je déjeune à Londres avec Olivia. Nous devons parler de Mère.

— Allons bon ! Quel est le problème, à présent ?

— Voyons, George, tu le sais très bien. Son médecin affirme qu'elle ne peut plus vivre seule.

— Et quelles sont vos intentions ?

— Eh bien... nous voudrions qu'elle prenne une dame de compagnie.

— Pénélope n'aimera pas cela.

— Seulement voilà : en admettant que nous trouvions quelqu'un, Mère pourra-t-elle se permettre une telle dépense ? De nos jours, une gouvernante qualifiée exige quarante à cinquante livres par semaine. Je sais que Mère a tiré une grosse somme de la vente d'Oakley Street et n'a presque pas eu de frais pour Podmore's Thatch, cette serre ridicule exceptée. Mais l'argent a été placé et l'on ne peut pas toucher au capital, n'est-ce pas ?

— Je n'en ai pas la moindre idée.

— Mère est si indépendante, si secrète, soupira Nancy. C'est à croire qu'elle ne veut pas qu'on l'aide. Si seulement elle se confiait à nous ! Pourquoi ne t'a-t-elle pas pris comme notaire, par exemple ? Je me sentirais plus tranquille. Après tout, je suis l'aînée. Dieu sait qu'Olivia et Noël ne lèveraient pas le petit doigt pour elle...

George avait déjà subi mille fois ce discours.

— Et cette dame qui vient nettoyer chez elle ? Comment s'appelle-t-elle, déjà ? interrompit-il.

— Mme Plackett ? Elle a sa famille à charge, et n'est là que trois matinées par semaine.

George posa son verre et se tourna pour contempler le feu, les mains jointes sous le menton. Il garda le silence un moment avant de répondre :

— Quoi qu'il en soit, je ne vois pas pourquoi tu te mets à ce point martel en tête.

Il s'exprimait avec une impatience teintée de lassitude, comme s'il s'adressait à un client un peu lent d'esprit.

— Je suis soucieuse, voilà tout, riposta Nancy, blessée.

— Mais pour quelle raison, au juste ? A cause du problème d'argent ? Ou par crainte que personne n'accepte de vivre sous le même toit que ta mère ?

— Eh bien... les deux, je suppose, admit-elle.

— Et qu'attends-tu donc d'Olivia ?

— Qu'elle discute de la situation avec moi. C'est la moindre des choses, non ? Elle n'a jamais rien fait pour Mère, ni pour aucun d'entre nous, d'ailleurs, ajouta Nancy avec ressentiment. Quand Mère a vendu Oakley Street et annoncé son intention de retourner vivre à Porthkerris, au fin fond des Cornouailles, j'ai été la seule à intervenir pour la convaincre que ce serait de la folie. Et si tu n'avais pas découvert Podmore's Thatch, elle serait maintenant à des centaines de kilomètres de nous, avec son cœur malade, sans que personne...

— Pourrions-nous aborder un seul problème à la fois ? demanda George, exaspérant.

Mais Nancy, le whisky aidant, était lancée. Toutes ses vieilles rancœurs remontaient à la surface.

— Prends Noël, tiens ! Quand Mère a vendu Oakley Street, il ne lui a pas pardonné et ne s'est plus occupé d'elle. Tu penses, il était furieux. Après l'avoir logé, nourri et blanchi pour rien pendant des années, elle l'obligeait à se débrouiller seul. Il avait pourtant vingt-trois ans, mais...

George poussa un soupir. Il n'avait pas meilleure opinion de Noël que d'Olivia. Quant à Pénélope Keeling, sa belle-mère, elle avait toujours constitué pour lui une parfaite énigme. Il se demandait encore par quel miracle une femme normale comme Nancy avait été engendrée dans une famille aussi extravagante.

Il vida son verre, se leva pour ajouter une bûche dans la cheminée et se servir à boire.

— Eh bien, déclara-t-il, il faut toujours envisager le pire.

Supposons que ta mère n'ait pas les moyens d'engager une gouvernante. Ou bien qu'aucune candidate ne se présente. Que suggères-tu, dans ce cas? Qu'elle vienne vivre ici?

Nancy pensa à Mme Croftway, si irascible. Aux jérémiades de Rupert et Mélanie, que les excentricités de Pénélope déconcertaient. A cette vieille dame qui cognait le plancher de sa canne à longueur de journée...

— Je ne crois pas que je le supporterais, répondit-elle, désemparée.

— A vrai dire, moi non plus, avoua George.

— Peut-être qu'Olivia...

George l'interrompit en haussant les épaules.

— Olivia? Mais elle ne tolère pas la moindre intrusion dans sa vie privée, voyons!

— En tout cas, il ne faut pas compter sur Noël!

— Il ne faut compter sur personne, il me semble, grommela George en consultant sa montre.

L'heure des informations approchait.

— De toute façon, reprit-il, je peux difficilement être utile avant que tu n'aies eu une petite explication avec ta sœur.

L'expression chiffonna Nancy. Une fois de plus, George insinuait qu'elle et Olivia se querellaient en permanence. Certes, elles n'avaient pas grand-chose en commun et n'avaient jamais été très liées, mais elles savaient se comporter avec dignité. Elle allait répliquer quand son mari alluma le récepteur. Le journal télévisé... George n'écouterait plus rien. De plus en plus déprimée, Nancy se resservit une large rasade de whisky et quitta la pièce sans bruit, son verre à la main. George, elle l'aurait juré, n'avait même pas remarqué qu'elle était sortie.

Cinq minutes plus tard, dans la salle de bains attenante à sa chambre, elle se livrait à son occupation favorite : se plonger dans une baignoire emplie de mousse parfumée et déguster son whisky tout en s'apitoyant sur son propre sort.

Quelle tâche ingrate que celle d'épouse et de mère! Elle s'y

26

dévouait pourtant corps et âme, veillait sans répit au bien-être de tous, à la bonne marche de la maisonnée. Lui manifestait-on la moindre reconnaissance ? Non. Aucune !

Ses yeux s'emplirent de larmes. Elle aurait tant aimé que quelqu'un lui témoigne un peu de tendresse, lui assure qu'elle était irremplaçable. Si seulement sa grand-mère paternelle, Dolly Keeling, était encore en vie !

Seule Dolly avait toujours apprécié Nancy. Seule, elle l'avait aimée et soutenue, envers et contre tous. Autant elle se méfiait de Noël et ignorait Olivia, autant elle adorait l'aînée de ses petits-enfants. Elle l'emmenait au spectacle, lui achetait de jolis vêtements. Nancy lui devait même son beau mariage... Après les fiançailles avec George, en effet, il y avait eu de terribles scènes. Nancy exigeait une robe blanche, des demoiselles d'honneur, un banquet dans des salons luxueux, d'innombrables corbeilles de fleurs ; or, Pénélope ne voulait pas en entendre parler. Pourquoi dépenser tout cet argent ? disait-elle. Nous ferons cela dans l'intimité. La maison et le jardin sont assez grands. Un simple buffet suffira...

Nancy avait claqué les portes, hurlé que personne ne la comprenait, puis s'était enfermée dans un silence boudeur. Alors, Dolly avait pris les choses en main. Elle avait choisi un cortège de demoiselles d'honneur vêtues de rose, pour la mariée une robe à traîne, et organisé une réception splendide. Pénélope, ravie d'être déchargée des préparatifs, s'était inclinée. Nancy avait eu la plus belle cérémonie de la saison et même sa mère, drapée de brocart ancien, avait eu grande allure.

Les larmes ruisselèrent sur les joues de Nancy. Dolly Keeling s'était éteinte l'année précédente, dans l'hôtel de Kensington où elle avait pris sa retraite. Elle était arrivée à quatre-vingt-sept ans sans rien perdre de sa gaieté, de sa lucidité, de sa coquetterie. Elle s'était maquillée avec soin et s'était fait les ongles jusqu'au dernier jour. Chaque fois qu'elle se remémorait son visage tendre et souriant, Nancy se sentait inconsolable. Qui, à présent, lui dirait combien elle était courageuse, quelle tâche merveilleuse elle accomplissait à l'insu de tous ? Personne. En perdant Dolly, elle avait perdu son unique soutien.

Le lendemain matin se révéla aussi déprimant quelle l'avait craint. A cause du whisky, elle s'était éveillée avec la migraine. Pour comble de malheur, elle avait encore grossi ; sa jupe ne fermait plus. Elle soupira, fixa la ceinture avec une épingle de nourrice, mit un pull assorti et entreprit d'enfiler ses bottes.

Les choses ne s'améliorèrent pas quand elle fut descendue. L'un des chiens avait vomi. Le poêle était à peine tiède et il ne restait que trois œufs pour le petit déjeuner. Elle fit sortir les chiens, versa du fuel dans le poêle, cria aux enfants de se dépêcher, brancha le percolateur, fit griller des toasts, mit la table. Rupert et Mélanie surgirent, habillés de façon à peu près satisfaisante, mais ils se disputaient. Rupert accusait sa sœur d'avoir égaré son manuel de géographie ; Mélanie riposta en le traitant de menteur. « Oh, maman, ajouta-t-elle, j'ai besoin de vingt-cinq pence, pour le cadeau d'adieu de Mme Leeper. »

Nancy n'avait jamais entendu parler de cette Mme Leeper.

George ne lui fut d'aucun secours. Insensible au vacarme, il mangea son œuf à la coque, but son thé et disparut. Nancy empila la vaisselle dans l'évier pour Mme Croftway.

— Eh bien, disait Rupert, si tu n'as pas pris ce livre...

Dehors, les chiens hurlaient. Nancy les fit entrer, emplit leurs bols de biscuits et ouvrit une boîte de Bonzo. Dans son agitation, elle se coupa le doigt.

— Dis donc, qu'est-ce que tu es maladroite, commenta Rupert.

Elle lui tourna le dos et fit couler de l'eau froide pour arrêter le saignement.

— Si je n'ai pas ces vingt-cinq pence, Mme Rawlings sera furieuse.

Nancy se précipita à l'étage pour se maquiller. Elle n'avait plus le temps de bien étaler le fard à joues ni de souligner ses sourcils au crayon. Le résultat laissait à désirer, mais tant pis. Elle enfila son manteau de fourrure, dénicha ses gants, vida le contenu de son sac « de tous les jours » dans la pochette en lézard qu'elle prenait pour se rendre à Londres. La pochette, trop pleine, ne fermait plus. Tant pis aussi !

Elle dévala l'escalier en appelant ses enfants. Par miracle, ils étaient prêts, le bonnet sur la tête, le cartable à la main. Deux minutes plus tard, ils s'engouffraient tous trois dans la voiture de Nancy qui, second miracle, démarra sans difficulté.

Nancy les déposa à leurs écoles respectives et repartit à toute allure vers la gare de Cheltenham. A neuf heures dix, elle se garait sur le parking ; à neuf heures douze, elle prenait son billet aller-retour. A neuf heures treize, passant devant tout le monde avec un sourire qu'elle espérait désarmant, elle achetait au kiosque à journaux le *Daily Telegraph* et le magazine *Harpers and Queen*, une folie qu'elle se permettait rarement. Sitôt qu'elle l'eut payé, elle se rendit compte qu'on lui avait vendu le numéro du mois précédent. Elle n'avait plus le temps de retourner se plaindre... La luxueuse revue sur papier glacé serait agréable à lire de toute façon. Le train de Londres entrait en gare à l'instant où elle mettait le pied sur le quai. Elle monta et s'affala sur une banquette, hors d'haleine, le cœur battant. Elle ferma les yeux, épuisée.

Au bout d'un moment, cependant, elle se sentit mieux ; quelques profondes inspirations l'avaient calmée. Dieu merci, il faisait chaud dans le wagon. Elle dégrafa son manteau, se cala sur la banquette, puis regarda par la fenêtre. Les saccades régulières du train la berçaient. Elle adorait prendre le train.

Sa migraine avait disparu. Elle sortit son poudrier pour examiner son visage dans le miroir, se repoudra le nez, retoucha son rouge à lèvres. Puis elle ouvrit la revue, savourant une à une les images comme si elle dégustait des chocolats fondants, s'abandonnant avec délices au mirage d'un monde de luxe et de rêve : manteaux de fourrure, bijoux, villas en Espagne, cosmétiques qui vous rendaient plus belle tout en tonifiant la peau, somptueux yachts...

Tout à coup, une double page retint son attention. La maison Boothby's, antiquaires, annonçait une vente de tableaux de l'époque victorienne dans sa galerie de Bond Street le mercredi 21 mars. En guise d'illustration, ils reproduisaient une toile de Lawrence Stern (1865-1946), intitulée *Les Porteuses d'eau* et datée de 1904. Nancy l'examina avec attention. Plusieurs jeunes femmes, dans diverses poses, soutenaient des urnes de cuivre sur l'épaule ou la hanche. Des esclaves, se dit Nancy, car elles étaient pieds nus, ne souriaient pas (les pauvres, ces vases avaient l'air très lourds) et n'étaient vêtues que de voiles légers, dans des tons de rouille et de bleu, qui révélaient parfois la rondeur d'un sein.

Ni George ni Nancy ne s'intéressaient à la peinture, pas plus d'ailleurs qu'à la musique ou au théâtre. Bien sûr, il y avait des tableaux au Vieux Presbytère, scènes de chasse et natures mortes de règle dans toute maison de campagne respectable et que George avait hérités de son père. Un jour même, profitant de quelques heures de liberté, à Londres, ils s'étaient rendus à la Tate Gallery pour visiter une exposition Constable. Nancy se souvenait seulement d'un tas de paysages verdâtres et sans intérêt. Elle avait eu très mal aux pieds.

Pourtant, même un Constable valait mieux que ce tableau-ci. Qui donc, se demanda-t-elle, pouvait avoir envie d'acheter une horreur pareille? Qui supporterait d'accrocher ça sur son mur? Pour sa part, en eût-elle été encombrée qu'elle l'aurait aussitôt mise au grenier, voire jetée au feu.

Mais si *Les Porteuses d'eau* avaient retenu son attention, ce n'était pas pour des raisons esthétiques ; Lawrence Stern, le peintre, était le père de Pénélope Keeling et, par conséquent, le grand-père de Nancy.

Pourtant, aussi curieux que cela puisse paraître, elle connaissait mal son œuvre. Lawrence Stern avait eu son heure de gloire au tournant du siècle ; à la naissance de Nancy, il était oublié depuis longtemps, et ses toiles avaient presque toutes été vendues et dispersées. Dans la maison de Pénélope, à Oakley Street, il n'y en avait que trois. Deux d'entre elles, inachevées, formaient une paire où des nymphes jonchaient de lys des pelouses printanières. La troisième, aux énormes dimensions, trônait dans le hall du rez-de-chaussée. C'était une œuvre tardive, intitulée *Les Pêcheurs de coquillages*. On y voyait une mer ourlée d'écume, une plage, un ciel lourd de nuages. En déménageant d'Oakley Street à Podmore's Thatch, Pénélope avait emporté ces précieuses possessions avec elle. Les nymphes ornaient maintenant le palier du premier étage et *Les Pêcheurs de coquillages* avaient trouvé refuge dans le salon, qu'ils écrasaient de leur masse. Nancy y était tellement habituée qu'elle ne les remarquait même plus. Ils faisaient partie du décor, comme les fauteuils fatigués ou les cruches bleu et blanc débordantes de fleurs.

Nancy n'avait pas pensé à Lawrence Stern depuis des années. Elle n'avait de lui que des souvenirs flous. Bien qu'elle fût née à Porthkerris à la fin de 1940 et eût passé sa petite enfance à Carn Cottage, sous le toit même de son grand-père, elle aurait eu peine à l'évoquer avec précision. L'avait-il jamais prise sur ses genoux, emmenée en promenade ? Elle n'aurait su le dire. Elle n'avait gardé à l'esprit qu'une scène bien précise, gravée dans sa mémoire sans qu'elle sût pourquoi.

C'était la fin de la guerre ; sa mère et elle prenaient le train pour Londres, et Lawrence Stern les avait accompagnées à la gare. Très âgé, frêle et de haute taille, il protégeait de mitaines ses mains déformées par l'arthrite et s'appuyait sur une canne à pommeau d'argent. Alors qu'il se haussait pour embrasser Pénélope par la fenêtre du wagon, celle-ci, prise d'une impulsion subite, avait soulevé Nancy devant elle. Le vieil homme avait caressé la joue de la fillette ; elle se rappelait encore le contact de sa main, froide comme le marbre. Puis le train s'était ébranlé

31

et la silhouette noire qui agitait son chapeau avait disparu. Nancy ne l'avait plus revu. Il était mort l'année suivante.

Vieille histoire, se dit-elle. Pas de quoi devenir sentimentale... Cela dit, l'idée que quelqu'un, aujourd'hui, pût convoiter ses toiles la stupéfiait. Elle secoua la tête puis se plongea dans la lecture du carnet mondain.

Chapitre 2

Olivia

LE nouveau photographe s'appelait Lyle Medwin. Il était très jeune, avec un visage d'une grande douceur. Ses cheveux bruns coupés au bol lui donnaient l'air un peu éthéré, vulnérable, et Olivia se demandait comment il avait survécu dans la jungle de sa profession.

Ils se tenaient devant la table où il avait étalé ses travaux : deux douzaines d'épreuves couleur sur papier brillant. Olivia les avait examinées avec soin et les aimait beaucoup. Dans une photographie de mode, se plaisait-elle à répéter, on devait pouvoir *sentir* le grain du tissu, le modelé d'un drapé, la texture d'un lainage. Or, les tirages de Lyle Medwin avaient cette qualité-là. En outre, il émanait de ces photos quelque chose de chaleureux, de vibrant, presque de tendre.

Elle prit une épreuve. Un jeune athlète en tenue de jogging d'un blanc éclatant courait dans l'écume d'une mer bleu cobalt.

— Où est-ce photographié ?

— A Malibu. C'est une publicité pour des vêtements de sport.

— Et celle-ci ?

Elle montrait une jeune femme vêtue d'un tourbillon de mousse-line couleur flamme, le visage tourné vers le soleil couchant.

— A Point Reays. Elle a été publiée en couverture du *Vogue* américain.

Olivia s'appuya contre la table pour le dévisager.

— Parlez-moi de votre carrière.

— Après mes études, j'ai travaillé un moment en *free-lance* avant de rencontrer Toby Striber. Je suis resté son assistant pendant deux ans...

— C'est lui qui m'a parlé de vous...

— Ensuite, je l'ai quitté pour me remettre à mon compte, à Los Angeles. J'y habite depuis trois ans.

— Et vous êtes devenu célèbre.

— J'ai eu de la chance.

Son jean délavé, sa chemise blanche, ses baskets immaculées et son teint bronzé lui donnaient l'air d'un jeune Californien frais émoulu du collège. Une écharpe de cachemire corail était sa seule concession aux rigueurs du climat londonien. Elle le trouvait extrêmement séduisant.

— Carla vous a-t-elle expliqué ce que nous voulons? dit-elle. Il s'agit d'illustrer le numéro de juillet sur la mode de cet été. Ensuite, nous passerons à l'hiver, tweeds et lainages.

Carla était sa rédactrice de mode.

— Elle m'en a touché un mot. J'ai suggéré de faire les photos à Ibiza, où j'ai des contacts.

— Ibiza?

— Si cela ne vous convient pas, aucune importance, ajouta-t-il comme s'il sentait une hésitation. Il y a aussi le Maroc.

— Non, non...

Elle regagna son siège pivotant.

— Le choix d'Ibiza me paraît judicieux. Cependant, évitez les scènes de plage. Choisissez plutôt un décor campagnard, des paysans dans leur champ, des chèvres, cela changera. N'hésitez pas à photographier les habitants. Cela donne une note plus authentique. Et puis, ils ont de beaux visages, et ils adorent qu'on les prenne en photo.

— Entendu.

— Voilà, c'est tout, je crois. Vous mettrez les détails au point avec Carla.

Il hésita un instant.

— J'ai le contrat, alors ?

— Mais oui !

— Eh bien, merci, mademoiselle Keeling.

Il ramassa ses photographies. L'interphone sonna sur le bureau d'Olivia ; elle appuya sur la touche.

— Un appel extérieur pour vous, mademoiselle Keeling.

Olivia consulta sa montre : midi quinze.

— Qui est-ce ? J'ai peu de temps.

— M. Henry Spotswood.

Henry Spotswood ? Qui diable... puis Olivia se souvint. Elle l'avait rencontré deux jours plus tôt, lors du cocktail des Ridgeway. Très grand, les cheveux grisonnants... Au lieu d'Henry, il se faisait appeler Hank.

— Passez-le-moi, Jane.

Lyle Medwin, ses épreuves sous le bras, gagna la porte sans bruit et lui adressa un signe d'adieu. Elle lui répondit d'un geste et décrocha.

— Mademoiselle Keeling ?

— C'est moi-même.

— Je suis Hank Spotswood. Je ne sais si vous vous souvenez...

— Mais si ! Très bien.

— Tant mieux. Écoutez, j'ai deux heures devant moi. Que diriez-vous de déjeuner en ma compagnie ?

— A l'instant ? Hélas ! c'est impossible. J'ai rendez-vous avec ma sœur et je suis même déjà en retard.

— Dommage. Pourrions-nous dîner ensemble ce soir, alors ?

Elle réfléchit quelques secondes, rassemblant ses souvenirs. Il avait les yeux très bleus, une carrure solide, l'air avenant...

— Oui, pourquoi pas ? Mais je vous propose une chose. Pourquoi ne viendriez-vous pas chez moi ? Je préparerai le repas.

— Volontiers, mais cela ne vous donnera-t-il pas trop de travail ?

Il semblait surpris et en même temps séduit.

— Pas du tout, assura-t-elle. Disons vers huit heures ?

Elle lui indiqua l'adresse et raccrocha, le sourire aux lèvres. La soirée s'annonçait agréable. Elle consulta de nouveau sa montre, chassa Hank Spotswood de son esprit, saisit en hâte manteau, sac et gants et se dirigea vers l'ascenseur.

Elle avait réservé une table dans un restaurant de Soho, *L'Escargot*. Elle y donnait toujours ses rendez-vous d'affaires et n'avait pas jugé bon de changer, tout en sachant que Nancy se serait sentie plus à l'aise dans un salon de thé classique, bondé de dames bien mises, épuisées par une matinée de shopping.

Elle était en retard. Nancy patientait, assise au bar au beau milieu d'une rangée d'hommes d'affaires, un gin-tonic devant elle. Avec son pull informe, son sac de lézard sur les genoux, sa toque de fourrure du même brun terne que ses cheveux, elle semblait si déplacée dans ce cadre élégant qu'Olivia se sentit coupable et se montra plus expansive qu'à l'ordinaire.

— Je suis désolée, vraiment désolée. J'ai été retenue. Tu es arrivée depuis longtemps ?

— Ce n'est pas grave, dit Nancy.

— Tu as bien fait de prendre un verre. Cela t'ennuie si nous mangeons tout de suite ? J'ai réservé pour une heure moins le quart et je crains que...

Le maître d'hôtel surgit à leur côté.

— Bonjour, mademoiselle Keeling.

— Oh, bonjour, Gérard. Il n'est pas trop tard, j'espère...

— Pas le moins du monde. Si vous voulez bien me suivre...

Ils traversèrent la salle jusqu'à la table habituelle d'Olivia, dans le coin le plus calme. Le maître d'hôtel, avec des gestes obséquieux, aida Nancy à prendre place sur la banquette, repoussa la table et proposa deux énormes menus.

— Un verre de sherry, pendant que vous choisissez ?

— Pas pour moi, Gérard, merci. Je prendrai un Perrier. Et toi, Nancy ?

— Je boirai juste un peu de vin.

— Parfait.

Sans consulter la carte, Olivia commanda une demi-bouteille de la réserve de la maison, puis reprit :

— Et qu'aimerais-tu manger ?

— Eh bien, à vrai dire...

Nancy était perdue : le menu était entièrement rédigé en français. Craignant de devoir fournir d'interminables explications, Olivia émit quelques suggestions d'une voix ferme. Nancy se décida pour un consommé, suivi d'une escalope de veau aux champignons.

— Pour moi, une omelette et une salade, Gérard, conclut Olivia.

Quand le maître d'hôtel eut disparu, elle se tourna vers sa sœur.

— As-tu fait bon voyage ?

— Oui, par le train de neuf heures quinze. J'ai d'abord dû conduire les enfants à l'école, mais je suis arrivée à temps à la gare, Dieu merci...

— Comment vont Rupert et Mélanie ?

Olivia s'efforçait de prendre l'air intéressé, mais Nancy savait que le sujet lui était indifférent et préféra ne pas s'étendre.

— Très bien, je te remercie.

— Et George ?

— Aussi.

Un serveur apparut avec le Perrier et la demi-bouteille de vin, qu'il déboucha pour en verser un peu dans un verre. Se souvenant qu'elle devait le goûter, Nancy en but une gorgée et approuva d'un signe. L'homme finit d'emplir le verre et s'éloigna.

— Tu ne bois pas de vin ? demanda Nancy.

— Jamais pendant les déjeuners d'affaires.

— Tiens ! Nous sommes en déjeuner d'affaires ? releva Nancy d'un ton acerbe.

— Bien sûr ! Pourquoi donc avons-nous pris rendez-vous, sinon pour discuter de Maman ?

Cette expression enfantine, Maman, irritait beaucoup Nancy. En fait, chacun des trois enfants de Pénélope s'adressait à elle de façon différente. Noël l'appelait « Ma ». Nancy elle-même lui disait « Mère » depuis plusieurs années, jugeant cela plus approprié à son âge et à sa position sociale. Seule Olivia, pourtant si froide et sophistiquée par ailleurs, s'obstinait à parler de « Maman ». Se rendait-elle compte à quel point c'était ridicule ?

— J'aimerais même entrer tout de suite dans le vif du sujet, poursuivit-elle. Je n'ai pas toute la journée à moi.

Ce ton sec et autoritaire, c'était le comble, songea Nancy avec amertume. Elle s'était donné la peine de venir du Gloucestershire, elle avait eu une matinée épuisante, s'était coupé le doigt, et voilà comment sa sœur la traitait. Son vieux ressentiment envers sa cadette resurgit.

« Je n'ai pas toute la journée ! » Pourquoi Olivia se montrait-elle si insensible, si dénuée de compassion ? Ne pouvaient-elles donc bavarder sans hargne, d'égale à égale, comme deux sœurs ? Olivia évoquait toujours ses occupations et sa carrière, comme si cela seul comptait, comme si tout ce qui faisait l'existence de Nancy (sa maison, ses enfants, son mari) était sans intérêt.

Pourtant, durant leur adolescence, c'était Nancy la plus jolie et la plus remarquée. Elle avait les cheveux blonds, les yeux bleus, de belles robes choisies par grand-mère Keeling. C'était Nancy qui attirait les regards et les hommages masculins. Olivia, l'intellectuelle, enfouie en permanence dans les livres et dévorée d'ambition, n'avait aucun charme. Longue, maigre, plate, le nez chaussé de lunettes, elle affichait un mépris total pour le sexe opposé et s'enfermait dans un silence boudeur ou montait dans sa chambre chaque fois qu'arrivait un ami de sa sœur aînée.

Certes, elle avait quelques atouts, songea Nancy dans un élan

38

d'honnêteté : de grands yeux noirs et brillants d'intelligence — hérités de sa mère — ainsi qu'une somptueuse chevelure brune aux reflets acajou. Mais cela n'allait pas plus loin. Par quel miracle, au fil des années, l'étudiante austère qu'aucun jeune homme n'invitait à danser s'était-elle ainsi métamorphosée ?

A trente-huit ans, la directrice générale de *Vénus* était devenue une femme étonnante. Sans être vraiment belle, elle s'habillait avec une élégance flatteuse : tailleur de velours noir, chemisier de soie crème, chaînes d'or autour du cou et boucles d'oreilles assorties. Même ses lunettes à large monture mettaient en valeur son visage pâle, aux lèvres fardées de rouge. Nancy n'était pas aveugle. Elle avait fort bien remarqué, durant la traversée du restaurant, les coups d'œil admiratifs et les têtes qui s'étaient tournées. Sur Olivia, pas sur elle.

Nancy ne savait rien de la vie privée de sa sœur. Pendant des années, si on l'avait questionnée, elle aurait affirmé en toute sincérité qu'Olivia, qui lui semblait asexuée, était encore vierge et le resterait. Jusqu'à ce qu'un jour un épisode stupéfiant lui ouvrît les yeux...

Cela remontait à cinq ans. A force d'obstination et de travail, Olivia avait gravi un à un les échelons jusqu'à devenir rédactrice en chef du titre le plus prestigieux de toute la presse féminine, *Vénus*. Elle signait les éditoriaux, qu'illustrait sa photographie ; parfois même, on l'interviewait à la télévision.

Et puis tout d'un coup, sans que rien le laissât prévoir, elle était partie en vacances à Ibiza, y avait rencontré un homme nommé Cosmo Hamilton et avait décidé de vivre avec lui. Elle avait envoyé une lettre à sa directrice pour lui annoncer sa démission et n'était pas revenue à Londres. Son absence avait duré un an.

Quand sa mère lui avait appris la nouvelle, Nancy avait été scandalisée, mais aussi obscurément blessée, comme si Olivia venait de marquer un point dans la sourde rivalité qui les opposait.

Elle s'était précipitée pour tout raconter à George, s'attendant à lui voir partager son étonnement. Sa réaction l'avait laissée pantoise.

— Intéressant, avait-il commenté avec le plus grand calme.

— Tu n'es pas surpris ?

— Non, pourquoi ?

— George, avait-elle balbutié, c'est d'*Olivia* que nous parlons !

— Je le sais très bien.

Devant l'expression désemparée de sa femme il s'était mis à rire.

— Voyons, Nancy, tu n'imaginais tout de même pas qu'Olivia vivait comme une nonne ? Je ne te savais pas si naïve.

Les larmes picotaient les yeux de Nancy.

— Pourtant... elle est...

— Quoi donc ?

— Si peu... si peu *attirante* !

— Détrompe-toi. Olivia est une femme très séduisante, au contraire.

— Mais je croyais que tu ne l'aimais pas !

— C'est exact, je ne l'aime pas, avait conclu George en ouvrant son journal pour clore la discussion.

Il était rare qu'il exprimât une opinion aussi tranchée et fît preuve d'une telle intuition. A contrecœur, après une longue réflexion, Nancy s'était résolue à modifier son point de vue sur Olivia. Elle avait même trouvé le moyen de tourner la situation à son avantage. Après tout, il était flatteur de compter une personnalité au nombre de ses proches, et si l'on évitait de s'attarder sur certains aspects de la question (cette liaison scandaleuse) l'anecdote permettait de briller dans les dîners. « Ma sœur, vous savez, Olivia Keeling, eh bien, c'est une grande romantique, malgré son côté bas-bleu. Elle a tout quitté par amour. Elle habite maintenant Ibiza, dans une villa ravissante... »

Son imagination aidant, elle s'enflammait, prévoyait un merveilleux voyage à peu de frais : « Nous irons peut-être lui rendre visite l'été prochain, avec les enfants. S'il n'y a pas de concours hippique prévu, bien sûr... Quel esclavage que le métier de mère, n'est-ce pas ? »

Mais Olivia ne devait jamais inviter George et Nancy, alors qu'elle convia Pénélope à séjourner chez elle un mois entier. Et cela, Nancy ne le lui avait pas pardonné.

Nancy avait de plus en plus chaud et regrettait d'avoir mis un pull au lieu d'un chemisier. Elle but une gorgée de vin pour tenter de se rafraîchir, s'aperçut que ses mains tremblaient.

— As-tu vu Maman à l'hôpital ? demandait Olivia.

— Oui, bien sûr.

— Comment allait-elle ?

— Elle avait très bonne mine, compte tenu des circonstances.

— Est-on certain qu'elle a eu un infarctus ?

— Sans le moindre doute. Elle a passé deux jours dans un service de soins intensifs, avant de rentrer chez elle de sa propre initiative.

— Ce qui n'a pas dû beaucoup plaire au médecin, j'imagine.

— C'est bien pour cela qu'il m'a téléphoné et m'a conseillé de ne plus la laisser vivre seule.

— As-tu songé à consulter quelqu'un d'autre ?

— Pourquoi ? C'est un excellent praticien.

— Comme médecin de campagne, peut-être, mais je me fierais plus à un spécialiste.

— Je ne vois pas pourquoi tu fais une telle distinction !

— Parce qu'elle existe. Et j'aimerais autant que Maman ait un avis vraiment compétent.

— Elle n'acceptera pas qu'on l'examine de nouveau, tu le sais très bien !

— Dans ce cas, pourquoi ne pas respecter sa volonté ? Si elle préfère vivre seule, nous n'allons tout de même pas lui infliger une présence étrangère contre son gré ! D'autant plus qu'elle n'est pas vraiment seule. Mme Plackett, qu'elle apprécie beaucoup, passe trois matinées par semaine avec elle. Tous ses voisins la connaissent et ils garderont l'œil sur elle, maintenant qu'ils la savent fragile.

— Mais suppose qu'elle ait une autre crise cardiaque, ou bien qu'elle tombe dans l'escalier, ou se fasse renverser par une voiture...

Olivia eut un rire agaçant.

— Je ne te connaissais pas une telle imagination ! Voyons, Nancy, réfléchis. Si elle doit avoir un accident de voiture, aucune gouvernante au monde n'y changera rien. Non, je suis persuadée en toute sincérité que nous n'avons aucun souci à nous faire.

— Je n'en dirais pas autant !

— Qu'est-ce qui t'inquiète ?

— Plusieurs choses, si tu veux le savoir. Le jardin, tiens ! Deux acres de terrain dont elle s'est toujours occupée toute seule, potager compris. Penses-tu qu'elle en ait encore la force ? Pour ma part, j'en doute, et...

— Ce problème est déjà résolu, interrompit Olivia. J'ai longuement parlé au téléphone avec elle, l'autre soir...

— Tu ne me l'avais pas dit.

— Tu ne m'en as pas laissé le temps ! Elle m'a expliqué qu'elle avait décidé, avant même de tomber malade, de ne plus jardiner sans aide. Elle s'est mise d'accord avec une entreprise spécialisée qui lui enverra quelqu'un deux ou trois fois par semaine. Et pour ce qui est d'une gouvernante, elle affirme qu'elle trouve sa maison trop petite pour accueillir quelqu'un à demeure. « Je risque de prendre cette pauvre dame de compagnie tellement en grippe, m'a-t-elle dit, que je craindrais d'être tentée de l'étrangler ! »

L'humeur de Nancy s'assombrit. Elle avait l'impression désagréable qu'Olivia et Pénélope avaient conspiré derrière son dos.

— J'ignore si l'idée du jardinier professionnel est vraiment bonne, dit-elle d'un ton pincé. Nous ne saurons rien de lui. Pourquoi n'a-t-elle pas fait appel à l'un de ses voisins ?

— Parce qu'aucun n'a le temps de l'aider. Ils travaillent tous à l'usine de tracteurs de Pudley.

Nancy voulut répliquer mais on lui apportait au même instant une soupe très parfumée dans un grand bol de terre brune. Se rappelant qu'elle mourait de faim, elle avala quelques cuillerées avant de poursuivre :

— Bien entendu, tu n'as même pas songé à en discuter avec George et moi...

— Voyons, Nancy, qu'y avait-il à discuter ? La décision appartient à Maman et à elle seule. Vous la traitez en permanence comme si elle était sénile ! Elle a peut-être soixante-quatre ans, mais elle déborde d'énergie et n'a jamais été plus lucide, tu peux me croire. Cessez donc de vous mêler de ses affaires !

— La vérité, c'est que nous nous donnons du mal et que personne ne nous remercie !

— De quoi, diable, devrait-on vous remercier ?

— De bien des choses, à mon avis. D'une part, nous l'avons empêchée de rentrer en Cornouailles s'installer dans je ne sais quelle bicoque de pêcheur.

— Je n'ai jamais compris pourquoi vous n'étiez pas d'accord.

— Enfin, Olivia, réfléchis ! Elle aurait habité à des centaines de kilomètres de nous, dans un coin perdu. Ç'aurait été ridicule, je ne me suis pas privée de le lui dire ! Il faut être réaliste. Ce qu'elle espérait, c'est retrouver sa jeunesse. Nous serions allés tout droit au désastre. Par ailleurs, c'est George qui a trouvé Podmore's Thatch, que je sache. Et tu admets toi-même qu'il s'agit d'une maison agréable. Sans George...

— Eh bien, bravo pour George, plaisanta Olivia.

Nancy attaqua son escalope de veau.

— Et ce n'est pas tout, reprit-elle. Combien cette histoire de jardinage va-t-elle coûter ? Je suis sûre que ce sera ruineux.

— Quelle importance ? s'écria Olivia en haussant les sourcils.

— Comment, quelle importance ? Il faudrait savoir si Mère peut se le permettre, tout de même ! Je suis très soucieuse. Elle ne me dit rien de ses finances et se montre si extravagante !

— Maman ? Elle n'a jamais dépensé un penny pour elle-même !

43

— Peut-être, mais elle reçoit si souvent. J'ose à peine imaginer le montant de ses notes d'épicerie. Et ce jardin d'hiver parfaitement superflu qu'elle a fait construire, quelle sottise ! George a tenté en vain de l'en dissuader. Des doubles vitrages auraient bien mieux valu.

— Sans doute n'avait-elle pas envie de doubles vitrages !

— On ne peut pas dire que tu te sentes concernée ! s'écria Nancy d'une voix frémissante d'indignation. Il faut pourtant bien envisager certains détails...

— Mais quels détails ? Éclaire-moi, Nancy, je te prie.

— Eh bien, Mère vivra peut-être jusqu'à quatre-vingt-dix ans...

— J'y compte bien !

— ... et son capital risque fort d'être épuisé à ce moment-là !

— Oh, je vois, commenta Olivia, le regard pétillant. En d'autres termes, George et toi craignez de vous retrouver avec une aïeule à charge. Encore des frais en perspective, alors que votre bâtisse et l'éducation des enfants vous coûtent déjà si cher...

— La façon dont nous disposons de nos revenus ne te regarde en rien !

— Celle dont Maman dispose des siens ne vous concerne pas non plus !

La riposte réduisit Nancy au silence. Les yeux baissés, elle se concentra sur le contenu de son assiette. Olivia, qui l'observait, vit ses joues s'empourprer, ses lèvres frémir. A quarante-trois ans, Nancy avait déjà l'air d'une vieille femme obèse, pitoyable. Olivia se sentit prise de compassion. Elle reprit d'un ton radouci :

— A ta place, je ne m'inquiéterais pas outre mesure. Maman a tiré un très bon prix d'Oakley Street et je suis sûre qu'elle dispose encore d'une somme coquette. Dieu merci, Lawrence Stern lui avait légué tout ce qu'il possédait. Cela a d'ailleurs mieux valu pour nous trois aussi, car notre pauvre père n'avait pas grand sens des affaires.

Nancy garda le silence, à court d'arguments, découragée. Elle détestait entendre Olivia parler de leur père en ces termes et, en temps ordinaire, elle aurait pris sa défense ; mais elle n'avait plus la moindre énergie. Cette rencontre avait été une totale perte de temps. Elles n'avaient envisagé aucune solution, financière ou autre. Sa sœur, comme d'habitude, avait habilement tout esquivé et refusait de prendre ses responsabilités.

Olivia regarda sa montre et demanda à Nancy si elle désirait du café, précisant qu'il leur restait dix minutes. Nancy accepta, non sans un coup d'œil de regret en direction des desserts, puis prit le *Harpers and Queen* sur la banquette et le posa sur la table.

— Est-ce que tu as vu cela ?

Elle feuilleta le magazine pour retrouver l'annonce de la firme Boothby's et la mit sous les yeux de sa sœur. Olivia hocha la tête.

— Oui, je suis au courant. La toile sera vendue aux enchères mercredi prochain.

— J'aimerais savoir qui peut avoir envie d'acheter une horreur pareille !

— Il y a beaucoup d'amateurs, crois-moi.

— Tu plaisantes ?

Devant l'expression éberluée de son aînée, Olivia se mit à rire.

— Vous ne lisez donc jamais les journaux, George et toi ? La peinture victorienne connaît une vogue considérable, de nos jours. Les toiles de Lawrence Stern, d'Alma-Tadema, de John William Waterhouse atteignent des prix faramineux.

Nancy reprit le magazine pour étudier à nouveau le tableau, souhaitant le trouver moins affreux à la lueur de ces nouvelles. Il n'en fut rien.

— Comment expliques-tu cela ? questionna-t-elle.

— Les goûts évoluent, et puis ce sont des œuvres dont on avait sous-estimé les qualités artistiques. En outre, il y en a peu. La rareté fait la moitié de leur valeur.

— A combien se vendent-elles, au juste ?

— Je n'en ai pas la moindre idée.

— Essaie de me donner une approximation...

— Mon Dieu... une toile comme celle-ci doit valoir dans les deux cent mille livres.

— *Deux cent mille livres ?* Pour ça ?

— A peu de chose près. Lawrence Stern était un peintre très minutieux, tu t'en apercevras en examinant les détails. Il mettait des mois à terminer une toile et n'en a pas laissé beaucoup.

— Où sont-elles, en général ?

— Surtout dans les musées et les collections privées. Il est devenu exceptionnel d'en avoir sur le marché. N'oublie pas qu'il avait cessé de peindre bien avant la guerre, à cause de ses mains. Il a donc dû vendre toutes ses œuvres très vite pour faire vivre sa famille. Par bonheur, il avait hérité Oakley Street de son père et avait acheté Carn Cottage. C'est grâce à la vente de Carn Cottage que nous avons suivi des études, puis grâce à celle d'Oakley Street que Maman peut maintenant vieillir sans soucis.

Nancy n'écoutait qu'à moitié, perdue dans ses spéculations. De son ton le plus détaché, elle s'enquit :

— Et les tableaux que Mère possède, *Les Pêcheurs de coquillages* et les deux autres, sur le palier du premier étage ? Combien peuvent-ils valoir ?

— Je ne suis pas spécialiste, Nancy, c'est difficile à dire ! Cinq cent mille livres au total, je suppose.

Nancy s'adossa contre la banquette, le souffle coupé. *Un demi-million de livres.* Les chiffres dansaient devant ses yeux et elle aperçut à peine le serveur qui apportait les cafés.

Olivia, avec l'un de ses rares sourires, poussa le sucrier dans sa direction.

— Tu vois, conclut-elle, George et toi n'avez aucun souci à vous faire pour l'avenir de Maman.

Elles burent leur café sans un mot, puis Olivia régla l'addition et elles sortirent. Le portier leur héla deux taxis. Nancy monta dans le sien sans se rendre compte qu'il pleuvait. Son cœur battait d'excitation. Un demi-million de livres !

Elle n'avait pas tout à fait perdu sa journée.

L'une des raisons pour lesquelles Olivia Keeling avait mené une si brillante carrière résidait dans son étonnante capacité à chasser de son esprit toute autre préoccupation que celle du moment. Elle compartimentait avec soin les différents moments de son existence et n'envisageait jamais qu'un seul problème à la fois. Une telle disponibilité la rendait terriblement efficace. Ainsi, ce matin-là, avait-elle d'abord remisé Hank Spotswood dans un coin de son cerveau pour affronter le déjeuner avec Nancy ; maintenant, en pénétrant dans le luxueux building qui abritait les bureaux de *Vénus*, elle oublia sur-le-champ sa sœur pour redevenir une femme d'affaires qu'attendait un après-midi bien rempli. Elle dicta du courrier, s'entretint avec le chef du service publicité, organisa un cocktail de promotion dans les salons du *Dorchester* et eut avec la responsable de la rubrique *Fiction* une sérieuse explication, prévue depuis longtemps. Elle prévint la malheureuse que si celle-ci ne lui soumettait pas très vite des textes un peu moins déplorables, la rubrique se chercherait une autre directrice. Son interlocutrice, mère célibataire qui élevait deux enfants, fondit en larmes, mais Olivia resta de marbre ; pour elle, seules les ventes du magazine comptaient. Elle tendit un Kleenex à l'éplorée et lui accorda un délai de grâce de deux semaines pour produire des nouvelles dignes de ce nom.

Au fond, tout cela l'épuisait. Elle se souvint qu'on était vendredi et s'en réjouit. Après avoir travaillé sans répit jusqu'à six heures, elle rangea son bureau, ramassa ses affaires et descendit prendre sa voiture au sous-sol.

C'était l'heure de pointe, mais elle avait l'habitude des embouteillages et en profitait pour réfléchir. Dans son esprit, une porte imaginaire se referma sur *Vénus* et le magazine cessa d'exister. Elle se retrouva à *L'Escargot*, en compagnie de Nancy, comme s'il ne s'était rien passé d'autre dans la journée.

A dire vrai, elle s'était montrée un peu brusque avec sa

sœur. Elle l'avait accusée de dramatiser, s'était moquée de ses inquiétudes quant à la santé de Pénélope. Certes, Nancy faisait toujours une montagne d'une taupinière. Cependant, Olivia savait que sa propre attitude de dérision recouvrait une véritable inquiétude, elle ne supportait pas l'idée que sa mère pût tomber malade. Elle la voulait immortelle. Un infarctus ! Comment cela était-il possible ? Pénélope ne s'était jamais alitée de sa vie. Elle était si énergique, si passionnée par ce qui l'entourait, si *présente*, surtout ! Olivia se rappelait la grande cuisine d'Oakley Street où battait le cœur de la maison. La soupe mijotait ; les gens, assis autour de la table, devisaient pendant des heures en sirotant du brandy, tandis que Pénélope repassait ou raccommodait des draps. Chaque fois qu'on évoquait l'idée de havre, de refuge, c'était à cette maison qu'Olivia pensait.

Elle soupira. Après tout, le médecin avait peut-être raison. Pénélope aurait sans doute bientôt besoin d'une compagnie permanente. Le mieux, se dit Olivia, c'était d'aller la voir, d'en discuter avec elle. Demain était samedi : j'irai, se promit-elle. Je passerai toute la journée avec elle. Sa décision prise, elle se sentit rassérénée et libéra son esprit pour se concentrer sur la soirée à venir.

Dans son quartier, elle s'arrêta au supermarché pour effectuer ses emplettes. Elle choisit un pain complet, du beurre, un bocal de foie gras, du poulet à la Kiev, de quoi accommoder une salade, et puis des pêches juteuses, plusieurs fromages, une bouteille de scotch et un assortiment de vins. Chez le fleuriste, elle acheta une brassée de jonquilles.

Sa maison faisait partie d'une « terrasse », ces rangées de demeures de style edwardien, en brique rouge, avec un bow-window en façade et un jardin derrière. L'extérieur paraissait assez banal, et la surprise était d'autant plus grande lorsqu'on découvrait la décoration raffinée de l'intérieur. Au rez-de-chaussée, Olivia avait abattu les cloisons pour créer un seul grand espace. Un comptoir séparait le coin cuisine du séjour en formant bar ; un escalier menait à l'étage. De l'autre côté, des portes-fenêtres donnaient sur le jardin doté d'un énorme chêne. On pouvait se croire à la campagne. Au-delà du mur, se dressait une vieille église au milieu d'un parc où, l'été, avaient lieu les pique-niques de la paroisse.

Avec ce paysage presque agreste, il aurait été logique qu'Olivia décorât sa maison en style rustique, avec des meubles en pin et des cotonnades à ramages ; mais elle avait préféré la sobriété contemporaine d'un « loft ». La couleur de base était le blanc, qu'elle adorait, symbole du luxe et de la lumière. Le sol dallé, les murs, les rideaux étincelaient de blancheur. Un épais tissu crème couvrait les fauteuils et les canapés ; les abat-jour étaient ivoire. L'ensemble n'était pas froid, car Olivia avait jeté ici et là des notes colorées, coussins cramoisis et rose indien, tapis espagnols, lithos abstraites encadrées d'argent. Une table de verre entourée de sièges noirs occupait le centre du salon. Sur l'un des murs, un panneau bleu cobalt accueillait toute une série de photographies de sa famille et de ses amis.

Olivia regarda autour d'elle : il régnait un ordre parfait. Depuis plusieurs années, sa voisine venait tous les jours mettre de l'ordre. Ce soir-là, une légère odeur de cire se mêlait à celle des jacinthes bleues plantées dans une jardinière depuis l'automne dernier et qui étaient alors en pleine floraison.

Sans se hâter, détendue, Olivia entama ses préparatifs. Elle tira les rideaux, alluma le chauffage (un poêle à gaz orné de fausses bûches installé dans la cheminée), enclencha une cassette de musique, se versa un scotch. Dans la cuisine, elle prépara la salade, disposa le couvert et mit le vin au frais.

A sept heures et demie, elle monta dans sa chambre. La pièce, qui donnait sur le jardin, était elle aussi toute blanche, avec une épaisse moquette et un vaste lit à deux places. Olivia le contempla, pensa à Hank Spotswood, hésita, puis changea les draps. Quand elle eut terminé, elle se déshabilla et fit couler un bain.

Ce bain du soir était l'un des seuls moments où elle s'accordait une complète détente. Plongée jusqu'au menton dans l'eau parfumée, elle laissait aller ses pensées. Ce jour-là, pourtant, elle songea à Nancy. Était-elle déjà rentrée dans son affreuse maison, avec sa lugubre famille ? Quelle exaspérante manie elle avait de se plaindre des difficultés qu'elle créait elle-même ! Les Chamberlain vivaient bien au-dessus de leurs moyens, sans en avoir conscience. Ils ne se satisfaisaient jamais de ce qu'ils avaient, il leur en fallait toujours plus. Olivia sourit en se souvenant du visage de Nancy quand elle avait appris la valeur des tableaux de Lawrence Stern. Les yeux lui étaient presque sortis de la tête ! La stupéfaction avait vite fait place à une expression de cupidité. Nancy ne savait pas dissimuler ses pensées. Mentalement, elle avait vite converti la somme en réparations pour le presbytère, frais d'éducation et autres dépenses indispensables au bien-être des siens... Mais cela ne portait pas à conséquence, Olivia en était sûre.

Il n'y avait rien à craindre pour *Les Pêcheurs de coquillages*. Lawrence Stern l'avait offert à sa fille comme cadeau de mariage et Pénélope ne s'en séparerait pour rien au monde. S'ils voulaient s'en emparer pour le vendre, Nancy et Noël seraient contraints de patienter jusqu'à la mort de Pénélope. Ce qui n'arriverait pas avant de longues années, naturellement !

Oubliant Nancy, Olivia passa à une rêverie plus attrayante. Ce nouveau photographe, Lyle Medwin, était brillant, intelligent. Très fin, aussi... Une perle rare.

« Ibiza », avait-il suggéré. Elle avait répété le mot sans réfléchir et sans doute avait-elle eu l'air un peu étrange, puisqu'il s'était empressé de proposer autre chose. Ibiza... Elle serra l'éponge pour laisser ruisseler l'eau sur son dos et se rendit compte que depuis le matin et cette conversation en apparence insignifiante avec le photographe, les souvenirs affluaient à sa mémoire.

Elle n'avait plus pensé à Ibiza depuis des mois. Mais maintenant, elle revoyait la maison où elle avait vécu, longue et basse, couverte de bougainvillées et de vigne vierge. Elle entendait le

tintement des clochettes, le cri du coq ; elle sentait l'odeur de
résine et de genièvre que le vent poussait en bouffées depuis la
mer. C'était comme si le soleil torride de la Méditerranée lui
brûlait à nouveau la peau.

Chapitre 3

Cosmo

OLIVIA rencontra Cosmo Hamilton lors d'une fête organisée sur un bateau, au début de l'été 1979.

Elle détestait l'espace étriqué des bateaux, surtout avec une semblable cohue à bord. Il n'y avait pas de place et l'on se cognait sans cesse la tête et les tibias au gui ou au bossoir.

Si elle avait accepté à contrecœur de monter dans le dinghy pour rejoindre ce yacht de dix mètres ancré dans le port, c'était uniquement pour tenir compagnie à ses amis, et elle l'avait regretté aussitôt. Tout autour d'elle, les gens s'esclaffaient en buvant des bloody-mary et ne parlaient que d'une soirée mémorable qui avait eu lieu la veille et à laquelle elle n'avait pas assisté.

Debout dans le cockpit au milieu d'une quinzaine d'inconnus, son verre à la main, elle se sentait aussi mal à l'aise que si elle avait assisté à un cocktail organisé dans un ascenseur. Le pire, c'était qu'on ne pouvait pas descendre d'un bateau. Impossible de rejoindre la rue et de héler un taxi pour rentrer chez soi... Pour comble de malheur, elle se trouvait nez à nez avec un raseur au menton fuyant, membre de la Garde royale, qui jugeait passionnant d'expliquer à quelle vitesse, dans sa voiture de sport, il reliait sa résidence du Hampshire au château de Windsor. C'était à périr d'ennui.

Il s'éloigna quelques secondes à la recherche d'un autre verre ;

elle en profita pour s'éclipser en jouant des coudes, poursuivit jusqu'au gaillard d'avant et dénicha enfin un coin où s'asseoir, le dos contre le mât. Le bourdonnement des conversations lui parvenait encore mais, du moins, elle était seule. Il faisait une chaleur torride ; elle contempla la mer avec découragement.

Une ombre passa sur ses jambes. Elle leva les yeux, redoutant de voir surgir le garde de Windsor, mais il s'agissait d'un inconnu qu'elle avait remarqué à son arrivée. Sa barbe était grise et son abondante chevelure presque blanche. Très grand, mince, musclé, il était vêtu d'une chemise claire et d'un jean délavé.

— Puis-je vous offrir un autre verre ? proposa-t-il

— Non, je vous remercie.

— Vous préférez rester seule ?

Il avait une voix agréable et ne semblait pas du genre à se soucier de sa moyenne sur le trajet Hampshire-Windsor.

— Pas nécessairement, répondit-elle.

Il s'accroupit à son côté. En croisant son regard, elle s'aperçut qu'il avait les yeux bleu pâle, de la même nuance que son jean. Son visage tanné, sillonné de rides, lui donnait l'air d'un intellectuel. Un écrivain ?

— Je peux vous tenir compagnie, alors ?

Elle hésita, puis sourit.

— Pourquoi pas ?

Il s'appelait Cosmo Hamilton et habitait l'île depuis vingt-cinq ans. Non, il n'était pas écrivain. Il avait d'abord dirigé une organisation de croisières touristiques, puis avait représenté à Ibiza une agence de voyages londonienne, et maintenant il vivait de ses rentes, en dilettante.

Olivia, malgré elle, commençait à s'intéresser à lui.

— Vous ne vous ennuyez pas dans la vie ?

— Mais non. Pourquoi m'ennuierais-je ?

— Eh bien, à force de ne rien faire...

— J'ai un million d'occupations.

Il émanait de lui une telle vitalité qu'en fait elle le croyait volontiers. Cependant, elle le taquina :

— Lesquelles ?

Il eut un sourire qui plissa le coin de ses yeux. Tout à coup, sous ce regard lumineux, Olivia sentit son cœur battre plus fort dans sa poitrine.

— J'ai un bateau, dit-il, ainsi qu'une maison, un jardin, des étagères emplies de livres, deux chèvres et trois douzaines de poules naines, peut-être davantage. Elles se reproduisent très vite.

— Qui prend soin des poulets ? Vous, ou votre femme ?

— Ma femme habite Weybridge. Nous sommes divorcés.

— Donc, vous vivez seul...

— Pas tout à fait. J'ai une fille. Elle étudie en Angleterre, vit avec sa mère pendant le trimestre et me rejoint pour les vacances.

— Quel âge a-t-elle ?

— Treize ans. Elle s'appelle Antonia.

— Elle doit adorer venir ici !

— Oui. Nous nous amusons beaucoup tous les deux. Et vous, comment vous appelez-vous ?

— Olivia Keeling.

— Où êtes-vous descendue ?

— A l'hôtel *Los Pinos*.

— Seule ?

— Non. Avec des amis. C'est pour cela que je suis ici. Notre groupe a été invité et j'ai suivi le mouvement.

— Je vous ai vue monter à bord.

— J'ai horreur des bateaux, souligna-t-elle.

Il se mit à rire.

Dès le lendemain matin, il vint à sa recherche et la trouva seule près de la piscine. Ses amis dormaient encore, mais elle-même s'était déjà baignée et avait demandé qu'on lui serve le petit déjeuner au bord de l'eau.

— Bonjour !

Elle leva les yeux, l'aperçut debout dans un rayon de soleil.

— Oh ! Bonjour.

Elle avait les cheveux mouillés, lissés, et s'était drapée dans un peignoir blanc.

— Je peux m'asseoir ?

— Je vous en prie.

Du bout du pied, elle poussa une chaise dans sa direction et ajouta :

— Vous avez déjà déjeuné ?

— Oui, il y a deux heures.

— Un café, malgré tout ?

— Non, merci.

— Que puis-je pour vous ?

— Je suis venu vous demander si vous aimeriez passer la journée avec moi.

— L'invitation inclut-elle mes amis ?

— Non. Elle ne concerne que vous.

Il la regardait droit les yeux, sans ciller, presque comme s'il lui jetait un défi. Sans qu'elle sût pourquoi, cela la déconcerta. Il y avait des années qu'elle n'avait été ainsi prise au dépourvu et, pour masquer sa nervosité subite, prit une orange et commença de la peler.

— Que devrai-je dire aux autres ? s'enquit-elle.

— Que vous passez la journée avec moi, tout simplement !

L'écorce de l'orange, très dure, résistait à ses ongles.

— Que ferons-nous ? insista-t-elle.

— Nous prendrons mon bateau pour aller pique-niquer. Donnez-moi cela, ajouta-t-il d'un ton impatient. Vous n'y arriverez jamais de cette façon.

Il saisit l'orange, tira un canif de sa poche et coupa l'écorce en quatre.

— Je déteste les bateaux, rappela-t-elle.

— Je sais. Vous me l'avez dit hier.

Il rangea son couteau, acheva de peler le fruit et le lui tendit.

— Alors ? Est-ce oui ou non ?

Olivia s'enfonça dans sa chaise, le sourire aux lèvres, puis se mit à déguster le fruit quartier par quartier. Cosmo l'observait, silencieux. Il commençait à faire très chaud ; la chair de l'orange, savoureuse, fondait sur la langue. Olivia se sentait détendue, ravie comme un chat au soleil. Quand elle eut terminé, elle se lécha les doigts, regarda bien en face l'homme qui attendait :

— C'est oui.

Ce jour-là, elle s'aperçut qu'elle ne détestait pas autant les bateaux qu'elle l'avait cru. Celui de Cosmo était beaucoup plus petit que le yacht de la veille, mais aussi plus agréable. En outre, ils n'étaient que tous les deux ; ils avaient hissé la voile pour filer vers la pleine mer, contourner la côte et rejoindre une crique déserte. Là, ils avaient jeté l'ancre pour plonger dans l'eau turquoise et, après avoir nagé un long moment, étaient remontés sur le pont pour déjeuner.

Le soleil, désormais haut dans le ciel, leur brûlait la peau. Cosmo tendit un auvent au-dessus du cockpit pour qu'ils puissent manger à l'ombre : pain, tomates, saucisson de pays, fromages et fruits. Le vin, immergé dans l'eau au moyen d'une corde, était frais.

Quand la chaleur décrut, ils s'allongèrent sur le pont pour bronzer. Plus tard, alors que les rayons déclinaient, ils firent l'amour dans la minuscule cabine blanche.

Le lendemain, Cosmo revint dans une vieille 2 CV bringuebalante pour conduire Olivia vers l'intérieur des terres, chez lui. Les amis de la jeune femme, comme il fallait s'y attendre, lui en voulurent. Son ami en titre lui fit des reproches, essuya une réplique cinglante et s'enferma dans un silence boudeur. Elle l'oublia sur-le-champ.

La matinée était splendide. La route serpentait le long des collines, traversait des villages assoupis, mordorés sous le soleil. Ils dépassèrent des églises de campagne et des fermes blanches, où des chèvres broutaient une herbe jaune tandis que des mules entraînaient les meules à grain en une ronde monotone.

Rien n'avait changé depuis des siècles ; ni le commerce ni le tourisme n'avaient pénétré jusque-là. Ils quittèrent la route goudronnée, et s'engagèrent dans un sentier étroit, sombre et frais sous les pins. Enfin, Cosmo s'arrêta devant un énorme olivier.

Le sentier descendait à flanc de colline, au milieu des amandiers, jusqu'à la demeure. Longue et basse, entièrement blanche sous son toit de tuiles rouges, croulant sous les bougainvillées en fleur, elle dominait l'immense vallée qui s'étirait en pente douce vers la côte. Une terrasse dallée l'entourait. En contrebas, on distinguait un jardin noyé de végétation et une piscine scintillant au soleil.

Frappée par la beauté de l'endroit, Olivia avait peine à trouver ses mots.

— Quel lieu enchanteur ! murmura-t-elle.

— Venez, je vais vous faire visiter la maison.

On avait l'impression d'un véritable labyrinthe. D'innombrables escaliers reliaient les pièces dont aucune ne semblait au même niveau. De l'ancienne ferme restaient, à l'étage, la cuisine et une grande pièce transformée en salon, tandis que les chambres s'alignaient au rez-de-chaussée dans ce qui avait été les écuries et les étables.

Les murs blanchis à la chaux créaient une atmosphère à la fois fraîche et austère. Le mobilier était très simple : chaises de paille, meubles artisanaux, tables de bois ciré et, sur le plancher grossier, quelques tapis de couleur. Il n'y avait de rideaux que dans le salon. Partout ailleurs, on avait fermé par des stores les profondes embrasures des fenêtres.

Les sofas et les fauteuils débordaient de coussins. Il y avait des bouquets de fleurs et, près de la cheminée où s'entassaient des bûches, une pile de paniers d'osier. Dans la cuisine, qui embaumait les herbes et les épices, des casseroles de cuivre pendaient à une poutre. On devinait à de multiples indices qu'un homme cultivé habitait la demeure depuis vingt-cinq ans : les livres envahissaient les moindres recoins, par dizaines, empilés sur les rebords des fenêtres, sous les tables, près du lit. On avait accroché aux murs des tableaux de bonne facture et des photographies. Des disques étaient rangés avec soin près d'un électrophone.

La visite terminée, Cosmo lui fit franchir une porte basse puis descendre un escalier qui menait à la terrasse. Olivia tourna le dos au paysage pour examiner l'arrière de la maison.

— C'est encore plus beau que je ne l'imaginais.

— Asseyez-vous et admirez la vue. Je vais vous apporter un verre de vin.

Il indiquait une table et des chaises, un peu plus loin, mais Olivia s'adossa contre un muret. A ses pieds, des géraniums à la senteur citronnée fleurissaient dans des pots. Une armée de fourmis déambulait de l'un à l'autre. Il régnait une paix extraordinaire... Olivia tendit l'oreille pour entendre le tintement d'une cloche, le caquetage des poules, cachées quelque part dans le jardin, ou le frémissement des feuillages.

Un nouvel univers. Ils avaient parcouru à peine quelques kilomètres mais elle était très loin de son hôtel, de ses amis, des cocktails, des rues encombrées, des boutiques, des discothèques. Et plus loin encore, au-delà des mers, Londres, *Vénus* et son appartement semblaient s'évanouir dans le néant. Une paix inconnue l'envahissait. Je pourrais vivre ici, lui souffla une voix intérieure. Oui, voici un endroit où je pourrais vivre.

Elle entendit derrière elle le claquement des sandales de Cosmo sur les marches de pierre et se retourna. Il passa la porte en courbant sa haute taille, une bouteille couverte de buée et deux verres à la main. Ils s'assirent à la table. Cosmo tira de sa poche un cigare qu'il alluma.

— Je ne savais pas que vous fumiez, remarqua-t-elle.

— Seulement des cigares de temps à autre. J'ai été un gros fumeur... Aujourd'hui, je m'accorde une dérogation...

Il remplit l'un des verres et le tendit à Olivia.

— A quoi boirons-nous ? demanda-t-il.

— A votre maison. Comment s'appelle-t-elle ?

— Ca'n D'alt.

— Alors, à Ca'n D'alt. Et à son propriétaire.

Ils burent, puis Cosmo reprit :

— Je vous ai vue, par la fenêtre de la cuisine. Vous étiez aussi immobile qu'une statue. A quoi pensiez-vous ?

— Ici, dans les collines, le reste du monde semble s'effacer.

— Est-ce un bien ?

— Oui, je crois. Je...

Elle hésita. Ce qu'elle allait dire prenait tout à coup une extrême importance.

— Je ne suis pas une femme d'intérieur, vous savez. J'ai trente-trois ans ; je suis rédactrice en chef d'un magazine qui s'appelle *Vénus*. Il m'a fallu longtemps pour y arriver. J'ai commencé à gagner ma vie dès ma sortie d'Oxford. Je ne vous raconte pas du tout cela pour vous apitoyer, au contraire. J'ai fait ce que j'avais choisi. Je n'ai jamais voulu me marier ni avoir d'enfants. Ce n'est pas ce genre de stabilité que je recherche...

— Conclusion ?

— Eh bien, cette maison, cet endroit, c'est tout à fait le genre de lieu où je pourrais vivre, je crois. Je ne m'y sentirais ni prisonnière ni trop enracinée... Je ne sais pas pourquoi.

Elle lui sourit, répéta :

— Vraiment, je ne sais pas.

— Restez, alors.

— Aujourd'hui ? Cette nuit ?

— Non. Restez, c'est tout.

— Ma mère m'a appris à ne jamais accepter d'invitation trop vague, sans date d'arrivée ni de départ.

— Elle a tout à fait raison. Mettons que votre date d'arrivée,

59

c'est aujourd'hui, et que vous fixerez vous-même votre date de départ.

— Vous me demandez d'habiter avec vous ?

— Oui.

— Et mon travail ? C'est un bon emploi, Cosmo. Bien payé, avec des responsabilités. J'y ai consacré toute mon existence.

— Il est peut-être temps de prendre un congé sabbatique. Personne ne peut travailler sans répit.

Un congé sabbatique ? Douze mois seulement, alors. Plus, se dit-elle, ce serait une fuite.

— J'ai aussi une maison, une voiture...

— Prêtez-les à des amis.

— Et ma famille ?

— Vous pouvez les inviter à venir.

Sa famille, ici à Ibiza... Elle eut une vision de Nancy en train de rôtir près de la piscine tandis que George restait assis à l'ombre, un chapeau sur la tête, par crainte des coups de soleil. Noël ? Il écumerait les plages avoisinantes et resurgirait à l'heure du dîner en compagnie de jeunes beautés blondes, nubiles, parlant des langues incompréhensibles. Sa mère... L'idée, cette fois, n'avait rien de ridicule. Le cadre conviendrait à Pénélope. Elle adorerait les amandiers, la terrasse inondée de soleil, les poules naines. Olivia se rendit compte qu'en imaginant les réactions de sa mère elle décrivait en fait les siennes propres. Elle était elle-même séduite par cet endroit.

— Vous aussi, vous avez une famille, dit-elle à voix haute. Que penseront-ils ?

— Je n'ai qu'Antonia.

— Eh bien, ne risque-t-elle pas d'être choquée ?

Cosmo se passa la main dans la nuque, un peu embarrassé.

— Le moment n'est peut-être pas bien choisi pour en parler, mais il y a eu d'autres femmes, vous savez.

Olivia se mit à rire.

— Et Antonia n'y a vu aucun inconvénient ?

60

— Elle comprend très bien. Elle est même devenue amie avec certaines.

Il y eut un silence : Cosmo semblait attendre sa réponse. Olivia baissa les yeux sur son verre.

— Ce n'est pas une décision qu'on peut prendre à la légère, murmura-t-elle enfin.

— Cela demande réflexion en effet. Voulez-vous manger un peu? Nous en rediscuterons plus tard.

Elle acquiesça. Cosmo regagna la maison en annonçant qu'il allait préparer des pâtes aux champignons. Olivia s'aventura dans le jardin, cueillit dans le potager une laitue, quelques tomates et de jeunes courgettes. Elle rejoignit Cosmo, prépara une salade, puis ils mangèrent sur la table de la cuisine. Ensuite, Cosmo déclara qu'une sieste s'imposait : ils s'allongèrent et firent l'amour, avec plus de plaisir que la première fois.

A quatre heures, quand la canicule s'atténua un peu, ils descendirent à la piscine, nagèrent nus, se séchèrent au soleil.

Cosmo se mit à raconter sa vie. Il avait cinquante-cinq ans. Appelé sous les drapeaux le jour même où il quittait le collège, il avait combattu toute la durée de la guerre. A la fin du conflit, s'apercevant que la vie militaire ne lui déplaisait pas, il s'était engagé comme officier dans l'armée régulière. Puis, à trente ans, il avait reçu un petit héritage de son grand-père. Financièrement indépendant pour la première fois de sa vie, il avait démissionné. Libre et sans attaches, il avait résolu de voir le monde. Après avoir beaucoup voyagé, il avait débarqué un jour à Ibiza où le tourisme n'existait pas encore. Il était tombé amoureux de l'île, avait décidé d'y prendre racine et n'était plus reparti.

— Et votre femme? questionna Olivia. Quand l'avez-vous épousée?

— A la mort de mon père. J'étais allé en Angleterre pour l'enterrement et je suis resté quelque temps pour aider ma mère à régler ses affaires. Je n'étais plus tout jeune : j'avais déjà quarante et un ans. J'ai rencontré Jane dans une soirée, à Londres.

Elle tenait un magasin de fleurs et avait à peu près votre âge. Je venais de perdre mon père et sans doute avais-je peur de la solitude. Jane était très douce, pressée de convoler, et trouvait l'idée d'Ibiza follement romantique. J'aurais dû l'y amener avant de l'épouser, lui présenter la maison, un peu comme on présente sa fiancée à sa famille. Je ne l'ai pas fait. Nous nous sommes mariés à Londres avant de partir et lorsqu'elle est entrée ici elle était déjà ma femme.

— S'est-elle plu à Ibiza ?

— Au début, oui. Et puis elle s'est mise à regretter Londres. Trop de choses lui manquaient : ses amis, les théâtres, les concerts à l'Albert Hall, le shopping, les week-ends à la campagne. Elle s'ennuyait de plus en plus.

— Et Antonia ?

— Elle est née ici. J'ai cru qu'un enfant occuperait sa mère, la distrairait, mais cela a fait, au contraire, empirer les choses. Nous avons donc résolu de nous séparer à l'amiable. Jane est repartie avec Antonia. Quand celle-ci a eu huit ans, elle a commencé à venir passer avec moi toutes ses vacances scolaires.

— Cela ne vous a pas posé de problèmes ?

— Non, aucun. C'est une enfant très facile à vivre. Quand elle est là, je me fais aider par un couple qui habite une fermette non loin d'ici, Tomeu et Maria. Tomeu me donne un coup de main au jardin et Maria range la maison tout en gardant l'œil sur Antonia. Ils s'entendent tous trois à merveille et, grâce à eux, Antonia est bilingue.

Une brise fraîche s'était levée. Olivia se redressa pour enfiler son chemisier et Cosmo se mit debout, déclarant que la conversation lui avait donné soif. Il entra préparer du thé. Olivia s'étendit de nouveau, savourant ces quelques minutes de solitude. L'eau de la piscine reflétait comme un miroir la statue d'un joueur de flûte qui se dressait à l'autre bout.

Une mouette passa dans le ciel. Olivia la regarda filer et elle sut à cet instant précis qu'elle resterait avec Cosmo. Elle s'offrirait ce cadeau extraordinaire : une année de vie différente.

Rompre les amarres ne se révéla pourtant pas si simple. Il y avait tant à faire ! D'abord, il fallut retourner à l'hôtel *Los Pinos*, reprendre ses bagages, régler la note. Redoutant la réaction de ses amis, la jeune femme renonça à les affronter et se borna à confier à la réception un message assez confus, tout en ayant un peu honte de sa lâcheté.

Ensuite, il y eut des télégrammes à envoyer, des lettres à écrire, des appels téléphoniques à lancer.

Sitôt les derniers détails réglés, elle se mit à frissonner, épuisée, saisie d'appréhension, physiquement malade. Elle n'osa pas s'en ouvrir à Cosmo, mais il la découvrit, le soir même, prostrée sur le canapé, sanglotante.

Il se montra très compréhensif, l'installa dans la chambre d'Antonia et la laissa se reposer deux jours et deux nuits, ne la dérangeant que pour lui apporter du lait chaud, des toasts ou des fruits.

Le matin du troisième jour, elle s'éveilla fraîche, débordant d'énergie. Elle s'étira, courut à la fenêtre. Un coq chantait, les poules naines caquetaient. Elle enfila un peignoir pour gagner la cuisine, prépara du thé. Après avoir disposé la théière et deux tasses sur un plateau, elle descendit à la chambre de Cosmo.

La pièce était encore plongée dans l'obscurité, mais il ne dormait plus et se redressa en l'entendant entrer.

— Hello ! s'écria-t-il. Quelle surprise !

— Bonjour, Cosmo. Voici du thé.

Elle posa le plateau près de lui et releva le store. Cosmo consulta sa montre.

— Sept heures et demie... Tu es bien matinale.

— Je suis venue te dire que j'allais mieux, répondit-elle en s'asseyant sur le lit. Je suis désolée de m'être laissée aller. Comment puis-je te remercier de ta gentillesse et de ta patience ?

— Je connais un moyen fort simple, dit-il.

— Si tôt ? répliqua-t-elle en riant.

— Il n'est jamais trop tôt.

Il s'écarta pour lui faire de la place... Un long moment après, il murmura :

— Tu es une femme accomplie, Olivia.

Elle reposait tout contre lui, apaisée.

— J'ai un peu vécu, Cosmo, comme toi.

Il se pencha, l'embrassa, et dit : « Je t'aime. »

Les journées se succédèrent, égales, torrides, paresseuses. Olivia prenait le temps de vivre. Elle nageait, dormait, descendait au jardin nourrir les poules, ramasser les œufs ou désherber les plates-bandes. Elle fit la connaissance de Tomeu et Maria qui l'accueillirent avec un parfait naturel et la saluaient chaque matin d'une vigoureuse poignée de main. En aidant Maria à préparer d'énormes paellas, elle apprit quelques mots d'espagnol. Peu à peu, elle ne se soucia plus de sa tenue et déambula toute la journée sans maquillage, pieds nus, vêtue de jeans usés ou d'un bikini. Parfois, elle allait au village avec Cosmo, pour faire quelques courses ; mais par un accord tacite ils ne se rendaient ni en ville ni sur la côte.

Elle s'apercevait que pour la première fois de sa vie elle ne passait pas tout son temps à travailler d'arrache-pied, tendue vers un seul but : réussir, parvenir le plus vite possible en haut de l'échelle. Dès son plus jeune âge, elle avait eu pour unique ambition d'être partout la première. Au lycée, elle avait étudié sans répit, révisant ses examens jusqu'à l'aube pour entrer à l'université. Une fois à Oxford, elle avait mis tout en œuvre pour arriver major de sa promotion... Elle avait obtenu les meilleures mentions dans ces deux disciplines, l'histoire et l'anglais, mais ne s'était pas reposée pour autant. Une force incontrôlable la poussait. Elle craignait de perdre du temps, de rater une seule occasion, et avait cherché immédiatement un emploi. Il y avait onze ans de cela : elle ne s'était jamais arrêtée.

Or, elle avait mis fin en un jour à cette période d'activité frénétique sans le moindre regret. Avec lucidité, elle devinait que la rencontre avec Cosmo s'était produite au bon moment, tel le remède à une maladie dont elle aurait souffert sans en soupçonner l'existence. Elle se sentait transformée. Ses cheveux n'avaient jamais été si drus, si chatoyants. Ses yeux noirs, aux cils fournis, brillaient d'un nouvel éclat. Son visage d'ordinaire anguleux devenait plus rond, son expression plus douce. Sa peau avait pris un ton mordoré, uniforme, et lorsqu'elle se regardait dans le miroir elle se trouvait désormais réellement belle.

Un jour, profitant d'une matinée de solitude (Cosmo était descendu en ville chercher son courrier et jeter un coup d'œil à son bateau), elle s'installa au soleil, sur la terrasse. Devant elle, un couple d'oiseaux perchés sur un olivier se courtisaient en faisant des grâces. C'était très drôle et elle les contempla un long moment, amusée.

Puis, peu à peu, une curieuse sensation de vacuité monta en elle, finit par l'envahir tout entière. Intriguée, elle entreprit d'analyser l'impression, s'interrogea sur les causes. Elle comprit qu'elle s'ennuyait. Ce n'était dû ni à Ca'n D'alt ni à Cosmo ; elle n'était lassée ni de l'un ni de l'autre. Mais son propre esprit lui semblait soudain vidé, aride, monotone comme une pièce sans meubles. Elle se leva et, d'un pas résolu, entra dans la maison pour choisir un livre.

Quand Cosmo revint, elle était si absorbée par sa lecture qu'elle ne l'entendit pas approcher et sursauta en l'apercevant debout devant elle.

— Quelle chaleur ! dit-il, je meurs de soif.

Il s'interrompit pour ajouter, surpris :

— Tu portes des lunettes, Olivia ? Je l'ignorais.

— Juste pour lire, expliqua-t-elle en posant le volume, ou pour dîner avec des hommes d'affaires lorsqu'il me faut les convaincre de mon sérieux. Sinon, je mets des verres de contact. Es-tu déçu de mon apparence avec des lunettes ? Ce détail va-t-il changer le cours de nos relations ?

— Pas le moins du monde. Cela te donne un air intellectuel très séduisant. Que lis-tu ?

— *Le Moulin sur la Floss*, de George Eliot.

— Ne t'identifie pas à cette pauvre Maggie Tulliver, je t'en prie !

— Je ne m'identifie à personne, ne crains rien. Tu as une excellente bibliothèque. Elle contient tout ce que j'ai toujours eu envie de lire ou de relire sans jamais en avoir le temps. Je vais sans doute passer l'année le nez dans les livres.

— Dans la mesure où tu en émerges de temps à autre pour satisfaire mes pulsions charnelles, cela ne me dérange pas.

— Je n'y manquerai pas !

Il se pencha pour l'embrasser et s'éclipsa.

Après avoir terminé *Le Moulin sur la Floss*, elle se lança dans *Les Hauts de Hurlevent*, puis dans Jane Austen, Sartre, *A la recherche du temps perdu* et, pour la première fois de sa vie, *Guerre et Paix*. Elle lut des classiques, des biographies, des romans d'auteurs presque inconnus, redécouvrit John Cheever et Joseph Conrad. Elle parcourut même un vieil exemplaire des *Chercheurs de trésors*, qu'elle se rappelait avoir dévoré avec passion pendant son enfance.

Cosmo aimait parler de ces livres qui étaient pour lui des compagnons familiers et, le soir, Olivia et lui avaient de passionnantes discussions littéraires. En même temps, ils écoutaient la *Symphonie du Nouveau Monde*, les *Variations* d'Elgar ou leurs opéras favoris.

Cosmo recevait chaque semaine le *Times* de Londres. Un jour, après la lecture d'un article sur les tableaux de la Tate Gallery, Olivia lui parla de Lawrence Stern.

— C'était mon grand-père, le père de ma mère, précisa-t-elle.

— Vraiment ? s'écria Cosmo en haussant les sourcils. Quelle

curieuse coïncidence ! Je connais ses œuvres. C'était un artiste de grand talent. Pourquoi ne me l'as-tu pas dit plus tôt ?

— Parce que je ne pense pas très souvent à lui, je suppose. Il ne correspondait plus au goût du public et avait sombré dans l'oubli.

— Voyons... Je crois me rappeler qu'il est né vers 1860. Si tu l'as connu, il devait être très âgé...

— Je n'en ai pas eu l'occasion. Il s'est éteint en 1946, avant ma naissance, chez lui.

— Porthkerris se trouve en Cornouailles, n'est-ce pas ? J'imagine que vous aviez gardé la demeure pour y passer les vacances...

— Non, ma mère a d'abord loué cette maison pendant plusieurs années, puis a dû se résoudre à la vendre, car elle était sans cesse à court d'argent. C'est aussi pour cela que nous n'allions pas en vacances, d'ailleurs.

— Jamais ? Et cela ne vous manquait pas ?

— Nancy en souffrait beaucoup. Noël, moins, car il a toujours été très débrouillard et s'arrangeait pour se faire inviter par ses amis plus fortunés. Il allait aux sports d'hiver, sur la Riviera, etc.

— Et toi ? demanda Cosmo d'une voix tendre.

— Cela ne me pesait pas. Nous habitions à Londres une jolie maison avec un grand jardin et j'avais aux alentours toutes les bibliothèques, les musées et les galeries d'art dont je pouvais rêver, répondit-elle en souriant. Lawrence Stern avait résidé de longues années à Oakley Street, puis il en a fait don à ma mère juste après la guerre en affirmant que l'arthrite l'empêchait de continuer à peindre et qu'il préférait retourner en Cornouailles. Cela dit...

Elle s'interrompit, cherchant à s'exprimer le plus honnêtement possible, puis reprit :

— Disons que mon père ne savait pas mener sa barque et se révélait incapable d'assurer la sécurité matérielle de sa famille. Mon grand-père s'en doutait, et à mon avis c'est pour cette raison qu'il a laissé sa maison à sa fille. Ainsi avait-elle au moins un toit...

— Y réside-t-elle toujours ?

— Non, l'entretien d'Oakley Street a fini par lui coûter trop cher. Elle a vendu il y a quelques mois pour aller s'installer un peu hors de Londres. Elle rêvait de passer ses vieux jours à Porthkerris, mais Nancy l'en a dissuadée et lui a fait acheter un cottage, Podmore's Thatch, dans un village du Gloucestershire qui s'appelle Temple Pudley. A la décharge de Nancy, il faut avouer que c'est un endroit charmant. Maman s'y sent très bien.

— A-t-elle beaucoup d'œuvres de son père ?

— Non, hélas ! Il lui reste en tout et pour tout trois toiles. J'aimerais qu'elle en ait plus. Étant donné l'évolution du marché, les Lawrence Stern risquent de prendre beaucoup de valeur dans les années qui viennent.

La conversation dériva vers d'autres peintres de l'époque victorienne, puis sur Augustus John dont Cosmo proposa la biographie à Olivia. Ils discutèrent du célèbre artiste, échangèrent des anecdotes sur ses excentricités, puis finirent par reconnaître que sa sœur Gwen avait produit tout compte fait une œuvre plus remarquable encore.

Plus tard, ils se douchèrent, revêtirent une tenue plus « habillée » qu'à l'accoutumée et se rendirent au bar du village, *Chez Pedro*, où l'on pouvait prendre un verre en terrasse à la lueur des étoiles. Un jeune homme assis non loin avec sa guitare se mit à jouer le second mouvement du *Concerto d'Aranjuez* de Rodrigo. La mélodie s'éleva dans la tiédeur de la nuit nostalgique, chargée de toute la mélancolie de l'âme espagnole.

Antonia, la fille de Cosmo, était attendue la semaine suivante et Maria avait entrepris de nettoyer sa chambre à fond. Elle avait sorti tous les meubles sur la terrasse pour blanchir les murs à la chaux, lessivé rideaux, draps et couvertures et, maintenant, elle battait les tapis avec énergie.

Devant ce frénétique déploiement d'activité qui soulignait l'importance de l'événement, Olivia se sentait remplie d'appréhension. Dans une certaine mesure, elle s'inquiétait un peu de devoir « partager » Cosmo avec quelqu'un, mais elle craignait surtout de ne pas savoir comment se comporter, commettre des bévues ou manquer de tact. Cosmo avait beau évoquer la simplicité et l'ouverture d'esprit d'Antonia, elle n'était pas rassurée : elle n'avait aucune expérience des enfants. A la naissance de son frère, Noël, elle avait déjà dix ans et avait quitté la demeure familiale bien avant qu'il n'eût atteint l'adolescence. Elle trouvait ses neveux Rupert et Mélanie si antipathiques et si mal élevés qu'elle se faisait un point d'honneur de les fréquenter le moins possible. Elle s'interrogeait avec angoisse : De quoi parle-t-on à une enfant ? A quoi l'occupe-t-on ? Comment allaient-ils remplir leurs journées, tous les trois ?

Un après-midi, alors qu'ils paressaient au soleil, elle revint sur le sujet.

— Tu comprends, Cosmo, je m'en voudrais de gâcher les rares moments que vous passez ensemble. Vous êtes très proches l'un de l'autre, cela se devine. Comment Antonia ne verrait-elle pas en moi une rivale, quelqu'un qui lui dispute la première place dans le cœur de son père ? Après tout, elle n'a que treize ans, un âge difficile et sensible. Il serait tout à fait normal qu'elle se montre jalouse.

— Je ne pourrai donc pas te convaincre qu'il n'en ira pas ainsi ? dit-il en soupirant.

— Il y aura sûrement des moments qu'elle aura envie de partager avec toi seul et je ne m'en rendrai pas compte, faute d'intuition. En toute franchise, n'ai-je pas raison ?

— Tu restes donc sourde à tous mes arguments... Eh bien, voici ce que je suggère. Pourquoi ne pas convier quelqu'un d'autre à séjourner ici en même temps qu'Antonia ? Te sentirais-tu plus à l'aise ?

— Oh ! Cosmo, quelle excellente idée ! Oui, cela me faciliterait les choses. Mais qui inviter ? As-tu une idée ?

— Non, pas la moindre. Je te laisse le choix. Du moment que ce n'est pas un homme jeune, beau et viril...

— Et si je proposais le voyage à ma mère ?

— Accepterait-elle ?

— Sans hésiter.

— Est-ce que nous serons obligés de faire chambre à part ? Je ne suis plus d'âge à me faufiler la nuit dans l'escalier.

— Ce ne sera pas nécessaire. Ma mère n'entretient d'illusions sur personne, sur moi moins que sur quiconque. Tu l'adoreras, tu verras.

La perspective de revoir Pénélope enchantait Olivia.

— Dans ce cas, déclara Cosmo en enfilant son jean, il n'y a pas une minute à perdre. Prévenons-la tout de suite, afin qu'elle puisse trouver Antonia à l'aéroport d'Heathrow et prendre le même vol. Antonia, qui n'aime pas beaucoup monter seule en avion, se sentira rassurée, et ta mère appréciera sans doute d'avoir une compagnie.

— Où allons-nous ? questionna Olivia qui s'habillait à son tour.

— Au village, pour téléphoner de *Chez Pedro.* As-tu le numéro de Podmore's Thatch ? En Angleterre, il est six heures et demie. A quoi ta mère s'occupe-t-elle à cette heure-ci, en général ?

— Elle jardine. Ou bien elle prépare à dîner pour dix personnes. Ou elle offre un verre à quelqu'un.

— J'ai hâte de la rencontrer !

L'atterrissage du vol Londres-Ibiza, via Valence, était prévu pour vingt et une heures quinze. Tandis que Maria, folle de joie à l'idée de revoir Antonia, préparait à Ca'n D'alt un fastueux dîner d'accueil, Olivia et Cosmo avaient pris la route de l'aéroport. Sans se l'avouer, ils éprouvaient tous deux une certaine nervosité et arrivèrent en avance. Ils déambulaient dans l'aérogare depuis une demi-heure quand on annonça le débarquement des passagers : des touristes aux traits tirés, blancs comme des cachets, plusieurs couples originaires de l'île suivis d'une ribambelle d'enfants, quelques hommes d'affaires en costume strict et lunettes noires, un prêtre, deux religieuses... Au dernier instant, alors même qu'elle commençait à se demander si leurs deux passagères n'avaient pas manqué l'avion, Olivia aperçut Pénélope Keeling et Antonia Hamilton.

Elles avaient empilé leurs bagages sur un chariot dont les roulettes s'obstinaient à se mettre en travers. Contraintes de le surveiller sans cesse, pliées en deux par le rire, elles bavardaient avec tant d'animation qu'elles ne virent pas tout de suite Olivia et Cosmo.

Olivia se sentait nerveuse parce qu'elle redoutait de trouver sa mère changée. Non pas « vieillie » à proprement parler, mais fatiguée, imperceptiblement diminuée par l'âge... Elle comprit au premier coup d'œil qu'il n'en était rien. Égale à elle-même, Pénélope avançait d'un pas vif. Dans son éternelle cape bleue, achetée après guerre à la veuve d'un officier de marine et qu'Olivia lui avait toujours connue, elle avait un port de reine. Ses cheveux gris étaient roulés sur la nuque en chignon, une lueur amusée pétillait dans ses yeux, et même les malencontreux écarts du chariot ne parvenaient pas à lui faire perdre sa dignité. Bien entendu, elle croulait sous les sacs et les paniers.

Quant à Antonia... Olivia découvrait une adolescente assez grande, mince, paraissant plus que ses treize ans. Ses cheveux longs, raides, d'un blond doré, flottaient sur ses épaules. Elle portait un jean, un T-shirt, un blouson de coton rouge, tenait d'une main des sandales de plage en plastique et de l'autre un sac en tissu.

Cosmo agita la main en appelant sa fille ; les deux voyageuses levèrent alors la tête et Antonia, abandonnant Pénélope avec le chariot, se faufila entre les grappes de voyageurs chargés de

71

valises pour venir se jeter au cou de son père. Il la souleva, la fit tournoyer et déposa sur ses joues deux baisers sonores.

— Tu as encore grandi ! s'écria-t-il.

— Oui. De trois centimètres !

Elle tourna vers Olivia son visage frais, parsemé de taches de rousseur, aux yeux gris-vert. Son regard trahissait sa curiosité mais elle avait une expression avenante, pleine de gaieté.

— Bonjour, dit la compagne de Cosmo. Je m'appelle Olivia.

Antonia se dégagea de l'étreinte de son père et coinça ses sandales de plage sous son coude pour tendre la main droite.

— Ravie de vous connaître !

Ainsi, Cosmo ne s'était pas trompé ; sa fille acceptait la situation avec un parfait naturel. Désarmée et charmée par la spontanéité de l'adolescente, Olivia serra la main qu'on lui tendait.

— Bienvenue à Ibiza, Antonia.

Puis, laissant le père et la fille en tête à tête, elle s'empressa d'aller retrouver Pénélope qui patientait près des bagages. Muette d'émotion, celle-ci ouvrit grand les bras. Olivia s'y blottit sans honte, humant avec délices le parfum familier du patchouli de sa mère.

— Ma petite fille, ma chérie ! Je n'arrive pas à croire que je suis avec toi, enfin !

Elles rejoignirent Cosmo et Antonia et, brusquement, tout le monde se mit à parler en même temps.

— Cosmo, voici ma mère, Pénélope Keeling...

— Vous n'avez pas eu de problème pour vous reconnaître, à Heathrow ?

— Aucun. Je tenais un journal à la main et j'avais une rose entre les dents.

— Oh, Papa, il est arrivé des choses si drôles, dans l'avion ! Quelqu'un s'est senti mal...

— Tous vos bagages sont là ?

— Combien de temps avez-vous attendu à Valence ?

— ... et l'hôtesse a renversé un verre de jus d'orange sur une religieuse !

Puis, quand l'agitation se fut un peu calmée, Cosmo s'empara du chariot et guida tout le monde vers la sortie. Ils s'entassèrent tant bien que mal dans la 2 CV, Pénélope à l'avant avec Cosmo, Antonia et Olivia à l'arrière, les bagages sur les genoux.

— Comment vont Maria et Tomeu ? demanda Antonia. Et les poules naines ? Au fait, Papa, tu sais que j'ai eu la meilleure note en français ? Tiens ! ils ont ouvert une nouvelle discothèque. Et une piste de patinage ! Oh ! promets-moi que nous irons faire du patin à roulettes ! Et puis je voudrais apprendre à surfer. Est-ce que les leçons coûtent très cher ?

Quand ils tournèrent dans le sentier qui descendait vers Ca'n D'alt, Olivia vit que l'on avait allumé toutes les lumières de la terrasse ; elles scintillaient entre les branches des amandiers comme les lampions d'une fête. A peine Cosmo s'était-il arrêté devant la maison que Maria et Tomeu se précipitaient, radieux, arborant leurs plus beaux habits. Tomeu, dans une chemise blanche repassée avec soin, s'était même rasé pour l'occasion et lança d'une voix joyeuse :

— *Hola señor !*

Son épouse, cependant, ne se souciait que de sa protégée.

— Antonia !

— Maria ! cria Antonia en courant se jeter dans les bras de la jeune femme.

— *Antonia, mi niña favorita ! Como está usted ?*

Pendant ce temps, Olivia conduisait sa mère à la chambre qu'on lui avait réservée. La pièce donnait de plain-pied sur la terrasse. De dimensions minuscules, elle contenait tout juste un lit, une commode et quelques portemanteaux en guise de garde-robe. Mais Maria lui avait fait subir le même traitement qu'à la chambre d'Antonia. Pour rendre l'atmosphère plus accueillante encore, Olivia avait disposé des roses jaunes dans une cruche de porcelaine et préparé quelques livres choisis avec soin. Deux marches menaient à l'unique salle de bains de la bâtisse.

— La plomberie est parfois capricieuse, indiqua Olivia, cela dépend du niveau de l'eau dans le puits.

— Je te remercie de me prévenir. Sais-tu que j'aime beaucoup cette maison ? Je m'y suis sentie à l'aise sur-le-champ.

Pénélope ôta sa cape, la suspendit et ouvrit sa valise pour ranger ses effets.

— En outre, Cosmo a l'air très sympathique. Et toi, je ne t'ai jamais vue si resplendissante !

— Tu es un ange d'être venue, dit Olivia en s'asseyant au bord du lit, d'autant que je t'ai vraiment avertie au dernier moment. Je me suis dit que ta présence faciliterait les choses pendant le séjour d'Antonia... Non que ce soit la seule raison pour laquelle je t'aie appelée, bien sûr. Il y a longtemps que je voulais te faire découvrir cet endroit.

— Ne t'excuse pas, tu sais que j'adore l'imprévu. Après ton coup de fil, j'ai tout de suite téléphoné à Nancy pour la mettre au courant. Elle mourait de jalousie mais j'ai feint de ne pas m'en apercevoir... Quant à Antonia, je suis ravie d'avoir voyagé en sa compagnie. C'est une enfant délicieuse, pleine d'humour, très franche... Dieu sait que Rupert et Mélanie sont loin d'être aussi bien élevés. Pourquoi diable suis-je affligée de pareils petits-enfants ?

— As-tu des nouvelles de Noël ?

— Je ne l'ai pas vu depuis plusieurs mois, mais je lui ai téléphoné l'autre jour pour savoir s'il était toujours en vie. Apparemment, c'était le cas.

— Que devient-il ?

— Il s'est déniché une sorte de studio, aux alentours de King's Road. Je n'ose imaginer le montant du loyer. C'est son affaire... Il a l'intention de quitter l'édition pour entrer dans la publicité, où il aurait d'excellents contacts. Lorsque j'ai appelé, il partait en week-end pour Cowes. Comme tu vois, il ne change pas.

— Et toi ? Ta maison ?

— Elle me plaît de plus en plus, répondit Pénélope avec conviction. La serre est enfin terminée. J'ai planté du jasmin, une vigne vierge, et acheté un grand fauteuil de jardin très confortable.

— Bonne idée. Cela te manquait.

— Le magnolia a fleuri pour la première fois. J'ai fait élaguer la glycine. Les Atkinson sont venus passer un week-end. Il faisait si beau que nous avons dîné dehors... Ils ont demandé de tes nouvelles et t'envoient leur meilleur souvenir.

Pénélope regarda sa fille avec un sourire plein de tendresse.

— J'ai hâte de leur dire combien je t'ai trouvée épanouie et heureuse.

— Dis-moi, Maman... as-tu été très surprise en apprenant que j'abandonnais tout pour vivre avec Cosmo ? N'as-tu pas pensé que... je perdais la tête ?

— Non. Cela m'a d'abord étonnée, bien sûr, et puis j'ai songé : pourquoi pas ? Tu travaillais tant que je m'inquiétais pour ta santé.

— Vraiment ? Tu ne m'en as jamais parlé.

— Je n'ai pas à intervenir dans la façon dont tu mènes ta vie, Olivia. Mais cela ne m'empêche pas de me faire du souci.

— Dans un sens, tu voyais juste. Le jour même où j'ai décidé d'arrêter, je me suis complètement effondrée. J'ai dormi deux jours entiers ! Je crois que si j'avais continué sur le même rythme j'aurais échoué tôt ou tard dans une clinique de luxe, pour surmenage.

— Dieu merci, tu nous as évité ça !

Tout en parlant, Pénélope s'affairait, empilait ses chemisiers dans la commode, suspendait ses robes aux portemanteaux. Elle n'avait acheté aucun vêtement neuf pour le voyage. Mais Olivia savait qu'elle portait les tenues les plus usées avec une élégance sans égale.

Cependant, à sa grande surprise, sa mère tira du fond de la

valise un vêtement qu'elle ne lui connaissait pas : un caftan de soie sauvage vert émeraude, rebrodé d'or, qui semblait provenir d'un conte des *Mille et une Nuits*. Pénélope le secoua pour le déplier et l'exhiba avec fierté.

— Quelle splendeur ! s'écria Olivia. Où as-tu trouvé cela ?

— Il est beau, n'est-ce pas ? Il vient du Maroc. Je l'ai racheté à Rose Pilkington. Sa mère l'avait rapporté de Marrakech, il y a des années, et Rose l'a découvert par hasard, dans un coffre.

— Tu dois avoir l'air d'une impératrice, avec cela.

— Attends, ce n'est pas tout !

Pénélope suspendit le caftan, puis se mit à fouiller dans son volumineux sac à main.

— Je t'ai écrit que ma tante Ethel était morte, tu t'en souviens ? Eh bien, elle m'a légué quelque chose. Cela m'est arrivé par la poste, deux jours avant mon départ.

— Tante Ethel ? Je la croyais pauvre comme Job.

— Elle l'était ! Mais tu sais aussi combien elle se montrait fantasque et pleine d'humour. Je suis sûre qu'elle a savouré à l'avance la surprise que j'aurais après sa mort...

Olivia hocha la tête : elle avait gardé d'Ethel l'image d'un personnage hors du commun.

Sœur unique de Lawrence Stern, beaucoup plus jeune que lui, Ethel était arrivée à trente-trois ans sans se marier. C'était alors la fin de la Première Guerre mondiale ; presque tous les hommes de sa génération étaient morts en France, sur les champs de bataille. Faisant contre mauvaise fortune bon cœur, la jeune femme avait décidé de tirer le meilleur parti possible de ce célibat imposé. Elle s'était installée dans une maisonnette de Putney longtemps avant que le quartier ne fût à la mode, et elle « bouclait » ses fins de mois en donnant des leçons de piano et en prenant des pensionnaires qui, soupçonnait la famille, devenaient souvent ses amants. Cette existence n'offrait *a priori* rien d'attrayant, mais malgré ses maigres revenus Ethel profitait pleinement de la vie. Durant leur enfance, les enfants de Pénélope attendaient ses visites avec impatience. Elle leur apportait chaque fois des cadeaux, et puis elle était si drôle, si différente des autres adultes ! Il était d'ailleurs plus amusant encore d'aller chez elle. Olivia se rappelait nombre d'événements cocasses. Un jour qu'ils s'apprêtaient à déguster le gâteau — brûlé — préparé par leur tante, le plafond s'était effondré ; une autre fois, en voulant faire cuire des pommes de terre sous la cendre au fond de son jardinet, ils avaient mis le feu à la barrière. Ethel leur enseignait le french cancan et leur chantait des airs de music-hall emplis d'allusions un peu lestes. La jeune Olivia, quoiqu'un peu gênée, riait aux larmes, tandis que Nancy pinçait les lèvres en feignant de ne rien comprendre.

Au physique, Ethel était une petite personne frêle et sèche comme une sauterelle, avec des pieds minuscules, une chevelure teinte en roux flamboyant et une éternelle cigarette au coin des lèvres. En dépit de cet aspect un peu canaille et de son mode de vie excentrique (ou peut-être bien à cause d'eux), elle avait dans tout le Royaume-Uni d'innombrables amis, « camarades de collège » ou « anciens soupirants » qui l'adoraient et chez qui elle faisait de fréquents séjours. A Londres, elle partageait son temps entre les musées, les concerts, la rédaction d'interminables missives, la compagnie de son pensionnaire du moment, ses leçons de piano et ses conversations téléphoniques. En particulier, elle appelait à tout instant son agent de change — qui devait être un homme fort patient — et, si ses actions marquaient la moindre hausse, s'autorisait avant le dîner, en guise d'apéritif, deux verres de gin au lieu d'un. « Il faut savoir fêter les bonnes surprises ! » commentait-elle avec son sourire malicieux.

Quand elle eut atteint soixante-dix ans, le rythme effréné de la vie londonienne avait pesé autant sur sa santé que sur sa bourse. Elle avait alors déménagé à Bath pour se rapprocher de ses meilleurs amis, Milly et Bobby Rodway. Hélas ! ils étaient morts tous deux peu après. Tante Ethel s'était retrouvée seule. Avec son dynamisme et sa gaieté, elle avait surmonté sa peine et tenté de reprendre ses activités, mais l'âge avait eu raison d'elle. Un matin, en trébuchant sur la bouteille de lait déposée par le laitier, elle s'était brisé la hanche. Elle n'avait jamais recouvré la santé ; elle commença à perdre la mémoire puis ses autres facultés ; les autorités la transférèrent dans une maison de retraite. Malgré la longueur du trajet, Pénélope était allée la voir souvent, au volant de sa vieille Volvo. Bien qu'Olivia l'eût accompagnée à deux ou trois reprises, la vision de tante Ethel décrépite, muette et tremblante sous son châle l'avait chaque fois tellement déprimée qu'elle avait préféré renoncer à ces visites.

— Cette chère Ethel, dit Pénélope avec tendresse, sais-tu qu'elle est morte à presque quatre-vingt-quinze ans ? Un âge trop avancé... Ah ! Les voici.

L'air triomphant, elle tira du sac un écrin à bijou en cuir. Elle pressa le fermoir et révéla, sur le velours terni, une somptueuse paire de boucles d'oreilles.

Olivia laissa échapper un « Oh ! » de stupéfaction. Elle n'avait jamais rien vu d'aussi merveilleux que ces pendants de perles et rubis, accrochés à une croix en or que surmontait un anneau de perles minuscules. Les bijoux avaient le charme tout à la fois désuet et raffiné des joyaux de la Renaissance.

— Elles sont splendides ! Appartenaient-elles vraiment à tante Ethel ?

— Mais oui.

— Comment diable ont-elles pu arriver en sa possession ?

— Je n'en ai pas la moindre idée. Je sais seulement qu'elles ont dormi une cinquantaine d'années dans le coffre de sa banque !

— Elles semblent très anciennes...

— A mon avis, elles datent de l'époque victorienne, et je les crois italiennes.

— Peut-être les tenait-elle de sa mère ?

— C'est possible, comme il est possible aussi qu'elle les ait gagnées un jour au poker, ou les ait reçues en hommage d'un riche admirateur ! Avec Ethel, toutes les hypothèses sont permises.

— Les as-tu fait expertiser ?

— Non, je n'en ai pas eu le temps. Je doute d'ailleurs qu'elles vaillent grand-chose, malgré leur beauté. En tout cas, elles vont très bien avec mon caftan. Ne les croirait-on pas fabriquées sur mesure pour moi ?

— Tout à fait, affirma Olivia. Cependant, quand tu rentreras, promets-moi de consulter un expert et de prendre une assurance.

— J'essaierai d'y penser. Je suis si sotte pour ce genre de choses ! répondit Pénélope en enfouissant la boîte dans son sac.

Sa valise vidée, elle la glissa sous le lit, puis se tourna vers le miroir et entreprit d'ôter un à un les peignes d'écaille qui retenaient son chignon. Sa chevelure grisonnante, mais aussi fournie qu'autrefois, tomba sur ses épaules. Elle s'empara d'une brosse à cheveux pour se coiffer avec énergie. Olivia contemplait ce rituel familier d'un air attendri.

— Parle-moi de toi, ma chérie, reprit Pénélope. Quels sont tes projets ?

— Je vais rester ici un an. Ensuite, je reviendrai à Londres.

— La directrice de la revue le sait-elle ?

— Non.

— Mais tu souhaites retravailler pour *Vénus*, n'est-ce pas ?

— Peut-être. A moins que je ne trouve mieux.

Pénélope posa sa brosse et refit son chignon en un tournemain.

— Voilà ! Une rapide toilette et je serai prête.

— Attention aux marches en entrant dans la salle de bains !

Pénélope disparut. Olivia l'attendit, assise sur le lit. Admirative devant la sérénité de sa mère et le naturel avec lequel elle acceptait la situation, la jeune femme se demanda comment aurait réagi une femme plus conventionnelle. Elle aurait sans doute pressé sa fille de se marier, en rêvant de la conduire en robe blanche à l'autel. La seule vision de Pénélope dans ce rôle la fit éclater de rire.

Quand sa mère reparut, elle demanda :
— Que dirais-tu de manger quelque chose ?
— Avec plaisir. Je suis affamée.

Elles sortirent sur la terrasse, savourèrent un moment la pénombre tiède qui noyait le jardin, puis contournèrent la maison pour se rendre à la cuisine. Cosmo, Antonia, Maria et Tomeu, assis autour de la table éclairée de bougies, avaient entamé une bouteille de vin et festoyaient dans un joyeux brouhaha.

A présent, Olivia et Cosmo reposaient dans l'obscurité, enlacés.
— Elle est très sympathique, dit Cosmo à voix basse.
— Je savais qu'elle te plairait, répondit Olivia, ravie.
— Je comprends de qui tu tiens ta beauté, maintenant.
— Oh ! Maman a toujours été cent fois plus jolie que moi !
— ... Il faut que je lui fasse rencontrer mes amis. Ils m'en voudraient de ne pas avoir fait sa connaissance. Je vais organiser une réception, le plus tôt possible. Qu'en dis-tu ?

Une réception ? Ils n'avaient jamais vu personne, Maria, Tomeu et quelques habitués de *Chez Pedro* mis à part.
— C'est une bonne idée, mais qui comptes-tu donc inviter ?

Cosmo la serra contre lui avec un rire étouffé.
— Figure-toi, ma chérie, que je connais beaucoup de gens, sur cette île. J'y habite depuis vingt-cinq ans ! Me prenais-tu pour un sauvage relégué au ban de la société ?
— Non, bien sûr. Seulement, je... je ne me suis jamais posé de questions sur notre « retraite forcée ». Sans doute parce que je n'ai besoin d'autre compagnie que la tienne !
— Il est vrai que j'ai préféré ne pas t'imposer de visites pendant un certain temps. Pour être franc, durant ces trois jours où tu n'as fait que dormir, j'ai eu un peu peur pour toi. C'est à ce moment-là que j'ai décidé de ménager ta tranquillité aussi longtemps qu'il le faudrait.

Elle lui sourit avec tendresse dans le noir, le découvrant plus attentionné encore qu'elle ne l'imaginait.

— L'idée d'une réception te séduit-elle? reprit-il. Réponds-moi
en toute sincérité.

— Si elle me séduit? Oui. Beaucoup!

— Que préfères-tu? Une simple soirée, ou une réception
fastueuse?

— Le faste, sans hésiter! Ma mère a apporté une tenue de
soirée.

Le lendemain matin, au petit déjeuner, il entreprit de rédiger
une liste de noms avec l'aide de sa fille.

— Papa, il ne faut pas oublier Mme Sangé.

— Elle est décédée, Antonia!

— Invite le vieil Antoine, alors. Il acceptera, j'en suis sûre.

— Je croyais que tu ne l'aimais pas beaucoup?

— Oh! j'aurai tout de même plaisir à le voir. Et les fils
Hardback? Ils sont si gentils! Ils vont essayer d'obtenir pour
moi un rabais sur les leçons de surf.

La liste close, Cosmo se rendit *Chez Pedro*, où il passa la
matinée à téléphoner. Avant de partir, il avait préparé des
invitations écrites à l'intention de ceux qui, comme lui, ne
disposaient pas du téléphone. Tomeu les distribuait au volant de
la vieille 2 CV qu'il conduisait plutôt dangereusement. A la fin
de la journée, soixante-dix personnes avaient répondu à l'appel.
Cosmo trouvait cela naturel, mais Olivia était fort impressionnée.
Avec sa modestie coutumière, son compagnon n'avait jamais fait
étalage de ses nombreuses relations.

Un électricien vint installer des guirlandes de lampions tout
autour de la piscine. Tomeu balaya la terrasse, dressa des
planches sur des tréteaux, apporta chaises et coussins. Antonia
fut chargée de frotter les miroirs, laver la vaisselle de porcelaine
qui ne servait jamais et sortir des armoires des nappes et des
serviettes. Olivia et Cosmo revinrent épuisés, de la ville, chargés
d'huile d'olive, amandes grillées, oranges, citrons, fiasques de
vin. Pendant ce temps, dans la cuisine, Maria et Pénélope, dans
une entente parfaite malgré l'absence d'un langage commun,

rôtissaient des gigots, bardaient des volailles, préparaient des paellas, battaient des œufs, tournaient des sauces, enfournaient des pains et tranchaient des tomates.

On attendait les invités à neuf heures ; à huit heures, Olivia prit une douche et se changea tandis que Cosmo, rasé de frais, s'efforçait de fixer ses boutons de manchettes en or aux poignets de sa plus belle chemise.

— Maria y a mis tellement d'amidon que je ne parviens plus à ouvrir les boutonnières !

Elle s'assit à son côté pour l'aider. Il leva les yeux sur elle.

— Et toi, que vas-tu mettre ?

— Je possède deux robes de soirée que j'avais achetées dans l'espoir de faire tourner les têtes à l'hôtel *Los Pinos*.

— Laquelle choisiras-tu ?

— Je me fie à ton goût. Elles sont dans l'armoire.

Il sortit les robes. L'une, courte, en mousseline rose vif, s'ornait de volants. L'autre était longue, bleu saphir, de forme Empire, avec un profond décolleté et de fines bretelles. Comme Olivia s'y attendait, Cosmo opta pour la bleue. Elle l'embrassa et passa dans la salle de bains. Quand elle en sortit, il avait disparu. A l'instant où elle glissait ses pieds dans ses chaussures, on frappa à la porte. C'était Antonia.

— Olivia, que pensez-vous de ma tenue ? Oh ! Vous êtes ravissante !

— Merci, Antonia. Laissez-moi vous regarder...

— J'ai acheté cette robe à Weybridge avec Maman. Au début, elle me plaisait, mais maintenant je ne sais plus. Maria ne la juge pas assez habillée.

C'était une robe blanche toute simple, avec une jupe plissée et une encolure carrée agrémentée d'un col marin bleu marine. Antonia avait mis des sandales blanches et noué sa tresse blonde avec un ruban bleu foncé.

— Pour ma part, je vous trouve parfaite, déclara Olivia.

Elles sortirent main dans la main et gagnèrent les abords

illuminés de la piscine. Pénélope avait déjà entamé une conversation animée avec un inconnu. Son caftan brodé et ses boucles d'oreilles lui donnaient une allure d'impératrice.

Au lendemain de cette soirée, le mode de vie des habitants de Ca'n D'alt changea. Envolées, les longues semaines de solitude et d'oisiveté : ils n'avaient désormais plus une minute à eux. Les invitations ne cessaient d'affluer. Ils participaient à d'innombrables pique-niques, barbecues, promenades en bateau. Il y avait sans arrêt des voitures garées devant la maison et jamais moins d'une douzaine de personnes — en général des adolescents de l'âge d'Antonia — autour de la piscine. De surcroît, Antonia avait commencé ses leçons de surf. Quand elle descendait à la plage, les trois adultes l'accompagnaient. Allongés sur le sable, ils contemplaient ses efforts avec amusement, ou se livraient à l'occupation favorite de Pénélope : observer les gens, commenter leurs attitudes, critiquer leurs travers. En l'écoutant, Olivia était souvent saisie d'un fou rire inextinguible.

De temps à autre, par bonheur, ils bénéficiaient d'un jour « creux » et saisissaient l'aubaine pour se reposer au soleil. Pénélope, à qui son chapeau de paille, sa robe de coton et son hâle donnaient l'air d'une paysanne de l'île, s'armait d'un sécateur et disparaissait tout l'après-midi dans le jardin pour tailler les rosiers de Cosmo. Olivia lisait ou se plongeait avec délectation dans la piscine. Le soir, lorsque la température se faisait un peu plus clémente, ils partaient se promener dans la campagne.

Quand vint pour Pénélope le moment de regagner l'Angleterre, personne n'avait envie de la laisser partir. Cosmo, cédant de bon cœur aux suggestions d'Olivia et d'Antonia, l'invita à prolonger son séjour ; elle se montra touchée mais refusa avec fermeté.

— Je suis ici depuis plus d'un mois, alors que je m'étais promis de ne rester que deux semaines ! déclara-t-elle.

— Nous avons l'impression que vous êtes arrivée hier à peine ! lui répondit Antonia.

— Tu es gentille, dit Pénélope en souriant. Mais il est temps que je retrouve ma maison. J'ose à peine imaginer l'état de mon jardin et de ma serre.

— Vous reviendrez, n'est-ce pas ? insista l'adolescente.

Pénélope ne répondit pas. Il y eut un bref silence ; le regard de Cosmo croisa celui d'Olivia.

— Alors ? reprit Antonia, le cœur serré.

Pénélope lui tapota la main.

— Un jour, peut-être, murmura-t-elle.

Ils l'accompagnèrent tous les trois à l'aéroport et, après les adieux, traînèrent dans le hall jusqu'à ce que l'avion eût décollé. Quand il n'y eut plus qu'un minuscule point noir dans le ciel, ils regagnèrent la voiture et rentrèrent à Ca'n D'alt.

— Ce n'est pas la même chose quand elle n'est pas là, n'est-ce pas ? déclara Antonia d'une petite voix.

— Oui, acquiesça Olivia avec douceur. En son absence, ce n'est jamais pareil.

Podmore's Thatch,
Temple Sudbury,
Glos.

17 août

Très chers Olivia et Cosmo,

Comment pourrais-je vous remercier de ces vacances inoubliables, de votre extrême gentillesse ? Je n'ai jamais été si bien accueillie et suis rentrée chez moi la tête pleine de souvenirs. Ca'n D'alt est un endroit fascinant. Vos amis se sont montrés tous plus charmants les uns que les autres et quant à l'île, elle m'a enchantée, jusqu'à ses plages les plus peuplées ! Vous me manquez beaucoup, et Antonia peut-être plus encore. Il y avait des années que je n'avais passé des heures aussi agréables, aussi enrichissantes avec un être si jeune. Bref ! Je pourrais continuer à me répandre en remerciements pendant des pages, mais je m'abstiendrai : vous devinerez aisément ma gratitude. J'aurais d'ailleurs dû vous écrire plus tôt. Hélas ! Je n'ai pas eu une minute à moi. A mon retour, le jardin ressemblait à une véritable jungle, et tous les rosiers avaient séché sur pied. Sans doute devrais-je engager un jardinier.

Avant de regagner mes pénates, je me suis arrêtée deux jours à Londres chez les Friedmann qui m'ont emmenée écouter un excellent concert au Festival Hall. J'en ai profité pour faire expertiser les boucles d'oreilles. Croyez-moi si vous voulez, mais on m'affirme qu'elles valent au moins quatre mille livres ! Quand j'ai eu repris mes esprits, j'ai interrogé l'expert au sujet de l'assurance. Eh bien, cela coûte si cher que j'y ai renoncé et ai déposé les boucles à la banque dès mon arrivée ici. A mon avis, leur destin veut qu'elles restent enfermées dans un coffre pour l'éternité ! Je pourrais les vendre, bien sûr, mais elles sont si jolies ! En outre, il est réconfortant de connaître leur valeur au cas où j'aurais envie de faire une folie. Acheter un motoculteur pour mon jardin, par exemple.

Nancy, George et leurs enfants sont venus déjeuner dimanche dernier, sous le prétexte d'entendre parler d'Ibiza. En fait, ils voulaient surtout se plaindre des Croftway et raconter en détail leur dîner chez le lieutenant royal du comté. J'avais préparé du faisan, des choux-fleurs du jardin et une tarte aux pommes à la crème et au brandy, mais Rupert et Mélanie n'ont cessé de chipoter dans leur assiette en se chamaillant. Leur mère n'a aucune autorité sur eux, et George ne semble même pas remarquer leurs mauvaises manières. Nancy m'irritait tellement que, pour la taquiner, je lui ai parlé des boucles d'oreilles. Elle n'a manifesté aucun intérêt pour la question (elle n'avait jamais rendu visite à cette pauvre Ethel) jusqu'à l'instant où j'ai prononcé ces mots magiques, « quatre mille livres ». Elle a alors sursauté et s'est dressée comme un chien de chasse sur la piste du gibier... Pauvre

Nancy, elle n'a jamais rien su dissimuler et l'on devinait sans peine le cours de ses pensées : elle imaginait déjà sa fille au bal des Débutantes avec, dans Harpers and Queen, *le commentaire suivant sous une photographie romantique à souhait : « Mélanie Chamberlain, l'une des plus gracieuses débutantes de cette année, avec les célèbres boucles d'oreilles en or et rubis héritées de sa grand-mère. »*

Je suis sans doute mauvaise langue et manque d'indulgence envers ma fille aînée, mais je n'ai pu résister au plaisir de vous raconter l'anecdote.

Croyez encore à toute ma reconnaissance. Les mots semblent bien faibles pour l'exprimer.

Tendresses,
Pénélope.

Les mois passèrent. Ce fut Noël, puis février. L'hiver avait été pluvieux, et ils n'avaient pas quitté le coin du feu. Peu à peu, cependant, la température s'adoucit. Les amandiers bourgeonnèrent ; bientôt, il fit assez bon pour déjeuner dehors.

Février... Olivia croyait alors tout savoir de Cosmo ; elle se trompait. Un après-midi, revenant du jardin avec un panier d'œufs à la main, elle entendit une voiture s'arrêter sous les oliviers. Un homme qu'elle n'avait jamais vu en sortit. Il avait l'air espagnol, mais était vêtu de façon stricte, costume marron et cravate. Il portait un canotier et tenait des dossiers sous le bras. Olivia lui sourit avec courtoisie ; il la salua en ôtant son chapeau.

— *Buenos días.* Pourriez-vous dire au *señor* Hamilton que Carlos Barcello souhaite le voir ? poursuivit-il en anglais. J'attendrai ici.

— Entendu.

Olivia se dirigea vers le bureau où Cosmo était occupé à écrire son courrier.

— Cosmo ? Un certain M. Barcello te demande.

86

— Carlos ! Mon Dieu, j'avais oublié qu'il devait venir..., s'écria-t-il en posant son stylo. J'arrive.

Il se précipita à l'extérieur, sans lui proposer de les rejoindre. Elle l'entendit lancer en guise de bonjour :

— *Hombre !*

Elle rangea les œufs à la cuisine, puis, intriguée, s'approcha de la fenêtre pour regarder les deux hommes. Elle les vit arpenter le jardin, s'éloigner pour examiner le puits, entrer dans la maison ; ils s'arrêtèrent au rez-de-chaussée. Elle se souvint que la baignoire fuyait depuis quelque temps. M. Barcello était peut-être plombier.

Ils ressortirent sur la terrasse, bavardèrent encore un moment, puis se serrèrent la main. Le visiteur remonta en voiture et s'éloigna. Cosmo réintégra son bureau. La chaise grinça ; il s'était remis à son courrier.

Il était presque cinq heures. Olivia prépara du thé et descendit.

— Qui était-ce ? demanda-t-elle en posant le plateau près de Cosmo.

— Pardon ? dit-il, l'air absorbé.

— Qui est donc ce M. Barcello ?

Il se tourna vers elle, le regard malicieux.

— Tu me sembles bien curieuse.

— Je le suis, je l'avoue. Je ne l'avais jamais vu. En outre, il paraît fort élégant, pour un plombier.

— Qui te dit qu'il est plombier ?

— Eh bien, avec la baignoire, j'ai pensé...

— Tu te trompes, déclara Cosmo. C'est mon propriétaire.

— Ton *quoi* ?

— Mon propriétaire.

Elle le contempla fixement, croisa les bras. C'était comme si un grand froid l'envahissait. Elle avait mal entendu, ce n'était pas possible...

— Veux-tu dire que... que Ca'n D'alt ne t'appartient pas ?

— C'est cela.

— Depuis vingt-cinq ans que tu habites ici ?

— Je ne cesse de te le dire, Olivia. Je suis locataire.

La nouvelle la bouleversait. Cette maison pleine de souvenirs, ce jardin entretenu avec tant d'amour... Rien n'était à Cosmo. Tout appartenait à cet inconnu, ce Carlos Barcello.

— Pourquoi ne l'as-tu pas achetée ?

— Carlos a toujours refusé de vendre.

— Pourquoi n'en as-tu pas cherché une autre, alors ?

— Parce que je ne me sentais bien qu'ici. En outre...

Il s'interrompit et se leva pour aller prendre un cigare sur la cheminée. Le dos tourné, il poursuivit :

— ... dès qu'Antonia a eu l'âge d'aller à l'école, j'ai tenu à prendre en charge ses frais d'éducation. De ce fait, je n'ai jamais eu les moyens d'acquérir quoi que ce soit.

Il prit un papier froissé, se pencha pour l'enflammer aux braises du foyer, alluma son cigare.

Je n'ai jamais eu les moyens... Soudain, elle comprit qu'à aucun moment Cosmo et elle n'avaient abordé la question d'argent. Le sujet n'avait rien de tabou ; tout simplement, il n'avait pas surgi entre eux. Elle avait des économies, détestait se faire entretenir, et il lui avait paru naturel de participer aux dépenses, réglant de temps à autre les factures d'épicerie et le plein d'essence. Parfois même, quand Cosmo était à cours de liquide, elle payait les consommations *Chez Pedro* ou lors de leurs rares sorties en ville. Mais pas une seule fois elle ne s'était interrogée sur les ressources de son compagnon, et réalisait qu'il avait pris seul en charge les frais du loyer.

Elle le contemplait, silencieuse. Son cigare allumé, il s'était tourné pour lui faire face, appuyé au manteau de la cheminée.

— Tu as l'air choquée, dit-il.

— Je le suis, Cosmo. Posséder sa propre maison m'a toujours paru la première des priorités. A mon avis, rien d'autre ne confère une telle sensation de sécurité. C'est parce que Oakley Street appartenait à ma mère que ses enfants y voyaient un abri, un havre contre les vicissitudes de l'existence. En rentrant, le soir, nous retrouvions mieux que notre chez-soi : nos racines.

Il n'émit aucun commentaire et lui demanda :

— Possèdes-tu ta maison de Londres ?

— Pas encore. Mais dans deux ans j'aurai fini de la payer.

— Quelle femme d'affaires tu fais !

— Nul besoin d'être une femme d'affaires pour comprendre l'absurdité de payer un loyer pendant vingt-cinq ans !

— Tu dois me prendre pour un irresponsable.

— Non ! Je crois comprendre ce qui s'est passé. Et c'est bien pour cela que je m'inquiète...

— A mon sujet ?

— Mais oui. J'habite ici depuis plusieurs mois et me rends compte seulement maintenant que je ne me suis jamais demandé de quoi tu vis.

— Désires-tu le savoir ?

— Si cela ne t'ennuie pas.

— Eh bien, mon grand-père m'avait laissé un petit portefeuille d'actions, et je touche une retraite de l'armée.

— C'est tout ?

— C'est tout.

— Et... à ta mort, ta retraite ne sera plus versée, j'imagine ?

— Exact. Cela dit, ajouta-t-il en souriant, ne m'enterre pas trop vite. Je n'ai que cinquante-cinq ans.

— Et Antonia ?

— Je n'aurai pas grand-chose à lui léguer. Je peux juste espérer qu'elle aura trouvé un riche mari entre-temps.

Jusque-là, ils avaient discuté avec sérénité, sans se quereller ; mais en entendant ces derniers mots Olivia perdit tout sang-froid.

— Comment peux-tu dire une chose pareille ? C'est impensable. On se croirait revenu à l'époque de la reine Victoria ! Tu n'oserais tout de même pas condamner ta fille à dépendre d'un homme sa vie durant ! Il faut qu'elle puisse compter sur ses propres ressources. C'est élémentaire !

— J'ignorais que l'argent eût tellement d'importance pour toi, Olivia.

— Ce n'est pas l'argent qui compte, mais les choses qu'il permet d'acquérir. Non pas des sottises comme les bijoux, les manteaux de fourrure ou les croisières à Hawaii, bien sûr. Mais des notions fondamentales, l'indépendance, la dignité, le fait d'avoir du temps à soi.

— C'est donc pour cela que tu as travaillé toute ta vie ? Pour te dégager de l'insupportable suprématie masculine ?

— Tu me présentes comme une féministe bornée. C'est injuste ! Je pensais que tu me connaissais mieux que cela, Cosmo.

Il garda le silence et Olivia regretta aussitôt son mouvement de colère. A quoi bon se disputer ? Elle reprit d'un ton plus calme :

— Dans un certain sens, tu n'as pas tout à fait tort. Je... j'ai toujours eu envie de suivre l'exemple de ma mère, qui se montrait plus responsable, plus forte que mon père. En outre, la profession de journaliste me permet de m'épanouir, pas seulement parce que j'aime écrire, mais aussi parce que j'ai besoin de ce défi permanent, de cette stimulation.

— Et... cela suffit à te combler ?

— Oh, le bonheur... je ne crois pas beaucoup à la félicité sur terre, tu sais. Disons que je me sens plus satisfaite quand mes activités me passionnent que lorsque je suis désœuvrée. Est-ce que tu me comprends ?

— Tu n'as donc pas été heureuse, avec moi ?

— Comment te dire ? Ces mois écoulés ont constitué une expérience précieuse, une sorte de merveilleuse éclipse dans la grisaille quotidienne. Tu n'imagines pas à quel point je t'en resterai reconnaissante. Mais on ne peut pas vivre toute la vie dans un rêve, n'est-ce pas ? Bientôt, je risque de commencer à tourner en rond, à me montrer irritable. Tu te demanderas ce qui arrive, et je m'apercevrai qu'il est temps pour moi de rentrer à Londres et de reprendre l'existence pour laquelle je suis faite.

— Quand ? murmura Cosmo. Quand comptes-tu repartir ?

— Le mois prochain, sans doute.

— Nous serons en mars. Tu ne seras restée que dix mois au lieu de douze.

— Je sais. Mais Antonia arrive en avril et je préfère ne plus être ici à ce moment-là.

— Je croyais que tu t'entendais bien avec elle...

— Justement, Cosmo. Je ne veux pas acquérir trop d'importance à ses yeux. De surcroît, je vais avoir de nombreux problèmes à régler. Reprendre un emploi, pour commencer...

— Ne va-t-on pas te rendre ton ancien poste ?

— Je l'ignore. Le cas échéant, je trouverai mieux.

— Tu sembles bien sûre de toi.

— Il le faut !

Il poussa un soupir puis, avec un geste impatient, jeta dans l'âtre son cigare à demi consumé.

— Et si je te demandais de m'épouser, Olivia ? Le ferais-tu ? J'ai du mal à envisager l'avenir sans toi...

— Oh ! Cosmo... Écoute, tu es le seul homme avec lequel je pourrais me marier, déclara-t-elle. Mais je te l'ai dit dès mon arrivée à Ca'n D'alt : je ne veux pas fonder une famille. J'ai besoin de mon indépendance.

— Je t'aime, Olivia.

Elle traversa la pièce pour venir appuyer sa tête sur l'épaule de Cosmo. Il y eut un long silence.

— J'avais préparé du thé, dit-elle enfin. Il va être froid.

Cosmo lui caressa les cheveux.

— Reviendras-tu à Ibiza de temps à autre, au moins ?

— Je... je ne crois pas.

— M'écriras-tu ? Me donneras-tu de tes nouvelles ?

— Je t'enverrai une carte postale tous les ans. A Noël.

Il plongea ses yeux dans les siens ; elle lut dans son regard une immense tristesse.

— Maintenant, je sais, chuchota-t-il.

— Quoi donc, Cosmo ?

— Je sais que je vais te perdre pour toujours.

Chapitre 4

Noël

A quatre heures et demie, ce même vendredi de mars, sombre et noyé de pluie, tandis qu'Olivia menaçait son assistante de renvoi et que Nancy déambulait dans Harrods, leur frère Noël quittait les locaux ultramodernes de Weinborn & Weinburg (publicistes) pour rentrer chez lui.

Les bureaux ne fermaient pas avant cinq heures trente, mais il travaillait à l'agence depuis cinq ans et estimait avoir bien gagné le privilège de s'éclipser plus tôt de temps à autre. Ses collègues, habitués, ne levèrent même pas les yeux. Il avait déjà une excuse toute prête si jamais il croisait un supérieur dans l'ascenseur : il ne se sentait pas bien, couvait sans doute une grippe et avait jugé préférable d'aller se mettre au lit.

Bien entendu, c'était faux. Il se rendait dans le Wiltshire, pour le week-end, chez des gens nommés Early. Il ne les connaissait pas encore : Camilla Early était une vieille camarade de classe d'Amabel, la compagne actuelle de Noël.

— Ils organisent une réception à l'occasion d'une course de chevaux locale, avait expliqué Amabel. Ce sera sans doute très amusant.

— Ils ont le chauffage central ? avait demandé Noël, méfiant.

A cette époque de l'année, il n'avait pas l'intention de frissonner tout un week-end devant un misérable feu de bois.

— Bien sûr ! Ils sont très riches. Les parents de Camilla venaient la chercher à l'école dans une énorme Bentley.

Cela semblait prometteur. C'était le genre d'endroit où l'on avait de bonnes chances de lier d'utiles relations. Dans l'ascenseur, Noël oublia tout de la journée écoulée pour se concentrer sur les heures à venir. Si Amabel n'était pas en retard, ils pourraient quitter Londres avant l'heure de pointe du vendredi soir. D'ailleurs, il espérait bien qu'elle viendrait avec sa voiture. Sa propre Jaguar émettait des bruits bizarres, et il n'avait pas envie de payer lui-même le plein d'essence.

Il émergea dans Knightsbridge sous une pluie diluvienne. Les véhicules circulaient pare-chocs contre pare-chocs. D'ordinaire, il prenait le bus jusqu'à Chelsea, ou même par beau temps rentrait à pied en longeant Sloane Street ; mais aujourd'hui il héla un taxi. Au diable l'avarice !

A mi-chemin de King's Road, il fit arrêter le chauffeur, régla la course et s'engagea dans la rue menant à sa résidence, Vernon Mansions.

Sa voiture, une Jaguar, d'un modèle prestigieux mais vieille de dix ans, était garée devant chez lui. Il l'avait rachetée une misère à un type en faillite, et s'était aperçu un peu tard que le châssis tombait en morceaux, que les freins étaient morts et qu'elle consommait des quantités d'essence faramineuses. De surcroît, le moteur émettait depuis quelques jours des bruits inquiétants... Il s'arrêta pour examiner les pneus, y donna un coup de pied. Ils étaient insuffisamment gonflés. Si par malheur ils devaient utiliser la Jaguar le soir même, il serait obligé de faire halte dans une station-service.

Il s'engouffra dans le hall de son immeuble, qui sentait le renfermé et le moisi. Négligeant l'ascenseur il monta à pied. Un long couloir étroit, sa porte... Il était chez lui.

« Chez lui ! » Quelle plaisanterie !

Tout l'immeuble avait été divisé en appartements minuscules, pompeusement surnommés pied-à-terre, et loués pour un prix prohibitif à des hommes d'affaires lassés de leurs allers et retours quotidiens entre la City et les lointaines banlieues du Surrey, du Sussex ou du Buckinghamshire. L'entrée étriquée donnait sur un salon flanqué d'une kitchenette et d'une salle de bains grande comme un mouchoir de poche. Dans un mur s'ouvrait une alcôve où l'on avait glissé un lit à deux places. L'été, la chaleur y était si étouffante que Noël devait souvent se résoudre à dormir sur le canapé.

Le décor et le mobilier en teintes beiges ou marron étaient d'une incroyable laideur. Par la fenêtre, on apercevait le mur de brique d'un supermarché neuf et, en contrebas, une allée bordée de garages. Le soleil n'entrait jamais. Les murs, autrefois crème, avaient viré au jaunâtre.

Mais c'était une adresse élégante et, pour Noël, cela primait tout. Habiter un quartier chic faisait partie de son image, à l'instar de la Jaguar, des chemises Harvey et Hudson et des chaussures Gucci. Ces détails importaient d'autant plus que, du fait des circonstances familiales, il n'avait pas fréquenté de collège privé mais un simple lycée londonien. Il lui manquait les amitiés prestigieuses que l'on noue à Eton, Harrow ou Wellington, et, à presque trente ans, il en éprouvait encore une profonde rancœur.

Heureusement il n'avait pas eu de difficulté à trouver un emploi après ses études. Un poste tout prêt l'attendait dans la firme de son père, Keeling & Philips, une vieille maison d'édition de St. James à l'esprit assez traditionnel. Il y avait travaillé cinq ans avant de s'envoler vers les sphères plus attrayantes et beaucoup plus lucratives de la publicité. En revanche, il n'avait dû compter que sur ses propres moyens pour se créer des relations dignes de ce nom. Il ne s'était pas trop mal débrouillé, car il disposait d'atouts dont il savait tirer un excellent parti : il était beau garçon, sportif, disert, charmant à l'égard des douairières, respectueux en présence des vieux messieurs. Avec la patience et l'habileté d'un espion professionnel, il avait réussi à

95

s'infiltrer dans les cercles les plus huppés de la bonne société londonienne. Il était convié chaque année au bal des Débutantes et, pendant la Saison, dormait à peine, rentrant chez lui aux petites heures pour se changer et repartir aussitôt à son bureau. Le week-end, on le voyait aux courses de Henley, Cowes ou Ascot. On l'invitait au ski à Davos, à la pêche dans le Sutherland, et sa photographie paraissait de temps à autre dans les pages mondaines de *Harpers and Queen*, en compagnie de femmes élégantes : « Noël Keeling semble apprécier l'esprit de son hôtesse. »

D'une certaine manière, il était arrivé à ses fins ; pourtant, cela ne lui suffisait pas. Il se sentait las, avait l'impression de tourner en rond. Il aurait voulu encore plus.

L'atmosphère lugubre de l'appartement le déprimait. Il tira les rideaux et alluma une lampe pour rendre la pièce plus intime. Puis il se débarrassa de son pardessus, se versa une rasade de whisky sur des glaçons et s'affala sur le canapé en ouvrant le *Times* à la page économique.

Les actions de Consolidated Cables avaient pris un point. Tant mieux. Il passa aux courses : Scarlet Flower était arrivé quatrième. Cinquante livres qui partaient en fumée ! Après avoir parcouru la critique d'une pièce de théâtre, il examina les annonces des salles de vente. Un Millais s'était vendu à Christie's pour presque huit cent mille livres.

Huit cent mille livres !

La nouvelle le rendit malade de jalousie. Il posa le journal et but une gorgée de whisky en songeant aux *Porteuses d'eau*, de Lawrence Stern, qui serait mis aux enchères chez Boothby's la semaine suivante. Comme Nancy, Noël n'avait jamais tenu l'œuvre de son grand-père en haute estime mais, contrairement à elle, il avait suivi avec attention le regain d'intérêt pour la peinture victorienne. Il avait vu les prix augmenter sans cesse au fil des années et dépasser maintenant ses plus folles prévisions.

Oui, Stern rapportait des sommes astronomiques et lui n'en

avait pas un seul à vendre. Aucun d'eux n'avait hérité quoi que ce fût de leur grand-père. N'était-ce pas inconcevable ? Il ne restait en tout et pour tout, dans la famille, que les trois tableaux d'Oakley Street que sa mère avait emportés avec elle et qui déparaient son minuscule cottage.

Combien pouvaient-ils valoir ? Cinq cent, six cent mille livres ? Peut-être devrait-il essayer de pousser sa mère à les vendre. Bien sûr, il faudrait partager le montant de la vente, et il se doutait que Nancy ne se montrerait pas la moins rapace. Mais même ainsi il disposerait d'une somme coquette. Son imagination s'enflamma. Il rêvait de quitter son emploi plutôt terne chez Weinborn & Weinburg pour monter sa propre agence. Tout ce dont il avait besoin, c'était d'une adresse prestigieuse dans le West End, d'un téléphone, d'un ordinateur et de punch. Or, du punch, il en avait à revendre. Il saurait convaincre les investisseurs, décrocherait de très gros marchés, se ferait un nom... Cette perspective l'enivrait. Il se sentait débordant d'énergie. Il ne lui manquait qu'une chose : le capital.

Dès le prochain week-end, il irait voir sa mère. Nancy ne lui avait-elle pas expliqué, quelques jours plus tôt, au téléphone, que Pénélope avait des problèmes cardiaques ? Cela lui fournirait l'excuse idéale. Il s'informerait d'abord de sa santé puis, en faisant preuve de tact, orienterait la conversation sur *Les Pêcheurs de coquillages*. Si Pénélope se montrait réticente, ou craignait les taxes sur les ventes d'œuvres d'art, il lui parlerait de son ami Edwin Mundy, antiquaire expert à conduire les transactions avec toute la discrétion requise et à camoufler l'argent dans des banques suisses où il échappait à la vigilance des agents du fisc. C'était Edwin qui avait signalé à Noël la hausse considérable sur le marché de la peinture victorienne. Un jour, il lui avait même proposé de s'associer avec lui, mais Noël n'était pas fou. Malgré son habileté, son ami naviguait en eaux troubles, et le jeune Keeling n'avait nulle intention de faire connaissance avec le système carcéral britannique.

Il soupira. L'affaire serait délicate, mais le jeu valait d'être tenté. Il termina son whisky, consulta sa montre. Cinq heures un quart : Amabel ne tarderait plus. Il se leva, tira sa valise d'un placard, la prépara en cinq minutes avec la dextérité héritée d'une longue pratique des week-ends à la campagne. Puis il se déshabilla et passa dans la salle de bains. Pourvu que sa femme de ménage songe à s'occuper de son linge en son absence ! Elle oubliait souvent. Parfois même, elle ne venait pas du tout. Noël se remémora avec nostalgie l'époque où il habitait encore Oakley Street avec sa mère. Il s'y trouvait comme un coq en pâte. Son propre trousseau de clefs, son appartement au dernier étage, aucune contrainte, et, surtout, d'innombrables avantages matériels : du feu dans les cheminées, un garde-manger toujours rempli, de bonnes bouteilles dans le cellier, un jardin où paresser pendant l'été, ses chemises lavées et repassées, le tout sans avoir à débourser fût-ce le prix d'une ampoule électrique. En outre, Pénélope se montrait d'une discrétion exemplaire : s'il lui arrivait de surprendre des pas féminins dans l'escalier, elle feignait de ne pas s'en apercevoir et n'avait jamais émis de commentaire. Pour Noël, ce mode de vie idyllique aurait dû se poursuivre éternellement. Quand sa mère lui avait annoncé son intention de vendre la maison pour partir s'installer à la campagne, il l'avait regardée avec consternation.

— Et moi, que vais-je devenir ? Y as-tu pensé ? s'était-il écrié, scandalisé de l'égoïsme forcené dont, selon lui, elle faisait preuve.

— Tu as vingt-trois ans, Noël chéri. A mon avis, il est temps que tu quittes le nid. Je suis sûre que tu sauras t'arranger.

S'arranger ! Autrement dit, payer un loyer, acheter des provisions, régler des piles de factures. Noël détestait cette idée et s'était raccroché à Oakley Street jusqu'au dernier instant. Il ne s'était résolu à partir que le jour où le camion de déménagement était venu prendre les meubles de Pénélope. Comme il n'avait pas de place dans le minuscule studio qu'il avait loué, il avait expédié toutes ses affaires à Podmore's Thatch par le même camion, et elles s'entassaient désormais dans l'une des pièces du cottage, surnommée par euphémisme la « chambre de Noël ».

Depuis le départ de sa mère, il ne la voyait presque plus. Il lui en voulait toujours de sa décision et avait peine à comprendre qu'elle se sente si bien seule et n'ait pas un regret pour la vie paisible qu'ils avaient menée tous les deux pendant de longues années. En fait il souffrait à l'idée de ne pas lui manquer autant qu'elle lui manquait. Son absence, même s'il n'aimait pas l'avouer, lui pesait.

La sonnette de l'entrée interrompit le cours morose de ses pensées. Il alla ouvrir ; Amabel, debout sur le seuil, traînait un gros sac de toile dont dépassait une paire de bottes en caoutchouc.

— Bonjour. Tu es en retard, lança-t-il, bien qu'elle le fût plutôt moins qu'à l'ordinaire.

Elle entra, jeta son sac à terre et lui tendit la joue en répondant :

— Je sais. J'ai eu du mal à trouver un taxi et il y a beaucoup d'embouteillages.

Un taxi ! Il s'assombrit.

— Tu n'as pas pris ta voiture ?

— Non ! J'ai un pneu crevé et je n'ai plus de roue de secours. De toute façon, j'aurais été bien incapable de le changer.

C'était typique d'Amabel, sans doute l'une des femmes les plus désorganisées qu'il ait jamais rencontrées. Avec ses vingt ans, son extrême minceur et sa petite taille, elle avait l'air d'une adolescente. Elle avait une peau laiteuse, de grands yeux verts et de longs cheveux blonds qui lui cachaient en général la moitié du visage. Elle portait une tenue tout à fait inadaptée à la saison : un jean, un T-shirt, une veste de coton, des sandales. Avec son apparence de chaton famélique, on l'aurait volontiers prise en pitié, alors qu'il s'agissait de l'Honorable Amabel Remington-Luard, fille de Lord Stockwood, riche propriétaire terrien du Leicestershire. Cette brillante position sociale n'était pas étrangère à l'affection que lui vouait Noël.

Ce dernier maugréait. Il avait tant espéré ne pas devoir prendre sa voiture...

— Mieux vaudrait nous mettre en route, dit-il à voix haute. Je dois passer au garage faire le plein et contrôler la pression des pneus. Tu connais le chemin?

— Le chemin du garage?

— Mais non, voyons. Celui de l'endroit où nous allons.

— Bien sûr! J'y ai séjourné des dizaines de fois. C'est à Charbourne, dans le Wiltshire.

— Tu n'as pas emporté de vêtements plus chauds, Amabel? reprit-il en l'examinant d'un œil critique.

— J'ai oublié mon manteau à la campagne le week-end dernier, dit-elle avec nonchalance. Ce n'est pas grave, j'emprunterai quelque chose à Camilla.

— Ce n'est pas ce que je voulais dire. Je songeais au trajet... Le chauffage de la Jag ne marche pas très bien. Il fait un temps glacial et je n'ai pas envie que tu attrapes une pneumonie.

— Penses-tu!

Elle n'avait aucun bon sens. Maîtrisant son irritation, Noël fouilla dans son placard et en tira un pardessus de tweed doublé de fourrure.

— Tiens! Tu pourras mettre ça.

— Il est superbe! Où l'as-tu trouvé? s'écria Amabel qui adorait les vieux vêtements et passait des heures aux puces de Petticoat Lane pour chercher des robes 1930 et des sacs brodés de perles.

— Il appartenait à mon grand-père. Je l'ai chipé à ma mère quand elle a vendu sa maison.

— Est-ce que je pourrai le garder? demanda Amabel.

Elle avait enfilé le manteau, qui lui tombait presque jusqu'aux pieds.

— Non, mais je te le prête pour le week-end. Tu auras sans doute un certain succès sur le champ de courses.

Elle éclata de rire, autant à sa plaisanterie que par une sorte de plaisir animal à se lover dans la fourrure. Devant sa frimousse d'enfant gourmande, Noël ressentit un brusque désir. En temps normal, il l'aurait entraînée vers le lit sans autre forme de procès, mais ils n'avaient plus le temps. Il lui faudrait attendre.

Le trajet jusqu'au Wiltshire se déroula sans difficultés majeures. Certes, il tombait une pluie battante, et la sortie de Londres s'effectua à une allure d'escargot ; mais Noël put prendre de la vitesse sur l'autoroute sans que le moteur protestât de façon trop bruyante. De surcroît, le chauffage fonctionnait à peu près normalement.

Ils bavardèrent un moment, puis Amabel se tut et Noël pensa qu'elle s'était endormie. Au bout de quelques instants, cependant, il l'entendit s'agiter sur son siège.

— J'entends un craquement...

— Que se passe-t-il ?

— Un craquement ? répéta-t-il avec angoisse, comme si la Jaguar menaçait d'exploser. Il leva même le pied.

— Oui. On dirait du papier.

— Où cela ?

— Dans le pardessus. La poche est trouée et je sens quelque chose sous la doublure.

Soulagé, Noël remonta à cent trente.

— Tu m'as fait peur ! J'ai cru que le moteur allait prendre feu.

— Un jour, j'ai découvert une pièce d'une demi-couronne dans un manteau de ma mère. Peut-être y aura-t-il un billet de cinq livres, cette fois.

— A moins que ce ne soit une lettre, ou un emballage de chocolat... Nous regarderons cela tout à l'heure.

Ils parvinrent à destination une heure plus tard. Amabel, à la surprise de Noël, avait réussi à ne pas se perdre en route et l'avait guidé dans un dédale de chemins campagnards jusqu'au hameau de Charbourne, qui semblait pittoresque même à la nuit tombée et sous la pluie. Des cottages traditionnels à toit de chaume s'alignaient le long de la grand-rue pavée de pierres

101

rondes ; ils dépassèrent un *pub*, une église, s'engagèrent dans une allée bordée de chênes et arrivèrent devant une grille ouverte.

— Nous y sommes !

Noël franchit la grille, que flanquait un pavillon de gardien, et avança dans le parc. La lueur des phares révéla une grande maison blanche de style georgien, carrée, aux proportions harmonieuses. On devinait des pièces éclairées derrière les rideaux tirés. Il contourna un massif et stoppa devant le perron.

Leurs bagages à la main, ils gravirent les marches. Amabel tira sur la sonnette puis, tout en annonçant : « Inutile d'attendre ! » ouvrit elle-même la porte.

Ils débouchèrent dans un vaste hall aux murs couverts de boiseries. Au centre se dressait un escalier monumental. Une femme surgit et s'avança vers eux d'un pas vif. Elle avait les cheveux blancs, une silhouette replète, et portait un tablier à fleurs sur une robe turquoise. Sans doute la femme du jardinier, se dit Noël, venue aider les maîtres de la maison pour le week-end.

— Bonsoir. Vous êtes M. Keeling et Mlle Remington-Luard, n'est-ce pas ? Je vous attendais. Camilla est à l'écurie avec le Colonel, et Mme Early vient de monter prendre son bain. Elle m'a chargée de vous conduire à vos chambres. Quel temps épouvantable ! Il a plu toute la journée. J'espère que vous n'avez pas fait trop mauvaise route. Si cela ne vous ennuie pas de porter vos bagages...

Noël prit la valise, Amabel son sac et ils suivirent la femme qui, tout en les précédant dans l'escalier, continuait à jacasser.

— Les autres invités de Camilla sont arrivés à l'heure du thé. Ils sont tous en train de se changer. Mme Early vous fait dire que le dîner est à huit heures, mais que si vous souhaitez prendre l'apéritif il sera servi un quart d'heure avant, dans la bibliothèque. Vous y retrouverez tout le monde.

A l'étage, après un passage voûté, un couloir menait à l'arrière de la maison. Un tapis rouge couvrait le parquet. Des gravures ornaient les murs, et Noël huma cette agréable odeur caractéristique des maisons de campagne bien tenues, cire, lavande, linge empesé.

— Voici votre chambre, mademoiselle Remington-Luard, annonça la femme en ouvrant une porte et en s'effaçant pour laisser passer Amabel. La vôtre, monsieur Keeling, est un peu plus loin, après la salle de bains.

Noël la suivit, entra dans la pièce.

— Je pense que vous avez tout ce qu'il vous faut, mais si vous avez besoin de quoi que ce soit, demandez-le-moi.

— Je vous remercie.

— Je vais prévenir Mme Early de votre arrivée, conclut-elle en souriant avant de disparaître.

Noël posa sa valise sur le lit et regarda autour de lui. Au fil des années, d'innombrables week-ends dans diverses demeures avaient aiguisé ses capacités à jauger un environnement au point qu'il pouvait prévoir en quelques minutes, avant d'avoir rencontré ses hôtes, l'allure que prendrait son séjour. Il avait même fini par élaborer son propre système de notation.

Une étoile : c'était le bas de l'échelle. En général, un cottage humide, traversé de courants d'air, avec des lits inconfortables, une piètre pitance, et pour unique boisson de la bière. Les autres invités s'y révélaient presque toujours infréquentables et pourvus d'une ribambelle d'enfants mal élevés. Dans ce genre de situation, il prétextait un rendez-vous urgent, s'excusait et regagnait Londres dès le dimanche matin. En revanche, il donnait deux étoiles aux demeures des officiers de l'Armée installés dans le Surrey. On y rencontrait des jeunes filles sportives et de jeunes cadets de Sandhurst, on jouait au tennis sur un court un peu verdi et l'on passait la soirée au « pub » local. A trois étoiles, c'étaient les domaines campagnards à l'atmosphère bon enfant, avec des chiens partout, des chevaux à l'écurie, un feu dans les cheminées, une nourriture solide et des vins de qualité. Il réservait quatre étoiles aux propriétés des très riches, celles où un majordome vous ouvrait la porte et où l'on défaisait vos bagages à votre place. Les réjouissances prévues comportaient souvent un bal, sous un chapiteau spécialement dressé dans le parc pour l'occasion et éclairé de chandeliers d'argent. Le champagne coulait à flots et l'on dansait jusqu'à l'aube au son d'un orchestre amené de Londres à grands frais.

Charbourne valait bien trois étoiles, ce qui le mit de bonne humeur. A l'évidence, on ne lui avait pas donné la meilleure chambre d'ami, mais la pièce, confortable et d'un charme vieillot avec ses meubles victoriens et ses rideaux de chintz, faisait honneur au reste de la maison. Après avoir jeté son manteau sur le lit, il explora la salle de bains. Elle était immense ; les pieds s'enfonçaient dans la moquette et de superbes panneaux d'acajou entouraient la baignoire. Une porte s'ouvrait en face de lui. Il essaya la poignée ; à sa grande surprise, elle céda. Il entra dans la chambre d'Amabel. Toujours vêtue du pardessus doublé de fourrure, elle fouillait dans son sac et éparpillait ses vêtements partout à ses pieds. Elle leva la tête et, devant la mine divertie de Noël, demanda :

— Pourquoi souris-tu ?

— Parce que notre hôtesse est à l'évidence une femme très astucieuse.

— Qu'est-ce qui te fait dire cela ?

Tout en songeant qu'Amabel manquait souvent de discernement, Noël expliqua :

— Eh bien, elle ne pouvait pas nous donner une chambre pour deux, bien entendu. Mais elle s'est arrangée pour que nous puissions nous rejoindre pendant la nuit en toute discrétion. Par la salle de bains !

— Oh ! répliqua Amabel, je suppose qu'elle a une longue habitude de ce genre de chose.

Elle avait enfin trouvé ce qu'elle cherchait et brandit une sorte de chiffon noir, informe.

— Qu'est-ce que c'est que cela ? s'enquit Noël.

— La robe que je vais porter pour dîner.

— Ne sera-t-elle pas froissée ?

— C'est du jersey. Cela ne se froisse pas ! Y a-t-il de l'eau chaude, à ton avis ?

— Je pense que oui.

— Tant mieux. Alors, fais-moi couler un bain, veux-tu ?

Noël ouvrit en grand les robinets de la baignoire. Puis il regagna sa propre chambre, défit sa valise, suspendit ses costumes dans l'armoire et rangea ses chemises dans un tiroir. Il prit au fond de sa valise un flacon plat, en argent, retourna dans la salle de bains, emplit deux verres à dents d'une dose de whisky, y rajouta de l'eau et plaça l'un d'eux à portée de main d'Amabel qui avait entrepris de se laver les cheveux. Ensuite, il alla ramasser le manteau de son grand-père dans la pièce voisine et, revenant s'asseoir au bord de la baignoire après avoir posé son verre sur le lavabo, se mit à examiner la doublure.

Amabel se redressa, repoussa ses longues mèches en arrière, saisit son verre.

— Tu cherches le billet de cinq livres ?

— Oui.

Après avoir localisé le morceau de papier enfoui dans un coin d'ourlet, il agrandit le trou de la poche pour pouvoir y glisser la main et, avec précaution, ramena un feuillet plié en quatre, fripé et jauni comme un vieux parchemin.

— Oh ! Qu'est-ce que c'est ? demanda Amabel, intriguée.

— Pas un billet de banque, en tout cas. On dirait une lettre.

— Dommage !

Noël déplia le papier. Il s'agissait effectivement d'une lettre. Les pleins et les déliés tracés à la plume avaient l'élégance des écritures d'autrefois.

Dufton Hall
Lincolnshire

8 mai 1898

Mon cher Stern,

Je vous remercie de la lettre que vous m'avez envoyée de
Rapallo. J'imagine que vous êtes maintenant de retour à Paris.
J'espère pouvoir venir en France dès le mois prochain et vous
rendrai alors visite à votre atelier pour voir l'esquisse à l'huile
du Jardin en terrasse. Les détails de mon voyage une fois mis au
point, je vous préviendrai par télégramme du jour et de l'heure
de mon passage.

Bien à vous,
Ernest Wollaston.

Noël avait parcouru la missive en silence. Quand il eut terminé,
il resta un moment plongé dans ses pensées, puis leva la tête
vers Amabel.

— C'est très intéressant, murmura-t-il.

— Qu'y a-t-il d'écrit ? Lis-la-moi, s'il te plaît.

Il s'exécuta, ce qui n'éclaira pas pour autant la jeune fille.

— Qu'est-ce que cela a de si passionnant ?

— C'est une lettre adressée à mon grand-père.

— Et alors ?

— Il s'appelait Lawrence Stern. Tu n'as jamais entendu parler
de lui ?

— Non. Qui était-ce ?

— Un peintre, très célèbre à l'époque de la reine Victoria.

— Je ne savais pas. Cela ne m'étonne plus qu'il ait eu un si
beau pardessus.

Sans relever l'absurdité de la remarque, Noël poursuivit :

— La lettre est signée Ernest Wollaston.

— C'est un autre peintre ?

— Mais non, petite ignorante ! Il s'agissait d'un des plus grands industriels de l'époque, parti de rien et devenu millionnaire. La reine l'avait nommé pair d'Angleterre sous le titre de Lord Dufton.

— Et ce tableau, comment s'appelle-t-il, déjà ?

— *Jardin en terrasse*. Lord Dufton l'avait commandé à mon grand-père.

— Eh bien, je n'en ai jamais entendu parler non plus !

— Vraiment ? C'est une toile très connue, pourtant. Elle est exposée au Metropolitan Museum de New York depuis dix ans.

— Que représente-t-elle ?

Noël fronça les sourcils, s'efforçant de rassembler ses souvenirs. Il ne connaissait l'œuvre que par quelques reproductions parues dans des magazines spécialisés.

— Une terrasse, bien sûr, en Italie. C'est pour cela qu'il s'était rendu à Rapallo. On y voit un groupe de jeunes femmes appuyées sur une balustrade, des roses grimpantes un peu partout, des cyprès, une mer bleue et un jeune homme jouant de la harpe. C'est un très beau tableau, dans son genre.

Tout en repliant la lettre, il poursuivit :

— Après avoir accumulé une immense fortune et s'être élevé dans l'échelle sociale, Ernest Wollaston s'était fait construire une demeure dans le Lincolnshire. Bien entendu, il avait tenu à la décorer de façon luxueuse, avec des meubles de prix et des tapis fabriqués en France spécialement pour lui. Et comme il n'avait hérité d'aucun tableau et n'avait ni Gainsborough ni Zoffany à suspendre à ses murs, il commandait des œuvres aux plus prestigieux artistes de son époque. Or, ces toiles se préparaient alors un peu comme l'on prépare un film de nos jours. Il fallait tout prévoir : l'endroit retenu, les costumes, les modèles... Quand tout avait été décidé, le peintre effectuait des esquisses pour les soumettre à son client. Tu comprends, le résultat final devait correspondre au détail près à ce qu'on lui avait demandé.

— Je vois, mais je ne saisis toujours pas pourquoi cela t'intéresse tant.

— Eh bien... j'avais oublié qu'on effectuait des ébauches à l'huile.

— C'est important ? Elles peuvent valoir quelque chose ?

— Oui. Peut-être.

— Eh bien, je me félicite d'avoir entendu craquer le papier, dans ce cas.

— Tu as très bien fait de m'en parler.

Il glissa la lettre dans sa poche, vida son verre et consulta sa montre.

— Il est sept heures et demie, Amabel. Dépêche-toi de te préparer. Je vais me changer.

Il retourna dans sa chambre et ferma la porte derrière lui. Puis, avec précaution, il se faufila jusqu'à l'escalier et descendit dans le hall, tout en se félicitant que le tapis étouffât le bruit de ses pas. Au bas des marches, il s'arrêta un instant. Personne n'était en vue ; tout au plus percevait-on des voix et des bruits d'assiettes en provenance de ce qui devait être la cuisine, à en juger par l'appétissant fumet qui parvenait jusqu'à lui. Il se remit en marche, cherchant un téléphone, qu'il trouva sous l'escalier. Il s'enferma et composa un numéro londonien. On lui répondit presque aussitôt.

— Ici Edwin Mundy.

— Edwin ? Noël Keeling à l'appareil.

— Noël ! Cela faisait longtemps, comment allez-vous ?

Edwin s'exprimait avec une préciosité affectée, mais sa voix conservait des traces de l'accent cockney dont il n'avait jamais pu se débarrasser tout à fait.

— Bien, merci. Ecoutez, je ne suis pas chez moi et j'ai peu de temps. Permettez-moi de vous poser tout de suite une question...

— Avec plaisir, cher ami.

— C'est à propos de Lawrence Stern. Vous m'entendez ?

108

Les Pêcheurs de coquillages

— Très bien.
— Voilà : avez-vous déjà vu, sur le marché, des esquisses à l'huile de ses tableaux les plus célèbres ?
Il y eut un silence, puis Edwin demanda d'un ton prudent :
— Voilà une question étonnante. Pourquoi ? Vous en avez à me proposer ?
— Non. Je ne sais même pas s'il en existe. C'est pour cela que je vous appelle.
— Eh bien, je n'en ai jamais rencontré chez les grands négociants d'art. Cela dit, il y a beaucoup de marchands moins importants en province, vous savez.
— Combien est-ce que...
Noël s'interrompit, s'éclaircit la gorge, reprit :
— Combien l'une de ces esquisses vaudrait-elle de nos jours, à votre avis ?
— Cela dépend de la toile représentée. S'il s'agit d'une des toiles les plus connues, cela peut aller chercher dans les quatre, cinq mille livres. Je vous dis cela à titre indicatif, bien entendu. Il faudrait que je voie la vôtre.
— Je n'en ai pas, je vous l'ai expliqué.
— Pourquoi m'interroger, alors ?
— Au cas où j'en trouverais. Il y en a forcément quelque part.
— Chez votre mère ?
— Par exemple.
— Si jamais vous mettez la main sur l'une d'elles, je suis tout disposé à m'occuper de la transaction, glissa Edwin d'une voix suave.
Mais Noël n'entendait pas s'engager à la légère.
— Attendons d'abord le résultat de mes recherches !
Puis, sans permettre à l'autre de répliquer, il conclut :
— Je dois vous laisser. Nous dînons dans cinq minutes et je ne suis pas encore habillé. J'espère ne pas vous avoir trop dérangé. Merci de votre aide.
— A votre disposition, cher ami. Et bonne chasse !

109

Noël raccrocha, songeur. Quatre à cinq mille livres ! C'était beaucoup plus qu'il n'avait imaginé. Il prit une profonde inspiration, sortit dans le hall. Toujours personne ; tant mieux. Cela lui évitait d'avoir à régler la communication.

Chapitre 5

Hank

Après avoir tout préparé en vue de son dîner en tête à tête avec Hank, Olivia se souvint soudain qu'elle avait oublié d'appeler sa mère pour l'avertir de sa venue, le lendemain. Elle s'assit sur le canapé, le téléphone sur les genoux. Au moment même où elle composait le numéro, elle entendit une voiture s'arrêter devant chez elle. C'était sûrement Hank. Elle hésita. Pénélope adorait discuter de tout et de rien au bout du fil ; il était hors de question, avec elle, de fixer rendez-vous puis d'abréger la conversation. Tant pis ! Ce serait pour plus tard. Sa mère, de toute façon, ne se couchait jamais avant minuit. Olivia remit l'appareil en place.

Elle se leva, tapota les coussins, jeta un coup d'œil circulaire pour vérifier que tout était prêt. Lumières tamisées, bouteilles et verres à portée de la main, glace dans le seau, musique en sourdine : non, rien ne manquait. Elle se tourna vers le miroir de la cheminée, ébouriffa ses cheveux, ajusta le col de sa blouse Chanel. Elle avait fixé des perles à ses oreilles et s'était maquillée de façon moins accentuée que dans la journée, avec des fards plus doux, plus lumineux. Elle entendit le taxi repartir, des pas résonner dans l'allée. On sonna.

Elle alla ouvrir sans précipitation. Hank se tenait sur le seuil, ruisselant de pluie, le classique bouquet de roses rouges à la main. C'était un homme d'une quarantaine d'années, portant beau.

— Bonsoir ! Entrez vite, lança-t-elle. Quel temps affreux, n'est-ce pas ?

Il la suivit à l'intérieur, tendit le bouquet.

— Un présent bien banal...

Elle avait oublié son sourire si séduisant, ses dents très blanches, et les redécouvrit avec plaisir.

— Je suis ravie ! J'adore les fleurs.

Entrouvrant la cellophane, elle huma le bouquet, mais ces somptueuses roses de serre n'avaient pas la moindre odeur.

— Ôtez votre manteau et versez-vous à boire pendant que je vais les mettre dans l'eau.

Dans sa minuscule cuisine, elle sortit un vase, le remplit, y plongea les fleurs qui se courbèrent avec grâce, puis revint dans le salon poser le vase sur son secrétaire de noyer. Contre le mur blanc, le rouge éclatant des pétales ressortait comme des gouttes de sang.

— C'est superbe ! Vous êtes-vous servi ?

— J'ai pris un whisky.

— J'en prendrai un moi aussi, avec de l'eau et des glaçons.

Elle se pelotonna dans un coin du canapé tandis qu'il s'affairait avec la bouteille et le seau à glace. Il lui apporta son verre, puis s'assit de l'autre côté de la cheminée, dans un fauteuil.

— A votre santé !

Ils se mirent à bavarder. Les mots venaient facilement. Hank admira sa maison, s'intéressa à ses tableaux, la questionna sur son magazine. Il lui demanda comment elle avait fait la connaissance des Ridgeway, chez qui ils s'étaient rencontrés deux jours plus tôt. Puis, comme elle le sollicitait avec tact, il commença à parler de lui-même. Il travaillait dans le textile. Venu en Angleterre pour un congrès international, il était descendu au *Ritz*. Il était originaire de New York mais résidait depuis peu à Dalton, en Géorgie.

112

— De New York à la Géorgie, cela doit vous changer beaucoup, j'imagine ?

— Oui, mais cette mutation est arrivée à point nommé. Ma femme et moi venions de nous séparer et cela a facilité les choses.

— Je comprends. Avez-vous des enfants ?

— Deux. Un garçon et une fille, encore adolescents.

— Les voyez-vous souvent ?

— Durant toutes les vacances scolaires. Pour eux, le Sud est un endroit idéal. Ils peuvent jouer au tennis toute l'année, nager... Nous appartenons au club local et ils y rencontrent beaucoup de jeunes de leur âge.

Il y eut un bref silence. Olivia patienta un peu, au cas où il aurait entrepris de sortir son portefeuille pour lui montrer les inévitables photos de famille. Dieu merci, il n'en fit rien. Elle le trouvait de plus en plus à son goût.

— Votre verre est vide, dit-elle. En voulez-vous un autre ?

La conversation reprit, dériva vers des sujets plus sérieux : la politique américaine, la balance économique entre leurs deux pays... il avait une vision des choses tout à la fois pragmatique et libérale, et se montrait très préoccupé par les problèmes du tiers monde. Au bout d'un moment, Olivia jeta un coup d'œil à son poignet et s'aperçut avec surprise qu'il était plus de neuf heures. Elle proposa de passer à table.

Une fois assis, Hank aperçut le panneau mural bleu cobalt sur lequel elle avait disposé toutes ses photographies.

— Quelle bonne idée ! s'écria-t-il. Cela fait très joli.

— Je ne savais plus où ranger la montagne de photos qui s'accumulaient. C'était une façon de résoudre le problème.

Tandis qu'elle saisissait sur le comptoir le foie gras et le pain de campagne, il se pencha pour examiner les portraits avec l'attention d'un critique d'art dans une galerie de tableaux.

— Qui est donc cette jeune femme ?

— Ma sœur, Nancy.

— Elle est très belle.

— Elle l'était, corrigea Olivia. Mais, comme l'on dit, elle se néglige. Elle prend du poids, paraît plus que son âge... Cette photo date d'avant son mariage.

— Où habite-t-elle ?

— Dans le Gloucestershire. Elle a deux enfants insupportables, un mari ennuyeux comme la pluie, et sa conception du paradis sur terre est d'aller se montrer aux courses de chevaux locales avec ses labradors pour pouvoir saluer tous les gens qu'elle connaît dans la foule.

— Je vois ! Et cette dame si distinguée ?

— C'est ma mère.

— Vous n'avez pas de photo de votre père ?

— Non. Il est mort depuis longtemps. Voici, en revanche, mon frère, Noël... ce beau jeune homme aux yeux bleus.

— Il semble très séduisant. Est-il marié ?

— Non, bien qu'il ait presque trente ans et d'innombrables petites amies. Vous savez, il est de ces gens que le moindre engagement terrifie et qui acceptent les invitations « sous réserve », au cas où quelque chose de mieux se présenterait !

— Vous n'êtes pas très indulgente envers votre famille, dit Hank, amusé.

— C'est vrai. Mais pourquoi se faire des illusions ?

Elle alluma les bougies. Hank montrait une autre photographie.

— Et cet homme-là, avec une adolescente à côté de lui ? Qui est-ce ?

— Lui ? Il s'appelle Cosmo Hamilton. Antonia est sa fille.

— Comme elle est jolie !

— J'ai pris cette photo il y a cinq ans. Elle doit avoir dix-huit ans, maintenant.

— Font-ils partie de votre famille ?

— Non. Cosmo est... était un ami. Un amant. Il habite à Ibiza. J'ai vécu un an avec lui, dans sa maison.

— Une année entière ? C'est long, pour une liaison, remarqua Hank en haussant les sourcils.

— Oh ! cela a passé si vite...

Il la fixa avec intérêt.

— L'aimiez-vous ?

— J'avais plus d'affection pour lui que pour n'importe qui au monde.

— Pourquoi ne l'avez-vous pas épousé ? Il était déjà marié ?

— Non. Simplement, j'étais contre le mariage. Je le suis toujours.

— Le revoyez-vous de temps à autre ?

— Non. Nous nous sommes quittés bons amis, et voilà tout.

— Lui écrivez-vous ?

— Je lui envoie une carte chaque année au moment de Noël, comme nous en étions convenus.

— Cela semble bien maigre...

— Ça l'est, acquiesça-t-elle. Sans doute ne comprenez-vous pas. L'important est que Cosmo, lui, comprend, conclut-elle en souriant. Et maintenant, si nous en avons fini avec ma galerie de portraits, que diriez-vous de me verser un peu de vin ?

— Que faites-vous d'ordinaire le samedi ? demanda Hank.

— Cela dépend. Parfois, je pars en week-end. Parfois, je reste chez moi, je me détends, j'accueille des amis.

— Avez-vous des projets pour demain ?

— Pourquoi cette question ?

— Parce que je dispose d'une journée de liberté. J'ai pensé que nous pourrions faire un tour hors de Londres, vous et moi. Je n'ai toujours pas visité cette superbe campagne anglaise dont on me rebat les oreilles.

Le dîner fini, ils étaient revenus s'installer près du poêle pour le café et le cognac. Cette fois, ils avaient tous les deux pris place sur le canapé, chacun à un bout, à demi tournés l'un vers l'autre. Olivia avait glissé un coussin de soie rose indien derrière sa tête et ramené ses jambes sous elle. L'un de ses escarpins vernis avait glissé sur la moquette, révélant son pied nu.

— En théorie, répondit-elle, j'avais prévu d'aller chez ma mère dans le Gloucestershire.

— Vous attend-elle ?

— Non. J'allais l'appeler avant de me mettre au lit.

— Êtes-vous obligée de vous y rendre ?

Olivia réfléchit un instant. Elle avait envie de voir Pénélope. Cependant...

— A vrai dire, pas vraiment. Mais elle a des problèmes de santé et je ne veux pas trop tarder à lui rendre visite.

— Comment puis-je vous persuader de changer d'avis ?

Elle sourit, but une gorgée de café, reposa la tasse avec précision au centre de la soucoupe.

— Faites-moi vos propositions, et j'aviserai !

— Je pourrais vous allécher avec la perspective d'un déjeuner dans un restaurant quatre étoiles, par exemple. Ou encore celle d'une promenade à cheval le long d'une rivière, ou d'une simple marche dans la campagne... tout ce qui vous fera plaisir.

— Vous me tentez. Après tout, rien ne m'empêche d'aller voir ma mère la semaine prochaine, je suppose. Comme elle n'est pas prévenue de ma visite, elle ne sera pas déçue.

— En somme, vous acceptez ?

— Eh bien... oui !

— Parfait ! Je louerai une voiture.

— Inutile, j'en ai une.

— Tant mieux. Où irons-nous ?

— Nous n'avons que l'embarras du choix. Une forêt des environs, les bords de la Tamise, ou encore les magnifiques jardins de Sissinghurst, dans le Kent...

— Nous déciderons cela demain matin. Qu'en dites-vous ?

— Entendu.

— A quelle heure devrions-nous nous mettre en route ?

— Le plus tôt possible. Ainsi, nous éviterons les embouteillages.

— Très bien. Dans ce cas, je ferais mieux de regagner mon hôtel...

— Oui, sans doute.

Pourtant, ni l'un ni l'autre ne bougea. Leurs regards se croisèrent. Il était presque une heure du matin.

Comme Olivia s'y attendait, Hank s'approcha d'elle, glissa un bras autour de ses épaules et l'attira tout contre lui. De sa main libre, il écarta une mèche de cheveux de son visage, puis lui souleva le menton et embrassa ses lèvres. Sa main descendit, se posa sur un sein.

— J'ai eu envie de faire cela toute la soirée, dit-il enfin.

— J'ai eu toute la soirée envie que vous le fassiez.

— Vaut-il vraiment la peine que je retourne au *Ritz* pour les quelques heures qui restent ? Ce serait absurde, n'est-ce pas ?

— Tout à fait absurde.

Il la dévisagea avec, dans les yeux, une lueur à la fois amusée et avide.

— Il n'y a qu'un seul problème : je n'ai ni rasoir ni brosse à dents.

— J'ai les deux. Tout neufs. Pour les urgences.

— Vous êtes une femme étonnante, déclara-t-il en riant.

— Je sais. On me l'a déjà dit.

Olivia, comme à son habitude, s'éveilla tôt : à sept heures et demie.

Elle resta allongée un moment, somnolente, souriant au souvenir de la nuit, savourant à l'avance la journée qui l'attendait. Elle tourna la tête sur l'oreiller pour contempler l'homme étendu à son côté et, de la main, lui effleura le bras. Il avait une peau lisse, bronzée, dont le contact procurait le même plaisir sensuel que les courbes d'une statue. Il dormait si profondément que cette caresse ne l'éveilla pas.

Olivia, elle, se sentait maintenant pleine d'énergie. Elle repoussa les couvertures et se leva avec précaution pour enfiler son peignoir.

Au rez-de-chaussée, elle ouvrit grand les rideaux. Oui, une journée splendide se préparait, comme elle l'avait espéré. Il avait un peu gelé, mais le ciel était sans nuages et les premiers rayons du soleil baignaient la rue déserte. Elle ouvrit la porte d'entrée pour prendre les bouteilles de lait, débarrassa les restes du dîner de la veille, emplit le lave-vaisselle et disposa le couvert pour le petit déjeuner. Puis elle sortit les œufs, le jambon, les céréales, brancha le percolateur. Dans le salon, elle redressa les coussins, ramassa les verres et les tasses à café, alluma le poêle. Les roses apportées par Hank s'étaient ouvertes pendant la nuit. Elle les admira un instant, puis entendit le facteur glisser le courrier dans sa boîte. Alors même qu'elle s'apprêtait à aller le prendre, le téléphone sonna. Elle bondit pour décrocher avant que son timbre strident n'éveillât Hank.

— Allô ?

Le miroir, au-dessus de la cheminée, lui renvoyait son reflet. Elle repoussa une mèche brune qui lui caressait la joue et, n'entendant rien, répéta :

— Allô !

Il y eut un déclic, un grésillement, puis une voix féminine lança :

— Olivia Keeling ?

— Oui, c'est moi.

— Olivia, c'est Antonia.

— Antonia ?

— Antonia Hamilton. La fille de Cosmo.

— Mon Dieu ! Bonjour, Antonia, répondit Olivia tout en se laissant tomber sur le canapé. Mais d'où appelez-vous ?

— D'Ibiza.

— Vraiment ? Je vous entends aussi bien que si vous étiez dans la pièce à côté.

118

— Oui. Dieu merci, la ligne est bonne.

Quelque chose d'étrange, dans le ton de la jeune fille, alerta Olivia. Elle cessa de sourire et ses doigts se crispèrent sur l'écouteur.

— Que se passe-t-il, Antonia ? Pourquoi me téléphonez-vous ?

— Eh bien... il est arrivé quelque chose. Je voulais vous prévenir... Mon père est mort.

Mort ? Cosmo, *mort* ? Olivia chuchota le mot, sans même s'en rendre compte.

— Cela s'est passé jeudi soir, poursuivait Antonia. A l'hôpital. Les obsèques ont eu lieu hier.

— Mais pourquoi... balbutia Olivia. Comment a-t-il... ?

Elle ne pouvait pas le croire.

— Je... je ne pourrais pas l'expliquer par téléphone.

— D'où appelez-vous ?

— De *Chez Pedro*.

— Êtes-vous seule à Ca'n D'alt ?

— Non. Tomeu et Maria me tiennent compagnie. Ils ont été merveilleux. Écoutez-moi, Olivia... Il faut que je vienne à Londres. Je ne peux pas rester ici. D'abord, la maison ne m'appartient pas, et puis... Oh ! il y a de multiples raisons. Quoi qu'il en soit, je dois chercher du travail. Je voulais donc vous demander... Pourriez-vous m'héberger quelques jours, juste le temps de m'organiser ? Je suis désolée de m'adresser à vous, mais personne d'autre ne peut m'aider.

Olivia, tout en se haïssant de sa réaction, hésita. Spontanément, l'idée que qui que ce soit envahisse son territoire, fût-ce Antonia, lui répugnait.

— Et... votre mère ? questionna-t-elle.

— Elle s'est remariée et est partie vivre dans le Nord, près d'Huddersfield. Il m'est impossible d'y aller. Je vous expliquerai aussi cela...

— Quand voudriez-vous venir ?

119

— La semaine prochaine. Sans doute mardi, si je trouve un vol. Je ne vous dérangerai pas longtemps, Olivia, n'ayez crainte.

Sa voix prit un ton suppliant, comme celle d'une petite fille vulnérable. Olivia la revit soudain, cinq ans plus tôt, courant dans le hall de l'aéroport d'Ibiza pour se jeter au cou de son père... Et ses propres réticences l'emplirent de honte. « Cosmo vient de mourir, Antonia t'appelle à l'aide, ce qui est sans doute le plus grand compliment qu'elle puisse te faire, et tu tergiverses ? Cesse donc de te montrer égoïste une fois dans ta vie, veux-tu ? »

Comme si Antonia avait pu la voir, elle adopta un sourire réconfortant pour affirmer avec chaleur :

— Bien sûr, vous pouvez venir. Prévenez-moi de votre heure d'arrivée et je viendrai vous chercher à Heathrow. Vous me raconterez tout à ce moment-là.

— Comment puis-je vous remercier ? Je ne sais ce que j'aurais fait sans vous...

Olivia, avec son esprit pratique, passait déjà en revue les détails matériels. Elle questionna :

— Avez-vous de l'argent pour payer le billet d'avion ?

— Oui, juste assez, je crois.

— Très bien. Alors, téléphonez-moi dès que vous pourrez.

— C'est promis. Merci encore. Et... excusez-moi d'avoir dû vous annoncer une pareille nouvelle.

— Je suis désolée pour vous, Antonia, répondit Olivia d'une voix étranglée. Et pour moi aussi.

Elle ferma les yeux pour tenter de refouler sa douleur naissante, son désarroi devant cette perte dont elle commençait à peine à mesurer la portée.

— Votre père, ajouta-t-elle, était quelqu'un de tout à fait exceptionnel.

— Oui, je sais. Au revoir, Olivia.

Olivia perçut des sanglots étouffés. La jeune fille, à présent, pleurait.

— A très bientôt, Antonia.

Olivia raccrocha avec lenteur. Elle avait tout à coup très froid. Recroquevillée dans un coin du canapé, elle croisa les bras sur sa poitrine et contempla autour d'elle le décor familier, net, lumineux. En apparence, rien n'avait changé ; pourtant, les choses ne seraient plus jamais les mêmes. Cosmo n'existait plus. Durant tout le reste de sa vie, elle devrait affronter un univers dont il ne ferait plus partie. Elle se rappela ce soir d'été, *Chez Pedro*, où ils avaient écouté un jeune Espagnol jouer le *Concerto d'Aranjuez*. Pourquoi cette image-là, plus qu'une autre, surgissait-elle à sa mémoire, alors qu'elle gardait d'Ibiza et de Cosmo une multitude de souvenirs ? Elle n'aurait su le dire.

Un bruit de pas, dans l'escalier, lui fit lever la tête : Hank Spotswood descendait, vêtu d'une sortie de bain blanche empruntée à Olivia. Elle se félicita qu'il n'eût pas l'air ridicule. En cet instant, elle ne l'aurait pas supporté. Ce qui était absurde, d'ailleurs. Quelle importance l'allure de Hank pouvait-elle avoir, maintenant que Cosmo était mort ?

Elle le regarda approcher sans rien dire.

— J'ai entendu la sonnerie du téléphone, lança-t-il.

— Je suis désolée qu'elle vous ait éveillé.

Il remarqua son visage livide et fronça les sourcils.

— Que se passe-t-il ?

Il avait les cheveux un peu ébouriffés, les joues bleues de barbe. Elle pensa à la nuit et fut contente de sa présence.

— L'homme dont je vous ai parlé hier soir, celui d'Ibiza... Cosmo... il est mort.

En trois pas, il fut près d'elle, s'assit à son côté, la prit dans ses bras sans un mot et la berça comme une enfant blessée. Elle enfouit son visage contre son épaule, souhaitant de toutes ses forces arriver à pleurer. Les larmes, sans doute, l'auraient soulagée, auraient desserré l'étau qui lui étreignait la poitrine. Mais ses yeux restèrent secs.

— Qui avez-vous eu au téléphone ?

— Sa fille, Antonia. La pauvre petite ! Il est mort jeudi soir, à l'hôpital. On l'a enterré hier. Je ne sais rien de plus.

— Quel âge avait-il ?

— La soixantaine. Il ne les paraissait pas... Antonia doit arriver la semaine prochaine. Je vais l'héberger quelques jours.

Hank la tenait toujours contre lui et lui caressait le dos avec douceur. Au bout d'un moment, elle se sentit un peu réconfortée. Elle se dégagea, s'ébroua.

— Je vous demande pardon.

— Puis-je faire quelque chose ?

— Non. Personne ne peut plus rien pour lui, maintenant.

— Voulez-vous que nous annulions la promenade ? Ou même que je m'en aille, si vous préférez rester seule ?

— Non, au contraire ! C'est bien la dernière chose dont j'aie envie. Laissez-moi juste réfléchir...

Elle se concentra pour tenter de mettre de l'ordre dans ses pensées. En tout premier lieu, décida-t-elle, il fallait prévenir Pénélope que Cosmo était mort.

— J'ai bien peur qu'il ne soit plus question d'aller à Sissinghurst ou à Henley, reprit-elle. Je vais devoir me rendre tout de même dans le Gloucestershire pour avertir ma mère. Elle était venue me voir quand j'habitais Ibiza et avait beaucoup d'affection pour Cosmo. Comme elle a eu une légère crise cardiaque, il y a peu, je préfère rester avec elle quand elle apprendra la nouvelle. Cela... cela vous ennuierait-il de m'accompagner ? C'est un long trajet, mais elle nous aura préparé à déjeuner quand nous arriverons et nous passerons un après-midi reposant.

— Je serai ravi de venir. Et je conduirai.

Il était solide comme un roc. Elle lui adressa un sourire empli de gratitude.

— Merci, Hank. Je vais l'appeler pour qu'elle ait le temps de faire la cuisine. Elle déteste devoir se hâter.

— Et si nous l'emmenions au restaurant ?

— Vous ne la connaissez pas !

Dès neuf heures, ils étaient en route dans l'Alphasud vert sombre d'Olivia. Hank, comme promis, avait pris le volant. Olivia, enfouie dans son manteau de fourrure, se réjouissait de pouvoir garder le silence tout en contemplant le paysage monotone qui défilait sous ses yeux.

Après Oxford, la campagne devenait plus jolie. Les villages traversés, en ce samedi matin, bourdonnaient d'activité. Toutes les familles des environs se pressaient dans les rues pour effectuer les achats de la semaine. Partout, les éventaires débordaient de vêtements, de jouets, de ballons en plastique, de fleurs, de fruits, de légumes. En passant devant un *pub*, les deux voyageurs aperçurent une chasse à courre qui se préparait à partir. Les sabots des chevaux martelaient les pavés ; les aboiements des chiens, les appels des cors, les cris des piqueurs vêtus de splendides tenues rouges composaient une assourdissante caco- phonie. Le spectacle avait quelque chose de grandiose. Hank n'avait jamais rien vu de semblable.

— Je n'en crois pas mes yeux ! ne cessait-il de s'exclamer. Je pensais que ce genre de chose n'existait plus depuis des siècles.

Il voulut même s'arrêter pour contempler la scène plus à loisir, mais un jeune policier lui intima l'ordre de poursuivre sa route.

— Cela m'a donné l'impression de remonter le temps. La vieille auberge, les chevaux... Quel dommage que je n'aie pas mon appareil photo !

Olivia se réjouissait de son enthousiasme.

— Vous avez de la chance, souligna-t-elle. Ce genre de manifes- tation devient rare.

Ils entraient dans la région des Cotswolds. Les routes, plus étroites, serpentaient entre les champs détrempés, escaladaient des ponts en dos-d'âne. Les fermes de pierre du pays se succédaient, entourées de vergers et de jardins.

— Je comprends pourquoi votre mère a choisi de vivre ici,

remarqua Hank. Quelle belle région, si verdoyante, même en cette saison !

— Pourtant, ce n'est pas à cause des paysages qu'elle s'est décidée, expliqua Olivia. Quand elle a vendu sa maison de Londres, son intention était de se fixer en Cornouailles. Elle y a passé son enfance et désirait y retourner. Seulement, ma sœur Nancy a jugé qu'elle serait trop isolée, loin de ses enfants, et lui a trouvé un cottage près d'ici.

— Votre mère vit-elle seule ?

— Oui, ce qui ne va pas sans poser quelques problèmes. D'après les médecins, il lui faudrait maintenant une garde à demeure ; or, elle déteste cette idée. Elle est très indépendante et, somme toute, n'a que soixante-quatre ans. C'est un peu l'insulter que la traiter comme si elle était sénile... Elle déborde d'énergie. Elle cuisine, jardine, reçoit, lit tout ce qui lui tombe sous la main, écoute de la musique et passe de longues heures au téléphone. Parfois même, elle rend visite à ses amis installés à l'étranger, en général en France. Son père était peintre et elle a souvent séjourné à Paris durant sa jeunesse.

Elle se tourna vers Hank pour lui sourire et ajouta :

— Je ne sais pourquoi je vous parle tant d'elle. Vous allez bientôt pouvoir juger par vous-même, de toute façon.

— Avait-elle aimé Ibiza ?

— Énormément. Cosmo habitait une très vieille maison paysanne perdue dans les collines, le genre d'endroit qu'elle adore. Dès qu'elle avait un moment de libre, elle disparaissait au jardin avec son sécateur, tout comme chez elle.

— Connaît-elle Antonia ?

— Oui, car elles séjournaient toutes les deux chez nous en même temps. Elles étaient devenues bonnes amies, malgré la différence d'âge. Ma mère s'entend à merveille avec les gens très jeunes, beaucoup mieux que moi.

Elle se tut quelques instants, songeuse, puis reprit avec un élan de franchise :

— Je vais vous faire un aveu. Je tiens à aider la fille de Cosmo, bien entendu. Pourtant, je n'arrive pas à accepter l'idée que quelqu'un vienne vivre sous mon toit, fût-ce pour quelques jours. N'est-ce pas honteux ?

— Cela me semble compréhensible. Combien de temps doit-elle rester ?

— Jusqu'à ce qu'elle ait un emploi et un logement, je suppose.

— A-t-elle une quelconque qualification ?

— Je n'en sais rien.

Olivia soupira. Les événements de la matinée l'avaient épuisée. Non seulement elle affrontait un terrible choc, mais elle avait l'impression que les problèmes des autres retombaient sur elle. Il lui faudrait réconforter Antonia, l'aider à trouver du travail. Nancy, de son côté, continuerait à la supplier d'engager une gouvernante, et Pénélope allait lutter pour éviter qu'on lui impose la moindre compagnie.

Tout à coup, elle fronça les sourcils : une idée venait de lui traverser l'esprit. Antonia... Pénélope... mais bien sûr ! C'était la solution idéale ! Toutes les difficultés allaient miraculeusement s'aplanir.

— J'ai trouvé une excellente solution ! s'écria-t-elle.

— Laquelle ?

— Eh bien, je vais envoyer Antonia vivre chez ma mère.

Hank ne manifesta pas tout à fait l'enthousiasme attendu. Il resta songeur un instant, puis questionna avec prudence :

— Cette jeune fille sera-t-elle d'accord ?

— Aucun doute. Elle adorait Maman et, à Ibiza, avait tenté par tous les moyens de la retenir. En outre, il ne faut pas oublier qu'elle vient de perdre son père. Mieux vaut qu'elle prenne quelques semaines de vrai repos auprès d'une adulte compréhensive, avant de se mettre à courir Londres en tous sens à la recherche d'un emploi.

— Très juste.

— Et puis, pour Maman, ce sera comme de recevoir une amie,

pas du tout comme de supporter une gouvernante professionnelle. Je vais lui en parler dès aujourd'hui. Je suis certaine qu'elle acceptera. Enfin, presque certaine !

Rien ne lui redonnait plus d'énergie que de prendre des décisions ; elle se sentit soudain beaucoup mieux. Elle se redressa pour abaisser le pare-soleil et s'examiner dans le miroir de courtoisie. Elle avait les traits tirés et, sous les yeux, des cernes bleuâtres, comme des meurtrissures. La fourrure sombre de son manteau accentuait encore sa pâleur. Elle se farda les lèvres, se recoiffa, puis releva le pare-soleil et reporta son attention sur la route.

Après plusieurs virages à flanc de colline, ils aperçurent le village, niché au creux du vallon comme de minuscules maisons de poupée. Une fois dans la grand-rue, Hank découvrit avec ravissement les vieilles bâtisses de pierre mordorée, l'église, un berger qui guidait son troupeau. Plusieurs voitures étaient garées devant le *Sudeley Arms* ; Hank se plaça dans la rangée et coupa le moteur.

Olivia lui jeta un regard surpris.

— Souhaitez-vous vous arrêter pour prendre un verre ?

— A vrai dire, non, répondit-il en souriant. Cependant, il vaut mieux que vous disposiez de quelques instants en tête à tête avec votre mère. Expliquez-moi où est la maison et je vous rejoindrai un peu plus tard.

— C'est celle qui a une barrière blanche, la troisième à droite au bout de la rue. Mais rien ne vous oblige à patienter ici, vous savez.

— Je sais ! assura-t-il en lui tapotant la main. Mais cela vous rendra les choses plus faciles à toutes les deux, croyez-moi.

— Vous êtes très attentionné, murmura-t-elle.

— J'aimerais apporter quelque chose à votre mère. A votre avis, le tenancier du pub acceptera-t-il de me vendre une ou deux bouteilles ?

— Oui, si vous précisez que c'est pour Mme Keeling. Il vous conseillera sans doute son bordeaux le plus cher !

Hank sourit de nouveau et descendit de voiture. Elle le regarda franchir la porte du pub en baissant la tête, puis se glissa derrière le volant et remit le contact. Il était presque midi.

Pénélope Keeling, debout dans sa cuisine, se demanda ce qu'il lui restait à préparer : pas grand-chose, en fait. Elle avait même trouvé le temps de monter à l'étage pour ôter ses habits « de tous les jours » et revêtir une tenue plus appropriée aux circonstances. Olivia était toujours si élégante qu'on se devait de lui faire honneur. Pénélope avait choisi une longue jupe de cotonnade, une chemise d'homme à rayures et, par-dessus, un cardigan sans manches, rouge pivoine. Elle avait suspendu des chaînes dorées à son cou, s'était recoiffée, parfumée, et attendait avec impatience l'arrivée de ses hôtes. Les visites de sa fille cadette étaient d'autant plus précieuses qu'elles étaient rares. Après avoir reçu son appel, elle s'était mise au travail sans perdre une minute.

Elle avait allumé du feu dans le salon, sorti l'apéritif, ouvert les bouteilles de vin. Dans la cuisine, l'air embaumait le rôti, les oignons, les pommes de terre nouvelles en train de mijoter. Elle avait pelé des poires, cuit la tarte, râpé des carottes, disposé les fromages sur un plateau, moulu le café. Nouant un tablier autour de sa taille, elle lava la vaisselle. Elle rangea quelques casseroles, essuya la table, emplit une cruche d'eau et arrosa ses géraniums. Puis elle retira son tablier et l'accrocha à un clou.

La machine à laver, le programme terminé, s'était tue. Pénélope s'était toujours refusée à acheter un séchoir, préférant la délicieuse odeur du linge étendu à l'air libre. Elle vida la machine dans un panier puis, son fardeau sur la hanche, passa dans le jardin, traversa la pelouse et posa le panier dans le coin du verger où elle avait tendu une corde entre deux pommiers au tronc noueux.

Elle se mit à l'œuvre tout en savourant la fraîcheur clémente de ce matin de printemps. Les draps, les taies d'oreillers, les chemises de nuit claquèrent gaiement dans la brise. Pénélope ramassa son panier et reprit sans hâte le chemin de la maison, avec un détour par le potager pour vérifier si les jeunes choux n'avaient pas trop souffert de la voracité des lapins. A cette distance, avec son toit de chaume, ses chevrons rustiques, ses murs blancs baignés de soleil qui se détachaient contre le vert de la pelouse et le bleu du ciel, le cottage offrait un ravissant spectacle. Pénélope avait appris du pasteur qu'il tenait son nom, « Podmore's Thatch », de William Podmore, chaumier du village plus de deux siècles auparavant. Elle ne l'aurait débaptisé pour rien au monde.

A l'origine, d'ailleurs, il y avait eu non pas un cottage, mais deux, qu'un précédent propriétaire avait réunis en abattant la cloison mitoyenne. En conséquence, la maison avait deux entrées, deux escaliers, deux salles de bains et, surtout, toutes les pièces donnaient les unes dans les autres, particularité gênante si l'on souhaitait s'isoler. De ce fait, Pénélope avait installé au rez-de-chaussée sa cuisine, son salon et sa salle à manger, transformant la seconde cuisine en une sorte de remise où elle rangeait ses outils de jardin, ses chapeaux de paille, ses bottes en caoutchouc et ses pots de fleurs. Au premier étage, quatre chambres à coucher se succédaient, dont celle — juste au-dessus de la « remise » — où Noël avait entassé ses affaires.

Sous le toit, enfin, il y avait un vaste grenier. Pénélope y avait relégué tout ce dont elle n'avait pas eu le courage de se débarrasser en quittant Oakley Street. Depuis son arrivée à Podmore's Thatch, chaque hiver, elle prenait la ferme décision d'aller y faire un tri. Mais après avoir gravi l'escalier et regardé autour d'elle, elle reculait devant l'énormité de la tâche et n'y remettait plus les pieds jusqu'à l'année suivante.

Quand elle s'était installée, le terrain attenant au cottage n'était qu'une jungle inextricable. Cela ne l'avait pas découragée, au contraire. Elle n'aimait rien tant que jardiner et, dès qu'elle avait une heure de liberté, coupait du bois mort, désherbait, sarclait, binait, déchargeait de lourdes brouettes d'engrais sur ses plantations. Au bout de cinq ans, le résultat en valait la peine. Elle restait souvent de longs moments à contempler sa réussite, sans se soucier des heures qui passaient. Elle avait tout son temps, après tout. Cette disponibilité totale, n'était-ce pas l'un des avantages de la vieillesse ? Elle avait consacré de nombreuses années à s'occuper des autres : en bonne justice, il était normal qu'elle n'eût plus à prendre soin que d'elle-même. Avec l'âge, sa vision de l'existence s'était enrichie, comme lorsqu'on découvre une vaste plaine après avoir escaladé une montagne au prix de mille fatigues. Ses rêveries dérivaient vite vers l'évocation de ses souvenirs les plus chers, devenaient de véritables méditations. Elle n'y aurait renoncé pour rien au monde.

Certes, la vieillesse amenait aussi son cortège de désagréments : la solitude, la maladie. Mais même ces deux aspects avaient leurs compensations. Ainsi, elle ne s'était pas seulement habituée à vivre seule ; elle y avait pris goût. Quel plaisir que de pouvoir se lever quand bon vous semblait, s'habiller à la diable, rester debout jusqu'à deux heures du matin pour écouter un concert à la radio ! Sans parler du fait qu'après avoir cuisiné toute sa vie, et avec talent, pour ses proches, elle s'était découvert sur le tard un penchant coupable pour des collations aussi inavouables que les conserves froides ou la laitue simplement arrosée de mayonnaise, toutes horreurs qu'elle n'aurait en aucun cas servi à table au temps d'Oakley Street.

Il en allait de même avec la maladie. C'était irritant, certes, mais cela permettait de faire une sorte de bilan. Par exemple, depuis ce déplorable incident survenu quelques mois plus tôt (celui que les médecins s'obstinaient à appeler « crise cardiaque »), elle avait vraiment pris conscience du fait qu'elle mourrait un jour. Cela ne l'effrayait pas, elle ne redoutait pas la mort. Mais d'une certaine manière, sa maladie l'avait amenée à réfléchir sur les années écoulées, et elle avait fait le compte de tous les projets qu'elle n'avait jamais réalisés. Plusieurs, comme son souhait d'aller marcher dans les montagnes du Bhoutan, ou de visiter les ruines de Palmyre dans le désert de Syrie, n'avaient plus beaucoup de chance de se réaliser. En revanche, elle gardait le désir lancinant, impérieux, de retourner à Porthkerris.

Quarante ans sans revoir sa ville natale, c'était beaucoup trop long. Elle en était partie en compagnie de Nancy, juste à la fin de la guerre, pour n'y revenir qu'une seule fois, l'année suivante, lors des obsèques de son père. Après l'enterrement, Doris et elle avaient passé deux jours à vider et nettoyer Carn Cottage, puis Pénélope avait dû rentrer à Londres. Souvent, elle se promettait d'effectuer le voyage, d'emmener ses enfants jouer sur les plages de sa jeunesse, escalader les dunes, admirer la baie et le phare. Pourquoi n'avait-elle jamais mis ses projets à exécution ? Comment les années avaient-elles pu filer si vite ? Certes, les occasions s'étaient présentées, mais elle avait toujours manqué de temps ou d'argent, occupée comme elle l'était à tenir une grande maison, à se consacrer à Ambrose et leurs enfants.

Elle avait conservé Carn Cottage pendant de longues années sans vouloir le vendre, sans s'avouer qu'elle n'y habiterait plus. Un agent immobilier, sur place, l'avait longtemps loué à diverses personnes. Puis, un jour où sa situation financière devenait critique, l'agent l'avait prévenue qu'un couple de retraités souhaitait acheter la maison pour s'y retirer. Ils étaient fort riches ; Pénélope avait à sa charge trois enfants. Elle n'avait pu refuser leur offre, généreuse. Carn Cottage avait donc changé de mains.

A la suite de cela, elle avait abandonné pendant des années l'idée de se réinstaller en Cornouailles. Le projet n'avait resurgi qu'au moment de la vente d'Oakley Street. Elle s'imaginait dans une maisonnette de granit, avec un palmier dans le jardin, qu'elle choisirait à Porthkerris pour ses vieux jours... Mais Nancy l'en avait empêchée en lui trouvant Podmore's Thatch. Pénélope avait d'ailleurs aimé le cottage dès le premier coup d'œil et compris qu'elle n'aurait plus envie de vivre ailleurs.

Mais elle désirait encore revoir Porthkerris au moins une fois ! Elle pourrait séjourner chez Doris, par exemple. Peut-être Olivia l'accompagnerait-elle.

Olivia franchit la barrière blanche avec l'Alphasud, dépassa la cabane à outils et suivit l'allée de gravier jusqu'à l'arrière du cottage. Une porte vitrée menait au vestibule encombré de manteaux et d'imperméables. Divers chapeaux ornaient les bois d'une tête de cerf empaillée et quelque peu mitée. Un porte-parapluie de porcelaine bleu et blanc, dans un coin, accueillait une collection hétéroclite de parasols, de cannes et de vieux clubs de golf. Olivia entra dans la cuisine, où une alléchante odeur de rôti vint chatouiller ses narines.

— Maman ?

Pas de réponse. La jeune femme passa dans le jardin d'hiver et, aussitôt, aperçut sa mère à l'autre bout de la pelouse, immobile, un panier sur la hanche.

— Bonjour !

Pénélope tressaillit, vit sa fille, se précipita vers elle.

— Olivia !

Olivia, qui ne l'avait pas revue depuis sa maladie, guetta des signes de changement ; mais Pénélope, certes amaigrie, semblait, avec ses joues roses et sa démarche élastique, en aussi bonne santé qu'à l'ordinaire. Surtout, elle avait l'air radieux. Quelle cruauté d'avoir à lui apprendre la mort de Cosmo ! Peut-être vaudrait-il mieux ne jamais annoncer de décès à personne, songea Olivia avec amertume. D'une certaine façon, les gens continuaient à vivre, si l'on ne savait pas qu'ils étaient morts.

— Quel plaisir de te voir, ma chérie !

— Que faisais-tu donc, figée comme une statue avec ton panier vide ?

— J'admirais ma maison, je jouissais du beau temps... Où est ton ami ?

— Il s'est arrêté au pub pour t'apporter un cadeau.

— Il n'aurait pas dû ! Viens...

Elle précéda sa fille dans le jardin d'hiver. Le sol dallé, les sièges de rotin recouverts de cretonne fanée donnaient à la pièce une atmosphère accueillante, qu'accentuaient encore la profusion des plantes et le parfum entêtant des freesias, la fleur favorite de Pénélope.

— Il a pensé que je devais d'abord te voir seule, reprit Olivia en posant son sac à main sur la table de pin. J'ai quelque chose à te dire.

Pénélope se tourna vers sa fille. Son sourire s'effaça, son regard se voila.

— Mon Dieu, Olivia, que tu es pâle !

Sa voix n'avait pas faibli, ce qui redonna un peu de courage à la jeune femme.

— Je sais. J'ai appris la nouvelle ce matin... Cosmo est mort.

— Cosmo Hamilton ? Mais comment...

— Antonia m'a téléphoné d'Ibiza.

— Cosmo, répéta Pénélope, le visage défait. Je n'arrive pas à le croire. Le cher, cher homme...

Elle ne pleurait pas non plus ; Olivia n'avait jamais vu de larmes sur le visage de sa mère. Mais elle était devenue livide à son tour, et portait la main à son cœur comme pour en calmer les battements désordonnés.

— Oh ! ma chérie, je ne sais que te dire. Vous étiez si proches l'un de l'autre... Comment te sens-tu ?

— Comment te sens-tu, *toi* ? rétorqua Olivia. Je redoutais tellement d'avoir à t'annoncer cela !

— Bouleversée. C'est si brutal...

En tâtonnant, Pénélope chercha une chaise, s'y assit avec peine. Olivia la contemplait, anxieuse.

— Maman ?

— Ce n'est rien. Un léger vertige...

— Veux-tu du cognac ?

Pénélope eut un sourire, puis ferma les yeux.

— Oui. Excellente idée.

— Je vais t'en chercher.

Elle sortit la bouteille de cognac, et prit deux verres à la cuisine, les emplit presque à ras bord. « Seigneur, faites que Maman n'ait pas d'autre crise cardiaque. Je vous en supplie. Faites que cela passe... » Elle regagna la serre.

— Tiens !

Elle glissa l'un des verres dans la main de sa mère. Elles burent à petites gorgées, en silence. L'alcool les réchauffait, les revigorait.

— Ma pauvre chérie, dit Pénélope en buvant une gorgée qui lui remit un peu de couleur aux joues. Maintenant, raconte-moi.

Olivia obéit, bien qu'il y eût peu à dire. A la fin du récit, Pénélope demanda :

— Tu l'aimais, n'est-ce pas ?

Une affirmation, plus qu'une question.

— Oui. Cette année-là, il était devenu partie intégrante de moi-même. Il m'a changée, comme personne d'autre ne l'a jamais fait.

— Tu aurais dû l'épouser.

— Il le voulait... mais je ne pouvais pas, Maman. Vraiment, je ne pouvais pas.

— Sais-tu que je le regrette ?

— Ne dis pas cela. Je suis plus heureuse ainsi.

Pénélope hocha la tête, compréhensive.

— Et Antonia ? Était-elle sur place quand cela s'est produit ?

— Oui.

— Que va-t-elle décider ? Restera-t-elle à Ibiza ?

— Non. Elle ne peut pas. Cette maison n'a jamais appartenu à Cosmo, tu sais. Il la louait. Et comme la mère d'Antonia s'est remariée dans le Nord, la pauvre enfant n'a aucun endroit où aller. Je crois aussi qu'elle n'a pas beaucoup d'argent... Elle m'a annoncé au téléphone qu'elle arrivait à Londres la semaine prochaine, dans l'intention de chercher du travail. Je vais l'héberger un jour ou deux.

— Mais elle est si jeune ! Quel âge a-t-elle, maintenant ?

— Dix-huit ans. Ce n'est plus une petite fille. Aimerais-tu la revoir ?

— Énormément.

— Est-ce que...

Olivia s'interrompit pour boire un peu de cognac, qui lui brûla l'estomac mais lui permit de s'enhardir.

— Est-ce que tu accepterais qu'elle vienne ici, avec toi, pendant quelques semaines ?

— Pourquoi me demandes-tu cela ?

— Pour plusieurs raisons. D'abord parce qu'elle aura besoin d'une période de repos et de réflexion avant de se lancer à la recherche d'un emploi. Ensuite, parce que Nancy ne cesse de me harceler pour que je t'envoie une dame de compagnie...

Olivia s'exprimait sans faux-fuyants, comme toujours lorsqu'elle s'adressait à sa mère. Grâce à cela, elles avaient toujours été très proches et ne s'étaient jamais disputées.

— Nancy ne devrait pas croire les sottises des médecins, riposta Pénélope avec fougue. Je me débrouille très bien toute seule.

— J'en suis convaincue, mais Nancy ne l'est pas, et tant que tu n'auras personne sous ton toit, elle ne me laissera pas une minute de répit. En somme, en logeant Antonia, tu me rends service à moi aussi. Et puis, je suis sûre que cela te plairait. Tu ne crois pas ? A Ibiza, vous ne cessiez de bavarder et de vous amuser, toutes les deux. Elle te tiendra compagnie, et toi en échange tu l'aideras à traverser une période difficile.

Pénélope, cependant, restait hésitante.

— Ne sera-ce pas très monotone pour elle ? Je ne mène pas une vie bien stimulante pour une jeune personne de dix-huit ans...

— Elle avait des goûts simples, il n'y a pas de raison pour

qu'elle ait changé. Le cas échéant, si elle a envie d'aller danser en discothèque et de se divertir, nous pouvons toujours la présenter à Noël.

« Dieu m'en garde » ! songea Pénélope à part soi, tout en questionnant à voix haute :

— Quand viendrait-elle ?

— Elle doit arriver à Londres mardi. Je pourrais l'accompagner ici le week-end suivant.

Olivia contempla sa mère avec appréhension. Pourvu qu'elle accepte ! Mais Pénélope paraissait penser à autre chose, et, soudain, elle pouffa.

— Qu'est-ce qui t'amuse ?

— Je me souviens de la plage où Antonia apprenait à surfer. Toutes ces vieilles dames en bikini, sèches comme des harengs... C'était si drôle ! Te rappelles-tu nos fous rires ?

— Bien sûr. Je ne me suis jamais autant divertie... Alors, Maman... hébergeras-tu Antonia ?

— Si elle est d'accord, elle est la bienvenue chez moi, aussi longtemps qu'elle le souhaitera. Je serai même ravie de sa présence.

Enchantées de cette décision, les deux femmes se détendirent un peu et se mirent à deviser, oubliant momentanément leur tristesse. Olivia puisait un immense réconfort dans la présence de sa mère. La vie reprenait ses droits ; elle aurait de nouveau la force de faire face... Lorsque Hank sonna à la porte d'entrée, elle courut lui ouvrir. Il tenait à la main un sac qu'il tendit avec cérémonie à Pénélope après les présentations. Elle en tira deux bouteilles enveloppées de papier de soie, les déballa et s'écria avec enthousiasme :

— Du château-latour ! Vous ne pouviez pas mieux choisir. Comment diable avez-vous réussi à convaincre M. Hodgkins de vous les céder ?

— J'ai suivi les conseils d'Olivia, expliqua Hank en souriant ;

j'ai dit que le vin vous était destiné. Il a aussitôt disparu dans sa cave en annonçant qu'il me donnerait ce qu'il avait de mieux.

— J'ignorais qu'il eût des crus fameux... Je ne sais comment vous remercier. J'avais prévu du rosé, mais nous boirons votre château-latour pour le déjeuner.

— Surtout pas ! répondit-il. Gardez-les pour une occasion spéciale. Vous les dégusterez en mon honneur !

— Eh bien, entendu !

A chacune de ses visites, Olivia s'étonnait que sa mère eût réussi à faire tenir ses meubles et ses bibelots les plus chers dans son salon. Une multitude de coussins couvrait les fauteuils et les sofas. Le secrétaire, grand ouvert comme à l'habitude, débordait de lettres et de vieilles factures. Il y avait une table à couture dans un coin et, partout, des tapis de prix, des lampes, des livres, des cruches de porcelaine emplies de fleurs séchées. Tout l'espace disponible disparaissait sous les photographies, les gravures, les babioles, les tricots en cours ; des piles de journaux, de magazines, de catalogues de graines s'entassaient à même le sol. L'ensemble, hétéroclite et chaleureux, reflétait les multiples centres d'intérêt d'une vie bien remplie. Cependant, comme tous les visiteurs qui entraient dans la demeure pour la première fois, Hank ne vit d'abord rien d'autre que le tableau accroché au-dessus de la cheminée ; ses dimensions imposantes faisaient paraître la pièce plus étroite et plus encombrée encore.

Les Pêcheurs de coquillages... Olivia adorait l'œuvre ; elle ne se lassait jamais de la contempler. Sous des nuages plombés, chassés par la brise, la mer se hérissait de vagues écumantes dont on croyait entendre le grondement et humer les effluves iodés. Le sable avait des reflets nacrés, délicats. Çà et là, des flaques d'eau abandonnées par la marée descendante chatoyaient comme des miroirs. Sur un côté du tableau, trois enfants, pieds nus, à la peau brunie — deux fillettes en chapeau de paille et un garçonnet —, contemplaient avec intérêt le contenu d'un seau rouge vif.

— Quelle toile magnifique ! murmura Hank avec conviction.

Pénélope lui adressa un sourire rayonnant.

— Je suis heureuse qu'elle vous plaise. Je n'ai rien de plus précieux au monde.

Il se pencha pour chercher la signature.

— De qui est-ce ?

— De Lawrence Stern. C'était mon père.

— Lawrence Stern ? Votre père ? Olivia ne me l'avait pas dit.

— J'ai préféré laisser ce soin à ma mère, intervint Olivia. Elle en sait beaucoup plus long que moi.

— C'est curieux, dit-il. Lawrence Stern était un préraphaélite, n'est-ce pas ? Pourtant, cette œuvre semble presque de facture impressionniste.

— Je sais, acquiesça Pénélope. C'est là tout son intérêt.

— De quand date-t-elle ?

— De 1927. Il avait un atelier en bordure de plage, à Porthkerris, et a représenté sur cette toile ce qu'il voyait depuis sa fenêtre. Elle s'appelle *Les Pêcheurs de coquillages*. La petite fille à gauche, c'est moi.

— Comment se fait-il que le style soit si différent de celui de ses œuvres antérieures ?

— Il y a à cela plusieurs raisons, expliqua Pénélope. Tout d'abord, un peintre doit savoir évoluer, sinon il finit par ne plus rien produire de bon. Et puis, surtout, mon père à cette époque commençait à avoir de l'arthrite dans les mains et ne pouvait plus exécuter ces détails minutieux, extrêmement léchés, dont il avait le secret.

— Quel âge avait-il alors ?

— En 1927 ? Voyons... soixante-deux ans. Il ne s'était marié qu'à cinquante-cinq ans et était déjà âgé à ma naissance.

— Avez-vous d'autres tableaux de lui ? questionna Hank en regardant alentour comme s'il se trouvait dans un musée.

— Pas dans cette pièce, répondit Pénélope. Toutes les toiles que vous voyez ici ont été peintes par ses confrères. Outre *Les*

Pêcheurs de coquillages, je ne possède que deux panneaux inachevés, sur le palier du premier étage. Ce sont ses toutes dernières œuvres. Il ne pouvait alors presque plus tenir un pinceau et c'est pour cela qu'il ne les a pas terminées.

— Quel drame pour un artiste !

— Oui, n'est-ce pas ? Il avait beau prendre les choses avec philosophie, affirmer qu'« il avait donné le meilleur de lui-même de toute façon », je suis sûre qu'il se sentait très frustré. Il avait conservé son atelier bien après avoir cessé de peindre et, quand il était déprimé, il s'y rendait pour rester assis à contempler la mer par la fenêtre, pendant des heures.

— Vous souvenez-vous de lui ? demanda Hank à Olivia.

— Non. Je suis née après sa mort. Mais ma sœur Nancy, elle, a vu le jour sous son toit, à Porthkerris.

— Avez-vous toujours sa maison ?

— Non, hélas ! répliqua Pénélope avec tristesse. Je l'ai gardée longtemps, puis j'ai dû me résoudre à la vendre.

— Y êtes-vous retournée ?

— Non. Pas depuis quarante ans. Cependant, chose étrange, j'ai pensé ce matin même que j'aimerais beaucoup la revoir une dernière fois. Ne viendrais-tu pas avec moi, Olivia ? Nous pourrions nous installer chez Doris...

Olivia, prise au dépourvu, hésita.

— Je ne sais pas...

— Il n'y en aurait que pour quelques jours, une semaine au plus...

— Cela me semble difficile dans l'immédiat, Maman. Je ne peux prendre aucun congé jusqu'à l'été, et ensuite je suis invitée en Grèce...

Ce n'était pas tout à fait vrai ; l'invitation en question était plus ou moins tombée à l'eau. Mais Olivia avait très envie de partir au soleil.

Elle en avait vraiment besoin. Cependant, en voyant le visage de sa mère s'assombrir, elle regretta aussitôt ses paroles. Pénélope surmonta sa déception et sourit avec indulgence.

— Je comprends. N'y pense plus. Je peux très bien y aller seule.

— C'est un long trajet, en voiture.

— Je prendrai le train.

— Pourquoi n'invites-tu pas Lalla Friedmann ? Elle serait ravie de se rendre en Cornouailles.

— Lalla ? Je n'y avais pas pensé. Je verrai...

Après l'apéritif, ils passèrent tous trois à table. Tandis que Hank savourait le rôti et les légumes cuits à point, son hôtesse le bombardait de questions sur les États-Unis, sa famille, ses enfants. Elle n'agissait pas par simple courtoisie mais parce que toute nouvelle rencontre la passionnait, surtout lorsque les gens venaient d'un pays différent et la charmaient par leur personnalité.

— Ainsi, vous vivez à Dalton, en Géorgie ? J'ai peine à imaginer à quoi cela ressemble. Avez-vous un appartement, ou bien une maison avec un jardin ?

— Une maison et un grand jardin, qu'en Amérique nous appelons « une cour ».

— Les plantes doivent pousser à vue d'œil, avec un climat aussi chaud.

— Je le suppose, mais je suis d'une totale ignorance en la matière. Je me décharge de tout sur un jardinier qui vient de temps à autre. Je ne tonds même pas la pelouse !

— Vous avez raison.

— Et vous, madame Keeling ? Vous faites-vous aider ?

— Elle a toujours refusé avec obstination ! intervint Olivia en souriant. Tout ce que vous pouvez admirer par la fenêtre est sa propre création.

— Vraiment ? répondit Hank, c'est incroyable. Cela représente un tel travail !

— Pour moi, c'est un plaisir, dit Pénélope amusée. Cela dit, je n'ai plus mon énergie d'autrefois et, dès lundi, je vais suivre votre exemple : j'aurai un jardinier.

— Tiens ! dit Olivia. Tu n'avais plus évoqué cette idée depuis longtemps, je croyais que tu l'avais abandonnée.

— Pas du tout ! J'ai trouvé l'adresse d'une excellente firme spécialisée, à Pudley. Ils m'enverront un jeune homme trois fois par semaine. Cela me débarrassera des gros travaux comme l'arrachage des souches, et je lui demanderai peut-être aussi de couper du bois et d'entasser le charbon dans la cave. Enfin, nous verrons bien ! Si c'est un fainéant, ou que cela me coûte trop cher, je peux rompre le contrat sans problème. Reprendrez-vous un peu de rôti, Hank ?

Ce déjeuner pantagruélique occupa presque tout l'après-midi ; ils ne sortirent de table qu'à quatre heures. Olivia offrit de laver la vaisselle, mais sa mère refusa avec fermeté et insista pour qu'ils aillent au jardin. Ils déambulèrent dans les allées en admirant les plantations. Hank aida Pénélope à attacher une branche de clématite cassée. Olivia ramassa un bouquet d'aconits pour le rapporter chez elle. Quand vint l'heure des adieux, Hank embrassa la vieille dame sur les deux joues.

— J'ai passé une délicieuse journée. Je vous remercie du fond du cœur.

— Il faudra que vous reveniez !

— Un jour, peut-être. J'essaierai.

— Quand rentrez-vous aux États-Unis ?

— Je pars demain matin.

— Déjà ? Quel dommage ! Eh bien, je suis ravie d'avoir fait votre connaissance.

— Moi aussi.

Il ouvrit la portière de la voiture tandis qu'Olivia serrait sa mère dans ses bras.

— Au revoir, Maman.

— Au revoir, ma chérie. Encore toutes mes condoléances pour Cosmo... Essaie de ne pas être trop triste. Réjouis-toi du bonheur que tu as connu avec lui et ne regrette rien, surtout. C'est promis ?

— Promis, répondit Olivia en se forçant à sourire.

— Et puis, sauf avis contraire, je t'attends le week-end prochain, avec Antonia.

— Sans faute.

Pénélope regarda s'éloigner la voiture. Olivia, son manteau de fourrure sur les épaules, serrait le bouquet d'aconits dans sa main comme une enfant désemparée. Pénélope débordait de compassion pour elle. Même à trente-huit ans, même au sommet de sa carrière, Olivia restait sa petite fille chérie, et elle détestait l'idée de la voir souffrir. Le cœur lourd, fatiguée, elle rentra dans la maison.

Le lendemain matin elle se sentit aussi lasse et mélancolique que la veille. D'abord, elle s'en étonna, puis se souvint de Cosmo... Comme il pleuvait et que, pour une fois, elle n'attendait personne à déjeuner, elle en profita pour paresser au lit plus longtemps qu'à l'ordinaire. Elle se leva vers dix heures et descendit au village acheter les journaux du week-end.

Les cloches de l'église tintaient ; les gens remontaient les allées du cimetière pour se rendre à la messe. Comme cela lui arrivait de temps à autre, Pénélope regretta de ne pas être une pratiquante plus assidue. Elle avait la foi, bien sûr, car il aurait été trop déprimant de ne croire en rien ; elle assistait même aux services de Noël et de Pâques. Malgré cela, elle n'avait jamais cherché de réconfort dans la religion ; elle ne l'aurait pas trouvé. Dieu n'y était pour rien. Cela tenait à elle, à sa tournure d'esprit, voilà tout.

De retour chez elle, elle alluma le feu, lut l'*Observer*, puis prépara une collation. Ensuite, elle fit la sieste sur un sofa du salon. En s'éveillant, elle vit que la pluie avait cessé ; elle enfila des bottes en caoutchouc, un imperméable, et sortit. Bien qu'elle eût taillé ses rosiers à l'automne, il restait quelques branches

141

mortes. Armée d'un sécateur, elle plongea dans les buissons pour se mettre à l'œuvre.

Comme toujours quand elle jardinait, elle perdit la notion du temps et ne prêta plus attention à ce qui l'entourait. Aussi vit-elle avec surprise, en se redressant pour masser ses reins douloureux, deux silhouettes, un homme et une femme, traverser la pelouse dans sa direction. Étaient-ils arrivés en voiture ? Elle n'avait rien entendu. L'homme, très beau, avait les cheveux noirs, les yeux bleus. Saisie, Pénélope crut voir Ambrose, son défunt mari... Mais c'était Noël, bien entendu, qui ressemblait tellement à son père que ce genre d'absurde méprise lui était déjà arrivé plusieurs fois. Comme toujours, il était accompagné d'une jeune fille.

Pénélope glissa son sécateur dans son panier, ôta ses gants de jardinage et émergea des rosiers, le sourire aux lèvres.

— Bonjour, Ma, lança Noël.

Sans tirer les mains de ses poches, il se pencha pour l'embrasser sur la joue.

— Quelle surprise de te voir ! D'où viens-tu ? questionna-t-elle.

— Du Wiltshire, où nous avons passé le week-end. Je me suis dit que je m'arrêterais en chemin pour prendre de tes nouvelles.

« S'arrêter en chemin ? » En descendant du Wiltshire ? Mais cela faisait un détour immense !

— Je te présente Amabel, ajouta Noël.

— Bonjour. Enchantée de vous connaître, dit Pénélope.

— Salut, dit Amabel, qui ne jugea pas utile de tendre la main.

Elle était mince et menue comme une fillette, avec des cheveux blonds et de grands yeux vert pâle. Elle était affublée d'un manteau trop grand pour elle dans lequel Pénélope reconnut l'un des pardessus de Lawrence Stern, mystérieusement disparu lors du déménagement d'Oakley Street.

La vieille dame se tourna vers son fils.

— Où étiez-vous au juste, dans le Wiltshire ?

— Chez des amis d'Amabel, lord et lady Early. Nous sommes

partis juste après le déjeuner. Comme je ne t'avais pas vue depuis ta sortie de l'hôpital, me voilà.

Il lui adressa son sourire le plus charmeur.

— Je dois dire que tu as l'air en pleine forme. Moi qui m'attendais à te trouver sur une chaise longue, bien au chaud sous une pile de couvertures...

Toute allusion à l'hôpital irritait Pénélope.

— Les médecins ont dramatisé. Je vais très bien. Nancy a fait une montagne d'une taupinière, selon son habitude.

Ne se montrait-elle pas un peu acerbe ? Après tout, c'était gentil de la part de Noël d'avoir effectué un tel trajet rien que pour elle. Elle ajouta d'un ton plus amical :

— En tout cas, je te remercie de ta sollicitude. Soyez les bienvenus, tous les deux. Quelle heure est-il ? Mon Dieu ! Déjà cinq heures. Fais entrer Amabel au salon, Noël. J'y ai préparé un bon feu. Juste le temps de retirer mes bottes et je vous rejoins.

Elle se dirigea vers la remise où elle accrocha son imperméable, puis monta se laver les mains et se recoiffer. Descendue à la cuisine par l'autre escalier, elle mit la bouilloire sur le feu et sortit un cake d'une boîte en fer. Noël adorait les gâteaux. Quant à cette jeune fille, cela lui ferait du bien de manger un peu. N'était-elle pas atteinte d'anorexie ? se demanda Pénélope. La chose n'eût pas été autrement surprenante, Noël ayant toujours le chic pour se trouver des petites amies... hors normes. Elle prépara avec soin le plateau du thé et l'apporta dans le salon. Amabel s'était débarrassée du manteau de Lawrence, et elle se pelotonnait dans le canapé, tandis que Noël entassait des bûches sur les braises mourantes de l'âtre. Pénélope déposa son plateau sur une table basse.

— Quelle maison extraordinaire ! dit la jeune fille. Et ce tableau... c'est pas... *génial* ?

Ses beaux yeux verts fendus en amande venaient de se poser sur *Les Pêcheurs de coquillages*.

— C'est un coin des Cornouailles, n'est-ce pas ?

— Porthkerris, répondit Pénélope.

— C'est bien ce qu'il me semblait. J'y suis allée une fois en vacances, mais il a plu tout le temps.

— Quel dommage ! murmura Pénélope.

Ne sachant quoi ajouter, elle se mit à servir le thé.

— Et si vous me parliez de votre week-end ? suggéra la maîtresse de maison.

Les deux jeunes gens expliquèrent que la réunion comportait dix invités, qu'il y avait eu une course au clocher le samedi après-midi, qu'on avait dîné le soir chez des voisins, et dansé jusqu'à quatre heures du matin.

— Comme c'est sympathique ! déclara poliment Pénélope qui trouvait cela très banal.

Noël et sa conquête n'ayant apparemment rien d'autre à dire, elle parla de la visite d'Olivia et de son ami américain. Amabel étouffa un bâillement tandis que Noël, assis sur un pouf près de la cheminée, écoutait distraitement. Pénélope songea un instant à lui parler de Cosmo et de l'arrivée prochaine d'Antonia, mais elle y renonça. Après tout, il n'avait pas connu Cosmo et ne pouvait guère se passionner pour les affaires de sa famille. A la vérité, il ne s'intéressait qu'à lui-même, tout comme son père dont il avait hérité le physique, mais aussi le caractère. Elle s'apprêtait à l'interroger sur son travail et ses activités présentes, mais ce fut lui qui prit la parole.

— A propos de Porthkerris, Ma, sais-tu qu'un tableau de ton père va être mis aux enchères cette semaine chez Boothby's ? Il s'agit des *Porteuses d'eau*. On prétend que la toile pourrait atteindre la somme de deux cent mille livres. Formidable, non ?

— Je suis au courant de cette vente. Olivia m'en a touché un mot hier.

— Tu devrais faire un saut jusqu'à Londres. Je me rendrai moi-même à la vente si je peux m'échapper du bureau.

— Il semble que ces vieilles œuvres soient devenues à la mode.

144

— Oui. Et Boothby's doit en ce moment gagner une fortune scandaleuse. As-tu lu le *Sunday Times* d'aujourd'hui ?

— Je n'ai pas encore eu le temps.

Noël alla prendre le journal sur un guéridon, le feuilleta et présenta à sa mère la page contenant l'annonce de Boothby's.

ŒUVRE MINEURE OU DÉCOUVERTE IMPORTANTE ?

Les ventes effectuées chez Boothby's ont largement contribué au renouveau d'intérêt que suscite actuellement la période victorienne si longtemps négligée. Notre expérience et nos conseils éclairés sont à la disposition de nos éventuels clients. Si vous êtes en possession d'une œuvre de cette époque que vous souhaiteriez faire expertiser, téléphonez à notre spécialiste, M. Roy Brookner qui se fera un plaisir de se déplacer et de vous donner son avis, les frais étant, bien entendu, entièrement à notre charge.

Suivaient l'adresse et le numéro de téléphone de la Société.

Pénélope replia soigneusement le journal et le reposa sur le guéridon. Noël était impatient de connaître sa réaction.

— Pourquoi m'as-tu fait lire cela ? demanda-t-elle.

— Je pensais que cela t'intéresserait et t'inciterait à faire expertiser tes tableaux. Sache que le marché est en plein essor. L'autre jour, un Millais s'est vendu huit cent mille livres.

— Je ne possède aucun Millais.

— Je sais. Mais les Stern sont également très recherchés.

— Tu voudrais me voir *vendre* les toiles de mon père ?

— Pas *Les Pêcheurs de coquillages*, naturellement. Mais peut-être les deux autres tableaux.

— Ils sont inachevés et ne valent sans doute pas grand-chose.

— Tu te trompes, et c'est pourquoi tu devrais les faire examiner sans attendre. Crois-moi, quand tu connaîtras leur valeur, tu comprendras l'intérêt de les mettre en vente. Je suis prêt à parier que tu ne les as pas regardés depuis longtemps. Ils ne te manqueraient pas...

— Qu'en sais-tu ?

— Simple supposition, répondit Noël en haussant les épaules. Ce ne sont pas les meilleurs. Le sujet n'a rien d'original.

— Si c'est là ce que tu en penses, félicite-toi de ne plus les avoir sous les yeux en permanence.

Pénélope se tourna vers Amabel.

— Voulez-vous une autre tasse de thé ?

Ce ton froid et distant signifiait qu'elle se retenait pour ne pas exploser. Noël le savait très bien. Inutile d'enfoncer le clou : elle pouvait se montrer très têtue. Du moins, avait-il lancé l'idée. Il n'y avait plus qu'à la laisser germer... Pénélope y penserait à loisir quand elle serait seule et, avec un peu de chance, se rendrait aux arguments de son fils. Arborant son sourire charmeur, il feignit d'accepter sa défaite.

— D'accord, n'en parlons plus..., dit-il.

Puis, posant sa tasse, il releva sa manche pour consulter sa montre.

— Êtes-vous pressés ? s'enquit Pénélope.

— Nous ne devrions pas trop tarder. Le trajet est long et il y aura à coup sûr d'épouvantables embouteillages. Sais-tu si ma raquette de squash se cache quelque part au premier étage, Ma ? Je dois aller jouer cette semaine et je ne la trouve nulle part chez moi.

— Mon Dieu, je n'en sais rien, répondit Pénélope, soulagée de le voir changer de sujet. Va jeter un coup d'œil.

La « chambre » de son fils était si encombrée de malles, de caisses et d'objets divers qu'elle n'y pénétrait jamais et elle en ignorait le contenu précis.

— J'y vais.

Il déplia ses longues jambes, ajouta : « J'en ai pour une minute », puis s'éclipsa. Amabel, affalée sur le sofa, étouffa un autre bâillement.

Les Pêcheurs de coquillages

— Vous connaissez Noël depuis longtemps? demanda Pénélope, désolée de s'entendre adopter malgré elle un ton guindé.

— Trois mois, environ.

— Vous habitez Londres?

— J'y ai un appartement. Mes parents, eux, résident dans le Leicestershire.

Il y eut un silence. Amabel ne se montrait pas très coopérative.

— Vous travaillez, j'imagine? reprit Pénélope, avec un effort louable.

— Oh! Seulement quand j'en ai besoin.

En désespoir de cause, Pénélope proposa :

— Encore un peu de thé?

— Non, merci. Mais je reprendrais volontiers du cake.

Pénélope la servit ; la jeune fille dévorait à belles dents, indifférente à ce qui l'entourait. Son hôtesse se serait-elle mise à lire le journal sous ses yeux qu'elle ne s'en serait pas aperçue. C'était incroyable comme certains jeunes pouvaient se montrer charmants et d'autres, au contraire, grossiers et mal élevés, songea Pénélope. A l'évidence, personne n'avait appris à Amabel qu'on mangeait la bouche fermée.

Elle renonça à ranimer la conversation et disparut dans la cuisine avec le plateau. Elle lava les tasses, les rangea, retourna dans le salon : Noël n'avait toujours pas reparu. Mieux valait l'aider à chercher cette maudite raquette. Elle gravit l'escalier, longea le couloir jusqu'à l'autre bout de la maison, entra dans la chambre. Son fils ne s'y trouvait pas. Étonnée, elle s'immobilisa, puis entendit des pas craquer au-dessus de sa tête. Que diable faisait-il dans le grenier? Elle ressortit dans le couloir et leva les yeux vers la trappe grande ouverte.

— Noël?

Au bout de quelques secondes, le jeune homme reparut et se laissa glisser le long de l'échelle.

— Que cherchais-tu donc?

— Ma raquette de squash, répondit-il en époussetant son veston. Je ne l'ai pas vue dans la chambre.

— Tu auras mal cherché. Tu sais bien qu'aucune de tes affaires ne se trouve dans le grenier, voyons ! Viens avec moi.

Pénélope écarta des vêtements jetés en vrac, fouilla dans une ou deux caisses et brandit la raquette.

— Et voilà ! Avoue que tu ne t'es pas donné beaucoup de mal.

— Si, pourtant, je t'assure ! répliqua-t-il avec désinvolture. En tout cas, merci.

Elle l'examina à la dérobée. Il avait l'air tout à fait naturel. Pourquoi ressentait-elle un vague malaise ?

— J'ai remarqué qu'Amabel portait le vieux pardessus de mon père, reprit-elle. Comment est-il arrivé en ta possession ?

— Je l'avais subtilisé pendant ton déménagement, avoua-t-il sans se troubler. Il m'a toujours beaucoup plu, et puis il n'était pour toi d'aucune utilité.

— Tu aurais tout de même pu me demander la permission de l'emporter...

— C'est vrai. Veux-tu que je te le rende ?

— Non. Tu peux le garder. Il te sera sans doute plus utile qu'à moi, conclut-elle avec malice, songeant à toutes les jeunes femmes qui avaient dû s'y envelopper.

Dans le salon, ils trouvèrent Mlle Remington-Luard en train de dormir. Noël l'éveilla, l'aida à enfiler le pardessus tandis qu'elle étouffait un nouveau bâillement, puis il embrassa sa mère et entraîna sa compagne jusqu'à la Jaguar.

Une fois la porte refermée, Pénélope resta immobile un moment. Son malaise persistait. Qu'avait donc espéré trouver Noël dans le grenier ? Il savait que sa raquette n'y était pas. Alors ?

Elle revint dans le salon, remit une bûche dans l'âtre. Le *Sunday Times* gisait sur le parquet. Elle le ramassa, chercha l'annonce de Boothby's, la relut. Puis elle prit des ciseaux, découpa la page et la rangea avec soin dans l'un des tiroirs de son secrétaire.

148

Au milieu de la nuit, elle s'éveilla en sursaut. Il avait recommencé à pleuvoir. Un vent violent s'était levé et les gouttes s'écrasaient contre les vitres avec un crépitement rageur. Une réflexion d'Amabel sur les Cornouailles lui revint à l'esprit : « J'y suis allée une année, mais il a plu tout le temps. » Porthkerris... Pénélope se remémora les tempêtes sur l'Atlantique, les ciels plombés. Elle se revit à Carn Cottage, allongée comme maintenant dans l'obscurité, prêtant l'oreille aux vagues qui se fracassaient sur le rivage tandis que le pinceau lumineux du phare venait caresser avec régularité les murs blancs de sa chambre. Elle se rappela le jardin, le sentier menant à la dune, la vue splendide que l'on découvrait du sommet sur les eaux turquoise de la baie... La mer : c'était une autre raison pour laquelle elle souhaitait tant revoir sa province natale. Elle aimait beaucoup le Gloucestershire, mais l'Océan lui manquait. Avant de mourir l'esprit en paix, elle voulait se replonger une dernière fois dans son passé, retrouver les lieux où elle avait grandi, où elle avait été belle, où elle avait aimé. Ce voyage s'imposait comme un pèlerinage. Oui, elle irait. Seule s'il le fallait.

Chapitre 6

Lawrence

Elle avait dix-neuf ans et, comme tout le monde, vivait l'oreille collée à la T.S.F dans l'attente des informations. Entre chaque bulletin, la T.S.F diffusait des mélodies : « Couleur pourpre », « Mes petites folies », ou encore des airs tirés des derniers films de Fred Astaire et Ginger Rogers. Durant tout l'été, les vacanciers avaient colonisé la ville. Les boutiques avaient débordé de seaux, de pelles, de ballons en caoutchouc. D'élégantes jeunes femmes descendues au *Castle Hotel* avaient choqué les populations locales en arborant des pyjamas de plage et des maillots deux-pièces qu'on jugeait très osés.

Maintenant, les touristes étaient presque tous partis. Il n'en restait que quelques-uns le long du rivage, surtout des enfants qui érigeaient des châteaux de sable ou couraient dans l'eau sous l'œil vigilant des nurses.

On était dimanche. Il faisait si beau que Pénélope, malgré les circonstances, n'avait pu résister au plaisir de sortir. Elle avait demandé à Sophie de l'accompagner, mais cette dernière avait préféré s'enfermer dans la cuisine pour mijoter un bœuf en daube. Quant à Papa, il avait mis son canotier sitôt le petit déjeuner avalé et était allé se réfugier dans son atelier. Un peu plus tard, Pénélope passerait l'y chercher, et ils regagneraient Carn Cottage sans se hâter.

Les Pêcheurs de coquillages

— Ne le laisse pas faire un détour par le pub, avait conseillé Sophie. Surtout aujourd'hui. Ramène-le tout droit à la maison.

Pénélope avait promis. Dans une heure, environ, ils prendraient place à la table du déjeuner. Et dans une heure, ils sauraient...

Arrivée au bout de la plage, elle gravit les marches de la jetée pour s'engager dans une étroite ruelle bordée de maisons blanchies à la chaux. Des chats se faufilaient dans les recoins. Les mouettes, au bord des toits, fixaient les passants d'un œil jaune, impavide. Il était onze heures moins cinq. Derrière elle, le port où la marée montait était presque désert. Seul un groupe d'enfants s'amusait avec une vieille boîte de conserve tandis qu'un pêcheur rafistolait son bateau, à grands coups de marteau vibrant dans l'air tiède.

Elle déboucha sur la place de l'église. Une foule beaucoup plus compacte qu'à l'ordinaire se massait à l'entrée pour le service du matin. Les gens vêtus de sombre se saluaient à voix basse, l'air solennel. A onze heures précises, les cloches se mirent à sonner, assourdissantes. Les mouettes, affolées par le tintamarre, s'envolèrent dans une clameur stridente. Pénélope poursuivit son chemin d'un pas lent, les mains dans les poches de son cardigan. De temps à autre, la brise soulevait ses longues mèches brunes et les plaquait contre son visage.

Elle gravissait maintenant une ruelle en pente abrupte, dans le quartier de Downalong, le plus ancien de la ville. De temps à autre, la mer apparaissait entre deux maisons, et l'on entendait le ressac de la marée contre les rochers. La petite boutique de la buraliste, Mme Thomas, était ouverte : des piles de journaux barrés de gros titres en lettres noires et menaçantes s'amoncelaient devant la porte. Pénélope les déchiffra et son cœur se serra. Ainsi, c'était arrivé... Retrouvant quelques pence au fond de sa poche, elle entra dans la boutique pour acheter une barre de chocolat à la menthe. Manger soulagerait peut-être la nausée qui l'envahissait.

151

— Tu te promènes, ma jolie? demanda Mme Thomas avec gentillesse.

— Je vais chercher Papa à son atelier.

— Il a bien raison d'aller s'y réfugier. Un jour comme celui-ci...

Elle déposa le chocolat sur le comptoir et soupira :

— Eh bien! Nous revoilà donc en guerre avec ces maudits Allemands. Chamberlain vient de le confirmer.

A soixante ans, elle avait déjà vécu la tragédie de la Première Guerre mondiale. Elle y avait perdu son mari, tué au front en 1916. Plus de vingt-trois ans après, son fils Stephen venait d'être appelé à son tour sous les drapeaux, dans l'infanterie légère du duc de Cornouailles...

— C'était sans doute inévitable, poursuivit-elle. On ne peut pas laisser ces malheureux Polonais se faire massacrer ainsi.

— Non, bien sûr, murmura Pénélope.

— Enfin! Tu salueras ton père de ma part. Sa santé est toujours bonne?

— Très bonne, madame Thomas.

— Tant mieux. Au revoir, Pénélope.

— Au revoir.

Dans la rue, Pénélope retira le papier d'argent de la friandise et mordit la barre de chocolat. La guerre... Elle leva les yeux vers le ciel comme si une flottille de bombardiers silencieux et terrifiants, semblables à ceux qu'on voyait survoler la Pologne aux actualités, allait surgir d'un moment à l'autre. Mais il n'y avait que des nuages, chassés par le vent.

La guerre! Un mot dur et froid qui sonnait bizarrement à l'oreille, comme « mort ». Plus elle le répétait à voix basse, plus il devenait incompréhensible. En mangeant son chocolat à petites bouchées, elle remonta la ruelle vers l'atelier où elle devait annoncer à son père que c'était l'heure du déjeuner, qu'il ne ferait pas halte au pub et que la guerre était déclarée.

L'atelier était un ancien grenier haut de plafond, traversé de vents coulis. Côté nord, on avait percé une vaste fenêtre qui ouvrait sur la mer. L'énorme poêle à bois apporté par Lawrence Stern des années auparavant ne parvenait jamais à réchauffer la pièce, même lorsqu'il rougeoyait comme à présent.

Pénélope s'immobilisa sur le seuil avant d'entrer.

Lawrence Stern ne travaillait plus depuis dix ans. Cependant, tout son matériel était prêt, rangé avec soin, comme s'il allait s'en servir d'une minute à l'autre : les chevalets, les toiles, les pinceaux, les tubes, les palettes maculées de peinture séchée. Le tabouret réservé aux modèles se dressait encore sous un dais. Une table branlante supportait une tête d'homme en plâtre et des piles de vieux numéros de la revue *L'Atelier*. Pénélope huma avec nostalgie l'odeur de la térébenthine et des pigments, mêlée aux effluves iodés de la mer toute proche.

Des planches de surf s'entassaient dans un coin ; une serviette-éponge oubliée gisait sur une chaise. La jeune fille se demanda s'ils auraient encore l'occasion d'utiliser ces objets familiers. Y aurait-il d'autres étés, après celui-ci ?

La porte, sous l'effet d'un courant d'air, claqua derrière elle ; Lawrence tourna la tête. Il était assis de biais sur le rebord de la fenêtre, les jambes croisées, le menton appuyé sur le poing. Il avait passé des heures à contempler les mouettes, les nuages, les teintes changeantes de la mer et du ciel. A soixante-quatorze ans, il se tenait encore très droit. Ses yeux bleu faïence, dans son visage tanné, sillonné de rides, gardaient tout leur éclat. Il s'habillait avec une certaine recherche, presque avec coquetterie : pantalon de toile rouge fané, veste de velours côtelé vert bouteille, et, en guise de cravate, un foulard à pois. Seuls ses cheveux, d'un blanc de neige et plus longs que ne le voulait la mode, trahissaient son âge, tout comme ses mains tordues par l'arthrite qui avait si tragiquement mis fin à sa carrière.

— Bonjour, Papa, lança Pénélope.

Il la fixait d'un regard sombre, presque méfiant, comme s'il devinait en elle la messagère d'une fatale nouvelle. Puis il sourit et agita la main en geste de bienvenue.

— Bonjour, ma chérie.

Elle approcha. Les grains de sable apportés par le vent et qui parsemaient le plancher crissaient sous ses pieds, comme si on avait renversé du sucre en poudre. Lawrence la serra contre lui.

— Qu'es-tu donc en train de manger ?

— Une barre de chocolat à la menthe.

— Tu n'auras plus d'appétit.

— Tu dis toujours cela, taquina-t-elle en s'écartant. En veux-tu un morceau ?

— Non, merci.

— Tu sais… la guerre est déclarée. Je viens de voir les journaux.

— Je m'y attendais.

— Sophie est en train de préparer un bœuf en daube. Elle m'a dit de te ramener tout droit à la maison sans te laisser faire halte au *Sliding Tackle*.

— Dans ce cas, mettons-nous en route.

Cependant, il resta immobile. Pénélope ferma la fenêtre, prit sur une chaise le chapeau de son père et le lui tendit. Il le mit puis se leva, avec lenteur. Elle le prit par le bras.

Carn Cottage se dressait en bordure de la ville, au sommet d'une colline. C'était une maison blanche, carrée, avec un jardin entouré de grands murs. Lorsqu'on refermait la grille on avait l'impression de se trouver dans un lieu secret, protégé, où plus rien — pas même le vent — ne pourrait vous atteindre. La pelouse, en cette fin d'été, était drue et verdoyante ; les plates-bandes de Sophie débordaient de marguerites, de dahlias, de gueules-de-loup. Du lierre et des clématites couvraient toute la façade. Au-delà du potager, des canards s'ébattaient dans une mare.

Sophie, dans l'allée, cueillait des dahlias. Au grincement de la grille, elle vint à leur rencontre.

Avec son pantalon, ses espadrilles, son pull-over rayé bleu et blanc, elle avait l'air d'un adolescent. Ses cheveux bruns très courts soulignaient la forme gracile de son cou et mettaient en valeur ses yeux noirs ; son plus bel atout avec son sourire, disait-on.

Cette Française était l'épouse de Lawrence et la mère de Pénélope. Son père, Philippe Charlroux, avait partagé un atelier parisien avec Stern à l'époque de la « bohème » montmartroise, avant 1914. Quand Lawrence l'avait connue, c'était alors une toute petite fille qui jouait au jardin des Tuileries et, parfois, accompagnait son père dans les cafés où la joyeuse bande d'artistes se réunissait pour bavarder et taquiner les grisettes. Aucun d'entre eux n'aurait alors imaginé que cette existence insouciante connaîtrait une fin si tragique. La guerre était venue, dispersant les familles, dévastant l'Europe.

Charlroux et Stern s'étaient perdus de vue. En 1918, Lawrence avait cinquante ans. Trop âgé pour être envoyé au front, il avait passé les quatre années de guerre comme ambulancier, mais avait été blessé à la jambe et renvoyé à Paris. Ayant appris la mort de Philippe, il avait tenté en vain de retrouver la trace de Mme Charlroux et de la petite fille. La capitale avait alors perdu sa splendeur et sa gaieté de la Belle Époque. Les passants amaigris, endeuillés dans leurs vêtements râpés, rasaient les murs comme des fantômes ; tout le monde souffrait de la faim, du froid. Lawrence était retourné à Londres, dans la demeure familiale d'Oakley Street. Ses parents étaient décédés depuis longtemps ; la maison était trop grande pour un homme seul. Il n'occupait que le rez-de-chaussée, louant les étages à qui pouvait lui régler un modeste loyer. Il ouvrit son ancien atelier dans le jardin, le nettoya, puis, chassant les sombres souvenirs, se remit à ses pinceaux.

Il n'avait pas peint durant la guerre et, pour retrouver sa technique, travaillait avec acharnement. Alors qu'il se concentrait sur une composition délicate, un locataire vint le prévenir qu'une

« visite » l'attendait à la cuisine. Furieux d'être interrompu, il jeta ses pinceaux, et traversa le jardin à grandes enjambées.

Une toute jeune fille assise près du poêle se chauffait les mains. Lawrence ne la reconnut pas.

— Que désirez-vous ?

Elle était très maigre, avec de longs cheveux bruns noués sur la nuque, un manteau usé, des souliers éculés. Elle avait l'air d'une enfant abandonnée.

— Lawrence ! murmura-t-elle.

Il fronça les sourcils ; le son de sa voix évoquait un très vague souvenir. Il s'approcha, lui souleva le menton, tourna son visage vers la lumière...

— Sophie !

— Oui, c'est moi.

En silence, il écouta ses explications. Désormais seule au monde, elle s'était rappelé le conseil que lui avait donné son père : « Si jamais tu es dans le besoin, va voir Lawrence Stern. C'est mon meilleur ami. Il t'aidera. » Sa mère était morte quelque temps après son mari, emportée par l'épidémie de grippe espagnole qui avait ravagé l'Europe à la fin de la guerre.

— J'ai tenté de vous retrouver à mon retour du front, dit Lawrence, mais vous aviez disparu. Où étiez-vous ?

— A Lyon, chez la sœur de ma mère.

— Pourquoi n'y êtes-vous pas restée ?

— J'ai préféré partir à votre recherche.

Il décida de l'héberger. Elle était arrivée au bon moment, alors qu'il venait de quitter sa dernière maîtresse et ne se souciait pas de la remplacer.

C'était un homme sensuel, très séduisant ; les jolies femmes s'étaient succédé dans sa vie depuis ses années d'études à Paris. Sophie, cependant, était différente. Au début, il ne vit en elle qu'une enfant qui, comme toute Française bien élevée, tenait la demeure à la perfection, cuisinait, cirait les parquets, raccommodait son linge ; personne n'avait jamais si bien pris soin de lui.

Au fil des semaines, elle reprit des couleurs, ses cheveux redevinrent souples et brillants ; il la fit poser pour lui. Cela lui porta chance. Il peignait bien, vendait beaucoup. Il se rendit compte qu'elle était devenue belle ; elle n'était plus une adolescente, mais une femme. Un soir, elle vint le rejoindre dans son lit, sereine et souriante, et il ne la repoussa pas ; pour la première fois, il était amoureux. Lorsqu'elle fut enceinte, Lawrence, heureux, l'épousa.

Durant sa grossesse ils se rendirent en Cornouailles. Porthkerris était très à la mode dans le milieu artistique ; de nombreux peintres y étaient installés. Lawrence loua le vaste grenier dont il fit par la suite son atelier et ils passèrent, tous deux, malgré l'inconfort, un hiver de bonheur parfait. Un jour, Carn Cottage fut mis en vente et Lawrence, qui venait de toucher une somme coquette, l'acheta ; Pénélope y naquit.

Ils prirent l'habitude de venir tous les étés. Quand les vents d'équinoxe commençaient à souffler, ils fermaient la maison ou la louaient, et regagnaient Londres dans l'énorme Bentley décapotable dont Lawrence était si fier.

Certaines années, au printemps, ils entassaient des cartons et des valises dans le coffre, invitaient la sœur de Lawrence, Ethel, et prenaient le ferry pour se rendre en France. Un couple d'amis connus avant guerre, Charles et Chantal Rainier, les hébergeaient sur la Côte d'Azur, dans leur villa qu'entourait un jardin crissant de cigales. Ils ne parlaient que le français durant les vacances et s'amusaient beaucoup. Pénélope n'était jamais tenue à l'écart ; elle suivait partout cette mère qui semblait être sa sœur aînée et ce père assez âgé pour être son grand-père. Elle les adorait. A chaque invitation chez des camarades de son âge, elle se demandait comment ils supportaient leurs nurses rigides, leurs pères rougeauds qui vous forçaient à jouer « en équipe » même si vous n'en aviez pas envie et elle rentrait chez elle avec soulagement.

Ce jour-là, Sophie ne dit pas un mot sur la déclaration de

guerre. Elle embrassa son mari et sa fille et leur fit admirer la brassée de dahlias jaune écarlate, orange et pourpre qu'elle tenait.

— Ils me rappellent les couleurs des Ballets russes, fit-elle avec une pointe d'accent français. Mais ils ne sentent rien, hélas !

Deux jours plus tard ils comprirent qu'à cause de la guerre leur existence ne serait plus la même. La sonnette de l'entrée retentit : Pénélope alla ouvrir et vit sur le seuil Mlle Pawson, l'une de ces femmes célibataires, horriblement masculines, qui venaient s'installer de temps à autre à Porthkerris pour profiter du « bon air » des Cornouailles. Ces « hommes en jupon », comme les surnommait Lawrence avec ironie, gagnaient leur vie en enseignant l'équitation, tenaient des chenils, photographiaient des oiseaux. Mlle Pawson élevait des épagneuls qui couraient au bout de leur laisse sur la plage ou dans les rues de la vieille ville, à la grande joie des gamins.

Elle habitait avec Mlle Preedy, une dame prude qui donnait des leçons de « danse » : plutôt des exercices gymniques qu'elle avait mis au point en s'inspirant des frises de la Grèce antique. Quelquefois Mlle Preedy donnait une représentation à la mairie. Les Stern avaient assisté à l'une d'elles : Mlle Preedy et cinq de ses élèves (dont deux dames d'âge certain) étaient entrées sur scène, pieds nus, en tuniques orange qui leur frôlaient le genou et, sur le front, des bandeaux de même couleur. Elles s'étaient disposées en demi-cercle. Mlle Preedy avait entamé d'une voix haut perchée un discours expliquant qu'elle ne visait pas la « danse en tant que telle », mais la recherche de mouvements conçus comme le « prolongement des fonctions naturelles du corps ».

— Bonté divine, marmonna Lawrence, à qui Pénélope donna une petite bourrade dans les côtes pour le faire taire.

Mlle Preedy continua un moment sur le même thème, puis recula au milieu des autres ; alors, tout devint très drôle. Elle frappa dans ses mains, cria : « Un ! » : les six femmes s'allongèrent

sur le sol et ne bougèrent plus. Le public tendit le cou. A
« Deux », elles levèrent lentement les jambes vers le plafond. Les
tuniques retombèrent, révélant six énormes culottes bouffantes
du même tissu orange, retenues aux genoux par un élastique...
Lawrence s'étrangla, se mit à tousser, puis fila vers la sortie.
Sophie et Pénélope, demeurées seules, passèrent tout le spectacle
à pouffer de rire.

A présent Mlle Pawson se tenait devant Pénélope, vêtue comme
à son habitude d'un pantalon, de solides chaussures et d'un béret
enfoncé sur ses cheveux gris ; ce jour-là, elle avait aussi un
masque à gaz en bandoulière et tenait un registre à la main. Elle
partait en campagne.

— Bonjour. Votre mère est-elle là ? demanda-t-elle. Je viens
pour l'hébergement des réfugiés.

Sophie parut ; les trois femmes passèrent au salon et, conscien-
tes de la solennité de l'événement, prirent place à table. Mlle
Pawson dévissa son stylo.

— Bon. Combien de pièces avez-vous ?

Sophie haussa les sourcils. Mlle Pawson et Mlle Preedy,
souvent venues prendre le thé, n'ignoraient rien de la disposition
des pièces à Carn Cottage. Mais la visiteuse prenait son rôle
avec un tel sérieux qu'il aurait été cruel de gâcher son plaisir.
Elle répondit :

— Au rez-de-chaussée, quatre. Le salon où nous sommes, la
cuisine, la salle à manger et le bureau de Lawrence.

Mlle Pawson écrivit « quatre » dans la case correspondante.

— A l'étage ?

— Notre chambre, celle de Pénélope, la chambre d'ami et la
salle de bains.

— La chambre d'ami ?

— Je tiens à la conserver, indiqua Sophie. La sœur de Lawrence,
Ethel, est âgée, et vit seule à Londres. Je veux qu'elle puisse
venir s'installer ici si jamais il y a des bombardements.

— Je comprends. Le grenier ?

— Oh ! je n'oserais jamais y loger quelqu'un ! protesta Sophie. C'est sombre, plein de toiles d'araignées... Je plains les malheureux domestiques qui y dormaient il y a un siècle !

Mais Mlle Pawson n'était pas exigeante.

— Vous pourrez y mettre trois personnes. Les gens ne feront pas la fine bouche, vous savez. C'est la guerre.

— Mais je... est-ce vraiment obligatoire ?

— Oui. Réquisition ! Tout le monde doit y mettre du sien.

— Qui devrons-nous héberger ?

— Sans doute des Londoniens. J'essaierai de vous avoir une mère et ses enfants.

Elle ramassa son registre, se leva, ajouta :

— Vous m'excuserez, mais j'ai encore une douzaine de visites à faire.

En ouvrant la porte, Pénélope s'attendait presque à la voir claquer des talons et exécuter le salut militaire... Dès qu'elle eut disparu, Sophie regarda sa fille avec une expression mi-amusée, mi-désemparée. Trois locataires sous leur toit ! Elles grimpèrent au grenier et le trouvèrent pire que dans leur souvenir : obscur, poussiéreux, empestant le moisi. Sophie tenta d'ouvrir l'une des fenêtres mansardées, sans y parvenir. Un hideux papier peint pendait en lambeaux. Pénélope tira sur un lé ; il tomba à terre dans un nuage de plâtre humide.

— Une fois les murs repeints en blanc, cela aura meilleure allure, dit-elle.

Elle s'approcha d'une fenêtre, essuya un coin de vitre.

— Et puis, il y a une très jolie vue.

— Crois-tu que des réfugiés seront d'humeur à admirer le paysage ?

— Pourquoi pas ? Allons, Sophie, ne te décourage pas. Il faudra bien les mettre quelque part, n'est-ce pas ? Nous n'avons pas le choix.

Ce devait être sa première participation à l'effort de guerre. Elle arracha le papier peint, passa les murs à la chaux, lessiva les vitres, frotta le plancher. Pendant ce temps, Sophie achetait dans une salle des ventes un tapis, trois lits pliants, une armoire et une commode en acajou, quatre paires de rideaux, une gravure intitulée *Au large de Valparaíso* et une statuette représentant une jeune fille avec un ballon. Quand le livreur eut tout déposé dans le grenier, elles disposèrent les meubles et firent les lits. Il n'y avait plus qu'à attendre.

On leur envoya une jeune femme, Doris Potter, et ses deux garçons : Ronald et Clark. Agés de sept et six ans, ils étaient maigres, avec une pâleur d'enfants des villes et une chevelure en broussaille. Doris, très blonde, se coiffait comme Ginger Rogers et portait une jupe noire très étroite. Son mari, Bert, était déjà parti en France avec le corps expéditionnaire. Ils n'avaient jamais quitté Londres : à leur arrivée, les deux bambins portaient des étiquettes collées sur la poitrine avec leur nouvelle adresse, au cas où ils se seraient perdus.

La présence des Potter bouleversa la vie paisible de Carn Cottage. En deux jours, Ronald et Clark avaient brisé une vitre, mouillé leurs lits, dévasté les plates-bandes de Sophie, mangé des pommes vertes qui les avaient rendus malades et mis le feu à la cabane à outils.

Lawrence, philosophe, se félicita de ne pas avoir eu de garçons.

En même temps, cependant, les deux gamins étaient craintifs. Ils avaient peur des vagues, des bruits nocturnes, des vaches, des araignées. Ils étaient persuadés que des fantômes hantaient le grenier.

Très vite, les repas tournèrent au cauchemar. Ronald et Clark n'avaient aucune notion de savoir-vivre. Ils mangeaient la bouche ouverte, buvaient avec bruit, s'emparaient du beurrier en renversant la cruche au passage, se disputaient en échangeant des coups de pied sous la table et refusaient tout ce que Sophie servait. Ils faisaient un vacarme épouvantable et leur mère, à l'évidence, ne s'était jamais adressée à eux autrement qu'en hurlant.

— Ronald, vas-tu cesser tout de suite ? Arrête ou je te donne la fessée, tu m'entends ? Clark ! As-tu vu tes mains ? C'est une honte !

Très vite, Pénélope comprit que Doris, malgré ses cris, était une bonne mère et adorait ses deux garnements, et qu'elle ne criait que parce qu'elle n'avait jamais su communiquer autrement, ayant été élevée de cette façon. Bien entendu, elle s'époumonait en vain : ni Clark ni Ronald ne lui prêtaient attention.

Un jour, Lawrence n'y tint plus. Il prévint Sophie que si cette ambiance se prolongeait, il partirait s'installer avec armes et bagages dans son atelier. A bout de nerfs, Sophie fonça vers la cuisine pour avoir une explication avec Doris.

— Mais pourquoi crier ainsi ? Vos enfants sont juste à portée de voix, dit-elle en retrouvant son accent français, comme toujours quand elle s'irritait. Rien ne vous oblige à *hurler* comme ça. Cette maison est petite et vous nous rendez tous *fous* !

Doris, stupéfaite, eut le bon sens de ne pas se vexer. Elle avait un heureux naturel et ne manquait pas de finesse ; beaucoup de réfugiés, elle le savait, étaient loin d'être aussi bien hébergés et se voyaient traités comme des domestiques par leurs « hôtes ». Elle n'avait aucun intérêt à se fâcher avec les Stern.

— Eh bien, dit-elle d'un ton gai, je vous présente mes excuses. Ce doit être une question d'habitude !

Quoique radoucie, Sophie décida de poursuivre.

— Vos enfants se tiennent très mal à table. Si vous ne voulez pas leur apprendre les bonnes manières, je m'en chargerai. Il suffit de leur parler d'une voix normale, ils comprendront et ils obéiront. Ils ne sont pas idiots !

— On peut essayer, dit Doris. Et maintenant, voulez-vous que je pèle les pommes de terre pour le dîner ?

Peu à peu, les choses s'améliorèrent. Clark et Ronald apprirent à dire « merci » et « s'il vous plaît », à fermer la bouche en mangeant et à demander le sel d'un ton poli. Doris, elle-même, désormais, levait le petit doigt en buvant son thé ! Pénélope emmena les enfants à la plage. Elle leur apprit à construire des châteaux de sable et à nager. A l'automne, ils commencèrent à fréquenter l'école et la maison devint beaucoup plus calme. Doris, jusque-là adepte des boîtes de conserve, fit de grands progrès en cuisine et aidait au ménage. Ce n'était pas la vie d'« avant », mais c'était supportable.

A Londres, le premier étage de la maison d'Oakley Street était occupé par Peter et Elizabeth Clifford, proches amis et locataires des Stern depuis quinze ans. Peter avait soixante-dix ans. Il avait étudié la psychanalyse en Autriche avec Freud, était devenu professeur d'université et, pendant longtemps, était retourné chaque année à Vienne donner des conférences. Son épouse était également une intellectuelle, auteur d'articles et d'essais politiques qui lui avaient valu une réputation internationale.

C'était par eux que Lawrence et Sophie avaient entendu parler des événements qui se déroulaient sur le continent. Les Clifford, en effet, avaient de nombreux amis juifs en Autriche et en Allemagne. Informés très tôt, ils avaient décidé d'agir dès le début des années trente. Mettant à profit leur notoriété, ils avaient pris des contacts, obtenu des passeports, trouvé de l'argent... Leur réseau clandestin avait permis la fuite de centaines de personnes vers l'Angleterre ou les États-Unis. Les fugitifs avaient tout perdu : leur maison, leur travail, leurs biens. Mais ils étaient libres.

L'opération s'était poursuivie jusqu'en 1938. Puis, soudain, les autorités autrichiennes avaient refusé de leur délivrer un nouveau visa... Quelqu'un, à l'évidence, avait parlé.

Début janvier 1940, Lawrence, Sophie et Pénélope tinrent un conseil de famille. Doris et ses enfants, c'était sûr, demeureraient maintenant à Carn Cottage jusqu'à la fin de la guerre ; il n'était plus question de rentrer à Oakley Street. Cependant, Sophie se refusait à abandonner sa maison londonienne. Depuis six mois qu'elle n'y était pas allée, elle avait un millier de détails à régler :

vérifier l'état des murs et du toit, fabriquer des rideaux de black-out pour les fenêtres, trouver quelqu'un pour bêcher le jardin... En outre, elle voulait prendre les vêtements d'hiver et, surtout, aller voir les Clifford.

Lawrence l'approuva. Il s'inquiétait du sort des *Pêcheurs de coquillages*, à cause des bombardements. Sophie lui promit d'emballer le tableau avec soin pour le faire transporter jusqu'à Porthkerris puis téléphona à Elizabeth afin de lui annoncer son arrivée et celle de Pénélope.

Trois jours plus tard, Lawrence accompagna sa femme et sa fille à la gare. Lui-même restait en compagnie de Doris qui avait promis de s'occuper de lui. Sophie se séparait de son mari pour la première fois depuis leur mariage. Quand le train s'éloigna, elle avait les larmes aux yeux, comme s'ils risquaient de ne plus jamais se revoir.

Le trajet parut interminable. Il n'y avait pas de wagon-restaurant. Le chauffage était en panne, et il régnait dans le compartiment une température glaciale. A Plymouth, une troupe de marins bruyants fit irruption. Ils sortirent des jeux de cartes et se mirent à fumer comme des sapeurs. Pénélope se retrouva coincée entre la vitre et un jeune soldat, tout raide dans son uniforme, qui s'endormit sur son épaule... Bientôt, ce fut la nuit. Le train resta longtemps immobilisé à Reading. Quand ils arrivèrent enfin à la gare de Paddington, ils avaient trois heures de retard.

Londres, sous le black-out, avait l'air d'une cité fantôme. Sophie et Pénélope partagèrent un taxi avec deux autres personnes. Une pluie fine et froide tombait. Le véhicule se faufilait dans des rues désertes, à peine éclairées... Pénélope était consternée. Aucun retour à Oakley Street n'avait jamais ressemblé à celui-ci.

Heureusement Elizabeth les attendait malgré l'heure tardive. Elle les accueillit avec effusion.

— Mes pauvres chéries ! Je me suis fait du mauvais sang. J'ai cru que vous n'arriveriez jamais !

Pénélope et Sophie firent un récit de leur voyage qui se termina en éclats de rire. Il était si bon d'avoir quitté le froid, l'obscurité, cet horrible train !

Elles se trouvaient dans l'immense cuisine du rez-de-chaussée, celle de la famille Stern, qui donnait d'un côté sur le salon et de l'autre sur le jardin. Elizabeth avait hermétiquement masqué les fenêtres avec des couvertures afin de pouvoir allumer. Un feu ronflait dans l'âtre. Sur la cuisinière, un ragoût mijotait. La théière chantait... Tandis que Sophie et Pénélope se réchauffaient les mains, leur hôtesse prépara du thé ainsi que toute une pile de toasts à la cannelle. Assises toutes les trois autour de la table, elles bavardaient avec animation. Il y avait tant à raconter, après ces longs mois d'absence !

— Comment va Lawrence ?

— Très bien, mais il a peur qu'une bombe ne tombe sur la maison et ne détruise *Les Pêcheurs de coquillages* pendant que vous serez aux abris. Nous allons profiter de notre séjour pour emballer la toile et l'expédier en Cornouailles, expliqua Sophie. Le sort de tout le reste, mobilier et objets, ne le tourmente pas outre mesure !

Qui prend soin de lui en votre absence ?

Sophie parla de Doris et de ses garnements.

— Des réfugiés, chez vous ? s'écria Elizabeth. Je vous plains. Cela doit vous compliquer la vie... A ce propos, j'ai une confession à te faire, Sophie. Comme le jeune homme qui louait le dernier étage a été appelé sous les drapeaux, j'ai permis à un couple de mes amis de prendre sa place. Ce sont des réfugiés qui viennent de Munich. Ils sont en Angleterre depuis un an. Ils habitaient St. John's Wood jusqu'à la semaine dernière, mais ont été expulsés de leur logement et n'ont rien trouvé d'autre. J'espère que tu me pardonnes d'avoir agi sans te consulter. Ils étaient vraiment aux abois. Tu n'auras pas à le regretter, j'en suis sûre.

— Tu as bien fait, affirma Sophie avec chaleur. Comment s'appellent-ils ?

165

— Friedmann. Willi et Lalla Friedmann. J'aimerais te les présenter. Ils doivent venir dans la soirée. Voulez-vous monter nous rejoindre, quand vous aurez dîné ? Peter a très envie de vous voir. Ce sera comme au bon vieux temps...

Elizabeth débordait de vitalité et n'avait pas changé malgré la dureté des temps. Ses yeux noirs restaient aussi vifs, aussi pétillants ; elle avait toujours son chignon gris dont s'échappaient des mèches folles. D'innombrables bagues ornaient ses mains noueuses.

— Nous viendrons avec plaisir, reprit Sophie. Vers neuf heures, cela te convient-il ?

— Tout à fait.

A l'heure dite, Sophie et Pénélope montèrent au second étage. Les Friedmann se levèrent à l'entrée des visiteuses. Ils étaient très jeunes, dignes dans leurs vêtements râpés, ils souriaient avec courtoisie mais leur regard restait craintif, comme éteint.

Au début, tout se déroula sans heurts. Willi, expliqua Peter, avait étudié le droit à Munich mais gagnait à présent sa vie en effectuant des traductions pour un éditeur londonien. Lalla, pour sa part, donnait des leçons de piano. Assise sur le canapé, elle était pâle et calme. Son mari, en revanche, ne cessait de croiser et décroiser les mains avec nervosité, fumant une cigarette après l'autre.

Bien qu'il fût en Angleterre depuis déjà un an, il semblait n'être arrivé que la veille, se disait Pénélope en l'observant à la dérobée. Elle se sentait emplie de compassion pour lui. Du jour au lendemain, il s'était retrouvé démuni de tout, isolé dans un pays qu'il ne connaissait pas, coupé de ses confrères, de ses amis, tourmenté par le sort de sa famille restée en Allemagne. Pénélope imaginait sa mère, son père, ses frères et sœurs qui peut-être, à l'heure où ils parlaient dans le petit salon confortable des Clifford, guettaient le moment où l'on frapperait à leur porte pour les traîner vers quelque lugubre destination...

Elizabeth apporta un plateau chargé d'un pot de café brûlant,

166

de tasses et de biscuits. Peter, de son côté, sortit une bouteille
de cognac et des verres. Sophie se tourna vers Willi pour déclarer
en souriant :

— Je suis enchantée que vous soyez venus vivre ici. J'espère
de tout cœur que vous vous y sentirez comme chez vous. Ma
fille et moi-même devons rentrer en Cornouailles, mais nous ne
louerons pas le rez-de-chaussée. Ainsi, nous pourrons venir vous
rendre visite... Vous devez me promettre une chose : en cas de
bombardement, descendez tout de suite à la cave.

La recommandation s'imposait. Il n'y avait eu que des raids
de reconnaissance, mais cela ne durerait pas. Tout le monde se
préparait. Les sacs de sable s'entassaient dans les rues. On avait
creusé des tranchées dans les parcs, aménagé des abris emplis
de provisions et de médicaments, prévu des réserves d'eau. A
tous les points stratégiques de la ville, des soldats de la D.C.A.
attendaient l'arrivée des premiers bombardiers.

Oui, c'était une suggestion plus que raisonnable... Mais elle
eut sur Willi Friedmann un effet inattendu. Tout à coup, son
visage se crispa d'angoisse. Il but d'un trait son cognac puis,
d'une voix hachée, se lança dans un discours interminable,
bouleversant. Il débordait de reconnaissance envers Sophie et
Elizabeth. Sans eux, lui et Lalla n'auraient plus de toit. Pis, ils
seraient sans doute déjà morts, et...

— Allons, Willi, allons, intervint Peter d'une voix apaisante.

Mais rien n'arrêtait le jeune Allemand. Il se resservit un cognac,
le but comme le premier et entama une terrifiante évocation de
ce qu'ils avaient vécu. Sa femme, assise très droite, plus pâle
que jamais, le fixait d'un regard anxieux.

Il parla longuement devant un auditoire muet, pétrifié. Il avait
gardé si longtemps ces choses pour lui, sans jamais les confier à
personne ! Il raconta la peur, la faim, les menaces, les arrestations
en pleine rue, les amis disparus sans laisser de trace... Peu à
peu, Pénélope était envahie d'horreur. Elle aurait voulu se boucher
les oreilles pour ne plus entendre mais ne le pouvait pas. Cela

n'avait rien à voir avec les bulletins d'information de la T.S.F., aussi effrayants fussent-ils. Elle comprenait véritablement le sens du mot *guerre* et mesurait à quel point ils étaient tous, sans exception, *concernés*. Devant ce déferlement de cruauté et d'inhumanité qui ravageait l'Europe, il ne suffisait pas d'accrocher des rideaux aux fenêtres ou de repeindre un grenier en se gaussant de Mlle Pawson. Il fallait agir sur le terrain...

De bonne heure le lendemain matin, elle quitta la maison en disant à Sophie qu'elle allait faire quelques achats. Quand elle revint, peu avant midi, son panier était vide. Sophie s'étonna :

— N'as-tu pas trouvé ce que tu voulais ?

Pénélope tira une chaise pour s'asseoir en face de sa mère, à la table de la cuisine. Puis, d'une voix posée, elle expliqua qu'elle était allée au bureau de recrutement et s'était engagée dans les auxiliaires féminines de la Marine, les « Wrens », pour toute la durée de la guerre.

Chapitre 7

Antonia

PÉNÉLOPE ouvrit les yeux. Une lueur blafarde emplissait la chambre ; le jour se levait. On n'entendait aucun bruit. Un air froid s'engouffrait par la fenêtre ouverte. Dans le jardin, le vieux chêne dressait ses branches dénudées vers le ciel d'un blanc laiteux.

Les images des Cornouailles qui avaient empli son rêve se brouillèrent peu à peu, s'affadirent, disparurent à nouveau dans le passé, et le présent reprit ses droits. Ronald et Clark n'étaient plus des garçonnets depuis longtemps. Leur mère ne s'appelait plus Doris Potter, mais Doris Penberth ; elle avait presque soixante-dix ans et habitait à Porthkerris une petite maison blanche, non loin du port. Lawrence, Sophie et les Clifford avaient quitté ce monde. Carn Cottage et Oakley Street avaient été vendus. Podmore's Thatch avait pris leur place, et Pénélope elle-même n'avait plus dix-neuf ans, mais soixante-quatre. Cela paraissait si difficile à croire ! Les années avaient défilé comme les images accélérées d'un vieux film... Il fallait s'y résoudre : elle était désormais une dame âgée, avec un cœur fragile, trois enfants adultes, et de multiples responsabilités. Antonia Hamilton, qui allait séjourner chez elle, par exemple. Quand donc arrivait-elle ? A la fin de cette semaine. On était lundi... Mme Plackett, qui faisait le trajet à bicyclette depuis Pudley, n'allait plus tarder. Le nouveau jardinier devait se présenter à huit heures et demie.

Pénélope se leva et consulta sa montre : sept heures et demie. Elle tenait à être prête quand le jardinier sonnerait. Qu'imaginerait-il, sinon ? Qu'il avait été embauché par une vieille femme paresseuse... Un proverbe lui vint à l'esprit : « Le mauvais maître fait le mauvais domestique. » Qui donc pouvait proférer ce genre de devise archaïque ? Elle se souvint : sa belle-mère, Dolly Keeling. Pénélope l'entendait encore prononcer ces mots tandis qu'elle passait le doigt au-dessus des portes, avec une moue, pour vérifier si le garçon d'étage avait fait correctement son travail. Pauvre Dolly. Elle aussi avait fini par s'éteindre, méticuleuse et pomponnée jusqu'au dernier jour. Qui l'avait regrettée ? Personne, ce qui était fort triste.

En terminant son petit déjeuner : café noir, un œuf dur, des toasts et du miel, elle guettait le ronronnement d'un moteur. L'entreprise d'horticulture, elle le savait, munissait ses employés de camionnettes vertes avec, sur les portières, le sigle en lettres blanches.

Elle ressentait une certaine appréhension. C'était la première fois qu'elle avait recours à un jardinier. Pourvu qu'il ne se montre pas contrariant ! Elle déclarerait, avec fermeté, qu'il ne devait rien tailler sans permission. D'ailleurs, il commencerait par quelque chose de simple : élaguer la haie d'aubépine, par exemple. Elle lui montrerait comment utiliser la tronçonneuse. Avait-elle le temps d'aller la chercher dans la remise avant son arrivée ?

Un bruit de pas retentit sur le gravier de l'allée. Un jeune homme brun, vêtu d'un ciré, d'un jean enfoncé dans des bottes de caoutchouc noir, approchait de la maison. Il examina le cottage en fronçant le sourcil et montra ainsi son profil en pleine lumière. Comme la veille lorsqu'elle avait vu venir Noël sans le reconnaître, Pénélope se crut un bref instant victime d'hallucination. Elle ferma les yeux, agrippa le bord de la table, se força à inspirer

170

avec lenteur. Les battements désordonnés de son cœur, peu à peu, s'apaisèrent. On sonnait.

Elle ouvrit, leva la tête. Il était grand, beaucoup plus grand qu'elle.

— Bonjour, dit-il.

— Bonjour.

— Vous êtes bien madame Keeling?

— Oui, c'est moi.

— Parfait. Je suis envoyé par « Horti-intérim ».

Il parlait sans sourire. Son regard bleu faïence tranchait sur son visage tanné. Il avait noué une écharpe de laine autour de son cou, mais ses mains étaient nues, rougies par le froid matinal.

Pénélope fronça les sourcils.

— N'êtes-vous pas venu en camionnette?

— Non. J'ai pris mon vélo et l'ai laissé à la grille.

— Mais je... je croyais qu'« Horti-intérim » prêtait toujours un véhicule à...

— Pas nécessairement, interrompit-il.

La voyant déconcertée, il tira un feuillet de sa poche et ajouta :

— Voici une lettre de mon employeur qui vous confirmera mon identité.

Il déplia la feuille. Pénélope aperçut le logo de l'entreprise et, aussitôt, très gênée :

— Inutile, je vous en prie... je vous crois. Si vous voulez bien entrer...

— Je vous remercie, mais je ne veux pas vous déranger, répliqua-t-il d'un ton net. Indiquez-moi juste ce qu'il faut faire, où se trouvent les outils... Comme je suis venu à vélo, je n'ai pu en apporter aucun.

— J'ai tout le nécessaire dans la remise. Je vais vous montrer...

Elle s'en voulait de se sentir aussi nerveuse en sa présence. Elle enfila un imperméable et le rejoignit. Entre-temps, il était allé chercher sa bicyclette à la grille et l'appuyait contre le mur.

— Cela ne vous dérange pas que je la laisse ici?

171

— Non, bien sûr !

Ils longèrent l'allée, puis Pénélope ouvrit la remise en se reprochant de ne pas y avoir mis un peu d'ordre. Les trois vieilles bicyclettes de ses enfants, qu'elle n'avait jamais eu le cœur de jeter, voisinaient avec un landau couvert de poussière, une énorme tondeuse, une brouette, des bêches, des binettes, des fourches et des râteaux. Sur les étagères s'entassaient des outils de bricolage, des tournevis, des boîtes emplies de clous rouillés... La tronçonneuse se trouvait sur l'étagère du haut, ainsi que la cisaille à haie.

— J'aimerais que vous élaguiez un peu la haie d'aubépine.

— Entendu, fit-il en s'emparant des cisailles. Dites-moi où elle se trouve.

— Je vais vous conduire.

Ils traversèrent la pelouse, le verger. Derrière la haie, la rivière Windrush s'écoulait, paisible.

— Vous habitez un très joli coin, commenta le jeune homme.

— Oui, n'est-ce pas ? Bon. Vous couperez tout le haut jusqu'à cette hauteur. Pas plus, surtout !

— Parfait. Est-ce que vous gardez les branches pour votre cheminée ?

— Je n'y avais pas pensé. Cela en vaut-il la peine ?

— Oui. L'aubépine brûle très bien.

— Dans ce cas, conservez tout ce que vous jugerez utilisable, et brûlez le reste sur place.

— D'accord.

Il n'ajouta rien. Sans doute souhaitait-il la voir s'éloigner avant de commencer à travailler ; mais Pénélope n'en avait pas fini.

— Jusqu'à quelle heure restez-vous ?

— Quatre heures et demie. Cela vous convient-il ?

— Parfaitement. Vous prévoyez une pause pour le déjeuner, j'espère ?

— Oui, de midi à une heure.

— Entendu.

Déjà, il retroussait ses manches et prenait les cisailles.

— Si vous avez besoin de moi, je suis à l'intérieur.

Il se borna à hocher la tête. Elle s'éloigna, mi-irritée, mi-amusée. Son café l'attendait sur la table, mais il avait refroidi. Elle le jeta.

Quand Mme Plackett arriva à son tour, les volutes de fumée d'un odorant feu de bois s'élevaient au fond du jardin.

— Je vois qu'il est venu comme prévu ! s'écria Mme Plackett depuis le seuil.

Elle avait mis son anorak à capuche pour se protéger du froid et tenait à la main le sac en plastique contenant son tablier et ses mules. Elle savait depuis longtemps que Pénélope avait embauché un jardinier. Les deux femmes, devenues très amies, se confiaient tous leurs secrets. Quand Linda, la fille de Mme Plackett, s'était retrouvée dans une situation délicate après sa liaison avec l'apprenti du garage de Pudley, Mme Keeling avait été la première à l'apprendre. C'était elle qui avait insisté pour que Linda ne fût pas contrainte d'épouser ce vaurien. Elle avait tricoté de la layette pour le futur bébé. Et les événements lui avaient donné raison, car peu de temps après la naissance, Linda avait épousé Charlie Wheelwright, un brave garçon qui avait adopté le bambin et n'avait pas tardé à lui donner un petit frère. Depuis, Mme Plackett se fiait aux avis de Pénélope comme à l'Évangile.

— J'ai vu la fumée dès le coin de la rue, poursuivit-elle en ôtant son anorak. Mais où est donc la camionnette ?

— Il est venu à bicyclette.

— Comment s'appelle-t-il ?

— Je ne le lui ai pas encore demandé.

— A quoi ressemble-t-il ?

— Il est jeune, assez beau garçon, et s'exprime dans un anglais très châtié.

— Eh bien ! conclut Mme Plackett tout en nouant son tablier, nous verrons à l'usage. Quel froid, ce matin !

173

— Aimeriez-vous prendre une tasse de thé ? proposa Pénélope, comme chaque fois.

Et Mme Plackett, comme toujours, répondit :

— Ma foi, je ne dis pas non.

Ensuite, Mme Plackett commença son travail. Elle passa l'aspirateur, lava les carreaux de la cuisine, repassa une énorme pile de linge et frotta l'argenterie. A midi moins le quart, elle reprenait son vélo pour rentrer chez elle. Restée seule, Pénélope réintégra sa cuisine et prépara un déjeuner pour deux. Bientôt, une soupe de légumes mijotait sur le feu. Du garde-manger, elle tira un demi-poulet froid et une miche de pain bis. Une compote arrosée de crème était prête depuis la veille. Il faisait trop gris pour passer dans le jardin d'hiver ; elle dressa la table dans la cuisine, sur une nappe à carreaux. Elle alluma le gaz sous la bouilloire, afin que le thé fût prêt au moment du dessert, puis s'assit. Le jardinier n'allait plus tarder.

A midi et demi, il ne s'était toujours pas montré ; elle partit à sa recherche. Au fond du jardin, à côté du feu, des bûches s'entassaient en une pile nette. La haie avait été taillée avec soin... mais le jeune homme n'était pas en vue. Comment l'appeler ? Elle ne connaissait pas même son nom ! Elle revint à pas lents vers la maison, intriguée. Cette demi-journée de travail l'aurait-elle découragé au point d'avoir abandonné et s'être éclipsé sans prévenir ? Non : sa bicyclette n'avait pas bougé. Elle jeta un coup d'œil dans la remise... et l'y trouva assis sur un seau retourné, en train de manger un sandwich tout en se concentrant sur les mots croisés du *Times*.

Le découvrir recroquevillé dans cette pièce glaciale emplit Pénélope d'indignation.

— Mais qu'est-ce que vous faites là ? s'écria-t-elle.

Surpris, il bondit sur ses pieds et renversa le seau métallique qui roula à terre avec fracas. Il avala sa bouchée de sandwich et balbutia, écarlate :

— Je... je déjeune. J'avais cru comprendre que vous n'y verriez pas d'inconvénient.

— Bien sûr que non ! Mais pas ici, au milieu des courants d'air ! Il était entendu que vous mangiez avec moi, dans la maison !

— Avec *vous* ?

— Bien sûr ! Vos autres employeurs ne vous nourrissent-ils donc pas à midi ?

— Non, jamais.

— C'est inconcevable. Comment pouvez-vous faire face à une dure journée de travail avec un misérable sandwich dans l'estomac ?

— J'ai l'habitude.

— Eh bien, je ne veux pas de ça chez moi ! Jetez ce morceau de pain et venez.

Il semblait interloqué, mais ramassa le seau sans mot dire et la suivit après avoir glissé son sandwich et son journal dans sa poche. Une fois dans la cuisine, il retira son ciré, révélant un vieux pull marin rapiécé. Puis il se lava les mains et s'assit. Elle posa devant lui un bol de soupe fumante, lui coupa une épaisse tranche de pain bis, poussa le beurrier dans sa direction.

— Vous êtes très gentille de m'inviter, dit-il.

— C'est la moindre des choses ! Dans ma famille, nous avons toujours procédé ainsi. Chaque fois que mes parents embauchaient quelqu'un pour le jardin, ils le faisaient manger avec nous. Cela me paraissait tout naturel et je n'imagine pas qu'il puisse en aller autrement... N'en parlons plus. J'aurais dû mieux m'expliquer. Comment vous appelez-vous ?

— Danus Muirfield.

— Danus ? Voilà un joli prénom, peu commun.

— C'est écossais. J'ai été élevé à Édimbourg.

— Que fait votre père ?

— Il est avocat.

— Un métier passionnant. Vous n'avez jamais eu envie d'étudier le droit pour prendre la relève ?

— J'y ai songé, un moment... et puis j'ai préféré m'inscrire à l'École d'horticulture.

— Quel âge avez-vous ?

— Vingt-quatre ans.

Elle haussa les sourcils, surprise. Il paraissait plus âgé.

— Et... votre travail vous plaît ?

— Oui, assez. C'est très varié.

— Depuis combien de temps êtes-vous employé chez « Horti-intérim » ?

— Depuis six mois, environ.

— Êtes-vous marié ?

— Non.

— Où habitez-vous ?

— Dans un cottage qui appartient aux Sawcombe, juste à la sortie de Pudley.

— Tiens ! Je connais bien les Sawcombe. Est-ce une jolie maison ?

— Oh oui.

— Et qui s'occupe de vous ?

— Personne ! Je me débrouille...

Pénélope imagina un lit en désordre, des vêtements en train de sécher au-dessus du poêle, se demanda s'il se préparait jamais de vrais repas.

— Avez-vous fait vos études à Édimbourg ? questionna-t-elle.

Le jeune jardinier aiguisait de plus en plus sa curiosité. Elle avait envie d'en savoir plus, de comprendre ses motivations, ce qui avait pu le conduire à choisir une vie aussi humble.

— Oui.

— Avez-vous commencé l'École d'horticulture aussitôt après votre baccalauréat ?

— Non. J'ai d'abord vécu deux ans aux États-Unis.

— Je n'ai jamais visité l'Amérique.

— C'est très beau.

— Vous n'avez pas eu envie de vous y installer ?

176

— J'y ai pensé, mais j'ai changé d'avis.

— Êtes-vous resté au même endroit pendant deux ans ?

— Non. J'ai beaucoup voyagé. J'ai travaillé pendant un moment dans un ranch de l'Arkansas. J'ai aussi passé six mois aux îles Vierges.

— Cela a dû être une expérience fascinante !

Il avait terminé sa soupe et, sur un signe de Pénélope, se resservit. Pour la première fois, il posa à son tour une question.

— Avez-vous aménagé votre jardin vous-même, ou vous êtes-vous fait aider ?

— J'ai tout réalisé seule, répliqua-t-elle non sans fierté. Lorsque je suis arrivée ici, c'était une vraie jungle.

— Félicitations ! Vous vous en êtes tirée mieux encore qu'un professionnel. Vous habitez cette maison depuis longtemps ?

— Quelques années. Mais j'ai eu de la chance ; j'ai toujours possédé un jardin, que ce soit en Cornouailles lorsque j'étais jeune, ou plus tard à Londres. Je ne pourrais pas vivre sans jardin.

— Avez-vous des enfants ?

— Oui, trois. L'une de mes filles est mariée et m'a donné deux petits-enfants.

— Ma sœur a deux enfants aussi. Elle a épousé un fermier de Perthshire.

— Retournez-vous en Écosse, de temps à autre ?

— Deux ou trois fois par an.

— J'aime beaucoup cette région. On y trouve de superbes paysages.

— C'est vrai.

Une fois son second bol de soupe avalé, il dévora presque tout le poulet et une large assiettée de compote. Il accepta une tasse de thé mais refusa la bière et, à une heure moins cinq, se leva.

— Si vous m'indiquez où vous rangez le bois, je vous apporterai les bûches que j'ai préparées. Ensuite, je suis à votre disposition.

177

Il vous faudra aussi me dire combien de jours par semaine vous souhaitez que je vienne...

— J'avais prévu trois jours, mais si vous travaillez à ce rythme deux suffiront. Cela ne vous ennuie pas ?

— Pas du tout.

— Comment dois-je vous payer ?

— Vous traitez directement avec l'entreprise, qui me règle en fin de mois.

— J'espère que l'on vous verse des honoraires décents...

— Ça peut aller, dit-il en enfilant son ciré.

— Dites-moi... Pourquoi ne vous a-t-on pas prêté de camionnette pour venir ?

— Parce que je ne conduis pas.

— Vous devriez apprendre ! Presque tous les jeunes gens de votre âge ont leur permis, de nos jours.

— Je n'ai pas dit que je *ne savais pas* conduire ; j'ai dit que je *ne conduisais pas*.

Après lui avoir montré où entasser les bûches et lui avoir demandé de bêcher le potager, Pénélope rentra faire la vaisselle, songeuse. Il refusait de prendre le volant, ne buvait pas la moindre goutte d'alcool... Avait-il eu des ennuis pour conduite en état d'ivresse ? Aurait-il... tué quelqu'un et fait serment de ne plus jamais boire ? A cette seule idée, elle frissonna. Quelle horrible perspective ! Mais l'hypothèse était plausible. Cela expliquerait même tout ce que son attitude avait d'étrange : ce visage tendu, cette absence de sourire, son extrême réserve... Oui, un mystère planait sur le jeune Danus Muirfield. Pourtant, elle le trouvait sympathique. Très sympathique.

A neuf heures du soir, le même jour, Noël Keeling engagea sa Jaguar dans Ranfurly Road et s'arrêta devant la maison d'Olivia. Il ne l'avait pas prévenue de sa visite et s'attendait plus ou moins à trouver porte close ; Olivia menait une vie très mondaine. A sa grande surprise, cependant, il y avait de la lumière derrière les rideaux. Il verrouilla la Jaguar, gravit les marches du perron et pressa la sonnette. Olivia vint ouvrir en peignoir rouge, sans maquillage, ses lunettes sur le nez. Seule, de toute évidence.

— Salut ! lança-t-il d'un ton nonchalant.

— Noël ! Pour une surprise...

Elle était stupéfaite ; ils avaient beau habiter à deux kilomètres à peine l'un de l'autre, ils ne s'étaient jamais rendu visite à l'improviste.

— Je passais dans le quartier, j'ai décidé d'en profiter. Tu es occupée ?

— A vrai dire, oui. Je dois lire un dossier pour demain matin... Mais cela ne fait rien. Entre un moment.

Il la suivit dans le vaste salon. Le poêle, dans la cheminée, rougeoyait ; des vases de fleurs étaient posés un peu partout. Comme à son habitude, Noël ressentit un pincement de jalousie devant cette atmosphère chaleureuse, intime, pleine d'harmonie. Il enviait sa sœur pour sa réussite et pour son extraordinaire compétence à gérer les moindres détails de sa vie. La table basse était encombrée de papiers et de jeux d'épreuves qu'Olivia rassembla pour les placer sur son secrétaire. Noël s'approcha de l'âtre, et parcourut des yeux, avec attention, les cartons d'invitation dressés sur la cheminée. Un vernissage, un mariage... Des gens qu'il connaissait, pour la plupart. Mais à lui, on n'avait pas fait signe.

— As-tu mangé ? demanda-t-elle.

— Quelques petits fours, rien de plus.

— Aimerais-tu grignoter quelque chose ? J'ai un reste de quiche, des biscuits, du fromage...

— C'est parfait.

— Je vais les chercher. Sers-toi à boire.

Noël se versa un whisky-soda puis vint s'asseoir sur un haut tabouret, devant le comptoir qui séparait le salon de la cuisine.

— Dimanche, je suis allé voir Ma, annonça-t-il.

— Vraiment ? Moi, je l'ai vue samedi.

— Et tu étais accompagnée d'un bel Américain... elle m'a tout raconté. Comment l'as-tu trouvée ?

— Maman ? En pleine forme.

— Crois-tu qu'elle ait réellement eu un infarctus ?

— Au moins une alerte, en tout cas.

— Nancy la voyait déjà morte et enterrée, commenta Noël en riant. Tu sais comment elle dramatise le moindre incident.

Olivia sourit : Nancy était l'un des rares sujets sur lequel ils tombaient toujours d'accord.

— Le problème est que Maman s'est toujours trop dépensée, déclara-t-elle. Du moins, maintenant, a-t-elle pris une aide pour le jardin. C'est un commencement.

— J'ai essayé de lui suggérer de venir à Londres demain.

— Pourquoi donc ?

— Pour aller chez Boothby's, voir quel prix un Lawrence Stern peut atteindre aux enchères.

— Ah, tu parles des *Porteuses d'eau* ! Je n'y pensais plus. Ira-t-elle ?

— Non.

— Je comprends qu'elle n'ait pas envie de se déplacer pour un tableau qui ne lui appartient pas. Elle n'en tirera pas le moindre penny...

— Mais si elle se décidait à vendre l'un des siens, elle ferait fortune, marmonna Noël.

— Si tu songes aux *Pêcheurs de coquillages*, n'y compte pas. Elle ne s'en séparera jamais.

— Et les panneaux ?

Olivia prit une expression soupçonneuse.

— Aurais-tu suggéré à Maman de les mettre en vente, Noël ?

— Mais oui. Pourquoi pas ? Ils n'ont rien d'extraordinaire. Ils moisissent depuis des années en haut de l'escalier ; elle ne s'apercevrait même pas de leur absence.

— Ils sont inachevés. Dans une vente...

— Cela n'a aucune importance, intervint Noël. Je suis certain que leur rareté leur donne une très grande valeur.

— Admettons qu'elle soit d'accord pour s'en débarrasser, dit-elle enfin. Iras-tu *aussi* la conseiller sur ce qu'elle doit faire de l'argent, ou bien la laisseras-tu en disposer comme bon lui semble ?

— Avec les droits de succession et toutes les taxes, l'argent que l'on donne de son vivant vaut deux fois celui qu'on lègue à ses héritiers.

— En d'autres termes, tu ne rêves que de mettre la main dessus !

— Je ne suis pas le seul concerné, Olivia. Il y a aussi toi et Nancy. Ne prends donc pas cet air vertueux. Un peu de liquide ne fait de mal à personne, de nos jours. Nancy, elle, n'hésiterait pas une seconde. Elle passe son temps à se plaindre de ses difficultés...

— Ce qui est vrai pour toi et Nancy ne l'est pas forcément pour moi !

— Mais si on te proposait de l'argent, tu n'irais pas refuser ! dit Noël en faisant tourner son verre dans ses mains.

— Bien sûr que si ! Je n'accepterai jamais rien de Maman, je tiens à ce que ce soit très clair. Elle nous a tout donné pendant des années, et si elle se retrouve à la tête d'une somme quelconque, je veux qu'elle s'en serve pour elle, un point c'est tout. Elle a bien mérité de jouir d'une existence confortable.

— Elle est déjà très à l'aise...

— Pour l'instant. Mais dans l'avenir ? Elle peut vivre encore très longtemps, je te le signale.

— Raison de plus pour vendre ces horribles nymphes et investir le capital en vue de ses vieux jours !

— Je ne souhaite pas entrer dans cette discussion, Noël.

— Tu ne penses donc pas que ce soit une bonne idée ?

Sans répondre, Olivia prit le plateau pour aller le porter devant

181

la cheminée. Noël la suivit en soupirant. Olivia se montrait parfois si obstinée ! La partie serait rude.

Elle répondit :

— Non. Je ne trouve pas que ce soit une bonne idée.

— Pourquoi ?

— Parce que tu devrais laisser Maman tranquille.

— Bon. D'accord !

Il renonçait sans rechigner, sachant fort bien que c'était le meilleur moyen d'obtenir ce qu'il voulait. Olivia s'adossa à la cheminée, les poings enfouis dans ses poches. Noël se percha sur le bras d'un fauteuil et se mit à découper sa quiche, conscient du regard de sa sœur.

— Oublions ces maudits tableaux. Parlons d'autre chose, dit-il.

— De quoi, par exemple ?

— Eh bien… aurais-tu jamais vu, ou entendu parler, d'ébauches à l'huile des grandes toiles de Lawrence Stern ?

Il avait passé la journée à se demander s'il mettrait ou non Olivia dans le secret de la lettre découverte par Amabel. Après mûre réflexion, il avait décidé de courir le risque. Seule des trois enfants, Olivia était susceptible d'exercer une influence sur leur mère ; s'il l'attirait dans son camp, elle serait une alliée de taille. Dès qu'il eut posé la question, il la vit se raidir. Il s'y attendait.

— Non, jamais, répondit-elle.

Elle ne mentait pas, il le savait.

— C'est bizarre, parce qu'il en a certainement peint, reprit-il.

— Qu'est-ce qui te le fait penser ?

Noël raconta l'épisode de la lettre.

— Une ébauche du *Jardin en terrasse* ? La toile qui se trouve au Metropolitan Museum de New York ?

— Celle-là même. Et s'il a exécuté une esquisse préparatoire pour ce tableau, il en a sans doute prévu aussi pour *Les Porteuses d'eau*, *Le Pêcheur amoureux* et toutes ses grandes œuvres éparpillées dans divers musées.

Olivia médita un instant, puis lança :

— Même si c'est le cas ces ébauches n'existent sans doute plus.

— Allons donc ! Il ne jetait jamais rien, tu le sais aussi bien que moi. Le grenier de Podmore's Thatch déborde de vieilleries venues tout droit d'Oakley Street, au point que je m'étonne qu'il n'y ait pas encore eu d'incendie. Si l'assureur de Ma voyait l'état de ce grenier, il aurait une crise cardiaque.

— Y es-tu monté ces temps-ci ?

— Dimanche, justement. J'avais besoin de ma raquette de squash.

— Ta raquette... et rien d'autre ?

— J'ai jeté un coup d'œil dans les caisses, bien sûr.

— Pour le cas où tu serais tombé sur un rouleau d'esquisses...

— Par exemple.

— As-tu trouvé quelque chose ?

— Non. C'est une telle pagaille qu'une chatte n'y retrouverait pas ses petits.

— Maman savait-elle ce que tu cherchais ?

— Non.

— Quel hypocrite tu fais !

— Je ne vois pas pourquoi. Si j'étais tombé sur quoi que ce soit, je lui en aurais parlé... Cela dit, je ne plaisante pas avec cette histoire d'incendie, tu sais. Il y a un amoncellement invraisemblable de vieux journaux, de chiffons, de cadres, de boîtes en carton... Et n'oublie pas que le toit du cottage est en chaume. Une étincelle, un coup de vent, et tout prendrait feu comme de l'étoupe. Ma aurait juste le temps de sauter par la fenêtre... Cette quiche est délicieuse. C'est toi qui l'as faite ?

— Non. J'achète tout chez le traiteur, dit Olivia d'un air absent.

Elle traversa la pièce, se versa à boire, revint vers la cheminée. Noël eut un mince sourire. Il avait réussi à l'inquiéter... Parfait. Désormais, elle lui accorderait une attention plus soutenue. Elle prit place dans le fauteuil en face de lui et déclara :

183

— Réponds-moi en toute franchise. Ce grenier risque-t-il vraiment de prendre feu ?

— Oui. C'est très dangereux, j'en suis convaincu.

— Que pouvons-nous faire ?

— Tout vider. C'est la seule solution.

— Maman ne sera pas d'accord.

— Au moins trier, corrigea-t-il, afin de jeter ce qui ne présente aucun intérêt et s'embraserait comme du petit bois. Les journaux, les sièges cassés...

Il coupa un morceau de brie. Olivia réfléchissait.

— Noël... jure-moi que tu n'as pas inventé tout cela juste pour pouvoir fouiller à ton aise. Je te rappelle que tout ce qui se trouve dans ce grenier appartient à Maman *y compris* d'éventuelles ébauches de Lawrence Stern.

Noël ouvrit des yeux innocents.

— Voyons, Olivia ! Tu ne penses tout de même pas que je pourrais lui voler quelque chose !

— De ta part, je m'attends à tout, riposta-t-elle.

Mieux valait ne pas relever. Il poursuivit :

— Sais-tu combien vaudrait une seule de ces ébauches sur le marché ? Cinq mille livres au moins.

— Tu en parles comme si tu étais sûr de leur existence !

— Je n'en suis pas *sûr*, je la soupçonne, c'est tout. Quoi qu'il en soit, le plus important c'est le danger d'incendie. Nous devons intervenir.

— Crois-tu qu'il faudrait une assurance complémentaire ?

— Je l'ignore. Pose la question au mari de Nancy, c'est lui qui s'est occupé de ces détails... Pour ma part, comme je n'ai rien à faire ce week-end, je vais retourner chez Ma et m'attaquer à la tâche herculéenne de ranger son grenier. Je l'appellerai dès demain pour la prévenir.

— As-tu l'intention de l'interroger au sujet des ébauches ?

— Je ne sais pas. Que me conseilles-tu ?

Olivia hésita un instant puis, de façon assez surprenante, répondit :

— Ne lui dis rien. Cela pourrait la troubler et je ne le veux pas. Il sera toujours temps de l'avertir si tu découvres quelque chose. D'ailleurs, promets-moi que tu ne lui demanderas plus de vendre ses tableaux. Tu n'as pas à te mêler de ça.

— C'est promis, parole de scout ! plaisanta Noël en se posant la main sur le cœur.

Il vida son verre et se leva pour aller l'emplir à nouveau. Olivia, dans son dos, lança soudain :

— Au fait, Noël, si tu descends vraiment à Podmore's Thatch ce week-end... tu pourrais peut-être me rendre un service.

— Avec plaisir.

— Te souviens-tu de Cosmo Hamilton ?

— Bien sûr. C'est avec lui que tu as vécu à Ibiza, n'est-ce pas ? L'aurais-tu revu ?

— Non, et je ne le reverrai jamais. Il est mort.

Pour une fois, Noël parut sincèrement affecté.

— Mort ? Je... je suis désolé, Olivia. Que s'est-il passé ?

— Je l'ignore. Il est décédé à l'hôpital.

— Quand l'as-tu appris ?

— Vendredi.

— Mais... il n'était pas très âgé, n'est-ce pas ?

— La soixantaine.

— Je suis de tout cœur avec toi.

— Merci, Noël. Cosmo avait une fille, Antonia. Elle arrive d'Ibiza demain. Je vais l'héberger quelques jours, puis elle ira habiter à Podmore's Thatch, avec Maman, pour lui tenir compagnie.

— Ma est au courant ?

— Oui. Nous avons mis cela au point samedi.

— Elle ne m'a rien dit.

— Antonia a dix-huit ans. Je devais la conduire moi-même dans

185

le Gloucestershire vendredi soir, mais je suis retenue tout le week-end. Peux-tu t'en charger ?

— Est-elle jolie ?

— Ta réponse dépend-elle de cela ?

— Non, bien entendu. Mais j'aimerais savoir.

— A treize ans, elle était ravissante. Je me suis dit que ce serait une présence plus agréable pour Maman que celle d'une gouvernante. Elles s'étaient rencontrées à Ibiza et étaient devenues très amies.

— Tu trouves toujours des solutions parfaites, taquina Noël.

Sans relever la raillerie, Olivia demanda :

— Alors ? Es-tu d'accord pour l'emmener avec toi ?

— Naturellement.

— Quand passeras-tu la prendre ?

— Vendredi ? Disons... vers six heures ?

— Très bien. Je m'arrangerai pour être rentrée.

Tout à coup, Olivia sourit, pour la première fois de la soirée ; ils se sentirent pendant un bref instant plus proches qu'ils ne l'avaient jamais été.

— Je te suis très reconnaissante, Noël, murmura-t-elle.

Le lendemain matin, Olivia appela sa mère de son bureau.

— Maman ? Écoute, il y a un léger changement de programme. Je ne pourrai pas venir ce week-end. Je dois travailler avec un styliste parisien. Je te présente toutes mes excuses.

— Et Antonia ?

— Noël l'accompagnera. Il te téléphonera sans doute dans la journée pour te l'annoncer, et il restera tout le weed-end... Nous avons tenu une sorte de conseil de famille, hier soir, et il m'a expliqué que le bric-à-brac de ton grenier risquait de prendre feu d'un jour à l'autre.

— Un conseil de famille ? Noël et toi ?

— C'était tout à fait improvisé, rassure-toi ! Seulement, comme il s'est aperçu en cherchant sa raquette qu'il y avait un réel danger d'incendie à Podmore's Thatch, il a décidé de passer ces deux jours à trier un peu le fouillis accumulé. Ne t'inquiète pas, il ne jettera rien sans ton accord.

— C'est gentil à Noël de proposer cela, dit Pénélope. Je me promets de ranger ce grenier chaque hiver, mais j'avoue avoir toujours reculé devant l'ampleur de la tâche. Je me demande s'il s'en sortira tout seul...

— Antonia l'aidera, je suis sûre que cela l'amusera. Quant à toi, je t'interdis de soulever quoi que ce soit !

— J'ai une idée, s'écria Pénélope. Je demanderai à Danus de venir. Ainsi, il pourra brûler les vieilleries dans le jardin.

— Danus ? Qui est-ce ?

— Mon nouveau jardinier.

— Comment est-il ?

— Charmant, tu verras. Quand Antonia arrive-t-elle ?

— Ce soir. Je vais la chercher à l'aéroport.

— Embrasse-la très fort pour moi et dis-lui que je l'attends avec impatience.

— C'est promis. Elle et Noël seront chez toi vendredi juste à temps pour dîner. Je suis désolée de ne pas pouvoir venir moi-même.

— Ce sera pour une autre fois... A bientôt, ma chérie.

— Au revoir, Maman.

Le même soir, Noël appela Pénélope.

— Ma ? Ici Noël. Comment vas-tu ?

— Très bien. Il paraît que tu vas venir ce week-end ?

— Oui. Tu as parlé à Olivia ?

— Ce matin.

— Elle tient beaucoup à ce que je vienne ranger le grenier. Elle est terrifiée à l'idée que tu risques de mourir carbonisée dans ton sommeil.

— C'est ce que j'ai cru comprendre. C'est très gentil à toi de te donner tout ce mal, Noël.

— Tant mieux si tu es contente... Je craignais que tu ne rechignes à nous laisser envahir ton domaine.

La remarque vexa un peu Pénélope. Commençait-on à la prendre pour une vieille dame tatillonne ?

— Pas du tout, répliqua-t-elle. Je demanderai même à mon jardinier de venir t'aider. Je suis sûre qu'il sera d'accord. A mon avis, deux hommes solides ne seront pas de trop !

— Certes, commenta Noël sans enthousiasme.

— Et surtout, sois prudent en conduisant. Je tiens à ce que tu m'amènes Antonia saine et sauve.

— Entendu.

— Alors, à vendredi !

Elle allait raccrocher, mais, entendant Noël s'écrier : « Maman ? Je n'ai pas fini ! », elle remit l'écouteur à son oreille.

— Oui ?

— Je voulais te parler de la vente chez Boothby's. J'y suis allé. Sais-tu combien *Les Porteuses d'eau* se sont vendues ?

— Non.

— Deux cent quarante-cinq mille huit cents livres.

— Bonté divine ! Mais qui les a donc achetées ?

— Une galerie d'art américaine de Denver, dans le Colorado.

— C'est impressionnant.

— Je dirais même écœurant !

— En tout cas, conclut Pénélope, cela fait réfléchir.

Jeudi, quand Pénélope descendit à la cuisine, le jardinier était déjà à pied d'œuvre. Elle lui avait donné la clef de la remise pour qu'il prenne les outils à sa guise, ayant remarqué qu'il aimait s'organiser seul et supportait mal qu'elle vienne le regarder travailler en bavardant. Elle ne lui en tenait pas rigueur. Cette réserve plaisait à Pénélope.

A midi moins le quart, après avoir expédié le ménage et mis le repas en route, elle alla le prévenir qu'ils déjeuneraient dans le jardin d'hiver. Le ciel devenait chaque jour plus bleu, la température plus clémente, même s'il subsistait une brise plutôt fraîche.

— Bonjour !

Il leva les yeux, s'appuya sur sa bêche et sourit. L'air embaumait la terre qu'il venait de retourner.

— Bonjour, madame Keeling.

Il avait posé sa veste et son pull sur un buisson. Elle remarqua ses avant-bras musclés, bronzés. Du poignet, il essuya la terre qui lui maculait la joue, en un geste qui donnait à Pénélope une telle sensation de déjà vu qu'elle sentit son cœur se serrer de nostalgie.

— On dirait que vous avez chaud ! plaisanta-t-elle.

— C'est vrai.

— Le déjeuner sera prêt d'ici un quart d'heure dans le jardin d'hiver.

— Entendu.

Il se remit au travail. Un rouge-gorge sautillait non loin. Les rouges-gorges étaient éminemment sociables, songea Pénélope, amusée. En retournant au cottage, elle cueillit quelques primevères précoces, veloutées et odorantes comme celles qu'on trouvait au printemps, en Cornouailles, dans les chemins creux...

Il faut que j'y aille, se répéta-t-elle. Bientôt. Sinon, il sera trop tard.

— Danus, questionna-t-elle, que faites-vous de vos week-ends, en général ?

Ce jour-là, elle lui avait préparé du jambon accompagné de pommes de terre au four et, comme dessert, des tartelettes à la confiture ainsi qu'une crème renversée. Elle mangeait presque d'aussi bon appétit que lui. Si elle continuait ainsi, se dit-elle, elle allait grossir.

— Pas grand-chose, répondit-il. Le samedi matin, je consacre parfois quelques heures au directeur de la banque de Pudley. Il préfère jouer au golf que jardiner, et sa femme se plaint de voir le jardin envahi par les mauvaises herbes.

— Et le dimanche ?

— Je suis libre.

— Dans ce cas, accepteriez-vous de venir travailler pour moi dimanche prochain ? Bien entendu, je vous paierai directement, sans passer par l'entreprise, car cela n'a rien à voir avec le jardin.

Il haussa les sourcils, un peu surpris.

— De quoi s'agit-il ?

— Mon fils doit vider le grenier. Il faudrait l'aider et brûler tout ce qui pourra l'être.

— Je viendrai avec plaisir, mais à une condition : je ne veux pas être payé.

— Mais…

— J'y tiens, interrompit-il d'un ton sans appel. A quelle heure commencerons-nous ?

— Vers neuf heures.

— Entendu.

— Je vous promets un bon déjeuner, d'autant plus que nous aurons la compagnie d'une charmante jeune fille que mon fils amènera avec lui. Elle s'appelle Antonia et habitera ici quelque temps.

— C'est une bonne nouvelle, commenta Danus avec gravité.

Nancy ne lisait presque jamais le journal. Quand elle devait descendre au village dans la matinée — ce qui arrivait souvent, car Mme Croftway avait un talent particulier pour oublier le café, le sucre ou le beurre — elle achetait *Woman's Own* et le feuilletait en mangeant un gâteau à la pâtisserie. Le soir, George rapportait le *Times* dans son attaché-case mais était le seul à le parcourir.

Ce jeudi-là, jour de congé de Mme Croftway, Nancy était dans la cuisine quand son mari rentra. Elle préparait des choux de Bruxelles pour le dîner, l'air morose. Rupert et Mélanie détestaient les choux de Bruxelles. Ils refuseraient de toucher à leur assiette et il y aurait à nouveau une scène pénible pendant le repas, elle en était sûre. Pourvu, par-dessus le marché, que George n'ait pas eu une trop dure journée et ne se montre pas plus lugubre qu'à l'ordinaire !

Abandonnant ses légumes, elle se redressa et esquissa un sourire. Elle mettait un point d'honneur à toujours paraître gaie et de bonne humeur, même quand tout allait de travers.

— Bonsoir, mon chéri. Bien travaillé ?

— Oui.

Il jeta son attaché-case sur la table, en tira le *Times* et dit :

— Jette un coup d'œil là-dessus.

Nancy faillit s'étrangler de stupeur. George lui demandait son avis... Cela ne s'était pas produit depuis des années. D'ordinaire, il s'enfermait dans la bibliothèque pour n'en émerger qu'à l'heure du dîner.

Il avait étalé le journal sur la table et désignait un court article. Nancy fixa les caractères qui dansaient devant ses yeux.

— Je n'ai pas mes lunettes, avoua-t-elle.

George poussa un soupir résigné.

— Il s'agit du tableau de ton grand-père. Il a été vendu hier, chez Boothby's.

— Oh ! C'était hier ?

Elle n'avait pas oublié *Les Porteuses d'eau*, bien au contraire. Depuis sa conversation avec Olivia, elle songeait sans arrêt à l'immense valeur des tableaux que possédait sa mère, mais avait oublié la date de la vente chez Boothby's.

— Sais-tu combien il s'est vendu ? reprit George.

Nancy secoua la tête en signe de dénégation.

— Deux cent quarante-cinq mille huit cents livres, énonça-t-il en détachant chaque syllabe.

Nancy sentit la tête lui tourner. Elle s'appuya à la table pour garder l'équilibre.

— L'acheteur est américain, poursuivit son mari. La façon dont nos œuvres d'art disparaissent de plus en plus à l'étranger est inconcevable.

— Je n'arrive pas à comprendre, gémit-elle. Un tableau aussi affreux !

George eut un sourire froid.

— Heureusement pour Boothby's et pour l'ancien propriétaire, tout le monde n'est pas de ton avis.

— Olivia avait raison, murmura Nancy.

— Que veux-tu dire ?

— Nous avions parlé de cette vente, le jour où j'ai déjeuné à *L'Escargot* avec elle. Et elle m'avait affirmé que *Les Pêcheurs de coquillages* et les deux panneaux qui sont à Podmore's Thatch valent au total plus d'un demi-million de livres.

— Olivia est très bien informée, commenta George d'un ton sec. Rien d'étonnant quand on connaît les milieux qu'elle fréquente.

— A ton avis, questionna Nancy, Mère a-t-elle une idée de la valeur de ces œuvres ?

— J'en doute fort. Je pense même qu'il serait prudent de faire réviser son contrat d'assurance. Cette maison est ouverte à tous les vents, et n'importe qui pourrait entrer et emporter les toiles en moins d'une minute. Ta mère n'a jamais su verrouiller une porte.

Nancy sentit les battements de son cœur s'accélérer. En fait, elle n'avait jamais osé parler à George de sa conversation avec Olivia : il détestait cette dernière et, de toute façon, n'écoutait jamais ce qu'on lui disait. Mais maintenant qu'il abordait le sujet, cela changeait tout.

— Sans doute vaudrait-il la peine d'aller voir Mère, glissa-t-elle, afin de lui expliquer la situation...

— En ce qui concerne l'assurance ?

— Oui. Comme cela, si les primes augmentent trop, elle jugera peut-être bon de... enfin, elle estimera plus raisonnable de vendre les tableaux. D'après Olivia, le marché de la peinture victorienne connaît en ce moment une hausse incroyable... (Nancy se délecta de la formule, qui faisait très « connaisseur »).

Pour une fois, George semblait lui prêter une réelle attention. Il fronça les sourcils en relisant l'article.

— Ce serait peut-être souhaitable, en effet. A toi de juger, Nancy.

— Je vais lui téléphoner sur-le-champ pour lui annoncer notre visite. Ainsi, je pourrai la prendre à part et aborder le sujet avec tact.

George eut une grimace imperceptible. Du tact, Nancy ?

— Mère ? C'est Nancy.

— Oh ! Bonjour, ma chérie. Comment vas-tu ?

— Très bien. Et toi ? Es-tu contente de ton nouveau jardinier ?

— Ravie. Il a commencé lundi et me donne toute satisfaction.

— As-tu trouvé quelqu'un pour te tenir compagnie ? J'ai mis une annonce dans le journal mais n'ai toujours pas de réponse, hélas.

— Tu n'as plus besoin de te faire de souci, Nancy ! Le problème est résolu. Antonia va séjourner quelque temps ici.

— Antonia ? Qui est-ce ?

— La jeune Hamilton. J'ai l'impression que nous avons oublié de te prévenir. Je pensais qu'Olivia t'en parlerait...

— Non. Personne ne m'a rien dit, dit Nancy d'un ton glacial.

— Eh bien, l'ami avec lequel Olivia vivait à Ibiza, Cosmo Hamilton, vient de mourir. A dix-huit ans, sa fille se retrouve seule au monde et tout à fait démunie. Nous avons donc décidé de l'accueillir pendant quelque temps.

— Je vois !

— Elle est très gentille, tu sais. Elle arrive demain avec Noël, qui passera le week-end ici pour vider le grenier. Étant donné le bric-à-brac qui s'y entasse, Olivia et lui craignent que la maison ne prenne feu... D'ailleurs, pourquoi ne viendrais-tu pas déjeuner dimanche avec ton mari et tes enfants ? Vous feriez la connaissance d'Antonia...

— Pourquoi pas ? Je vais voir ce qu'en dit George.

Nancy posa le récepteur et fila dans la bibliothèque où son mari s'était plongé dans le *Times*.

— George ? Elle nous invite à déjeuner dimanche, chuchota-t-elle comme si sa mère pouvait l'entendre.

— Je ne suis pas libre. J'ai une réunion diocésaine.

— Dans ce cas, j'emmènerai les enfants...

— Ne doivent-ils pas passer la journée chez les Wainwright ?

— C'est vrai, j'avais oublié. Tant pis, j'irai seule.

— Parfait, conclut George en reprenant sa lecture.

Nancy courut au téléphone.

— Mère ? George et les enfants sont déjà pris. Je viendrai sans eux, si cela te convient.

— Très bien ! (Sa mère n'avait-elle pas l'air soulagé ? Nancy s'interdit d'y penser.) Excellente idée. Je t'attends vers midi, afin que nous puissions bavarder un peu. A dimanche.

Nancy retourna auprès de son mari. Une fois de plus, Olivia avait pris des mesures sans l'avertir. On la tenait toujours à l'écart. On la tournait en ridicule. On la laissait chercher une gouvernante alors que déjà...

— ... et elle n'a que dix-huit ans ! Te rends-tu compte ? Une gamine gâtée qui passera son temps à traînasser en se faisant servir... Enfin, George, tu ne trouves pas qu'Olivia aurait pu au moins me consulter ? Depuis des années, je suis la seule qui veille vraiment sur Mère. Or, on me traite comme... George ? Tu m'écoutes ?

Non, George n'écoutait plus. Avec un soupir, Nancy regagna la cuisine et passa sa rage sur les choux de Bruxelles.

Noël et Antonia n'atteignirent Podmore's Thatch qu'à neuf heures du soir. Il pleuvait à verse depuis le matin. Rongée d'inquiétude, Pénélope ne quittait plus le coin de la fenêtre, le regard rivé au carreau. Ils avaient eu un accident, c'était sûr. Elle imaginait une masse de tôles tordues et déchiquetées, la Jaguar renversée au bord de la route et, à l'intérieur, son fils et

Antonia couverts de sang, agonisants... Elle s'apprêtait à appeler la police quand, enfin, le moteur d'une voiture retentit dans l'allée tandis que des phares balayaient la façade. D'un bond, elle se leva, détendit ses traits en un sourire, se précipita pour ouvrir et allumer la lumière du porche.

La silhouette familière de la Jaguar se profilait dans l'obscurité. « Dépêchez-vous d'aller vous mettre à l'abri ! » entendit-elle dire à Noël. Aussitôt, quelqu'un fonça sous la pluie battante, un sac sur la tête, et vint se réfugier dans les bras de Pénélope. C'était Antonia.

Pendant quelques minutes, muettes d'émotion, elles s'étreignirent. Puis Pénélope entraîna la jeune fille vers la chaleur de la cuisine.

— Antonia, ma chère enfant ! s'écria-t-elle. Je commençais à croire que vous n'arriveriez jamais.

En cinq ans, la fille de Cosmo n'avait pas beaucoup changé. Elle était plus grande, bien sûr, mais tout aussi mince, avec les mêmes taches de rousseur sur le nez, les mêmes grands yeux verts. Comme à Ibiza, elle portait un jean et un sweat-shirt avec, noué autour du cou, un pull-over d'homme.

— J'imagine qu'il n'a pas cessé de pleuvoir depuis Londres, reprit Pénélope en la faisant asseoir.

— Pas une minute !

Noël entra au même instant, chargé de valises et de paquets qu'il posa à terre.

— C'est un véritable déluge, dit-il en s'ébrouant. J'espère que cela ne va pas durer, sinon nous ne pourrons rien faire de tout le week-end... Mais dis-moi, que prépares-tu ? Ça sent très bon.

— Un pâté en croûte.

— Parfait ! Je meurs de faim.

— Cela ne m'étonne pas ! Sers-toi à boire tandis que je montre sa chambre à Antonia, veux-tu ? Nous dînerons après.

Les deux femmes s'engagèrent dans l'escalier.

— Quelle jolie maison vous avez ! commenta Antonia.

— Oui, n'est-ce pas ? Mais il est un peu difficile de s'isoler. Beaucoup de pièces donnent les unes dans les autres.

— Comme à Ca'n D'alt !

— Oui. Sauf qu'ici il y avait autrefois deux cottages qui ont été réunis. C'est pour cela qu'il y a deux escaliers, deux portes d'entrée... Nous y sommes.

Elles entrèrent dans la chambre d'ami, préparée avec soin par Pénélope. Seule la moquette blanche était neuve : tout le reste provenait d'Oakley Street, les lits jumeaux en bois sombre, les doubles rideaux imprimés de roses, les chaises à dossier arrondi. Sur la commode, un vase empli de primevères jetait une note gaie.

— Vous trouverez la salle de bains derrière cette porte, indiqua Pénélope. Si vous avez besoin de quoi que ce soit, dites-le-moi. Désirez-vous prendre un bain ? Vous avez le temps avant le dîner.

— Avec plaisir. Cela me détendra.

Pénélope dévisagea la jeune fille, remarqua sous ses yeux de larges cernes.

— J'imagine que vous vous sentez un peu lasse...

— Oui. Je suis arrivée avant-hier mais ne suis pas encore remise du décalage horaire.

— Maintenant, vous allez pouvoir vous reposer. Vous êtes la bienvenue chez moi, et vous pourrez rester aussi longtemps que vous le souhaiterez, répondit Pénélope avec tendresse. A tout à l'heure.

Dans la cuisine, elle trouva son fils assis à la table, un journal déplié devant lui, un whisky soda à la main. En l'entendant refermer la porte, il leva les yeux.

— Tout va bien ?

— Oui, mais la pauvre enfant est épuisée.

— Je sais. Elle n'a presque rien dit de tout le trajet. Elle ne dormait pas, pourtant.

— Elle n'a presque pas changé. J'ai toujours pensé que c'était l'une des plus jolies jeunes filles que je connaisse.

— Elle est même très séduisante !

Pénélope jeta à Noël un regard aigu.

— Ne va pas jouer les importuns pendant le week-end, je t'en prie !

Il haussa les sourcils, l'air candide.

— Je ne vois pas du tout ce que tu veux dire.

— Allons donc. Tu comprends très bien !

Il se mit à rire.

— Ne t'inquiète pas. Quand j'aurai passé la journée à soulever des caisses dans le grenier, je serai bien trop heureux de m'effondrer sur mon oreiller.

— J'espère bien !

— D'abord, ce n'est pas du tout mon type. Je déteste les cils trop blonds. Je trouve qu'ils donnent aux gens l'air d'un lapin... Je suis de plus en plus affamé. Quand pourrons-nous manger ?

— Dès qu'Antonia sera descendue.

Pénélope vérifia la cuisson de son pâté. Il était juste à point.

— Qu'as-tu pensé de la vente d'hier ? demanda Noël. Celle des *Porteuses d'eau* ?

— Je te l'ai dit. Cela me paraît insensé.

— As-tu pris une décision ?

— A propos de quoi, Noël ?

— Ne te montre pas si obtuse. Ce tableau s'est vendu presque un quart de million ! Or, tu possèdes trois Lawrence Stern. Te rends-tu compte du patrimoine que cela représente ? Tu devrais les faire évaluer par un expert, ne serait-ce que pour mieux les assurer. On entre chez toi comme dans un moulin ; n'importe qui pourrait les emporter sous son bras un beau matin. A ce moment-là, tu regretteras de ne pas avoir été plus prudente.

Pénélope s'assit en face de son fils, partagée entre un sentiment de reconnaissance pour la sollicitude dont il faisait preuve et le soupçon qu'il nourrissait des intentions peu avouables. Il ressemblait tellement à son père ! Il avait beau fixer sur elle un regard plein d'innocence, elle restait méfiante.

— J'y réfléchirai, dit-elle enfin. Mais sache que je ne vendrai jamais *Les Pêcheurs de coquillages*. J'y suis beaucoup trop attachée. Après tout, c'est la seule chose qui me reste de mon enfance, qui me rappelle les Cornouailles.

Noël fronça les sourcils.

— Que t'arrive-t-il ? Un accès de nostalgie ? Je ne te savais pas si sentimentale.

— Appelle cela du sentimentalisme si tu veux. J'ai envie de revoir mon pays, c'est tout. J'ai décidé d'aller y passer quelques jours. La mer me manque.

— Est-ce raisonnable ? L'endroit a dû beaucoup changer. Tu risques d'être déçue.

— La mer ne change pas.

— Tu ne connais plus personne à Porthkerris...

— Si ! Doris. Elle est prête à m'héberger.

— Doris ?

— La réfugiée qui est venue vivre avec nous au début de la guerre. Elle n'est jamais retournée à Londres. Nous nous écrivons de temps à autre et elle me demande souvent de venir.

Il y eut un silence puis, d'un ton hésitant, Pénélope demanda :

— Viendrais-tu avec moi, Noël ?

— En Cornouailles ? s'exclama-t-il, stupéfait.

C'était la dernière chose à laquelle il s'attendait.

— Mais oui. Pour me tenir compagnie...

Cela n'avait-il pas l'air trop suppliant ? Elle se fit plus enjouée.

— Tu ne t'ennuierais pas, tu sais. J'ai toujours regretté de ne pas vous avoir emmenés en Cornouailles quand vous étiez enfants. La plage est très belle...

— J'ai passé l'âge de faire des pâtés de sable !

— Tu aurais d'autres occasions de te distraire.

— Lesquelles ?

— Je te montrerais Carn Cottage, où nous habitions. Et l'ancien atelier de ton grand-père, le musée qu'il a fondé... Tu sembles si intéressé par son œuvre, ces derniers temps, que je m'étonne que tu n'aies pas envie de visiter les lieux où il a vécu et travaillé.

C'était typique de sa mère, songea Noël en pâlissant. Elle vous décochait ainsi de ces coups qui allaient droit au but et vous désarçonnaient. Il but une gorgée de whisky pour se donner une contenance, puis demanda :

— Quand irais-tu ?

— Bientôt, je pense. Avant l'été.

Dieu merci ! songea Noël. Cela lui fournissait l'excuse idéale.

— Alors, il me sera impossible de t'accompagner. Je n'ai pas un seul congé prévu avant juillet, au plus tôt.

— Même pas un long week-end ?

— Non. Nous sommes tellement débordés au bureau que nous y passons tous nos samedis.

— Eh bien, n'en parlons plus ! Tu peux ouvrir la bouteille de vin, s'il te plaît ?

Noël s'exécuta, se sentant à la fois soulagé et coupable.

— Je suis désolé, murmura-t-il. J'aurais bien aimé venir, mais...

— Je sais, Noël. Je sais.

Antonia reparut. Ils dînèrent, puis Noël annonça qu'il montait jeter un coup d'œil « préliminaire » au grenier.

Antonia commença à empiler les assiettes, mais Pénélope l'arrêta.

— Laissez cela, je vous en prie ! Je m'en occuperai. Vous devez tomber de sommeil. Montez donc vous mettre au lit... et je viendrai vous dire bonsoir dans un petit moment.

— Merci, fit Antonia dont le visage s'éclaira. Cela me ferait vraiment plaisir. Et merci aussi pour ce délicieux dîner.

Quand elle eut disparu, Pénélope débarrassa la table, chargea le lave-vaisselle et prépara le couvert pour le petit déjeuner du lendemain matin. Ensuite, elle monta à la chambre d'Antonia.

La jeune fille, dans son lit, tournait les pages d'un magazine. Son hâle tranchait sur la blancheur des draps. Pénélope vint s'asseoir auprès d'elle.

— Cela vous a fait du bien de manger, dit-elle avec gentillesse. Vous semblez moins lasse que tout à l'heure.

— Cela aussi parce que j'ai pris un bain. Je me suis d'ailleurs permis d'utiliser vos sels parfumés. J'espère que cela ne vous ennuie pas...

— Au contraire ! Ils sont là pour ça.

Il y eut un choc sourd au-dessus de leurs têtes, suivi d'une exclamation étouffée « Zut et zut ! »

Elles se mirent à rire, puis Antonia eut un sanglot et fondit en larmes.

Pénélope, bouleversée, lui prit la main.

— Ma chère enfant !

— Je suis idiote, balbutia Antonia en tirant son mouchoir de sous son oreiller. En fait, je me sens si heureuse d'être ici, près de vous, et de pouvoir rire de choses toutes simples... Vous rappelez-vous comme nous nous amusions, à Ibiza ?

Elle ne pleurait déjà plus.

— Oui, répondit Pénélope avec douceur. J'ai gardé de ce séjour un merveilleux souvenir. Voulez-vous que je vous laisse dormir, Antonia ? Ou préférez-vous bavarder ?

— J'aimerais vous parler. Je n'ai plus sommeil. Vous savez... c'est d'un cancer que mon père est mort. Un cancer du poumon.

— Pourtant, il ne fumait pas, n'est-ce pas ?

— Non, mais il avait beaucoup fumé, avant de connaître Olivia. Jusqu'à cinquante cigarettes par jour.

— Habitiez-vous avec lui, au moment de sa disparition ?

— Oui. Depuis deux ans. Je suis allée m'installer à Ibiza juste après le remariage de ma mère.

— Qu'avez-vous pensé de cette nouvelle union ?

— Eh bien... cela m'a fait plaisir pour elle, bien sûr. Mais je n'aime pas beaucoup son mari, et moins encore ses deux fils. Ils habitent dans le Nord, à Weybridge. J'y suis allée la première année, et j'ai eu beaucoup de mal à repousser les avances de l'aîné. C'est pour cela que... je ne veux plus y retourner. Quand mon père est mort, j'ai pensé qu'Olivia était la seule personne à pouvoir m'aider.

— Vous avez eu raison.

— Pour en revenir à Papa... tout a commencé il y a six mois, à peu près. Il s'est mis à tousser toutes les nuits. Je pensais que ce n'était rien de grave et ne m'inquiétais pas vraiment, mais comme cela persistait j'ai fini par le persuader d'aller voir son médecin. Alors, tout a été très vite. On l'a envoyé à l'hôpital pour lui faire des radios et il n'en est plus jamais sorti. On lui a retiré la moitié d'un poumon, il est tombé dans un coma post-opératoire et, deux jours après, il est mort, sans avoir repris conscience.

— Étiez-vous seule ?

— Non. Maria et Tomeu m'ont beaucoup aidée. Il fallait organiser l'enterrement sans attendre. A Ibiza, c'est obligatoire. Vous me croirez si vous voulez, mais dans une île où presque personne n'a le téléphone tous les amis de Papa étaient prévenus le jour même. Il en avait beaucoup, et personne n'a manqué à l'appel. Les fermiers, les pêcheurs, les habitués de *Chez Pedro*...

— Où l'a-t-on enterré ?

— Dans le cimetière catholique. Le curé aussi était son ami... Le service a eu lieu en plein air, au soleil. A la fin, la tombe disparaissait entièrement sous les fleurs. Je n'ai jamais rien vu d'aussi émouvant. Et puis tout le monde est rentré à Ca'n D'alt, Maria a préparé à boire et à manger, et les gens sont repartis...

— Je suis heureuse qu'on lui ait rendu un tel hommage, murmura Pénélope, émue. Avez-vous raconté tout cela à Olivia ?

— De façon très succincte. J'ai eu l'impression qu'elle n'avait pas envie de m'entendre.

— Cela ne m'étonne pas. Quand les événements la bouleversent, elle préfère enfouir sa douleur au fond d'elle-même.

— Je comprends et je ne lui en veux pas.

— Qu'avez-vous fait durant vos deux jours à Londres ?

— Pas grand-chose. J'ai acheté des vêtements chauds, puis je suis allée voir le notaire de Papa...

— Vous a-t-il laissé quelque chose ?

— Non. Il ne possédait rien.

Pénélope haussa les sourcils.

— Pas même sa maison ?

— Non. Il la louait à un certain Carlos Barcello qui n'a jamais voulu la lui vendre. De toute façon, je n'y serais pas restée, même si j'avais eu les moyens de payer le loyer.

— Et... son bateau ?

— Il l'a vendu après le départ d'Olivia.

— Et les livres, les meubles, les tableaux ?

— Tomeu les a fait entreposer chez un ami. Je les reprendrai si j'ai le courage de retourner à Ibiza, un jour...

— Cela viendra, Antonia, je vous le promets. Même si pour l'instant l'idée vous paraît insupportable.

Antonia glissa les bras derrière sa tête en poussant un profond soupir.

— Je suis triste, bien sûr, mais d'une certaine façon je préfère que Papa soit mort ainsi, très vite. Car s'il avait survécu, m'a expliqué le médecin, il aurait souffert pendant de longs mois. Ce qui m'emplit d'amertume, c'est sa tristesse après le départ d'Olivia. Il ne s'est pas remis de l'avoir perdue. Elle a été, je crois, le plus grand amour de sa vie.

Il régnait un profond silence. Aucun bruit ne parvenait plus du grenier. Noël avait dû se coucher.

— Olivia a beaucoup aimé Cosmo, déclara Pénélope avec lenteur. Plus qu'elle n'a jamais aimé personne. Seulement...

— ... elle refusait de se marier. Papa me l'a dit.

— En avez-vous voulu à Olivia ?

— Non. J'ai trouvé son attitude honnête et courageuse.

— L'unique chose qui compte pour elle, c'est sa carrière.

— Quand on vous connaît, c'est difficile à comprendre, dit Antonia en souriant. Ce n'est pas comme si elle avait eu une

enfance malheureuse qui l'aurait dégoûtée de toute vie de famille...
Vos autres enfants partagent-ils son point de vue ?

— Pas Nancy, en tout cas, répondit Pénélope en souriant à
son tour. C'est tout l'opposé de sa cadette. Elle a toujours rêvé
d'avoir un époux et une maison bien à elle.

— Et vous, Pénélope ? Aviez-vous envie de vous marier, lorsque
vous étiez jeune ?

— Moi ? Je ne sais plus. Il y a si longtemps de cela ! Je ne
crois pas que cela me préoccupait beaucoup. Je n'avais que dix-
neuf ans à mon mariage et c'était la guerre. On vivait au jour le
jour, sans penser à l'avenir...

— Qu'est-il arrivé à votre mari ?

— Ambrose ? Il est mort quelque temps après le mariage de
Nancy.

— Vous êtes-vous sentie seule ?

— Oui et non. Seule, mais pas solitaire.

— Moi, c'est la première fois que... que j'affronte la mort de
quelqu'un, dit Antonia d'une petite voix.

— Au début, on a l'impression que l'on ne s'en remettra jamais.
Et puis, peu à peu, la vie reprend son cours. Croyez-moi.

Antonia sourit de nouveau, plus faiblement. Ses yeux avaient
perdu leur éclat fiévreux et ses paupières se fermaient malgré
elle. Pénélope lui pressa la main.

— Je vais vous laisser dormir.

Elle se leva pour tirer les rideaux. La pluie avait cessé ; on
entendit le cri lointain d'un hibou.

— Pénélope ? Je suis heureuse d'être ici avec vous. Je tenais à
vous le dire, murmura Antonia.

— Merci. Bonne nuit, et à demain.

Pénélope se rendit dans sa chambre. Elle n'avait pas sommeil
et prit son temps pour se préparer. Elle se brossa les cheveux
avec soin, appliqua une crème sur son visage et, en chemise de
nuit, entrouvrit la fenêtre. Une odeur de terre humide montait

du sol. Le hibou poussa à nouveau sa plainte ; on entendait le clapotis de la rivière proche.

Elle avait répondu de façon évasive aux questions d'Antonia sur son passé, sans dissimuler la vérité, certes, mais sans non plus l'avouer tout entière. Il était devenu si difficile de démêler les fils de ce qu'elle avait pu ressentir alors ! Il y avait des années qu'elle n'avait pas mentionné le nom d'Ambrose, qu'elle n'avait pas pensé à lui. Et tout à coup, étendue dans la pénombre, les images de cette lointaine période de sa vie se mirent à défiler devant ses yeux, comme si elle feuilletait un album de photographies. Le plus étrange, c'était que ces clichés, quoique jaunis, gardaient comme au premier jour toute leur saveur et leur puissance d'évocation.

Chapitre 8

Ambrose

LA responsable des Wrens, qui avait le grade d'adjudant, posa un formulaire devant elle, et dit :

— Maintenant, Stern, il faut décider de votre affectation.

Elle avait deux galons bleus sur la manche, une coupe de cheveux très stricte, une montre d'homme et un col si raide qu'on se demandait comment il ne l'étranglait pas. Elle faisait songer à Mlle Pawson et Pénélope se sentit attendrie et d'excellente humeur.

— Avez-vous une qualification ?

— Non, je ne crois pas.

— La sténo ? La dactylo ?

— Non.

— Êtes-vous diplômée de l'Université ?

— Non.

— Vous devez m'appeler madame.

— Non, madame.

La femme s'éclaircit la gorge. La nouvelle recrue la déconcertait. Elle était nonchalante et rêveuse, l'uniforme lui donnait l'air emprunté et son chignon menaçait de s'effondrer d'une minute à l'autre.

— Avez-vous fait des études secondaires ? demanda-t-elle sans beaucoup d'espoir.

205

En général, ce genre de candidate avait appris l'aquarelle et un peu de français avec une préceptrice, et c'était tout.

— Oui, bien sûr !

— Dans un pensionnat ?

— Non, au lycée. D'abord à Londres, et ensuite à Porthkerris, où nous étions allés vivre. C'est en Cornouailles, ajouta-t-elle.

— C'est la première fois que vous quittez vos parents ?

— Oui, madame.

Cette recrue allait poser des problèmes. Elle était de ces jeunes filles de bonne famille, cultivées, mais en permanence dans les nuages et rigoureusement inutiles.

— Savez-vous faire la cuisine ?

— Pas très bien.

— Dans ce cas, soupira l'adjudante, je ne vois qu'une solution pour vous : serveuse au mess des officiers.

La candidate souriait d'un air aimable, comme ravie de cette décision. Le sous-officier griffonna quelques mots sur son formulaire et revissa son stylo.

— Vous pouvez disposer. Une dernière chose, cependant...

Pénélope, déjà à la porte, se retourna.

— Oui ?

— Il faut faire quelque chose pour vos cheveux. D'après le règlement, ils ne doivent pas toucher vos épaules. Passez chez le coiffeur.

— Mais je ne veux pas les couper !

— Dans ce cas, soupira l'adjudante, apprenez à les nouer en vrai chignon, bien serré.

— Très bien. C'est promis. Au revoir !

Pénélope sortit, repassa la tête par l'embrasure, ajouta : « Madame », puis disparut.

Sa tâche était simple. Elle devait servir à boire, dresser le couvert, appeler les officiers demandés au téléphone, polir l'argenterie et, avant la tombée de la nuit, frapper aux portes en annonçant : « Extinction des feux, Sir ! » Ses gages étaient aussi modestes que sa fonction : trente shillings par quinzaine, qu'un officier pointilleux lui remettait dans une enveloppe après qu'elle eut attendu un long moment avec ses camarades.

Whale Island, où on l'avait affectée, était une île reliée par un pont à Portsmouth. On y avait installé une école navale, des champs de manœuvre, une église, des jetées, de nombreux bâtiments administratifs et des dortoirs en brique rouge.

Le vacarme régnait en permanence : coups de sifflet, sonneries de trompette, ordres hurlés dans les haut-parleurs... Durant l'entraînement, des officiers vociféraient leurs instructions à de jeunes cadets terrifiés et haletants. Tous les matins, pendant qu'on hissait les couleurs, la fanfare entonnait « Braganza » ou « Cœurs de chêne », et si l'on se trouvait à l'extérieur au même instant, il fallait sur-le-champ claquer des talons, se mettre au garde-à-vous et ne plus bouger jusqu'à la fin de la cérémonie.

Pénélope ne dormait pas sur l'île mais à Portsmouth, dans un hôtel réquisitionné pour les Wrens, les auxiliaires féminines de l'armée britannique, dont elle faisait désormais partie. Elle partageait sa chambre avec cinq autres jeunes femmes. Comme l'hôtel se trouvait à trois kilomètres de Whale Island, et qu'aucun moyen de transport n'était prévu, elle demanda à Sophie de lui envoyer sa bicyclette par le train.

Sophie promit.

— Et comment vas-tu, ma chérie ?

— Très bien. (C'était terrible d'entendre la voix de sa mère sans pouvoir la serrer dans ses bras...) Et vous tous ? Toi, Papa, Doris ?

— Nous sommes en pleine forme, sauf Clark qui a la varicelle. Ronald vient de s'inscrire au club de football. Ce matin, j'ai vu des perce-neige sous ma fenêtre...

— Déjà ?

Pénélope aurait tout donné pour être à Porthkerris en cet

instant. Tout lui manquait : le jardin, la mer, sa chambre éclairée par la lumière rassurante du phare...

— Tu ne t'ennuies pas trop ? fit la voix de Sophie.

Mais avant que sa fille ait pu répondre, il y eut un déclic et la ligne fut coupée.

Cela valait mieux. Elle aurait été trop tentée d'expliquer à Sophie qu'elle s'ennuyait à mourir. Elle n'arrivait pas à s'habituer à cet univers monotone, ces règlements absurdes. Elle aurait dû s'engager comme infirmière, comme cantinière ou ouvrière dans une fabrique de munitions. Au moins, son activité aurait-elle eu un sens...

On était en février ; malgré le froid persistant, le soleil avait brillé toute la journée. A cinq heures, enfin libérée, Pénélope salua l'officier de garde et traversa le pont en se promettant de faire une promenade avant le dîner. Les longues heures d'oisiveté qui s'étendaient devant elle la déprimaient. Lui restait-il assez d'argent pour aller au cinéma ?

Alors qu'elle s'engageait sur la route, une élégante voiture de sport découverte s'arrêta à sa hauteur.

— Dans quelle direction allez-vous ?

Un court instant, elle eut peine à croire que c'était à elle qu'on adressait la parole. Depuis son arrivée, on ne l'avait guère appelée que pour lui commander un double gin, ou exiger une seconde ration de légumes... Elle tourna la tête et reconnut le sous-lieutenant Keeling, brun aux yeux bleus. Il fixait sur elle un regard rieur, en homme délivré des tâches de la journée et bien décidé à profiter de sa soirée.

— Au quartier des Wrens, répondit-elle.

Il se pencha pour ouvrir la portière.

— Alors montez ! Je vais vous déposer.

— Est-ce sur votre route ?

— Depuis deux minutes.

Elle s'assit, claqua la portière et retint son chapeau tandis que le véhicule démarrait à toute allure.

— Je vous ai déjà vue, dit-il. Vous travaillez au mess, n'est-ce pas ?

— Oui.

— Cela vous plaît-il ?

— Non, pas beaucoup.

— Pourquoi avoir choisi ça, alors ?

— Je n'ai pas choisi. On ne m'a pas trouvé d'autre poste.

— C'est votre première affectation ?

— Oui. Je me suis enrôlée il y a un mois.

— Vous aimez la Marine ?

Il semblait si enthousiaste qu'elle n'osa pas répliquer qu'elle la détestait.

— Oui, je m'y habitue.

— C'est un peu comme le pensionnat, remarqua-t-il.

— Je ne suis pas allée en pension. Je ne saurais dire.

— Comment vous appelez-vous ?

— Pénélope Stern.

— Moi, c'est Ambrose Keeling.

Ils s'arrêtèrent devant l'hôtel des Wrens, dans un crissement de freins qui fit froncer les sourcils de la seconde maîtresse de garde derrière son guichet.

Ambrose coupa le moteur ; Pénélope dit : « Merci beaucoup ! » et ouvrit sa portière.

— Attendez ! dit-il. Qu'allez-vous faire, maintenant ?

— Je ne sais pas. Me promener un peu, je pense...

— Écoutez, je suis libre ce soir. Pourquoi ne viendriez-vous pas prendre un verre avec moi, au club des jeunes officiers ?

— Tout de suite ?

— Mais oui, répliqua-t-il en riant. Ma suggestion vous choque-t-elle ?

— Non ! Non, pas du tout. Seulement, je n'ai pas le droit d'y entrer en uniforme. Il faudrait que je me change.

— Bien, je vous attends.

Tandis qu'il allumait une cigarette, Pénélope se hâta. Elle ne

209

voulait pas perdre une minute. Sinon, il risquait de s'impatienter, de partir et de ne plus jamais lui adresser la parole...

Une fois dans la chambrée, elle se déshabilla, suspendit son uniforme dans l'armoire et revêtit la robe que Sophie lui avait offerte pour Noël. Puis elle défit son chignon, brossa ses cheveux et les laissa flotter sur ses épaules. Elle enfila une paire de bas intacts, ses meilleures chaussures, endossa le vieux manteau de fourrure dont tante Ethel lui avait fait cadeau, descendit aussi vite qu'elle était montée, signa le registre et sortit.

Il faisait presque nuit ; Ambrose jeta sa cigarette et lui sourit. Elle grimpa à côté de lui en déclarant, hors d'haleine :

— J'espère ne pas avoir mis trop de temps...

— Trop de temps ? s'écria-t-il. Vous plaisantez ! Je n'ai jamais vu une femme se préparer aussi vite. Je m'apprêtais à attendre une demi-heure, au moins...

Le fait qu'il eût été disposé à patienter si longtemps emplit Pénélope de gratitude. Elle lui sourit à son tour, regrettant d'avoir oublié de se parfumer. Pourvu qu'il ne remarque pas que le manteau d'Ethel sentait légèrement — oh, très légèrement ! — la naphtaline...

— C'est la première fois depuis mon arrivée que je sors sans uniforme, déclara-t-elle.

— Quel effet cela vous fait-il ?

— C'est divin !

Le club des jeunes officiers se trouvait à Southsea. Ambrose aida Pénélope à ôter son manteau et lui demanda ce qu'elle désirait boire.

— Choisissez pour moi...

Il revint avec deux gins à l'orange ; elle se garda bien d'avouer qu'elle n'avait jamais bu de gin. Ils se mirent à bavarder comme deux amis. Elle expliqua qu'elle vivait à Porthkerris, que son père était peintre et sa mère française.

— Française ? Cela explique tout ! s'exclama-t-il.

— Quoi donc ?

— Eh bien... ce *je ne sais quoi* qui vous rend différente des autres. Vos cheveux noirs, vos yeux bruns... Vous ne ressemblez à aucune autre Wren.

— Je mesure vingt bons centimètres de plus, c'est vrai.

— Il n'y a pas que cela. C'est aussi votre façon d'être... Vous avez vécu en France ?

— Non, mais j'y ai souvent séjourné. Une année, nous avons même passé tout un hiver à Paris, dans un appartement que nous avions loué.

— Vous parlez français ?

— Oui, bien sûr !

— Avez-vous des frères, des sœurs ?

— Non.

— Moi non plus...

Il évoqua sa propre vie. Il avait vingt et un ans. Son père, fondateur d'une maison d'édition, était mort depuis une dizaine d'années. En sortant du collège, Ambrose aurait pu entrer dans l'entreprise familiale, mais il refusait de passer sa vie dans un bureau. En outre, la guerre paraissant imminente, il avait préféré s'engager dans la Marine. Sa mère, veuve depuis des années, habitait le quartier de Knightsbridge, mais l'avait déserté pour se réfugier dans un petit hôtel du Devon.

— Elle n'est pas très robuste, et elle est certes mieux à la campagne qu'en plein Londres.

— Depuis combien de temps êtes-vous à Whale Island ?

— Un mois. Mes derniers examens doivent avoir lieu dans deux semaines. J'espère les réussir, cela me permettra d'embarquer.

Ambrose commanda à dîner, puis ils se promenèrent dans Southsea, et, à dix heures, le jeune homme reconduisit Pénélope à son foyer.

— Je ne sais comment vous remercier de cette soirée, dit-elle.

Sa gratitude était sincère. Il avait surgi au moment où la solitude commençait à peser. Maintenant, elle avait un ami...

211

— Êtes-vous libre samedi ? demanda-t-il. J'ai deux billets pour un concert. Aimeriez-vous venir ?

— Au concert ? Bien sûr. Avec joie !

— Je viendrai vous chercher vers sept heures. N'oubliez pas de poser une permission de minuit.

Au jour dit, ils prirent place dans la salle où Anne Zeigler et Webster Booth chantaient de ravissantes mélodies : « Juste une rose », « Si tu étais la seule femme au monde »...

> « Quoi qu'il puisse advenir,
> Je garderai en souvenir
> Ton si radieux sourire. »

Ambrose tenait la main de Pénélope et ne la lâchait pas. Après le concert, il l'emmena dans une allée écartée et l'attira tout contre lui.

C'était la première fois qu'un homme l'embrassait. Ce n'était pas désagréable. Pas du tout, même...

— Savez-vous, Pénélope, que je vous trouve délicieuse ?

Hélas ! La montre du tableau de bord indiquait dix heures vingt-cinq. La jeune femme s'écarta à regret, lissa ses cheveux.

— Je dois être rentrée avant minuit.

— C'est le règlement, soupira-t-il. Mais j'ai une permission pour le prochain week-end. Pourriez-vous vous arranger pour en avoir une aussi ?

— J'essaierai.

— Nous irons au spectacle à Londres, nous y passerons la nuit... Quoique cela pose un problème. Ma mère a loué son appartement à un vieux colonel, et j'ignore si mon club...

— Nous pouvons aller chez moi.

— Chez vous ? Je croyais que vous habitiez Porthkerris.

— Nous avons aussi une maison à Londres, dans Oakley Street. J'ai la clef et suis libre d'y aller quand je veux.

— Mais... vos parents accepteront-ils que vous y ameniez quelqu'un ?

— Bien entendu ! Pourquoi refuseraient-ils ?

Ambrose ouvrit la bouche pour le lui expliquer, puis jugea préférable de se taire. Une mère française, un père artiste... Ces gens appartenaient à la bohème, ils raisonnaient différemment.

— Vous avez le don de m'étonner, ma chère Pénélope, c'est un talent rare.

Il la raccompagna et la quitta après l'avoir embrassée de nouveau. Pénélope, sur un nuage, passa devant la seconde maîtresse en oubliant de signer le registre et se fit rappeler à l'ordre.

Dès qu'il sut qu'elle avait une permission pour le week-end, Ambrose entama de fiévreux préparatifs. Un ami bien placé lui procura deux billets pour le spectacle intitulé *La Valse des adieux*, au théâtre de Drury Lane. Un autre lui prêta cinq livres et, pour finir, il soutira un bidon d'essence à un troisième. Le samedi à midi, devant le quartier des Wrens, il héla une jeune femme qui passait.

— Pourriez-vous prévenir la Wren Stern que le sous-lieutenant Keeling l'attend à la porte ?

La jeune femme considéra la voiture de sport et son chauffeur, puis s'exécuta. Une minute plus tard, Pénélope apparaissait, vêtue de son vieux manteau de fourrure sous lequel elle avait gardé son uniforme.

— N'avez-vous pas un sac, une valise ? demanda Ambrose tandis qu'elle prenait place à côté de lui.

— Non, pourquoi ?

— Mais... nous allons au théâtre, vous savez, comptez-vous vous y montrer en uniforme ?

— Bien sûr que non ! Je trouverai bien quelque chose dans la garde-robe d'Oakley Street, ne vous inquiétez pas.

Ambrose songea à sa mère, qui s'offrait une tenue neuve à chaque sortie et passait deux heures à se préparer.

— J'ai ma brosse à dents et ma brosse à cheveux dans mon sac à main, je n'ai besoin de rien d'autre.

C'était une belle journée ensoleillée, un temps idéal pour partir à l'aventure, en amoureux. Du sommet de la colline qui dominait Portsmouth, Pénélope adressa un joyeux « au revoir » à la ville, puis ils prirent la direction de Petersfield par les Downs. Ils s'arrêtèrent dans un pub pour manger des sandwiches arrosés de bière fraîche. En retrouvant Oakley Street et la silhouette familière de l'Albert Bridge, la Tamise scintillante sous le soleil et les mouettes qui tournoyaient au-dessus des remorqueurs, Pénélope poussa un cri de joie.

— Nous y sommes. Comme je suis contente !

Ambrose gara sa M.G. devant un bâtiment élégant qu'il contempla avec admiration.

— C'est là ?

— Oui. La grille a besoin d'être repeinte, mais nous n'avons pas eu le temps. Venez, je vais vous faire visiter !

Elle fit entrer Ambrose dans le hall, puis dans l'immense cuisine blanche, une cuisine comme il n'en avait jamais vu.

Sa mère ou lui ne pénétraient guère dans la leur que pour prévenir Lily, la domestique, du nombre de convives à dîner. Il se souvenait d'une pièce aux murs vert bouteille, toujours encombrée et assez sinistre. Lorsqu'elle ne portait pas des seaux de charbon, époussetait les meubles, servait à table ou préparait le repas, Lily dormait dans une petite chambre attenante meublée d'un lit de fer et d'une vieille commode. Au début de la guerre, elle avait donné son congé pour se faire embaucher dans une usine de munitions, et Mme Keeling n'avait trouvé personne pour la remplacer. C'était l'une des raisons pour lesquelles elle avait préféré se réfugier dans un hôtel du Devon.

Ambrose regarda la longue table en bois ciré. Le vaisselier de chêne chargé d'assiettes, de cruches, de plats de toutes sortes, les bassines de cuivre astiquées, les bouquets d'herbes aromatiques et de fleurs séchées. Il y avait un énorme réfrigérateur et, sur le sol carrelé, des nattes de jonc. L'air embaumait l'ail et le thym. Une porte vitrée donnait sur le jardin.

De l'autre côté du hall, en passant sous une arche fermée d'un rideau de chintz, Ambrose découvrit un salon décoré avec goût : un piano à queue, un vieux gramophone, des sofas confortables couverts de cretonne et de coussins brodés. Sur les murs, des tableaux, des photographies, des souvenirs. Le soleil pénétrait à flots par la porte-fenêtre.

— Ce sont des œuvres de votre père ? demanda-t-il.

— Non. Il ne nous reste que trois de ses tableaux et ils sont en Cornouailles. Ceux que vous voyez ici ont été peints par l'un de ses amis, Charles Rainier. Ils se sont connus à Paris avant la Première Guerre mondiale. Les Rainier habitent une maison merveilleuse, dans le sud de la France, où nous nous rendions souvent. Tenez...

Elle lui tendit une photographie où l'on voyait Pénélope petite fille, avec des nattes et une robe de cotonnade. A côté d'elle, un couple, et une dame plus âgée. Ce qui retint l'attention d'Ambrose, ce fut la voiture.

— Mais c'est une Bentley de quatre litres cinq !

— Je sais. Papa l'adore. Pour la conduire, il met un casque d'automobiliste en cuir et ne relève la capote sous aucun prétexte. Par temps de pluie, il revient trempé !

— Vous voulez dire qu'il s'en sert encore ?

— Mais oui ! Il ne s'en séparerait pour rien au monde.

Pouvait-on imaginer existence plus merveilleuse ? Se mettre au volant de cette superbe automobile et descendre sur la Côte, vers un univers empli de soleil et de parfums. Se baigner dans une mer turquoise, paresser à l'ombre des pins en échangeant des baisers...

— Ambrose ?

Il tressaillit, arraché à sa rêverie. Pénélope lui sourit tout en retirant son calot d'uniforme. Il aurait aimé la prendre dans ses bras, la dévêtir avec lenteur, l'entraîner vers l'un de ces profonds sofas... mais elle s'était déjà écartée. Le charme était rompu, et il la suivit dehors à contrecœur.

— Venez voir le jardin ! Il est très vaste ; le mur du fond daterait de l'époque des Tudors.

Ambrose admira les plates-bandes, les arbres, la pergola penchée.

— Que conservez-vous dans cette remise ?

— Ce n'est pas une remise, c'était l'atelier de Papa quand il vivait à Londres. Je ne peux pas vous le montrer car je n'ai pas la clef. Ce n'est plus qu'un bric-à-brac de vieilles toiles et de meubles... A chacune de ses apparitions, Papa annonce qu'il va y mettre un peu d'ordre, mais il n'a jamais pu s'y résoudre. Par nostalgie, sans doute. Ou par paresse ! Il ne fait pas chaud, n'est-ce pas ? Rentrons.

Il la suivit. La demeure l'impressionnait par ses dimensions ; elle devait valoir une fortune et lui plaisait beaucoup plus que l'appartement de sa mère. Et ce mode de vie, banal pour Pénélope — ces voyages romantiques, cet anticonformisme naturel —, faisait paraître son existence à lui bien morne. Le collège, les vacances à Torquay ou à Frinton, et puis la Marine... Pénélope, elle, avait vécu à Paris, connu des univers différents. Elle possédait aussi la maison des Cornouailles... Il venait juste de lire *Rebecca* de Daphné Du Maurier et s'imaginait un manoir semblable à Manderley, de style élisabéthain, avec une majestueuse allée bordée d'hortensias.

Avant de s'engager dans l'escalier, Pénélope indiqua sur le mur du hall un emplacement plus clair.

— Avant guerre, le tableau favori de Papa, *Les Pêcheurs de coquillages*, était accroché ici. Nous l'avons fait transporter en Cornouailles par crainte des bombardements. Mais, sans ce tableau, la maison n'est plus tout à fait la même.

En haut des marches, elle ouvrit une porte.

— Voici la chambre de mes parents, qui donne sur le jardin. La mienne est de l'autre côté. Au fond, il y a la salle de bains... et c'est tout.

— Le reste de la maison est loué, poursuivit-elle. Le deuxième étage par les Hardcastle et les Clifford. Le troisième par les Friedmann.

Ambrose fronça les sourcils. La seule idée d'abriter des étrangers sous son toit aurait fait frémir sa mère.

— Cette maison était bien trop grande pour nous trois. Nos locataires sont aussi des amis. D'ailleurs, je dois aller annoncer à Elizabeth Clifford que nous sommes ici. J'ai essayé de lui téléphoner, mais la ligne était occupée.

— Allez-vous lui... lui parler de moi ?

— Bien sûr. Venez. Elle est charmante, vous verrez.

— A vrai dire, cela me gêne.

— Dans ce cas, retournez dans la cuisine préparer du thé, voulez-vous ? J'emprunterai un morceau de gâteau à Elizabeth, et nous sortirons acheter des œufs et du pain. Sinon, nous n'aurons rien pour le petit déjeuner de demain matin.

Elle disparut dans l'escalier. Ambrose se mordilla les lèvres. Lui d'ordinaire si sûr de lui se sentait tout à coup envahi d'appréhension, comme si, dans cette maison, il avait perdu le contrôle de la situation. Il n'avait jamais connu cette sensation et elle ne lui plaisait pas. L'extraordinaire mélange de naïveté et d'affectation de Pénélope le troublait profondément.

Le fourneau de la cuisine était éteint, mais il découvrit une bouilloire électrique qu'il emplit d'eau et brancha. La nuit commençait à tomber, et il faisait froid. Il entreprit d'allumer le feu. Quand Pénélope revint, les flammes s'élevaient dans l'âtre et la bouilloire chantait.

— Du feu, quelle bonne idée ! s'écria-t-elle. C'est tellement plus gai ! Il n'y avait pas de gâteau, mais j'ai emprunté un peu de pain et de margarine.

Elle ajouta :

— C'est curieux, j'ai l'impression qu'il manque quelque chose... Je sais ! Le tic-tac de la pendule. Voudriez-vous la remonter, Ambrose, s'il vous plaît ? C'est un bruit si réconfortant.

Il se leva, ouvrit la porte de la vieille horloge, mit les aiguilles à l'heure et tourna la clef. Pendant ce temps, Pénélope tirait d'un placard des tasses, des soucoupes, une théière.

— Avez-vous vu votre amie ?

— Non, elle était sortie. Mais je suis montée chez les Friedmann et suis très contente de les avoir trouvés, car j'étais inquiète à leur sujet. Il s'agit d'un jeune couple juif réfugié de Munich et qui a traversé des moments très difficiles. La dernière fois que nous sommes venus, nous avons craint que Willi ne fasse une dépression nerveuse...

Pénélope faillit ajouter que c'était même à cause de Willi qu'elle avait décidé de s'engager, mais elle se retint, sûre qu'il ne comprendrait pas.

— Dieu merci, reprit-elle, il va beaucoup mieux. Il a trouvé un nouvel emploi et ils vont avoir un bébé ! Lalla est adorable. Elle enseigne la musique... Cela vous ennuie-t-il de prendre votre thé sans lait ?

Une fois leur collation terminée, ils descendirent jusqu'à King's Road pour acheter quelques provisions. Il faisait nuit noire lorsqu'ils rentrèrent. Pénélope tira les rideaux de black-out et, sous le regard d'Ambrose, prépara les lits.

— Vous dormirez dans ma chambre, et moi dans celle de mes parents, déclara-t-elle. Voulez-vous un bain avant de vous changer ? Ou boire un verre ?

Comme Ambrose répondait « oui » aux deux, ils redescendirent. Pénélope sortit d'un buffet une bouteille de Gordon's, une autre de Dewar's et une troisième, sans étiquette, emplie d'une liqueur qui avait une odeur d'amande.

— A qui appartiennent toutes ces bouteilles ? demanda-t-il.

— A Papa.

— Cela ne l'ennuie-t-il pas que nous nous servions ?

Elle lui jeta un coup d'œil stupéfait.

— Bien sûr que non ! Elles sont là pour ça. Pour les offrir à tous les amis qui viennent ici !

Une fois de plus, Ambrose s'étonnait. Sa mère avait toujours

Les Pêcheurs de coquillages

distribué le sherry avec parcimonie, dans des verres minuscules ; et s'il voulait du gin, il devait l'acheter de ses propres deniers...

Se dévêtir dans un environnement féminin lui procurait une sensation étrange, mais pas désagréable. Il examina les gravures, les livres. Il s'attendait à trouver des auteurs de romans sentimentaux, comme Georgette Heyer ou Ethel M. Dell mais il s'aperçut que Pénélope lisait Virginia Woolf et Rebecca West. Il prit un long bain, se rasa avec soin, puis revêtit son uniforme. Il lustra ses bottes avec son mouchoir, se coiffa, tourna la tête à droite et à gauche pour admirer son profil... Content de lui, il prit son verre vide et regagna le rez-de-chaussée.

Pénélope avait disparu ; sans doute fouillait-elle dans la garde-robe de sa mère pour choisir une tenue de soirée. Il se versa un nouveau whisky, s'approcha du gramophone. Parmi une série de classiques, il trouva un Cole Porter. Il posa le disque sur le plateau et tourna la manivelle.

Il esquissa quelques pas de danse, les yeux mi-clos, une partenaire imaginaire dans les bras. Pourquoi, après le théâtre et un souper rapide, n'emmènerait-il pas Pénélope dans un night-club ? Si jamais il n'avait plus d'argent liquide, il pourrait toujours payer par chèque.

— Ambrose ?

Il ne l'avait pas entendue entrer. Un peu embarrassé d'être surpris à tourbillonner, il s'immobilisa et se retourna. Elle s'avança vers lui, un sourire un peu hésitant aux lèvres, comme si elle quêtait son approbation. A la clarté du feu, elle paraissait si jolie qu'il resta sans voix. Elle avait revêtu une robe à la mode cinq ans auparavant et qui, sur elle, conservait tout son chic. C'était un fourreau de satin crème, parsemé de roses écarlates, évasé en volant dans le bas. Le corsage se fermait d'une rangée de minuscules boutons et une sorte de cape légère, sur les épaules, bougeait avec grâce à chaque geste. Elle avait relevé ses cheveux en chignon, soulignant la ligne parfaite de son cou, et accroché à ses oreilles une paire de boucles en argent et corail, fardé ses lèvres de rouge orangé.

— J'aime beaucoup votre parfum, murmura-t-il quand elle fut près de lui.

— J'ai trouvé un fond de Chanel n° 5. N'est-il pas un peu éventé ?

— Non, pas du tout.

— Est-ce que... la robe vous plaît ? J'en ai essayé au moins six, et c'est celle-ci qui me va le mieux. Elle est un peu courte, car je suis plus grande que Sophie...

— Vous êtes ravissante, assura-t-il en posant son verre.

Il l'attira à lui et, avec douceur, par crainte de déranger sa coiffure ou son maquillage, déposa un léger baiser sur ses lèvres.

— Je regrette que nous devions sortir, dit-il à voix basse.

— Mais nous reviendrons, chuchota-t-elle.

Le cœur d'Ambrose bondit dans sa poitrine.

Ils allèrent dîner chez *Quaglino's*, dans Piccadilly. Un orchestre jouait au fond de la salle, et de nombreux soldats en uniforme entraînaient leur compagne — souvent en uniforme aussi — sur la piste.

« Boum
Quand notre cœur fait Boum
Tout avec lui fait Boum
Et c'est l'amour qui s'é-veil-le. »

Ambrose et Pénélope dansaient aussi ; plus exactement, il la serrait contre lui tout en l'embrassant dans le cou, ou en lui murmurant à l'oreille. Il était presque deux heures du matin quand ils regagnèrent Oakley Street. Ils étaient très gais et, dans l'obscurité, trébuchèrent sur les marches du porche avec des rires étouffés.

Dès qu'ils furent à l'intérieur, Pénélope alluma la lumière.

Tout était très calme. Les occupants de la maison dormaient ; seuls le tic-tac de la pendule et, de temps à autre, le ronflement lointain d'un moteur rompaient le silence. Au salon, Pénélope ranima le feu. Dans la lueur tamisée, la pièce prenait l'aspect d'un décor de théâtre dont ils étaient les uniques acteurs.

Bien que déjà un peu gris, Ambrose se servit un whisky, ajouta de l'eau de Seltz, tout en regardant Pénélope, qui avait retiré ses chaussures et s'asseyait sur le tapis, devant la cheminée. Elle ne semblait pas fatiguée. Ses yeux brillaient, son visage était radieux.

— Quelle chose merveilleuse que le feu, aussi vivante qu'une présence ! J'ai vraiment passé une excellente soirée.

— Elle n'est pas terminée, dit Ambrose en venant s'asseoir près d'elle. Mais votre coiffure ne va pas du tout.

— Pourquoi donc ?

— Trop apprêtée pour l'amour.

Elle rit, leva les mains pour ôter ses épingles à cheveux et secoua la tête, faisant cascader sur ses épaules ses longues boucles brunes.

Dans la cuisine, la pendule sonna deux coups.

— Il est deux heures, murmura Pénélope.

— Une heure parfaite pour s'aimer.

Ambrose retira sa veste, dénoua sa cravate et ouvrit son col. Il prit la jeune fille par la main pour la mettre debout et l'embrassa, enfouissant son visage dans sa chevelure parfumée. Il la serra contre lui et la souleva, surpris de la trouver aussi légère malgré sa haute taille. En deux pas, il avait gagné l'un des sofas et l'y déposait. Il sentait maintenant son cœur battre à coups précipités ; le désir l'enivrait. Agenouillé devant elle, il commença de défaire les minuscules boutons qui fermaient la robe. Pénélope ne tenta pas de l'arrêter et, quand il se pencha sur elle, caressant son cou, sa poitrine, elle l'étreignit avec fougue.

— Vous êtes si belle, Pénélope !

Dès qu'il eut prononcé ces mots, il se rendit compte avec surprise qu'il avait parlé du fond du cœur.

Le feu semblait veiller sur eux comme une divinité bienveillante. Une paix profonde régnait. Rien ne pouvait plus les atteindre.

Vers le milieu d'avril, Pénélope eut droit à une permission d'une semaine. Porthkerris, enfin... Le voyage fut interminable. Portsmouth, Bath, Bristol, Exeter, où elle dut attendre une heure le tortillard qui la mènerait en Cornouailles... Assise dans un coin du wagon mal entretenu, elle dévorait le paysage des yeux. A Dawlish, elle aperçut la mer pour la première fois. A Plymouth, la moitié de la flotte anglaise paraissait mouiller dans le port... Puis ce furent les Cornouailles, où se succédaient des gares minuscules aux noms romantiques. A Redruth, elle baissa la vitre et contempla l'Atlantique. Enfin, le train franchit le viaduc de Hayle, au-dessus de l'estuaire.

C'était le soir. Le train s'arrêta ; Pénélope se précipita sur le quai, tirant sa lourde valise derrière elle. L'air était tiède, avec une délicate senteur iodée. Les derniers rayons du soleil projetaient des ombres interminables sur le quai au milieu d'un halo rougeâtre d'où surgirent son père et Sophie.

Quelle joie de se retrouver à la maison ! Sans perdre une minute, Pénélope retira son uniforme et enfila de *vrais* vêtements : un vieux chemisier de coton, une jupe, un cardigan reprisé. Rien n'avait changé, ni sa chambre ni les autres pièces, qu'elle inspecta avec ravissement.

Au rez-de-chaussée, cependant, on avait décroché du manteau de la cheminée le portrait de Sophie peint par Charles Rainier pour y placer *Les Pêcheurs de coquillages*, arrivés de Londres depuis peu. La toile était trop grande pour le salon, et la lumière un peu chiche ne lui rendait pas justice, mais elle produisait malgré tout un fort bel effet.

La jeune fille constata que Doris n'avait plus ses rondeurs excessives et ne décolorait plus ses cheveux. Ronald et Clark avaient grandi, forci, perdu leur pâleur et leur accent cockney, et s'exprimaient comme des petits Cornouaillais. Dans le jardin, il y avait deux fois plus de canards et de poules qu'auparavant.

Pénélope voulut apprendre tout ce qui s'était passé depuis le jour où elle était partie à Portsmouth ; Lawrence et Sophie le lui racontèrent de bonne grâce. Le colonel Trubshot dirigeait la défense antiaérienne et ennuyait tout le monde. L'hôtel avait été réquisitionné, et on n'y voyait plus que des militaires. La vieille Mme Treganton, douairière autoritaire, était sortie de sa retraite pour prendre en charge la cantine municipale. Il y avait des barbelés sur la plage et, tout le long de la côte, des bunkers hérissés de canons. Mlle Preedy avait abandonné son cours de danse et enseignait désormais la gymnastique dans une école de jeunes filles réfugiées du Kent. Mlle Pawson s'était cassé la jambe.

Quand ils eurent tout passé en revue, Lawrence et Sophie interrogèrent à leur tour leur fille ; mais elle refusa de raconter. Elle n'avait aucune envie d'évoquer Whale Island et Portsmouth, ni même Ambrose. Il serait toujours temps plus tard. Elle avait une longue semaine devant elle. Cela pouvait attendre.

Du haut de la colline, la baie scintillait sous le soleil. La pointe de Trevose se noyait dans la brume, signe de beau temps. Vers le sud, on distinguait le vieux château dressé sur une éminence avec, à son pied, des prairies sillonnées de sentiers bordés de haies. La brise embaumait le thym ; seuls l'aboiement de quelque chien et le ronflement d'un tracteur éloigné rompaient le silence.

Après une longue promenade à travers la campagne, Pénélope et Sophie se reposaient, adossées aux menhirs couverts de mousse qui dominaient le promontoire. De cet endroit, des milliers d'années auparavant, les premiers habitants de la région avaient surveillé l'arrivée des Phéniciens venus échanger les trésors de l'Orient contre de l'étain.

Un peu lasses, elles s'assirent dans l'herbe. Sophie leva la tête ; un minuscule avion argenté traversait le ciel.

— J'ai les avions en horreur, dit-elle. Ils signifient la guerre.

— Arrives-tu à l'oublier ?

— De temps à autre. Par une belle journée comme celle-ci, c'est plus facile.

— Est-ce que les événements t'inquiètent ? demanda Pénélope.

— Surtout pour ton père. Il se fait beaucoup de souci. Il a déjà traversé une guerre...

— Toi aussi !

— Pas de la même façon. Il était au front, lui.

Il y eut un silence, puis Pénélope reprit un ton plus bas :

— Tu sais, Sophie...

— Oui ?

— Je vais avoir un bébé.

Sentant le regard de sa mère fixé sur elle, Pénélope tourna la tête. A sa grande surprise, le visage de Sophie trahissait un intense soulagement.

— C'était donc cela que tu n'osais pas nous dire !

— Vous vous en doutiez ?

— Nous avions deviné que tu nous cachais quelque chose. Tu étais si songeuse, si taciturne... Pourquoi ne pas nous avoir parlé plus tôt ?

— Pas par honte ni par crainte, crois-moi. J'attendais le moment propice.

— Je me suis fait du souci. Je pensais que tu regrettais ta décision de t'engager, que tu avais des ennuis...

— Tu crois que ce n'en est pas un ?

— D'attendre un bébé ? Bien sûr que non !

Pénélope ne put s'empêcher de rire.

— Tu m'étonneras toujours !

Ignorant la remarque, Sophie reprit d'un ton pratique :

— As-tu vu un médecin ?

— Pas encore.

— A quelle date doit-il naître ?

— Novembre.

— Qui est le père ?

— Un sous-lieutenant de Whale Island. Il s'appelle Ambrose Keeling.

— Où est-il, en ce moment ?

— Toujours à Portsmouth. Il a raté ses examens et doit tout recommencer depuis le début.

— Quel âge a-t-il ?

— Vingt et un ans.

— Sait-il que tu es enceinte ?

— Non. Je voulais que Papa et toi le sachiez avant.

— Mais... tu comptes le lui dire, j'imagine ?

— Bien entendu ! Dès mon retour.

— Comment réagira-t-il, à ton avis ?

— Je ne sais pas.

— Tu parles comme si tu ne le connaissais pas bien !

— Oh ! je le connais suffisamment.

Au-dessous d'elles, dans la vallée, un homme suivi de son chien s'engageait dans le sentier qui menait vers les pâturages.

— En fait, reprit-elle, je ne suis pas heureuse à Whale Island, c'est vrai. Je m'y suis sentie longtemps isolée, loin de vous, désœuvrée... En m'engageant, je croyais que j'allais me battre, me rendre utile ; au lieu de cela, je sers le thé, je tire les rideaux de défense passive et je passe des heures interminables en compagnie de jeunes femmes avec qui je n'ai rien de commun. Lorsque j'ai fait la connaissance d'Ambrose, tout est devenu différent.

— Je ne me doutais pas que c'était si dur pour toi, ma chérie.

— Je ne voulais pas vous en parler. Qu'auriez-vous pu y faire ?

— Tu devras sans doute quitter les Wrens, à la naissance du bébé ?

— Oui. Je serai renvoyée dans mes foyers. Avec un blâme...

— Cela t'ennuie-t-il ?

— M'ennuyer ? Au contraire. Ce sera une telle libération !

— Ne me dis pas que tu as fait exprès d'être enceinte !

225

— Non, tout de même pas !

— Tu aurais pu prendre des précautions...

— Je croyais que c'était à l'homme de s'en charger.

— Mon Dieu, Pénélope, comme tu es naïve ! J'ai vraiment été une bien mauvaise mère.

— J'ai toujours pensé à toi plutôt comme à une grande sœur qu'à une mère !

— Alors, j'ai été une sœur déplorable ! soupira Sophie. Que comptes-tu faire, maintenant ?

— Rentrer à la maison et tout expliquer à Papa. Et puis, retourner à Portsmouth pour mettre Ambrose au courant.

— L'épouseras-tu ?

— Oui, s'il me le demande.

Sophie médita un moment la réponse, puis déclara :

— J'imagine que tu aimes profondément cet homme, sinon tu ne porterais pas son enfant. Car il ne faut pas te marier uniquement parce que tu es enceinte.

— Tu l'étais bien quand tu as épousé Papa !

— Certes, mais je l'aimais de toutes mes forces. Je n'aurais pu imaginer de vivre sans lui. Je ne l'aurais jamais quitté, mariée ou non.

— Si j'épouse Ambrose, viendrez-vous à mon mariage ?

— Bien sûr.

— J'aimerais tant que vous soyez là ! Ensuite, il devra embarquer pour plusieurs mois, et alors... J'aimerais bien revenir vivre ici, avec vous. Si c'est possible...

— Quelle question ! Que pourrais-tu faire d'autre ?

— Je te suis tellement reconnaissante ! murmura Pénélope.

— Je suis seulement égoïste, répondit Sophie en souriant. Alors qu'un terrible conflit s'engage et que des centaines de gens vont mourir, je ne songe qu'au bonheur des miens et me réjouis de savoir que tu vas te retrouver près de nous. Pour moi, c'est l'essentiel. Si l'existence devient par trop difficile, du moins serons-nous tous ensemble pour l'affronter.

Ambrose, un verre à la main, composa le numéro de téléphone de sa mère.

— Ici l'hôtel *Coombe*, lui répondit une voix féminine et très distinguée.

— Je voudrais parler à Mme Keeling.

— Qui dois-je annoncer ?

— Son fils, le sous-lieutenant Keeling.

— Un instant, je vous prie.

— Allô, Ambrose ?

— Bonjour, Maman.

— Mon chéri, comme c'est merveilleux de t'entendre ! D'où appelles-tu ?

— De Whale. Écoute, Maman... j'ai une nouvelle à t'annoncer.

— Une bonne nouvelle, j'espère.

— Très bonne. Voilà... je vais me marier.

Silence.

— Maman ?

— Oui, oui. Tu vas... te marier, dis-tu ? Quand ?

— Le premier samedi de mai. A la mairie de Chelsea. Peux-tu venir ?

Il avait l'air de l'inviter à un simple dîner.

— Mais... qui épouses-tu ? Depuis quand donc... ? Oh, je suis si émue, Ambrose.

— Elle s'appelle Pénélope Stern. Elle te plaira, tu verras, ajouta-t-il sans beaucoup d'espoir.

— Quand as-tu décidé cela ?

— Il y a un instant. C'est pour cela que je t'appelle. Afin que tu sois au courant tout de suite.

— Que fait cette jeune femme ? D'où vient-elle ?

— C'est une Wren, répondit Ambrose, cherchant désespérément quel argument invoquer pour rassurer sa mère. Son père est un artiste. Il habite en Cornouailles. Ils ont aussi une maison à Londres, dans Oakley Street.

227

Les Pêcheurs de coquillages

Il faillit parler de la Bentley, puis se souvint que sa mère ne connaissait rien aux voitures.

— Écoute, mon chéri... je dois te sembler assez peu enthousiaste, mais tu es si jeune... ta carrière...

— C'est la guerre, Maman.

— Je sais, Ambrose. Inutile de me le rappeler.

— Viendras-tu malgré tout à notre mariage ?

— Oui, oui, bien sûr. Je descendrai à Basil Street.

— Parfait. Comme ça, vous pourrez faire connaissance, toutes les deux.

— Oh ! Ambrose..., balbutia Mme Keeling, des larmes dans la voix.

— Excuse-moi de te prendre au dépourvu. Elle te plaira, j'en suis sûr, se hâta de dire Ambrose tandis qu'un « bip » résonnait sur la ligne.

Il raccrocha avant que sa mère ne lui demandât de rajouter des pièces de monnaie.

Dolly Keeling reposa le récepteur avec lenteur. De derrière son bureau, où elle avait feint de faire ses comptes, Mme Musspratt n'avait en fait pas perdu un mot de la conversation. Elle leva les yeux, un sourire interrogateur sur les lèvres, la tête penchée comme celle d'un oiseau.

— Bonnes nouvelles, j'espère, madame Keeling ?

Dolly s'ébroua, se força à adopter une expression ravie.

— Excellentes. Mon fils se marie.

— Mais c'est merveilleux ! Quand la cérémonie doit-elle avoir lieu ?

— Dans quinze jours. Le premier samedi de mai. A Londres.

— Et qui est l'heureuse élue ?

Elle devenait par trop indiscrète ; Dolly leva le menton d'un air digne.

— Je n'ai pas encore eu le plaisir de la rencontrer. Merci de m'avoir passé la communication, madame Musspratt.

Sur quoi, elle regagna le salon. Il comprenait une petite

228

cheminée de marbre blanc, des sofas et des fauteuils fatigués recouverts de chintz, quelques aquarelles accrochées trop haut sur les murs. Par la baie vitrée, on apercevait le jardin, en friche depuis la guerre.

Sur les huit résidents permanents de la pension, quatre étaient conscients d'appartenir à l'élite : Dolly, le colonel Fawcett Smythe, son épouse, et lady Beamish. Le soir, ils jouaient au bridge, et s'étaient attribué les meilleurs fauteuils – près du feu – et la meilleure table de la salle à manger – près de la fenêtre.

M. et Mme Fawcett Smythe venaient du Kent. Ils approchaient de soixante-dix ans. Le colonel avait le visage tanné, la moustache en bataille ; il compensait sa petite taille en se tenant très droit, parlait d'une voix forte, ne manquait pas une occasion de disserter sur les intentions futures de Hitler et de donner son interprétation personnelle concernant les armes secrètes et les mouvements des armées. Sa femme tricotait sans arrêt et répondait « oui mon cher » aux moindres propos de son mari, ce qui arrangeait tout le monde. Car, face à la contradiction, le colonel Fawcett Smythe devenait cramoisi, comme s'il était sur le point d'avoir une crise d'apoplexie.

Lady Beamish était la seule à ne pas redouter les bombardements, les tanks et tout ce que les nazis pourraient leur envoyer. Grande, forte, elle avait plus de quatre-vingts ans, et ses yeux étaient sans cesse en mouvement. Elle boitait, à la suite d'un accident de chasse, avait-elle expliqué devant son auditoire impressionné, et marchait en s'appuyant sur une lourde canne. Lorsqu'elle était assise, elle la posait à côté de sa chaise, ce qui ne manquait jamais de faire trébucher quelqu'un. Ce n'était qu'à contrecœur qu'elle s'était réfugiée à l'hôtel *Coombe*, mais sa maison du Hampshire avait été réquisitionnée par l'armée, et des pressions familiales avaient fini par la convaincre de se retirer dans le Devon. « On m'a mise au pré, comme un vieux cheval ! » grommelait-elle sans cesse.

Le mari de lady Beamish avait occupé une charge de haut

fonctionnaire en Inde, et elle avait donc passé une grande partie de sa vie dans ce joyau de la Couronne d'Angleterre. Elle avait soutenu lord Beamish dans sa tâche, régnant en souveraine lors des garden-parties, venant à sa rescousse pendant les périodes de troubles. On l'imaginait sans peine apaisant une foule d'indigènes en révolte à l'aide d'une simple ombrelle de soie.

Rassemblé autour du feu, le petit clan attendait Dolly ; Mme Fawcett Smythe, son tricot à la main, lady Beamish devant une réussite, le colonel, dos au feu, fléchissant ses genoux perclus de rhumatismes.

— Et voilà ! murmura Dolly en s'asseyant.

— De quoi s'agissait-il ? demanda lady Beamish en posant le valet de pique sur la reine de cœur.

— C'était Ambrose. Il se marie.

— Quelle surprise ! grommela le vieux colonel.

— Mais c'est merveilleux, gloussa Mme Fawcett Smythe.

— Qui est l'heureuse élue ? demanda lady Beamish.

— La fille... la fille d'un artiste peintre.

Lady Beamish fit la moue.

— La fille d'un peintre ?

— Un artiste célèbre sans doute, commenta Mme Fawcett Smythe.

— Comment s'appelle-t-elle ?

— Euh... Pénélope Stern.

— Je ne connais aucun artiste de ce nom, dit le colonel.

— Ils ont une maison dans Oakley Street. Ambrose m'a assuré que sa fiancée me plairait beaucoup.

— Quand se marient-ils ?

— Au début mai.

— Vous irez ?

— Bien sûr. Je réserverai une chambre au *Basil Hotel*.

— Ce sera un grand mariage ? demanda Mme Fawcett Smythe.

— Oh, non. Il aura simplement lieu à la mairie de Chelsea. Vous savez, c'est la guerre, et Ambrose risque de partir en mer d'un moment à l'autre. Bien sûr, j'ai souvent rêvé d'un beau mariage à l'église. Mais c'est ainsi. A la guerre comme à la guerre.

— Comment l'a-t-il rencontrée ? demanda lady Beamish sans interrompre sa réussite.

— Il ne me l'a pas dit. Elle fait partie des Wrens.

— C'est déjà ça, commenta lady Beamish avec un regard sévère.

Dolly avait quarante-quatre ans. Elle avait longuement entretenu lady Beamish de ses problèmes de santé : ses horribles migraines qui risquaient de l'assaillir à n'importe quel moment, ses douleurs lombaires qui se réveillaient lorsqu'elle accomplissait de simples tâches domestiques. Il était hors de question pour elle de conduire des ambulances ou de manier des objets lourds. Pourtant, lady Beamish ne se montrait pas le moins du monde compatissante et s'obstinait à faire des remarques désagréables sur les lâches qui ne prenaient pas leur courage à deux mains.

— Si Ambrose l'a choisie, elle est sûrement très bien, et j'ai toujours désiré avoir une fille.

C'était faux. Dans sa chambre, seule, à l'abri des regards, elle se laissa aller à la jalousie. Pour se réconforter, elle inspectait sa boîte à bijoux, son armoire qui regorgeait de vêtements luxueux. Les douces mousselines et les fins lainages glissaient entre ses doigts. Elle prit une robe vaporeuse et alla vers son miroir, la tenant devant elle. Elle lui allait si bien ! Pourtant, ses yeux s'emplissaient de larmes. Ambrose aimait une autre femme qu'elle, et il allait l'épouser ! Elle jeta le vêtement sur un tabouret et s'effondra sur le lit, en sanglots.

L'été était enfin arrivé. Londres embaumait du parfum des arbres en fleurs et des lilas. Les rayons du soleil inondaient les trottoirs et les toits. Dolly Keeling, à l'hôtel de Basil Street, attendait son fils et sa fiancée.

Quand elle le vit arriver, le képi à la main, très élégant dans son uniforme, elle fut ravie de le voir seul. Peut-être était-il venu lui annoncer qu'il ne se mariait plus ? Impatiente, elle se leva à sa rencontre.

— Bonjour, Maman, dit-il en se penchant pour l'embrasser.

— Mon chéri... Où est Pénélope ? Je croyais que vous viendriez ensemble.

— Nous sommes là tous les deux, nous sommes venus de Pompey ce matin, mais elle voulait se mettre en civil. Elle ne va pas tarder.

Le faible espoir mourut immédiatement. Pourtant, elle pourrait encore profiter d'Ambrose seule pendant un moment. C'était plus facile de bavarder ainsi, tous les deux.

— Bien, nous l'attendrons. Viens t'asseoir avec moi, et raconte-moi tout.

Elle appela le garçon et commanda un sherry et un gin-tonic.

— Ses parents sont là ?

— Non, ça, c'est la mauvaise nouvelle. Son père a une bronchite, et Pénélope ne l'a su qu'hier. Ses parents ne pourront pas assister au mariage.

— Même pas sa mère ?

— Il faut qu'elle s'occupe de son mari, qui a soixante-quinze ans. Je crois qu'ils ne veulent pas prendre de risques.

— C'est vraiment dommage... je serai donc toute seule au mariage ?

— Pénélope a une tante qui vit à Putney. Et des amis, les Clifford, ils viendront aussi.

Les boissons arrivèrent. Ils levèrent leurs verres.

— Je suis content de te voir, dit Ambrose.

Dolly sourit, certaine que tous les occupants du hall avaient les yeux rivés sur eux, attirés par l'élégance du jeune officier de marine et de cette femme qui paraissait trop jeune pour être sa mère.

— Quels sont vos projets ?

Ambrose, qui avait enfin réussi son examen, devait passer encore une semaine à l'école avant d'être envoyé en mer.

— Et votre lune de miel ?

— Pas de lune de miel. On se marie demain, et on passera la nuit à Oakley Street. Dimanche, je retourne à Portsmouth.

— Et Pénélope ?

— Je l'accompagnerai au train de Porthkerris dimanche matin.

— Porthkerris ? Elle ne rentre pas à Portsmouth avec toi ?

— Non, répondit-il, en se mordant les ongles et en regardant soudain par la fenêtre. Elle a une permission.

— Mon Dieu ! Si peu de temps à passer ensemble !

— Nous n'y pouvons rien.

En reposant son verre, Dolly remarqua une jeune fille qui semblait chercher quelqu'un. Très grande, avec de longs cheveux noirs coiffés en arrière. Elle faisait songer à une écolière, banale et sans élégance. Son visage, au teint clair et aux yeux noirs, était dépourvu de maquillage. Elle portait des vêtements qui eussent été mieux adaptés à des vacances à la campagne qu'à un déjeuner dans un restaurant londonien : une robe de cotonnade rouge à pois blancs resserrée à la taille par une ceinture blanche. Elle était chaussée de sandales, et avait les jambes nues. Pourquoi se dirigeait-elle vers eux, souriante ?... Oh non !

— Maman, je te présente Pénélope.

— Bonjour, dit Pénélope.

Dolly parvint à ébaucher un sourire. Les jambes nues. Pas de gants. Pourvu qu'on les laisse entrer au restaurant !

— Bonjour, ma chère.

Elles se serrèrent la main. Ambrose alla chercher une chaise. Pénélope s'assit en pleine lumière face à Dolly, avec son regard déconcertant tant il semblait direct. De quel droit dévisageait-elle ainsi sa future belle-mère ? Dolly, qui s'attendait à la voir jeune, timide, polie, en éprouva une certaine irritation.

— Enchantée de vous connaître, dit-elle pourtant. Avez-vous fait bon voyage ? Ambrose m'a dit...

233

— Pénélope, tu veux boire quelque chose ?

— Un jus d'orange... avec de la glace s'il y en a.

— Pas de sherry ? Pas de vin ? dit Dolly en souriant pour masquer sa surprise.

— Non, j'ai soif. Je préfère un jus d'orange.

— Il y aura cependant du vin au déjeuner.

— Merci.

— Je suis désolée que vos parents ne puissent pas venir.

— Oui, moi aussi. Mais Papa a eu la grippe, et comme il n'a pas voulu se mettre au lit à temps, maintenant, il est couché pour une semaine.

— Il n'y a personne pour s'occuper de lui ?

— Sophie, bien sûr.

— Sophie ?

— Ma mère. Je l'appelle toujours Sophie.

— Et personne d'autre ne pourrait s'occuper de votre père ?

— Il y a bien Doris, notre réfugiée, mais il faut qu'elle veille sur ses deux garçons. Et puis, Papa est un malade peu facile. Doris n'aurait pas la moindre autorité sur lui.

— Je suppose que vous n'avez plus de personnel, c'est actuellement le sort de bien des gens.

— Nous n'en avons jamais eu. Ah ! merci, Ambrose.

Pénélope avala d'un trait la moitié de son verre.

— Personne pour vous seconder ?

— Non.

— Mais qui fait la cuisine ?

— Sophie. Elle adore ça.

— Et le ménage ?

Pénélope parut embarrassée, comme si elle n'avait jamais réfléchi à la question.

— Je ne sais pas, ça finit toujours par se faire, tôt ou tard.

— Ah bon, dit Dolly en s'autorisant un petit rire très mondain. C'est tout à fait charmant. Très bohème. J'espère que j'aurai bientôt le plaisir de rencontrer vos parents. Et demain, comment serez-vous vêtue pour la cérémonie ?

— Je ne sais pas.

— Vous ne *savez* pas ?

— Je n'y ai pas encore songé. Je trouverai bien quelque chose.

— Il serait temps de vous rendre dans un magasin.

— Ma foi non. Il y a tout ce qu'il faut à Oakley Street. Sophie a de très jolies robes. Je fouillerai dans la garde-robe cet après-midi avec Elizabeth. Ne t'inquiète pas, Ambrose, je ne te ferai pas honte.

Il sourit faiblement. Dolly avait de la peine pour son fils. Pas un regard tendre, pas une ébauche de caresse, pas un baiser furtif entre lui et cette fille si étrange qu'il avait décidé d'épouser. Pourquoi se mariait-il s'il n'était pas amoureux ?

Soudain, il lui vint une pensée si affreuse qu'elle la repoussa aussitôt. En vain...

— Vous rentrez chez vous dimanche, d'après ce qu'Ambrose m'a dit.

— Oui.

— En permission ?

Ambrose essayait de croiser le regard de Pénélope. Dolly s'en rendit compte, mais pas sa fiancée, selon toute apparence.

— Oui, pour un mois.

— Ensuite, vous retournerez à Whale Island.

— Non, je suis libérée.

— Définitivement ?

— Oui.

— C'est plutôt inhabituel ? dit Dolly, d'un ton glacial mais sans se départir de son sourire.

— Oui, sans doute.

Ambrose, sentant que les choses allaient encore se compliquer, se leva.

— Si on allait manger ? Je meurs de faim.

Faisant bonne figure, Dolly rassembla son sac, ses gants blancs et considéra un instant sa future bru.

— Je me demande si on laissera entrer Pénélope au restaurant, dit-elle. J'ai l'impression qu'elle ne porte pas de bas.

— Oh, Maman, personne ne le remarquera, répliqua Ambrose.

Dolly sentait que l'irritation contenue de son fils était provoquée par l'inconscience de Pénélope qui venait de trahir son secret.

Elle est enceinte, se dit-elle. Il ne l'aime pas, mais il s'est fait piéger, et elle le contraint au mariage.

Après le déjeuner, Dolly s'excusa en disant qu'elle allait faire la sieste.

— Une migraine, dit-elle, avec une pointe de reproche dans la voix. Il faut que je sois prudente, la moindre excitation...

Pénélope était un peu surprise, car le repas avait été des plus calmes ; pourtant, elle répondit qu'elle comprenait, qu'elles se reverraient le lendemain à la mairie.

Quand Dolly eut disparu dans l'ascenseur, Ambrose se tourna vers Pénélope.

— Pourquoi a-t-il fallu que tu le lui dises ?

— Quoi ? Que je suis enceinte ? Je ne le lui ai pas dit, elle a deviné.

— Elle n'avait pas à le savoir.

— Il aurait bien fallu qu'elle le sache tôt ou tard ; alors, pourquoi pas maintenant ?

— Parce que... elle est bouleversée.

— Et c'est pour cela qu'elle a mal à la tête ?

— Évidemment ! Tout a mal commencé.

— Je suis désolée, mais je ne vois pas ce que cela change. Quelle importance puisqu'on se marie ? Et puis, cela ne regarde que nous.

Il ne sut que répondre. Si elle était aussi sotte, il n'y avait aucun moyen de s'expliquer. En silence, ils marchèrent jusqu'à la voiture. Pénélope lui posa la main sur le bras.

— Ambrose, tu n'es pas fâché ? Elle s'en remettra ! Quand le bébé sera là, ce sera elle la plus heureuse. Toutes les femmes adorent leur premier petit-enfant.

Ambrose n'en était pas si sûr. Devant la maison d'Oakley Street, Pénélope l'invita à entrer.

— Tu feras la connaissance d'Elizabeth. Elle te plaira beaucoup.

Il déclina la proposition, ils se verraient le lendemain.

— Bon, tant pis, je vais tâcher de trouver une robe de mariée.

Ambrose ébaucha un sourire contraint, la regarda s'éloigner et fit demi-tour. Il traversa Knightsbridge et s'engagea dans le parc. Il faisait frais à l'ombre des arbres.

Il descendit de voiture, marcha un peu et alla s'asseoir sur une chaise. Le vent bruissait dans les feuilles et l'air résonnait de voix d'enfants et de chants d'oiseaux.

Il éprouvait un sentiment de tristesse mêlé d'appréhension. Pénélope avait beau dire que sa mère s'habituerait à l'idée d'un mariage forcé — car c'était bien de cela qu'il s'agissait — il savait, lui, qu'elle ne l'oublierait pas et ne le pardonnerait pas de sitôt. Dommage que les Stern ne puissent assister à la cérémonie. Leurs vues libérales auraient peut-être rétabli la situation. Même si Dolly ne s'était pas rendue à leur point de vue, du moins aurait-elle été confrontée à une autre façon de penser et de vivre.

En effet, Pénélope avait affirmé qu'ils n'étaient pas choqués par la situation de leur fille. Ils avaient même déclaré à celle-ci qu'Ambrose ne devait pas se sentir obligé de l'épouser.

Quand il avait appris que la jeune fille était enceinte, il avait d'abord été contrarié — pour ne pas dire furieux — de s'être laissé prendre au plus classique des pièges. Mais Pénélope s'était montrée adorable.

— Ne te crois surtout pas obligé de m'épouser, avait-elle dit d'un ton d'autant plus calme et conciliant qu'il envisageait l'avenir sous un angle différent. Après tout, la situation aurait pu être pire.

En somme, Pénélope était jolie, intelligente et cultivée. Ce n'était pas une gamine quelconque rencontrée dans un pub de

Portsmouth, mais la fille de parents fortunés, bien que peu conventionnels. Cette demeure d'Oakley Street n'était pas à mépriser, et une propriété en Cornouailles lui paraissait fort enviable. Peut-être même hériterait-il de la somptueuse vieille Bentley.

Oui. Une fois que sa mère se serait remise de ses émotions, tout irait bien. Du reste, les jeunes mariés ne se verraient pas souvent tant que dureraient les hostilités. Ambrose était sûr de survivre. Il avait peu d'imagination et ne faisait jamais de cauchemars : pas de salles de machines qui explosent ou de noyades dans les eaux glacées de l'Atlantique. A la fin de la guerre, il se sentirait sans doute plus apte à se stabiliser et à remplir le rôle de père de famille.

Il s'adossa à la chaise métallique inconfortable. Pour la première fois, il remarqua un couple d'amoureux allongé sur l'herbe un peu plus loin. Et il lui vint une idée soudaine.

Il retourna à sa voiture, sortit du parc, passa devant Marble Arch et se retrouva dans les rues calmes de Bayswater en sifflotant gaiement.

Il s'arrêta devant une demeure respectable, descendit l'escalier d'une courette fleurie et sonna à la porte. A quatre heures de l'après-midi, elle était en général chez elle. Il ne se trompait pas. Elle vint ouvrir, drapée dans un déshabillé pudiquement serré sur ses seins généreux, les cheveux ébouriffés. Angie. Angie qui l'avait gentiment débarrassé de sa virginité quand il avait dix-sept ans et vers qui il revenait toujours en cas d'ennuis.

— Oh ! Ambrose, s'exclama-t-elle, ravie.

Aucun homme n'aurait pu recevoir meilleur accueil.

— Bonjour, Angie.

— Cela fait une éternité que je ne t'ai vu. Je te croyais en train de voguer sur l'Océan. Mais ne reste donc pas sur le seuil.

Tandis que Pénélope ouvrait la porte d'Oakley Street, Elizabeth

Clifford se pencha par-dessus la rampe de l'escalier pour l'interpeller.

— Comment ça s'est passé ?

— Pas très bien. Elle est horrible. Chapeautée et gantée, elle était furieuse que je n'aie pas de bas ! Elle a même prétendu qu'on risquait de m'interdire l'entrée du restaurant.

— Elle sait que tu es enceinte ?

— Je ne le lui ai pas dit, mais elle l'a compris. C'est d'ailleurs mieux ainsi. Ambrose est furieux ; mais, après tout, il fallait bien qu'elle l'apprenne à un moment ou à un autre.

— Tu as sans doute raison, répondit Elizabeth malgré tout chagrinée pour cette pauvre femme, car les jeunes manquent souvent de tact et de délicatesse. Tu veux du thé ?

— Plus tard, il faut que je trouve une robe pour demain. Tu veux bien m'aider ?

— J'ai déjà fouiné dans une malle...

Elizabeth la conduisit dans la chambre où une pile de vêtements froissés s'entassaient sur le lit qu'elle partageait avec Peter.

— Comment trouves-tu celle-ci ? Je l'ai achetée pour aller à Hurlingham... en 1921, quand Peter jouait au cricket.

Elle présenta une robe de belle mousseline crème, à taille basse, toute brodée de jours, un peu informe.

— Elle paraît en mauvais état, mais je peux la laver, la repasser, et elle sera prête pour demain. Regarde, il y a même les chaussures assorties, avec des boucles en strass ! Et des bas crème !

Pénélope prit la robe et s'approcha du miroir en la tenant devant elle pour juger de l'effet.

— La couleur est superbe ! Tu pourrais me la prêter ?

— Bien sûr !

— Et un chapeau ? Il me faut un chapeau, je relèverai mes cheveux.

— J'ai aussi un jupon, car le tissu est transparent, et on verrait tes jambes.

— Dolly Keeling en aurait une attaque !

Elles se mirent à rire. Pénélope essaya la robe.

Sa belle-mère était rabat-joie, mais elle se mariait avec Ambrose, pas avec sa mère, alors, quelle importance !

Le ciel était bleu, le soleil brillait.

Dolly Keeling, après avoir pris son petit déjeuner au lit, se leva à onze heures. Sa migraine s'était atténuée. Elle fit couler un bain, se coiffa, se maquilla, ce qui lui prit fort longtemps car elle tenait à paraître jeune et jolie et à éclipser toutes les autres femmes, y compris la mariée. Elle revêtit une robe de soie lilas, puis un manteau ample du même tissu, se coiffa d'un chapeau de paille, enfila ses longs gants blancs et prit un sac en daim blanc. Un dernier regard dans le miroir. Oui, Ambrose serait fier d'elle. Elle avala deux comprimés d'aspirine et descendit dans le hall.

Ambrose l'y attendait déjà. Il était superbe dans son uniforme, parfumé comme s'il venait de sortir de chez le plus grand coiffeur de Londres (ce qui était le cas). En l'embrassant, elle s'aperçut qu'il sentait l'alcool et aperçut un verre vide posé sur le guéridon. Mais, après tout, il n'avait que vingt et un ans, et il avait bien le droit de se sentir un peu nerveux.

Ils prirent un taxi pour se rendre à King's Road. Dolly tenait la main de son fils entre ses doigts gantés de blanc. Ils ne parlaient pas, cela n'eût servi à rien. Elle se flattait d'avoir été une bonne mère, et personne n'aurait pu faire mieux. Quant à Pénélope... il y avait des choses dont il valait mieux ne pas parler.

Le taxi s'arrêta devant l'imposant édifice de la mairie de Chelsea. Pendant que son fils payait la course, Dolly lissa sa robe tout en jetant un coup d'œil autour d'elle. A quelques mètres de là, une autre personne attendait. Une petite silhouette bizarre avec de minuscules jambes gainées dans des bas noirs. Leurs regards se croisèrent. Dolly détourna le sien, mais trop tard, car déjà la femme s'approchait, tout agitée.

— Vous êtes sûrement les Keeling. Je l'ai compris dès que je vous ai vus.

Persuadée d'avoir affaire à une folle, Dolly en resta bouche bée. Ambrose paraissait aussi abasourdi que sa mère.

— Excusez-moi, je...

— Je me présente, Ethel Stern. La sœur de Lawrence. Tante Ethel pour vous, jeune homme.

Elle était engoncée dans une veste rouge étriquée, et elle était coiffée d'un immense chapeau noir.

— Ne me dites pas que je me suis trompée de famille, reprit-elle en voyant qu'Ambrose ne prenait pas la main qu'elle lui tendait.

— Non, non, répondit-il, rougissant légèrement. Enchanté. Je suis Ambrose, et je vous présente ma mère, Dolly Keeling.

— J'étais sûre de ne pas me tromper. Je vous attends depuis des heures.

Elle avait des cheveux teints en acajou, et l'on aurait dit qu'elle s'était maquillée les yeux fermés ; le crayon à sourcils trop sombre ne lui allait pas, et le rouge à lèvres commençait à déborder sur les rides aux coins de la bouche.

— Je suis toujours en retard, et pour une fois, je suis arrivée terriblement en avance. Mon Dieu ! c'est affreux que Lawrence ne puisse être des nôtres. Quelle déception ce doit être pour lui !

Avec ses allures de tragédienne, elle évoquait un petit clown ou un singe d'organiste des rues.

— Oui, répliqua Dolly, nous aurions été ravis de faire sa connaissance.

— Il ne rate pourtant jamais une occasion d'aller à Londres ; tous les prétextes lui sont bons.

Soudain, elle poussa un petit cri et commença d'agiter le bras en l'air. Pénélope et les Clifford descendaient d'un taxi.

Ils riaient, et la jeune fille paraissait calme et détendue.

— Bonjour, nous voilà ! Tante Ethel, je suis si contente de te voir. Bonjour, Ambrose, dit-elle, en lui donnant un rapide baiser.

Je te présente au professeur et à Mme Clifford... La mère d'Ambrose...

Les présentations se déroulèrent sans façons, dans la bonne humeur. Pénélope semblait un peu déguisée, mais son élégante minceur l'embellissait.

Mme Clifford, sans doute fort intelligente mais mal habillée, rappelait plutôt une vieille gouvernante. Avec sa maigreur et son visage ascétique, le professeur était plus distingué, dans son costume de flanelle gris sombre.

Sur un signe d'Ambrose, ils entrèrent pour la cérémonie, et tout fut si vite achevé que Dolly n'eut même pas le temps de sortir son mouchoir de dentelle. Ils se mirent en route pour le *Ritz*, où Peter Clifford, suivant les instructions reçues de Cornouailles, avait réservé une table.

Rien de tel que des mets délicieux et des flots de champagne pour transformer les situations les plus désespérées. Tout le monde éprouvait une réelle détente, y compris Dolly, bien que tante Ethel fumât cigarette sur cigarette. Le professeur était un homme charmant, très attentionné, et Mme Clifford parut se passionner pour la vie de l'hôtel *Coombe* et de ses pensionnaires. Ambrose se leva pour porter un toast en l'honneur de sa « chère épouse », et tout le monde applaudit. A la fin du repas, Dolly avait l'impression de s'être fait des amis pour la vie.

Hélas, les meilleures choses ont une fin. Vint l'heure des séparations. Dolly allait regagner Basil Street, les Clifford se rendaient à un concert au Royal Albert Hall, tante Ethel prendrait la direction de Putney, et les jeunes mariés passeraient leur première nuit à Oakley Street.

Ce fut au moment où ils attendaient les taxis que se produisit un incident qui allait définitivement gâcher les relations de Pénélope et de sa belle-mère.

Dolly, un peu étourdie par le champagne, se sentant magnanime et généreuse, leva les yeux vers la femme d'Ambrose en lui disant :

— Ma chère, maintenant que vous êtes la femme d'Ambrose, appelez-moi donc Marie.

Drôle d'idée que d'appeler sa belle-mère Marie alors qu'on savait pertinemment que son prénom était Dolly.

— Oui, bien sûr, répondit Pénélope après un instant de surprise.

Pendant toute une année, elle l'appela effectivement Marie.

« Chère Marie, je vous remercie de ce merveilleux cadeau d'anniversaire... », disait-elle dans ses lettres. « Bonjour, Marie, c'est Pénélope à l'appareil... »

Ce ne fut qu'après de longs mois, trop tard pour arranger la situation, que Pénélope se rendit compte que Dolly lui avait dit en réalité : « Appelez-moi donc *Mère*. »

Le dimanche matin, Ambrose conduisit Pénélope à la gare de Paddington. Comme d'habitude, le train était bourré de soldats et de marins, portant musettes et masques à gaz. Il avait été impossible de réserver, mais Ambrose trouva une place et y déposa les bagages. Sur le quai ils se dirent au revoir. Ambrose avait du mal à trouver ses mots, tout lui semblait étrange et nouveau. Ils étaient mari et femme, et personne n'aurait pu dire ce que leur réservait l'avenir. Il alluma une cigarette et regarda sa montre. Pénélope attendait impatiemment le coup de sifflet du chef de gare.

— J'ai horreur des adieux, dit-elle.

— Il faudra pourtant t'y habituer. Je ne sais pas quand nous nous reverrons. Le mois prochain quand je rentrerai à Portsmouth, tu seras déjà partie, j'imagine.

— Probablement. C'est dommage que Papa et Sophie n'aient pas pu venir, j'aurais aimé te les présenter.

— A ma prochaine permission digne de ce nom, j'irai passer quelques jours en Cornouailles. J'espère que tout va bien se passer pour le bébé.

Pénélope rougit un peu.

— Ne t'inquiète pas.

De nouveau, il regarda sa montre.

— Je t'écrirai, dit Pénélope...

Enfin, le coup de sifflet retentit, les portières claquèrent, des cris retentirent. Ambrose écrasa sa cigarette par terre, embrassa sa femme et l'aida à monter dans le wagon.

— Écris-moi pour me donner ta nouvelle adresse...

Une pensée soudaine assaillit le jeune homme.

— Mais je ne connais pas la tienne !

— Carn Cottage, Porthkerris, cria Pénélope, tentant de dominer le vacarme des roues.

Le train prenait de la vitesse et il était inutile de courir le long du quai. Carn Cottage... La demeure élisabéthaine dont il avait tant rêvé... le bateau à voile sur la rivière. Et soudain, ce nom de Carn Cottage lui parut bien banal.

Pénélope était partie. Sa mère était rentrée à Devon, et tout était en ordre. Il n'avait plus qu'à retourner à Portsmouth. Il n'aspirait qu'à retrouver la routine et ses camarades de régiment : il paraissait plus facile de vivre avec les hommes qu'avec les femmes.

Quelques jours plus tard, les Allemands envahirent la France et la guerre commença.

Chapitre 9

Sophie

Ils ne se revirent qu'en novembre. Après de longs mois de séparation, Ambrose téléphona enfin de Liverpool. Il avait quelques jours de permission et prendrait le premier train pour venir passer le week-end à Carn Cottage.

Hélas ! son séjour fut un désastre. La pluie ne cessa de tomber. D'autre part, tante Ethel, qui n'était pas un modèle de tact, se trouvait à Carn Cottage.

Quand Ambrose fut reparti, Pénélope décida que l'expérience avait été trop déprimante pour qu'elle s'attardât à y réfléchir. Aussi, avec l'insouciance de la jeunesse, uniquement préoccupée de sa grossesse, écarta-t-elle l'incident de son esprit. Il y avait des problèmes plus importants à résoudre.

Le bébé arriva à la date prévue, fin novembre. La fillette naquit dans le petit hôpital de Porthkerris, et l'accouchement fut si rapide que tout était terminé à l'arrivée du médecin. L'infirmière emporta l'enfant pour le baigner, puis l'enveloppa dans un châle.

Pénélope avait des théories très personnelles sur les bébés. Elle n'en avait jamais tenu dans les bras, mais elle était persuadée que lorsque l'on voyait son propre enfant pour la première fois, on le reconnaissait immédiatement.

Pourtant, ce ne fut pas le cas. Quand l'infirmière revint, aussi fière que si elle était la mère, et la lui tendit, Pénélope la considéra d'un air sceptique. Dodue, les cheveux couleur maïs, elle ne ressemblait à personne : ni à ses parents ni à Dolly Keeling.

— Regardez comme elle est belle! roucoula l'infirmière en se penchant sur le lit.

— Oui, acquiesça faiblement Pénélope.

S'il y avait eu d'autres mères à l'hôpital, elle aurait été persuadée qu'il y avait eu confusion ; mais elle était la seule jeune maman.

— Regardez ces yeux bleus! Une véritable petite fleur! Je vais vous laisser avec elle un moment, pendant que j'appelle votre mère.

— Non, emportez-la. J'ai peur de la laisser tomber.

Pleine de tact, l'infirmière ne posa pas de questions. Les jeunes mamans étaient parfois si bizarres!

Heureuse d'être enfin tranquille, Pénélope s'enfonça dans ses oreillers, les yeux rivés au plafond. Elle avait un enfant, elle était mère, mère de l'enfant d'Ambrose Keeling.

Ambrose.

Soudain, il ne lui fut plus possible d'écarter de son esprit ce qui s'était passé pendant cet affreux week-end, gâché avant même d'avoir commencé et qui avait provoqué la seule véritable dispute entre elle et sa mère. Un après-midi, Pénélope et tante Ethel étaient allées prendre le thé chez une vieille amie de celle-ci, qui vivait à Penzance. Quand elles revinrent à Carn Cottage, Sophie, ravie, annonça à sa fille qu'une surprise l'attendait dans sa chambre. Au lieu de son lit d'adolescente qu'elle aimait tant, il y avait à présent une espèce de monument qui prenait toute la place. Les deux femmes ne s'étaient jamais querellées auparavant, mais, prise de rage, Pénélope hurla que Sophie n'avait pas le droit de transformer ainsi sa chambre.

Sophie s'enflamma également. Un homme qui avait fait la guerre n'allait tout de même pas faire l'amour avec sa femme

dans un lit d'enfant ! Et à quoi Pénélope s'attendait-elle donc ?
Elle était une femme mariée à présent, et non plus une petite
fille. Ce n'était plus *sa* chambre, mais *leur* chambre. En sanglots,
Pénélope répondit qu'elle était enceinte et qu'elle n'avait pas la
moindre envie de faire l'amour. Bientôt, elles se mirent à hurler
comme deux folles.

Jamais il ne s'était produit un tel incident. Tout le monde était
bouleversé. Lawrence était furieux et les autres marchaient sur
la pointe des pieds, comme si tout allait exploser. Bien sûr, elles
se réconcilièrent, s'embrassèrent et on ne parla plus de cette
histoire, mais cela n'augurait rien de bon concernant l'arrivée
d'Ambrose.

Ambrose. Pénélope était la femme d'Ambrose.

Ses lèvres tremblaient, sa gorge se serrait. Ses yeux s'emplissaient de larmes qui roulaient sur ses joues. Elle était incapable
de se maîtriser, comme si tous les pleurs retenus pendant des
années se libéraient tout à coup. Elle sanglotait encore quand sa
mère entra, toute joyeuse. Elle avait toujours le pantalon de toile
rouge qu'elle portait quand l'infirmière lui avait téléphoné, et
tenait dans ses bras un énorme bouquet de marguerites ramassées
à la hâte dans le jardin.

— Oh, ma chérie... Je suis tellement contente, tout s'est passé
si vite.

Elle posa les fleurs pour l'embrasser... Soudain, tout son
enthousiasme retomba.

— Pénélope, qu'est-ce qui se passe ? Tu pleures ? Voyons, ce
n'est pas raisonnable.

Pénélope prit le mouchoir que lui tendait sa mère. Déjà, la
présence de Sophie la réconfortait un peu.

— Qu'est-ce qui ne va pas ? Ton bébé est en bonne santé ?

— Ce n'est pas le bébé.

— Alors ?

— Oh, Sophie, c'est Ambrose. Je ne l'aime pas, je n'aurais
jamais dû me marier.

Tout était dit. Pénélope se sentit soulagée par cette confession, malgré son énormité. Sa mère avait un regard grave, mais ne fut ni surprise ni choquée.

— Ambrose... Quand t'en es-tu rendu compte ?

— Ce week-end. Dès qu'il est descendu du train, j'ai éprouvé des inquiétudes. C'était comme si je rencontrais un inconnu que je n'avais pas envie de voir. Je m'attendais à être un peu intimidée après tous ces mois de séparation, mais je ne pensais pas que ce serait aussi grave. C'est en arrivant à Carn Cottage que j'ai compris que tout allait de travers et qu'Ambrose n'était vraiment pas à sa place dans notre milieu. Ensuite, les choses se sont encore dégradées.

— J'espère que Papa et moi n'y sommes pour rien, dit Sophie.

— Non, non, ce n'est pas votre faute, la rassura Pénélope. C'est moi qui ai été méchante avec lui. Il m'énervait, et j'avais presque l'impression d'avoir affaire à un inconnu. Je le trouvais ennuyeux, inutile... Il ne sait ni cirer ses chaussures ni brosser ses vêtements. Il s'est montré impoli avec Doris et Ernie, traitant les enfants de sales garnements. Il ne comprenait pas pourquoi nous prenions les repas ensemble, pourquoi on ne confinait pas Doris, Clark et Ronald à la cuisine. Je n'aurais jamais imaginé qu'on puisse penser des choses pareilles, qu'on puisse être aussi méprisant. Veux-tu que je te dise ? Ce n'est qu'un insupportable snob.

— Ma chérie, tu ne peux pas lui reprocher sa façon de penser. Il a été élevé ainsi, et c'est peut-être nous qui avons tort de traiter nos domestiques comme s'ils faisaient partie de la famille.

— Bien sûr que non. Après tout, il n'est pas le seul coupable dans cette affaire. J'ai ma part de responsabilité. Sa présence m'était odieuse.

— Étant donné ton état, c'est assez compréhensible.

— Mais lui n'était pas de cet avis, et il m'en voulait. Au fond, c'est ma faute. Tu m'avais dit qu'il ne fallait pas que je l'épouse si je ne l'aimais pas, et je ne t'ai pas écoutée. Mais je suis sûre que si je l'avais amené à Carn Cottage avant nos fiançailles officielles, je ne l'aurais jamais épousé.

— Oui, il est regrettable que nous ayons été pris de court et n'ayons pu être présents à votre mariage, ton père et moi. Même au dernier moment, tu aurais pu changer d'avis.

— Papa et toi ne l'aimiez pas non plus, n'est-ce pas ? Vous avez dû penser que j'avais perdu l'esprit.

— Mais pas du tout, ma chérie.

— Qu'est-ce que je vais faire ?

— Pour le moment, il n'y a rien à faire. Hormis devenir un peu plus raisonnable. Tu n'es plus une enfant, et tu as des responsabilités envers ton bébé. Nous sommes en pleine guerre, et ton mari est en mer. Il n'y a qu'à accepter la situation telle qu'elle se présente. Il faut dire qu'Ambrose est venu à un mauvais moment. Avec cette pluie diluvienne et tante Ethel avec ses cigarettes, qui faisait toujours des remarques déplacées... Et puis, une femme enceinte n'est jamais vraiment elle-même. La prochaine fois, tout ira mieux.

— Sophie, je me suis conduite comme une idiote.

— Non, tu es jeune, tu as été victime des circonstances. Allons, souris, et appelle l'infirmière pour qu'elle me présente notre petite merveille. Et maintenant, oublions cette conversation.

— Tu n'en parleras pas à Papa ?

— Non, je ne veux pas lui donner de soucis supplémentaires.

— Mais tu n'as jamais eu de secrets pour lui.

— Eh bien désormais j'en aurai un.

Pénélope ne fut pas la seule à être surprise par l'apparence du bébé. Et Lawrence ne fut pas moins intrigué.

— Mon Dieu, mais à qui peut-elle bien ressembler ?

— Je n'en ai aucune idée.

— Elle est mignonne, mais elle n'a aucun trait ni de son père ni de sa mère. Sans doute est-elle le portrait de quelque lointain ancêtre.

— Elle est en bonne santé, c'est l'essentiel.

— Les Keeling ont-ils été prévenus ?

— J'ai envoyé un télégramme à Ambrose, répondit Lawrence, et Sophie a téléphoné à Mme Keeling.

— Et qu'est-ce qu'a dit Dolly ? demanda Pénélope en faisant la grimace.

— Apparemment, elle est ravie. Elle avait toujours souhaité avoir une petite-fille, affirme-t-elle.

— Je parie qu'elle raconte à tout le monde que c'est un enfant prématuré.

— Si ça compte tellement pour elle de sauver les apparences, je ne vois pas où est le mal. Elle voudrait que la petite fille s'appelle Nancy.

— *Nancy* ? Où a-t-elle déniché ce nom ?

— C'était celui de sa mère. Au fond, l'idée n'est pas si mauvaise et pourrait améliorer vos rapports.

— D'accord, allons-y pour Nancy. D'ailleurs, ça lui va bien.

— J'espère qu'elle ne va pas crier tout le temps, j'ai horreur des enfants qui pleurent.

— Oh ! Papa, elle est très sage. Elle tète, elle dort, et quand elle se réveille, c'est pour téter de nouveau.

— Une petite goulue !

— Tu la trouves jolie ?

— Oui, ce sera un Renoir, le teint clair, et épanouie comme une rose.

La plupart des réfugiés étaient rentrés à Londres. Mais Doris, Clark et Ronald étaient restés. Ils faisaient partie de la famille. En juin, le mari de Doris avait été tué en France.

— Une dépêche pour Mme Potter, avait annoncé le jeune télégraphiste.

— Oh, mon Dieu ! s'écria Sophie en se redressant, les mains pleines de terre, avec une expression angoissée.

— Ce doit être son mari...

— Que devons-nous faire ? demanda Pénélope.

Sophie ne répondit pas. Elle s'essuya les mains et ouvrit l'enveloppe.

— Oui, c'est ça, il est mort. Où est Doris ?

— A la buanderie.

— Et les enfants ?

— Ils vont bientôt rentrer de l'école.

— Il faut que je voie leur mère avant leur retour.

— Pauvre Doris.

Les mots paraissaient horriblement banals, mais que dire d'autre ?

Doris fit preuve d'un grand courage. Elle pleura, bien sûr, et exprima son chagrin en maudissant la folie de son mari qui l'avait laissée seule pour aller se faire tuer en France. Mais elle se reprit, et ses pensées allèrent à ses fils.

— Pauvres petits, que vont-ils devenir sans père ?

— Les enfants sont plus résistants qu'on ne le croit.

— Et moi ? Comment vais-je m'en tirer ?

— Vous y arriverez.

— Il faut sans doute que j'aille à Hackney. La mère de Bert... Elle aura peut-être envie de voir les garçons...

— Oui, allez vous assurer que tout va bien, et revenez chez nous. Les petits se sentent bien ici, ils se sont fait des amis, et il serait cruel de les déraciner à un moment pareil. Il faut leur laisser le peu de sécurité qu'ils ont.

— Mais je ne peux pas rester ici éternellement.

— Pourquoi pas ? Vous vous plaisez avec nous.

— Vous ne dites pas cela seulement par pitié ?

— Ma chère Doris, je ne sais pas ce que nous ferions sans vous. Nous considérons les garçons comme nos propres enfants.

— Oui, j'aimerais rester ici, où j'ai été si heureuse. Et maintenant que Bert n'est plus là...

— Ne pleurez pas, Doris. Il ne faut pas que les garçons vous voient pleurer. Apprenez-leur à être fiers de leur père, qui est mort pour une bonne cause.

— Il n'était pas parfait... Il rentrait parfois soûl le soir, et il s'écroulait sur le lit sans même ôter ses chaussures.

— Cela n'était pas si grave, et il faut savoir se rappeler les mauvaises choses aussi bien que les bonnes. C'est la vie...

Ainsi, Doris resta. Elle était impatiente de voir le bébé de Pénélope car elle avait toujours désiré une fille.

— Oh, elle est très belle ! déclara-t-elle.

— Vous trouvez vraiment ?

— Mais oui ! Elle est ravissante. Je peux la prendre ?

— Bien sûr.

Doris prit l'enfant dans ses bras et la regarda avec une telle tendresse que Pénélope eut un peu honte d'elle-même qui se sentait incapable d'une telle adoration.

— Nul ne sait à qui elle ressemble.

— C'est le portrait craché de Betty Grable [1] !

Quand la mère et l'enfant revinrent à Carn Cottage, Doris prit l'enfant en charge, et malgré ses sentiments de culpabilité, Pénélope en fut heureuse. C'était Doris qui baignait Nancy, la changeait, et, lorsque Pénélope eut cessé d'allaiter, préparait les biberons. Ronald et Clark s'intéressaient beaucoup à l'enfant, et invitaient leurs camarades de classe à venir voir le nouveau-né. De la remise, Sophie sortit un vieux landau que Doris remit en état pour promener le bébé.

Nancy avait un caractère calme et placide. Dans son landau, ou sur une couverture dans le jardin, elle regardait les nuages ou les branches de cerisiers en fleur. Bientôt, elle sut agiter son hochet ou taper deux cubes l'un contre l'autre.

Elle était une perpétuelle source d'amusement pour Sophie et Lawrence, et de réconfort pour Doris. Mais Pénélope, qui s'obligeait à jouer avec sa fille, à lui tourner les pages d'un vieux livre d'images, la trouvait affreusement sotte.

---

1. Artiste de cinéma américaine, qui fut la « pin-up girl » des G.I.'s dans les années 40 (*N.d.T.*).

Pendant ce temps, à l'extérieur des frontières, la guerre faisait rage. L'Europe était occupée, la France envahie, et il ne se passait pas de jour que l'on ne s'inquiétât pour de vieux amis. Dans l'Atlantique, les sous-marins faisaient la chasse aux contre-torpilleurs et aux cargos. La bataille d'Angleterre avait été gagnée, mais on avait eu à déplorer des pertes énormes en avions et en hommes. Après Dunkerque, l'armée avait pris position à Gibraltar et Alexandrie, dans l'attente de la prochaine attaque allemande.

Les bombardements avaient commencé. Toutes les nuits, les sirènes hurlaient, et de sombres formations de Heinkel parcouraient le ciel.

A Carn Cottage, tout le monde était suspendu aux informations. Sophie s'inquiétait pour Oakley Street et les gens qui y vivaient. Sur ses instructions, les Friedmann avaient quitté le grenier pour s'installer au sous-sol, mais les Clifford vivaient toujours au deuxième étage et, à chaque nouveau raid, Sophie se demandait si on ne les retrouverait pas un jour enfouis sous les décombres.

— Ils sont trop vieux pour supporter ce genre d'expériences, pourquoi ne leur dirions-nous pas de venir ici ? suggéra-t-elle à son mari.

— Ma chérie, nous n'avons pas de place. Et puis, ce sont des Londoniens ; ils ne voudront jamais quitter leur chère capitale.

— J'aimerais leur parler, m'assurer qu'ils vont bien...

Lawrence comprenait la nervosité de sa femme. Depuis deux ans déjà, elle était enfermée à Porthkerris, elle qui n'avait jamais habité plus de trois mois au même endroit pendant toute leur vie de couple. Et en temps de guerre, Porthkerris était un village bien morne, fort différent de la petite ville animée où ils se réfugiaient avec plaisir tous les étés. Sophie ne s'ennuyait pas vraiment, mais la vie quotidienne devenait de plus en plus difficile. Les rations diminuaient, tout manquait : le shampooing, les cigarettes, les allumettes, les pellicules photo, le whisky... tous ces petits riens qui permettent d'améliorer l'existence. Il fallait faire la queue dans les boutiques et revenir à pied avec les provisions, car plus aucun commerçant n'avait d'essence pour effectuer les livraisons. La vieille Bentley quittait à peine le garage, et ils avaient juste de quoi faire quelques kilomètres.

Lawrence comprenait le sentiment de sa femme ; elle avait besoin de s'isoler pendant quelques jours. Il attendait le bon moment pour aborder le sujet, mais ils n'étaient plus jamais seuls, tant la petite maison résonnait d'activité et de voix. Avec Doris, les garçons, Pénélope et le bébé, Sophie était si exténuée qu'elle était généralement endormie quand Lawrence venait se coucher.

Un jour, l'occasion se présenta. Il arrachait des pommes de terre, geste pénible pour lui car ses mains atteintes de rhumatismes avaient du mal à tenir la bêche, mais il avait tout de même réussi à remplir un panier qu'il apporta à la maison.

— Des pommes de terre, dit-il en les posant près du fourneau.

Elle sourit. Même fatiguée et déprimée, elle parvenait toujours à faire bon visage. Lawrence prit une chaise et s'installa à côté d'elle. Elle avait maigri, et des rides se formaient autour de la bouche et des yeux.

— Enfin seuls, soupira-t-il. Où sont passés les autres ?

— Pénélope et Doris ont emmené le bébé à la plage. Elles rentreront pour le déjeuner. Je vais leur faire cuire des choux, et les garçons vont encore dire qu'ils détestent ça. Mais ils auront aussi des macaronis au gratin.

— Tu fais de ton mieux, je l'avoue.

— C'est ennuyeux de faire la cuisine, et même... ennuyeux de manger. Rien d'étonnant à ce que les garçons se plaignent.

— Tu as trop de travail, et tu sembles fatiguée.

— Ça se voit tant que cela ?

— Moi, je m'en aperçois parce que je te connais bien.

— Je n'ai pas le droit de me plaindre. Et lorsque je songe à ces pauvres femmes d'Europe qui souffrent, j'ai honte de moi. Si je dois faire la queue en convoitant un morceau de viande que

quelqu'un achète juste devant moi, je suis au bord de la crise de
nerfs !

— Tu devrais partir un jour ou deux.

— Partir ?

— Va donc à Londres. Tu resteras avec les Clifford, et tu
sauras vraiment ce qui se passe, beaucoup mieux qu'en écoutant
la radio.

— Tu viendras aussi ?

— Non, je suis trop vieux pour me distraire. Mais c'est
exactement de cela que tu as besoin, toi. Va faire des courses
en ville avec Elizabeth. Va déjeuner avec Peter à *l'Ecu de
France*. Je suis sûr qu'on y mange toujours très bien malgré les
restrictions. Appelle tes amis. La vie continue à Londres, même
pendant la guerre.

— Cela ne t'ennuie pas que je parte sans toi ?

— Tu me manqueras beaucoup, c'est certain, mais suis tout
de même mon conseil.

— Pourras-tu supporter trois jours de solitude ?

— Oui. Et quand tu reviendras, tu passeras trois semaines à
me raconter ce que tu as fait.

— Oh, Lawrence, je t'aime tant !

Il se pencha pour lui déposer un baiser sur les lèvres, puis se
leva et alla nettoyer ses mains encore maculées de terre.

Le soir précédant son départ pour Londres, Sophie alla se
coucher de bonne heure. Doris était encore dehors mais les
enfants dormaient déjà. Pénélope et Lawrence écoutaient de la
musique à la radio. Mais bientôt la jeune femme bâilla, embrassa
son père et monta dans sa chambre. Sophie avait laissé la porte
de la sienne ouverte, et elle lisait.

— Je croyais que tu avais l'intention de dormir, s'étonna
Pénélope.

— Je suis trop énervée pour cela. C'est dommage que tu ne
viennes pas avec moi.

— Papa a raison, tu te distrairas mieux toute seule. Qu'est-ce que tu lis ?

Pénélope prit le livre et l'ouvrit au hasard : « Je suis une femme comblée, avec un jardin, une bibliothèque, des enfants, des oiseaux et du temps libre pour profiter de tout. » En riant, Pénélope reposa le livre.

— Toi aussi, tu as tout cela, il ne te manque que le temps libre !

Sur ce, elles s'embrassèrent et se dirent au revoir.

Sophie téléphona de Londres, la voix toute joyeuse.

— Lawrence, c'est moi. Comment vas-tu ? Oui, je m'amuse beaucoup. Tu avais raison, les choses ne vont pas aussi mal que je le croyais. Bien sûr, il y a des maisons éventrées partout, mais les gens sont courageux et agissent comme s'il ne s'était rien passé. Il y a tant de choses à faire ! Nous sommes allés à deux concerts, c'était splendide. Tu aurais adoré. J'ai vu les Ellington et Ralph, leur charmant garçon qui faisait des études. Il est maintenant dans la R.A.F. La maison n'a pas souffert des bombardements, et Willi fait pousser des légumes dans le jardin... Ce soir, nous devons aller dîner chez les Dickins : Peter, Elizabeth et moi. Tu te souviens d'eux ? Lui est médecin, et il travaillait avec Peter. Ils habitent Hurlingham. Nous irons en taxi ou en métro. Le métro est extraordinaire ! Il y a des tas de gens qui y dorment, d'autres qui chantent, qui s'amusent... Oh, ça va couper... Je vous embrasse tous, je serai de retour après-demain.

Cette nuit-là, Pénélope se réveilla en sursaut, en proie à une sourde inquiétude. Le bébé ? Non, elle n'entendait que ses propres battements de cœur. Soudain, elle perçut des pas dans l'escalier et entendit craquer les planches. Une lumière s'alluma. Elle se leva, sortit de sa chambre et alla se pencher au-dessus de la rampe de l'escalier.

— Papa ?

Le silence. Elle courut à la chambre de son père. Le lit était défait mais vide. Que faisait-il ? Elle l'entendit bouger au salon. Il devait avoir une insomnie, comme cela lui arrivait parfois. Dans ces cas-là, il rallumait le feu et lisait.

Elle retourna se coucher, mais ne put s'endormir. Elle percevait le bruit des vagues qui se brisaient sur les rochers de la plage pour venir mourir sur le sable. Et l'aube la trouva encore éveillée.

A sept heures, elle se leva et descendit. La radio était allumée.

— Papa ?

Il lui fit signe de garder le silence. La musique se tut. « Ici, Londres. Voici nos dernières informations. »

Une voix d'homme, calme, objective, fit état des raids ennemis de la nuit précédente. Des bombes incendiaires étaient tombées sur la ville ; le port lui aussi avait été touché, mais la situation était en passe d'être maîtrisée.

Pénélope coupa la radio. Lawrence leva les yeux sur elle. Il portait sa vieille robe de chambre, et une ombre de barbe luisait sur son menton.

— Je n'arrivais pas à dormir, dit-il.

— Je sais, je t'ai entendu descendre. Mais ce n'est pas la première fois qu'il y a un raid sur Londres. Ne t'inquiète pas. Je vais préparer le thé, et nous appellerons Oakley Street après le petit déjeuner.

Ils essayèrent, mais l'opératrice leur annonça qu'il n'y avait plus de lignes pour Londres. Durant toute la matinée, ils tentèrent vainement d'obtenir la communication.

— Sophie va essayer de nous joindre, dit Pénélope. Elle doit être inquiète de nous savoir sans nouvelles.

Ce ne fut qu'à midi que le téléphone sonna. Pénélope lâcha son couteau à éplucher pour aller répondre. Mais Lawrence avait déjà pris le récepteur. Elle s'agenouilla près de lui.

— Allô, Carn Cottage ?

— Oui, Lawrence Stern à l'appareil.

257

— Oh! Lawrence, c'est Lalla Friedmann. Je n'ai pas pu vous joindre plus tôt...

Soudain, sa voix se brisa.

— Que se passe-t-il, Lalla?

— Vous êtes seul?

— Non, Pénélope est avec moi. Il est arrivé quelque chose à Sophie?

— Oui. Sophie, les Clifford. Tous. Une bombe est tombée sur la maison des Dickins. Quand nous avons constaté, ce matin, qu'ils n'étaient pas rentrés, nous nous sommes rendus à Hurlingham, Willi et moi. Nous avons pu trouver un taxi, mais ensuite, il nous a fallu continuer à pied... Il ne reste plus rien. Plus rien. Au bout de la rue, nous avons été arrêtés par un cordon de police, et les pompiers étaient toujours là. La maison avait disparu, il n'y avait plus qu'un énorme cratère. Un pompier nous a dit qu'il n'y avait plus d'espoir... Plus d'espoir, Lawrence. Elle se mit à pleurer. Il ne reste plus rien.

— Je vous remercie d'y être allée et de m'avoir prévenu, Lalla.

— C'est la première fois que j'ai une nouvelle aussi terrible à annoncer.

— Oui, oui, murmura Lawrence d'une voix sans timbre.

Il resta immobile un instant avant de raccrocher. Pénélope se rapprocha de lui et blottit sa tête contre son épaule, au milieu d'un silence lourd et angoissant.

— Papa.

Il lui caressa les cheveux.

— Papa.

Pénélope leva les yeux, et elle sentit qu'il voulait rester seul. Pour la première fois, elle s'aperçut qu'il était vieux. Il ne lui avait jamais paru vieux auparavant, mais à présent elle comprenait qu'il ne serait jamais plus qu'un homme accablé de douleur. Elle se leva et s'éloigna sans bruit.

Il ne reste plus rien, avait dit Lalla.

La jeune femme se dirigea vers la chambre de ses parents. Les draps étaient froissés, les oreillers encore tout bosselés du repos sans sommeil de son père. Il savait déjà. Tout comme elle-même, il avait pressenti un malheur. Ils avaient pourtant attendu avec courage, mais assaillis d'une horrible certitude.

Il ne reste plus rien.

Le livre que Sophie lisait avant son départ était toujours sur la table. Pénélope le prit, il s'ouvrit à la même page cent fois relue.

« Je suis une femme comblée, avec un jardin, une bibliothèque, des enfants, des oiseaux et du temps libre pour profiter de tout. Parfois j'ai l'impression que je suis bénie parmi toutes les femmes pour connaître un tel bonheur. »

Tout à coup, le monde semblait se dissoudre comme si on le voyait à travers un écran de pluie. Connaître un tel bonheur ! Sophie ne connaissait pas seulement le bonheur, tout son être l'irradiait. A présent, il ne restait plus rien. Le livre glissa des doigts de Pénélope, qui enfouit son visage dans l'oreiller de sa mère encore tout parfumé de son odeur, comme si elle venait de sortir de la chambre.

Chapitre 10

Roy Brookner

Bien que grand sportif et rapide sur les courts de squash, Noël Keeling n'était pas un fanatique de l'effort physique. Si, pressé par sa mère, il devait couper du bois ou jardiner pendant le week-end, il s'arrangeait pour se charger des tâches les plus légères et ramassait des brindilles ou coupait les boutons de roses fanés. Il tondait volontiers la pelouse s'il y avait une machine dont il sût se servir, mais si des travaux plus durs l'attendaient, il avait l'art de se faufiler à l'intérieur, où on finissait par le découvrir devant la télévision en train de regarder un match de cricket.

Ce fut dans cet état d'esprit qu'il établit ses projets. Il passerait le samedi après-midi à fouiner dans les vieilles malles et les tiroirs des commodes. Si par chance il tombait sur ce qu'il cherchait... une ou deux esquisses à l'huile de Lawrence Stern... il conserverait son calme. *Tiens, ça pourrait être intéressant...*, dirait-il à sa mère. Ensuite, selon la réaction, il aviserait. *Cela vaudrait peut-être la peine de montrer ça à un expert. J'ai un ami, Edwin Mundy, qui...*

Le lendemain matin, il se leva de bonne heure pour se préparer un copieux petit déjeuner, café, toasts, œufs au bacon... Il se réjouit de voir la pluie battre les carreaux, car ainsi sa mère ne risquerait pas de l'envoyer au jardin. Il en était à sa deuxième tasse de café quand elle apparut en robe de chambre, un peu surprise de le voir si alerte un samedi matin.

— Ne fais pas trop de bruit, s'il te plaît, Antonia a besoin de se reposer. Elle est épuisée.

— Je t'ai entendue parler ce matin à l'aube, qu'est-ce que tu racontais ?

— Oh, rien d'important, Noël, surtout ne jette rien sans me demander la permission.

— Je n'ai pas l'intention de jeter quoi que ce soit, je trierai tout avec le plus grand soin. Mais les vieux tricots et les photographies de mariage du début de siècle n'ont rien à faire ici.

— J'ai peur de ce que tu me prépares !

— Tu ne t'apercevras de rien, dit Noël en souriant.

Avant de se mettre au travail, il devait surmonter deux difficultés. Le grenier n'avait qu'une minuscule lucarne, enfoncée dans les combles, et l'unique lampe suspendue à la poutre centrale n'ajoutait qu'une bien faible clarté à la lueur grisâtre du jour. Il alla demander une ampoule plus forte à sa mère et la mit en place. Pourtant, cela ne suffisait toujours pas pour qu'il pût se livrer à la fouille exhaustive qu'il avait en tête.

Vers midi, il avait déjà exploré la moitié du grenier poussiéreux. Il avait trouvé des malles, des rideaux et des coussins, des verres emballés dans du papier journal, des albums de photos, une dînette de poupée, des oreillers jaunis et éventrés, d'antiques livres de comptes, des paquets de lettres, des tapisseries commencées et jamais achevées, un mode d'emploi pour la dernière invention du siècle : une machine à laver les couteaux. En ouvrant un grand classeur de carton fermé par un ruban, il s'était senti plein d'espoir, mais hélas ! ce n'étaient que des aquarelles représentant les Dolomites, exécutées par une main inconnue. Déçu, il poursuivit son travail. Il découvrit des plumes d'autruche, des châles de soie, des nappes brodées, des pelotes de laine, un échiquier sans ses pièces, un jeu de cartes incomplet...

Rien qui ressemblât de près ou de loin à une œuvre de Lawrence Stern.

Il perçut soudain des pas dans l'escalier. Perché sur un escabeau, il tourna vivement la tête. Antonia était dans l'encadrement de la porte, vêtue simplement d'un jean et d'un pull-over. Si elle n'avait eu des cils trop pâles, son visage eût été d'une étonnante beauté.

— Bonjour, dit-elle timidement, comme si elle avait peur de le déranger.

— Bonjour, dit-il en sautant à bas de l'escabeau. Je ne vous ai pas réveillée, j'espère.

— Non. Je n'ai rien entendu. Comment vous en tirez-vous, au milieu de tout ce fatras ?

— J'essaie d'éliminer tout ce qui risque de provoquer un incendie.

— Je n'aurais jamais imaginé qu'il pût y avoir un tel bric-à-brac ! D'où cela vient-il ?

— Bonne question ! Des greniers d'Oakley Street, et des greniers de partout ailleurs, à travers les siècles, si on se fie aux apparences. Ce doit être une maladie de famille, le fait de ne jamais rien jeter.

Antonia ramassa un châle de soie rouge qu'elle drapa autour de ses épaules graciles.

— C'est joli. Quel effet cela fait-il ?

— Plutôt bizarre.

Elle ôta le châle et le plia avec soin.

— Pénélope m'a envoyée vous demander si vous vouliez déjeuner.

Noël regarda sa montre. Il était midi et demi. Il était si absorbé par sa tâche qu'il n'avait pas vu passer le temps, mais il avait faim et soif.

— J'ai surtout besoin d'un gin-tonic.

— Vous continuez cet après-midi ?

— Il faut bien, sinon, cela ne sera jamais terminé.

— Si vous voulez, je peux vous aider.

Il n'avait aucune envie de la voir dans les parages, ni elle ni personne.

— Je vous remercie, mais je me sens mieux tout seul ; je travaille à mon propre rythme. Allons-y... voyons ce que Maman nous a préparé...

Vers six heures et demie, sa quête terminée, Noël était toujours bredouille. Pas le moindre trésor dans le grenier de Podmore's Thatch. Pas la moindre esquisse de Lawrence Stern. Il avait perdu son temps. Se rendant à cette dure réalité, les mains dans les poches, il contempla l'immense désordre, la seule chose à laquelle il eût abouti. Épuisé, tous ses espoirs enfuis, il se sentait furieux, contre sa mère surtout, car c'était elle la responsable. Ces esquisses, elle avait dû les détruire, les vendre pour une bouchée de pain ou même les donner. Sa folle générosité, jointe à cette manie de tout garder comme un écureuil, l'avait toujours excédé. Il avait perdu sa journée à fouiller dans ce fatras accumulé par des générations, et cela parce que sa mère n'avait jamais été capable de s'en charger elle-même.

De mauvaise humeur, il envisagea un instant l'idée d'abandonner en prétextant un important rendez-vous à Londres. Hélas ! il était allé trop loin, car c'était lui qui avait souligné les risques d'incendie. Il avait également parlé des dessins à Olivia. A présent, sûr qu'ils n'existaient pas, il imaginait les remarques caustiques de sa sœur.

Furieux, il donna un coup de pied dans une poupée brisée et éteignit la lumière avant de descendre.

Pendant la nuit, la pluie cessa et le vent du sud-ouest dispersa les nuages bas. La rosée scintillait sur la pelouse, deux rouges-gorges sifflotaient dans le chêne.

La veille, encore fatiguée par le voyage, Antonia avait savouré la paix au coin du feu. Elle avait feuilleté un livre d'Elizabeth Jane Howard qu'elle n'avait jamais lu. De temps à autre, Pénélope entrait pour regarnir le feu ou chercher ses lunettes. Plus tard, elle avait rejoint la jeune fille, non pour bavarder, mais pour lire le journal et lui servir le thé. Finalement, après sa journée au grenier, Noël avait reparu de fort méchante humeur, et Antonia éprouva aussitôt un vague malaise. Elle était déconcertée par l'attitude de Noël. Elle ne parvenait pas à cerner sa véritable personnalité. Il possédait la vitalité et l'humour d'Olivia, mais n'avait pas hérité de la chaleur de sa sœur. A côté de lui, Antonia se sentait gauche et maladroite, et avait du mal à proférer autre chose que des banalités. Lorsqu'il redescendit du grenier, avec le visage maculé de poussière, il se servit une ample rasade de whisky, tout en demandant à sa mère pourquoi diable elle avait rapporté tout ce fatras d'Oakley Street. Antonia, les jambes tremblantes, redoutait une scène. Mais Pénélope se contenta de répondre d'un ton léger :

— Par paresse sans doute. C'était plus facile de tout faire venir plutôt que de trier. J'avais trop à faire pour m'occuper de ces vieux livres et de ces vieilles lettres.

Le jeune homme but son whisky en silence, se détendit un peu et parvint même à sourire.

— Tu es vraiment impossible !

— Nul n'est parfait. Mais j'ai mes qualités. Je suis bonne cuisinière, et j'ai toujours tes alcools favoris dans le bar. Rappelle-toi la mère de ton père ; elle ne pouvait jamais nous offrir autre chose qu'un sherry imbuvable.

— Qu'y a-t-il à dîner ? demanda-t-il en faisant la grimace à l'évocation de ce souvenir.

— Des truites aux amandes, des pommes de terre nouvelles, et des framboises à la crème. Tu mérites bien ça. Choisis toi-même une bonne bouteille de vin et va prendre un bain.

Le lendemain, pour la première fois depuis longtemps, Antonia se sentit à nouveau elle-même. Elle avait envie de courir dans l'herbe et de s'emplir les poumons d'air frais. Le printemps l'attendait...

Elle s'habilla et descendit dans le jardin. Tout en croquant une pomme, elle traversa joyeusement la pelouse. La rosée imbibait ses chaussures de toile, mais elle ne s'en souciait pas. Elle passa sous le grand châtaignier et se retrouva dans le verger. Un sentier serpentait à travers la pelouse, déjà parsemée de jonquilles. Ayant franchi une haie fraîchement taillée, elle arriva près de la rivière et suivit la berge sous une voûte de saules. Plus loin, dans une vaste prairie, paissait du bétail. Il y avait des moutons sur les hauteurs, et, au loin, un homme traversait la colline, son chien sur les talons.

Elle approchait du village. La vieille église, avec ses tours carrées, et les maisonnettes aux toits dorés se lovaient dans une courbe de la route. De la fumée montait dans l'air immobile ; le soleil poursuivait sa course dans le ciel. Elle s'assit sur le pont, les pieds dans le vide et termina sa pomme. Elle jeta le trognon dans les eaux claires et le regarda disparaître.

Le Gloucestershire était idyllique, bien plus beau qu'elle ne l'aurait imaginé. Podmore's Thatch était une demeure parfaite, et Pénélope une femme exceptionnelle. Elle se sentait sereine auprès d'elle. La vie, qui lui avait récemment paru triste et sans intérêt, était de nouveau pleine de joies et de bonheurs à venir. « Vous pourrez rester aussi longtemps que vous le souhaiterez », lui avait proposé Pénélope. Mais qu'allait-elle faire ?

Elle avait dix-huit ans, pas de famille, pas d'argent et aucune formation. Pendant les deux jours passés avec Olivia, elle lui avait confié ses inquiétudes.

— Je ne sais même pas ce que j'ai envie de faire. Je n'ai aucune vocation. Même si je décidais de devenir secrétaire ou médecin, il faut tant d'argent pour y parvenir !

— Je pourrais t'aider.

— Il ne saurait en être question. Tu n'es pas responsable de moi.

— Je le suis jusqu'à un certain point, puisque tu es la fille de Cosmo. D'ailleurs, je ne songeais pas seulement à l'argent. Je pourrais te présenter à des gens influents. Tu n'as jamais rêvé de devenir mannequin ?

— Moi ? Mannequin ? Je ne suis pas assez belle.

— La beauté n'est pas l'atout majeur. Il faut avoir une silhouette, et ça, tu l'as.

— C'est impossible, je suis si crispée devant un objectif.

— Tu t'habitueras. Ce qu'il te faut, c'est un bon photographe, qui te donne confiance en toi. On a déjà vu de vilains petits canards se transformer en cygnes.

— Pas moi.

— Ne sois pas si timide. Tes cils sont trop pâles, mais longs et épais. Pourquoi ne mets-tu pas de mascara ?

Antonia rougit.

— J'ai essayé, mais je crois que j'y suis allergique. J'ai les paupières qui gonflent, les yeux qui pleurent et le maquillage coule. C'est une catastrophe.

— Alors, fais-les teindre en noir, dans un institut de beauté. Et tes ennuis seront terminés.

— Je ne ferai pas d'allergie à la teinture ?

— Non, il n'y a pas de raison. Et puis, là n'est pas la question. On parle de ton futur métier de modèle. Tu gagneras beaucoup d'argent, et tu seras indépendante. Penses-y. Tu auras tout le temps d'y réfléchir à Podmore's Thatch. Dis-moi ce que tu auras décidé, et je prendrai rendez-vous pour toi.

— Je te remercie.

Finalement, ce n'était peut-être pas une mauvaise idée. A la pensée de ce travail, Antonia s'inquiétait, mais si elle pouvait gagner sa vie ainsi, cela valait la peine d'essayer. Elle n'imaginait rien d'autre. Elle avait aimé faire la cuisine et jardiner pendant les deux ans qu'elle avait passés à Ibiza avec Cosmo. Mais comment faire une carrière avec ces maigres atouts ? Elle n'avait pas envie de travailler dans un bureau, une usine, une banque, ou un hôpital. Alors, que restait-il ?

De l'autre côté de la vallée, la cloche de l'église tinta d'un son mélancolique. Antonia songea aux sonnailles des brebis à Ibiza, qui résonnaient discordantes, le matin, dans l'air sec. On y entendait aussi les coqs et, le soir, les criquets... Les bruits d'Ibiza avaient à jamais disparu, évanouis dans le passé. Elle pensa à Cosmo, et, pour la première fois, n'eut pas les larmes aux yeux. Le chagrin est un terrible fardeau, mais on peut parfois l'abandonner au bord de la route et s'en éloigner. Antonia n'avait fait que quelques pas, mais déjà elle pouvait se retourner sans pleurer. Cela n'avait rien à voir avec l'oubli. Tout allait mieux, une fois qu'on acceptait.

La cloche sonna pendant une dizaine de minutes avant de s'arrêter brusquement. Le silence revint, à peine troublé par les bruits matinaux, le bruissement de l'eau, les beuglements du bétail, les lointains bêlements des moutons. Un chien aboya. Une voiture démarra. Antonia se rendit compte qu'elle avait faim. Elle se leva et rebroussa chemin. A la pensée des œufs à la coque, des tartines et du thé, elle se sentit remplie de joie ; et elle se mit à courir sans penser à rien sous les branches tombantes des saules, le cœur léger.

Elle parvint à la haie, tout essoufflée, et s'appuya un instant au portillon. Un jeune homme poussait une brouette sur le sentier.

— Bonjour, dit-il.

Antonia l'observait. Il s'arrêta près de l'endroit où l'on distinguait les traces d'un feu. Il portait un jean délavé enfoncé dans des bottes de caoutchouc et un pull-over ample sur une chemise bleu vif. Il en avait remonté le col, ses yeux étaient du même bleu intense.

— Belle journée. Vous êtes allée vous promener ?

— Jusqu'au petit pont.

— Vous êtes sûrement Antonia. Mme Keeling m'a dit que vous deviez venir.

— Moi, j'ignore qui vous êtes.

— Le jardinier. Danus Muirfield. Je suis venu donner un coup de main pour déblayer le grenier.

La brouette contenait quelques cartons, des vieux journaux, une fourche qu'il prit pour remuer les cendres.

— Il y a en effet une montagne de choses à brûler. Je suis montée au grenier hier, c'était impressionnant !

— Peu importe : nous avons toute la journée, dit-il.

— Je n'ai pas encore déjeuné, mais dès que j'aurai fini, je viens vous aider.

— Mme Keeling est en train de faire cuire des œufs.

— Tant mieux, j'adore les œufs, dit Antonia en souriant.

Le jardinier ne lui rendit pas son sourire et enfonça sa fourche dans la terre noire.

— On ne peut pas travailler avec l'estomac vide.

Nancy Chamberlain, les mains crispées sur le volant, roulait vers Podmore's Thatch. Elle était de bonne humeur, car il faisait beau, les enfants ne s'étaient pas querellés ce matin-là, George avait même un peu plaisanté devant son thé matinal, et Mme Croftway s'était proposée pour aller promener le chien.

Débarrassée de la corvée du repas dominical, elle avait eu le temps de s'occuper d'elle. Elle portait son plus beau manteau et un chemisier en crêpe. Elle n'avait pas eu besoin de se presser pour conduire Mélanie et Rupert chez les Wainwright ; elle avait même pu aller à l'église, après avoir dit gaiement au revoir à son mari qui se rendait à une réunion diocésaine. Aller à l'église lui donnait un sentiment de piété, et assister aux réunions locales lui conférait de l'importance. Exceptionnellement, son image personnelle correspondait à ses ambitions : une jeune femme bien organisée, avec des enfants invités dans une famille respectable, un mari qui avait des activités dignes de ce nom, des serviteurs fidèles.

Pleine de confiance en elle, elle préparait ce qu'elle allait dire dans l'après-midi. Au moment opportun, seule avec sa mère, devant un café peut-être, elle parlerait des peintures de Lawrence Stern. Elle mentionnerait le prix inimaginable des *Porteuses d'eau* et l'inciterait à profiter d'un marché en pleine expansion. Elle s'exprimerait calmement, pour faire croire qu'elle ne pensait qu'aux intérêts de sa mère.

« Vends donc ce triptyque, qui encombre le palier et auquel personne ne prête attention. » Pas *Les Pêcheurs de coquillages*, bien sûr... Il n'était pas question de se défaire de cette peinture qui faisait partie de la vie de Pénélope, mais Nancy citerait les paroles de son mari et parlerait en femme d'affaires. Revaloriser l'assurance... Pénélope, si attachée à ses biens, n'opposerait sans doute aucune objection aux soucis légitimes d'une fille attentionnée.

La route sinueuse qui grimpait et descendait les collines débouchait sur le village de Temple Pudley, baigné de soleil. A part un filet de fumée qui montait du jardin de sa mère, il n'y avait aucun signe d'activité. Nancy était absorbée par la pensée des sommes considérables qui semblaient se trouver à portée de sa main, et elle en oubliait presque le véritable but de son déplacement : le nettoyage du grenier. Elle espérait qu'on ne lui confierait pas des tâches trop salissantes.

Un peu plus tard, alors que l'horloge de l'église sonnait la demie, elle aperçut la vieille Jaguar de Noël, et une bicyclette appuyée contre le mur.

— Maman ? appela-t-elle en entrant.

Comme dans le passé, une bonne odeur lui parvenait de la cuisine, et elle se souvenait des plantureux repas que l'on servait naguère dans la vaste salle à manger d'Oakley Street. Elle en avait l'eau à la bouche.

— Je suis là, répondit la voix de Pénélope.

Nancy trouva sa mère dans la serre, en tenue de travail, affublée d'une vieille jupe de coton et d'un cardigan aux manches retroussées.

— Je me demande où nous allons manger à midi. Je voulais

mettre la table dans la salle à manger, mais il fait si beau que ce serait dommage de ne pas déjeuner dehors ou dans la serre. Regarde mes freesias. Ils sont magnifiques, n'est-ce pas ! Oh, tu es bien élégante. Alors, qu'en penses-tu ? Tu crois que nous pouvons manger dans la serre ? Noël ira chercher les plats à la cuisine. Le premier pique-nique de la saison, et puis tout le monde est si sale que ce sera plus pratique.

Une fumée noire montait toujours dans le ciel cristallin.

— Votre travail avance ?

— A un train d'enfer. On travaille dur.

— Pas toi, j'espère !

— Moi ? Je n'ai fait que la cuisine.

— Et la jeune fille... Antonia ?

Nancy prononça le nom d'un ton détaché, mais elle n'avait toujours pas pardonné à Olivia et Pénélope d'avoir invité cette étrangère.

— Elle s'est levée à l'aube et s'est mise au travail dès qu'elle a eu fini son petit déjeuner. Noël est dans le grenier, il donne des ordres à droite à gauche, Danus et Antonia s'occupent du feu.

— J'espère qu'elle ne va pas te créer des soucis.

— Antonia ? Elle est adorable.

— Qu'en pense Noël ?

— Au début, il estimait que ce n'était pas son type parce qu'elle a les cils clairs. Tu imagines ? Il ne trouvera jamais de femme s'il s'arrête à la couleur des cils.

— Et il a changé d'avis ?

— Seulement parce qu'il y a un autre jeune homme dans les parages et qu'Antonia a l'air de bien s'entendre avec lui. Noël est un vrai coq, il ne supporte pas la rivalité.

— Un jeune homme ? Tu parles du jardinier ?

— Oui, Danus. C'est un garçon charmant.

— Antonia s'intéresse au *jardinier* ?

270

— Nancy, ne sois donc pas snob et ne porte pas de jugements avant de le voir.

Nancy n'était pas convaincue.

— J'espère qu'ils ne brûlent pas des choses auxquelles tu tiens.

— Noël fait très attention. De temps à autre, Antonia vient me chercher pour que je donne mon avis. On a eu une petite querelle à propos d'un vieux bureau rongé par les vers, Noël voulait le jeter, mais Danus a affirmé qu'il était encore bon et qu'on pouvait traiter le bois. Je lui ai dit de le garder si cela lui faisait plaisir, mais Noël n'était pas du tout content. Et maintenant, si tu voulais bien m'aider à mettre le couvert...

Elles ouvrirent la grande table de pin, puis Nancy alla chercher les verres et l'argenterie. Pénélope disposa soigneusement les serviettes et plaça un pot de géraniums roses au centre de la table. Le résultat était ravissant, et Nancy s'extasia devant les dons de sa mère, qui savait créer une ambiance agréable avec les objets les plus simples. Sans doute avait-elle hérité des talents artistiques de son père.

— Il ne me reste plus qu'à aller me changer avant d'appeler les autres, annonça Pénélope. Je t'apporte quelque chose ? Un verre de vin ? Un gin-tonic ?

Une fois seule, Nancy ôta sa veste et regarda autour d'elle. Quand sa mère avait décidé de construire la serre, elle et George s'y étaient opposés, déclarant que ce serait là un luxe inutile. Pénélope, bien sûr, n'avait pas tenu compte de leur avis. Nancy devait bien admettre à présent que c'était un endroit fort agréable, mais elle n'avait jamais su combien cela avait coûté. Quand sa mère revint, Nancy se demanda si le moment n'était pas bien choisi pour parler des tableaux. Hélas ! Pénélope ne lui en laissa pas le loisir.

— Voilà ton gin-tonic. J'espère qu'il est assez fort.

Elle s'installa dans un fauteuil d'osier et étendit ses jambes au soleil.

— Quel temps merveilleux ! Alors, qu'as-tu fait de ta famille aujourd'hui ?

Nancy le lui expliqua.

— Oh, pauvre George ! Rester enfermé toute la journée avec des évêques sinistres ! Et qui sont les Wainwright ? C'est bien que les enfants prennent un peu d'indépendance. D'ailleurs, c'est bon pour tout le monde. Tu n'aurais pas envie de venir en Cornouailles avec moi ?

— En *Cornouailles* ?

— Oui, j'aimerais retourner à Porthkerris. Et ce serait beaucoup plus amusant si je n'étais pas toute seule.

— Mais...

— Je sais... Cela fait quarante ans que j'en suis partie, et je n'y connais plus personne. Mais j'ai tout de même envie de m'y rendre. Une sorte de pèlerinage... Pourquoi ne m'accompagnerais-tu pas ? Nous pourrions loger chez Doris.

— Chez *Doris* ?

— Voyons, Nancy, tu ne l'as tout de même pas oubliée ! Elle t'a élevée presque toute seule jusqu'à l'âge de quatre ans.

Effectivement, Nancy se rappelait Doris. Elle n'avait plus de souvenirs très clairs de son grand-père, mais elle se souvenait des bras réconfortants de Doris. C'était son plus ancien souvenir. Elle se voyait dans une poussette, derrière Carn Cottage, au milieu des canards et des poules, tandis que Doris étendait du linge dans la brise du matin. Les draps se balançaient au soleil dans le ciel d'un bleu laiteux.

— Elle habite toujours à Porthkerris, reprit Pénélope, dans une petite maison de la vieille ville, près du port. Maintenant que les enfants sont partis, il y a une chambre libre, et elle ne cesse de m'inviter. Elle aimerait aussi te revoir. Tu étais son bébé, elle a beaucoup pleuré quand nous sommes partis. Toi aussi, tu pleurais.

Nancy se mordit les lèvres. Passer des vacances chez une ancienne bonne n'entrait pas dans ses principes.

— Et les enfants ? Il y aurait de la place pour les enfants ?

— Quels enfants ?

— Mélanie et Rupert. Je ne peux pas partir en vacances sans eux.

— Et pourquoi, s'il te plaît ? Ils sont assez grands pour rester avec leur père et Mme Croftway. Fais-toi plaisir, prends quelques jours de liberté.

— Quand irais-tu ?

— Dès que possible.

— Oh ! Maman, j'ai tant de choses à faire... la kermesse de la paroisse, les leçons d'équitation de Mélanie et Rupert...

Se trouvant à court d'arguments, elle but une gorgée de gin et regarda le fin profil de sa mère.

— Plus tard, peut-être, quand je serai disponible. En septembre...

— Bah ! ne t'inquiète pas. Après tout, ce n'était qu'une idée en l'air.

Suivit un silence lourd de reproches inexprimés. Pourquoi se sentir coupable ? se dit Nancy. Elle ne pouvait tout de même pas s'en aller ainsi sur un coup de tête, sans prendre le temps de tout mettre en ordre avant son départ. Sa mère était parfois exaspérante. Pourquoi la culpabilisait-elle ainsi ? Ce n'était pas sa faute si elle avait réellement beaucoup à faire avec son mari et ses enfants. Il était injuste de le lui reprocher.

Si la matinée avait été agréable pour Nancy, il n'en avait pas été de même pour Noël. Il avait passé la journée de la veille à inventorier les vieilleries accumulées dans le grenier, convaincu qu'il allait y découvrir des merveilles. Il avait dû déchanter, et cette déception n'avait pas facilité son labeur de la matinée suivante. De plus l'apparence de Danus l'avait étonné. Il s'attendait à voir un gars de la campagne tout en muscles et le crâne obtus ; au lieu de cela, il avait en face de lui un jeune homme réservé, dont le regard direct le troublait. Enfin, l'attirance qu'Antonia paraissait éprouver pour cet inconnu n'était pas faite

273

pour améliorer son humeur. Il sentait croître son irritation en les entendant bavarder amicalement tandis qu'ils descendaient du grenier cartons ou débris de vieux meubles. L'altercation à propos du bureau vermoulu en fut la conséquence. Il se sentait sale et avait besoin d'une douche. Pourtant il se contenta de se laver les mains et le visage, pour redescendre bientôt et se verser un réconfortant Martini dry. Il traversa la cuisine pour gagner la serre inondée de soleil. La vue de sa mère en grande conversation avec sa sœur ne le dérida pas, au contraire.

Au bruit de ses pas, Nancy leva les yeux et lui adressa un sourire radieux, comme si, pour une fois, elle était heureuse de le voir.

— Bonjour, Noël.

Sans lui rendre son sourire, il s'appuya au chambranle de la porte et observa un instant les deux femmes. Sa mère semblait s'être endormie.

— Que faites-vous là, à paresser au soleil, alors que les autres travaillent ? grommela-t-il.

Pénélope ne bougea pas, mais le sourire de Nancy perdit sa chaleur, tandis que son frère se laissait tomber sur une chaise.

Pénélope n'était nullement endormie. Elle ouvrit les yeux.

— As-tu terminé ?

— Oui. Il ne reste plus qu'à balayer le plancher du grenier, où la poussière ne manque pas... J'ai une faim de loup. Quand mange-t-on ?

— Quand tu voudras, répondit sa mère en se levant pour jeter un coup d'œil en direction du jardin.

Des volutes de fumée s'élevaient encore dans le ciel, mais il n'y avait personne aux alentours.

— Quelqu'un devrait se mettre à la recherche d'Antonia et de Danus, pendant que je m'occuperai du repas, reprit-elle.

Noël attendait que sa sœur se proposât, mais elle était affairée à se débarrasser d'une poussière sur sa jupe, et fit semblant de n'avoir pas entendu.

— Vas-y, Nancy, dit-il. Un peu d'exercice ne te fera pas de mal. Moi, je suis épuisé.

Nancy comprit l'allusion à sa silhouette et se vexa.

— Je te remercie pour cette gentille remarque.

— J'ai l'impression que tu n'as pas levé le petit doigt de toute la matinée, répliqua-t-il sans se troubler.

— Peut-être parce que je tiens à être présentable pour le déjeuner. Je ne peux pas en dire autant de toi.

— Que porte donc George pour le repas du dimanche ? Une redingote ?

Nancy se leva d'un bond, furieuse.

— Si tu as la prétention d'être drôle...

Ils continuèrent pendant quelques instants à se lancer des piques, selon leur habitude.

— Je vais les chercher moi-même, dit Pénélope, exaspérée.

Elle s'éloigna vers la pelouse ensoleillée. L'attitude de ses enfants la bouleversait. Elle avançait à pas lents, essayant de se raisonner, consciente qu'ils se comportaient encore, à leur âge, comme des gosses indisciplinés et frondeurs. Noël ne pensait qu'à lui et Nancy, avec l'âge mûr, était devenue affreusement bourgeoise et hypocrite. Aucun n'accepterait de l'accompagner en Cornouailles, pas même Olivia. Mais, après tout, cela n'avait pas d'importance.

Que s'était-il passé ? Qu'étaient devenus les enfants qu'elle avait aimés et élevés de son mieux ? Peut-être n'avait-elle pas été assez exigeante à leur égard. Mais elle avait connu de durs moments, au cours des années qui avaient suivi la guerre. Sans parents ni amis pour la soutenir, elle ne pouvait se tourner que vers Ambrose et la mère de celui-ci ; hélas ! il lui avait fallu peu de temps pour s'apercevoir qu'elle ne devrait compter que sur elle-même.

La confiance en soi est le seul sentiment qui puisse vous faire traverser les crises que vous envoie le destin. Il faut être soi-même, indépendant, et garder son bon sens. Je suis encore capable, se dit-elle, de prendre mes décisions seule et d'organiser le temps qui me reste. Je n'ai pas besoin de mes enfants pour cela. Je les aime malgré leurs défauts mais je ne dois pas compter sur eux.

Elle redressa la tête et se sentit plus calme. Se faufilant à travers une brèche de la haie de troènes, elle se retrouva dans le verger qui descendait en pente douce vers la rivière. Tout au bout, le feu brûlait en crépitant et dégageait un nuage noir qui montait vers le ciel. Danus s'activait à ratisser les braises rougeoyantes, et Antonia l'observait, assise sur le bord de la brouette. Ils avaient ôté leurs chandails et étaient bras nus, l'air rayonnant. Leurs voix claires et rieuses résonnaient.

Ils paraissaient si absorbés dans leur conversation qu'il eût été dommage de les interrompre, même pour leur annoncer que l'heure était venue de déguster un agneau de lait rôti, un soufflé au citron et un sablé aux fraises. Elle demeura un moment sans bouger, pour le seul plaisir de contempler cette charmante scène. Danus interrompit bientôt son travail et s'appuya au manche de sa fourche, tout en lançant une remarque qu'elle n'entendit pas mais qui fit rire la jeune fille. Et la musique de ce rire reporta Pénélope des années en arrière, lui rappelant avec une saisissante intensité des joies qui ne se produisent qu'une seule fois dans une vie.

C'était merveilleux. Et rien de ce qui est merveilleux n'est jamais perdu. Cela devient partie intégrante de soi.

D'autres voix. Dans un autre monde. Ce souvenir n'était pas entaché de regrets. C'était, au contraire, comme un renouveau. Nancy et Noël, leurs misérables et inutiles chamailleries étaient loin de sa pensée. Rien d'autre ne comptait, rien d'autre n'avait de valeur que cet instant qu'elle revivait.

Elle aurait pu demeurer là, au fond de ce verger, à rêver tout éveillée pour le restant de la journée, si au même moment Danus ne l'avait aperçue. Elle mit ses mains en porte-voix et cria que c'était l'heure du déjeuner. Il la remercia d'un geste et planta sa fourche dans le sol avant de ramasser les deux chandails abandonnés dans l'herbe. Antonia avança lentement. Il lui mit son vêtement sur les épaules et noua les manches autour de son cou. Puis tous deux s'engagèrent dans l'allée du verger, marchant côte à côte entre les arbres, grands et élancés, le visage hâlé, image de la jeunesse et de la beauté.

Elle se sentit emplie de gratitude. Non seulement pour le dur labeur qu'ils avaient accompli durant cette matinée, mais surtout parce que, sans prononcer une parole, ils lui avaient permis de retrouver sa tranquillité et son sens des valeurs réelles. Elle remercia le destin qui les lui avait envoyés, comme une seconde chance.

Il fallait reconnaître, à l'avantage de Noël, que sa mauvaise humeur et ses bouderies étaient de courte durée. Lorsque tout le monde fut rassemblé, il en était à son second Martini — il avait même servi sa sœur —, et Pénélope fut soulagée de les voir en train de bavarder amicalement.

— Nous voici donc tous réunis, dit-elle. Nancy, je te présente Antonia et Danus... Nancy Chamberlain, ma fille aînée... Noël, je te charge de t'occuper du bar. Sers-leur à tous les deux quelque chose à boire. Ensuite, si tu veux bien, tu viendras découper l'agneau.

Noël posa son verre et se leva en simulant un effort exagéré.

— Que désirez-vous boire, Antonia ?

— J'aimerais bien une bière légère.

La jeune fille était appuyée contre la table, ses longues jambes moulées dans un jean décoloré. Lorsque Mélanie — la fille de Nancy — se mettait en pantalon, elle avait l'air ridicule à cause de son gros postérieur, alors qu'Antonia dans son jean avait une allure superbe. Nancy songea que la vie était injuste. Elle se demanda un instant si elle ne devrait pas mettre Mélanie au régime, mais chassa aussitôt cette idée, sa fille faisait toujours le contraire de ce qu'on lui suggérait.

— Et vous, Danus, qu'est-ce que je vous sers ?

— Un jus de fruits, si vous voulez bien ; ou même un simple verre d'eau.

Noël s'étonna. Mais devant la réponse du jeune homme, il esquissa un haussement d'épaules et disparut à l'intérieur de la maison. Nancy se tourna vers Danus pour lui demander :

— Vous ne buvez pas ?

— Jamais d'alcool.

Il était beau garçon, visiblement bien élevé, et elle se demanda ce qui l'avait poussé à devenir jardinier.

— Vous n'en avez jamais bu ?

— Pas vraiment, répondit-il sans que le plus léger embarras apparût sur son visage.

— Sans doute le goût vous déplaît-il, insista Nancy, trouvant extraordinaire qu'un homme ne voulût pas accepter un verre de bière.

Il sembla réfléchir un instant à la question.

— Oui, c'est ça.

Il avait répondu avec gravité, et elle se demanda s'il ne se moquait pas d'elle.

L'agneau rôti, accompagné de pommes de terre sautées, de petits pois et de brocolis, fut apprécié de tous. Le vin était excellent et les desserts parfaits. Les convives, maintenant détendus, se demandaient comment ils allaient employer le reste de la journée.

— En ce qui me concerne, annonça Noël en versant une copieuse ration de crème sur son sablé aux fraises, je vais reprendre la route de Londres. Si je ne pars pas trop tard, j'aurai peut-être la chance d'éviter les embouteillages du week-end.

— Tu as raison, approuva sa mère. Tu as beaucoup travaillé, et tu dois être épuisé.

— Que reste-t-il à faire ? demanda Nancy.

— Brûler les dernières vieilleries et balayer le grenier.

— Je m'en charge, intervint vivement Antonia.

— Et qu'allez-vous faire de tous ces objets qui encombrent encore le devant de porte ? Ces bois de lit, ce vieux landau. Vous ne pouvez pas les laisser là indéfiniment. On se croirait chez un brocanteur.

— On pourrait les transporter à la décharge publique de Pudley, suggéra Danus.

— Par quel moyen ? demanda Noël.

— Si Mme Keeling le permet, nous les entasserons tout simplement à l'arrière de sa voiture.

— Je n'y vois pas d'inconvénient, dit Pénélope.

— Aujourd'hui ? s'étonna Noël. Mais nous sommes dimanche.

— Aucune importance, reprit la maîtresse de maison. Les grilles ne sont jamais fermées, et le gardien est là en permanence.

— Tu veux dire qu'il y habite ? s'écria Nancy d'un air horrifié. Dans une bicoque attenante à cette décharge ! Ce doit être affreusement antihygiénique. Qu'en pense-t-on au conseil municipal ?

— Je ne crois pas que le bonhomme attache une grande importance à l'hygiène, répliqua Pénélope avec un petit rire. Il est terriblement sale, toujours mal rasé, mais charmant. Une fois, lors d'une grève des éboueurs, nous avons dû transporter nous-mêmes nos ordures jusqu'à la décharge, et il s'est montré très serviable.

— Mais...

Elle fut interrompue par Danus, ce qui était surprenant, car il avait très peu parlé durant le repas.

— En Écosse, à proximité de la petite ville où habite ma grand-mère, il y a aussi un chemineau qui vit dans l'enceinte de la décharge municipale depuis plus de trente ans. Dans une armoire.

— Dans une *armoire* ? répéta Nancy plus horrifiée que jamais.

— Oui. Une très grande, je dois dire : un vieux meuble de l'époque victorienne.

— Ce doit être terriblement inconfortable !

— Effectivement. Malgré cela, il semble très heureux. J'ajoute que c'est un personnage fort respecté. Il parcourt souvent la campagne environnante, vêtu d'un vieil imperméable et chaussé de bottes de caoutchouc. Les gens lui offrent du thé et des tartines de confiture.

— Et que fait-il de ses soirées ?

— Je n'en ai pas la moindre idée, avoua Danus.

— Pourquoi diable t'inquiètes-tu de la manière dont il peut passer ses soirées ? demanda Noël en jetant un coup d'œil oblique à sa sœur.

— Cela doit être si triste. Car j'imagine qu'il n'a ni télévision ni téléphone.

— Ma pauvre Nancy, ton cas est vraiment désespéré, soupira Noël avant de se tourner vers Danus.

— Vous venez d'Écosse, si j'ai bien compris.

— Mes parents habitent Édimbourg, où mon père est avocat.

Dévorée de curiosité, Nancy oublia instantanément la remarque blessante de son frère.

— N'avez-vous jamais eu envie de devenir homme de loi, vous aussi ?

— J'y ai songé lorsque j'étais au lycée. Puis j'ai changé d'idée.

— J'ai toujours imaginé les Écossais comme de grands amateurs de sport : chasse au coq de bruyère, pêche... Votre père se livre-t-il à ce genre d'activités ?

— Il pêche et joue au golf.

— Est-il aussi un « Ancien de l'Église d'Écosse » ? reprit Noël avec ce faux accent écossais qui irritait tellement sa mère. C'est bien ainsi que vous dites, dans votre Nord glacé, n'est-ce pas ?

Danus demeura impassible.

— Oui, il fait partie des Anciens. Et il est aussi Archer.

— Là, je ne vous suis plus. Éclairez-moi, voulez-vous ?

— Il est membre de l'Honorable compagnie des Archers. Ce sont les gardes du corps de la Reine lorsqu'elle séjourne a Hollywood-House. Dans ces occasions, mon père revêt un uniforme archaïque, réplique exacte de ceux que l'on portait au Moyen Age.

— Et les armes sont, j'imagine, un arc et des flèches ?

— Oui.

Les deux hommes se dévisagèrent pendant un moment.

— Vraiment fascinant, commenta enfin Noël en se servant une autre part de gâteau aux fraises.

Ce plantureux repas terminé par un café, Noël annonça qu'il montait préparer ses affaires. Nancy se mit à empiler distraitement les tasses et les soucoupes.

— Vous retournez vous occuper du feu ? demanda Pénélope à Danus.

— Il brûle encore, répondit le jeune homme. Ne vaudrait-il pas mieux que je charge dans la voiture ce dont il faut se débarrasser ?

— Bonne idée. Après la vaisselle je vous conduirai.

Noël étouffa un bâillement.

— Je t'en prie, Ma ! Il n'a pas besoin d'un chauffeur.

— Mais si, rectifia Danus, je ne conduis pas.

Nancy et son frère se considérèrent d'un air incrédule.

— Vous ne conduisez pas ? s'exclama Noël. Vous voulez dire que vous ne savez pas ? Et comment vous déplacez-vous ?

— A bicyclette.

— Vous êtes vraiment un curieux garçon.

Antonia intervint.

— Si vous le permettez, Pénélope, je peux conduire Danus, s'il me montre le chemin.

— Ma foi, ce serait gentil de ta part. Vous pourriez même y aller tout de suite, tandis que Nancy m'aidera à débarrasser la table et à faire la vaisselle.

— Il faut que je rentre chez moi, protesta celle-ci. Je ne peux pas rester ici tout l'après-midi.

— Accorde-moi encore un moment ; nous avons à peine eu le temps d'échanger quelques mots. Tu ne dois pas avoir des occupations si prenantes...

Antonia et Danus se levèrent, dirent au revoir à Noël et s'éloignèrent ensemble.

— Étrange personnage, commenta Noël.

— Oui. Un peu trop guindé, ajouta sa sœur. On ne le voit jamais sourire.

— Où as-tu trouvé ce phénomène, Ma ? Que sais-tu de lui ? Il a visiblement reçu une bonne éducation, c'est surprenant de lui voir faire le métier de jardinier. Que signifient, enfin, ces façons de ne vouloir ni conduire une voiture ni boire un verre d'alcool ?

— A mon avis, intervint Nancy d'un air d'importance, il a probablement tué quelqu'un en état d'ivresse, et on lui a retiré son permis.

Ce point de vue était proche de ce que pensait Pénélope mais elle prit aussitôt la défense du jeune homme.

— Laissez donc à ce pauvre garçon le temps de franchir la grille du parc avant de le déchirer de la sorte !

— Allons, Ma, avoue que c'est un garçon bizarre. En admettant qu'il nous ait dit la vérité, tout à l'heure, il serait d'une famille respectable et aisée. Dans ces conditions, pourquoi s'engager comme travailleur agricole ?

— Je n'en sais rien.

— Lui as-tu posé la question ?

— Non. Cela ne regarde que lui.

— Il a tout de même dû te présenter des certificats ?

— Je l'ai embauché par l'entremise d'une entreprise spécialisée.

— A-t-on garanti son honnêteté ?

— Et pourquoi ne serait-il pas honnête, s'il te plaît ?

— Tu es vraiment naïve, Mère, intervint Nancy. Tu ferais confiance à n'importe qui sur sa bonne mine. Mais rends-toi compte que tu es seule, et que ce garçon pénètre librement dans le jardin et dans la maison.

— Je ne suis pas seule. J'ai Antonia avec moi.

— Antonia, qui est aussi entichée de lui que tu l'es toi-même.

— Nancy, qu'est-ce qui te donne le droit de dire des choses semblables ?

— Si je ne me faisais pas du souci pour toi, je ne les dirais pas.

— Que pourrait faire Danus ? Violer Antonia et Mme Plackett, je suppose ? M'assassiner pour me voler et filer ensuite sur le continent ? Il n'y gagnerait pas grand-chose. Il n'y a ici aucun objet de valeur.

— Aucun objet de valeur ! s'écria Noël en faisant un bond sur sa chaise. Et les tableaux de ton père ? Comment te faire comprendre que tu es vulnérable ? Tu n'as aucun système d'alarme, tu ne fermes jamais à clef, et il est probable que tu n'es pas assez assurée. Nancy a raison : tu ne sais rien de ce drôle de type que tu as engagé comme jardinier. Et même dans le cas contraire — je veux dire même si on pouvait être assuré de son honnêteté —, c'est folie de ne pas prendre les mesures qui s'imposent : vendre ou prendre une assurance plus importante... Bref, faire *quelque chose*.

— J'ai l'impression que tu aimerais que je vende mes tableaux.

— Je t'en prie, ne t'énerve pas, et essaie de raisonner. Il n'est pas question de vendre *Les Pêcheurs de coquillages*, mais les autres. Il faut en profiter tant que le marché est favorable. Essaie au moins de connaître leur valeur.

— Qu'en penses-tu, Nancy ? demanda Pénélope après un silence. Qu'as-tu à dire concernant mes tableaux, mon assurance et ma vie privée en général ?

La jeune femme se mordit la lèvre et bredouilla :

— Je crois que Noël a raison. George est également d'avis que tu devrais revoir ton assurance. Il m'en a parlé après avoir pris connaissance dans les journaux de la vente des *Porteuses d'eau*. Mais les primes seraient fort élevées, et la compagnie pourrait exiger une sécurité plus efficace.

— J'ai l'impression que tu es en train de répéter mot pour mot les paroles de ton mari, à moins que tu n'aies lu cela sans y rien comprendre. Es-tu vraiment incapable d'émettre une idée personnelle ?

— Vraiment, je crois que... tu devrais vendre ces tableaux.

— Pour en tirer quoi ? Un quart de million, peut-être ?

Elle avait lancé ce chiffre au hasard, et Nancy se dit que la conversation commençait à prendre un tour intéressant.

— Pourquoi pas ?

— Et après cette opération, que serais-je censée faire de l'argent ?

Elle regarda Noël, qui se permit un haussement d'épaules.

— L'argent que tu donnerais de ton vivant vaut deux fois celui que tu laisserais à ta mort.

— En d'autres termes, vous voudriez l'avoir dès maintenant.

— Je n'ai jamais dit cela, Ma. Je ne faisais qu'une remarque d'ordre général. Mais regarde les choses en face : conserver une somme de cette importance équivaudrait à la donner au gouvernement.

— C'est donc à vous deux que je devrais le remettre.

— Tu as trois enfants, Ma. Tu pourrais leur en donner une certaine partie divisée en trois et garder le reste pour profiter un peu de la vie, ce que tu n'as jamais pu te permettre. Tu as autrefois voyagé avec tes parents. Tu pourrais recommencer. Par exemple, visiter l'Italie ou retourner dans le midi de la France.

— Et que feriez-vous, tous les deux, avec cet argent ?

— J'imagine que Nancy s'en servirait pour ses enfants. Quant à moi, je l'investirais. Je ferais des affaires.

— Lesquelles ?

— Je ne sais pas encore. Peut-être achèterais-je d'autres terres, des pâturages...

Tout à fait son père, songea Pénélope. Mécontent de son sort, envieux des autres, ambitieux, persuadé que tout lui est dû. C'est ainsi qu'aurait parlé Ambrose, et cette pensée lui fit perdre patience.

— Des affaires ! dit-elle d'un ton chargé de mépris. Tu dois avoir perdu la tête. Tu pourrais aussi bien miser la totalité de la somme sur un seul cheval ou aller la perdre à la roulette. Il y a des moments où tu me fais honte.

Noël tenta de se défendre, mais elle le fit taire d'un geste.

— Veux-tu connaître le fond de ma pensée ? Eh bien, je crois que tu te moques éperdument de ce qui peut nous arriver : à moi, à ma maison ou aux tableaux de mon père. Tu ne songes qu'à la manière la plus facile et la plus rapide d'obtenir de l'argent.

Les lèvres pincées de colère, Noël avait pâli.

— Je n'ai pas encore vendu les tableaux, et il se peut que je ne les vende jamais. Mais si je m'y résous un jour, je garderai l'argent pour moi, parce qu'il m'appartient et que j'ai le droit d'en faire ce que je veux. Quant à toi, Nancy, tu n'avais aucun besoin d'envoyer tes enfants dans ces écoles coûteuses. Si ton mari et toi-même aviez eu pour eux un peu moins d'ambition, mais plus de temps à leur consacrer, ils seraient plus agréables qu'ils ne le sont.

Nancy, avec une promptitude qui la surprit elle-même, prit la défense de ses enfants.

— Je te saurais gré de ne pas les critiquer.

— Il est pourtant temps que quelqu'un le fasse.

— Quel droit as-tu de blâmer leur conduite ? Tu ne t'intéresses pas à eux. Tu préfères de loin tes amis bizarres et ton maudit jardin. Nous avons beau t'inviter, tu ne viens jamais...

Ce fut au tour de Noël de perdre patience.

— Je t'en prie, Nancy, tais-toi. Ce ne sont pas tes enfants qui nous intéressent en ce moment. Nous essayons de discuter intelligemment...

— Ils sont, au contraire, fort intéressants, répliqua sa sœur, car ils constituent la génération future... et ils méritent plus d'attention que tes projets insensés. Mère a raison, tu dépenserais au jeu tout l'argent que tu recevrais.

— Venant de toi, la remarque est assez saugrenue. Tu es

incapable d'avoir une opinion personnelle, et tu ne connais rien à rien.

La jeune femme se leva d'un bond.

— Ah oui ? Eh bien, j'en ai assez de me faire insulter. Je rentre chez moi.

— Excellente résolution, commenta Pénélope. Il est temps que vous vous retiriez tous les deux. Je suis heureuse qu'Olivia n'ait pas assisté à cette consternante conversation. Il est vrai qu'en sa présence aucun de vous n'aurait osé aborder le sujet.

Elle se leva, saisit le plateau posé sur la table.

— Et maintenant, puisque vous prétendez avoir de nombreuses occupations, je ne vois pas l'intérêt de gaspiller tout l'après-midi en discussions inutiles. J'ai, moi aussi, du travail qui m'attend.

Elle prit le chemin de la cuisine, tandis que Noël décochait sa dernière flèche.

— Je suis sûr que Nancy se ferait un plaisir de te donner un coup de main. Elle adore voir un évier plein de vaisselle sale.

— J'ai déjà dit que je rentrais chez moi, répliqua sa sœur. Et pour ce qui est de la vaisselle, Mère n'a pas à se faire du souci. Antonia peut fort bien s'en occuper à son retour. Après tout, n'est-elle pas ici pour faire la bonne ?

Pénélope s'arrêta net et tourna la tête. Il y avait dans ses yeux sombres une expression de dégoût, et Nancy se dit que, cette fois, elle était allée trop loin. Pourtant, ce fut d'une voix calme que sa mère répondit :

— Non, Nancy. Elle n'est pas ici pour faire la bonne. Elle est mon amie et mon invitée.

Sur ces mots, elle disparut, et on perçut bientôt le bruit de l'eau qui coulait dans l'évier. Nancy enfila sa veste de tailleur, tandis que son frère se levait à son tour.

— Eh bien, dit-il calmement, tu peux te vanter d'avoir fait un beau gâchis.

— Parle pour toi, répliqua sa sœur d'un ton hargneux.

Il tourna les talons et disparut sans répondre. Nancy ne bougea pas, attendant son retour, bien décidée à ne pas perdre la face. Elle avait hâte de s'échapper, mais n'osait pas s'en aller sans dire quelques mots d'excuse à sa mère, qui s'était toujours montrée si compréhensive. Pourtant, était-ce à elle de faire des excuses ? C'était sa mère qui avait été intraitable. Lorsqu'elle entendit son frère descendre, elle le rejoignit dans la cuisine. Le lave-vaisselle ronronnait, et Pénélope, penchée au-dessus de l'évier, récurait une casserole.

— Eh bien, nous partons, annonça Noël.

Leur mère se retourna et s'essuya les mains. Son tablier de cuisine et ses mains rougies par l'eau chaude ne diminuaient en rien sa dignité ; et Nancy se souvint que ses rares colères n'avaient jamais duré que quelques instants. De toute sa vie, elle n'avait connu la rancune ou même la bouderie.

— C'est gentil d'être venus me rendre visite, dit-elle avec un sourire. Et merci à toi, Noël, pour le dur travail que tu as fourni.

Elle accompagna ses enfants jusqu'aux voitures. Noël jeta sa petite mallette à l'arrière de la Jaguar, s'installa au volant, esquissa un vague geste de la main, et l'engin disparut en direction de Londres. Il n'avait dit au revoir ni à sa mère ni à sa sœur, mais aucune ne fit de commentaire. Nancy monta à son tour dans sa voiture et enfila ses gants de pécari. Le regard sombre de sa mère posé sur elle la fit rougir.

— Sois prudente, Nancy, dit simplement Pénélope. Ne conduis pas trop vite.

— Je suis toujours prudente, Mère.

— Mais, en ce moment, tu es un peu bouleversée.

Nancy, les yeux baissés vers le volant, sentit des larmes monter à ses paupières.

— C'est vrai. Rien n'est plus éprouvant que les querelles familiales.

— Ces querelles sont un peu comme les accidents de la route. Tout le monde se dit : « Cela ne saurait nous arriver, à nous. »

Mais cela peut arriver à n'importe qui. La seule façon d'y échapper, c'est d'avoir un peu de considération pour autrui.

— Nous ne manquons nullement de considération à ton égard, Mère. Nous ne songeons, au contraire, qu'à ton bien.

— Non, Nancy. Ce n'est pas du tout ça. Vous souhaiteriez me voir faire ce qui vous arrangerait, vous : c'est-à-dire vendre les tableaux de mon père et vous remettre avant ma mort l'argent ainsi obtenu. Mais je ne vendrai ces œuvres que lorsque j'en aurai décidé ainsi. Et, crois-moi, je ne suis pas près de mourir.

Elle recula d'un pas avant d'ajouter :

— A présent, tu peux partir. Et n'oublie pas de faire mes amitiés à George.

La jeune femme essuya ces stupides larmes qui coulaient sur ses joues, mit le contact et démarra.

Pénélope demeura à la même place, au milieu de l'allée, longtemps après que le bruit de la voiture se fut éteint. Songeuse, elle rentra dans la maison.

Elle était seule. Reposante solitude. Elle traversa la cuisine en se disant que les casseroles pouvaient attendre, et gagna le salon. La soirée serait sans doute fraîche ; aussi frotta-t-elle une allumette pour allumer le feu déjà préparé dans l'âtre. Elle attendit que les flammes s'élèvent et se dirigea vers son petit bureau pour y prendre la coupure de journal où figurait l'annonce de Boothby's, *Téléphonez à M. Roy Brookner.* Elle étala le papier, le maintint en place au moyen d'un presse-papiers, puis regagna la cuisine pour y prendre un petit couteau bien aiguisé. Cela fait, elle monta dans sa chambre. Les rayons dorés du soleil pénétraient dans la pièce par la fenêtre de l'ouest et tremblotaient sur les miroirs. Pénélope posa le couteau sur sa coiffeuse, s'approcha de la grande penderie et la vida, étalant ses vêtements sur le lit.

Des années auparavant, le fond de l'armoire avait été tapissé d'un papier lourd aux dessins en relief qui ne masquait pas entièrement les irrégularités du panneau. Pénélope passa lentement les doigts sur la surface bosselée jusqu'à ce qu'elle eût trouvé ce qu'elle cherchait. Elle inséra la lame du couteau à l'endroit voulu et la fit glisser délicatement pour couper le papier sur une cinquantaine de centimètres ; elle procéda de la même façon dans l'autre sens, en haut et en bas. Cela fait, elle souleva le papier pour découvrir l'objet qui était resté dissimulé en cet endroit pendant vingt-cinq ans : un vieux classeur de carton fermé par une courroie de toile.

Ce même après-midi, à Londres, Olivia appela Noël.

— Comment cela s'est-il passé ? demanda la jeune femme sans préambule.

— Comme prévu. Mais je n'ai rien trouvé.

— Vraiment !

Elle paraissait plus amusée que surprise, et il la maudit.

— Tout ce travail pour rien, reprit Olivia. Bah ! tu auras plus de chance la prochaine fois. Comment va Antonia ?

— Oh ! très bien ! J'ai l'impression qu'elle s'est entichée du jardinier.

S'il avait espéré la choquer, il en fut pour ses frais.

— Mais c'est très sympathique, ça. Comment est-il ?

— Bizarre.

— Bizarre ? Tu veux dire que c'est un homosexuel ?

— Non. Mais il fait songer à un poisson hors de l'eau. Pas du tout dans son élément. Il sort d'une famille huppée, a fréquenté les écoles chic... Que fait-il là en jardinier ? Autre chose : il ne boit que de l'eau et ne conduit pas. Il ne sourit jamais, non plus. Nancy est persuadée qu'il cache un secret et, pour une fois, je serais assez de son avis.

— Qu'en pense Maman ?

— Elle le tient en haute estime et le traite comme un neveu perdu de vue depuis longtemps.

— Dans ce cas, il n'y a pas de souci à se faire. Son jugement est sûr. Comment va-t-elle ?

— Toujours pareil.

— Pas trop fatiguée ?

— Il ne m'a pas semblé. Je l'ai trouvée comme d'habitude.

— J'espère que tu ne lui as pas parlé des esquisses, que tu ne lui as posé aucune question.

— Aucune, bien sûr. Si elles ont jamais existé, elle les a probablement oubliées. A propos, Nancy était venue déjeuner. Elle s'est mise à répéter les paroles de George concernant une nouvelle assurance, ce qui a déclenché une petite dispute. Tu connais Nancy. Elle est totalement dépourvue de tact.

— Maman en a-t-elle été chagrinée ?

— Un peu. Je me suis efforcé d'arrondir les angles. Mais elle est plus entêtée que jamais.

Le lundi matin, lorsque Pénélope descendit, Danus était déjà au travail dans le potager. Mme Plackett ne tarda pas à arriver, perchée sur son vélo, et on lui présenta Antonia. La femme de ménage monta aussitôt faire les chambres, comme tous les lundis, et la jeune fille prépara le petit déjeuner. Pénélope s'enferma dans le salon pour téléphoner chez Boothby's et parler à M. Brookner.

Il avait une voix grave et cultivée.

— Ici Pénélope Keeling. Je vous appelle depuis ma demeure du Gloucestershire, après avoir lu dans le *Sunday Times* une annonce concernant les tableaux de l'époque victorienne.

— En effet.

— Vous serait-il possible de me rendre visite ?

— Avez-vous quelque chose à me montrer ?

— Oui. Des œuvres de Lawrence Stern.

— Êtes-vous certaine qu'il s'agisse d'œuvres de ce peintre ? demanda Brookner après une hésitation.

— Absolument. Lawrence Stern était mon père.

— Dans ce cas, donnez-moi votre adresse et votre numéro de téléphone. Je consulte mon agenda... Je pourrai venir dès cette semaine, si cela vous convient.

— Le plus tôt sera le mieux.

Ils prirent rendez-vous pour jeudi après-midi.

En attendant l'arrivée de son visiteur, Pénélope se rendit dans la serre, arrosant un cyclamen, coupant les fleurs fanées et les feuilles roussies des géraniums. Le vent d'est soufflait par rafales, amenant de gros nuages qui voilaient la lumière. Néanmoins, la température était clémente, et des jonquilles commençaient à balancer leurs têtes jaunes dans le verger, les premières primevères arboraient leurs tons pastel, et les bourgeons des châtaigniers éclataient, révélant le vert tendre de leurs feuilles minuscules.

Pénélope avait soigné sa toilette et elle essayait d'imaginer l'apparence de M. Brookner. Son nom et le son de sa voix ne fournissaient que peu d'éléments. Allait-elle se trouver en face d'un jeune homme au front bombé et nœud papillon rose ? D'un homme d'âge mûr, guilleret et bavard, mais doté d'un cerveau semblable à un ordinateur ?

Il n'était rien de cela. Lorsque, un peu après deux heures, le timbre de la porte retentit, elle posa son arrosoir et alla à la rencontre du visiteur. Elle se trouva en face d'un homme grand et distingué, qui l'observait derrière des lunettes à monture d'écaille. Il était vêtu d'un complet de tweed bien coupé et d'une chemise à carreaux ornée d'une cravate à rayures.

— Vous habitez une très belle région, et vous avez une maison ravissante, dit-il après s'être présenté.

— Je vous remercie, répondit Pénélope avec un sourire. Mais je vais devoir vous faire traverser la cuisine pour parvenir au salon. Il n'y a pas de vestibule.

Le regard du visiteur fut attiré par la serre inondée de soleil, que l'on entrevoyait par la porte du fond.

— Je ne me soucierais pas d'avoir un vestibule, dit-il, si je possédais une cuisine aussi belle que celle-ci, et cette admirable serre.

291

— C'est moi qui ai fait construire la serre, mais le reste de la maison est resté tel que je l'ai trouvé.

— Y a-t-il longtemps que vous habitez ici ?

— Six ans.

— Vous vivez seule ?

— La plupart du temps. En ce moment, une jeune amie séjourne chez moi, mais elle est absente cet après-midi. Je l'ai envoyée à Oxford avec mon jardinier pour faire réparer la tondeuse. Je ne tenais pas à les avoir dans les parages pendant notre entretien. Aimeriez-vous prendre une tasse de thé ?

— Non, merci.

— Je vais vous montrer ces tableaux sans plus attendre.

Elle le précéda dans l'étroit escalier conduisant au premier étage.

— Les voici, accrochés de chaque côté de ma chambre. Ce sont les toutes dernières peintures de mon père. Peut-être l'ignorez-vous, mais il était atteint d'arthrite, et ne tenait plus ses pinceaux qu'avec beaucoup de difficulté, de sorte que ces tableaux n'ont jamais été achevés.

Elle fit quelques pas de côté pour permettre à M. Brookner de les examiner. Il ne dit mot. Ne lui plaisaient-ils pas ? Elle se mit à parler pour masquer sa nervosité.

— Nous habitions à Porthkerris, une petite maison plantée tout en haut de la colline, mais nous n'avions pas assez d'argent pour l'entretenir et elle se dégradait. Le hall était tapissé d'un papier en mauvais état et nous n'avions pas de quoi le remplacer. Aussi Maman suggéra-t-elle à mon père de peindre deux panneaux décoratifs qui masqueraient les endroits les plus abîmés. Elle voulait quelque chose dans le style ancien, plus ou moins allégorique. Ainsi que je vous l'ai expliqué, mon père a été dans l'impossibilité de les achever ; mais Maman disait que cela n'avait pas d'importance et qu'elle les aimait tels qu'ils étaient.

M. Brookner ne faisant toujours aucun commentaire, Pénélope

se demanda s'il n'allait pas déclarer que les tableaux ne valaient rien. Mais il tourna la tête et sourit.

— Vous les dites inachevés, madame Keeling, alors qu'ils sont merveilleusement complets. Pas aussi finement détaillés, peut-être, que les œuvres exécutées par votre père au tournant du siècle, mais tout de même parfaits.

— Je suis si heureuse qu'ils vous plaisent ! Mes enfants les ont toujours ignorés, sinon méprisés ; mais je les contemplais, moi, avec un immense plaisir.

— Ils le méritent. Est-ce tout ce que vous avez à me montrer ?

— Non, j'ai autre chose en bas, si vous voulez bien me suivre.

Ils gagnèrent le salon, et le regard du visiteur s'arrêta aussitôt sur *Les Pêcheurs de coquillages*. Avant son arrivée, Pénélope avait allumé la petite lampe située au-dessus du tableau, plus beau que jamais, aussi frais et brillant qu'à l'époque où il avait été peint. Plus cher à son cœur aussi.

— J'ignorais l'existence d'une telle œuvre, dit enfin M. Brookner.

— Ce n'est pas surprenant, elle n'a jamais été exposée.

— De quand date-t-elle ?

— De 1927. C'est la dernière grande œuvre de mon père. Elle représente la baie de Porthkerris, vue de la fenêtre de son atelier. L'un des enfants n'est autre que moi-même. Le tableau s'appelle *Les Pêcheurs de coquillages*. Mon père m'en a fait cadeau le jour de mon mariage, il y a quarante-quatre ans.

— Quel merveilleux cadeau, et quelle joie de posséder un tel chef-d'œuvre ! J'imagine que vous ne projetez pas de vous en séparer ?

— Non. Mais je voulais que vous le voyiez. Eh bien, je crois que c'est tout, monsieur Brookner. A l'exception de quelques esquisses.

— Des esquisses de votre père ? demanda-t-il en s'arrachant à la contemplation du tableau. Accepteriez-vous de me les montrer ?

— Bien sûr.

293

Elle passa la main derrière le canapé et tendit le classeur à son visiteur.

Des esquisses, avait dit Mme Keeling. Mais les œuvres qu'il avait sous les yeux étaient peintes à l'huile, et les toiles effrangées portaient tout autour les marques des semences qui les avaient autrefois fixées sur leurs châssis. Il les examina une par une, émerveillé. Les couleurs étaient vives, les sujets facilement identifiables : *Le Souffle du printemps*, *Les Prémices de l'amour*, *Les Porteuses d'eau*, *Le Dieu marin* ...

C'était trop. Tel un homme rassasié au milieu d'un souper fin, il se sentit incapable de poursuivre son examen. Pénélope, debout près de la cheminée, attendait son verdict. Il la regarda et elle comprit sans qu'il eût prononcé un mot. Elle eut un sourire radieux et il la vit sous l'apparence de la jolie femme qu'elle avait été. S'il avait été jeune lui-même à cette époque, serait-il tombé amoureux d'elle ?

— D'où viennent ces esquisses ? demanda-t-il.

— Je les ai gardées pendant vingt-cinq ans cachées dans le fond de mon armoire.

— Mais où les aviez-vous trouvées ?

— Dans l'atelier de mon père, à Oakley Street.

— Quelqu'un d'autre est-il au courant de leur existence ?

— Je ne crois pas. Pourtant... j'ai l'impression que mon fils Noël a de vagues soupçons.

M. Brookner prit une autre esquisse.

— Combien y en a-t-il en tout ?

— Quatorze.

— Sont-elles assurées ?

— Non.

— J'imagine que c'est pour cela que vous les cachiez.

— C'est tout simplement parce que je ne voulais pas que mon mari fût au courant.

Elle laissa échapper un soupir. Elle paraissait de nouveau son âge. Elle s'assit sur le canapé, le bras appuyé sur un accoudoir.

— Voyez-vous, nous n'avons jamais eu d'argent. C'est là le nœud de la question, la source de tous les ennuis.

— Vous viviez à Oakley Street avec votre mari ?

— Oui. J'avais passé les années de guerre en Cornouailles, avec ma fille aînée. Ma mère ayant été tuée au cours d'un bombardement, je devais m'occuper de mon père. Mais tout cela n'a pas d'intérêt pour vous, bien sûr.

— N'en croyez rien. Tout ce qui touche à Lawrence Stern, de près ou de loin, me passionne.

— Dans ce cas... En 1945, mon père avait quatre-vingts ans. J'en avais vingt-cinq, j'étais mariée à un lieutenant de la Royal Navy. Je n'ai vu mon mari que rarement, car il était le plus souvent en mer.

« Mais il y avait Papa. Il avait toujours fait preuve de beaucoup de courage et d'énergie ; hélas ! après la disparition de ma mère, je le vis rapidement vieillir, et il ne pouvait être question de l'abandonner. Puis vint la fin de la guerre, et tout changea. Les hommes étaient de retour, et Papa me déclara que mon devoir était de vivre avec mon mari. J'ai un peu honte d'avouer que je ne le désirais pas, car notre mariage de guerre avait été une erreur. Il m'apprit qu'il avait fait mettre à mon nom les titres de propriété de notre maison d'Oakley Street, afin que je garde mon indépendance. Je n'avais donc aucune excuse pour rester. Ma fille Nancy et moi quittâmes Porthkerris. Papa nous accompagna jusqu'à la gare, et je ne le revis pas, car il mourut l'année suivante.

« La maison était vaste et mes parents, qui vivaient au rez-de-chaussée, louaient les étages. Un couple y était resté durant toute la guerre. Leur petite fille jouait avec Nancy, et ils devinrent nos locataires permanents. Les autres ne restaient jamais longtemps. C'étaient en majorité des artistes, des écrivains ou des jeunes gens qui tentaient leur chance à la télévision.

« Puis Ambrose revint. Il avait quitté la Marine et accepté un emploi dans l'entreprise dirigée par son père — les Éditions

Keeling et Philips. Je fus surprise de cette décision. Je découvris plus tard que, durant son séjour en Extrême-Orient, il avait eu des démêlés avec un officier, ce qui lui avait valu un mauvais rapport. S'il était resté dans la Marine il n'aurait pas fait carrière, de sorte qu'il avait eu raison de donner sa démission.

« Nous n'avions pas de gros revenus, mais nous étions jeunes, en bonne santé, et nous possédions une maison. Cela mis à part, mon mari et moi n'avions pas grand-chose en commun. Ambrose était conventionnel et un peu snob, cherchant toujours à se lier d'amitié avec les gens qui pouvaient lui être utiles. En revanche, j'étais excentrique et insouciante. Les choses importantes à ses yeux me paraissaient insignifiantes, et il m'était impossible de partager ses enthousiasmes. Il y avait aussi la question financière. Il ne me donnait pas d'argent, prétextant que j'avais des revenus personnels. C'était vrai, mais je manquais souvent d'argent liquide.

« Ma seconde fille, Olivia, est née, ce qui faisait une bouche de plus à nourrir. La maison avait besoin d'entretien, mais lorsque j'en parlais à mon mari il répondait qu'elle était ma propriété et qu'il n'avait rien à y voir. Je fus dans l'obligation de vendre quatre toiles de Charles Rainier, que mon père m'avait léguées.

« Ce fut alors que Dolly Keeling, le mère d'Ambrose, revint s'installer à Londres. Dès son arrivée, elle nous créa des ennuis. Elle ne m'avait jamais pardonné d'avoir piégé Ambrose — pour reprendre son expression — c'est-à-dire d'avoir été enceinte avant mon mariage. Elle était très possessive. Dès son retour dans la capitale, ils ne se quittèrent plus. Il s'arrêtait chez elle à sa sortie du bureau, il l'emmenait faire ses courses dans les magasins, il la conduisait à l'église le dimanche. Il fallait à mon mari une adoration sans réserve que j'étais incapable de lui donner. Mais je ne me sentais pas seule. J'avais mon amie Lalla Friedmann et des enfants du voisinage venaient jouer avec Nancy, parfois accompagnés de leurs mères. L'été, après l'école, le jardin retentissait de cris de joie. L'ambiance était alors assez bruyante, et Ambrose détestait cela, prétendant que ses nerfs ne pouvaient pas supporter un tel chahut après son travail. Il déclara un jour que notre appartement était trop exigu et que nous devrions congédier les locataires, afin d'aménager une salle à manger, un salon pour les cocktails, une autre chambre pour nous avec une salle de bains. Je perdis mon sang-froid et lui demandai de quoi nous allions vivre sans loyers. Il s'enferma dans une bouderie qui dura trois semaines, au cours desquelles il passa le plus clair de son temps chez sa mère.

« La cohabitation devenait éprouvante. Nous ne parlions guère que d'argent, et je me demandais ce qu'il faisait de celui qu'il gagnait. Il était toujours bien habillé, mais il était impossible que tout son salaire y passât. Faisait-il la fête avec des amis ? Pour la première fois, je me permis de fouiller dans ses affaires, et je découvris un relevé bancaire mentionnant un découvert de plus de mille livres. J'avais été vraiment naïve : il devait entretenir une maîtresse dans quelque appartement de Mayfair.

« Mis au pied du mur, il finit par tout m'avouer. Il devait cinq cents livres à un bookmaker dans moins d'une semaine. Il jouait aux courses depuis trois ou quatre ans et fréquentait des cercles privés. En outre, il avait pris deux gros risques à la Bourse et avait tout perdu. Il était aux abois, et il lui fallait absolument trouver l'argent qu'on lui réclamait.

« Je lui conseillai de s'adresser à sa mère, ne pouvant moi-même disposer d'une aussi grosse somme. Il me répondit qu'elle l'avait déjà aidé une fois et qu'il n'osait plus rien lui demander. Il me suggéra alors de vendre les trois tableaux de mon père, les seuls encore en ma possession. Je pris peur, car je le savais capable de profiter d'une de mes absences pour transporter ces œuvres dans une salle de ventes. Je répondis qu'il n'en était pas question, mais que je vendrais ma bague de fiançailles et celle de ma mère. Il se calma un certain temps, désertant les hippodromes et les salles de jeu. Hélas ! ses bonnes résolutions ne tinrent pas longtemps.

« Et ce fut, en 1955, la naissance de Noël, ce qui n'arrangea pas notre situation. Je possédais encore Carn Cottage, en Cornouailles, la petite maison de mon père, que je louais, rêvant d'y passer un été avec mes enfants. Ce projet n'a jamais pu se réaliser. J'eus une offre d'achat trop belle pour la refuser. Je brisai le dernier lien qui m'attachait à Porthkerris. Plus tard, lorsque je vendis Oakley Street, j'eus envie de retourner dans cette région que j'adorais et d'y acheter une petite maison de granit avec un palmier dans le jardin. Mais mes enfants n'étaient pas d'accord et parvinrent à me faire abandonner mon projet. Mon gendre me trouva Podmore's Thatch, cette maison, de sorte que je vais passer le reste de ma vie dans le Gloucestershire, loin de la vue et du bruit de la mer que j'aimais tant.

« Mais je parle, et je ne vous ai pas encore dit dans quelles conditions j'ai découvert ces esquisses.

« Un jour, un jeune homme se présenta à la porte : un étudiant des Beaux-Arts, pauvre mais charmant. On lui avait dit que je pourrais le loger, mais je n'en voyais pas la possibilité. Le trouvant sympathique, je l'invitai à déjeuner. Nous bavardâmes, et il était sur le point de repartir lorsque je pensai à l'atelier. Ce n'était qu'une construction en bois située dans un angle du jardin, mais parfaitement habitable. Il pourrait y dormir, y travailler, et je lui préparerais son petit déjeuner. Il pourrait utiliser notre salle de bains. Il sauta de joie lorsque je lui suggérai cet arrangement. J'allai donc chercher la clef de l'ancien atelier de mon père, et nous nous y rendîmes. La pièce, envahie par la poussière et encombrée de chevalets, de palettes, de toiles, comprenait un divan-lit, une vieille commode, et était assez confortable.

« Nous fixâmes le prix du loyer mensuel et la date d'entrée. Puis je me mis à l'œuvre. Il me fallut plusieurs jours et l'aide de mon ami le chiffonnier pour faire place nette. Ce fut alors que, tout au fond de l'atelier, derrière un coffre, je découvris le carton d'esquisses. Je vis tout de suite de quoi il s'agissait ; mais, naturellement, je n'avais pas idée de leur valeur. A cette époque, Lawrence Stern n'était plus à la mode, et je savais que ses tableaux ne se vendaient pas plus de cinq ou six cents livres. Mais je possédais tellement peu de choses de lui que ces esquisses étaient comme un cadeau du passé. Cependant, si Ambrose avait eu connaissance de leur existence, il m'aurait aussitôt demandé de les vendre. Je les emportai donc dans ma chambre, les fixai contre le fond de mon armoire et les recouvris d'un lourd papier. Elles sont demeurées à cette même place jusqu'à dimanche dernier. Voilà. Vous savez tout.

— Ne croyez pas que je sois curieux, encore moins indiscret. Mais si vous avez sorti ces esquisses de leur cachette, je suppose que votre mari n'est plus là. Qu'est-il devenu ? Vous m'avez laissé entendre tout à l'heure que vous viviez seule ici.

— Il n'y a aucun mystère. Il m'a quittée.

— Il vous a... quittée.

A la surprise du visiteur, un éclair d'amusement passa dans les yeux de Pénélope.

— Oui. Pour sa secrétaire. Peu de temps après ma découverte, une vieille employée qui travaillait depuis toujours aux Éditions Keeling et Philips prit sa retraite et fut remplacée par une jeune fille, Delphine. Ambrose m'annonça un jour qu'il devait se rendre à Glasgow, qu'il serait absent une semaine. J'appris plus tard qu'il n'était pas allé à Glasgow, mais à Huddersfield pour être présenté aux parents de Delphine. Le père, qui avait des intérêts dans l'industrie lourde, était très riche, et même s'il jugeait Ambrose trop âgé pour sa fille, il appréciait qu'il soit d'un excellent milieu. Peu après, Ambrose m'annonça qu'il s'en allait, parce qu'il était amoureux de Delphine et qu'elle lui offrait tout ce que je n'avais jamais su lui donner. Il voulait divorcer ; la jeune fille et lui-même quittaient leur emploi aux Éditions Keeling et Philips, pour se fixer dans le Yorkshire, où son futur beau-père lui offrait un poste dans sa société. Somme toute, il me plaçait devant le *fait accompli* [1], et je n'avais rien à dire. Je n'élevai aucune objection, car son départ ne me causait ni déception ni chagrin. En fait, je me sentirais mieux seule qu'en sa compagnie, puisque je garderais les enfants et la maison. Je lui dis que j'acceptais le divorce.

« Quelques jours plus tard, sa mère me rendit visite pour s'assurer que je n'empêcherais ni son fils ni elle-même de voir les enfants. Je lui répondis qu'ils ne constituaient pas une propriété personnelle et qu'ils auraient le droit de voir qui bon leur semblerait. Elle en fut soulagée car, si elle ne s'était jamais occupée d'Olivia et de Noël, en revanche elle adorait Nancy qui le lui rendait bien.

« Lors du mariage de ma fille aînée, ma belle-mère organisa une grande réception à Londres, et Ambrose vint de Huddersfield pour conduire sa fille à l'autel. Ce fut notre unique rencontre depuis le divorce. Il était le portrait de l'homme prospère qui a vécu toute sa vie dans le Nord et n'a jamais songé qu'à gagner de l'argent. Il était resté bel homme, mais avait pris un peu de poids et son teint s'était couperosé.

« Après le mariage, il regagna Huddersfield, et je ne le revis pas car il mourut cinq ans plus tard. Il était encore jeune, et la pauvre Dolly Keeling ne se remit jamais de la perte de son fils. J'éprouvai un vague chagrin, et je songeai à Delphine, auprès de qui il avait trouvé l'existence qu'il souhaitait. Je lui écrivis mais ne reçus pas de réponse. Peut-être a-t-elle trouvé ma démarche déplacée, ou, ce qui paraît plus probable, ne savait-elle que me dire.

Pénélope se leva pour préparer le thé. Elle était reconnaissante à Roy Brookner de l'avoir écoutée avec patience, et se sentait apaisée.

Tout en prenant le thé, accompagné de pain d'épice, on revint aux affaires présentes. Les esquisses seraient envoyées à Londres

---

1. En français dans le texte (*N.d.T.*).

pour subir une évaluation précise, mais *Les Pêcheurs de coquillages* demeureraient dans le salon de Podmore's Thatch.

— En ce qui concerne la vente des esquisses, le seul ennui est le temps, déclara Roy Brookner. Vous savez que Boothby's vient d'organiser une vente de peintures victoriennes, et il est probable qu'il n'y en aura pas d'autre à Londres avant six mois.

— Six mois ! Mais je ne voudrais pas attendre aussi longtemps. C'est tout de suite que je souhaite les vendre.

Il sourit de son impatience.

— Dans ce cas, acceptez-vous de négocier avec un acheteur privé ? Sans la rivalité qui est de règle dans les ventes aux enchères, vous n'obtiendrez pas d'un particulier une somme aussi élevée, mais consentez-vous à courir ce risque ? Il y a en ce moment, à Londres, un collectionneur américain qui avait l'intention d'acquérir *Les Porteuses d'eau*, mais elles ont été adjugées au musée de Denver ; il en a été déçu, d'autant qu'il ne possède, à ma connaissance, aucune œuvre de Lawrence Stern.

— Pensez-vous qu'il puisse être intéressé par les deux tableaux que je vous ai montrés ?

— J'en suis convaincu. Mais la transaction dépendra de la somme qu'il est disposé à investir.

— Et en ce qui concerne les esquisses ?

— Il serait bon de nous laisser le temps de faire une certaine publicité, afin d'éveiller l'intérêt des amateurs.

Pénélope étant d'accord, il entreprit aussitôt de répertorier les esquisses, puis ils montèrent au premier étage pour décrocher les deux tableaux. Le tout fut transporté dans la voiture, et Roy Brookner s'en fut après avoir remis à Pénélope un reçu et promis de l'appeler dès que possible.

Il téléphona le lendemain.

— Madame Keeling, le collectionneur américain dont je vous ai parlé s'est rendu à Genève avant de repartir aux États-Unis. Je vais lui écrire aujourd'hui, mais il est possible qu'il ne repasse

par Londres que dans deux ou trois semaines. J'ai montré les esquisses à M. Boothby, qui s'est déclaré très intéressé, rien d'aussi important n'étant apparu sur le marché depuis des années.
– Avez-vous une idée de ce qu'elles valent ?
– Selon moi, pas moins de cinq mille livres chacune.
Cinq mille livres. Après avoir raccroché, Pénélope resta immobile, éblouie par l'énormité de la somme. Cinq mille livres multipliées par quatorze... cela faisait soixante-dix mille livres. Elle sentit ses genoux trembler. La visite de M. Brookner allait changer sa vie, et il lui fallait s'habituer à cette idée. Ces deux tableaux, qu'elle avait toujours beaucoup aimés, mais qu'elle croyait inachevés et sans valeur, se trouvaient maintenant chez Boothby's, attendant une offre de la part d'un millionnaire américain. Quant aux esquisses, dissimulées durant des années, elles avaient une réelle valeur...

Elle pourrait faire rénover la maison de la cave au grenier, remplacer sa vieille Volvo, s'offrir de beaux vêtements ; mais la toilette ne l'avait jamais intéressée. Elle pourrait voyager. Mais elle se dit qu'à soixante-quatre ans elle était trop âgée pour entreprendre le tour du monde. Les longues randonnées en voiture, le Train bleu... cela appartenait au passé. Elle n'avait d'ailleurs jamais aimé l'avion et les vitesses supersoniques.

Non, rien de tout cela ne l'attirait. Pour le moment, elle ne changerait rien à ses habitudes et ne parlerait à personne de la visite de M. Brookner. Elle attendrait qu'il prît contact avec elle ; les œuvres de son père n'étaient pas encore vendues.

En attendant, la vie continuait. Le printemps était installé, et le jardin s'ornait de jonquilles dont les têtes dansaient dans la brise légère ; les primevères et les giroflées ouvraient leurs corolles jaunes, emplissant l'air d'une senteur enivrante.

Après avoir effectué les plantations de printemps, Danus Muirfield avait tondu la pelouse. Mme Plackett effectuait les grands nettoyages de printemps, elle avait lessivé tous les rideaux qu'Antonia étendait sur les cordes à linge. La jeune fille déployait une énergie remarquable et se chargeait avec bonne humeur des tâches qui ne pouvaient convenir à Pénélope. Lorsqu'elle avait achevé ses travaux à l'intérieur, on la voyait dans le jardin, installant un treillis destiné à soutenir les pois de senteur, ou nettoyant les bacs de la terrasse pour y planter géraniums et fuchsias. Danus ne se trouvait jamais très loin d'elle, et on entendait le murmure de leur conversation. Pénélope, qui les observait depuis une fenêtre du premier étage, était satisfaite. Antonia était tellement différente de cette fille épuisée que Noël avait ramenée de Londres ; elle avait perdu sa pâleur et ses cernes. Elle avait un teint lumineux, ses cheveux brillaient d'un éclat nouveau. De plus, il flottait autour d'elle une aura à laquelle l'œil expérimenté de Pénélope ne pouvait se méprendre : la jeune fille était amoureuse.

— Travailler dans un jardin par une belle matinée de printemps est merveilleux. A Ibiza, il faisait tellement chaud qu'on ne songeait qu'à aller plonger dans la piscine pour se rafraîchir.

— Ici, nous n'avons pas de piscine, fit remarquer Danus. Mais vous pourriez aller vous baigner dans le Windrush.

— J'y ai seulement mis les pieds, l'autre jour, et j'ai trouvé l'eau trop froide... Danus, serez-vous toujours jardinier ?

— Pourquoi ?

— Je me posais la question, en pensant à vos études. Le lycée, puis l'École d'horticulture... Il me semble que c'est gâcher vos dons que de cultiver des légumes dans un jardin.

— Je ne m'en tiendrai pas là. J'ai l'intention de faire des économies pour acheter un terrain et y faire pousser tout ce dont les gens ont envie : des légumes, mais aussi des fleurs. J'aimerais m'occuper de roses et de fuchsias.

— Ne faudra-t-il pas beaucoup d'argent pour vous lancer dans une telle entreprise ?

— Oui. Le terrain est cher, et j'aurai besoin d'une superficie assez importante si je veux que mon affaire soit rentable.

— Votre père vous aidera-t-il à démarrer ?

— Sans doute, si je lui demandais. Mais je préfère me débrouiller tout seul. J'ai vingt-quatre ans, et je compte réaliser mon rêve avant d'avoir atteint la trentaine.

— Six ans... c'est long.

— Il faut savoir être patient.

— Où vous installerez-vous ? Je veux dire dans quelle région ?

— J'aimerais bien demeurer ici. Dans le Gloucestershire, ou le Somerset.

— A mon avis, le Gloucestershire serait mieux. C'est tellement beau. Et songez à tous les riches Londoniens que vous auriez comme clients. Vous feriez fortune. Moi, à votre place, je chercherais à acheter une petite maison ici, avec du terrain autour...

— Sans doute. Seulement, ce n'est pas vous qui allez créer un centre d'horticulture. Vous allez être mannequin.

— Si je ne trouve pas autre chose...

— Vous êtes une drôle de créature. La plupart des filles donneraient n'importe quoi pour une occasion comme celle-là.

— C'est possible. Mais vous, n'avez-vous pas déçu votre père, en renonçant à être homme de loi ?

— C'est vrai, mais il a fini par comprendre mon point de vue.

— Mon père était, lui aussi, un homme exceptionnel. Je regrette que vous ne l'ayez pas connu. J'ai de la peine lorsque je songe à la belle maison que nous habitions. Ce sont d'autres personnes qui l'occupent... Danus, pardonnez-moi si je suis indiscrète ; mais... quelque chose s'est-il produit dans votre vie, qui vous ait incité à changer ? En Amérique, peut-être ?

— Peut-être.

— C'est pour cette raison que vous ne buvez jamais et ne conduisez pas ?

— Préféreriez-vous que je ressemble à Noël Keeling avec son bolide, qui se console avec l'alcool quand les choses ne vont pas comme il le voudrait ?

— Non. Si vous lui ressembliez, je ne serais pas ici à vous aider. Je me prélasserais dans une chaise longue en feuilletant un magazine.

Elle descendait la côte à bicyclette entre des haies de fuchsias. La route blanche et poussiéreuse faisait une courbe et, dans le lointain, on apercevait la mer. Elle parvint en vue d'une maison, mais ce n'était pas Carn Cottage, car elle avait un toit plat. Papa était là, coiffé de son chapeau à larges bords, assis sur un pliant, son chevalet devant lui. Il n'avait pas d'arthrite et étalait largement ses couleurs sur la toile. Elle s'arrêta près de lui pour l'observer, et il dit sans lever la tête : « Un jour ils viendront peindre la chaleur du soleil et la couleur du vent. » Elle jeta un coup d'œil au-delà de la maison ; et elle aperçut, comme à Ibiza, un jardin agrémenté d'une piscine. Sophie, toute nue, était en train de nager, les cheveux lisses plaqués à son dos. Depuis le toit de la maison, on apercevait la baie. La marée était basse, et Pénélope se voyait cherchant de gros coquillages dont elle remplissait un petit seau rouge. Des pétoncles, des moules, des porcelaines. Pourtant, elle cherchait autre chose ; ou quelqu'un. Le ciel s'assombrissait. Elle avançait contre le vent qui lui fouettait le visage, dans le sable fin. Le seau étant devenu trop lourd, elle l'abandonna. La brume marine tourbillonnait dans les airs comme de la fumée, et elle le vit venir vers elle. En uniforme, nu-tête. Il dit simplement : « Je te cherchais. » Il la prit par la main et l'entraîna vers la maison. Ils en franchirent la porte, mais ce n'était pas une maison ordinaire : c'était la Galerie de peinture de Porthkerris. Papa était encore là, assis sur le vieux canapé. Il murmura : « Je voudrais être jeune de nouveau pour observer ce qui va se passer. »

Elle se sentait inondée de bonheur. Elle ouvrit les yeux, et le bonheur ne s'évanouit pas. Le rêve disparut en laissant une sensation de paix. Ses yeux contemplèrent, dans la pénombre, les détails de sa chambre. La barre de cuivre du lit, la silhouette de l'armoire, les fenêtres ouvertes, les rideaux légers qui ondulaient dans la brise.

Je voudrais être jeune de nouveau pour observer ce qui va se passer.

Elle était maintenant tout à fait éveillée, et elle savait qu'elle ne se rendormirait pas. Elle se glissa hors du lit, enfila ses pantoufles et descendit faire chauffer du lait. Elle y mit une cuillerée de miel, dans une tasse versa le lait bouillant et remua. Elle se rendit au salon. Elle alluma la lampe qui éclairait *Les Pêcheurs de coquillages*, puis, la tasse à la main, se pelotonna sur le canapé, les jambes repliées sous elle. Le tableau scintillait dans la lumière douce, semblable à un vitrail caressé par le soleil. C'était son mantra personnel, au charme pénétrant et presque hypnotique. Elle le fixait intensément, attendant qu'opère la magie. Elle emplissait ses yeux du bleu de la mer et du ciel ; elle sentait le parfum enivrant de la brise marine et celui des algues qu'elle foulait de ses pieds nus ; elle entendait les cris des mouettes et le bourdonnement de l'Océan.

Elle se rappelait les nombreuses occasions où elle s'était trouvée ainsi, la nuit, seule devant *Les Pêcheurs de coquillages*, durant les tristes années d'après-guerre, tourmentée par le manque d'argent et d'affection ; par la conduite d'Ambrose et une solitude que même la compagnie de ses enfants ne soulageait pas. C'est ainsi qu'elle était, le soir où son mari avait fait ses valises et abandonné sa famille pour se rendre dans le Yorkshire, où l'attendaient la prospérité et le jeune corps de Delphine. Et elle se souvenait du jour où Olivia, sa préférée, avait quitté Oakley Street pour entamer sa brillante carrière.

Pas de retour en arrière, avaient-ils tous déclaré. *Désormais, rien ne sera plus pareil.* Mais elle savait qu'ils se trompaient, parce que ce qu'elle désirait le plus ardemment c'étaient des choses essentielles et immuables, à moins que le monde ne vînt à disparaître.

Les Pêcheurs de coquillages

Les Pêcheurs de coquillages. Tel un vieil ami qui jamais ne vous déçoit, ce tableau l'emplissait de gratitude. Elle y était attachée comme à un être cher et avait toujours refusé de s'en séparer. Or, maintenant, les choses étaient différentes. Il y avait un passé, mais aussi un avenir. Elle ne devait pas gâcher les années qu'elle avait à vivre en regardant avec nostalgie par-dessus son épaule. « Peut-être n'ai-je plus besoin de toi, après tout, dit-elle à haute voix. Peut-être est-il temps que je te laisse partir. »

Elle posa sa tasse vide sur le guéridon, saisit d'une main la couverture de laine et l'étendit sur elle. *Les Pêcheurs de coquillages* lui tiendraient compagnie, veilleraient sur elle. Elle pensa à son rêve et à Papa qui disait : « *Un jour, ils viendront peindre la chaleur du soleil et la couleur du vent.* » Elle ferma les yeux.

Elle aurait tant aimé retrouver sa jeunesse.

Chapitre 11

Richard

D'URANT l'été de 1943, Pénélope Keeling, comme la plupart des gens, avait l'impression que la guerre ne finirait jamais. La vie était un cortège ininterrompu de misères et de privations, de terreurs et d'horreurs lorsque des cuirassés britanniques étaient bombardés en mer, que le désastre s'abattait sur les troupes alliées même si Churchill déclarait à la radio que tout allait pour le mieux.

C'était comme se trouver au milieu d'un interminable tunnel de chemin de fer : la lumière du jour reparaîtrait ; de cela nul ne doutait. Mais en attendant on était plongé dans les ténèbres. On avançait péniblement, pas à pas, en s'efforçant de résoudre les problèmes quotidiens de nourriture, de chauffage et d'habillement, en veillant à ce que les enfants ne manquent de rien, en limitant dans la mesure du possible la dégradation de Carn Cottage.

Elle avait vingt-trois ans et elle disait qu'il n'y avait rien à attendre de l'avenir, sinon le prochain film du petit cinéma au bout de la rue. Pour elle et Doris, aller au cinéma était devenu une sorte de culte, et elles n'auraient pour rien au monde manqué une seule séance. Sans connaître le titre de l'œuvre, elles allaient s'asseoir dans la salle obscure, avec l'unique dessein d'échapper pendant deux heures à la monotonie de l'existence. A la fin de la séance, après être restées quelques instants debout pour écouter

308

le *God Save The King* joué par un disque éraillé, elles rentraient chez elles bras dessus, bras dessous, trébuchant sur les trottoirs sombres, guidées par la seule clarté des étoiles. « Ça nous change un peu », déclarait invariablement Doris. Certes. Pénélope espérait pourtant que cette épreuve s'achèverait un jour, bien qu'il fût à ce moment-là bien difficile d'y croire. Acheter librement des steaks et de la confiture ; ne plus frémir à l'écoute des bulletins d'information ; laisser le soir les fenêtres ouvertes et les lumières allumées dans toute la maison sans crainte d'attirer l'attention d'un bombardier ennemi ou une semonce sévère du colonel Trubshot. Elle rêvait de retourner en France, de traverser le pays du nord au sud, vers les mimosas et le soleil brûlant. Elle rêvait d'entendre retentir les cloches de toutes les églises, non pour sonner le tocsin, mais pour célébrer la victoire.

La victoire. Les nazis battus. L'Europe libérée. Les prisonniers de guerre, parqués dans des camps en Allemagne, rentreraient enfin chez eux. Les soldats seraient démobilisés, les familles réunies. C'était là l'essentiel pour Pénélope. D'autres épouses priaient pour le retour de leur mari et ne vivaient que dans cette espérance ; quant à elle, si Ambrose ne rentrait pas, elle n'en serait guère chagrinée. Les souvenirs qu'elle gardait de lui s'estompaient, perdaient de leur netteté. Elle souhaitait la fin du conflit, mais la perspective de reprendre la vie commune avec Ambrose ne lui souriait pas. Elle l'avait à peine connu et presque oublié ; elle avait seulement essayé de s'accommoder de ce mariage insensé.

Lorsqu'elle était très déprimée, un espoir indigne se glissait dans son esprit : l'espoir qu'il arriverait quelque chose à son mari. Oh ! elle ne souhaitait pas sa mort. Elle ne voulait la mort de personne, surtout pas celle d'un homme jeune qui aimait tellement la vie. Mais si, entre les batailles en Méditerranée, les patrouilles de nuit et la chasse aux sous-marins allemands, il pouvait rencontrer une jeune femme dont il tomberait amoureux et qui comblerait ses rêves de bonheur, ce serait une solution fort acceptable.

Il lui écrirait alors :

Chère Pénélope,
Je suis navré d'avoir à t'apprendre une nouvelle de ce genre, mais je ne puis agir autrement. J'ai rencontré une autre femme. Ce qui s'est passé entre nous est trop fort pour que nous ayons pu y résister.
L'amour qui nous unit, etc.

Lorsqu'elle recevait de son mari une missive — ce qui n'était pas fréquent —, il s'agissait d'un radiogramme impersonnel, pas plus grand qu'une carte postale. Et, chaque fois, son cœur bondissait avec l'espoir toujours déçu que cette lettre lui annoncerait enfin semblable nouvelle. Mais ces lignes griffonnées à la hâte ne parlaient que de camarades qu'elle ne connaissait pas ou d'une soirée sur un quelconque bateau. Et rien n'était changé : il restait son mari. Elle rangeait l'enveloppe, attendant de trouver le courage de répondre par quelques mots aussi insipides que les siens.

Nancy n'était plus un bébé, et Pénélope prenait plaisir à la regarder grandir et se transformer. Nancy ressemblait à un bouton de rose qui s'ouvre pour donner naissance à une fleur ravissante. La fillette devenait un vrai Renoir, potelée et dorée, avec ses longs cils soyeux, ses petites dents semblables à des perles. Elle faisait l'admiration de Doris et de ses amies.

Pendant ce temps, hélas ! les rations de vivres avaient été encore réduites. Chaque semaine, Pénélope se rendait à l'épicerie de M. Ridley, chez qui elle était « inscrite ». Elle lui présentait son carnet de rationnement et, en échange, recevait des quantités minimes de sucre, de beurre, de margarine, de saindoux, de fromage et de lard. Pour se procurer de la viande, le problème était encore plus ardu. Il fallait faire la queue durant des heures, sans savoir à quoi on aurait droit, et même si l'on aurait droit à quelque chose. Quant aux fruits et aux légumes, l'épicier vous les laissait tomber dans votre filet tels qu'il les recevait, maculés de terre ; car on manquait de papier pour confectionner des sacs, et en réclamer serait un manque de patriotisme.

Dans les journaux on pouvait lire, imaginées par le ministère du Ravitaillement, d'étranges recettes de cuisine que l'on prétendait non seulement économiques et nourrissantes, mais encore délicieuses. Et des encadrés conseillaient avec insistance : « Économisez le pain et mangez des pommes de terre. » On expliquait que le pain était fabriqué avec du blé importé d'Amérique, et que la traversée de l'Atlantique mettait en péril navires et marins. Le pain blanc avait disparu depuis longtemps, remplacé par le « Pain national », dont la mie était de couleur grisâtre et agrémentée d'étranges petits grains qui craquaient sous la dent. Pénélope appelait cela du « pain de cheviotte », et elle feignait de l'aimer. Papa faisait remarquer qu'il avait exactement la même couleur et la même texture que le nouveau papier toilette. Et il ajoutait que le ministre du Ravitaillement et celui de l'Industrie avaient dû par mégarde « mélanger leurs dossiers ».

La vie n'était pas facile, bien que les habitants de Carn Cottage fussent, à certains égards, privilégiés. En effet, on avait encore les canes et les poules de Sophie, qui pondaient en quantité raisonnable.

Ernie, le fils de l'épicier de la ville, après avoir passé deux ans dans un sanatorium, avait été réformé en raison de sa faible constitution et Sophie l'employait pour de menus travaux. Il se louait dans les fermes des environs pour remplacer les garçons appelés aux armées. Il savait tout faire et s'était rendu indispensable à Carn Cottage.

Lorsqu'on était à court de nourriture et que Pénélope n'avait obtenu chez le boucher qu'une queue de bœuf pour six personnes, Ernie venait à la rescousse avec un lapin de garenne, un pigeon ramier ou un couple de perdrix. Pénélope ne sortait jamais se promener sans un panier ou une musette, car rien n'était trop modeste pour être rapporté à la maison. Un chou ou un navet tombé d'un chariot constituait une aubaine pour faire une bonne soupe. Elle cueillait aussi les mûres, les baies de sureau et les champignons de rosée qui poussaient dans les prés environnants. Elle rapportait des pommes de pin, idéales pour allumer le feu, des branches mortes et les bois que la mer rejetait sur le rivage. En somme, tout ce qui pouvait servir à alimenter le fourneau de cuisine ou la cheminée du salon. Il fallait éviter le gaspillage, l'eau chaude était précieuse, et il n'était pas question de remplir la baignoire à plus du tiers. Encore faisait-on la queue pour en profiter : les enfants d'abord, les grandes personnes ensuite.

Les vêtements étaient également source de problèmes. Les tickets de rationnement suffisaient à peine pour acheter des draps, ou des chaussures aux enfants. Il ne restait rien pour les besoins personnels. Doris, qui aimait être bien mise, confectionnait un vêtement neuf dans un vieux, rallongeait une jupe ou coupait une robe pour en faire un chemisier.

Pénélope se préoccupait moins de sa tenue. Elle portait ses vieux vêtements ou bien fouillait dans les placards de Sophie pour chiper ce qui était encore valable, scandalisant Doris, pour laquelle ce qui avait appartenu à Sophie était sacré. Mais Pénélope n'avait pas de tels scrupules. Elle avait froid, et cela seul comptait. La plupart du temps, elle allait jambes nues ; mais lorsque le vent d'est se mit à souffler, en janvier, elle reprit les gros bas noirs qu'elle portait chez les Wrens ; lorsque son vieux manteau fut hors d'usage, elle découpa un trou au milieu d'une couverture à franges qui drapait naguère les sièges de la voiture, et s'en fit un poncho. Papa déclara ce jour-là avec un sourire qu'elle avait tout l'air d'une Mexicaine, et qu'il la félicitait de son initiative. Pourtant, depuis la mort de Sophie, on ne le voyait pas souvent plaisanter. Il avait beaucoup maigri et s'était affaibli. Sa vieille blessure de la guerre de 14 le faisait souffrir, et il se déplaçait à l'aide d'une canne. Ne pouvant plus se rendre utile dans la maison ou le jardin, il demeurait assis devant la cheminée. Il lisait les journaux ou ses livres favoris, écoutait la radio ou écrivait d'une main incertaine à de vieux amis. Parfois, lorsque le ciel brillait et que la mer bleue moutonnait, Pénélope lui tendait sa pèlerine, son grand chapeau et sa canne et tous deux s'en allaient bras dessus, bras dessous, en direction du port. Ils observaient les bateaux de pêche et les mouettes, s'arrêtant parfois au *Sliding Tackle*. Le patron sortait de temps à autre une bonne bouteille de dessous son comptoir ; dans le cas contraire, il fallait se contenter d'une bière tiède. Parfois Papa décidait de descendre jusqu'à la plage nord où se trouvait son ancien atelier, à présent fermé et où l'on ne pénétrait plus que rarement. Il aimait à se rendre à la Galerie d'Art, où il était heureux de contempler les œuvres que lui et ses amis avaient autrefois réunies. Là, dans le silence, les souvenirs accouraient...

Au mois d'août, alors que Pénélope s'était résignée à ce que rien d'intéressant ne se produisît jamais à Porthkerris, surgit un événement imprévu.

Les garçons, Ronald et Clark, rentrèrent de l'école fort en colère, ayant été privés de football. Le terrain communal, situé au sommet de la colline, avait été, ainsi que les pâturages de Willie Pendervis, réquisitionné par l'Armée, entouré de barbelés et interdit à quiconque. Chacun en chercha les raisons. Certains prétendaient qu'il s'agissait d'y construire un dépôt d'armes destiné au second front. D'autres affirmaient qu'on en ferait un camp de prisonniers de guerre, ou bien une puissante station de radio capable d'envoyer des messages codés au président Roosevelt.

Des rumeurs contradictoires parcouraient la ville de Porthkerris. Doris déclara qu'elle avait décelé une mystérieuse activité sur la colline.

— Le *White Caps Hotel* — qui était fermé depuis des mois — a été nettoyé, repeint à neuf. Le parking est maintenant plein de camions et de ces trucs américains que l'on appelle, je crois, des jeeps. Un imposant fusilier marin est en faction devant la grille.

Et je ne me trompe pas, c'est bien un fusilier marin : j'ai reconnu l'insigne de son képi. Est-ce que vous vous rendez compte ? Des fusiliers marins dans notre coin ?

— Que peuvent-ils faire par ici ?

— Ils vont peut-être envahir l'Europe. Croyez-vous que ce soit le début de ce qu'on appelle « le second front » ?

Pénélope esquissa une moue.

— Envahir l'Europe en partant de Porthkerris ? Ils seraient tous au fond de l'eau avant d'avoir contourné la pointe des Cornouailles.

Le lendemain, il sembla que Porthkerris fût privé de sa jetée nord. D'autres barbelés étaient apparus, barrant la route du port au niveau du *Sliding Tackle* et englobant le marché aux poissons et le foyer de l'Armée du Salut. Toute cette partie de la ville était devenue propriété de l'Amirauté. A l'extrémité de la jetée, les bateaux de pêche avaient été remplacés par des embarcations de la Marine, gardées par une section de fusiliers marins en tenue de campagne. Leur présence en ville causait bien du remous, mais nul ne savait ce qui se tramait.

Vers le milieu du mois on eut enfin quelques éclaircissements. Il faisait beau avec une chaleur tempérée par la brise marine et, ce matin-là, Pénélope écossait des petits pois, assise sur la première marche du perron, et son père se reposait dans une chaise longue au milieu de la pelouse, son chapeau à larges bords rabattu sur les yeux. La grille s'ouvrit sur le général Watson-Grant.

Le colonel Trubshot avait la responsabilité de la défense passive pour Porthkerris, mais le général Watson-Grant commandait la milice locale. Lawrence n'éprouvait guère de sympathie pour le colonel Trubshot, mais il avait souvent rencontré le général, qui avait passé la plus grande partie de sa carrière à Quetta, au Pakistan. A la retraite, il s'était transformé en jardinier et collectionneur de timbres, tout en ayant été nommé chef de la milice locale, fonction honorifique en temps de paix. Il avait troqué aujourd'hui son uniforme contre un ensemble de coutil, et s'était coiffé d'un panama agrémenté d'un ruban fripé.

— Bonjour! lança-t-il. Encore un temps splendide, hein?

C'était un homme de petite taille, sec comme un coup de fouet, avec une moustache et une peau de vieux cuir. Il venait, de temps à autre, rendre visite à Lawrence, et celui-ci l'accueillait avec plaisir.

— Oui, nous profitons du soleil. Pardonnez-moi de ne pas me lever. Pénélope, veux-tu aller chercher une autre chaise longue pour le général?

La jeune femme, en tablier de cuisine et nu-pieds, posa sa passoire pleine de cosses et se leva.

— Bonjour, général.

— Ah! Pénélope. Ravi de vous voir, ma chère.

— Puis-je vous offrir une tasse de café?

Le général réfléchit un instant. Il venait de parcourir à pied un long chemin, et aurait préféré un gin. Lawrence, qui le savait, jeta un coup d'œil à sa montre.

— Midi, murmura-t-il. Le général aimera sûrement mieux une boisson plus forte. Que nous reste-t-il, Pénélope?

— Pas grand-chose, je le crains, répondit la jeune femme avec un petit rire. Mais je vais voir.

Dans le buffet de la salle à manger, elle découvrit deux bouteilles de Guinness, qu'elle disposa sur un plateau avec des verres.

— Ce n'est hélas que de la bière, dit-elle. Nous n'avons plus de gin depuis des mois.

— C'est parfait. Nous sommes dans le même cas à la maison. M. Ridley m'a promis de m'en réserver une bouteille lors de la prochaine répartition, mais Dieu sait à quelle date cela se produira. A votre santé!

Pénélope retourna à ses petits pois. Elle entendait les deux hommes échanger des commentaires sur le temps mais la visite

315

du général avait une raison plus sérieuse. Elle profita d'un bref arrêt dans la conversation pour intervenir.

— Général, je suppose que vous pouvez nous expliquer ce qui se passe à Porthkerris. Tout le monde se pose des questions et émet des hypothèses, mais personne ne sait rien. Ernie Penberth est habituellement notre source de renseignements, mais il a été embauché pour la moisson, et nous ne l'avons pas vu depuis trois semaines.

— Je suis effectivement au courant, admit le vieil officier.

— Ne vous croyez pas obligé de parler si la chose doit rester secrète, dit Lawrence.

— Cela a été tenu secret mais je suis désormais libre d'en discuter. Il s'agit d'exercices d'entraînement. Le fusiliers marins vont servir d'instructeurs aux hommes d'une compagnie de « rangers américains ».

— Des rangers ! Vous voulez dire que nous allons être envahis par les Américains ?

— Mieux vaut les Américains que les Allemands, dit le général avec un sourire amusé.

— C'est donc leur camp qui va se trouver à l'intérieur de ces barbelés ? demanda Pénélope.

— Exactement.

— Mais ils ne sont pas encore arrivés en Angleterre ?

— Non. J'imagine que l'on nous préviendra quelques jours à l'avance. La plupart d'entre eux ont dû passer la plus grande partie de leur vie dans les plaines du Kansas et n'ont jamais vu la mer. Imaginez leur étonnement lorsqu'on les placera au pied des falaises de Boscarben, le lieu de leur entraînement.

— Les falaises de Boscarben ! répéta Pénélope en pâlissant. Mais elles sont à pic, à trois cents mètres de hauteur.

— C'est pourtant cette escalade qui est prévue pour servir de base à leur entraînement, mais je partage votre point de vue. Cela donne le vertige rien que d'y penser.

Le général n'avait jamais mâché ses mots, et c'était ce que Pénélope préférait chez lui.

— Et les embarcations amarrées au bout de la jetée ? demanda Lawrence.

— Elles serviront au transport, pour contourner les falaises par la mer.

— Que feront-ils de leur temps libre ? Porthkerris n'est pas un centre de distraction idéal, et le *Sliding Tackle* n'est pas très gai ! Les jeunes gens d'ici ont tous été mobilisés : il ne reste plus que les personnes âgées, les enfants et... quelques demi-veuves.

— C'est Doris qui va frémir de joie, à entendre ces Américains parler comme des acteurs de cinéma !

Le général eut un petit rire.

— Le problème, c'est de savoir que faire d'une bande de jeunes gars excités. Il est vrai que, lorsqu'ils auront escaladé les falaises, il ne leur restera pas beaucoup d'énergie pour la galanterie.

Ce fut au tour de Lawrence de rire.

— Je trouve tout cela passionnant, et il me vient une idée. Pénélope, nous irons faire un petit tour là-bas cet après-midi.

— Mais, Papa, il n'y a rien à voir.

— Tu te trompes, ma chérie. Un peu de sang neuf dans la région, ce n'est pas négligeable. Et puis, il pourrait se produire quelque chose, on ne sait jamais. Une autre bière, mon général ?

Le vieil officier hocha la tête, mais Pénélope intervint : c'étaient les deux dernières bouteilles.

— Ma foi, dans ce cas, il ne me reste qu'à me retirer, dit-il. Et avec tous mes remerciements.

— C'est très aimable à vous de nous avoir rendu visite et mis dans le secret.

— J'étais sûr que cela vous intéresserait. Cela nous donne un peu d'espoir quant à l'issue de la guerre.

— Je vous accompagne à la grille, dit Lawrence.

Pénélope les regarda s'éloigner, puis gagna la cuisine pour rapporter à Doris ce que le général venait de leur apprendre.

— Des Américains ici ? Tant mieux ! Ça va mettre un peu d'animation !

On ne parla de rien d'autre durant le déjeuner.

Lorsque Pénélope eut fait la vaisselle, son père était déjà prêt : une veste de velours côtelé pour se protéger du vent, un cache-nez et une paire de mitaines, son chapeau. La canne à la main, il était adossé au buffet de la salle à manger.

— Eh bien, allons-y, dit-il.

— Papa !

La jeune femme avait encore à faire. Choisir des légumes dans le potager, tondre la pelouse, repasser le linge.

— Tu y tiens vraiment ?

— Mais oui. Je t'ai déjà dit que je voulais aller jeter un coup d'œil.

La jeune femme réprima un soupir.

— Très bien. Attends que j'aie trouvé une paire de chaussures convenables.

— Dépêche-toi. Nous n'avons pas toute la journée.

Elle embrassa Nancy, puis glissa ses pieds nus dans une paire d'espadrilles fatiguées. Elle se brossa les cheveux qu'elle attacha au moyen d'un vieux foulard de soie. Ayant sorti un cardigan d'un tiroir, elle en noua les manches autour de son cou.

— Tu es ravissante, ma chérie, dit Lawrence.

— Merci, Papa.

Dès qu'ils furent dehors, elle se réjouit que son père l'eût obligée à sortir, car il faisait beau, le ciel était bleu et la mer se couvrait d'une écume blanche, tandis qu'une brise apportait des effluves salés. Ils traversèrent la route nationale et firent halte pour contempler la muraille rocheuse de la falaise. Tout en bas, on distinguait les toits des maisons, des jardins en pente, des chemins tortueux qui conduisaient à la gare et, plus loin, à la plage. Avant la guerre, cet endroit était, au mois d'août, envahi par les baigneurs. A présent, il était presque désert.

Ils reprirent leur marche et descendirent lentement la côte. On apercevait maintenant le *White Caps Hotel*, dont la façade avait été rénovée. Le parking était encombré de camions militaires et de jeeps. A l'entrée, un fusilier marin montait la garde. Lorsqu'ils s'immobilisèrent devant l'établissement, il les dévisagea.

Ils allaient poursuivre lorsque les portes vitrées s'ouvrirent et deux militaires apparurent. Le planton porta la main à son képi, et l'officier lui rendit son salut. Les deux hommes traversèrent la cour et montèrent dans une jeep. Le sergent se mit au volant et le véhicule démarra en direction de la ville.

— Eh bien, dit Lawrence, continuons.

— Où allons-nous ?

— Jeter un coup d'œil à l'embarcadère. Ensuite, nous pousserons jusqu'à la Galerie d'Art. Il y a des semaines que nous n'y sommes allés.

La Galerie. Cela signifiait qu'elle devait renoncer aux travaux qu'elle avait projeté d'entreprendre en fin d'après-midi. Elle était sur le point de refuser mais elle vit passer dans les yeux de son père une lueur qu'elle connaissait bien et elle n'eut pas le courage de gâcher son plaisir. Elle fit un signe d'assentiment et esquissa un sourire.

Il faisait toujours frais à l'intérieur de la galerie, à l'abri des murs de granit. Mme Trewey, la gardienne, était assise derrière une table chargée de catalogues et de cartes postales, une couverture drapée sur ses épaules.

Pénélope et Lawrence, seuls visiteurs, allèrent s'asseoir côte à côte sur la banquette de cuir au milieu de la vaste salle. Comme à l'accoutumée, ils gardaient le silence. Lawrence aimait se sentir seul avec ses pensées, le menton appuyé à ses mains crispées sur le pommeau de sa canne, communiant avec tous ces artistes qu'il avait connus autrefois et dont beaucoup étaient aujourd'hui disparus.

Sa fille respectait cette habitude et se tenait immobile, emmitou-flée dans son cardigan, ses jambes nues étendues devant elle. Les yeux fixés sur ses espadrilles fatiguées, elle songeait à Nancy, qui avait aussi besoin de nouvelles chaussures. D'un pull-over également, car l'hiver arrivait. Hélas ! les tickets de rationnement ne lui permettraient pas d'acheter les deux. Il faudrait se contenter des souliers. Peut-être aurait-elle la chance de trouver à la maison un vieux chandail tricoté à la main, dont elle récupérerait la laine. Elle l'avait déjà fait, c'était long et ennuyeux, mais le moyen de faire autrement ? Comme il eût été agréable d'acheter quelques pelotes de laine rose ou jaune et de confectionner pour Nancy un beau vêtement chaud pour l'hiver !

Derrière eux, la porte s'ouvrit en laissant pénétrer un air froid. Ni Pénélope ni son père ne tournèrent la tête. Des pas résonnèrent, puis quelques mots furent échangés avec Mme Trewey. Lentement l'inconnu fit le tour de la salle. Pénélope reconnut l'officier parti en jeep un peu plus tôt. Grand et sec, son visage n'avait rien de remarquable à l'exception de ses yeux d'un bleu très clair.

Le regard de Pénélope croisa le sien, et elle se sentit gênée. Elle se détourna tandis que Lawrence, au contraire, le saluait.

— Bonjour, dit le nouveau venu.

Sous son grand chapeau au bord rabattu, les yeux de Lawrence se plissèrent de surprise.

— N'est-ce pas vous que nous avons vu partir en jeep, tout à l'heure ?

— C'est bien moi. Vous étiez de l'autre côté de la route, j'ai cru vous reconnaître.

Sa voix était légèrement rocailleuse.

— Je suis dans les environs depuis trois jours, mais il m'avait été jusqu'ici impossible de visiter cette galerie.

— Voulez-vous dire que vous connaissiez son existence ?

— Bien sûr. Qui ne la connaît ?

— Oh ! Beaucoup de gens l'ignorent. Je suis Lawrence Stern.

— Très honoré. Je vous avais bien reconnu et je m'en réjouis.

— Voici ma fille, Pénélope Keeling.

Il s'inclina, mais ne tendit pas la main.

— Je suis le major Richard Lomax.

— Voulez-vous vous asseoir ? dit Lawrence en tapotant la banquette de cuir. Vous me gênez à rester ainsi debout devant nous.

Sans perdre de son flegme, le major prit place auprès du peintre.

— C'est vous qui avez créé cette galerie, n'est-ce pas ?

— Moi et bien d'autres. Cela se passait au début des années 20. Ce bâtiment était une chapelle désaffectée, et nous avons eu la chance de pouvoir l'acquérir pour une somme raisonnable. Nous ne voulions y exposer que de bons tableaux. Et, afin de créer le noyau d'une collection, chacun d'entre nous a fait don d'une de ses œuvres préférées.

Il leva sa canne, qu'il pointa sur un cadre, puis sur un autre.

— Regardez. Voici un Stanhope Forbes ; et là, un Laura Knight, d'une grande beauté.

— Et très inhabituel.

— Il a été peint à Porthcurno.

Il décrivit un quart de cercle avec sa canne.

— Et voici un Lamorna Birch, un Munnings, un Montague Dawson, un Thomas Millie Dow, un Russell Flint...

— Mon père possédait une de vos œuvres, monsieur Lawrence. Hélas ! à sa mort, sa maison a été vendue, et le tableau avec.

— De quelle toile s'agissait-il ?

Les deux hommes poursuivirent leur conversation, mais Pénélope n'écoutait pas. Ce n'était plus à la garde-robe de Nancy qu'elle songeait, mais, encore plus prosaïquement, au repas du soir. Qu'allait-elle servir ? Des macaronis au gratin ? Il y avait encore un reste de cheddar, provenant de la ration de la semaine précédente, elle le râperait. A moins qu'elle ne se décidât pour du chou-fleur. Dans ce cas, les enfants allaient se plaindre : ils en avaient déjà mangé deux jours plus tôt.

— ... mais vous n'avez pas ici d'œuvres modernes, faisait observer Lomax à ce moment-là.

— Comme vous pouvez le constater. Les appréciez-vous ?

— J'aime beaucoup Miró et Picasso. Chagall et Braque me comblent de joie. En revanche, je déteste Dalí.

Lawrence fit entendre un petit rire.

— Le surréalisme. Un culte. Bientôt, après la guerre, il se produira quelque chose d'exceptionnel. Les gens de ma génération et celle qui a suivi sont allés aussi loin que possible. Mais une révolution dans le domaine artistique me remplirait de joie. C'est pour cette raison que je souhaiterais être de nouveau jeune, capable d'observer ce qui va se passer. Parce que cela viendra ; tout comme nous sommes venus, nous. De jeunes artistes se produiront, qui auront des visions lumineuses, des perceptions profondes et un immense talent. Ils peindront non point la baie, la mer et les bateaux, mais la chaleur du soleil et la couleur du vent. Un concept nouveau. Une stimulation, une vitalité qui auront quelque chose de merveilleux. Hélas ! je serai mort avant que cette transformation n'advienne. Et vous concevrez que j'éprouve quelque regret à ne plus être de ce monde pour y assister.

— Un homme peut accomplir tant de choses au cours de sa vie !

— C'est vrai. Mais l'homme est avide et insatiable. Il voudrait toujours plus.

Il y eut un silence. Pénélope, qui pensait au dîner, jeta un coup d'œil à sa montre. Il était quatre heures moins le quart. Même en partant tout de suite, ils ne pourraient être de retour à Carn Cottage avant cinq heures.

— Papa, nous devrions repartir. Il se fait tard.

— Oui, bien sûr. Tu as raison.

Il se redressa, s'aidant de sa canne. Le major Lomax était déjà debout pour l'aider.

— Merci... C'est très aimable à vous. L'âge est une terrible chose. Et l'arthrite est pire encore. Il m'est impossible de tenir un pinceau depuis des années.

L'officier les accompagna jusqu'à la porte. Sa jeep était garée dans la cour balayée par le vent.

— J'aurais aimé vous reconduire chez vous en voiture, mais il nous est hélas ! interdit de prendre des civils à bord des véhicules de l'Armée.

— Nous aimons mieux faire le chemin à pied, affirma Lawrence. Nous avons tout notre temps. Et merci pour votre agréable conversation.

— J'espère que nous pourrons nous revoir.

— Bien sûr. Il faudra venir dîner à la maison.

Il paraissait tout fier de sa brillante idée ; mais Pénélope sentit son cœur se serrer, car elle prévoyait ce qui allait suivre. Elle donna un coup de coude discret à son père, mais il était trop tard.

— Et pourquoi pas ce soir, après tout ?

— Papa, intervint la jeune femme, je ne sais pas encore ce que nous allons manger.

— Oh ! fit Lawrence d'un air confus.

Mais le major rattrapa la situation.

— C'est très aimable de votre part, monsieur Lawrence, et ce serait avec grand plaisir. Malheureusement, je suis pris.

— Alors, ce sera pour une autre fois.

Lawrence leva sa canne en signe d'adieu et suivit sa fille, un peu gêné.

— Ton attitude n'était pas très courtoise, ma chérie, reprocha-t-il. Sophie ne refusait jamais un convive, même s'il n'y avait à lui offrir qu'une tranche de pain et du fromage.

— Eh bien, nous n'aurions même pas eu de fromage, ce soir.

Ils redescendirent en direction du port. Pénélope évita de se retourner, mais elle était certaine que le major, debout près de sa jeep, les regardait s'éloigner.

L'excitation de l'après-midi, les bouffées d'air froid et la longue marche avaient épuisé Lawrence, et Pénélope ouvrit la porte de Carn Cottage avec un soupir de soulagement. Lawrence se laissa tomber dans un fauteuil pour reprendre son souffle. La jeune femme lui ôta son chapeau et son cache-nez, puis ses mitaines, et elle frictionna ses doigts noués par l'arthrite.

— La prochaine fois que nous irons à la Galerie, Papa, nous reviendrons en taxi.

— Nous aurions pu prendre la Bentley. Pourquoi ne l'avons-nous pas fait ?

— Parce que nous n'avons pas d'essence.

— C'est vrai. Tu as toujours raison, ma chérie.

Au bout d'un moment, il fut assez remis pour s'installer dans son fauteuil favori, au salon, bien calé par des coussins.

— Je vais te faire du thé, Papa.

— Ne te donne pas cette peine, ma petite fille. Je vais me reposer.

Il renversa la tête contre le dossier et ferma les yeux. La jeune femme s'agenouilla devant la cheminée. Son père l'entendit frotter une allumette.

— Tu fais du feu au mois d'août ?

— Je ne veux pas que tu aies froid, dit-elle en se relevant. Tu te sens mieux maintenant ?

— Oui, répondit-il, avec un sourire plein de tendresse. Nous avons passé un bon après-midi, je te remercie de m'avoir accompagné.

— Je suis heureuse de t'avoir fait plaisir.

— J'ai été ravi de faire la connaissance de ce jeune major. Il faudra que nous l'invitions à dîner un soir. J'aimerais le revoir. Ernie nous trouvera bien une paire de pigeons. Ou un lapin...

Il ferma les yeux, et la jeune femme s'éloigna.

Les Pêcheurs de coquillages

Les rangers américains avaient pris possession de leur camp, en haut de la colline. La moisson avait été bonne, les fermiers se montraient satisfaits. Les soldats étrangers s'étaient conduits mieux qu'on ne l'avait craint : ni beuveries ni rixes. Pour des raisons de sécurité, les militaires effectuaient leurs trajets dans des camions ou des jeeps chargés de cordes, de crampons et de grappins. Il leur arrivait alors de siffler au passage les jeunes filles, comme s'ils tenaient à justifier la mauvaise réputation qui les avait précédés, mais cela n'allait pas plus loin. Le général Watson-Grant avait eu raison de déclarer que des hommes qui auraient passé des heures à escalader les falaises de Boscarben ne songeraient le soir qu'à prendre une douche, manger et dormir.

Après des semaines d'un soleil radieux, le temps s'était gâté. De gros nuages noirs venaient de l'Océan, le vent du nord-ouest entraînait des pluies violentes. Les pavés des rues étroites luisaient comme des écailles de poisson, et les caniveaux débordaient sur la chaussée.

A Carn Cottage, les fleurs étaient déchiquetées par le vent, une branche était tombée du chêne, et on était obligé d'étendre le linge à sécher dans la cuisine. Lawrence, qui regardait tristement par la fenêtre, fit observer que ce temps était démoralisant.

La grosse mer avait apporté sur la plage de North Beach des épaves de toutes sortes et en particulier les restes d'un navire marchand coulé en plein Atlantique quelques mois plus tôt. Le père d'Ernie fut le premier à les remarquer, et bientôt Ernie apparut à la porte de service de Carn Cottage. Pénélope, occupée à éplucher des pommes, leva vivement les yeux sur le jeune homme qui arborait un large sourire.

— Aimeriez-vous des pêches en conserve ? demanda-t-il.

— Des pêches en conserve ? Tu te moques de moi ?

— Mon père en a rapporté deux caisses à la maison. Elles ont échoué à North Beach. On les a goûtées : elles sont aussi bonnes que si elles venaient d'être cueillies.

— Quelle chance ! Et je peux vraiment en avoir ?

— Il en a mis six boîtes de côté à votre intention, car il a pensé que les enfants aimeraient ça. Vous pouvez venir les chercher quand vous voulez.

— Comme c'est gentil ! J'irai cet après-midi.

Après le déjeuner, Pénélope enfila un vieux ciré jaune, chaussa ses bottes et se coiffa d'un bonnet de laine. Un panier à provisions dans chaque main, elle se mit en route pour la ville, dans le vent et la pluie qui lui fouettaient le visage. La localité était étrangement déserte, les habitants se calfeutrant chez eux et ne sortant qu'en cas de nécessité absolue.

Avec un soupir de soulagement, elle poussa enfin la porte de l'épicerie. M. Penberth émergea de l'arrière-boutique.

— Vous êtes venue à pied ? Sale temps, n'est-ce pas ? Mais la tempête va se calmer, et je crois qu'il fera meilleur dans la soirée. Ernie vous a parlé des pêches, je suppose ?

— Oui. Je peux vraiment en avoir quelques boîtes ? Nancy n'a encore jamais mangé de pêches.

— Je pensais bien que cela vous ferait plaisir. Mais il vaut mieux que nous passions dans la réserve. Je suis obligé de camoufler ce genre de choses. Si les gens savaient que j'ai récupéré ces conserves, ils m'écharperaient pour s'en emparer.

Il glissa trois boîtes dans chacun des sacs de Pénélope.

— Puis-je vous proposer aussi un peu de poisson ?

Il se pencha un instant derrière le comptoir et reparut avec un seau de toile rempli de maquereaux.

— C'est un gamin qui me les a apportés ce matin en échange de quelques pêches. Ils sont tout frais, mais ma femme ne les aime pas.

— Si vous pouvez m'en céder quelques-uns, ce sera parfait pour notre dîner de ce soir.

— Eh bien voilà.

Il enveloppa une grosse poignée de maquereaux dans un vieux journal et les déposa dans les sacs.

— Ça va être un peu lourd, dit-il. Si je vous apportais tout ça demain matin, les poissons ne seraient plus aussi frais.

— Je vais m'arranger. Merci, monsieur Penberth. Vous êtes vraiment gentil.

Chargée de ses deux paniers, la jeune femme reprit le chemin de Carn Cottage. L'épicier ne s'était pas trompé dans ses prévisions : le vent se calmait et il ne pleuvait plus. Elle se réjouissait à la pensée du repas qu'elle allait offrir à sa famille. Mais les paniers étaient très lourds ; elle avait mal aux bras. Elle aurait dû accepter l'offre de M. Penberth, mais il était trop tard pour avoir des regrets. Elle fut arrachée à ses pensées par un bruit de moteur.

La route était étroite et pleine de flaques. Ne voulant pas être aspergée, elle se rangea sur le côté et attendit que la voiture fût passée. Mais le véhicule s'arrêta et elle reconnut la jeep du major Lomax et du sergent qui lui servait de chauffeur. L'officier sauta à terre et traversa la route.

— Vous paraissez bien chargée, dit-il.

— C'est vrai, répondit Pénélope, en posant ses sacs sur le sol.

— Vous venez de faire des achats ?

— Pas exactement. Ce sont des boîtes de pêches et quelques poissons que l'on m'a offerts.

— Ne pouvait-on pas vous livrer cela à domicile ?

— Non, nous devons manger les poissons dès ce soir.

L'officier esquissa un sourire. Lors de leur précédente rencontre, à la galerie de peinture, elle l'avait trouvé « quelconque ». Mais maintenant l'expression de ses yeux bleus transformait son visage et lui donnait un charme insoupçonné.

— Puis-je vous aider ? proposa-t-il. Il m'est interdit de vous faire monter dans un véhicule militaire, mais le sergent peut transporter vos sacs jusqu'à votre domicile... Sergent !

— A vos ordres, mon commandant.

— Vous allez apporter ces sacs chez cette dame. Elle vous expliquera le chemin à suivre.

Pénélope eut beau protester, le sous-officier s'était déjà emparé des sacs qu'il avait placés à l'arrière de la jeep, et elle indiqua le chemin de Carn Cottage.

— Ce sera tout, sergent, reprit Lomax. Je vais poursuivre ma route à pied, et vous retrouverai au quartier.

— Bien, mon commandant.

Pénélope demeura en compagnie de l'officier, un peu déconcertée. Elle avait honte des vêtements dont elle était affublée. Elle ôta son bonnet et le fourra dans une poche de son ciré.

— Votre sergent ne risque-t-il pas d'avoir des ennuis ? dit-elle tandis qu'ils se mettaient en route.

— Si quelqu'un devait lui passer un savon, ce ne pourrait être que moi. Alors... Comment êtes-vous au courant des règlements militaires ?

— J'ai servi pendant deux mois dans les Wrens, à Portsmouth.

— Récemment ?

— Oh non. C'était en 1940.

— Vous n'avez pas aimé ?

— J'attendais un bébé, et je me suis mariée.

— Votre mari est dans la Marine ?

— Oui. Il se trouve en Méditerranée. Du moins... je le crois.

— Y a-t-il longtemps que vous ne l'avez vu ?

— Oui... une éternité.

Elle ne se souvenait pas de la date et garda le silence pendant quelques instants.

— Je préférerais ne pas traverser la ville, reprit-elle. Longeons la mer jusqu'à la gare. Il y a un escalier qui débouche exactement en face du *White Caps Hotel.*

— Bien volontiers. J'ai du mal à retrouver mon chemin, mais vous connaissez bien les environs. Avez-vous toujours vécu ici ?

— Durant l'été. Nous passions l'hiver à Londres, avant la guerre, et nous allions aussi parfois en France, où nous avions des amis. Ma mère était française. Mais nous sommes à Porthkerris depuis le début des hostilités, et nous y resterons, Papa et moi, jusqu'à la fin.

— Vous ne voyez jamais votre mari quand il est à terre ?

Ils s'étaient engagés dans un étroit sentier qui longeait la plage. La jeune femme se baissa pour ramasser un galet qu'elle lança dans la mer.

— Il est en Méditerranée, je vous l'ai dit. Et même si je voulais le rejoindre, cela serait impossible. Maman a été tuée au cours d'un bombardement, en 1941, et je dois rester auprès de mon père pour m'occuper de lui.

Il ne risqua aucun commentaire, et elle poursuivit :

— Et puis il y a ma fille, Nancy. Et aussi Doris, une jeune veuve de guerre réfugiée de Londres avec ses deux garçons.

Elle ajouta :

— Mon père a beaucoup apprécié la conversation que vous avez eue ensemble à la Galerie. Il m'a reproché de ne pas vous avoir invité à dîner. Je reconnais que je n'ai pas été très polie, mais c'était involontaire. La vérité, c'est que je n'aurais su que vous servir.

— J'ai eu beaucoup de plaisir à faire la connaissance de votre père. Lorsque j'ai appris que j'allais être affecté ici, j'ai espéré rencontrer le célèbre Lawrence Stern, mais je ne croyais pas que cela se produirait réellement. Quel peintre merveilleux !

— Je n'ai malheureusement pas hérité de son talent. Est-ce que vous peignez vous-même ? Lors de votre entretien, vous avez semblé très connaisseur.

— Je suis incapable de tenir un pinceau. Mais ma mère avait un tempérament d'artiste, et je marchais à peine qu'elle m'emmenait dans les galeries de peinture.

— Et votre père ?

— Il était agent de change, dans la Cité. Après sa mort, ma mère a vendu la maison, pour une plus petite à Pembroke Square.

Elle y habite toujours, malgré les bombardements, disant qu'elle aime mieux mourir que quitter Londres.

Pénélope songea à Dolly Keeling, douillettement installée au *Coombe Hotel*, jouant au bridge avec lady Beamish et écrivant de longues lettres à Ambrose. Elle poussa un soupir, car la seule pensée de Dolly la déprimait. Elle se sentait vaguement coupable de n'avoir jamais invité sa belle-mère à venir quelques jours à Carn Cottage pour voir sa petite-fille.

La route étroite gravissait maintenant la colline. Ils avaient laissé la mer derrière eux et marchaient entre deux rangées de maisons de pêcheurs, blanchies à la chaux. Une femme sortit de l'une d'elles, les bras chargés de linge, et leur sourit. Au même moment, le soleil fit une apparition. Pénélope déboutonna son ciré.

— Avez-vous rejoint la Marine parce que vous ne souhaitiez pas reprendre la profession de votre père, ou à cause de la guerre ? demanda-t-elle.

— A cause de la guerre. Mais de toute façon, je ne voulais pas être agent de change. J'ai fréquenté l'université et j'ai obtenu un diplôme de littérature anglaise classique, et j'ai enseigné dans une école préparatoire.

— Vous entraînez-vous à l'escalade avec les fusiliers marins américains ?

— Non, répondit l'officier avec un sourire. C'est inutile, car j'ai commencé très jeune à pratiquer ce sport. D'abord lorsque j'étais interne dans le Lancashire. Nous allions escalader les pentes du Lake District. A quatorze ans, j'étais déjà « mordu », si vous me permettez ce terme, et j'ai continué à pratiquer plus tard en Suisse ou en Autriche. J'aurais aimé me rendre au Népal, mais un tel projet exigeait des mois de préparation. J'ai dû y renoncer.

— Après le Matterhorn, les falaises de Boscarben doivent sembler faciles.

— N'en croyez rien. Elles sont plus ardues qu'il n'y paraît.

Ils poursuivirent leur route en empruntant des sentiers cachés, tortueux, inconnus des touristes. Pénélope était trop essoufflée pour poursuivre la conversation. Finalement, ils atteignirent la gare en face du *White Caps Hotel*.

La jeune femme s'adossa un moment à un mur pour reprendre son souffle et calmer les battements de son cœur.

— Il y a des années que je n'étais venue ici. Petite fille, j'étais capable de remonter depuis la plage en courant. C'était un test d'endurance que je m'imposais.

Elle tourna la tête vers l'endroit d'où ils venaient. La mer était calme, troublée par une houle légère et reflétait le ciel clair. La brise apportait à Pénélope des senteurs nostalgiques venues de son enfance.

Elle réfléchissait aux deux années qui venaient de s'écouler : tristesse et ennui, restrictions et disette. Pourtant, en un court instant, elle venait d'éprouver l'impression que les rideaux noirs de l'incertitude s'écartaient, que des fenêtres s'ouvraient sur un paysage lumineux, un merveilleux avenir.

Le bonheur. Le souvenir des jours d'autrefois, avant la mort de Sophie. Rajeunir comme par magie. Mais je suis jeune, je n'ai que vingt-trois ans. Elle leva les yeux vers l'homme attentif près d'elle, pleine de gratitude, car c'était lui qui avait accompli ce miracle. Il la regardait et elle se demanda ce qu'il éprouvait. Son calme ne trahissait rien de ses sentiments.

— Il faut rentrer, dit-elle. Papa doit se demander ce qui m'est arrivé. Viendrez-vous dîner avec nous ?

Il ne répondit pas tout de suite. Allait-il refuser ? Il sourit.

— C'est très gentil de votre part. Je ne sais si je puis...

Pénélope réprima un soupir de soulagement.

— Papa sera ravi de vous voir et de reprendre votre discussion.

— Eh bien, je vous remercie. Ce sera avec grand plaisir.

— C'est donc entendu. Nous vous attendrons vers sept heures et demie.

Elle ajouta dans un sourire :

— Pour une fois j'ai quelque chose à offrir pour le dîner, mieux vaut en profiter.

— Du poisson et des pêches en conserve... je sais.

Il eut un rire joyeux, et la jeune femme comprit qu'elle n'oublierait jamais ce rire.

Doris était dévorée de curiosité.

— Que se passe-t-il ? J'étais en train de repasser, et voilà que ce sergent arrive à la porte avec tes paniers. Je lui ai proposé une tasse de thé, mais il m'a dit qu'il lui était impossible d'accepter. Où l'as-tu rencontré ?

Pénélope raconta tout. Doris laissa échapper un petit glousse-ment de joie.

— Eh bien, si tu veux mon avis, tu as un admirateur.

— Oh ! Doris ! En tout cas, je l'ai invité à dîner ce soir.

Le visage de Doris se rembrunit et elle poussa un soupir de découragement.

— Qu'y a-t-il, Doris ? demanda Pénélope inquiète.

— Je dois emmener Clark et Ronald à Penzance voir jouer *Le Mikado.*

— Et moi qui comptais sur toi ! J'ai absolument besoin de quelqu'un pour m'aider. Ne peux-tu remettre cette sortie à plus tard ?

— Impossible. On a organisé un service de car et le spectacle n'est là que pour deux jours. Les enfants l'attendent depuis quinze jours. Mais ne t'inquiète pas. Je te donnerai un coup de main avant de partir, et je coucherai Nancy. Je suis déçue de rater ta petite réception. Depuis qu'on n'a pas vu un homme présentable dans cette maison...

Pénélope ne daigna pas mentionner Ambrose.

Elles se mirent au travail. Elles préparèrent le dîner, cirèrent la table de la salle à manger, polirent l'argenterie qui n'avait pas servi depuis longtemps et sortirent les verres de cristal. Lawrence descendit à la cave, comme il l'avait si souvent fait en des temps plus heureux, quand il possédait une belle réserve de crus français. Il dut se contenter de remonter une bouteille de vin algérien, et une de porto, qu'il mit à décanter avec soin.

Doris partit avec ses enfants. Nancy couchée, Pénélope monta se préparer. Elle enfila un chemisier et une jupe, natta ses cheveux. Elle n'avait ni poudre ni rouge à lèvres, et son flacon de parfum était vide depuis longtemps. L'inspection dans le miroir ne la satisfit guère ! Elle avait l'air d'une gouvernante. Elle mit un collier de perles rouges. Au même moment, elle entendit le portillon du jardin. Elle se précipita vers la fenêtre et vit Richard Lomax qui remontait l'allée. Il avait abandonné sa tenue de campagne pour un uniforme kaki et un ceinturon avec baudrier. Il tenait discrètement dans une main un paquet enveloppé de papier, sans doute une bouteille.

Depuis qu'elle *l'avait quitté*, elle n'avait songé qu'au plaisir de le revoir. Or, maintenant, en le voyant approcher, elle était prise de panique. Et si la soirée allait mal se passer, sans l'aide de Doris pour l'égayer ? Et si elle s'était méprise sur Richard Lomax, si ce ravissement et cet inexplicable bonheur n'étaient qu'illusion ?

Elle s'éloigna de la fenêtre, jeta un coup d'œil à son miroir pour rectifier la position de son collier et descendit. La sonnette tinta. Pénélope ouvrit, souriante.

— J'espère que je ne suis pas en retard.

— Pas du tout. Avez-vous trouvé facilement votre chemin ?

— Sans aucun mal. Vous avez là un bien beau jardin.

— Hélas ! la pluie ne l'a pas arrangé.

Elle le fit entrer, et il retira son képi. Il tendit le paquet qu'il tenait.

— Votre père aime-t-il le whisky ?

— Oh oui !

Tout allait bien se passer. Elle ne s'était pas trompée. Il lui semblait voir en lui un ami de longue date. La sensation de retour dans le passé revint, plus forte que jamais. Si forte, à la vérité, qu'elle s'attendait à voir entrer Sophie, souriante et surprise.

Elle s'avançait vivement vers le visiteur, lui entourait le cou de ses bras et l'embrassait sur les deux joues en lui disant d'un air enjoué : *Oh, mon cher ami, j'avais hâte de vous revoir.*

— ... et comme nous n'en avons plus depuis longtemps, il va être enchanté. Il vous attend.

Elle se dirigea vers le salon.

— Papa, notre invité est arrivé... et il a apporté un cadeau qui va te faire plaisir.

— Pour combien de temps êtes-vous en poste dans notre ville ? demanda Lawrence au cours du repas.

— A vrai dire, je n'en sais rien.

— Et vous ne le diriez pas même si vous le saviez, n'est-ce pas ? Croyez-vous que, d'ici un an, nous soyons prêts à envahir l'Europe ?

— Je l'espère, répondit Richard Lomax avec un sourire, sans se compromettre.

— Ces Américains vivent en cercle fermé. Nous imaginions qu'ils mettraient un peu d'animation dans la localité.

— Vous savez, ils ne sont pas venus ici en vacances, et leur unité vit effectivement repliée sur elle-même.

— Vous entendez-vous bien avec eux ?

— Très bien, dans l'ensemble. Ils font preuve de beaucoup de cran et de bonne volonté à l'entraînement.

— C'est vous qui êtes responsable de toute l'opération ?

— Pas exactement. Je ne suis qu'officier instructeur, sous les ordres du colonel Mellaby.

— Connaissiez-vous Porthkerris avant d'y être affecté ?

— Non, je n'y étais jamais venu, je passais habituellement mes vacances dans le Nord. Mais je connaissais la localité de nom, en raison des artistes qui y séjournaient. J'avais aussi vu des peintures du port, dans les galeries visitées sous la conduite de ma mère. A mon arrivée, j'ai trouvé l'endroit inchangé et j'ai reconnu cette lumière unique, extraordinaire, qui se reflète sur la mer.

— Oui, une lumière magique, à laquelle on ne s'habitue jamais et dont jamais on ne se lasse, renchérit Lawrence avec nostalgie.

— Il y a longtemps que vous vivez à Porthkerris, n'est-ce pas ?

— Depuis le début des années 20. Nous nous y sommes installés, ma femme et moi, après notre mariage. Nous n'avions pas encore de maison, et nous campions dans mon atelier. Comme des bohémiens.

— Est-ce le portrait de votre femme qui se trouve dans le salon ?

— Oui. Il a été peint par Charles Rainier. Sophie avait alors dix-neuf ans. Ce qui vous étonnera sans doute, c'est qu'il a fait ce tableau en une seule journée. Il connaissait Sophie depuis son enfance ; et on travaille mieux lorsqu'on connaît bien son modèle. Ce portrait est une des plus belles œuvres de Charles Rainier.

La salle à manger était plongée dans la pénombre, éclairée par les bougies et les derniers rayons du soleil couchant qui faisaient scintiller le cristal et se reflétaient sur la surface luisante de la table d'acajou. Bientôt, il faudrait fermer les fenêtres et tirer les rideaux pour obéir aux consignes de la défense passive.

Le repas achevé et la table débarrassée, Pénélope avait placé devant les deux hommes une coupe contenant des reinettes, que le vent avait fait tomber d'un vieux pommier au fond du jardin, et Richard Lomax était en train d'en peler une. Pénélope observait ses mains longues, l'extrémité carrée de ses doigts, l'habileté avec laquelle il se servait du couteau à manche de nacre. Il la coupa en quatre quartiers nets, tout en demandant :

— Avez-vous encore cet atelier ?

— Oui, répondit Lawrence avec un sourire attristé, mais il est abandonné. Je n'y vais que rarement, car je ne peux plus peindre et il est trop loin pour que je puisse m'y rendre à pied.

— J'aimerais le visiter.

— Quand vous le désirerez. Pénélope se fera un plaisir de vous y conduire.

— J'en serai ravi. Charles Rainier est-il encore en vie ?

— Je pense. Il doit se trouver quelque part dans le midi de la France. S'il ne manifeste pas trop ses opinions anglophiles, il devrait s'en tirer...

La pensée de Pénélope s'enfuit aussitôt vers la maison des Rainier, au toit recouvert de bougainvillées, vers les roches rouges qui plongeaient dans la mer aux reflets de gentiane, vers les mimosas aux fleurs légères comme un duvet d'or. Elle revit Sophie qui l'appelait pour le dîner. Non, Sophie n'était pas morte, mais bien vivante ; et maintenant encore, Pénélope la revoyait en fermant les yeux. Il n'était pas facile de s'accrocher à l'illusion que les choses étaient comme autrefois. Dans la réalité, tout avait changé sous les coups inexorables du destin : la guerre, Sophie et les Clifford tués, sa rencontre avec Ambrose. Oui. Elle ne regrettait pas d'avoir mis Nancy au monde, car elle n'imaginait pas la vie sans cette enfant. Elle ne regrettait que son stupide mariage. « Il ne faut pas l'épouser si tu ne l'aimes pas », avait dit Sophie. Mais Pénélope n'avait pas tenu compte des conseils de sa mère. Elle avait imaginé que toutes les unions étaient aussi heureuses que celle de ses parents et qu'il en serait de même pour elle.

C'était une erreur. Elle n'avait jamais aimé son mari. Elle n'avait rien en commun avec lui et n'éprouvait aucun désir de le revoir. Elle regardait le visage serein de Richard, ses mains croisées. Elle aurait voulu les prendre entre les siennes, les presser contre sa joue. Elle se demanda s'il était marié.

Pendant que la jeune femme était plongée dans ses amères réflexions, les deux hommes parlaient peinture. Lawrence avança la main vers la carafe de porto.

— Dites-moi, est-ce que vous jouez au jacquet ?

— Oui.

— Que diriez-vous d'une partie, tout en poursuivant notre conversation ?

— J'en serais ravi.

La nuit était presque tombée. Pénélope se leva pour fermer les fenêtres. Puis, gagnant la cuisine, elle tira les rideaux avant d'allumer la lampe et de mettre la bouilloire sur le fourneau pour le café. Elle entendit les deux hommes passer au salon, puis le bruit de la pelle à charbon dans l'âtre.

La pendule sonnait onze heures lorsque la partie s'acheva. Lawrence était vainqueur.

— Il est temps que je me retire, dit Richard en se levant.

— Je ne pensais pas qu'il était aussi tard, dit Lawrence. Il nous faudra une revanche. Si toutefois vous le désirez.

— J'en serai enchanté. Mais je ne peux fixer aucune date, car mon temps ne m'appartient pas...

— Venez quand vous pourrez. Nous sommes toujours là. Pénélope va vous raccompagner.

Pénélope planta ses aiguilles dans son tricot et se leva en souriant.

— Bonne nuit, monsieur, disait Richard Lomax. Et merci pour cette merveilleuse soirée.

— Je vous en prie... C'est bien peu de chose, et nous attendrons avec impatience votre prochaine visite.

Le jardin, envahi par la senteur des giroflées, était baigné dans la lumière azurée d'un croissant de lune. On percevait, au lointain, le murmure de la mer. Richard et Pénélope levèrent les yeux vers les nuages légers qui poursuivaient leur course lente. Une humidité glacée montait de la pelouse, et la jeune femme, les bras croisés sur la poitrine, frissonna.

— Je vous ai à peine parlé de la soirée, dit Richard. J'espère que vous ne m'avez pas mal jugé.

— Vous étiez venu discuter avec Papa.

— Pas seulement avec lui.

— Vous reviendrez, n'est-ce pas ? Je sais que votre temps ne vous appartient pas, mais tâchez de ne pas nous oublier.

— Je vous le promets. Bonne nuit, Pénélope.

— Bonne nuit, Richard.

Elle le regarda disparaître dans l'ombre du jardin. Elle perçut le grincement du portillon et attendit encore un instant, frissonnant dans son corsage léger, avant de regagner la chaleur du salon.

Il s'écoula une quinzaine de jours avant que Richard Lomax ne se manifestât. Son silence n'inquiétait pas Pénélope. Il avait dit qu'il reviendrait lorsque cela lui serait possible et elle savait qu'il tiendrait parole. Tout en vaquant à ses occupations, elle pensait à lui. Parfois elle rêvait de lui ; elle s'éveillait heureuse, essayait de se souvenir du rêve avant qu'il ne se dissipe.

Lawrence, quant à lui, se faisait du souci.

— Nous n'avons aucune nouvelle de ce garçon, grommelait-il. Une autre partie de jacquet aurait été agréable.

— Il reviendra, Papa, répondait Pénélope d'un ton rassurant.

Car elle savait que c'était la vérité. Elle avait confiance en Richard.

On était en septembre. Les soirées et les nuits étaient fraîches, mais les journées sereines, avec un ciel sans nuages. La façade de la maison était égayée de dahlias, les dernières roses de l'été s'ouvraient en emplissant l'air d'un parfum précieux, plus enivrant encore que les fragrances de juin.

Un samedi après déjeuner, Clark et Ronald descendirent à la plage avec un groupe de camarades. Dès leur départ, la maison fut plongée dans un silence reposant. Lawrence se retira au salon pour faire une sieste dans son fauteuil favori près de la fenêtre, et Doris emmena Nancy au jardin. Pénélope se dirigea vers le verger pour rentrer le linge qui avait séché au soleil. De retour dans la cuisine, elle plia draps et serviettes, mit de côté chemises et taies d'oreillers. Le repassage pouvait attendre. Elle traversa le hall, où la grande pendule comtoise égrenait les secondes en un tic-tac monotone. La porte donnant sur le perron était ouverte, et la lumière blonde du soleil caressait le vieux tapis râpé.

Tout au bout de la pelouse, dans un fauteuil en rotin, Doris raccommodait et Nancy jouait avec un petit seau fabriqué par Ernie. Le sable avait été rapporté dans la carriole de M. Penberth, et la fillette, vêtue d'une salopette rapiécée, passait des heures à faire des pâtés.

Pénélope les rejoignit à pas lents.

Doris examinait avec consternation une chemise déchirée.

— Je suppose qu'elle ne vaut pas la peine d'être réparée ?

— A mon avis, elle ne peut faire qu'un chiffon à poussière.

— Le drame, c'est que nous avons dans cette maison plus de chiffons que de vêtements. Quand cette maudite guerre sera finie, la première chose que je ferai sera d'acheter des vêtements décents. Regarde ce chandail de Clark. Je l'ai raccommodé la semaine dernière, et il y a encore un grand trou au coude. Comment ces garnements s'arrangent-ils pour mettre leurs affaires dans cet état ?

— Que veux-tu, ils grandissent.

Pénélope s'étendit sur une couverture que Doris avait disposée près de son fauteuil. Elle s'étira paresseusement, puis se laissa rouler sur le dos, déboutonna son chemisier et remonta sa jupe sur ses cuisses nues.

— Je me réjouis toutefois qu'ils ne soient pas plus âgés, reprit Doris. Je n'aimerais pas les voir soldats... Je ne pourrais supporter...

Elle s'interrompit brusquement.

— Nous avons un visiteur.

Le soleil baissait. Une ombre se profila devant elles. Pénélope vit, debout à ses pieds, une haute silhouette. Elle se redressa vivement, abaissa sa jupe et reboutonna son corsage.

— Je suis navré, dit Richard. Je n'avais pas l'intention de vous déranger, et encore moins de vous effrayer.

— D'où venez-vous ? dit-elle en se levant.

Son corsage rajusté, elle écarta d'une main les cheveux qui tombaient sur son front.

— Je suis entré par le petit portillon, et j'ai traversé le jardin.

Elle rougit, son cœur battait à grands coups.

— Je ne vous avais pas entendu approcher.

— Est-ce une mauvaise heure pour une visite amicale ?

— Non, nous ne faisions rien de particulier.

— Dans mon bureau sans air j'étouffais et je me suis dit qu'avec un peu de chance je vous trouverais ici.

Il regarda Doris qui semblait hypnotisée.

— Je ne crois pas que nous ayons été présentés. Je suis Richard Lomax. Et vous devez être Doris.

La jeune femme, émue, tendit la main.

— Ravie de faire votre connaissance, balbutia-t-elle.

— Pénélope m'a parlé de vous et de vos deux garçons. Sont-ils là ?

— Ils sont allés se baigner avec des camarades.

Richard reporta son attention sur Nancy.

— C'est votre petite fille ? demanda-t-il à Pénélope.

— Oui, je vous présente Nancy.

— Bonjour, reprit-il en se baissant pour être à la hauteur de la fillette. Quel âge as-tu ?

— Bientôt trois ans, répondit Pénélope.

Nancy avait du sable sur le visage, et le fond de sa salopette était humide.

— Et que fais-tu ? Des pâtés ? Laisse-moi essayer.

Il s'empara du petit seau, le remplit de sable qu'il tassa, puis le retourna pour confectionner un pâté que la gamine s'empressa de démolir. Il se mit à rire en s'asseyant sur l'herbe avant de dégrafer le col de sa tenue de campagne kaki.

— Vous avez chaud, dit Pénélope.

— Oui. Ce n'est pas un temps à porter des vêtements de ce genre.

Il déboutonna le reste de sa vareuse et l'ôta, puis roula sur ses avant-bras les manches de sa chemise.

Nancy descendit de son tas de sable pour s'asseoir sur les genoux de sa mère et dévisager le nouvel arrivant. Pénélope courba la tête et pressa sa joue contre les boucles soyeuses de Nancy. Richard se retourna sur le dos, appuyé sur ses coudes, et leva les yeux vers le soleil.

— Il fait aussi chaud qu'en plein été, remarqua-t-il. Où serait-on mieux que dans ce jardin ? Votre père n'est pas sorti prendre l'air ?

— Il faisait la sieste, mais il doit être réveillé, à cette heure-ci. Savez-vous qu'il est impatient de disputer avec vous une autre partie de jacquet ?

Doris consulta sa montre, rangea son aiguille et posa sur l'herbe son panier de raccommodage.

— Il va être quatre heures, dit-elle. Je vais faire du thé. Vous en boirez bien une tasse ?

— Volontiers.

— Je vais prévenir ton père, Pénélope. Il sera heureux de prendre le thé dans le jardin.

Elle s'éloigna vers la maison d'un pas alerte.

— Une charmante jeune femme, dit Richard.

Pénélope cueillait des pâquerettes pour en faire une chaînette destinée à Nancy.

— Qu'avez-vous fait depuis votre dernière visite ? s'enquit-elle.

— Rien d'autre que la routine. De l'escalade dans vos collines. Des plans d'exercices. Des rapports.

Un silence durant lequel Pénélope ajouta une autre pâquerette à sa chaîne, avant de demander :

— Connaissez-vous le général Watson-Grant ?

— Bien sûr. Le colonel Mellaby et moi-même sommes invités chez lui lundi prochain.

— Mme Watson-Grant nous a aussi invités, Papa et moi. Elle a téléphoné ce matin. M. Ridley, l'épicier, leur a livré deux bouteilles de gin, et le général a jugé que c'était l'occasion rêvée pour une petite réunion.

— Comment allez-vous y aller ?

— Le général va nous envoyer sa voiture. Il a toujours un peu d'essence, en sa qualité de chef de la milice locale, et son jardinier viendra nous chercher. C'est illégal, mais tellement gentil de sa part. Nous ne pourrions faire le trajet à pied.

— J'espérais bien que vous seriez invités, vous et votre père.

— Pourquoi ?

— Pour rencontrer quelqu'un de connaissance. Et aussi parce que j'ai pensé que je pourrais après la réunion vous inviter à dîner.

La guirlande de pâquerettes se balançait entre les doigts de la jeune femme.

— Vous avez l'intention de nous inviter tous les deux, Papa et moi ? Ou seulement moi ?

— Vous seule. Mais si votre père veut venir...

— Il n'aime pas rentrer tard à la maison.

— Où pourrions-nous aller ? Au *Sands Hotel*, peut-être ?

— Il est réquisitionné depuis le début de la guerre, et il abrite des convalescents.

— Alors au *Castle* ?

Pénélope se troubla. Durant la première visite d'Ambrose à Carn Cottage, cherchant un moyen de le distraire, elle avait suggéré d'aller au *Castle* pour le dîner dansant du samedi soir. La soirée n'avait pas été plus réussie que le reste du week-end. La grande salle à manger était glaciale et à moitié vide, le dîner médiocre et les convives âgés. Un orchestre jouait sans entrain des airs démodés, mais ils n'avaient pas pu danser, car la grossesse de Pénélope était trop avancée.

— Oh non ! protesta-t-elle vivement. Pas au *Castle*. Les serveurs sont si vieux, et la plupart des résidents dans des chaises roulantes. C'est déprimant.

Elle réfléchit avant de suggérer :

— Nous pourrions aller au *Gaston's Bistro*.

— Où est-ce ?

— Au-dessus de la baie nord. C'est petit, mais on y mange bien. Papa nous y a amenées plusieurs fois, Doris et moi, à l'occasion de fêtes ou d'anniversaires.

— Le *Gaston's Bistro*. Cela sonne drôlement. Eh bien, je téléphonerai pour réserver.

— Doris, il m'a invitée à dîner.

— Allons donc ! Et quand, s'il te plaît ?

— Lundi, après la réception chez les Watson-Grant.

— Tu as acccpté ?

— Oui. Tu penses que j'aurais dû refuser ?

— Refuser ? Il aurait fallu être folle. Je le trouve charmant, moi. Il me rappelle Gregory Peck.

— Oh ! Doris, il n'a vraiment rien de Gregory Peck.

— Au physique, peut-être pas. Mais il a cette allure calme... Tu vois ce que je veux dire. Quelle robe vas-tu mettre ?

— Je n'y ai pas encore réfléchi. Mais je trouverai bien.

Doris soupira.

— Sais-tu que tu m'énerves, par moments ? Achète-toi une robe neuve ! Tu ne dépenses jamais un sou pour toi. Va chez Mme Jolie.

— Il ne me reste plus de tickets de vêtements. J'ai utilisé le dernier pour acheter les serviettes à thé et un peignoir pour Nancy.

— Tu n'as besoin que de sept tickets. A nous six, nous devrions les trouver. Sinon, je m'en procurerai au marché noir.

— C'est interdit.

— Ça, je m'en moque. C'est ton premier rendez-vous depuis des années ; il faut en profiter. Dès lundi tu descends en ville pour acheter une robe.

Il y avait longtemps que Pénélope n'était entrée dans une

boutique de mode. Mais Mme Jolie n'étant autre que Mme Coles, la femme du garde-côte, il n'y avait aucune raison d'être intimidée.

— Je cherche une robe, dit Pénélope.

— Je n'ai rien d'extraordinaire en ce moment. Mon stock se compose surtout de vêtements utilitaires. Pourtant, il me reste une jolie robe qui devrait vous aller. Le rouge est votre couleur, n'est-ce pas ? Elle est en rayonne, mais au toucher on dirait de la soie.

Pénélope s'enferma dans une cabine d'essayage et fit glisser la robe rouge par-dessus sa tête. Elle était de bonne coupe et très douce au toucher. Elle acheva de boutonner le vêtement et boucla la ceinture.

— Elle vous va à ravir, dit Mme Coles.

Pénélope se regarda dans le miroir et s'efforça de se voir avec les yeux de Richard. La robe était décolletée en carré, évasée vers le bas. La large ceinture de même teinte mettait en valeur la minceur de sa taille. La jeune femme pirouetta. La jupe s'élargit en éventail en un mouvement gracieux qui ravit Pénélope. Jamais vêtement ne lui avait donné une telle confiance en soi. C'était comme tomber amoureuse ; il lui fallait cette robe.

— Quel est son prix ? demanda-t-elle.

La commerçante retourna l'étiquette attachée au vêtement.

— Six livres et dix shillings. Plus sept tickets, bien sûr.

— Je la prends.

— Vous avez raison. On dirait qu'elle a été faite tout spécialement pour vous.

— Papa, est-ce que ma nouvelle robe te plaît ?

Tirant le vêtement de la pochette en papier, elle le plaqua devant elle. Lawrence, assis dans son fauteuil, ôta ses lunettes, renversa la tête en arrière, puis ferma à demi les yeux pour mieux juger de l'effet.

— Je la trouve très belle, dit-il enfin. C'est une couleur qui te va bien. Mais qu'est-ce qui t'a incitée à acheter une robe neuve ?

— Nous devons nous rendre ce soir à la réception chez les Watson-Grant. As-tu oublié ? Le général doit nous envoyer sa voiture.

— C'est très gentil de sa part.

— Ensuite, on te ramènera, parce que je suis invitée à dîner.

Lawrence remit ses lunettes sur son nez et, pendant un long moment, observa sa fille par-dessus sa monture d'écaille.

— Par Richard Lomax, dit-il.

C'était plus une affirmation qu'une question.

— Oui.

— Bien, dit Lawrence en reprenant son journal.

— Tu crois que j'ai bien fait d'accepter ?

— Pourquoi pas ?

— Je suis une femme mariée.

— Mais pas une petite-bourgeoise.

Une légère hésitation.

— Et si j'avais une intrigue ?

— Cela ne regarde que toi.

— Tu sais, Papa, je t'aime vraiment beaucoup.

— Tu m'en vois ravi, dit Lawrence avec un sourire. Mais pourquoi ?

— Pour mille raisons. Mais surtout, parce que nous nous comprenons si bien.

— Ce serait désastreux si nous ne le pouvions pas. Quant à Richard Lomax, c'est à toi seule de prendre une décision.

— Je sais, murmura Pénélope.

Elle ne dit pas que, cette décision, elle l'avait déjà prise.

Ils arrivèrent les derniers chez les Watson-Grant. En effet, lorsque le jardinier du général, qui remplissait en même temps les fonctions de chauffeur, se présenta à Carn Cottage, Pénélope était encore dans sa chambre, indécise quant à sa coiffure. Elle décida d'abord de se faire un chignon. Au dernier moment, plus nerveuse qu'elle n'eût souhaité le laisser paraître, elle arracha toutes les épingles pour laisser retomber ses cheveux sur ses épaules. Après cela, il lui fallut trouver un vêtement chaud, car sa robe neuve était trop légère pour la fraîcheur des soirées de septembre. Elle ne possédait pas de manteau, rien d'autre que son poncho confectionné dans une vieille couverture et il ne convenait pas aux circonstances. Ce qu'elle trouva de mieux fut un châle en cachemire ayant appartenu à Sophie. Elle le drapa sur ses épaules et se hâta de descendre à la recherche de son père. Elle le trouva occupé à cirer ses chaussures.

— Papa, la voiture est devant la porte. John nous attend.

— Je sais. Mais ce sont là mes meilleures chaussures, et elles n'ont pas été nettoyées depuis longtemps.

La jeune femme les prit des mains de son père, les brossa énergiquement, mais dut ensuite se laver les mains maculées de cirage. Elle revint l'aider à se chausser. Cela fait, ils se rendirent jusqu'à la vieille Rover près de laquelle John Tonkins attendait.

— Je suis désolé de vous avoir fait attendre, John, dit le vieux peintre.

— Je vous en prie, monsieur, répondit l'homme, tout en tenant la portière ouverte pour permettre à Lawrence de s'installer.

Pénélope grimpa lestement à l'arrière, John prit place au volant, et la voiture se mit en marche. A vitesse raisonnable, car John en prenait grand soin et conduisait comme s'il s'agissait d'une bombe à retardement susceptible d'exploser s'il dépassait les cinquante kilomètres à l'heure. Il était sept heures lorsqu'ils s'engagèrent dans l'imposante allée bordée de rhododendrons, d'azalées, de camélias et de fuchsias, pour s'arrêter devant la porte. Plusieurs véhicules étaient déjà rangés devant le perron. Pénélope reconnut la Morris des Trubshot, près de laquelle se trouvait une voiture de l'Armée portant les insignes des Fusiliers marins. Le chauffeur, assis au volant, lisait le *Picture Post*. Un sourire éclaira le visage de Pénélope.

Avant la guerre, une femme de chambre en uniforme aurait attendu les visiteurs à la porte. Ce soir, il n'y avait personne.

Lawrence et sa fille pénétrèrent dans le hall. Il était vide ; guidés par un murmure, ils traversèrent le salon jusqu'à la serre où se tenait la réception. La pièce, très vaste, avait été construite au moment où le général avait quitté l'armée des Indes pour prendre sa retraite. Elle était meublée de rotin et de palmiers nains dans des bacs en grès. On voyait aussi une selle de chameau, une peau de tigre et un gong de cuivre suspendu entre deux défenses d'éléphant.

Lawrence et Pénélope furent accueillis avec chaleur par Mme Watson-Grant, petite, très sèche, les cheveux coupés à la garçonne et la peau tannée par le soleil des Indes ; c'était une fumeuse invétérée et une joueuse de bridge enragée. A Quetta, si l'on en croyait les rumeurs, elle passait ses journées à cheval. Elle avait même abattu un tigre d'un seul coup de fusil. A présent, elle en était réduite à diriger le comité local de la Croix-Rouge, et l'activité des jours anciens lui manquait. Aussi, dès que l'épicier lui eut apporté les deux bouteilles de gin promises, avait-elle organisé une réception.

— Ah ! Vous voici ! s'écria-t-elle à l'adresse du peintre et de sa fille. En retard, comme à l'ordinaire.

Elle avait son franc-parler et appelait un chat un chat.

— Que voulez-vous boire ? Gin-orange, ou gin-citron ? Vous connaissez tout le monde. A l'exception, peut-être, du colonel Mellaby et du major Lomax.

Pénélope promena ses regards autour d'elle. Il y avait là les Springburn, Mme Trubshot, grande et squelettique, vêtue de mousseline mauve et coiffée d'un chapeau monumental orné d'un large ruban de velours noir et d'une boucle d'argent. Mlle Pawson se tenait auprès d'elle, raide comme un grenadier, chaussée de Pataugas à lacets pourvus de semelles de caoutchouc aussi épaisses que des bandages de char d'assaut. Un peu plus loin, Trubshot avait agrippé le colonel Mellaby — qu'il voyait pourtant pour la première fois — et il lui exposait d'un air très sûr de lui ses conceptions sur la conduite de la guerre. L'officier des fusiliers marins était un homme élégant et distingué, avec une petite moustache en brosse et des cheveux clairsemés. Beaucoup plus grand que Trubshot, il devait se pencher pour entendre son implacable interlocuteur.

Pénélope aperçut Richard, à l'autre extrémité de la pièce, en conversation avec Mlle Preedy, vêtue d'une blouse hongroise ornée de broderies de couleurs et d'une jupe très ample, comme si elle s'apprêtait à faire une exhibition de danse folklorique. A une remarque de Richard elle éclata d'un rire en cascade, la tête penchée de côté, ce qui permit à son interlocuteur d'apercevoir Pénélope.

— Pénélope! Vous êtes là. Je craignais que vous ne puissiez venir.

C'était le général Watson-Grant qui venait de surgir au côté de la jeune femme.

— Nous sommes un peu en retard, c'est vrai ; et nous avons fait attendre ce pauvre John.

— Ce n'est pas grave. Je me fais du souci pour ces jeunes militaires perdus dans une assemblée de vieilles badernes. J'aurais dû leur trouver une compagnie plus agréable. Il n'y a que vous qui émergiez du lot !

— Ne vous inquiétez pas. Ils ont l'air parfaitement à leur aise.

— Venez, je vais vous présenter.

— Nous connaissons déjà le major Lomax.

— Vraiment ? Où l'avez-vous rencontré ?

— A la Galerie d'Art, où Papa a eu une longue conversation avec lui.

— Veuillez m'excuser, dit le général. Je vais libérer ce pauvre Mellaby. Cela fait dix minutes qu'il subit les divagations de Trubshot, et c'est plus qu'un homme normal peut en supporter.

Il quitta Pénélope aussi brusquement qu'il était apparu, et elle s'approcha de Mlle Pawson qui lui expliqua en détail comment elle avait réussi à se procurer ses extraordinaires chaussures. Richard ne semblait pas se préoccuper d'elle, mais l'attente faisait battre plus violemment le cœur de la jeune femme. Comme en une danse rituelle ils tournaient sans jamais se trouver à portée de voix, souriant à d'autres personnes et écoutant d'autres conversations. Pénélope se retrouva près de la porte-fenêtre. Le jardin était inondé de lumière, des nuages de moucherons dansaient dans l'ombre des grands arbres, des ramiers roucoulaient sous les toits, et l'air était chargé des senteurs enivrantes d'une soirée de septembre.

Pénélope se tourna pour poser son verre sur une table lorsque celui qu'elle attendait fut soudain devant elle.

— Bonsoir, dit-il de sa voix grave. J'ai craint que vous n'ayez pu venir.

— Papa et moi sommes toujours en retard, dit-elle avec un sourire.

— Cette ambiance m'enchante, reprit l'officier en jetant un coup d'œil alentour. On se croirait à Poona ou à Bombay.

— Je trouve aussi qu'une serre est très agréable. Si je possède un jour une maison j'en ferai construire une, aussi grande et ensoleillée que celle-ci.

— L'ornerez-vous aussi de peaux de tigres et de gongs de cuivre ?

— Papa prétend qu'il n'y manque rien d'autre qu'un tireur de panda !

— Et pourquoi pas des derviches émergeant des buissons ? Croyez-vous que ce tigre ait été tué par notre hôte ?

— Plus probablement par Mme Watson-Grant. Le salon est tapissé de photos d'elle, coiffée d'un casque colonial, avec à ses pieds les produits de sa chasse.

— Avez-vous fait la connaissance du colonel Mellaby ?

— Pas encore. Il est tellement accaparé par tout le monde qu'il m'a été impossible de l'approcher.

— Venez, je vais vous le présenter. Ensuite nous nous éclipserons. Le colonel nous conduira jusqu'au quartier général et nous poursuivrons à pied. Vous n'y voyez pas d'inconvénient ?

— Pas le moindre.

— Et votre père ?

— John Tonkins le ramènera à la maison.

Il glissa la main sous le coude de la jeune femme et l'entraîna. Le colonel Mellaby prononça quelques paroles de politesse à l'égard de Pénélope ; puis, jetant un regard discret à sa montre, déclara qu'il était temps de prendre congé. Le général les reconduisit à la porte, après que Pénélope se fut assurée que Lawrence serait ramené à Carn Cottage sans tarder.

Le colonel monta à côté du chauffeur, qui avait rangé son *Picture Post* ; Pénélope et Richard s'installèrent à l'arrière. Le jeune militaire avait une manière de conduire très différente de celle du brave John, et ils arrivèrent très vite au *White Caps Hotel*.

— Si vous allez dîner, vous pouvez conserver la voiture, dit le colonel. Mon chauffeur vous conduira.

— Je vous remercie, mon colonel, répliqua Richard, mais la soirée est belle, nous irons à pied.

— A votre guise. Amusez-vous bien.

Il congédia le chauffeur d'un geste, puis, tournant les talons, gravit allégrement le perron de l'hôtel et disparut.

La soirée était très belle, la mer calme et luisante sous les derniers rayons du soleil. Il n'y avait que peu de gens dans les rues, tandis que Pénélope et son compagnon pénétraient dans la ville. Quelques petits groupes de rangers flânaient sur les trottoirs. Certains donnaient le bras à des jeunes filles souriantes ; d'autres faisaient la queue au cinéma ; d'autres enfin traînaient leur ennui sur les trottoirs. En apercevant le commandant Lomax, plusieurs — sans doute démunis de permission — s'esquivèrent mystérieusement.

— Je les plains, murmura Pénélope.

— Ne vous faites pas de souci pour ces gaillards.

— Les habitants devraient parfois les accueillir chez eux, me semble-t-il.

— Ils n'auraient pas grand-chose en commun avec les amis du général Watson-Grant, je vous assure.

— Le général était gêné de vous avoir demandé de vous mêler à des invités qu'il ne jugeait pas particulièrement divertissants.

— Il avait tort, car je les ai trouvés très intéressants.

Cette exagération fit sourire la jeune femme.

— J'ai apprécié les Springburn, et j'aime beaucoup les Watson-Grant, reprit-il. Quant aux Trubshot...

— Nous sommes tous obligés de les supporter. Elle n'est pas si mauvaise, mais lui est impossible. C'est le responsable de la défense passive, et il passe son temps à poursuivre les gens qui ont par mégarde laissé filtrer un rayon de lumière entre les rideaux, allant jusqu'à leur faire infliger des amendes par le juge de paix.

— J'avoue que ce n'est pas le meilleur moyen de se faire des amis, ni même de convaincre les gens ; mais il ne fait qu'appliquer les consignes de la défense aérienne.

— Vous êtes plus indulgent que Papa et moi. Il y a un autre détail que personne n'a jamais compris : pourquoi un petit avorton de son espèce a épousé une femme aussi grande ? Il lui arrive à peine à la taille !

— Là, vous exagérez ! Mon père avait un ami qui avait fait la même chose. Et quand on lui demandait pourquoi il n'avait pas plutôt épousé une femme de sa taille, il répondait que les gens n'auraient pas manqué de les surnommer « ce drôle de petit couple. » C'est peut-être pour la même raison que Trubshot a épousé cette femme.

— Je n'y avais jamais songé !

Ils poursuivirent leur route en direction de North Beach, en empruntant les sentiers. On apercevait les petites maisons blanchies à la chaux qui dominaient la baie.

— J'ai souvent aperçu cette baie, dit Richard, mais je n'avais jamais eu la curiosité de venir jusqu'ici.

— Elle est plus sauvage et plus belle que l'autre. Nous voici

351

presque arrivés. Vous pouvez déjà apercevoir l'enseigne de l'auberge.

— Qui est Gaston ?

— Un Français originaire de Bretagne. Marié à une fille de la région, il a perdu une jambe dans un accident, alors qu'il pêchait le crabe au large de Newlyn. Après ce drame, sa femme Grace et lui ont ouvert cette auberge, il y a cinq ans. Je vous l'ai dit, ce n'est pas un grand restaurant.

— Rassurez-vous, répondit-il, je n'aime pas les endroits trop luxueux.

Ils pénétrèrent dans un couloir dallé, accueillis par une odeur d'ail et d'herbes aromatiques, tandis que les accents joyeux d'un accordéon parvenaient à leurs oreilles. Pénélope fut assaillie par le souvenir nostalgique de la France. On entrait par une arche dans la petite salle à manger aux poutres apparentes, aux murs blancs ; les tables étaient recouvertes de nappes rouges, éclairées de bougies, et sur chacune était disposée une petite chope rustique contenant des fleurs fraîches. Au fond de la salle un feu de bois brûlait gaiement dans une grande cheminée.

Deux tables étaient déjà occupées : l'une par un jeune lieutenant d'aviation et sa petite amie, l'autre par un couple d'un certain âge. La meilleure, près de la fenêtre, était libre.

— Bonsoir, dit la patronne. Vous devez être le major Lomax. Je vous ai placé près de la fenêtre, en me disant que vous aimeriez voir le paysage.

Puis, apercevant la jeune femme en retrait, son visage piqueté de taches de rousseur s'éclaira d'un large sourire.

— Comme je suis contente de vous voir ! Votre père n'est pas venu ?

— Non, pas ce soir.

— Voulez-vous prendre place ? Je vous conseille de vous asseoir face à la mer, si vous voulez profiter de la vue avant la fermeture des rideaux. Voici le menu.

— Que pourrons-nous boire ?

— Je n'ai pas grand-chose à offrir. Du sherry d'Afrique du Sud et qui n'est pas, il faut l'avouer, de première qualité.

Elle feignit d'arranger un couvert, tout en se penchant vers Richard pour ajouter à voix basse :

— Vous aimez le vin ? Nous en avons toujours deux ou trois bouteilles de côté pour M. Stern, quand il nous fait l'honneur de sa visite. Il ne m'en voudra pas de vous en faire goûter une.

— Ce sera parfait ! s'écria Pénélope.

— Je vous demande seulement de ne pas faire de remarques devant les autres clients. Je vais demander à Gaston de transvaser le vin dans un carafon, afin que l'on ne voie pas l'étiquette.

Elle s'éloigna d'un pas rapide.

— Un traitement de faveur, dit Richard. En est-il toujours ainsi ?

— Gaston et mon père sont de grands amis. En principe, le patron ne quitte pas sa cuisine. Mais, lorsque Papa est dans la salle et que les autres clients sont partis, il arrive avec une bouteille de cognac, et ils refont le monde jusqu'au petit matin. L'accordéon est une idée de Grace. Cela empêche, dit-elle, les gens d'entendre les conversations des autres. Je la comprends. Dans la salle à manger du *Castle*, on ne perçoit que des chuchotements et des bruits de fourchettes. C'est déprimant. Pour ma part, j'aime mieux la musique. Et puis, on a l'impression d'être au cinéma.

— Vous aimez le cinéma ?

— Beaucoup. J'y vais avec Doris deux fois par semaine, surtout durant la saison d'hiver. Il n'y a guère de distractions à Porthkerris depuis le début de la guerre. Tout était si différent, avant. Nous passions l'hiver à Londres, mais mes parents ne restaient jamais longtemps au même endroit. A la moindre occasion nous partions pour la France ou l'Italie. La vie était merveilleuse.

— Vous étiez alors une enfant.

— Oui. Et très gâtée !

— J'ai peine à le croire.

— C'est vrai. J'étais toujours avec des adultes, et mes amis étaient ceux de mes parents. Ce n'est pas surprenant : Maman était si jeune qu'elle était pour moi comme une grande sœur.

— Et elle était très belle, n'est-ce pas ?

— Oui, elle était ravissante. Il y avait en elle une chaleur et un amour extraordinaires. Tous ceux qui l'ont connue l'ont aimée, ont été subjugués par sa personnalité. Je pense à elle chaque jour. Je sais bien qu'elle est morte mais parfois je ne puis le croire : j'ai l'impression qu'elle est toujours là, que je vais la voir apparaître. Peut-être étions-nous égoïstes, nous nous suffisions à nous-mêmes et n'avions pas besoin des autres pour vivre. Mais nos maisons étaient pleines de visiteurs et d'amis. Tante Ethel et les Clifford venaient chaque été.

— Tante Ethel ?

— La sœur de Papa. Une drôle de bonne femme. Elle ne vient plus à Carn Cottage parce qu'elle vit désormais au Pays de Galles, chez des amis aussi fous qu'elle, qui élèvent des chèvres et font du tissage. Vous pouvez rire, c'est la vérité !

— Et les Clifford ?

— Ils sont morts, tués dans un bombardement en même temps que Sophie...

— Excusez-moi. Si j'avais su...

— C'étaient les plus chers amis de Papa. Ils habitaient chez nous. Lorsque ce malheur est arrivé, j'ai vu Papa vieillir d'un seul coup.

— Je le trouve encore extraordinaire. Et il a de la chance de vous avoir près de lui.

— Il me serait impossible de le quitter, Richard.

La conversation fut interrompue par l'arrivée de Grace, qui apportait deux carafons de vin.

— Voilà, dit-elle avec un clin d'œil complice. Je vais être obligée de tirer les rideaux, car la nuit tombe.

Elle ferma les lourdes tentures afin que la lumière de la salle fût invisible de l'extérieur.

— Qu'aimeriez-vous manger ?

— Nous n'avons pas consulté le menu. Que nous recommandez-vous ?

— La soupe de moules et le pâté de poisson. Cette semaine, la viande ne vaut rien.

— Très bien.

— Accompagné de brocolis et de haricots verts ? Parfait. Ce ne sera pas long.

Elle s'éloigna et Richard remplit les verres.

— A votre santé, dit-il en levant le sien.

— *Santé* [1].

Le vin était excellent. Il sentait bon la France ; et il rappelait à Pénélope d'autres repas, d'autres étés. Une époque hélas ! révolue où tout le monde était présent autour de la table familiale.

— Papa l'apprécierait, dit-elle.

— Parlez-moi encore, voulez-vous. ?

— De quoi ? D'Ethel et de ses chèvres ?

— Non, de vous.

— C'est monotone.

— Je ne trouve pas. Par exemple l'époque où vous serviez dans les Wrens.

— C'est bien la dernière chose dont je désire parler.

— Cette période vous a déçue ?

— J'en ai détesté chaque minute.

— Pourquoi vous y étiez-vous engagée ?

— Sur un coup de tête. Nous étions alors à Londres, et il s'est produit quelque chose...

Un silence.

— Que s'est-il produit ? demanda Richard.

— Vous allez me trouver ridicule.

— Certainement pas.

— C'est une longue histoire.

---

1. En français dans le texte *(N.d.T.)*.

— Nous avons tout notre temps.

Elle parla de Peter et d'Elizabeth Clifford et de la soirée où Sophie était montée prendre le café dans leur appartement pour faire la connaissance des Friedmann.

— C'étaient des réfugiés qui venaient de Munich, très jeunes, des juifs.

Richard écoutait, impassible, les yeux fixés sur la jeune femme. Pénélope se rendait compte que ces événements, elle n'avait jamais pu se résoudre à les raconter à Ambrose.

— Ce soir-là, Willi Friedmann nous expliqua comment on traitait les juifs dans l'Allemagne nazie. Ce que des gens comme les Clifford essayaient de dire au monde depuis des années. Personne n'avait voulu les écouter. Je me sentis alors concernée par la guerre. Dès le lendemain je suis entrée dans le premier bureau de recrutement que j'ai trouvé et me suis engagée dans les Wrens. Seulement, j'ai presque tout de suite regretté ma décision. Je m'ennuyais, incapable de me faire des amis, et je détestais vivre parmi les étrangers.

— Où vous avait-on affectée ?

— A Whale Island. A l'École d'artillerie de la Marine.

— C'est là que vous avez rencontré votre mari ?

— Oui. Il était sous-lieutenant.

— Comment s'appelle-t-il ?

— Ambrose Keeling. Pourquoi ?

— J'aurais pu le connaître, mais ce n'est pas le cas.

— C'est compréhensible, il est beaucoup plus jeune que vous...

La patronne apportant le potage, Pénélope en profita pour changer de conversation.

— Ah ! voici Grace avec le potage. Je suis affamée.

En vérité, elle ne tenait pas à donner d'autres détails sur sa vie avec Ambrose.

Il était onze heures lorsqu'ils quittèrent le restaurant et prirent le chemin du retour. Le ciel était étoilé, le vent s'était levé de nouveau, soufflant de l'Atlantique. Pénélope se drapa dans son châle et s'arrêta pour écarter les cheveux qui retombaient sur son visage.

— Je suis navré, dit Richard, j'aurais dû demander un taxi.

— Je ne suis pas fatiguée. Je fais ce trajet deux ou trois fois par semaine à pied.

Il lui prit la main, entrelaçant ses doigts aux siens, et ils poursuivirent leur route.

— Je vais être très occupé durant les prochains jours, dit-il, mais dès que l'occasion se présentera je ferai un saut chez vous pour voir tout le monde. Et disputer une autre partie de jacquet avec votre père.

— Quand vous voudrez. Papa sera ravi. Il y aura toujours quelque chose à mettre sur la table, ne fût-ce qu'une assiette de soupe. Mais dès maintenant je veux vous remercier pour la soirée que je viens de passer. J'avais oublié ce qu'était un bon dîner !

— Et moi, depuis quatre ans que je suis dans l'Armée, j'avais oublié qu'il existait autre chose que des mess d'officiers.

Ils étaient parvenus au mur de la propriété. Pénélope se tourna vers son compagnon.

— Voulez-vous entrer prendre une tasse de café ?

— Non, merci. Je dois me lever très tôt demain.

— En tout cas, venez dès que vous en aurez envie.

— C'est promis. Bonne nuit...

Il lui posa les mains sur les épaules et se pencha pour l'embrasser sur la joue.

Elle franchit la grille, traversa le jardin et pénétra dans la maison endormie. Enfermée dans sa chambre, elle contempla dans le miroir son image : une longue fille aux yeux bruns. Elle dénoua son châle, qui glissa à ses pieds. Lentement, elle se mit à défaire les boutons de sa robe rouge ornée de pâquerettes. Puis elle se pencha pour observer son visage. Du bout des doigts, elle effleura l'endroit de la joue où Richard avait posé ses lèvres. Elle se sentit rougir. Mais, riant de sa sottise, elle acheva de se déshabiller, se mit au lit et éteignit la lampe. Étendue dans l'ombre, les yeux grands ouverts, elle entrevoyait le ciel, entre les rideaux mal tirés, elle percevait vaguement le murmure de la mer et sentait battre son cœur en se remémorant la soirée qu'elle venait de passer.

Richard Lomax fut fidèle à sa promesse. Au cours des semaines suivantes, il se manifesta souvent, et ses apparitions à l'improviste étaient toujours bien accueillies par les habitants de Carn Cottage. Lawrence, anxieux à l'approche d'un nouvel hiver qui le tiendrait confiné à l'intérieur, se réjouissait chaque fois qu'il entendait la voix de Richard. Doris avait déclaré qu'il était charmant, toujours disposé à jouer au football avec ses enfants ou à réparer leurs vélos ! Ronald et Clark, d'abord impressionnés, s'étaient rapidement apprivoisés. Ils l'appelaient par son prénom et lui posaient d'interminables questions sur les batailles auxquelles il avait participé, ses sauts en parachute et sur le nombre d'ennemis qu'il avait tués. Il avait aussi gagné la sympathie d'Ernie, qui le trouvait sans prétention, toujours prêt à scier du bois, fendre ou empiler des bûches. Nancy elle-même était sortie de sa réserve. Un soir que Doris était absente et Pénélope occupée à la cuisine, elle lui avait permis de lui donner son bain.

Pour Pénélope, c'était une période extraordinaire, une sorte de réveil après des mois d'engourdissement. Ses pensées se clarifiaient, ses sentiments s'aiguisaient. Dans la cuisine de Carn Cottage, un poste de T.S.F. dont Doris appréciait la compagnie fonctionnait sans interruption, débitant des bulletins d'informations et des chansons. Un matin la voix de Judy Garland se fit entendre.

Nous nous sommes déjà trouvés ensemble autrefois,
Et nous nous regardions de la même manière,
Mais je ne puis me souvenir ni du lieu ni de l'heure.

Les vêtements que tu portes étaient ceux que tu portais,
Le sourire que tu m'accordes était celui que tu m'accordais.

Doris entra au même instant.
— Qu'est-ce que tu as, Pénélope ?
— Pourquoi ? répondit la jeune femme en sursautant.
— Debout devant l'évier, un couteau dans une main, une carotte dans l'autre et en train de regarder par la fenêtre ! Tu ne te sens pas bien ?

Elle se sentait pleine d'énergie, entreprenait des tâches qu'elle remettait depuis des mois, travaillait au jardin, entraînait les enfants dans de longues promenades à travers la lande. Et si Richard restait des jours sans se manifester, elle n'éprouvait aucune anxiété. Elle savait que, tôt ou tard, il serait là, apportant bien-être et sécurité. Et quand il apparaissait enfin, c'était une explosion de joie.

Lorsqu'elle tentait de savoir pourquoi elle acceptait avec tant d'espérance cette situation, elle éprouvait la certitude que ses relations avec Richard Lomax n'avaient rien d'éphémère mais participaient d'une sorte d'éternité, faisaient partie d'un plan conçu au jour de sa naissance. Tout ce qui arrivait était prévu, devait forcément se produire et allait se poursuivre. Il n'était pas possible que cela eût une fin.

« ... il y avait une journée, au milieu de l'été, que l'on appelait *Porte ouverte*. Les artistes préparaient leur atelier et y exposaient leurs œuvres, et le public allait de l'une à l'autre, inspectant, admirant et parfois achetant. Bien des visiteurs n'étaient là que par curiosité, mais il venait également des acheteurs sérieux. Certains ateliers étaient plutôt crasseux, mais Sophie faisait subir à celui de Papa un grand nettoyage de printemps. Le jour de l'ouverture, elle disposait des fleurs et offrait aux visiteurs des petits sablés et du vin. Elle affirmait que ces délicates attentions facilitaient les ventes... »

C'était un dimanche, fin octobre. Richard avait manifesté à

plusieurs reprises le désir de voir l'ancien atelier de Lawrence Stern. Jamais, jusqu'à présent, l'occasion ne s'était présentée, mais ce jour-là Pénélope, abandonnant ses autres projets, avait proposé de l'y conduire.

La température était fraîche, le vent soufflait en rafales et les nuages se déchiquetaient pour laisser apparaître le ciel d'un bleu délavé. Les rares touristes amenés par l'été avaient depuis longtemps abandonné les lieux, et la route du port était déserte, les boutiques fermées.

— Y a-t-il encore des toiles de votre père dans l'atelier ?

— Peut-être quelques vieilles esquisses inachevées. Lorsqu'il avait terminé une œuvre, il s'empressait de la vendre, parfois même avant que la peinture ne fût tout à fait sèche. Car, voyez-vous, nous ne vivions que de ces ventes. Toutes ses œuvres ont donc disparu à l'exception des *Pêcheurs de coquillages,* laquelle n'a jamais été exposée. Pour une raison que j'ignore, il ne voulait pas s'en séparer.

Ils avaient quitté la route du port, et ils traversaient à présent un dédale de rues tortueuses.

— Je suis venue par ce chemin le jour de la déclaration de guerre, chercher Papa pour le déjeuner. Quand l'horloge de l'église sonna onze heures, les mouettes perchées sur le clocher s'enfuirent à tire-d'aile dans le ciel.

Au coin d'une rue, North Beach apparut à leurs yeux. A cet endroit, le vent soufflait avec une telle violence qu'ils en eurent le souffle coupé et s'arrêtèrent un instant avant de s'engager dans le sentier conduisant à l'ancien atelier de Lawrence.

Pénélope tira une grosse clef de la poche de son cardigan et l'introduisit lentement dans la serrure. La porte tourna sur ses gonds avec un grincement. La jeune femme entra la première et elle fut assaillie par un sentiment de honte. Il y avait des mois qu'elle n'était pas venue, la pièce sentait le renfermé et l'humidité, avec une vague odeur de térébenthine et de fumée. La lumière qui entrait par les baies vitrées soulignait cet abandon.

Richard referma la porte.

— C'est affreusement humide, ici, fit remarquer Pénélope.

Elle se dirigea vers l'une des baies, débloqua le verrou et non sans difficulté ouvrit le panneau. Une bouffée de vent fit entrer un air glacé. On apercevait la plage, déserte à marée basse, et la ligne des vagues couvertes d'écume.

Richard la rejoignit.

— Les *Pêcheurs de coquillages*, murmura-t-il.

— Oui, le tableau a été peint depuis cette baie.

Puis, se retournant pour jeter un coup d'œil à la ronde.

— Qu'aurait dit Sophie si elle avait vu l'atelier de Papa dans cet état !

Le plancher était saupoudré d'une pellicule de sable fin. Un guéridon était encombré de revues aux pages cornées, d'un cendrier à demi plein de vieux mégots, et d'une serviette de bain. Le rideau de velours qui drapait la chaise du modèle était fané et poussiéreux, et il y avait encore un tas de cendres dans l'âtre, devant le vieux poêle ventru. Dans un angle un divan était recouvert de coussins affaissés, dans lesquels une souris avait fait un trou et laissé une traînée de bourre.

Ne sachant par où commencer, Pénélope s'efforça de mettre un peu d'ordre.

Elle jeta le coussin en mauvais état et le contenu du cendrier à la poubelle. Elle secoua au-dehors coussins et couvertures. Une fois remis en place, la pièce prit un aspect plus présentable.

Richard, que le désordre ne semblait pas déranger, errait de-ci de-là, s'imprégnait de l'ambiance de cet atelier abandonné, observait les souvenirs laissés là par le vieux peintre : coquillages et galets, photographies, le moulage d'une main, une poterie pleine de plumes d'oiseaux de mer et d'herbes séchées ; des chevalets, des piles de vieilles toiles et de carnets d'esquisses, des tubes de peinture, des palettes et des pots de pinceaux maculés de vermillon ou d'ocre, de cobalt ou de terre de Sienne.

— Y a-t-il longtemps que votre père n'a pas travaillé ?

361

— Des années.

— Malgré cela, tout ce matériel est encore ici.

— Il n'accepterait pas de s'en débarrasser, et je n'ai pas le courage de le faire.

Il s'avança vers le poêle.

— Pourquoi ne ferions-nous pas du feu ? Ça assainirait l'atmosphère.

— Sans doute. Mais je n'ai pas d'allumettes.

— J'en ai.

Il s'accroupit pour ouvrir la porte du poêle et remuer les cendres à l'aide du tisonnier.

— Il y a là-bas de vieux journaux et même du bois, fit-il remarquer.

— Et si quelque choucas avait eu l'idée de faire son nid dans la cheminée ?

— Dans ce cas, nous allons être fixés.

Il se releva, ôta son béret, sa vareuse et roula sur ses bras les manches de sa chemise. Pendant qu'il faisait tomber les cendres, puis tortillait des journaux pour en faire des allume-feu, Pénélope s'était emparée d'un balai et elle débarrassait le sol du sable accumulé. La plage n'était plus déserte. Au lointain, apparaissaient un homme et une femme accompagnés de leur chien. Pénélope frissonna, ferma la fenêtre et alla se pelotonner dans un angle du divan, comme elle le faisait lorsqu'elle était enfant, à l'issue d'une longue journée de jeux sur la plage ensoleillée, tandis que Sophie, assise à son côté, lisait ou racontait une passionnante histoire. Maintenant, tout en observant Richard elle éprouvait la même sensation de paix et de sécurité.

Dans le poêle ventru, le feu commençait à crépiter. Richard y glissa une bûche et ferma la porte. Pénélope esquissa un sourire. Elle avait l'impression de voir un jeune garçon occupé à allumer un feu de camp.

— Avez-vous été boy-scout ?

— Oui. C'est ainsi que j'ai appris à faire du feu, à fabriquer toutes sortes de nœuds et à confectionner une civière au moyen de deux piquets de bois et d'un imperméable.

Ayant réglé le tirage du poêle, il se releva et s'essuya les mains à son pantalon.

— Et voilà.

— Si nous avions du thé et du lait, nous pourrions mettre la bouilloire sur le poêle et nous préparer une boisson chaude.

Il se mit à rire.

— Autant dire que si nous avions des œufs et du lard, nous pourrions nous offrir un petit en-cas. Seulement, nous n'avons rien de tout cela.

Il approcha un tabouret et s'assit en face d'elle. Il avait une traînée de suie sur la joue droite, mais elle ne lui en fit pas la remarque.

— Est-ce que vous vous faisiez parfois du thé ici ?

— Toujours après la baignade. Quand on frissonne de froid, il n'y a rien de tel qu'une tasse de thé. Et nous avions aussi une petite provision de biscuits au gingembre.

A l'évocation de ces souvenirs, un sourire empreint de nostalgie flotta un instant sur son visage.

— Certains hivers, nous avons eu de terribles tempêtes, et le vent accumulait du sable jusqu'à la hauteur des fenêtres. Mais d'autres fois c'était comme aujourd'hui : une profonde dénivellation, et nous devions descendre à la plage en nous laissant glisser le long d'une échelle de corde.

Elle replia ses jambes sous elle et s'installa plus confortablement sur les coussins.

— Vous devez penser que je réagis comme une vieille personne, n'est-ce-pas ? Je parle sans cesse du passé, et vous trouvez sans doute cela bien ennuyeux.

— Pas du tout. J'ai parfois l'impression que votre vie s'est arrêtée à la déclaration de guerre. Pourtant, vous êtes encore très jeune.

— J'ai vingt-quatre ans.

— Quel jour est votre anniversaire ?
— C'était le mois dernier. Vous n'étiez pas là.
— En septembre, par conséquent.
Il réfléchit, puis hocha la tête d'un air entendu.
— Oui, c'est parfait.
— Que voulez-vous dire ?
— Avez-vous lu Louis MacNeice [1] ?
— C'est la première fois que j'entends ce nom.
— Un poète irlandais contemporain. Le meilleur, selon moi. Je vais vous réciter quelques vers qui vous déconcerteront sans doute un peu.
— Je ne me laisse pas aisément déconcerter.
Il sourit.

> *Septembre est arrivé, et c'est lui*
> *Dont la vitalité éclate en automne,*
> *Lui dont la nature aime*
> *Les arbres dépouillés et le feu dans l'âtre.*
> *Je dédie à mon aimée ce mois et le prochain,*
> *Bien que mon année entière lui devrait*
> *Être offerte, à elle qui m'a valu*
> *Tant de journées de peine ou de désarroi,*
> *Mais aussi tant d'heures de félicité.*
> *A elle qui a laissé en mon âme un immortel parfum*
> *Pour s'en aller ensuite, dansant comme une ombre*
> *Dont la chevelure s'entrelaçait avec mes larmes,*
> *Alors que Londres était encore parsemé du souvenir*
> *De nos baisers.*

Un poème d'amour. Contre toute attente, un poème d'amour. Elle se sentait émue au plus profond de son être. Ces paroles, prononcées par la voix calme de Richard, éveillaient une foule

---

1. Louis MacNeice, poète irlandais (1907-1963) *(N.d.T.)*.

d'émotions teintées de tristesse. Ses pensées revenaient involontairement à Ambrose, à cette soirée où ils étaient allés au théâtre, puis au restaurant, avant de rentrer à Oakley Street. Ces souvenirs avaient quelque chose de fané, de décoloré ; ils étaient incapables d'émouvoir ses sens, comme l'avaient fait les paroles de ce poème. Ils étaient déprimants.

— Pénélope ? Pourquoi ne parlez-vous jamais de votre mari ?

Elle leva vivement les yeux, se demandant si elle avait pensé tout haut.

— Voudriez-vous *vraiment* que je parle de lui ?

— Ce n'est pas que j'y tienne, mais cela semblerait naturel. Je vous connais depuis près de deux mois, et vous n'avez jamais parlé de lui ; pas même mentionné son nom. Il en est de même de votre père. Chaque fois que nous approchons du sujet, il fait dévier la conversation.

— La raison en est fort simple. Ambrose l'ennuie. Et Sophie éprouvait les mêmes sentiments. Ils n'avaient rien en commun, rien à se dire.

— Et vous ?

Elle sentit qu'elle devait être honnête, aussi bien envers Richard qu'envers elle-même.

— Je parle rarement de lui, répondit-elle avec hésitation, parce que c'est une partie de ma vie dont je n'ai pas à être fière. Mais que voulez-vous, je l'ai épousé.

— L'aimez-vous ?

Mille fois, elle s'était posé cette même question.

— Je ne sais pas. Il est bel homme, prévenant, et le seul ami véritable que j'aie eu après avoir rejoint les Wrens, à Whale Island. Je n'avais jamais eu de ...

Elle hésita, ne sachant comment exprimer sa pensée.

— Je n'avais jamais connu d'homme avant lui, vous comprenez ? Il était gentil ...

— Et c'est la seule raison qui vous a incitée à l'épouser ?

— Non, il y en avait une autre. J'étais enceinte de Nancy.

Gênée, elle se força à sourire.

— Est-ce que cela vous choque ?

— Non. Je suis seulement surpris que vous l'ayez épousé.

— Je n'y étais pas obligée, c'est vrai.

Elle sentait qu'il était important de le rassurer, de crainte qu'il n'imaginât Lawrence avec un fusil de chasse et Sophie versant d'amères larmes de reproches.

— Papa et Sophie n'étaient pas du genre à me forcer. Ils avaient l'esprit ouvert, et les conventions sociales n'avaient pour eux aucune signification. J'étais en permission lorsque je leur ai annoncé que j'attendais un bébé. En temps normal, j'aurais pu rester à la maison, Nancy serait arrivée, et Ambrose aurait tout ignoré. Mais je faisais encore partie des Wrens et, ma permission terminée, je devais regagner Portsmouth. J'ai donc prévenu Ambrose. Je lui ai bien précisé qu'il n'était pas tenu de m'épouser, mais...

Elle eut une autre hésitation, incapable de se rappeler avec netteté ce qui s'était passé.

— ... une fois habitué à cette idée, il a pensé que nous devions nous marier. Cela m'a touchée, car je ne m'attendais pas à le voir réagir ainsi. Notre décision prise, il n'y avait pas de temps à perdre, car il avait terminé son stage à l'École d'artillerie et devait prendre la mer sans tarder. C'est ainsi qu'un matin de mai nous nous sommes retrouvés au bureau de l'état civil de Chelsea.

— Vos parents l'avaient-ils déjà rencontré ?

— Non. Et ils n'ont même pas pu assister au mariage, parce que Papa était atteint d'une bronchite. Ils n'ont fait sa connaissance que des mois plus tard, lorsqu'il est venu à Carn Cottage en permission de week-end. Et dès l'instant où il est arrivé, j'ai compris que tout irait mal. Nous avions commis une terrible erreur. Notre milieu, notre façon de vivre ne lui convenaient pas. D'autre part, ma grossesse me rendait irritable, et je me suis montrée odieuse avec lui. J'en ai honte. Je me prenais pour une jeune personne mûre et intelligente ; pourtant, j'avais pris la décision la plus stupide qu'une femme puisse prendre.

— Celle de vous marier.

— Oui. J'imagine que vous n'auriez jamais commis vous-même une telle sottise.

— N'en soyez pas si sûre. J'ai bien failli en faire autant, à trois ou quatre reprises ; mais, au dernier moment, le bon sens l'a emporté !

— Vous sentiez que vous n'étiez pas vraiment amoureux ?

— Sans doute. Mais il y avait autre chose : je pressentais la venue de la guerre. J'ai trente-deux ans, et j'en avais à peine vingt-deux lorsque Hitler et le parti nazi sont arrivés au pouvoir en Allemagne. A l'université, j'avais un ami du nom de Klaus von Reindorp, un garçon brillant, membre d'une vieille famille allemande. Nous discutions de ce qui se passait dans son pays, et il entrevoyait le désastre. Tout comme vos amis les Clifford, il se rendait compte de la situation dramatique dans laquelle l'Europe allait bientôt se trouver. Un été, il est parti pour le Tyrol, où il comptait faire de l'escalade. Je ne l'ai pas revu.

— Qu'est-il devenu ?

— Je sais qu'il est rentré en Allemagne, il m'a écrit pendant un certain temps. Puis les lettres ont brusquement cessé, et il a disparu.

— Cette guerre me fait horreur. Je voudrais qu'elle finisse, que cessent les bombardements et les tueries. Et d'un autre côté, je redoute cette fin. Papa se fait vieux, il n'a peut-être plus longtemps à vivre, et, lorsqu'il ne sera plus là, si la guerre est terminée, je n'aurai aucune raison de rester ici. Je nous imagine, Nancy et moi, dans quelque affreuse villa d'Alverstoke ou de Keyham, et j'en frémis d'avance.

Cet aveu lui avait échappé. Le silence retomba entre eux. Elle craignait la désapprobation de Richard, alors qu'elle avait tant besoin d'être rassurée. Elle tourna vers lui un regard empreint de détresse.

— Vous m'en voulez d'être aussi égoïste ?

Il posa sa main sur celle de la jeune femme.

— Pas du tout.

Tremblante, elle referma ses doigts sur le poignet de son compagnon, cherchant à se pénétrer de sa chaleur. Puis, instinctivement, elle y pressa sa joue.

A cet instant les mêmes mots jaillirent de leurs lèvres.

— Je vous aime.

Pénélope leva les yeux. Tout était dit, et ces paroles ne s'effaceraient jamais.

— Oh ! Richard...

— Je vous aime, répéta-t-il, depuis notre première rencontre. Vous étiez de l'autre côté de la route près de votre père, et vos cheveux soulevés par le vent vous faisaient ressembler à une ravissante gitane.

— Je ne pouvais me douter...

— Je savais que vous étiez mariée, mais il m'était impossible de chasser votre image de mon esprit. D'ailleurs, je crois bien que je n'ai pas essayé de le faire. Lorsque vous m'avez demandé de vous rendre visite à Carn Cottage, j'ai pensé que c'était pour votre père qui appréciait nos parties de jacquet. Je suis donc venu, et revenu... Pour le voir, bien sûr, mais je savais que vous ne seriez jamais très loin. Entourée des enfants et occupée, mais présente. Et c'était cela qui importait.

— Pour moi aussi, c'était tout ce qui comptait. Tout change de couleur dès l'instant où vous franchissez le seuil. J'ai l'impression de vous avoir toujours connu. Mais je n'osais pas appeler cela de l'amour...

Il se rapprocha d'elle et lui entoura la taille de son bras, la pressant si fort contre sa poitrine qu'elle percevait les battements de son cœur. Elle avait posé son visage sur l'épaule de Richard, emmêlant ses doigts dans ses cheveux.

— Ma chérie, murmura-t-il, ma chérie...

S'écartant un peu, elle tourna son visage vers lui, et ils

s'embrassèrent comme des amants réunis après une longue séparation. C'était comme rentrer à la maison, se sentir en sécurité ; le reste du monde relégué dans les ténèbres extérieures, rien ni personne ne s'interposerait plus entre eux.

La jeune femme s'étendit sur le dos, ses cheveux soyeux étalés sur les coussins fanés par le temps.

— Oh ! Richard..., murmura-t-elle dans un soupir. Je n'aurais jamais songé que j'éprouverais un jour un tel sentiment, que les choses pourraient être ainsi.

— Elles peuvent être meilleures encore, répondit-il avec un sourire.

Elle le fixa droit dans les yeux, elle comprenait ce qu'il désirait car elle-même ne souhaitait pas autre chose. Les lèvres de son compagnon s'approchèrent des siennes. Les mots, si doux et passionnés qu'ils pussent être, devenaient inutiles.

Le vieil atelier qui allait abriter leurs amours n'y était pas étranger. Le gros poêle leur prodiguait une douce chaleur, tandis que le divan, les couvertures et les coussins qui avaient autrefois été témoins des amours passionnées de Lawrence et de Sophie se faisaient maintenant complices de ces étreintes nouvelles. Ils demeurèrent étendus l'un près de l'autre, enlacés, regardant les nuages qui couraient dans le ciel, tandis que parvenait à leurs oreilles, dans le silence vespéral, le bruit des lames qui balayaient la plage déserte.

— Que va-t-il se passer maintenant ? murmura Pénélope.

— Nous allons continuer à nous aimer. Il nous est impossible d'effacer ces instants.

— Cependant nous ne pouvons pas échapper à la réalité, alors que je voudrais tant passer auprès de toi chaque heure de ma vie !

— Je le souhaite aussi, répondit Richard avec tristesse.

— Mais il y a cette maudite guerre.

— C'est elle qui nous a permis de nous connaître et de nous aimer.

— Non. Nous nous serions de toute façon rencontrés au moment voulu. C'était écrit : « Cet homme est destiné à Pénélope Stern. » Nous nous appartenons, et nous nous sommes toujours appartenu.

Il l'embrassa encore avec passion. Puis, à contrecœur, il baissa les yeux sur sa montre.

— Il va être cinq heures.

— Je déteste la guerre, et les pendules.

— Hélas ! chérie, nous ne pouvons demeurer ici plus longtemps.

— Quand vais-je te revoir ?

— Pas tout de suite. Je dois partir en mission pour trois semaines. Je ne devrais pas en parler, et je te demande de n'en souffler mot.

— Où t'envoie-t-on ? demanda la jeune femme alarmée.

— Je ne peux le dire...

— Que vas-tu faire ? S'agit-il d'une mission dangereuse ?

— Mais non, rien de dangereux : de simples exercices d'entraînement. Cela fait partie de mon travail. Et maintenant plus de questions.

— J'ai peur de ce qui peut t'arriver.

— Il ne m'arrivera rien, je te le promets.

— Quand seras-tu de retour ?

— Mi-novembre.

— Nancy a son anniversaire fin novembre. Elle aura trois ans.

— Je serai de retour.

— Trois semaines, soupira Pénélope. Cela me semble une éternité Mais souviens-toi que je t'aime.

« L'absence est le vent qui éteint la petite bougie ; mais elle attise les braises qui couvent sous la cendre. »

L'hiver était venu. Le vent d'est, âpre et cinglant, gémissait à travers la lande. La mer avait une couleur de plomb. Les maisons, les rues, le ciel lui-même paraissaient blanchis de froid. Les jours raccourcissaient et les rideaux de la défense passive que l'on devait tirer à l'heure du thé faisaient paraître les nuits plus longues encore. Pénélope avait repris son poncho et ses gros bas noirs. Lorsqu'elle emmenait Nancy en promenade, il fallait emmitoufler la fillette dans des chandails de laine, lui mettre des guêtres, des gants et un bonnet qui lui couvrait les oreilles. Lawrence, transi de froid, chauffait ses mains aux flammes de l'âtre, inquiet et morose. Il s'ennuyait.

— Où est donc passé Richard? Il y a au moins trois semaines que nous ne l'avons vu.

Pénélope le savait bien, qui commençait à compter les jours.

— Il ne s'est jamais absenté aussi longtemps. Que diable fait-il? insistait son père.

— Je n'en ai aucune idée.

Une autre semaine s'écoula sans nouvelles. Pénélope était inquiète. Peut-être ne reviendrait-il pas. Peut-être les autorités maritimes l'avaient-elles envoyé dans le nord de l'Écosse, ou ailleurs. Elle risquait alors de ne jamais le revoir. Il n'avait pas écrit, mais peut-être le règlement l'en avait-il empêché. Aurait-il été parachuté en Norvège ou en Hollande pour une mission de reconnaissance? Luttant contre son imagination enfiévrée, elle préféra abandonner cette dernière hypothèse qui la tourmentait.

L'anniversaire de Nancy approchait, et elle s'en réjouissait car cela lui permettait de penser à autre chose qu'à l'absence obsédante de Richard. Des invitations avaient déjà été envoyées à une dizaine de camarades. Les cartes de rationnement avaient heureusement permis d'acheter des biscuits au chocolat, et Pénélope, grâce au beurre et à la margarine qu'elle avait économisés, parviendrait à faire un gâteau.

Nancy était maintenant d'âge à comprendre ce qui se passait et le sens des cadeaux qui lui étaient offerts. Le jour venu, après le petit déjeuner, elle prit place devant la cheminée du salon, assise en tailleur sur le tapis, et ouvrit ses paquets, observée avec amusement par sa mère et son grand-père, avec adoration par Doris. Elle n'avait pas à se plaindre. Pénélope lui avait offert une nouvelle poupée, et Doris des vêtements pour l'habiller, confectionnés amoureusement avec de vieux tissus et des bouts de laine à tricoter. Elle avait aussi reçu une brouette rustique, fabriquée par Ernie, et un jeu de patience de la part de Ronald et de Clark. Lawrence, à l'affût d'un talent qu'elle aurait pu hériter de lui, avait acheté à sa petite-fille une boîte de crayons de couleur. Mais le cadeau le plus somptueux avait été expédié par sa grand-mère paternelle, Dolly Keeling. Une fois ouverte la grande boîte plate et dégagées les diverses couches de papier de soie, apparut une magnifique robe ornée d'organdi et de dentelle. Une robe de cérémonie. Rien n'aurait pu procurer une joie plus intense à la fillette, qui repoussa aussitôt du pied ses autres présents pour déclarer avec détermination :

— Je veux la mettre tout de suite.

Et elle entreprit sans plus attendre de se défaire de sa salopette.

— Mais non, protesta sa mère. C'est une robe habillée, que tu mettras cet après-midi pour ta réception. Commence donc par t'occuper de ta poupée, qui a de très beaux vêtements. Doris lui a fait, à elle aussi, une robe de cérémonie, assortie d'un jupon de dentelle...

— Il faudrait que tu nous abandonnes le salon, Papa, dit Pénélope à son père dans la matinée. La réception se tiendra ici, et il faut de la place pour les jeux.

Ce disant, elle poussait la table pour la coincer contre le mur.

— Et où vais-je trouver refuge ? demanda Lawrence. Dans la cave à charbon ?

— Doris a allumé du feu dans le bureau, tu y seras tranquille. Ronald et Clark iront prendre le thé chez Mme Penberth.

— J'aurai tout de même droit à une part du gâteau d'anniversaire, je suppose.

— Bien sûr. Nous ne laisserons pas Nancy devenir capricieuse !

Les invitées arrivèrent à quatre heures, amenées par leur mère ou grand-mère, accueillies par Pénélope et Doris. Toutes avaient apporté de petits cadeaux pour Nancy, qui ouvrait fébrilement ses paquets.

On organisa des jeux divers ; les fillettes assises en cercle sur le parquet du salon chantèrent à l'unisson.

Pénélope commençait à se sentir épuisée. Levant la tête vers la pendule, elle ne put en croire ses yeux. Il n'était que quatre heures et demie. Encore une heure avant que mères et grand-mères ne viennent chercher les enfants ! Nancy et une petite pimbêche aux cheveux bouclés se disputèrent, mais tout rentra dans l'ordre, et les jeux furent abandonnés sans regret lorsque Doris apparut sur le seuil en annonçant que le thé était servi.

Les enfants se précipitèrent dans la salle à manger, où Lawrence trônait dans son fauteuil. On avait tiré les rideaux, allumé du feu et, pendant un instant, les gamines gardèrent le silence, observant l'imposant vieillard, la nappe blanche, les assiettes et les coupes étincelantes. Il y avait des sandwiches, des biscuits glacés, des tartelettes à la confiture et le gâteau d'anniversaire. Les fillettes prirent place autour de la table et on n'entendit plus que le bruit des petites dents qui croquaient allégrement les friandises. Diablotins et chapeaux en papier firent leur apparition. Enfin Pénélope alluma les trois bougies piquées dans le gâteau, tandis que Doris éteignait le lustre. La pièce prit l'aspect d'un décor de théâtre, d'un endroit magique, avec les flammes des bougies qui se reflétaient dans les yeux des enfants émerveillés.

Nancy, à la place d'honneur, à côté de son grand-père, se hissa sur sa chaise, et il l'aida à couper le gâteau.

« Heureux anniversaire, chère Nancy...
Nos vœux les plus sincères...
Heureux anniversaire... »

La porte s'ouvrit à cet instant et Richard apparut. Il paraissait amaigri, vieilli et las, avec une barbe de plusieurs jours et une tenue de campagne froissée.

Les invitées de Nancy étaient maintenant rentrées chez elles, et Richard restait seul avec Pénélope.

— Quand tu es apparu, je ne pouvais en croire mes yeux, murmura la jeune femme ; je croyais être le jouet d'un rêve. Quand es-tu rentré ?

— Il y a une heure.

— Tu as l'air épuisé.

— Je le suis, admit-il avec un sourire. Mais j'avais promis d'être de retour pour l'anniversaire de Nancy.

— Cela n'avait aucune importance. Tu devrais être au lit en ce moment.

Doris avait emmené Nancy prendre son bain, et Lawrence était allé chercher une bouteille de whisky.

— Les exercices ont été plus longs et plus compliqués qu'on ne l'avait prévu, reprit Richard en s'enfonçant dans son fauteuil, tandis que Pénélope se pelotonnait à ses pieds, sur le tapis de l'âtre. Je n'ai même pas eu le temps de t'envoyer un mot.

— C'est ce que j'ai pensé.

Il battit un instant des paupières, luttant visiblement contre le sommeil. Puis il se leva et se passa la main sous le menton.

— Je dois être affreux, dit-il. Je ne suis pas rasé et il y a trois jours que je n'ai pas dormi. C'est lamentable, parce que j'avais projeté de t'emmener dîner, de passer le reste de la soirée avec toi et peut-être aussi... la nuit. Mais il n'y faut pas songer. Tu ne m'en veux pas trop ?

— Du moment que tu es de retour, sain et sauf, rien d'autre ne compte. J'ai eu si peur. Je te voyais prisonnier ou... mort. Mais maintenant que je peux te voir, te toucher, entendre ta voix, c'est comme si tu n'étais jamais parti.

Il se pencha et prit le visage de la jeune femme entre ses mains.

374

Les Pêcheurs de coquillages

— Tu es aussi merveilleusement belle que dans mon souvenir.

Il resta encore un moment, le temps de boire le verre de scotch que Lawrence venait d'apporter ; puis, mort de fatigue, il prit congé. Pénélope l'accompagna jusque sur le perron, où ils s'embrassèrent avec passion. Elle ne rentra qu'après l'avoir vu disparaître au bout de l'allée.

Elle se trouvait dans la cuisine lorsque Doris reparut.

— Nancy dort déjà, annonça-t-elle. Cette petite friponne voulait se coucher avec sa robe neuve. Est-ce que Richard est parti ?

— Oui.

— Je pensais qu'il t'emmènerait dîner quelque part.

— Il était harassé, et il est allé se coucher : il avait trois nuits de sommeil à rattraper.

— En tout cas, c'est gentil d'être venu tout de suite, dit Doris. Tu l'attendais, n'est-ce pas ? Tu avais les yeux brillants, et tu étais aussi pâle que si tu allais t'évanouir.

— C'était seulement la surprise.

— Allons donc ! Je ne suis pas idiote, Pénélope. Quand on vous voit ensemble, vos sentiments ne peuvent échapper à personne. Il s'est entiché de toi, et toi tu es amoureuse. C'est clair comme de l'eau de roche.

Je ne me rendais pas compte que c'était aussi visible, dit Pénélope.

— Que cela ne te tourmente pas. Il n'y a aucune honte à avoir le béguin pour un garçon comme Richard Lomax.

— Seulement, il ne s'agit pas d'un simple béguin. Je l'aime.

— Tu plaisantes ou quoi ?

— Non. Et je ne sais pas quoi faire.

— C'est vraiment sérieux ?

— Oui, admit Pénélope en regardant son amie droit dans les yeux.

— Tu es sa maîtresse, n'est-ce pas ? dit celle-ci en s'efforçant de prendre un air détaché.

— Oui.

375

— Que le diable m'emporte ! s'écria Doris, qui ne jurait que lorsqu'elle était prise de court.

— Tu es choquée ?

— Pourquoi ? Cela ne me regarde pas.

— Mais il y a Ambrose...

— Oui, mais je vais te dire ma pensée : je le prends pour un mauvais mari et un mauvais père. Il ne vient jamais te voir, et ne va pas répondre qu'il n'a pas de permissions ! Il n'écrit pas et n'a pas même envoyé un cadeau d'anniversaire à Nancy. Vraiment, Pénélope, il ne méritait pas une femme comme toi ; et je n'ai d'ailleurs pas compris pourquoi tu l'as épousé.

— A cause de Nancy.

— Voilà bien la plus stupide explication que j'aie entendue.

— Je n'aurais pas cru que tu réagirais ainsi. Tu ne me blâmes pas pour ce que je suis en train de faire ?

— Non. Richard Lomax est un homme sûr, lui, qui vaut cent fois un Ambrose Keeling. Et pourquoi ne t'amuserais-tu pas un peu, après tout ? Tu n'as que vingt-quatre ans et la vie a été dure pour toi ces dernières années.

— Tu sais, Doris, je ne sais pas ce que je ferais sans toi.

— Bien des choses, j'imagine. En tout cas, je sais maintenant de quel côté souffle le vent. Et je crois que c'est important.

— Peut-être. Mais comment tout cela finira-t-il ?

— Nous sommes en guerre, et nous ignorons comment elle finira. Il faut saisir au vol tous les instants de bonheur qui se présentent. S'il t'aime et si tu l'aimes, allez de l'avant. Je vous soutiens, et je ferai ce qui sera en mon pouvoir pour vous aider.

Noël approchait. Il était difficile de trouver dans les modestes boutiques de Porthkerris des cadeaux présentables. Mais, à la maison, comme les autres années, on les enveloppait soigneusement de papier brillant et on les dissimulait dans des endroits secrets. Doris avait confectionné un « pudding de temps de guerre », dont elle avait puisé la recette dans un fascicule distribué par le ministère du Ravitaillement. Ernie devait se débrouiller pour apporter une volaille, tant pis si ce n'était pas la dinde traditionnelle. Le général Watson-Grant avait fait apporter quelques branches d'épinette de son jardin. Pénélope avait sorti les babioles et les fanfreluches qui dataient de son enfance : petites pignes dorées, étoiles en papier, guirlandes de paillettes ternies.

Richard aurait une permission pour Noël, mais il devait se rendre à Londres pour passer quelques jours auprès de sa mère. Néanmoins, avant son départ, il vint à Carn Cottage apporter des présents pour tout le monde. Les paquets étaient enveloppés de papier brun et portaient des étiquettes ornées de houx et de rouges-gorges. Pénélope en fut profondément touchée. Elle l'imaginait en train d'acheter ces cadeaux, ces rubans et ces étiquettes fantaisie ; elle le voyait ensuite, dans son austère chambre du quartier général, faire les paquets et confectionner les nœuds de couleur. Elle tentait vainement d'imaginer Ambrose occupé à ce genre de travail...

Elle avait acheté pour Richard un cache-nez en laine d'agneau de couleur rouge, pour lequel elle avait dépensé beaucoup d'argent et utilisé la plus grande partie de ses précieux tickets de vêtements. Mais elle craignait à présent qu'il ne le trouvât guère pratique, car il ne pourrait pas le porter avec son uniforme et il était rarement en civil. Mais le foulard était si beau qu'elle n'avait pas résisté à la tentation. Elle l'enveloppa avec soin dans du papier de soie, le plaça dans une boîte et, lorsque Richard eut déposé ses cadeaux sous le sapin, elle le lui remit pour qu'il l'emportât avec lui à Londres.

— Pourquoi ne l'ouvrirais-je pas dès maintenant ? demanda-t-il.

— Il ne faut pas ! protesta Pénélope. Tu ne dois l'ouvrir que le matin de Noël.

— Très bien. Puisque tu le dis...

— Je te souhaite un joyeux Noël, murmura-t-elle avec un sourire.

Il l'embrassa.

— Joyeux Noël à toi aussi, ma chérie.

Pénélope éprouva malgré elle comme une sensation de déchirement.

La matinée de Noël s'écoula au milieu de l'excitation habituelle. Tout le monde était rassemblé dans la chambre de Lawrence, les grands buvant du thé, tandis que les petits, grimpés sur le lit, ouvraient leurs bas. De minuscules trompettes faisaient entendre leurs sons aigrelets, on croquait des pommes, Lawrence avait mis un faux nez qui fit rire toute l'assemblée.

Selon la tradition, on passa dans le salon pour se précipiter sur les paquets entassés sous l'arbre de Noël. Le tapis fut bientôt jonché de papiers et de ficelles dorées, tandis que jaillissaient des cris de surprise et d'admiration.

— Oh! merci, Maman! C'était exactement ce que je voulais...

— Regarde, Clark, un avertisseur pour mon vélo!

Pénélope avait mis de côté le cadeau de Richard. Les autres ne se montraient pas aussi patients. Doris avait déjà déchiré le papier qui entourait le sien pour en retirer une magnifique écharpe de soie aux couleurs d'arc-en-ciel.

— Je n'ai jamais rien eu de semblable! s'écria-t-elle ravie.

Elle plia le foulard en triangle et s'en couvrit les cheveux.

— De quoi ai-je l'air?

— Tu ressembles à la princesse Élisabeth sur son poney, déclara Ronald.

— Oh, merci, j'en suis enchantée.

Pour Lawrence, il y avait une bouteille de whisky; pour les garçons des lance-pierres; pour Nancy une dînette de poupée en porcelaine blanche ornée de minuscules fleurs.

— Que t'a-t-il offert à toi, Pénélope? demanda Doris.

— Je n'ai pas encore ouvert le paquet.

— C'est le moment!

La jeune femme défit soigneusement le nœud pour libérer le

papier gaufré. Apparut alors une boîte blanche bordée de noir qui portait en son centre l'inscription « Chanel N° 5 ». Elle souleva le couvercle et aperçut le flacon carré au milieu de son lit de satin, le bouchon de cristal et le précieux parfum ambré qu'il contenait. Doris en resta bouche bée.

— Je n'avais jamais vu un flacon de parfum de cette taille, bredouilla-t-elle. Du moins en dehors des vitrines de magasins. Et du N° 5 de Chanel encore !

A l'intérieur du couvercle, se trouvait une petite enveloppe bleue soigneusement pliée, que Pénélope fit disparaître discrètement dans sa poche. Un peu plus tard, tandis que Doris et les enfants ramassaient les papiers froissés, elle monta dans sa chambre pour ouvrir sa lettre.

Mon amour chéri,

Joyeux Noël ! Ceci est venu pour toi de l'autre côté de l'Atlantique. Un de mes amis se trouvait à New York, où son croiseur était en radoub, et il m'a rapporté ce modeste présent à son retour. Pour moi le N° 5 de Chanel évoque tout ce qui a un charme ensorcelant. Il fait songer au mois de mai et aux fleurs en boutons, aux rires et à l'amour.

Tu ne quittes jamais mes pensées et mon cœur.

Richard

C'était le même rêve. L'immense lande boisée, la maison méditerranéenne à toit plat. La piscine, et Sophie en train de nager. Papa assis devant son chevalet, le visage à demi caché par l'ombre de son chapeau à larges bords. Et puis, le banc inoccupé, et le sentiment qu'elle était à la recherche non point de coquillages, mais de quelqu'un. Il apparaissait au loin, et elle le regardait approcher, ivre de joie. Mais avant qu'elle ne pût l'atteindre, une brume épaisse s'était levée. Il tentait de s'en libérer, mais finissait par y disparaître.

— Richard.

Elle se réveilla, le cherchant à tâtons. Mais le rêve s'était dispersé. Les mains de Pénélope ne sentaient de l'autre côté du lit que la fraîcheur des draps. Elle percevait le murmure de la mer sur la plage, mais il n'y avait pas de vent. Tout était calme et tranquille. Qu'était-ce qui l'avait ainsi bouleversée ? Elle ouvrit les yeux. Elle entrevoyait à travers les vitres le ciel qui pâlissait sous les premiers rayons de l'aube, et cette demi-clarté mettait en relief les détails de cette chambre si familière : la barre de cuivre au pied du lit, la coiffeuse, le miroir incliné qui reflétait un pan de ciel, le fauteuil crapaud, la mallette ouverte sur le sol et déjà garnie de vêtements...

C'était cela. La valise. Oui, je m'en vais aujourd'hui. En vacances pour une semaine, en compagnie de Richard. Sa pensée se fixa un instant sur lui, pour revenir presque aussitôt à son étrange rêve. Ce rêve qui ne changeait jamais, qui déroulait toujours la même séquence. Des images empreintes de la nostalgie du bonheur perdu, qui s'estompaient pour disparaître dans l'infini en lui laissant un sentiment de frustration. Cela n'était peut-être pas tellement étrange, car ce rêve avait pour la première fois troublé son sommeil après que Richard fut retourné à Londres, en janvier. Et il revenait l'obséder à intervalles irréguliers...

Les occupations de Richard étaient devenues très prenantes, et elle le voyait rarement. A mesure que le mauvais temps augmentait, les exercices d'entraînement s'intensifiaient. Des véhicules de l'armée circulaient en permanence ; des convois encombraient les rues étroites de la ville. Les événements se précipitaient. Des hélicoptères ne cessaient de survoler la côte et, quelques jours après le Nouvel An, une compagnie de sapeurs s'était rendue la nuit, dans la lande déserte, jusque au-delà de Boscarben Cliffs pour installer un champ de tir. Au milieu des barbelés c'était sinistre, et lorsque le vent soufflait dans la bonne direction, on entendait jusqu'à Porthkerris le roulement des salves, de nuit comme de jour.

De temps à autre, Richard apparaissait. Son pas et sa voix qui

résonnaient dans le hall faisaient bondir de joie le cœur de
Pénélope. Ces visites avaient lieu après le dîner, et il restait
parfois jusqu'à l'aube, à bavarder avec elle et Lawrence, jouant
au jacquet avec le vieux peintre. Une fois il était venu la chercher
pour l'emmener dîner chez *Gaston*. Là, devant une bouteille de
vin, ils avaient échangé leurs impressions après ces quelques
semaines de séparation.

— Parle-moi de ton Noël, Richard, avait demandé Pénélope.
Comment s'est-il passé ?

— Calmement. Nous nous sommes rendus à l'abbaye de
Westminster pour l'office de minuit. Nous sommes aussi allés
entendre deux concerts.

— Ta mère et toi seulement ?

— Nous avons parfois reçu quelques amis, mais la plupart du
temps nous restions seuls à bavarder.

— De quoi parliez-vous ?

— De diverses choses sans grande importance. Mais aussi...
de toi.

— Tu l'as mise au courant ?

— Oui.

— Que lui as-tu dit exactement ?

Il étendit son bras au-dessus de la table et prit dans la sienne
la main de la jeune femme.

— Que j'avais rencontré la seule personne au monde auprès
de qui je voudrais passer le restant de mes jours.

— Lui as-tu dit que je suis mariée et que j'ai une fille ?

— Bien sûr.

— Quelle a été sa réaction à cette nouvelle ?

— Elle a d'abord manifesté de la surprise, puis de la sympathie
et de la compréhension. C'est une femme admirable, que j'aime
beaucoup.

L'hiver s'écoula presque sans que l'on s'en aperçût. En
Cornouailles, le printemps est toujours précoce. Des parfums

flottent déjà dans l'air, une douce chaleur commence à se répandre, alors que le reste du pays continue à frissonner. Au milieu des préparatifs de guerre, des exercices de tir dans la lande et des hélicoptères qui survolaient la côte, les oiseaux migrateurs faisaient déjà leur apparition dans les vallées abritées. Les bourgeons s'ouvraient dans les arbres, la lande verdoyait sous la poussée des fougères, et les corolles veloutées des primevères sauvages parsemaient les bas-côtés des routes.

Par une de ces journées printanières Richard et Pénélope retournèrent à l'atelier. Le feu une fois allumé, isolés du monde extérieur, ils s'abandonnèrent à leur désir passionné.

— Quand reviendrons-nous ? demanda Pénélope blottie dans les bras de Richard.

— J'aimerais le savoir, soupira-t-il.

— Je sais que je suis exigeante, mais j'ai toujours envie d'un lendemain.

Ils étaient maintenant assis tout près l'un de l'autre devant la fenêtre, les yeux fixés sur le sable étincelant au soleil. Les mouettes voguaient dans le vent du large. Sur la plage, deux jeunes garçons pataugeaient dans une mare, à la recherche de crevettes.

— Les lendemains sont si aléatoires...

— Tu fais allusion à la guerre ?

— Elle fait partie de notre vie, hélas !

La jeune femme laissa échapper un soupir.

— Je ne veux pas être égoïste. Des millions de femmes envieraient ma sécurité, mon confort, ma famille près de moi. Mais peu importe. Je souffre de ne pouvoir passer chaque instant auprès de toi. Et c'est encore plus dur de te savoir si proche. Ce n'est pas comme si tu montais la garde à Gibraltar, ou te battais dans les jungles de Birmanie, ou si tu étais à bord d'un contre-torpilleur en plein milieu de l'Atlantique. Tu es *ici*. Et malgré cela la guerre nous sépare. Au milieu de toute cette effervescence, de ces bavardages sans fin à propos d'une invasion prochaine, j'ai le sentiment horrible que le temps s'enfuit à une vitesse folle et que nous ne pouvons lui arracher que quelques heures d'un bonheur dérobé.

— Je vais avoir une semaine de permission à la fin du mois. Aimerais-tu la passer près de moi ?

Tout en disant ces mots, il observait les deux petits garçons avec leurs filets à crevettes. L'un avait trouvé quelque chose au milieu des algues, et il s'assit pour l'examiner, sans se soucier de tremper le fond de son pantalon. Une semaine de permission. Toute une semaine. Elle leva les yeux vers Richard, persuadée qu'elle avait mal compris. Il lut sa pensée dans son regard et sourit.

— Je parle sérieusement, affirma-t-il.

— Une semaine entière ?

— Oui.

Une semaine. Loin de tout le monde. Une semaine rien que pour eux deux.

— Et... où irions-nous ? demanda-t-elle prudemment.

— Où tu voudras. Nous pourrions partir pour Londres, nous installer au *Ritz* et faire la tournée des théâtres et des boîtes de nuit.

La pensée de Pénélope s'envola vers Londres. Elle songea à Oakley Street. Mais Londres, c'était aussi Ambrose ; et Oakley Street une maison hantée par les fantômes de Sophie, de Pierre et Elizabeth Clifford.

— Je ne souhaite pas aller à Londres, dit-elle après un instant de réflexion.

— Je connais une vieille maison appelée Tresillick, sur la péninsule de Roseland. Elle n'est pas très grande mais possède un jardin qui descend jusqu'à l'eau, et une énorme glycine recouvre presque toute la façade. J'y ai passé un été lorsque j'étais à l'université.

— A qui appartient-elle ?

— A une amie de ma mère, Helena Bradbury, dont le mari est

capitaine de corvette dans la Royal Navy. Ma mère lui a écrit pour Noël, et, deux jours plus tard, j'ai reçu une lettre qui nous invite.

— Nous ?

— Toi et moi.

— Mais si nous allons chez elle, il faudra nous montrer extrêmement discrets.

Richard laissa échapper un rire.

— Je ne connais personne comme toi pour soulever des difficultés.

— Je ne soulève pas de difficultés. Je suis pratique.

— Je ne crois pas que ce genre de problème se posera. Helena a l'esprit très ouvert.

— Tu as accepté son invitation ?

— Pas encore. Je voulais d'abord t'en parler. Car il y a d'autres points à considérer. Ton père, par exemple. Ne verra-t-il pas d'objections à ce que je t'emmène avec moi en vacances ?

— Richard, tu le connais mieux que ça.

— Lui as-tu parlé de nous ?

— Pas vraiment, répondit Pénélope avec un sourire. Mais il est tout de même au courant.

— Et Doris ?

— Je lui ai tout raconté, elle te trouve très bien. Comme Gregory Peck, dit-elle.

— Eh bien, dépêche-toi de t'habiller et allons-nous-en. Pas la peine d'attendre plus longtemps pour donner notre réponse.

Il y avait une cabine téléphonique près de la boutique de Mme Thomas. Ils y entrèrent ensemble, et Richard appela Tresillick. Pénélope, qui se tenait tout près de lui, entendit sonner l'appareil à l'autre bout de la ligne.

— Allô ? dit une voix de femme, haute et claire. Helena Bradbury à l'appareil.

— Bonjour, Helena. Ici Richard Lomax.

— Richard ! Vous avez reçu ma lettre ?

— Oui.

— Vous viendrez passer ces quelques jours de permission chez nous ?

— S'il ne surgit aucun empêchement... oui.

— Merveilleux. Quand je pense que vous êtes dans notre région depuis si longtemps et qu'il a fallu que ce soit votre mère qui me l'apprenne. Quand viendrez-vous ?

— Je vais avoir une semaine de permission à la fin du mois de mars. Cela vous conviendrait-il ?

— Fin mars ? Pas de chance, je ne serai pas là. Je vais chez mon père. Ne pouvez-vous faire changer la date de votre permission ? Bien sûr que non : ma question était stupide. Bah ! ça ne fait rien. Venez de toute façon. La maison sera toute à vous, je déposerai la clef chez Mme Brick, au village. Je vous laisserai des provisions dans le réfrigérateur, et vous serez comme chez vous...

— C'est vraiment trop gentil à vous.

— Ne dites pas de sottises. Si vous tenez absolument à me remercier vous n'aurez qu'à tondre la pelouse. C'est dommage que je ne puisse être présente ; mais ce sera pour une autre fois. Envoyez-moi un mot pour me fixer le jour de votre arrivée. Et maintenant je dois courir à mes affaires. Ravie de vous avoir entendu. Au revoir, et profitez bien de votre permission.

Richard raccrocha.

— Tu vois, c'est une femme de décision !

Il entoura la taille de sa compagne et l'embrassa. Et là, dans cette minuscule cabine, Pénélope se laissa aller à croire que tout s'arrangerait au mieux. Elle partait avec celui qu'elle aimait, non pour une brève permission, mais pour de longues vacances. Pour la vie entière peut-être ? Mais elle restait inquiète.

— Tout se passera comme prévu, n'est-ce pas, Richard ? Il n'y aura pas de contretemps ?

— Bien sûr que non.

— Comment nous rendrons-nous là-bas ?

— Nous prendrons le train jusqu'à Truro, puis un taxi.

— Ne serait-ce pas plus amusant de partir en voiture ? Papa nous prêtera volontiers sa Bentley.

— Est-ce que tu n'as pas oublié un détail ?

— Lequel ?

— La petite question de l'essence.

— Ah, oui ! Mais je verrai M. Grabney. Il s'arrangera bien pour trouver de l'essence d'une manière ou d'une autre. Au marché noir si c'est nécessaire.

— Pourquoi se donnerait-il cette peine ?

— Parce qu'il est mon ami, je le connais depuis toujours. Tu ne verrais pas d'objection à m'emmener dans une Bentley empruntée, dont le réservoir serait plein d'essence achetée au marché noir ?

— Non. A condition que nous ayons un laissez-passer en règle nous évitant de finir en prison.

La jeune femme sourit, tandis que s'envolait son imagination. Ils partaient sur les routes du Sud bordées de grandes haies fleuries, Richard au volant, leurs bagages entassés sur le siège arrière.

— Tu sais, dit-elle, ce sera déjà le printemps.

Difficile à trouver, enfouie dans la verdure, la maison n'avait pas changé depuis des siècles. De la route, elle était invisible, masquée par un bosquet et une haie d'hortensias qui bordait un chemin creux. C'était une demeure massive flanquée de communs et d'anciennes écuries aux murs tapissés de glycines. Le jardin, mi-sauvage et mi-cultivé, descendait par une série de terrasses et de pelouses jusqu'à une crique accessible par des sentiers bordés de camélias, d'azalées et de rhododendrons.

Comme promis, Mme Brick était là pour accueillir les deux visiteurs.

— Le major et madame Lomax, n'est-ce pas ? dit-elle.

Les Pêcheurs de coquillages

Pénélope ne sut que dire, mais Richard ne se laissa pas démonter.

— C'est exact, dit-il la main tendue. Et vous devez être madame Brick.

— Oui, monsieur, répondit la femme, dont on ne savait pas très bien de quel côté elle regardait. Mme Bradbury m'a demandé de me tenir à votre disposition.

Ils la suivirent dans le hall. Au fond, un escalier de pierre muni d'une rampe de bois usée par les ans conduisait à l'étage. Il flottait dans la vaste pièce une odeur qui rappelait les boutiques d'antiquaires.

— Je vais vous faire visiter l'essentiel, reprit Mme Brick. Voici la salle à manger et le salon... protégés par des housses. Mme Bradbury n'a pas utilisé ces deux pièces depuis le début de la guerre. Elle se tient surtout dans la bibliothèque, où j'ai allumé du feu. S'il y a du soleil, vous pouvez bien sûr ouvrir les portes-fenêtres. Et je vais maintenant vous montrer la cuisine.

Ils la suivirent sans mot dire.

— Il vous faudra garnir la cuisinière tous les soirs si vous voulez avoir de l'eau chaude. Il y a un jambon dans le garde-manger, et je vous ai acheté des œufs et du beurre, ainsi que me l'a recommandé Mme Bradbury avant son départ. Je vais vous conduire à l'étage.

Rassemblant leurs bagages, ils lui emboîtèrent le pas.

— Au fond du couloir, la salle de bains et les toilettes. Voici, reprit-elle. Je vous ai préparé la meilleure chambre, d'où l'on a une très belle vue sur la campagne et sur la baie. Mais soyez prudents si vous vous avancez sur le balcon. Le bois est pourri et vous pourriez avoir un accident. J'ai mis une bouillotte dans les draps afin de chasser l'humidité. Et maintenant il faut que je me sauve.

Pénélope parvint pour la première fois à glisser un mot dans la conversation.

— Est-ce que nous vous reverrons, madame Brick?

– Oh ! ne vous inquiétez pas, je viendrai de temps à autre. Je ne vous abandonne pas...

L'instant d'après, elle avait disparu. Pénélope se sentait incapable de regarder Richard, craignant de ne pouvoir conserver son sérieux, et elle tint la main sur sa bouche jusqu'au moment où elle entendit claquer la porte d'entrée. Elle se laissa alors tomber sur le lit moelleux et essuya les larmes de rire qui coulaient le long de ses joues. Richard vint s'asseoir auprès d'elle.

– Vas-tu te sentir heureuse ici ? demanda-t-il.

– Je crois que j'y parviendrai, répondit la jeune femme avec un petit rire.

– De quelle façon puis-je t'y aider ?

Elle rit de nouveau. Il s'étendit près d'elle et la prit doucement dans ses bras. Par la fenêtre ouverte leur parvenaient les cris rauques des mouettes ; plus proche, un ramier roucoulait doucement. La brise agitait les branches du merisier en fleur. Dans la crique, la marée montait lentement.

Un peu plus tard, ils déballèrent leurs affaires et s'installèrent dans leur nouvelle résidence. Richard se vêtit d'un pantalon en velours côtelé et d'un polo, enfila de vieilles chaussures tandis que Pénélope suspendait son uniforme dans la penderie.

– Tout cela ressemble à de vraies vacances, dit Richard. Partons en exploration.

Ils inspectèrent la maison, poussant des portes, découvrant des escaliers et des couloirs imprévus. Au rez-de-chaussée, ils ouvrirent les portes-fenêtres de la bibliothèque, jetèrent un coup d'œil aux titres de quelques ouvrages, découvrirent un phonographe à manivelle et une pile de disques où Charles Trenet côtoyait Brahms. Le feu allumé par Mme Brick brûlait dans la cheminée. Richard se baissa pour y ajouter deux ou trois bûches et, en se redressant, il aperçut, contre la pendule, une enveloppe qui lui était adressée. Elle contenait un court message de leur hôtesse.

« *Richard, la tondeuse à gazon est dans le garage, et vous trouverez un bidon d'essence tout à côté. La clef du cellier est accrochée au-dessus de la porte. Tout ce qu'il contient est bien sûr à votre disposition. Je vous souhaite un bon séjour. Helena.* »

Ils sortirent par la cuisine, traversèrent un office, une réserve et une buanderie pour déboucher enfin dans une cour pavée. Les anciennes écuries étaient utilisées comme garage, resserre et bûcher. Ils découvrirent sans peine la tondeuse et le bidon d'essence, ainsi qu'une paire d'avirons et une voile roulée.

— Cela va avec le canot que nous avons aperçu dans la crique, dit Richard. A marée haute, nous pourrons aller en promenade.

Un peu plus loin, ils parvinrent à une porte ancienne, percée dans un mur de granit couvert de lichen. Richard parvint à l'ouvrir d'un coup d'épaule, et ils se trouvèrent dans ce qui avait été autrefois le potager. Il y avait encore une serre affaissée, envahie de mauvaises herbes et il ne restait de la splendeur d'un jardin bien tenu qu'un énorme pied de rhubarbe, un tapis de menthe verte et deux pommiers noueux parés de leurs fleurs d'un rose tendre.

— Quelle tristesse ! murmura Pénélope. Ce devait être un endroit ravissant, avec des haies de buis et des parterres bien entretenus.

— Il en était ainsi lors de mon séjour ici avant la guerre ; mais deux jardiniers y travaillaient en permanence.

Ils sortirent par une seconde porte et empruntèrent un sentier qui descendait jusqu'à la crique. Pénélope cueillit un bouquet de jonquilles et ils s'assirent sur la jetée pour observer la mer. Ils regagnèrent ensuite la maison et se régalèrent de pain frais et de jambon. A marée haute, ils prirent deux cirés, les avirons et la voile, puis mirent le canot à l'eau. Tant qu'ils furent à l'abri de la crique, ils ne progressèrent que lentement ; mais ensuite, la brise les emporta. L'embarcation donnait parfois de la bande d'une manière inquiétante, mais elle tenait bon.

La maison avait quelque chose de mystérieux, comme si elle s'était assoupie dans son passé. La vie en ces lieux avait toujours été paisible. Le temps semblait s'y écouler plus lentement qu'ailleurs, et cette atmosphère n'était pas sans influence sur ses habitants. A la fin de leur première journée, baignés par la douceur de l'air, Richard et Pénélope s'abandonnaient au charme assoupissant de Tresillick, comme si le temps n'avait plus d'importance. Ils n'avaient pas de journaux, n'avaient pas une seule fois tourné le bouton de la radio, quant au téléphone, les appels ne pouvaient les concerner.

Les jours et les nuits s'enchaînaient sans hâte, rompus par les repas. Leur seul contact avec l'extérieur était l'apparition intermittente de Mme Brick, qui se présentait toujours au moment où on l'attendait le moins. Parfois, ils la trouvaient à trois heures de l'après-midi en train d'astiquer ou de promener un balai mécanique sur les moquettes et les tapis. Un matin de très bonne heure, alors qu'ils étaient encore couchés, elle fit irruption dans la chambre pour leur apporter le plateau du petit déjeuner. Avant qu'ils eussent repris leurs esprits, elle avait ouvert les rideaux et annoncé le temps qu'il faisait, s'éclipsant ensuite aussi rapidement qu'elle était venue. Elle leur laissait dans le garde-manger des œufs de cane, une volaille troussée, une motte de beurre ou une miche de pain. Les pommes de terre étaient toujours épluchées en temps voulu, les carottes grattées et ils avaient trouvé une fois deux gâteaux si énormes que Richard lui-même n'avait pu finir le sien.

— Nous ne lui avons pourtant pas donné nos cartes de rationnement ? dit Pénélope.

Elle avait vécu si longtemps avec ces fameuses cartes que

l'abondance de nourriture prenait à ses yeux des allures de miracle.

— Comment se débrouille-t-elle ?

Ils n'eurent jamais la réponse.

En ce début de printemps, le temps était particulièrement capricieux. Lorsqu'il pleuvait, ils endossaient leurs imperméables et partaient en promenade. Ou bien, ils demeuraient devant le feu pour lire ou jouer au piquet. Certains jours le ciel était d'un bleu intense et il faisait presque aussi chaud qu'en été. Ils allaient en pique-nique dans la campagne ou bien paressaient dans le jardin, étendus sur des chaises longues. Un matin, ils se rendirent en Bentley à St. Mawes, où ils errèrent à travers les petites rues, admirèrent les bateaux de pêche et prirent un verre à la terrasse du *Idle Rocks Hotel.* Le soleil brillait, parfois voilé par un nuage vagabond, l'air était doux, et on respirait avec délices les senteurs marines. Pénélope, renversée dans son fauteuil de rotin, suivait des yeux un bateau aux voiles brunes qui s'en allait vers la haute mer.

— Richard, dit-elle d'un air indolent, que penses-tu du luxe ?

— Rien de spécial. Pourquoi cette question ?

— Pour moi, le luxe, c'est l'assouvissement de tous nos sens en même temps. Le luxe, c'est l'instant présent. Je me sens bien et, si j'en ai envie, je peux poser ma main sur la tienne ; je respire l'odeur de la mer, j'entends le cri des mouettes, le bruit du ressac sur la plage, je bois de la bière fraîche, et tout cela est un vrai délice.

— Et que vois-tu ?

— Je te vois, toi, répondit-elle avec un sourire radieux. Et maintenant, à ton tour de me dire comment tu conçois le luxe.

— Je crois, répliqua-t-il après un instant de réflexion, que j'apprécie surtout les contrastes. D'une part, les montagnes enneigées sous un froid piquant, avec un ciel bleu et un soleil éclatant ; d'autre part, les rochers brûlants sur lesquels je peux paresser et bronzer, en attendant de me rafraîchir dans la mer toute proche.

— Et rentrer à la maison un soir d'hiver, transi de froid pour venir te réchauffer devant un grand feu de bûches...

— Excellent aussi. Et maintenant, que dirais-tu de gagner la salle de restaurant ? Je sens une odeur d'oignons frits qui me met l'eau à la bouche.

C'étaient les soirées qui possédaient la plus inestimable valeur. Les rideaux bien tirés et le feu allumé dans la grande cheminée de la bibliothèque, ils écoutaient quelques disques, se levant chacun à son tour pour changer l'aiguille. Puis, à l'heure du dîner, ils approchaient du feu une longue table basse pour savourer les mets préparés par Mme Brick et déguster une bouteille de bon vin que Richard, selon les instructions de leur hôtesse absente, était allé chercher à la cave. Le vent nocturne faisait vibrer les fenêtres et tournait en gémissant autour de la vieille demeure, à la recherche d'une entrée secrète. Leur retraite n'en était que plus intime, plus sensible le bien-être créé par cette solitude.

Un soir, après avoir écouté la *Symphonie du Nouveau Monde*, Richard était étendu sur le sofa et Pénélope près de lui ; il mit la main sur l'épaule de sa compagne et dit :

— Pénélope, nous devons parler de l'avenir.

— Oh ! Richard...

— Ne prends pas cet air chagrin, et écoute-moi. C'est important. Je ne puis envisager l'avenir sans toi, et cela signifie que nous devons nous marier.

— J'ai déjà un mari.

— Je le sais, chérie. Je ne le sais que trop bien. Malgré cela, je veux te poser la question qui me hante : accepterais-tu de devenir ma femme ?

Elle lui prit la main et la porta à sa joue.

— Il ne faut pas tenter la Providence.

— Tu n'aimes pas ton mari.

— Il n'a pas sa place ici. Je ne veux même pas entendre prononcer son nom.

— Je t'aime plus que je ne saurais l'exprimer, Pénélope.

— Moi aussi, je t'aime, Richard, et tu le sais. Je ne souhaiterais pas de bonheur plus grand que celui de devenir ta femme et de savoir que rien ne peut nous séparer. Mais je ne désire pas en parler maintenant... Je t'en prie.

Richard garda le silence pendant un long moment.

— Très bien, dit-il enfin avec un soupir. Comme il te plaira.

Il se pencha pour l'embrasser avant d'ajouter :

— Allons nous coucher.

Il faisait beau pour leur dernière journée de vacances, et Richard se mit en devoir de tondre la pelouse. Pénélope tailla les haies au moyen d'une cisaille à long manche. Il était plus de quatre heures lorsqu'ils eurent fini. Ils étaient fatigués, mais la vue de ces pentes verdoyantes, à présent lisses comme du velours, était la récompense de leur effort. La tondeuse huilée et rangée, Richard prépara le thé. Pénélope l'attendit, assise au milieu de la pelouse.

— Richard, dit-elle en le voyant reparaître avec deux tasses sur un plateau, j'ai découvert une nouvelle volupté, un luxe qui ne coûte rien.

— Vraiment ! Et de quoi s'agit-il ?

— Être assise sur une pelouse, seule et sans celui que l'on aime, mais en sachant qu'il est tout proche et va revenir d'un instant à l'autre.

C'était leur ultime après-midi. Le lendemain matin, de bonne heure, ce serait le départ pour regagner Porthkerris. La jeune femme s'efforçait de ne pas y songer. Leur dernière soirée ! Ils la passèrent, comme toutes les autres, devant le feu, Richard assis sur le canapé, Pénélope pelotonnée à ses pieds. Mais, pour une fois, ils n'écoutèrent pas de musique. Richard lut à haute voix le *Journal d'automne* de MacNeice ; il était fort tard lorsqu'il parvint aux derniers vers.

> *Dors, mon aimée, jusqu'à demain,*
> *Au bruit de l'eau qui court.*
> *Le fleuve Léthé ne coule pas pour nous.*
> *Et ce soir, nous dormons*
> *Sur les rives du Rubicon.*
> *Les dés sont jetés, et l'heure*
> *Plus tard viendra de régler les comptes.*
> *Mais le soleil luira de nouveau,*
> *Dans l'attente du dernier jour.*

Il referma lentement le livre, et Pénélope poussa un soupir.

— Il savait que la guerre était inévitable, murmura-t-elle.

— Je crois que, dès l'automne de 1938, la plupart d'entre nous en étions conscients.

Le livre glissa sur le sol. Le feu s'était éteint. La jeune femme tourna la tête vers Richard dont le visage était empreint de tristesse.

— Tu as un air étrange, dit-elle inquiète.

— C'est parce que j'ai l'impression de te trahir.

— Explique-toi.

— Dès notre retour à Porthkerris, je devrai te quitter.

— Demain ? demanda Pénélope en proie à une soudaine angoisse.

— Ou après-demain au plus tard.

— Tu as reçu une nouvelle affectation ?

— Oui. A Porthkerris, les exercices d'entraînement sont terminés. Le colonel Mellaby et les services administratifs resteront quelques jours pour expédier les affaires courantes, mais c'est tout.

— Depuis combien de temps le sais-tu ?

— Deux ou trois semaines.

— Pourquoi ne m'en as-tu rien dit jusqu'à ce soir ?

— Pour deux raisons. La première, c'est que la chose est encore secrète ; la seconde, c'est que je ne voulais pas gâcher notre semaine de bonheur.

— Rien ne pourrait gâcher les heures que nous passons ensemble, mon amour.

— Notre séparation sera la chose la plus triste que j'aurai vécue de toute ma vie.

La jeune femme essayait d'imaginer la solitude qu'elle allait affronter, la vie sans la présence de celui qu'elle aimait.

— Le plus dur sera de nous dire au revoir, murmura-t-elle.

— Alors, ne le disons pas.

— Je ne veux pas que tout soit fini...

— Ce n'est pas fini, ma chérie. Cela ne fait que commencer.

— Il est parti ?

— Oui, Papa, répondit Pénélope sans lever les yeux.

— Il n'a pas dit au revoir.

— Il ne voulait pas.

— Même pas à toi ?

— Non. Il a pris l'allée du jardin et s'en est allé, comme nous en étions convenus.

— Quand doit-il revenir ?

— Je l'ignore, répliqua la jeune femme en continuant à tricoter.

— Avez-vous donc des secrets l'un pour l'autre ?

— Aucun.

Lawrence garda le silence pendant un moment.

— Il va me manquer, dit-il en soupirant.

Puis, posant les yeux sur sa fille :

— Mais pas autant qu'à toi.

— Je l'aime, Papa. Nous nous aimons.

— Je le sais depuis des mois.

— Et nous sommes amants.

— Je sais cela aussi. Il m'a suffi d'observer ton attitude, tes réactions, ton épanouissement progressif. Et j'aurais aimé être encore capable de tenir un pinceau pour fixer sur la toile ton beau visage qui trahissait ton bonheur. Que va-t-il maintenant advenir de vous deux ?

— Je n'en sais rien.

— Je suis navré pour toi, ma chérie. Vous auriez mérité un meilleur sort que celui de vous rencontrer en pleine guerre.

— Tu aimes bien Richard, n'est-ce pas ?

— Je serais tout disposé à l'aimer comme un fils.

Pénélope sentit les larmes monter à ses paupières.

Vers le milieu d'avril les exercices d'entraînement des fusiliers marins avaient pris fin. Les rangers américains et les commandos s'en étaient allés, et les rues de la ville étaient redevenues calmes sans les bruits de bottes et de véhicules militaires. Les barbelés avaient été arrachés, et les bâtiments affectés aux commandos restitués à l'Armée du Salut. La seule chose qui demeurât de cette longue activité militaire, c'était le quartier général des fusiliers marins, au *White Caps Hotel*. Le pavillon flottait en haut du mât, les jeeps étaient rangées dans la cour, la sentinelle montait la garde, et on assistait encore aux allées et venues du colonel Mellaby et des employés des services administratifs.

Richard était parti. Pénélope se résigna à vivre sans lui, puisqu'il n'y avait pas d'alternative. En proie à une constante anxiété, elle fit ce que les femmes avaient fait avant elle durant des siècles : elle se réfugia dans les activités familiales et les tâches ménagères, seuls remèdes au mal dont elle souffrait. Elle nettoya la maison de la cave au grenier, lessiva les couvertures et les tapis, bêcha le jardin. Cela ne l'empêchait pas de penser à Richard et de se faire du souci pour sa sécurité ; mais du moins eut-elle, lorsque ses travaux furent achevés, une demeure et un jardin impeccables.

Elle passait du temps avec les enfants, leur compagnie lui faisait du bien. Nancy était une jeune personne très attachante, qui ne manquait pas de caractère et dont les observations pertinentes amusaient tout le monde. Clark et Ronald avaient grandi, et Pénélope trouvait leurs remarques très judicieuses. Elle les aidait à compléter leur collection de coquillages, répondait à leurs innombrables questions. Elle les considérait désormais non plus comme des gamins insupportables, mais comme des égaux.

Un après-midi, de retour de la plage, elle trouva le général Watson-Grant qui prenait congé de Lawrence, et elle le raccompagna jusqu'à la grille. Il s'arrêta un instant pour admirer la haie d'escalonias où commençaient à apparaître des bourgeons rose foncé.

— Je ne puis croire que l'été s'annonce déjà, dit la jeune femme. Tout à l'heure, sur la plage, nous avons rencontré un vieil homme qui ratissait le sable pour ramasser les débris de toutes sortes rejetés par la mer. Déjà, des tentes se dressent, et la boutique du marchand de glaces a rouvert ses portes. Les premiers touristes vont arriver. Tout comme les hirondelles.

— Avez-vous des nouvelles de votre mari ?

— Pas depuis un certain temps, mais j'imagine qu'il va bien. Je le crois en Méditerranée.

— Il va donc rater la grosse opération.

— Je vous demande pardon ? dit Pénélope avec un froncement de sourcils.

— Je veux dire qu'il n'assistera pas au débarquement. Pas de chance. En ce qui me concerne, je donnerais volontiers mon bras droit pour être de nouveau jeune et prendre part à cette offensive. Il aura fallu longtemps pour en arriver là. Trop longtemps. Mais maintenant le pays est prêt et attend de voir foncer les armées victorieuses.

— Oui, je sais. Il semble que la guerre soit redevenue la seule chose importante. Quand on traverse la ville, on entend dans toutes les maisons les bulletins d'informations diffusés en permanence par la B.B.C. Les gens se ruent sur les kiosques à journaux, comme au temps de Dunkerque ou de la bataille d'Angleterre.

Ils étaient parvenus à la grille. Le général fit une autre halte, appuyé sur sa canne.

— J'ai été ravi, dit-il, de voir votre père et de bavarder avec lui.

— Cela lui a fait certainement beaucoup de bien. Il aime la compagnie, et Richard Lomax lui manque. Leurs parties de jacquet aussi.

— Il me l'a dit, en effet.

Leurs regards se croisèrent, et Pénélope se demanda jusqu'où avaient pu aller les confidences de son père.

— A franchement parler, poursuivit le vieil officier, je ne savais pas que le jeune Lomax était parti. Je le croyais encore avec le colonel Mellaby. Avez-vous reçu de ses nouvelles ?

— Oui.

— Comment va-t-il, et où se trouve-t-il ?

— Sa santé est bonne, mais son adresse n'est constituée que de deux lettres suivies de trois ou quatre chiffres. Et on pourrait croire que le téléphone n'a jamais été inventé.

— C'est compréhensible. Les consignes de sécurité n'ont jamais été aussi draconiennes.

— Je le conçois fort bien.

— J'espère que vous recevrez sans tarder d'autres nouvelles. Eh bien, il faut que je vous quitte. Au revoir, Pénélope. Prenez bien soin de votre père.

Soudain, il souleva son chapeau et déposa un léger baiser sur la joue de la jeune femme. Elle demeura muette de stupéfaction, car jamais il n'avait fait un tel geste. Elle le regarda s'éloigner à pas lents, frappant le sol de sa canne.

Oui, le pays était prêt et attendait le pire : la guerre totale, la mort. Pénélope frissonna.

La lettre de Richard arriva deux jours plus tard. Comme tous les matins, Pénélope descendue la première reconnut l'écriture sur l'enveloppe. Tremblante d'émotion, elle l'ouvrit.

Quelque part en Angleterre

20 mai 1944

Ma Pénélope chérie,

Au cours de ces dernières semaines, j'ai tenté une douzaine de fois de t'écrire. Je n'ai pu aller au-delà des quatre premières lignes, interrompu par le téléphone ou une mission urgente.

Enfin, cette nuit, je suis assuré d'avoir au moins une heure de tranquillité devant moi. Tes lettres me sont toutes bien parvenues, source de joies. Je les ai toujours sur moi, à la manière d'un collégien amoureux et je les relis sans cesse. Ne pouvant être auprès de toi, du moins ai-je l'impression d'entendre ta voix.

J'ai beaucoup de choses à te raconter, et je ne sais par où commencer. Il m'est difficile de me rappeler les sujets que nous avons déjà évoqués et ceux que nous avons passés sous silence.

Tu as toujours refusé de parler d'Ambrose Keeling. Lorsque nous étions à Tresillick ou dans notre petit monde à nous, cela ne semblait pas être une chose essentielle. En revanche, ces derniers temps, je ne puis arriver à le chasser totalement de mon esprit, car il constitue le seul obstacle entre nous et le bonheur. Un homme n'a pas le droit de prendre la femme d'un autre s'il veut conserver le respect de soi et d'autrui. Ce qui me conduit à envisager les problèmes qui se dresseront devant nous : la reconnaissance de mes torts, ma condamnation par les tribunaux, finalement le divorce.

Bien sûr, on peut envisager le cas où Ambrose ferait preuve de compréhension et t'accorderait la séparation. Mais je ne vois aucune raison valable qui puisse le pousser à agir de la sorte. Je suis donc décidé à comparaître devant un tribunal en tant que complice d'adultère, le divorce étant prononcé à son avantage exclusif. Dans ce cas, il aura évidemment le droit de voir Nancy aussi souvent qu'il le souhaitera. C'est une question que nous réglerons le moment venu.

Ce qui compte, c'est que nous soyons réunis et que nous puissions nous marier sans tarder. La guerre finira un jour, je serai démobilisé et retournerai à la vie civile. Peux-tu envisager la perspective d'être l'épouse d'un simple professeur puisque c'est là ma vocation ? Où serai-je nommé, où irons-nous habiter ? Je ne puis le dire. Mais si j'ai le choix, j'aimerais retourner dans le Nord, dans la région des Lacs.

Je sais bien que tout cela paraît encore loin et qu'une route semée d'obstacles s'étend devant nous ; nous les franchirons un à un.

En lisant ce que je viens d'écrire, j'ai l'impression qu'il s'agit de la lettre d'un homme heureux qui s'attend à vivre éternellement. Et, à la vérité, la mort me semble si loin, au-delà de la vieillesse et des infirmités. Je ne puis croire que le destin qui nous a réunis ait l'intention de nous séparer.

Je pense à vous tous, à Carn Cottage, j'essaie d'imaginer vos occupations journalières. Je voudrais tellement être auprès de toi, partager ton rire et les tâches dans cette maison à laquelle je songe comme à un second foyer. Tout y était si doux. Et, dans cette vie, rien de ce qui est bon n'est jamais perdu. Une partie de toi me suit partout, et une partie de moi-même est à toi pour l'éternité, mon cher amour.

Richard.

Le mardi 6 juin, les forces alliées envahirent la Normandie. Le second front était enfin une réalité, et la longue bataille allait commencer. L'attente fébrile avait pris fin.

Le dimanche suivant, Doris, prise d'un zèle religieux, avait conduit ses deux garçons à l'église et Nancy à l'école du dimanche, laissant à Pénélope le soin de préparer le repas. Le boucher avait tiré de dessous son comptoir un petit gigot d'agneau qui se trouvait maintenant dans le four de Carn Cottage entouré de pommes de terre. Et il y aurait une crème renversée en guise de dessert.

Il était près de midi ; Pénélope pensa à la sauce à la menthe qui devait accompagner le gigot. Sans ôter son tablier de cuisine, elle sortit dans le jardin. Il y avait du vent, une grande lessive séchait au soleil.

Au moment où elle regagnait la maison, les feuilles de menthe à la main, elle entendit s'ouvrir, puis se refermer la petite grille du fond. Ce ne pouvait être Doris et les enfants : il était encore trop tôt. Elle contourna la maison et aperçut un homme en uniforme, coiffé d'un béret vert, qui avançait à pas lents dans l'allée. Elle reconnut le colonel Mellaby, qui s'immobilisa en la voyant.

Tout sembla se figer. Comme les images d'un film dont le projecteur est tombé en panne. La brise elle-même ne soufflait plus dans les arbres du jardin. Les oiseaux ne chantaient plus. Il semblait à la jeune femme que la pelouse était moins verte et s'étendait comme un champ de bataille entre elle et le visiteur. Elle ne bougeait pas, attendant que le colonel fît le premier geste.

Ce qu'il fit. Avec un déclic, le film repartit, et elle s'avança à la rencontre de l'officier. Il lui parut changé. Elle ne s'était jamais rendu compte qu'il avait un visage aussi maigre et pâle.

Ce fut elle qui parla la première.

— Colonel Mellaby...

— Ma chère...

A la seconde même, elle comprit qu'il avait quelque chose de grave à lui annoncer.

— C'est à propos de... Richard, murmura-t-elle.

— Oui, j'en suis navré, croyez-moi.

— Que lui est-il arrivé ?

— Je vous apporte de mauvaises nouvelles.

— Il est... mort. Tué au combat, n'est-ce pas ?

Elle s'attendait à éprouver quelque chose, un choc violent. Or, elle ne sentait rien que les brins de menthe qu'elle serrait dans sa main. Une mèche de cheveux tombait sur sa joue. Elle la repoussa. Le silence semblait créer une barrière infranchissable. Au bout d'un instant qui dura une éternité, le colonel reprit d'une voix neutre :

— J'ai appris la nouvelle ce matin. Il m'avait demandé de venir moi-même si jamais il lui arrivait quelque chose.

Pénélope retrouva sa voix. Une voix qu'elle ne reconnut pas et qui lui semblait venir de très loin à travers une brume cotonneuse.

— Je vous remercie. Quand cela est-il arrivé ?

— Le jour même du débarquement, au cours d'une sortie en compagnie des hommes qu'il avait entraînés.

— Y était-il obligé ?

— A vrai dire, non. Mais ces hommes étaient fiers d'avoir à leur tête un officier comme lui, et il a tenu à rester auprès d'eux. Ils ont débarqué avec la première division américaine, en un endroit appelé la pointe de Hué, près de Cherbourg.

La voix du colonel était maintenant plus ferme.

— D'après les renseignements qui me sont parvenus, ils ont eu des difficultés avec leur équipement. Ils ont gravi la crête et sont tombés sous le feu des batteries allemandes.

Pénélope songea à ces jeunes Américains qui avaient passé leur hiver à Porthkerris, si loin de leurs familles et de leurs maisons.

— Y a-t-il eu beaucoup de tués ?

— Oui. Plus de la moitié d'entre eux ont trouvé la mort au cours de l'assaut.

Et Richard était à leur tête, songea Pénélope.

— Il ne se sentait pas vulnérable. Il me disait dans sa dernière lettre que la mort lui semblait très lointaine... au bout d'une longue vieillesse. C'est heureux qu'il ait pensé ainsi, ne croyez-vous pas ?

— Si, répondit le colonel en se mordant la lèvre. Vous savez, ma chère enfant, si vous avez envie de pleurer, ne vous retenez pas. Je suis un homme marié, j'ai des enfants et je suis capable de comprendre.

— Je suis mariée aussi, et j'ai un enfant.

— Je sais.

Le colonel glissa la main dans la poche intérieure de son veston et en retira une photographie.

— Ce cliché a été pris à Boscarben, et j'ai pensé que vous aimeriez avoir cette image.

Pénélope baissa les yeux sur la photo. Richard regardait par-dessus son épaule en souriant au photographe qui l'avait saisi à l'improviste. Il était en uniforme, mais tête nue, et il devait y avoir du vent ce jour-là, car il avait les cheveux en bataille. A l'horizon, on apercevait la mer.

— C'est très gentil de votre part, et je vous remercie. Je n'avais aucune photo de lui.

L'officier garda le silence, incapable d'imaginer les mots qui auraient convenu dans les circonstances présentes. Il ne trouva que quelques paroles banales.

— Ça va aller, vous croyez ?

— Oui, ne vous inquiétez pas.

— Dans ce cas, je vais vous quitter. A moins que je ne puisse faire quelque chose pour vous.

Elle réfléchit un instant.

— Oui, s'il vous plaît. Papa est dans le salon. Voudriez-vous lui annoncer la nouvelle ?

— Vous préférez que ce soit moi ?

— Il faut que quelqu'un le fasse, et je ne suis pas certaine d'en avoir le courage.

— Très bien.

— Je vais venir... Mais je vous laisse le temps de lui parler.

Le colonel s'éloigna en direction de la maison. Elle le vit gravir le perron et disparaître à l'intérieur. Elle-même demeura où elle était, son brin de menthe dans une main, la photo de Richard dans l'autre. Elle se rappelait ce matin lugubre où Sophie était morte et combien elle avait pleuré. Elle aurait souhaité maintenant ressentir une émotion semblable. Mais il n'en était rien. Elle restait prostrée et froide comme la glace.

Elle fixa les yeux sur le visage de Richard. Plus jamais. Plus jamais rien. La photo lui souriait, et elle se rappela les vers qu'il lui avait récités un soir. Elle croyait entendre les mots résonner à son oreille ; ils envahissaient son esprit et son cœur comme un chant lointain et oublié.

> *... Les dés sont jetés, et l'heure*
> *plus tard viendra de régler les comptes.*
> *Mais le soleil luira de nouveau,*
> *Dans l'attente du dernier jour.*

Le soleil luira de nouveau. Elle se dit qu'elle devait rejoindre son père. C'était la meilleure façon de commencer cette autre existence qui allait désormais s'étendre devant elle.

Chapitre 12
Doris

P ODMORE'S Thatch. Le cri perçant d'un oiseau rompait le silence de l'aube. Le feu s'était éteint, mais la lampe disposée au-dessus des *Pêcheurs de coquillages* était restée allumée toute la nuit. Pénélope n'avait fait que somnoler. Elle bougea un peu, comme un dormeur qui émerge d'un rêve paisible. Elle étira ses jambes sous la couverture, étendit les bras, puis se frotta les yeux et promena ses regards autour d'elle. Dans la lumière douce qui éclairait le salon, elle distingua les objets chers à son cœur : les fleurs et les plantes, le bureau et les gravures. Par la fenêtre qui donnait sur le jardin, elle apercevait les branches basses du châtaignier, les bourgeons qui n'allaient pas tarder à s'ouvrir. Elle n'avait pas vraiment dormi, mais n'était pas fatiguée. Au contraire, elle se sentait baignée de calme et de quiétude.

Elle était parvenue à la fin de la représentation. La pièce était terminée, les lumières de la rampe faiblissaient et, dans cette clarté mourante, les acteurs quittaient la scène où ils avaient joué de leur mieux. Doris et Ernie, jeunes comme ils ne le seraient jamais plus. Et Penberth, les Trubshot, les Watson-Grant. Et Papa. Tous morts depuis longtemps.

Il y avait aussi Richard. Elle se rappelait son sourire. Et elle se rendait compte que le temps, ce grand guérisseur, avait finalement accompli son œuvre. Après toutes ces années écoulées, le visage de l'amour ne soulevait plus en elle ni chagrin ni amertume. Il lui restait même au fond du cœur un sentiment de gratitude. Car le passé eût été si vide si elle n'avait pas conservé ce souvenir. Mieux valait avoir aimé et perdu, se dit-elle, que n'avoir jamais aimé.

Sur la cheminée, la pendule sonna six heures. La nuit était achevée. On était au lendemain. Comment ces derniers jours avaient-ils passé ? Deux semaines s'étaient écoulées depuis la visite de Roy Brookner. Il avait emporté les deux tableaux et les esquisses, mais il n'avait pas donné signe de vie.

Pas de nouvelles non plus de Nancy ni de Noël. Après la récente querelle qui hantait encore tout le monde, ils s'étaient tout simplement tenus à l'écart de leur mère. Et cela tourmentait Pénélope bien plus que ses enfants ne l'imaginaient. Bien sûr, au bout d'un certain temps, ils viendraient. Non pour lui faire des excuses. Elle les connaissait assez pour savoir qu'ils se comporteraient comme si rien ne s'était passé. En attendant, elle avait trop de choses en tête et pas d'énergie à gaspiller. Comme d'ordinaire, la maison et le jardin réclamaient la plus grande partie de son attention. Les forsythias arboraient leurs couleurs éclatantes, le verger se transformait en un tapis de jonquilles, de primevères et de violettes.

Jeudi. Danus viendrait ce matin. Et peut-être Roy Brookner appellerait-il de Londres. Dans le jardin, l'oiseau isolé avait été rejoint par d'autres, et l'air vibrait de leurs chants. Pénélope se leva, éteignit la lampe et monta à l'étage pour se plonger avec délices dans un bain chaud.

Elle avait vu juste. La sonnerie du téléphone retentit alors qu'elle était en train de déjeuner.

L'aube prometteuse avait cédé la place à un jour de grisaille, un ciel lourd et une bruine incessante. Il n'était pas question de manger à l'extérieur ni même dans la serre. Ils étaient donc réunis, Antonia, Danus et elle autour de la table de la cuisine, devant un plateau de crudités suivi de spaghettis à la bolonaise. En raison du mauvais temps, Danus avait passé la matinée à nettoyer le garage, et Pénélope avait mis ses comptes à jour, tandis qu'Antonia s'était occupée de la préparation du repas.

Danus la complimenta.

C'est à ce moment-là que le téléphone se mit à sonner.

— Je vais répondre ? demanda la jeune fille.

— Non, dit Pénélope en posant sa fourchette et en se levant. C'est sûrement pour moi.

Elle alla prendre la communication dans le salon, après avoir refermé la porte derrière elle.

— Allô ?

— Madame Keeling ? Ici Roy Brookner. Je suis navré d'avoir dû attendre aussi longtemps pour reprendre contact avec vous, mais M. Ardway n'est rentré à Genève qu'avant-hier pour trouver ma lettre qui l'attendait. Il est arrivé à Londres ce matin par avion, et il est près de moi dans mon bureau. Je lui ai montré les tableaux, et il nous offre cent mille livres pour la paire. Cette somme vous semble-t-elle acceptable, ou bien préférez-vous y réfléchir ? Il aimerait regagner New York dès demain, mais serait d'accord pour différer son départ dans le cas où vous désireriez discuter. En ce qui me concerne, j'estime que c'est une offre excellente, mais si... Madame Keeling, êtes-vous encore là ?

— Bien sûr.

— Excusez-moi, je craignais que nous n'ayons été coupés. Avez-vous une observation à formuler ?

— A vrai dire... non.

— La somme mentionnée vous paraît-elle acceptable ?

— Certainement. Vous pouvez conclure la vente avec M. Ardway.

— C'est donc entendu. Le règlement sera effectué au comptant. Mais il y aura des droits assez élevés sur cette transaction.

— Je le sais. M. Enderby, mon homme d'affaires à Londres, se chargera de tous les détails concernant la transaction. Je vais me mettre en rapport avec lui.

— C'est parfait. Dans ce cas, il ne me reste plus qu'à vous dire au revoir, en vous assurant de...

— Un instant, je vous prie, monsieur Brookner. Il y a autre chose.

— Je vous écoute.

— Il s'agit des *Pêcheurs de coquillages*.

Et elle lui fit part de ses intentions en ce qui concernait ce tableau.

Elle raccrocha le récepteur et demeura un instant immobile devant son bureau. Un murmure de voix lui parvenait de la cuisine. Antonia et Danus n'étaient jamais à court de sujets de conversation. Elle les rejoignit. Ils en étaient au dessert.

— J'ai mis ton assiette à réchauffer dans le four, lui dit la jeune fille en se levant.

— Ne te dérange pas, ma chérie. Je n'ai plus faim.

— Une tasse de café, alors?

— Non, merci. Même pas.

Elle reprit sa place sur sa chaise, les bras croisés sur la table. Elle souriait, car elle avait une très grande affection pour eux, et elle réfléchissait au cadeau qu'elle allait leur offrir. Une chose qu'elle avait proposée à chacun de ses trois enfants, et qu'ils avaient tous refusée.

— J'ai une proposition à vous faire, dit-elle. Aimeriez-vous passer avec moi les fêtes de Pâques en Cornouailles?

Les Pêcheurs de coquillages

Podmore's Thatch
Temple Pudley, Gloucestershire.

17 avril 1984

Ma chère Olivia,

Je t'écris pour te mettre au courant d'un certain nombre d'événements qui se sont produits.

Le dernier week-end, Noël a amené Antonia, et Nancy est venue pour le déjeuner du dimanche. C'est au cours de ce repas que nous avons eu une querelle dont je suis certaine qu'on ne t'a pas parlé. Il s'agissait, bien entendu, d'argent. Ta sœur et ton frère estimaient tous les deux que je devais vendre dès maintenant les tableaux de mon père, profitant du moment où le marché est favorable. Ils m'ont évidemment assuré qu'ils ne visaient que mon propre intérêt, mais je les connais trop bien pour être dupe. Ce sont eux qui ont besoin d'argent. Pas moi.

Après leur départ, j'ai pris le temps de réfléchir à la question et, dès le lendemain, j'ai appelé M. Brookner, de la firme Boothby's. Il est venu, a examiné les deux tableaux et les a emportés à Londres. Un acheteur américain m'en offre cent mille livres. Et cette offre, je l'ai acceptée.

Je pourrais profiter de cette aubaine de bien des manières. Mais je vais faire ce dont je rêve depuis longtemps : retourner en Cornouailles. Étant donné que ni toi, ni Noël, ni Nancy n'avez le temps — ni le désir — de m'accompagner, j'ai invité Antonia et Danus. Le jeune homme s'est d'abord montré réticent, car il est très fier et se sentait gêné, croyant que je lui faisais la charité. Je suis tout de même parvenue à le convaincre que nous avions besoin près de nous d'un garçon solide. En fin de compte, il a demandé à son patron de lui accorder une semaine de congé. Nous avons donc décidé de partir demain matin, Antonia et moi nous partageant la conduite de la voiture. Nous ne logerons pas *chez Doris, car il n'y a pas de place pour trois visiteurs dans sa petite maison, et j'ai retenu des chambres au Sands Hotel.*

J'ai porté mon choix sur cet établissement parce que je me rappelle qu'il était simple et sans prétentions. Au temps de mon enfance, des familles de Londres venaient passer leurs vacances d'été, amenant avec elles leurs chauffeurs, leurs nurses et même leurs chiens. Pendant la guerre, l'établissement avait été transformé en hôpital.

Pourtant, lorsque j'ai fait part de mon choix à Danus, il a paru surpris. Apparemment, le Sands est maintenant un établissement de grande classe, et Danus était inquiet en ce qui concernait le montant de la note. Mais au diable l'avarice ! Je crois bien que c'est la première fois de ma vie que j'écris une pareille phrase, et cela me procure une extraordinaire sensation. J'ai l'impression d'être devenue une personne totalement différente.

Hier, Antonia et moi sommes allées faire des achats à Cheltenham. La nouvelle Pénélope a pris le relais de l'ancienne. Tu ne m'aurais peut-être pas reconnue, mais sûrement approuvée. Nous avons acheté des robes pour Antonia, un ravissant chemisier satin crème, des jeans, des sweaters, un ciré jaune et quatre paires de chaussures. Puis elle a disparu dans un salon de beauté, d'où elle est ressortie transformée. Pour mon compte, je me suis offert des espadrilles à lacets, de la poudre, un gros flacon de parfum, de la crème pour le visage et un pull-over en cachemire de couleur violette. J'ai également fait l'acquisition d'une bouteille Thermos, d'une couverture pour les pique-niques et de tout un tas de journaux et de revues. Je me suis aussi procuré un ouvrage sur les oiseaux et un autre, ravissant, illustré de très belles cartes géographiques.

Après m'être livrée à cette orgie d'achats, je suis passée à la banque, puis je suis allée reprendre Antonia. Je l'ai trouvée splendide. Non seulement on lui avait fait une nouvelle coiffure, mais on lui avait teint les cils. Au début, elle se sentait gênée, mais elle s'habitue à sa nouvelle apparence, et je la surprends parfois à se lancer dans la glace des coups d'œil qui ne sont pas dépourvus d'admiration. Il y a longtemps que je ne m'étais sentie aussi heureuse.

Mme Plackett viendra demain pour nettoyer la maison et la mettre en ordre. Nous rentrerons le mercredi vingt-cinq.

J'ai un autre détail à te signaler. Les Pêcheurs de coquillages sont partis. J'en ai fait don à la Galerie d'Art de Porthkerris dont Papa était l'un des fondateurs. Chose étrange, ce tableau ne me manque pas, et j'aime songer que d'autres goûteront le plaisir que cette œuvre m'a toujours procuré. C'est M. Brookner qui s'est chargé d'organiser le transport. Il reste un grand espace vide au-dessus de la cheminée, je le comblerai un jour par autre chose. En attendant, j'ai hâte de voir cette merveille accrochée à sa nouvelle place dans la Galerie.

Je n'ai écrit ni à Noël ni à Nancy. Quand ils sauront ce changement, ils seront furieux, mais je n'y peux rien. Je leur ai donné tout ce qu'il était en mon pouvoir mais ils réclament toujours plus. Peut-être maintenant cesseront-ils de m'importuner et s'occuperont-ils de leurs affaires.

Toi, je sais que tu es capable de me comprendre.

Bien tendrement.

Maman.

Nancy se sentait inquiète, car elle n'avait pas de nouvelles de sa mère depuis ce maudit dimanche au cours duquel avait éclaté la querelle à propos des tableaux. Pénélope n'avait pas mâché ses mots, ce jour-là. Depuis, Nancy attendait des nouvelles de sa mère, ne fût-ce qu'un coup de téléphone pour s'enquérir de la santé des enfants et prouver ainsi que leurs relations étaient redevenues normales. Rien n'était venu. Pourtant, elle n'éprouvait pas de culpabilité. Après tout, si elle avait exprimé son opinion, c'était pour le bien de tous et celui de sa mère en particulier.

Pénélope n'avait pas coutume de bouder ainsi. Était-elle

malade? Son accident cardiaque avait-il laissé des séquelles? Non, car Antonia aurait donné des nouvelles.

Bien que cherchant à se rassurer, Nancy sentait grandir son inquiétude. Plusieurs fois, elle s'était approchée du téléphone mais raccrochait aussitôt sans avoir composé le numéro de Podmore's Thatch, ne sachant comment entamer la conversation. Et soudain lui vint une inspiration. Pâques approchait. Elle inviterait Pénélope et Antonia, dans l'espoir que tout le monde se réconcilierait devant un bel agneau rôti accompagné de pommes de terre nouvelles.

Sa décision prise, elle se dirigea une fois de plus vers le téléphone et forma alors le numéro, le sourire aux lèvres. Pas de réponse. Elle tenta de rappeler à plusieurs reprises au cours de l'après-midi sans plus de succès.

Elle décida alors d'alerter les « dérangements ».

— Êtes-vous bien sûre que votre correspondant soit à son domicile? lui demanda l'opératrice.

— Oui. Il s'agit de ma mère, et elle ne sort jamais.

— Ne quittez pas. Je vais m'informer.

— Merci.

L'employée revint pour déclarer qu'il n'y avait aucun incident sur la ligne et que tout était normal. Nancy devait conclure donc que sa mère n'était pas chez elle. Elle résolut d'appeler Olivia.

— Allô! Olivia? C'est Nancy.

— Je t'ai reconnue.

— Olivia, je suis inquiète. J'ai essayé à plusieurs reprises d'appeler Mère sans obtenir de réponse. As-tu une idée de ce qui a pu se passer?

— Bien sûr. Elle ne pouvait pas répondre au téléphone, elle est partie pour les Cornouailles.

— Pour les Cornouailles?

— Oui. Elle est allée y passer les fêtes de Pâques, avec Antonia et Danus.

— Antonia et *Danus*?

— Inutile de prendre ce ton horrifié, dit Olivia d'une voix qui laissait percer un rien d'amusement. Pourquoi ne serait-elle pas partie ? Elle en avait envie depuis des mois, et aucun de nous ne souhaitait l'accompagner. Elle a donc emmené Antonia et Danus.

— Ils ne pourront pas loger tous les trois chez Doris Penberth. Il n'y a pas la place nécessaire.

— Non, pas chez Doris, mais au *Sands*.

— Au *Sands* ?

— Nancy, cesse de répéter tout ce que je dis.

— Mais le *Sands* est un des meilleurs hôtels du pays. Il est mentionné dans tous les guides touristiques. On doit payer un prix fou dans un établissement de cette classe.

— Maman peut se le permettre. N'es-tu pas au courant ? Elle a vendu les deux tableaux qu'elle possédait à un millionnaire américain pour la somme de cent mille livres.

Nancy sentit ses genoux trembler et se demanda si elle n'allait pas s'évanouir.

— Cent mille livres ? C'est impossible. Ils ne pouvaient valoir une telle somme.

— Ma chère Nancy, rien n'a de valeur jusqu'au moment où l'on trouve une personne qui désire ce que vous possédez. C'est la rareté de l'objet qui en fait le prix. J'ai essayé de te l'expliquer le jour où nous avons déjeuné à *L'Escargot*. Lawrence Stern apparaît rarement sur le marché, et cet Américain devait convoiter ces deux tableaux plus que tout au monde ; de sorte qu'il était prêt à payer le prix. C'est une aubaine pour Maman et je m'en réjouis pour elle.

— Cent mille livres..., répéta Nancy. Et quand cette transaction a-t-elle eu lieu ?

— Assez récemment, je crois.

— Comment se fait-il que tu sois au courant, toi ?

— Elle m'a écrit. Elle m'a aussi parlé de cette dispute que vous avez eue. Tu es incorrigible, ma pauvre Nancy. Je t'avais pourtant dit et redit de la laisser tranquille. Mais tu ne pouvais t'empêcher de l'agacer en toute occasion et elle en a eu assez de te voir fourrer ton nez dans ses affaires. C'est sans doute ce qui l'a décidée à vendre ces tableaux en se disant que tu n'aurais plus de motif de la harceler.

— C'est injuste. Elle s'est laissé influencer, ça crève les yeux.

— Et par qui, s'il te plaît ?

— Antonia, bien sûr. Tu n'aurais jamais dû envoyer cette fille vivre chez Mère. Et je n'ai aucune confiance en ce Danus.

— Noël non plus, apparemment.

— Et cela ne t'inquiète pas ?

— En aucune façon. Car j'ai, moi, une absolue confiance dans le jugement de Maman.

— Et que dis-tu de l'argent qu'elle est en train de gaspiller pour ces deux-là ? Aller vivre dans le luxe au *Sands Hotel* en compagnie de son propre jardinier ! Tu ne trouves pas ça indécent ?

— Et pourquoi ne dépenserait-elle pas son argent pour elle et pour ces deux jeunes gens si elle les en juge dignes ? Je te rappelle qu'elle nous a demandé de l'accompagner et qu'aucun de nous n'a voulu le faire. Nous avons eu notre chance, et nous l'avons dédaignée : nous ne pouvons nous en prendre qu'à nous-mêmes.

— Le jour où j'ai été invitée à Podmore's Thatch, il n'a été question à aucun moment d'aller au *Sands*. Il était prévu d'avoir le coucher et le petit déjeuner dans la chambre d'ami de Doris Penberth.

— Et c'est cela, j'imagine, qui t'a empêchée d'accepter : la pensée de camper chez Doris. Mais tu te serais volontiers laissé faire si on avait fait osciller l'enseigne du *Sands* devant ton nez, n'est-ce pas ?

— Tu n'as pas le droit de dire ça.

— J'ai tous les droits. Je suis ta sœur ! Et il y a encore autre chose que tu dois savoir. Maman s'est rendue à Porthkerris parce qu'il y a des années qu'elle en avait envie. En outre, elle est allée admirer *Les Pêcheurs de coquillages*, dont elle a fait don à

Les Pêcheurs de coquillages

la Galerie d'Art, en mémoire de son père. Elle avait hâte de voir cette œuvre magnifique exposée dans un lieu digne de sa beauté. Pendant un instant, Nancy crut avoir mal entendu ou mal compris.

— Tu as bien dit qu'elle en a fait don à cette galerie? Définitivement? Ce n'est pas un simple prêt?

— Non, il s'agit d'un don total et sans conditions.

— Mais cette œuvre doit valoir... des centaines de milliers de livres.

— Oui, et je suis certaine que tout le monde apprécie son geste à sa juste valeur.

Les Pêcheurs de coquillages... Disparus à jamais. Nancy éprouvait un sentiment profond d'injustice et de frustration doublé de colère.

— Elle nous avait toujours dit, reprit-elle d'un ton chargé d'amertume, qu'elle serait incapable de vivre sans cette peinture auprès d'elle, affirmant qu'elle faisait en quelque sorte partie de sa vie.

— Il en a été ainsi durant des années, c'est vrai. Mais elle a voulu que d'autres personnes puissent l'admirer.

— Et nous? protesta Nancy. Que devient sa famille, ses petits-enfants? Noël est-il au courant?

— Je ne sais pas. Je suis sans nouvelles de lui depuis le jour où il a conduit Antonia à Podmore's Thatch.

— Je me charge de lui faire part des nouvelles, moi, déclara Nancy d'un ton menaçant.

— A ta guise, répliqua sa sœur en raccrochant d'un geste brusque.

Nancy reposa le récepteur. Puis elle souleva de nouveau le combiné, tremblante de colère, composa le numéro de son frère.

— Noël Keeling.

— C'est Nancy à l'appareil.

— Salut.

La réponse ne dénotait pas un enthousiasme démesuré.

— Je viens d'avoir une conversation avec Olivia. J'avais essayé d'appeler Mère. N'obtenant pas de réponse, j'ai eu l'idée de m'adresser à Olivia pour savoir ce qui se passait. Effectivement, Mère lui a écrit, mais en oubliant de nous prévenir, toi et moi.

— De quoi parles-tu ?

— Mère est partie pour les Cornouailles en compagnie d'Antonia et de Danus.

— Grand Dieu !

— Et ils résident au *Sands Hotel*.

— Je croyais qu'elle logerait chez Doris. Comment peut-elle se permettre le *Sands* ? C'est un établissement très luxueux.

— Parce qu'elle a vendu ses deux tableaux pour la somme de cent mille livres. Sans en discuter avec aucun d'entre nous. Et maintenant, elle gaspille son argent. Ce n'est pas tout. Elle s'est débarrassée des *Pêcheurs de coquillages*, elle en a fait don à la Galerie d'Art de Porthkerris. Et Dieu sait combien cette œuvre peut valoir. Je crois qu'elle perd la tête et ne sait plus ce qu'elle fait. J'ai dit à Olivia ce que je pensais en ajoutant que, selon moi, ces deux gamins — Antonia et Danus — ont sur notre mère une influence néfaste. Ce sont des choses qui arrivent, tu sais. Il suffit de lire les journaux. C'est criminel, on devrait réprimer de telles manœuvres. Il doit y avoir un moyen d'arrêter tout ça... Noël, tu es toujours là ?

— Oui.

— Et qu'en dis-tu ?

— Merde ! répondit Noël en raccrochant.

Les Pêcheurs de coquillages

Sands Hotel
Porthkerris, Cornouailles.

Jeudi 19 avril

Chère Olivia,

Nous sommes ici depuis hier, et je ne saurais te dire à quel point c'est agréable. On a l'impression d'être en plein été, car il y a des fleurs partout. Et puis, les palmiers, les petites rues pavées, la mer d'un bleu d'azur, tout cela est merveilleux et me rappelle Ibiza.

Nous avons fait très bon voyage. J'ai tenu le volant presque tout le temps, Pénélope me relayant de temps à autre, puisque Danus ne conduit pas. Nous avons pris l'autoroute jusqu'au Devon, puis une vieille nationale en direction de Dartmoor. Nous nous sommes arrêtés pour pique-niquer, et des petits poneys poilus ont été ravis de manger les restes de nos sandwiches.

L'hôtel est extraordinaire. Je n'étais jamais descendue dans un établissement de cette classe, et Pénélope non plus, je crois. C'est pour toutes les deux une expérience nouvelle. Elle ne cessait de dire que nous y serions très bien et, effectivement, dès que nous nous sommes engagés dans l'allée bordée d'hortensias, nous avons compris que nous étions arrivés dans un établissement de grand luxe. Une Rolls et trois Mercedes étaient rangées sur le parking, tandis qu'un portier en uniforme s'avançait à notre rencontre pour s'occuper de nos bagages.

Nos chambres donnent toutes dans le même couloir, et, depuis les balcons, on a vue sur les jardins et la mer. Le sol est entièrement recouvert de tapis de haute laine, nous avons la télévision au pied du lit, et des fleurs partout.

En ce qui concerne la salle à manger, c'est exactement comme si on se trouvait dans le restaurant le plus cher et le plus luxueux de Londres. Je crois que je ne vais pas tarder à être blasée à force de voir défiler devant nous des huîtres, des homards, des fraises fraîchement cueillies, des filets de bœuf, des rouelles de veau, de délicates côtelettes d'agneau, de succulents desserts. Il est heureux que nous ayons Danus avec nous, car c'est lui qui nous guide dans le choix des vins de France qui doivent accompagner les mets. Il paraît connaître cette question à fond, et cependant lui-même ne boit que de l'eau. Je ne sais pourquoi, de même que j'ignore pour quelle raison il ne conduit pas.

Ce matin, nous sommes descendus en ville, et notre première escale a été Carn Cottage, où ta mère a autrefois habité. Mais c'était triste de voir la maison transformée en hôtel, comme d'ailleurs bien d'autres demeures. Le mur de pierre a été démoli et un parking se trouve maintenant à l'endroit où se tenait le jardin. Nous sommes tout de même entrés et la patronne de l'hôtel nous a offert une tasse de thé. Pénélope nous a raconté comment était tout cela du temps de sa jeunesse, que c'était sa mère qui avait planté les rosiers et la glycine. Je ne savais pas que Sophie avait été tuée au cours d'un bombardement. J'ai embrassé très fort Pénélope car ses yeux étaient humides de larmes, et je me suis retenue pour ne pas pleurer aussi.

En quittant Carn Cottage, nous nous sommes rendus au cœur de la ville, jusqu'à la Galerie d'Art pour y admirer Les Pêcheurs de coquillages. La toile a été placée au meilleur endroit, baignée par cette lumière intense de Porthkerris où elle a été peinte il y a bien des années.

La directrice de la galerie ne se souvenait pas de Pénélope, mais elle savait qui elle était, et l'a accueillie avec enthousiasme. Il semble qu'il ne reste pas beaucoup de gens en vie parmi ceux qu'a connus Pénélope dans sa jeunesse, hormis Doris. Samedi, nous projetons d'aller faire un pique-nique à Land's End, et lundi, je dois me rendre avec Danus à Manaccan, sur la côte sud, où un certain Everard Ashley dirige un centre agricole. Danus l'a connu à l'École d'horticulture, et son rêve serait de pouvoir un *jour posséder une entreprise du même genre. Mais un tel projet nécessite une mise de fonds importante.*

Tu vois, ma chère Olivia, nous ne manquons pas d'occupations, et je me sens très heureuse, chose qui me paraissait impossible après la mort de Cosmo. J'espère que ce n'est pas mal de ma part.

Je te remercie pour tout ce que tu as fait pour moi. Sans toi, je ne vivrais pas actuellement avec les deux personnes que j'aime le plus au monde. Toi mise à part, naturellement.

Je t'embrasse,
Antonia.

Pénélope était obligée d'admettre que ses enfants ne s'étaient pas trompés lorsqu'ils affirmaient que Porthkerris aurait terriblement changé depuis l'époque où elle y habitait. Carn Cottage n'était pas la seule maison à avoir été abîmée par des transformations. L'ancien *White Caps Hotel* avait été agrandi et converti en appartements de vacances. Sur la route du port, où les artistes vivaient et travaillaient naguère, on ne voyait plus que des galeries de jeux, des discothèques, des cafétérias et des boutiques de souvenirs. Les bateaux de pêche avaient disparu, il ne restait plus que deux petits bâtiments, se chargeant, pour des sommes astronomiques, d'emmener les touristes en mer dans l'espoir d'apercevoir des phoques.

Heureusement, le flot des vacanciers n'arriverait pas avant la Pentecôte. Et puis, rien n'altérait le bleu merveilleux de la mer et du ciel, ni les dédales de ruelles ni les maisons aux toits d'ardoises qui couvraient la colline jusqu'à la baie. On entendait les cris stridents des mouettes, l'air marin était toujours chargé de la senteur des troènes et des escallonias.

Pénélope se rendait chez Doris, et il lui était agréable d'être seule. Elle était heureuse de la compagnie d'Antonia et de Danus ; mais, pour une fois, la solitude était la bienvenue. Elle se mit à la recherche d'un fleuriste. La boutique qu'elle se rappelait était devenue un magasin de vêtements pour touristes. On y exposait des maillots de bain rose fluo, d'immenses T-shirts exhibant des portraits de vedettes, des jeans terriblement ajustés...

Elle découvrit un fleuriste qui avait pris la place d'une échoppe où un cordonnier âgé, vêtu d'un tablier de cuir, ressemelait autrefois les chaussures pour trois pence. Elle acheta, à l'intention de Doris, un gros bouquet composé d'iris, de tulipes et de freesias. Un peu plus loin, au bas de la rue, elle fit l'emplette d'une bouteille de whisky destinée à Ernie.

La maison des Penberth était au cœur du labyrinthe formé par les vieilles rues de la ville. C'est là qu'Ernie avait vécu avec son père et sa mère, c'étaient ces ruelles que Doris, Pénélope et Nancy avaient parcourues pendant les années de guerre, pour rendre visite à la vieille Mme Penberth, qui leur offrait des gâteaux au safran et une tasse de thé préparé avec soin dans une grosse théière rose.

Des souvenirs lointains, si émouvants, revenaient à l'esprit de Pénélope.

Elle avait mis longtemps à se rendre compte qu'Ernie, si réservé, faisait une cour assidue à Doris. C'était un homme silencieux dont la présence était devenue à Carn Cottage aussi naturelle qu'indispensable. « Oh ! Ernie arrangera ça », disait-on lorsque survenait un incident dans la maison ou au jardin.

Ce fut seulement en 1944 que Pénélope comprit. Elle surprit un matin Ernie et Doris en tête à tête devant une tasse de café.

— Je ne vous savais pas ici, Ernie, dit Pénélope, étonnée.

— Je suis entré par hasard, et...

Le jeune homme paraissait gêné. Il posa sa tasse et se leva. Pénélope baissa les yeux sur un bouquet de dahlias. On ne cultivait plus de dahlias à Carn Cottage, car ce sont des fleurs qui exigent beaucoup de travail.

— Ils sont très beaux, dit-elle. D'où viennent-ils ?

Ernie repoussa sa casquette en arrière.

— De notre jardin, répondit-il, j'en ai cueilli quelques-uns...
pour vous.

— Ils sont énormes. Je n'en ai jamais vu de semblables.

— Oui, j'ai pris les plus beaux.

Sans un mot de plus, il se dirigea vers la porte.

— Merci pour les fleurs, dit Doris.

— Et merci pour le café, répondit-il en jetant un coup d'œil
par-dessus son épaule.

Pénélope s'assit à la place qu'il venait de quitter, considéra
les fleurs encore une fois, puis leva les yeux vers Doris. Mais la
jeune femme semblait éviter son regard.

— J'ai l'impression d'avoir interrompu quelque chose, dit
Pénélope.

— Quoi ?

— Je l'ignore. Mais ce n'est pas pour *nous* qu'Ernie a apporté
ces fleurs, n'est-ce pas ?

Elle se demandait comment elle avait pu être aveugle si
longtemps.

— Ernie est amoureux de toi, hein ?

— Ernie Penberth ? Oh ! je t'en prie !

Mais Pénélope ne se tenait pas pour battue.

— Il ne t'a jamais rien dit ?

— Il ne parle pas beaucoup, tu sais.

— C'est vrai. Mais il te plaît. Et il te fait la cour.

— Lui ? Il en est incapable.

Doris transporta les tasses dans l'évier et ouvrit les robinets.

— D'ailleurs, il ne me viendrait pas à l'idée de finir mes jours
avec un homme qui m'arrive à l'épaule.

— Il n'y a aucune raison de le mépriser parce qu'il ne possède
pas le même gabarit que Gary Cooper. Moi, je le trouve pas mal
du tout, avec ses cheveux noirs et ses yeux sombres.

Doris ferma les robinets, puis se retourna, appuyée à l'évier,
les bras croisés sur la poitrine.

— Mais il ne dit jamais rien !

— Avec toi qui parles sans arrêt, le pauvre garçon a du mal à placer un mot. Quoi qu'il en soit, les actes sont souvent plus éloquents que les paroles. Il t'apporte des fleurs, et il ne cesse de te rendre de menus services : réparer la corde à linge ou les tuteurs du jardin. Je crois même qu'il t'offre de petites gâteries chipées dans la boutique de son père !

— Et alors ? répliqua Doris en fronçant les sourcils. Tu essaies de me marier à Ernie Penberth pour te débarrasser de moi ? C'est ça ?

— Doris, ne sois pas injuste. Je ne songe qu'à ton bonheur.

— Et ça te prend comme ça, d'un coup ? Eh bien tu en seras pour tes frais. Vois-tu, le jour où nous avons appris la mort de Sophie, je me suis juré de ne pas bouger d'ici tant que cette maudite guerre durerait. Et lorsque Richard... J'ignore ce que tu comptes faire toi-même : retourner avec Ambrose ou non. Je pense que la guerre sera bientôt finie, et tu devras prendre une décision. Si tu t'en vas, qui s'occupera de ton père ? Je vais te le dire : moi. Alors si tu veux bien, nous ne parlerons plus d'Ernie Penberth.

Elle avait tenu parole. Elle ne voulait pas épouser Ernie pour ne pas quitter Lawrence, et c'est seulement après sa mort qu'elle prit le temps de penser à elle, à ses fils, à son avenir. Alors, sa décision avait été rapide. Deux mois plus tard, elle était devenue Mme Ernie Penberth et avait quitté Carn Cottage. Le père d'Ernie étant décédé à son tour, Mme Penberth mère était allée vivre chez sa sœur. Ernie et Doris avaient donc repris le commerce de fruits et légumes, avec les fils de Doris. Ils n'avaient pas eu d'autres enfants.

Et maintenant... Pénélope fit halte et jeta un coup d'œil alentour. Elle était presque parvenue à destination. La baie était toute proche, et elle sentait la morsure du vent. Elle tourna l'angle d'une rue et s'engagea dans une pente abrupte au bas de laquelle on apercevait la maisonnette blanche, un peu en retrait, précédée d'une cour pavée de galets. Elle s'approcha de la porte et s'apprêtait à frapper lorsque Doris apparut sur le seuil.

Une Doris élégante, le regard aussi vif et pétillant que naguère, le corps aussi mince. Bien sûr, ses cheveux avaient blanchi et quelques rides marquaient son visage, mais son sourire était le même, sa voix n'avait pas changé.

— Je guettais ton arrivée, dit-elle. Dire que j'attends cet instant depuis quarante ans ! Entre, ne reste pas sur le seuil.

Elle s'effaça pour laisser passer la visiteuse. Pénélope posa sur la table le bouquet de fleurs et la pochette contenant la bouteille de whisky pendant que Doris fermait la porte. Elles se regardèrent sans mot dire, puis elles se mirent à rire et tombèrent dans les bras l'une de l'autre comme deux collégiennes après les vacances. Leurs vacances à elles avaient duré quarante années.

Doris surmonta la première son émotion.

— Pénélope ! Je ne puis le croire. Je me suis parfois demandé si je te reconnaîtrais ; mais tu es toujours aussi ravissante, perchée sur tes longues jambes. Je craignais de te trouver différente...

— Mais je suis différente. Agée et les cheveux gris.

— Si tu te trouves âgée, qu'est-ce que je devrais dire, moi ? Sais-tu que je vais sur soixante-dix ans ?

— Et Ernie ?

— Il va bien, mais il a pensé que nous aimerions être seules, et il est allé au jardin. Cultiver des légumes est devenu son seul plaisir depuis que nous avons cédé le commerce.

— Tiens, je t'ai apporté quelques fleurs.

— Tu n'aurais pas dû. Mais tu te souviens que j'ai toujours adoré les fleurs. Je vais les mettre dans un vase et faire du thé. En attendant, va t'installer dans le salon.

En entrant dans la pièce, Pénélope eut l'impression d'être plongée dans le passé. Tout était comme du temps de la vieille Mme Penberth, si l'on exceptait le téléviseur et les rideaux de chintz. Au-dessus de la cheminée, le portrait de Sophie, peint par Charles Rainier, que Pénélope avait donné à Doris après la mort de Lawrence.

— Mais tu ne peux pas me faire cadeau d'un tel chef-d'œuvre, avait protesté Doris à l'époque. C'est le portrait de ta mère. Et par un peintre célèbre !

— Je tiens à ce que tu l'aies, avait déclaré Pénélope, parce que tu aimais Sophie autant que n'importe lequel d'entre nous et que tu t'es occupée de Papa comme s'il avait été ton propre père.

Quarante ans après cette conversation, Pénélope levait de nouveau les yeux vers le tableau qui n'avait rien perdu de son charme. Sophie avait dix-neuf ans lorsque cette toile avait été peinte ; elle était d'une beauté rare, avec ses yeux en amande, ses cheveux coupés court, ses lèvres pulpeuses au sourire ensorcelant.

— Heureuse de revoir ce tableau, n'est-ce pas ? constata Doris, qui venait d'entrer avec les fleurs disposées dans un grand vase.

— Oui. J'avais presque oublié à quel point il est merveilleux.

— Je suis sûre que tu aurais souhaité ne pas t'en séparer.

— Non. Mais je me réjouis de le revoir, c'est vrai.

— Il fait l'admiration de tout le monde, et on m'en a offert une fortune. Naturellement, j'ai toujours refusé de m'en séparer. Eh bien, assieds-toi, que nous ayons le temps de bavarder avant le retour d'Ernie. J'aurais aimé que tu puisses loger chez nous, comme je te l'avais proposé. Est-il vrai que tu es descendue au *Sands*, au milieu de tous ces millionnaires ? Que s'est-il donc passé ? Tu as gagné à la loterie ?

Pénélope expliqua la vente des deux tableaux de Lawrence Stern et mentionna l'offre qui lui avait été faite pour les esquisses.

— Cent mille livres pour ces deux tableaux ? Je n'en reviens pas. Je suis tellement heureuse pour toi.

— Et j'ai fait don des *Pêcheurs de coquillages* à la Galerie de Porthkerris.

— Je sais. Je l'ai lu dans la feuille locale. Ernie et moi sommes allés voir la toile. Cela nous faisait tout drôle. Elle nous rappelait tant de souvenirs. Elle ne va pas te manquer ?

— Un peu, sans doute. Mais, que veux-tu, la vie continue, et il ne faut pas faire preuve d'égoïsme.

— C'est vrai. J'imagine que tu as eu du mal à reconnaître Porthkerris. Les promoteurs s'en sont donné à cœur joie. Le cinéma, où nous sommes allées si souvent ensemble, est devenu un supermarché, et l'atelier de ton père a été démoli. On a construit sur son emplacement des appartements de vacances qui dominent la plage.

— Oui. Et le *White Caps* a été, lui aussi, transformé en appartements. Quant à Carn Cottage...

— Quelle tristesse ! Il y a de quoi pleurer... quand on se souvient du beau jardin de ta mère ! J'aurais peut-être dû te parler de tout cela par lettre, mais...

— N'aie pas de regrets... Rien n'a plus d'importance, maintenant.

— Bien sûr. A présent, tu peux t'offrir le *Sands*. Tu te rappelles l'époque où c'était un hôpital ?

— Doris, ce n'est pas parce que je suis devenue riche que j'ai choisi de résider au *Sands* plutôt que chez toi. C'est seulement parce que j'ai avec moi un couple de jeunes amis, et je savais que tu n'aurais pas la place de nous loger tous. Par ailleurs, j'ignorais que le *Sands* était devenu un établissement de grand luxe.

— Qui sont ces amis ?

— La jeune fille se prénomme Antonia. Son père est décédé récemment, et elle habite provisoirement chez moi. Le jeune homme s'appelle Danus, et il m'aide à l'entretien du jardin. Tu vas les voir, car ils vont venir tout à l'heure me chercher en voiture.

— Pourquoi n'as-tu pas aussi amené Nancy ? J'aurais aimé la revoir. D'ailleurs, tu aurais dû revenir plus tôt à Porthkerris. Nous ne pouvons espérer, en deux heures de temps, nous raconter quarante années... Sans doute sais-tu que Clark a épousé une jeune fille de Bristol, qui lui a donné deux enfants, Sandra et Kevin. Voilà leurs photos sur la cheminée. Et voici les petits de Ronald, qui habite Plymouth. Son beau-père possède une fabrique de meubles, et il l'a pris dans son affaire. Ils viennent nous voir pendant les vacances, mais ils logent dans une petite auberge des environs, car nous manquons de place. Parle-moi de Nancy. Quel amour d'enfant c'était ! Mon Dieu, comme c'est loin, tout ça.

Pénélope n'avait pas songé à apporter de photos, mais elle parla de Mélanie et de Rupert, s'efforçant de les rendre aussi sympathiques et attirants que possible.

— Les vois-tu souvent ? Ils n'habitent pas très loin, n'est-ce pas ?

— A une trentaine de kilomètres.

— J'imagine que tu te plais toujours à la campagne. C'est beaucoup plus sain que de vivre à Londres. Sais-tu que j'ai été horrifiée lorsque tu m'as écrit pour me raconter la conduite d'Ambrose à ton égard ? Les hommes ne pensent jamais qu'à eux-mêmes.

Elles parlèrent des années de guerre traversées ensemble, partageant non seulement les craintes et les frayeurs, mais également les joies de chaque jour, les événements amusants ou comiques. Le colonel Trubshot, avec son casque de tranchée et son brassard de Défense passive, qui se trompait de chemin dans l'obscurité et basculait par-dessus la murette du port. Mlle Preedy, qui donnait une conférence sur la Croix-Rouge à un groupe de femmes indifférentes et s'emmêlait dans ses rouleaux de pansements. Le général Watson-Grant dirigeant les exercices des membres de la Milice locale ; le vieux Willie Chirgwin se transperçant le gros orteil avec la pointe de sa baïonnette et devant être transporté à l'hôpital en ambulance.

— Et nos séances de cinéma, tu te rappelles ? demanda Doris en pleurant de rire. Il y en avait deux par semaine, et nous n'en rations pas une. Tu te souviens de Charles Boyer dans *Par la porte d'or*? Tout le monde pleurait dans la salle, et je sanglotais encore en sortant.

— Le cinéma était notre seule distraction durant cette période, c'est vrai. Et nous en avons bien profité.

— L'actrice la plus sensationnelle, c'était Carmen Miranda [1]. Je n'ai jamais manqué un de ses films.

Se levant, elle se mit à esquisser quelques pas de danse et à chantonner à la manière de Carmen Miranda. Ce fut le moment que choisit Ernie pour faire son apparition.

— Que se passe-t-il donc? demanda-t-il.

— Excuse-nous, dit Doris en s'essuyant les yeux. Nous nous rappelions les bons moments de Carn Cottage.

Ernie paraissait plus petit qu'autrefois, et ses cheveux si noirs étaient devenus blancs. Vêtu d'un vieux tricot, il avait ôté ses bottes et glissé ses pieds dans des pantoufles. La main qu'il tendit à Pénélope était rugueuse, comme elle l'était déjà dans sa jeunesse. Elle aurait aimé pouvoir l'embrasser, mais elle se retint, sachant qu'un tel geste l'emplirait de gêne.

— Comment allez-vous, Ernie? C'est merveilleux de vous revoir après tant d'années.

— Je suis bien content, moi aussi.

— Nous n'avons pas encore trouvé le temps de prendre le thé, trop occupées à bavarder, dit Doris. Tiens, Pénélope t'a apporté une bouteille de whisky.

Il se confondit en remerciements, puis exhiba sa grosse montre de gousset.

— Cinq heures et demie, dit-il. Pourquoi ne pas remplacer le thé par du whisky, hein? Qu'en dites-vous?

— Vieux soiffard! gronda Doris. Tu n'as pas honte de faire une telle proposition?

— Moi, je la trouve excellente, intervint Pénélope. Nous ne

---

1. Célèbre artiste brésilienne (1909-1955) *(N.d.T.)*.

nous étions pas vus depuis quarante ans ; si nous ne fêtons pas ça maintenant, quand le ferons-nous ?

L'idée d'Ernie fut donc adoptée. La fête se serait prolongée tard dans la soirée si la sonnette de la porte n'avait retenti.

— Seigneur, il est déjà près de sept heures ! s'écria Pénélope en jetant un coup d'œil à sa montre. C'est sans doute Antonia et Danus qui viennent me chercher.

Doris s'empressa d'ouvrir.

— Bonsoir, dit-elle. Entrez donc, elle vous attend. Un peu gaie, peut-être, mais en grande forme.

Pénélope vida rapidement son verre et le posa sur la table. Les deux jeunes gens entrèrent et, les présentations faites, Ernie alla chercher deux autres verres.

— J'avais cru comprendre que vous preniez le thé, dit Danus avec un sourire.

— Nous avons tellement bavardé et ri que nous l'avons oublié, dit Doris.

— Quelle ambiance merveilleuse ! s'écria Antonia. C'est le type de maison que j'aime le plus.

Puis ses yeux tombèrent sur le portrait accroché au-dessus de la cheminée.

— Qui est cette jeune fille ?

— La mère de Pénélope. La ressemblance ne vous frappe pas ?

— Elle est très belle.

— C'était une jeune femme d'une rare beauté, en effet. Elle était française et parlait avec un accent charmant. Beaucoup plus jeune que son mari, on la prenait pour la sœur aînée de Pénélope.

Ernie s'éclaircit la gorge pour attirer l'attention. Puis, se tournant vers Danus :

— Vous prendrez bien un verre ?

Le jeune homme hocha la tête avec un sourire gêné.

— C'est très gentil de votre part, et j'espère ne pas vous vexer, mais je ne bois jamais d'alcool.

Ernie en fut décontenancé.

— Vous êtes malade ?

— Pas malade, non. Disons que... la boisson ne me réussit pas.

Ernie se tourna vers Antonia.

— Je suppose que vous n'en voulez pas non plus ?

— Non merci, répondit la jeune fille avec un sourire. Je ne voudrais pas vous vexer, mais c'est moi qui conduis.

Ernie secoua la tête d'un air attristé et revissa le bouchon de la bouteille. La réunion se terminait, Pénélope se leva.

— Où avez-vous laissé la voiture ? demanda Ernie à Danus.

— En haut de la colline. Nous n'avons pas pu nous approcher davantage en raison des lignes jaunes.

— Foutus règlements ! grommela Ernie. Je vais vous aider à faire demi-tour. La route n'est pas large, et il ne faudrait pas que vous alliez embrasser la murette de pierre.

Danus ayant accepté l'offre, Ernie mit sa casquette et chaussa ses bottes. Les deux jeunes gens dirent au revoir à Doris et suivirent Ernie.

Pénélope et Doris demeurèrent seules. Mais il n'était plus question de rire. Elles gardaient le silence, comme si elles ne savaient plus quoi dire. Pénélope sentit les yeux de son amie posés sur elle.

— Qui est ce garçon ?

— Danus ? dit Pénélope en s'efforçant d'affermir sa voix. Je te l'ai dit. Il travaille chez moi en qualité de jardinier.

— Un jardinier de classe, apparemment. Sais-tu qu'il me fait penser à Richard ?

Le nom avait été prononcé.

— Richard est la seule personne que nous n'ayons pas mentionnée de toute la soirée.

— Je n'ai prononcé son nom que parce que ce jeune homme me fait penser à lui.

— Cette ressemblance m'a également frappée la première fois que je l'ai vu. Et puis... je m'y suis habituée.

— A-t-il une quelconque parenté avec Richard ?
— Non. Il est originaire d'Écosse, et cette ressemblance n'est qu'une coïncidence.
— C'est pour cela que tu es attachée à lui ?
— Oh ! Doris. Tu me donnes l'impression d'être une de ces vieilles dames esseulées qui traînent un gigolo à leur suite ! Mais il est vrai qu'il est charmant et que je l'aime beaucoup.
— En l'amenant ici, à Porthkerris, reprit Doris d'un ton où perçait une vague anxiété, tu n'essaies pas de revivre de vieux souvenirs, n'est-ce pas ?
— Non. J'avais demandé à chacun de mes enfants de m'accompagner, mais aucun n'a accepté. Pas même Nancy. Je n'avais pas l'intention de te le dire, mais c'est ainsi. Alors, j'ai amené Danus et Antonia.
— Richard mort de cette façon, c'est trop cruel, reprit Doris. Je me rappelle le jour où nous avons appris la nouvelle. Il a emporté une partie de toi-même et n'a rien laissé de lui.
— Oh ! si, il m'a beaucoup laissé.
— Je comprends ce que tu veux dire. Mais rien de tangible. Il aurait mieux valu que tu aies un enfant de lui. Tu aurais eu ainsi une bonne excuse pour ne pas retourner auprès d'Ambrose.
— J'y ai songé souvent. Je n'ai rien fait pour ne pas avoir d'enfant, mais rien ne s'est produit. Olivia a été ensuite ma seule consolation. Bien qu'elle soit la fille d'Ambrose, elle a toujours été différente des deux autres.
Elle poursuivit en choisissant bien ses mots, pour avouer à Doris ce qu'elle s'avouait à peine elle-même et dont elle n'avait jamais parlé à quiconque.
— C'est comme si quelque chose de Richard était demeuré en moi, indemne, pour se glisser dans le corps d'Olivia à sa naissance.
— Je comprends.
— C'est pour cela que je te fais cet aveu. Tu comprendras également que je me réjouisse de la démolition de l'atelier de

Papa, je n'aurais jamais eu le courage d'y retourner. Il y a autre chose. Lorsque je suis revenue à Londres, je me suis mise en rapport avec la mère de Richard. Il m'a fallu longtemps pour rassembler mon courage ; mais j'y suis parvenue, et je lui ai téléphoné. Nous avons déjeuné ensemble, et je dois avouer que cette rencontre a été pénible à l'une comme à l'autre. Elle s'est montrée amicale, mais nous n'avions aucun sujet de conversation en dehors de Richard, et je me suis rendu compte qu'évoquer le souvenir de son fils était pour elle un supplice. Je ne l'ai jamais revue. Si j'avais été mariée avec Richard, j'aurais pu la réconforter. Mais la situation étant ce qu'elle était, je ne faisais qu'ajouter à son chagrin.

Doris ne répondit pas. Du dehors leur parvenait le ronflement du moteur de la Volvo. Pénélope prit son sac.

— Voici la voiture, dit-elle. Il est temps que je m'en aille.

Elles gagnèrent ensemble la cour dallée et s'embrassèrent affectueusement. Doris avait les larmes aux yeux.

— Au revoir, Doris, murmura Pénélope. Et merci pour tout.

— Reviens bientôt. N'attends pas... quarante ans de plus.

— Je reviendrai l'année prochaine, seule. Et je séjournerai chez toi, je te le promets.

— Oui, ce sera merveilleux.

La voiture venait de faire halte, et Ernie tint la portière ouverte pour permettre à Pénélope de monter.

— Au revoir, Doris, répéta celle-ci.

Doris s'approcha pour poser une dernière question à voix basse :

— S'il est Richard, alors... qui est Antonia ?

Doris n'avait rien d'une sotte.

— Moi, peut-être ? répondit Pénélope avec un sourire.

— La première fois que je suis venue ici, j'avais sept ans. Et c'était une occasion exceptionnelle : Papa venait d'acheter une automobile. Nous n'en avions encore jamais eu, et ce voyage à

Porthkerris était notre première expédition. Il y a eu, par la suite, bien d'autres randonnées, mais c'est celle-là qui a laissé en moi le souvenir le plus impérissable.

Ils étaient tous les trois assis au sommet des falaises de Penjizal qui dominent l'Atlantique au bleu si pur en cette saison. Abrités de la brise marine dans le creux d'un rocher drapé de lichen, sur l'herbe parsemée de primevères sauvages et de scabieuses mauves, ils admiraient le ciel sans nuages où tournoyaient les mouettes.

— Quel genre de voiture était-ce ? demanda Danus.

Il était étendu sur l'herbe, appuyé sur un coude et avait roulé les manches de sa chemise sur ses avant-bras musclés.

— Une Bentley de 4,5 litres, répondit Pénélope. Papa l'avait achetée d'occasion et il y tenait beaucoup.

— Une merveille, commenta le jeune homme. Elle vaudrait aujourd'hui une véritable fortune. Qu'est-elle devenue ?

— Après la mort de Papa, je l'ai donnée à M. Grabney, qui avait été assez gentil pour la garder dans son garage durant toute la guerre sans nous réclamer un sou de location. Il m'avait procuré de l'essence au marché noir. Et ce geste lui avait acquis ma reconnaissance éternelle, car c'était pour un voyage très important pour moi...

Pénélope garda un instant le silence, le regard perdu dans le lointain, revivant cette unique semaine de vacances et de bonheur total en compagnie de celui qu'elle aimait. Elle poussa un soupir avant de poursuivre :

— Mais lorsque j'ai annoncé à Ambrose que j'avais donné la Bentley, il a piqué une crise de colère et boudé durant toute une semaine.

Pénélope se redressa pour observer, par-dessus la falaise, l'état de la mer.

— Encore une demi-heure, dit-elle, et vous pourrez aller vous baigner.

Antonia était étendue auprès d'elle, les yeux clos, et on aurait pu croire qu'elle dormait. Mais elle se retourna sur le ventre, la joue appuyée sur ses bras croisés pour demander :

— Dis-moi, Pénélope, est-ce que tu venais souvent ici, autrefois ?

— Pas très souvent, non. Cela fait un long trajet depuis Londres, et il nous fallait ensuite poursuivre notre route à pied après avoir laissé la voiture dans une ferme. Il n'y avait pas de chemin, à cette époque, pour parvenir jusqu'à l'endroit où nous nous trouvons en ce moment, et nous devions nous frayer un passage à travers les ronces et les ajoncs. D'autre part, Sophie et moi étions seules à savoir nager.

— Ton père ne nageait pas ?

— Il se prétendait trop âgé pour se livrer à ce genre de sport. Il restait ici, assis sur son tabouret pliant, devant son chevalet.

— Vous ne veniez jamais l'hiver, j'imagine ?

— Non. Nous restions à Londres. Parfois, nous allions à Paris. Ou à Florence. Porthkerris, c'était seulement pour l'été.

— Ce devait être merveilleux ! s'écria la jeune fille. Et toi, Danus, où passais-tu l'été ?

— A Berwick, où mes parents louaient une maison chaque été. Ils jouaient au golf, tandis que ma sœur, mon frère et moi restions à la plage à construire des châteaux de sable en compagnie de notre nounou.

— Je ne savais pas que vous aviez un frère, intervint Pénélope.

— C'était l'aîné de nous trois, mais il est mort de méningite à l'âge de quatorze ans.

— Mon Dieu !

— Mes parents ne s'en sont jamais remis. Il était beau, intelligent, brillant aux études comme au sport. Il savait tout faire, il était pour moi comme un dieu. Il avait appris à jouer au golf — ma sœur aussi, mais à moi... ça ne me disait rien. Je préférais sauter sur mon vélo et observer les oiseaux.

— N'allais-tu jamais ailleurs qu'à Berwick ? demanda Antonia.

— Bien sûr que si, répondit le jeune homme avec un petit rire.

Mon meilleur camarade de lycée s'appelait Roddy MacCrea, et ses parents possédaient une ferme dans le Sutherland. J'allais parfois y passer mes vacances. Le père de Roddy avait une licence de pêche, et il m'a appris à lancer le filet.

— C'était une belle ferme ?

— Une maisonnette de deux pièces, sans eau, ni électricité ni téléphone. Complètement isolée du reste du monde. Mais on s'y sentait merveilleusement bien.

Le jeune homme se tut. C'était la première fois qu'il soulevait le voile de sa vie passée. Elle s'attendait à ce qu'il poursuivît ses confidences, mais il n'en fut rien. Il se leva, s'étira, puis se tourna vers Antonia pour lui demander :

— Te sens-tu assez de courage pour venir te baigner ? Je crois que c'est le moment.

Les jeunes gens franchirent le bord de la falaise pour atteindre le sentier en pente abrupte qui, à travers les rochers, descendait jusqu'à l'eau scintillante. En les attendant, Pénélope se mit à songer à son père. Elle le voyait assis devant son chevalet, coiffé de son grand chapeau, le pinceau à la main, perdu dans sa solitude. Elle avait toujours regretté de ne pas avoir hérité de son talent. Elle ne savait même pas dessiner. Mais il avait influencé sa personnalité et elle avait acquis auprès de lui un sens artistique très sûr.

Elle observa la mer qui s'étendait au-dessous d'elle, se demandant comment son père l'aurait peinte en ce moment. Elle était d'un bleu fait de mille nuances. Sur le sable, peu profonde et translucide, elle paraissait vert jade striée d'aigue-marine. Sur les rochers et les goémons, elle s'assombrissait jusqu'à l'indigo. Plus loin, à l'endroit où un bateau de pêche se frayait un passage dans les vagues écumantes, elle devenait d'un bleu de Prusse. L'Océan vivait et respirait sous le soleil qui faisait étinceler les lames aux crêtes nacrées.

Au loin, Pénélope apercevait maintenant Antonia et Danus se

434

dirigeant vers l'eau, le jeune homme portant les serviettes de bain. Lorsqu'ils eurent atteint la roche plate il les laissa tomber au sol. Puis, s'avançant jusqu'au bord du rocher, il plongea, suivi par Antonia. Leurs cris de joie et leurs rires parvenaient assourdis aux oreilles de Pénélope.

Et elle croyait entendre d'autres voix, d'autres rires, dans d'autres mondes. *C'était bon, et rien de ce qui est bon n'est jamais perdu.* La voix de Richard, son rire. *Il ressemble à Richard.*

Elle n'avait jamais nagé avec lui, car il y avait la guerre. Et leur liaison. Mais en observant Danus et Antonia, il lui semblait sentir avec une extraordinaire intensité le contact de l'eau froide sur son corps. Tout comme si elle était encore jeune, épargnée par la souffrance. Il lui semblait percevoir d'autres contacts, enivrants et délicieux : des mains caressantes, des lèvres qui cherchaient les siennes, un corps d'homme qui l'étreignait. Comment toutes ces années avaient-elles pu passer si vite ?

— Olivia ?

— Maman ! Quelle surprise.

— Je ne t'ai pas souhaité de joyeuses Pâques, et j'en suis navrée. Il n'est jamais trop tard, mais je craignais que tu ne sois pas chez toi.

— Je ne suis rentrée que ce soir de l'île de Wight. J'étais invitée chez les Blakison. Te souviens-tu de Charlotte ? Elle était, à une certaine époque, rédactrice à *Vénus* ; mais elle nous a quittés pour fonder une famille.

— Séjour agréable ?

— Divin. Il en est toujours ainsi chez eux. Ce sont des gens adorables. Mais parle-moi plutôt de toi, Maman. Comment vas-tu ?

— Très bien. Nous nageons dans un luxe éblouissant.

— Je m'en réjouis pour toi. Il était temps que tu prennes un peu de plaisir, après les dures années que tu as vécues. A propos, j'ai reçu une lettre d'Antonia. Elle paraît très heureuse.

— Oui. Elle est partie ce matin pour la côte sud, en compagnie de Danus qui voulait rendre visite à l'un de ses amis, horticulteur et maraîcher. Je pense qu'ils ne vont pas tarder à rentrer.

— Tu es toujours aussi attachée à ce garçon ?

— Oui. Pourtant, je n'ai jamais connu un homme aussi réservé. Sans doute parce qu'il est d'origine écossaise.

— T'a-t-il expliqué pourquoi il ne boit ni ne conduit ?

— Non. Et je me suis bien gardée de l'interroger sur ce point.

— Et Doris ? L'avez-vous vue ?

— Oui. Elle est toujours aussi active et... bavarde. Nous avons passé le samedi sur les falaises de Penjizal. Hier, nous avons été très sages et sommes allées à l'église, un très bel édifice. Beaucoup de fleurs, et de gens affublés de surprenants chapeaux. La musique et les chants étaient exceptionnels.

— Maman, tu m'étonneras toujours.

— Mais, ma chérie, je ne suis pas athée, bien qu'assez sceptique. Pâques est une fête qui nous trouble, avec cette image de la Résurrection et la promesse de la vie éternelle. J'ai pourtant peine à y croire, je l'avoue. J'aimerais beaucoup revoir Papa et Sophie, mais il y a des tas d'autres gens que je n'aurais aucune envie de rencontrer !

— Je comprends ça. Et *Les Pêcheurs de coquillages* ?

— Nous sommes allés voir le tableau. Il est bien mis en valeur, et on pourrait croire qu'il a toujours été là.

— Tu ne regrettes pas d'en avoir fait don à la Galerie ?

— Pas du tout.

— Quand rentres-tu chez toi ?

— Nous serons de retour mercredi dans la soirée.

— Je t'appellerai dès ton retour. Bonne nuit, et à bientôt.

Pénélope appela ensuite Noël mais il n'était pas chez lui. Elle forma le numéro de Nancy. Ce fut George qui vint à l'appareil. Elle lui souhaita de joyeuses Pâques, ce qui le laissa de glace.

— Nancy est-elle là ? reprit Pénélope.

— Je vais la chercher.

436

La jeune femme se fit attendre un long moment, et Pénélope s'impatientait.

— Où donc étais-tu ? Au fond du jardin à cette heure-ci ?

— Non.

— Avez-vous passé de bonnes fêtes de Pâques ?

— Oui, merci.

— Aviez-vous des invités ?

— Non.

Le ton était aussi glacial que celui de son mari.

— Qu'y a-t-il, Nancy ? Quelque chose ne va pas ?

— Pourquoi voudrais-tu que quelque chose n'aille pas ?

— C'est mon impression. Tu ferais mieux de me dire de quoi il s'agit.

— Je suis un peu... froissée... bouleversée.

— A quel sujet ?

— Comme si tu ne le savais pas !

— Si je le savais, je ne poserais pas la question.

— Tu ne serais pas vexée si tu étais à ma place ? Je reste sans nouvelles de toi pendant des semaines, et lorsque je téléphone à Podmore's Thatch pour vous inviter, Antonia et toi, à venir passer Pâques avec nous, on m'apprend que vous êtes parties pour les Cornouailles en emmenant ce jardinier dont tu t'es toquée.

— Je ne savais pas que mes faits et gestes t'intéresseraient à ce point.

— Admets qu'il y avait de quoi se faire du souci. Il aurait pu t'arriver n'importe quoi, nous n'aurions pas su où te trouver.

— Olivia était au courant.

— Ah ! *Olivia...* Évidemment, elle savait, *elle*. Je trouve surprenant que tu aies jugé bon de lui faire part de tes projets sans m'en souffler mot, à moi.

Elle était maintenant bien lancée.

— Quels que soient les événements, je les apprends toujours de seconde main. Par Olivia. Tout ce que tu fais, tout ce que tu

437

décides : engager ce drôle de jardinier, prendre Antonia chez toi, alors que j'avais passé des annonces pour te trouver une dame de compagnie. Ensuite, sans nous consulter, tu as vendu deux tableaux et fait don des *Pêcheurs de coquillages* à une galerie d'art. C'est incompréhensible. Et inadmissible. Après tout, je suis ta fille aînée ! Tu aurais pu tenir compte de mes avis. Et de mes sentiments. Ensuite, avec cet argent facilement gagné, tu files en Cornouailles avec Antonia et ton jardinier accrochés à tes jupes. Tu n'aurais pas emmené Mélanie et Rupert, tes propres petits-enfants. Mais pour deux étrangers, deux inconnus sortis d'on ne sait où, rien n'est trop beau. Ils profitent de toi, Mère, et tu devrais t'en rendre compte. Ils te prennent pour une poire, et je n'aurais pas cru que tu puisses être aveugle à ce point. C'est insensé... et blessant.

— Nancy...

— ... si c'est ainsi que tu te comportais avec mon pauvre Papa, il n'est pas surprenant qu'il t'ait quittée. Grand-mère Keeling disait bien que tu étais la femme la plus insensible qu'elle connaissait. Nous avons bien essayé, George et moi, de t'aider, de te prendre en charge, mais tu ne nous rends pas la tâche facile. Tu t'en vas sans un mot, tu disparais pour gaspiller ton argent — je devrais dire *notre* argent — dans un hôtel pour millionnaires... Et, par-dessus le marché, tu fais don à une galerie de la plus belle œuvre de mon grand-père, alors que tu sais parfaitement à quel point nous avons tous besoin...

Les récriminations se poursuivirent, de plus en plus virulentes, jusqu'au moment où Nancy parut épuisée par sa performance. Et Pénélope put enfin placer un mot.

— Est-ce que tu as fini ? demanda-t-elle d'un ton calme. Puis-je enfin te parler ? Je t'ai téléphoné pour te souhaiter de joyeuses Pâques et non pour me quereller avec toi. En vendant les deux tableaux, j'ai fait ce que Noël et toi me suggériez depuis des mois. J'en ai obtenu cent mille livres, ainsi qu'Olivia a dû te le dire, et, pour une fois j'ai eu envie de dépenser un peu d'argent pour moi. Tu savais que je désirais retourner à Porthkerris, puisque je t'avais demandé de m'accompagner. J'ai fait la même demande à Noël et à Olivia. Mais vous avez tous les trois trouvé divers prétextes pour refuser ma proposition.

— Mère, je t'ai fourni mes raisons...

— Dis plutôt « prétextes », rétorqua Pénélope. N'ayant pas l'intention d'entreprendre ce voyage toute seule, j'ai emmené Antonia et Danus. Je ne suis pas encore sénile au point d'être incapable de choisir mes amis. En ce qui concerne *Les Pêcheurs de coquillages*, cette œuvre m'appartenait en propre, ne l'oublie pas. C'est mon père qui me l'avait offerte en cadeau de mariage ; et maintenant, je la lui ai rendue. A lui et aux milliers de gens qui l'admireront et en retireront un peu de ce plaisir qu'elle m'a toujours procuré.

— Tu n'as aucune idée de sa valeur.

— J'en ai une idée beaucoup plus précise que toi, qui as passé une grande partie de ta vie près de ce tableau sans jamais le regarder.

— C'est comme si...

Nancy cherchait ses mots. Des mots qui allaient encore blesser ?

— ... Comme si tu voulais nous faire mal... comme si tu nous détestais...

— Oh, Nancy !

— ... et pourquoi est-ce toujours à Olivia que tu te confies ? Jamais à moi.

— Parce que tu ne me comprends pas.

— Comment pourrais-je te comprendre, alors que tu te conduis d'une manière aussi extravagante ! Il y a toujours Olivia entre nous... Tu l'as toujours préférée. Même lorsque nous étions enfants, c'était elle la plus intelligente, la plus drôle... s'il n'y avait eu grand-mère Keeling...

Elle avait atteint le point où, emportée par une vague d'attendrissement sur elle-même, elle était prête à se souvenir de tous les torts dont elle imaginait avoir été victime. Pénélope n'en pouvait plus d'entendre les jérémiades d'une femme de quarante-trois ans.

— Nancy, dit-elle, nous devrions mettre un terme à cet entretien.

Mais l'autre poursuivait :

— ... Je ne sais pas ce que j'aurais fait sans elle ; c'est elle seule qui a rendu ma vie acceptable...

— Au revoir, Nancy.

— ... tu ne t'es jamais occupée de moi... tu ne m'as jamais rien donné...

Pénélope raccrocha doucement le téléphone. Son cœur battait à coups précipités. Elle avança la main vers son tube de comprimés, en avala deux, puis reposa la tête sur l'oreiller et ferma les yeux. Elle était épuisée et au bord des larmes. Mais ce n'étaient pas les reproches de Nancy qui allaient la faire pleurer.

Au bout d'un moment, son cœur reprit son rythme normal. Elle rejeta ses couvertures et se leva. Elle portait encore son peignoir et ses longs cheveux dénoués tombaient sur ses épaules. Elle alla s'asseoir devant sa coiffeuse, jeta un coup d'œil à son visage fatigué, puis entreprit de se coiffer, sans hâte.

C'était toujours Olivia. Tu as toujours préféré Olivia.

C'était vrai. Depuis sa naissance, depuis la seconde où Pénélope avait posé les yeux sur ce bébé au teint mat, elle avait senti un lien indicible entre elle et ce petit être. Elle lui rappelait Richard, mais cela ne signifiait pas qu'elle l'ait aimée plus que Nancy ou Noël. Elle aimait tous ses enfants, pour des raisons différentes. Et Nancy, la première-née, avait eu plus que sa part d'affection. Comment était-il possible qu'elle ne s'en souvînt pas ?

Tu ne m'as jamais rien donné.

C'était faux. Et Nancy le savait. Elle avait reçu autant que les deux autres. La sécurité, le confort, bien qu'il n'y ait jamais eu assez d'argent à la maison pour leur acheter tout ce dont ils rêvaient. Un grand mariage avait toujours été l'ambition de Nancy, et elle n'avait pu l'avoir, c'est vrai, que grâce à Dolly Keeling, dont elle conservait un souvenir ému et qu'elle parait de toutes les qualités.

Pénélope posa sa brosse à cheveux. Le fait de se coiffer avec soin l'avait calmée. Elle se sentait mieux et regagna son lit. Quelques instants plus tard, Antonia frappa à la porte.

— Déjà couchée ? s'étonna la jeune fille. Tu n'es pas malade ?

— Non. Juste un peu lasse, et je n'ai pas envie de dîner. Excuse-moi. Vous m'attendiez ?

— Nous étions au bar ; mais comme tu ne venais pas Danus m'a demandé de monter voir si tout allait bien.

Antonia était habillée pour la soirée. Elle portait la jupe noire ajustée et le chemisier en satin qu'elles avaient achetés ensemble à Cheltenham. Ses cheveux cuivrés retombaient en cascade sur ses épaules, son visage clair ne portait aucune trace de maquillage.

— Veux-tu que je te fasse apporter un plateau ?

— Je verrai plus tard. Merci, ma chérie.

— Je suppose que nous t'avons emmenée trop loin en promenade et que tu as trop présumé de tes forces. Ni Danus ni moi ne nous sommes aperçus de ta fatigue, pardonne-nous.

— Il ne s'agit pas de cela. Je ne suis pas fatiguée, mais contrariée. J'ai téléphoné à Nancy pour lui souhaiter de joyeuses Pâques, et je n'ai reçu en retour qu'un flot de reproches.

— C'est affreux ! Mais à propos de quoi ?

— Oh ! de tout. Elle me croit sénile, m'accuse de me livrer à des extravagances et de l'avoir négligée lorsqu'elle était enfant. Je suis à ses yeux irresponsable, je ne sais pas choisir mes amis, et le fait de vous avoir emmenés à Porthkerris, toi et Danus, a été la goutte d'eau qui a fait déborder le vase. Bah ! ce n'est pas bien grave.

— Comment a-t-elle osé te traiter de la sorte ? s'indigna la jeune fille.

— Je suis chagrinée, mais, tu sais, il y a toujours un côté amusant dans ce genre de situation et, en la circonstance, je lui ai raccroché au nez. J'imagine qu'elle est allée pleurnicher auprès de George, lequel s'est réfugié derrière les pages du *Times* sans répondre. Il est si peu communicatif, je n'ai jamais compris ce qui avait incité Nancy à l'épouser. Il n'est pas surprenant que leurs enfants soient si peu attirants.

— Là, je trouve que tu es dure.

— Oui, c'est vrai. Au fond, je ne suis pas mécontente que les choses se soient passées ainsi, cela m'a aidée à prendre une décision importante.

— Vraiment ?

— Oui, j'ai l'intention de te faire un cadeau.

Elle allongea le bras pour attraper son sac à main sur la table de chevet, et en retira un écrin de cuir.

— Tiens, dit-elle en le tendant à la jeune fille. C'est pour toi. Ouvre-le.

Avec hésitation, Antonia pressa le bouton doré qui commandait l'ouverture du couvercle. Pénélope, qui l'observait, vit ses yeux s'agrandir d'étonnement.

— Mais... ce n'est pas possible.

— Si. Je te les donne. Ce sont les boucles d'oreilles de la tante Ethel. Elle me les a offertes avant de mourir, et je les avais avec moi lorsque je suis venue à Ibiza. Je les portais lors de la soirée de Cosmo et d'Olivia. Tu te rappelles ?

— Je ne peux les accepter. Je suis sûre qu'elles ont une valeur énorme.

— Pas plus de valeur que notre amitié, ma chère enfant ; et que le bonheur que tu m'as donné depuis que tu es auprès de moi. Ce qui compte, dans un présent, ce n'est pas la valeur marchande.

— Peut-être. Mais ces boucles doivent tout de même valoir plusieurs milliers de livres.

— Environ quatre mille, je crois. C'est pourquoi je n'ai jamais pu les assurer. J'ai dû les déposer à la banque, et je les ai récupérées le jour où nous sommes allées à Cheltenham. J'imagine que tu ne pourras pas non plus payer la prime d'assurance et que tu seras obligée, du moins dans l'immédiat, de les confier à la banque. Mais tu peux les porter ce soir. Fais-moi ce plaisir : mets-les, et laisse-moi t'admirer.

Antonia hésitait encore.

— Pénélope, étant donné la valeur de ces bijoux, ne devrais-tu pas les garder pour Olivia ou Nancy? Ou encore pour Mélanie?

— Je sais qu'Olivia sera d'accord avec moi. Elles lui rappelleront Ibiza et Cosmo. Elle sera heureuse que j'aie pensé à te les donner, j'en suis certaine. Nancy, de son côté, est devenue si cupide et matérialiste qu'elle ne mérite pas un tel présent. Quant à Mélanie, je doute fort qu'elle soit jamais capable d'apprécier leur beauté. Allons, mets-les.

Émue, la jeune fille les fixa à ses oreilles. Puis, rejetant ses cheveux en arrière :

— Comment me vont-elles?

— C'est exactement ce qui manquait pour compléter ta tenue. Va t'admirer dans la glace.

Antonia traversa la chambre jusqu'à la psyché, et Pénélope se dit qu'elle n'avait jamais vu jeune fille aussi ravissante.

— Elles te vont à merveille, dit-elle. Il faut être grande et mince comme toi pour porter ce genre de bijoux.

Antonia restait muette devant la splendeur d'un tel présent. Elle revint au chevet de Pénélope.

— Je suis éblouie. Pourquoi te montres-tu aussi généreuse envers moi?

— Un jour, lorsque tu auras atteint l'âge que j'ai, tu connaîtras la réponse à cette question.

— Écoute... je vais faire un marché avec toi. Je porterai ces boucles d'oreilles ce soir ; mais si tu changes d'avis d'ici à demain, je te les rendrai.

— Je ne changerai pas d'avis. Assieds-toi de nouveau près de moi, et parle-moi de ta journée. Danus ne se formalisera pas,

même s'il doit t'attendre dix minutes de plus. Où êtes-vous
allés ? Qu'avez-vous vu ?

— Le temps était idéal pour admirer la campagne, si belle en
cette saison. Nous avons visité cet immense jardin maraîcher,
avec ses serres, ses hangars, et une boutique où les gens viennent
acheter des plantes, des graines et des boutures, des arrosoirs,
des outils de jardinage. Il y a aussi une pépinière.

— A qui tout cela appartient-il ?

— Le propriétaire s'appelle Ashley. Et Danus était à l'École
d'horticulture avec son fils Everard.

La jeune fille se tut, comme s'il n'y avait plus rien à dire, et
Pénélope fut surprise de son air réticent. Antonia avait baissé
les yeux, et elle jouait nerveusement avec le couvercle de l'écrin
à bijoux. Il était visible que quelque chose la tracassait.

— Où avez-vous déjeuné ? demanda doucement Pénélope.

— Chez les Ashley. Dans leur cuisine.

— J'ai cru comprendre que Danus aimerait créer une entreprise
du même genre.

— C'est ce qu'il dit.

— Antonia, qu'est-ce qui ne va pas ? Vous êtes-vous querellés ?

— Non.

— Mais il s'est passé quelque chose !

— Il ne s'est rien passé. Et c'est précisément ce qui ne va
pas. Il me semble le connaître ; je me crois proche de lui ; et
puis, soudain, je le sens sur la défensive. C'est un peu comme
s'il me claquait la porte au nez, comprends-tu ?

— Tu l'aimes, n'est-ce pas ?

— Oh, oui !

Deux larmes apparurent sous les cils baissés de la jeune fille
et coulèrent lentement sur ses joues.

— Oui, je crois que je l'aime.

Un long silence avant que Pénélope se décidât à demander :

— Et tu crois qu'il ne t'aime pas ?

Antonia essuya ses larmes.

— Je ne sais pas. Au cours des dernières semaines, nous avons passé tant de temps ensemble qu'il devrait être fixé sur ses sentiments, tu ne crois pas ? Or, il semble que nous soyons parvenus à un point de non-retour... que nous l'ayons dépassé même.

— Il se tient sur la réserve, c'est tout.

— Tu veux dire qu'il est trop orgueilleux pour m'aimer ?

— Ce n'est pas ça. Il sait ce qu'il désire, mais, sans argent, il n'a pas les moyens de te l'offrir. De nos jours, n'importe quelle affaire exige de gros capitaux. Il estime n'avoir pas le droit de se marier.

— Mais je pourrais simplement rester auprès de lui. Nous travaillerions ensemble.

— Avez-vous envisagé cette possibilité ? En avez-vous discuté ?

— J'ai essayé de lui en parler mais je n'ai pas pu.

— Il le faudrait, pourtant. Il le faudrait pour vous deux. Dis-lui ce que tu éprouves sans fausse honte. Vous êtes de bons amis, tu peux être franche envers lui.

— Tu veux dire que je dois lui avouer que je l'aime, que je veux passer le restant de ma vie auprès de lui, que je me moque du fait qu'il n'ait pas un sou, que je veux demeurer auprès de lui ?

— Présenté de cette manière, j'admets que cela peut paraître un peu... impertinent. Mais, en fin de compte, c'est bien là mon idée.

— Et s'il refuse ?

— Cela te fera mal, mais tu sauras à quoi t'en tenir. D'ailleurs tout laisse à penser qu'il ne réagira pas de cette façon. Je suis convaincue qu'il fera preuve d'honnêteté envers toi. Tu t'apercevras alors que cette réserve étrange n'a rien à voir avec ce qu'il éprouve. Il y a sûrement une autre explication.

— Oui, mais laquelle ?

— Je voudrais pouvoir te répondre. J'aimerais savoir les raisons qui l'empêchent de conduire une voiture ou de boire un simple verre de vin. Je suis sûre qu'il cache quelque chose, mais son secret n'a rien de honteux.

— Même s'il en était ainsi, ça me serait égal, répondit Antonia. Excuse-moi, Pénélope, je n'aurais jamais dû me laisser aller à pleurer comme une petite fille. J'ai honte.

— Il ne faut pas avoir honte d'un moment d'émotion. Jamais. Et les larmes soulagent parfois.

— C'est le premier garçon à qui je m'attache de cette manière. Je ne peux rien contre mes sentiments, et je n'accepte pas l'idée de le perdre. La première fois que je l'ai vu, à Podmore's Thatch, j'ai senti qu'il allait prendre une place importante dans ma vie. D'ailleurs, quand nous étions là-bas, tout allait bien. Il était simple et naturel, je l'aidais et il n'existait aucune tension entre nous. Ici, il en va différemment. Il s'est produit une chose qui m'échappe...

— Allons, ne pleure plus, ma chérie.

— Je voudrais être... je ne sais pas... comme Olivia, tiens ! Elle ne se serait jamais mise dans une telle situation, elle !

— Mais tu n'es pas Olivia. Tu es toi-même. Tu es belle, jeune, tu as tout l'avenir devant toi. Ne souhaite jamais être une autre personne, même pas Olivia.

— Elle est si forte, si avisée.

— Tu le deviendras, toi aussi. Et maintenant, tu vas aller te rafraîchir la figure et arranger tes cheveux. Ensuite, tu descendras dire à Danus que je passe la soirée dans ma chambre. Vous irez dîner, et tu essaieras d'obtenir l'explication de sa conduite. Vous n'êtes plus des enfants ni l'un ni l'autre, et il faut éclaircir cette situation avant qu'elle ne se dégrade davantage. Danus est un garçon honnête. Je suis sûre qu'il ne te fera pas souffrir volontairement.

— Oui, je le sais.

La jeune fille se recoiffa avant d'embrasser affectueusement Pénélope.

— Les boucles d'oreilles te porteront chance, lui dit celle-ci

avec un sourire. Elles te donneront confiance en toi. Allons, il
est temps que tu ailles rejoindre Danus. Il doit commencer à se
demander ce que tu es devenue. Et surtout, parle-lui sans crainte
et sans détour.

— J'essaierai, je te le promets.

— C'est bien. Bonne nuit, ma chérie.

— Bonne nuit.

Chapitre 13

Danus

PÉNÉLOPE avait dormi près de douze heures, elle se sentait reposée, pleine d'énergie, et affamée. C'était le dernier jour des vacances. Demain, il faudrait reprendre la route du Gloucester-shire. Pourtant, il lui restait encore à s'occuper de certains détails. Il y avait Danus et Antonia, confrontés à leur dilemme, mais ce problème serait réglé à son heure. Pour le moment, le temps lui appartenait.

Elle se leva, prit un bain, s'habilla. Après quoi, assise devant le petit bureau de sa chambre, elle écrivit une courte lettre à Olivia pour lui annoncer qu'elle avait offert à Antonia les boucles d'oreilles de tante Ethel. Elle tenait à ce que sa fille fût au courant.

Lorsqu'elle parvint au rez-de-chaussée, le hall était encore désert. Elle posta sa lettre, puis pénétra dans la salle à manger pour commander son petit déjeuner : un jus de fruits, deux œufs à la coque, des toasts avec du beurre et de la confiture d'oranges, du café noir. Plusieurs clients de l'hôtel entrèrent derrière elle, mais il n'y avait aucun signe d'Antonia ou de Danus. Elle s'en réjouit.

Son déjeuner achevé, elle se rendit à la réception.

— Je me propose d'aller à la Galerie d'Art, dit-elle. Savez-vous à quelle heure elle ouvre ses portes ?

— A dix heures, madame. Vous y allez en voiture ?

— Non, à pied. La matinée est si belle... Mais pour le retour, peut-être vous appellerai-je pour vous demander un taxi.

— A votre service, madame.

En sortant sous le soleil elle sentit croître son sentiment de liberté. Elle allait à pas lents, s'arrêtant de temps à autre pour admirer les jardins, l'étendue luisante de la baie, pour observer un homme qui promenait son chien sur le sable de la grève.

La galerie était ouverte, déserte à cette heure matinale et en cette saison. Seul un jeune gardien somnolait derrière son bureau, à proximité de la porte d'entrée. Il étouffa un bâillement et proposa à la visiteuse un catalogue des œuvres exposées.

— Je ne désire pas de catalogue, répondit Pénélope, mais je prendrai quelques cartes postales à la sortie.

Les Pêcheurs de coquillages paraissaient l'attendre. Placé au centre du mur, le tableau était impressionnant dans sa nouvelle demeure. Pénélope traversa la salle pour gagner la banquette de cuir où elle venait si souvent, naguère, s'asseoir avec son père.

Papa ne se trompait pas en prédisant la venue de jeunes artistes. Elle reconnaissait des œuvres de Ben Nicholson, Brian Winter, Patrick Heron. Mais toutes ces nouvelles toiles étaient loin d'égaler *Les Pêcheurs de coquillages*. Et Pénélope reposait son regard admiratif sur ce tableau qui avait été le préféré de Lawrence Stern.

Lorsque le pas d'un autre visiteur résonna sur le sol dallé, elle en prit à peine conscience. Et soudain, elle revécut cette lointaine journée d'août où le vent soufflait en rafales. Elle ferma les yeux sur ses souvenirs. Elle avait de nouveau vingt-trois ans, des trous à ses espadrilles, et Papa était assis auprès d'elle. Richard était alors entré dans la galerie. Et dans sa vie. Papa lui avait dit : « Ils viendront... peindre la chaleur du soleil et la couleur du vent. » C'est ainsi que tout avait commencé.

Les pas s'approchaient. Il était là, attendant qu'elle le remarquât. Elle ouvrit les yeux et tourna la tête. Elle pensait à Richard, mais ce fut Danus qu'elle vit.

— Je vous dérange, dit-il.

Sa voix familière rompit le charme. Pénélope se reprit, s'arracha à l'emprise du passé, s'efforça de sourire.

— Pas du tout, répondit-elle doucement. Je rêvais.

— Désirez-vous que je vous laisse ?

— Non. Je disais adieu aux *Pêcheurs de coquillages*.

Il la fixa de ses yeux d'un bleu intense, étrangement brillants, et elle l'invita d'un geste à prendre place auprès d'elle.

— Vous sentez-vous mieux, ce matin ? demanda-t-il.

— Mieux ?

Elle ne se souvenait pas d'avoir été malade.

— Hier soir, Antonia m'a dit que vous étiez fatiguée.

— C'est vrai. Mais c'est passé. Comment avez-vous fait pour me retrouver ici ?

— C'est la réception de l'hôtel qui m'a renseigné.

— Où est Antonia ?

— Elle s'occupe des bagages.

— Déjà ? Nous ne partons que demain matin.

— Ce sont mes bagages qu'elle fait. Et c'est ce que je suis venu vous dire. Cela et bien d'autres choses. Je suis obligé de partir aujourd'hui. Je prends le train pour Londres et, ce soir, celui d'Édimbourg. Je dois rentrer à la maison.

Pénélope ne pouvait envisager, dans ce départ soudain et précipité, qu'une raison grave.

— Avez-vous des ennuis ? Quelqu'un de malade dans votre famille ?

— Non, rien de tel.

— Mais alors ?

La pensée de Pénélope s'envola vers Antonia telle qu'elle l'avait vue la veille au soir. Antonia en larmes, assise au bord du lit et à qui elle avait conseillé d'avoir une explication franche avec Danus. Que s'était-il passé ?

— Tout cela est ma faute, murmura-t-elle. C'est moi qui suis à blâmer.

— Certainement pas. Ce qui s'est passé n'a rien à voir avec vous.

— C'est pourtant moi qui ai conseillé à Antonia...

Il l'interrompit d'un geste.

— Vous avez eu raison. Si elle n'avait rien dit, c'est moi qui aurais parlé. Voyez-vous, la journée que nous avons passée ensemble hier a été le révélateur de nos sentiments. Tout a changé, comme si nous avions traversé la ligne de partage des eaux. Tout est devenu très simple, très clair.

— Elle vous aime, Danus.

— C'est pourquoi je dois m'en aller.

— Je ne comprends pas. Elle compte si peu à vos yeux ?

— Bien au contraire. Ce que j'éprouve pour elle est plus que de l'amour. Elle est devenue une partie de moi-même. Lui dire adieu, ce sera m'arracher le cœur. Mais je dois le faire.

— Que s'est-il donc passé hier ?

— Je crois que nous sommes devenus adultes. Nos travaux dans le jardin de Podmore's Thatch, nos promenades, nos baignades à Penjizal, cela n'avait aucun caractère de sérieux, par ma faute. Je ne voulais pas de relation précise. Et puis, hier, à Manaccan, j'ai expliqué à Antonia que mon rêve était de posséder un endroit comme celui-là ; nous en avions discuté ensemble, mais d'une manière superficielle. Je ne m'étais pas rendu compte qu'elle avait pris ces discussions très à cœur. Everard Ashley nous a fait faire le tour du propriétaire, et il s'est produit alors une chose extraordinaire : nous sommes devenus un *couple*. C'était comme si nous nous apprêtions à réaliser un projet ensemble. Antonia montrait autant d'intérêt et d'enthousiasme que moi, posant des questions, émettant des idées. Soudain, j'ai compris qu'elle faisait partie de mon avenir, partie de tout mon être. Il m'était impossible d'imaginer la vie sans elle. Quoi que je puisse entreprendre, je voulais le faire avec elle.

— Et pourquoi un tel souhait ne pourrait-il se concrétiser ?

— Pour deux raisons. La première est strictement d'ordre pratique : je n'ai rien à offrir à Antonia. J'ai vingt-quatre ans, mais ni argent, ni maison, ni revenus personnels. Rien d'autre que mon salaire de jardinier à la journée. Un jardin maraîcher, une maison bien à moi, tout cela n'est que chimère. Everard Ashley travaille avec son père, et il prendra plus tard sa succession. Moi, il me faudrait tout acheter. Or, je ne possède pas les capitaux nécessaires.

— Il existe des banques qui prêtent de l'argent. Il est même possible, dans certains cas, d'obtenir une aide de l'État. Et vos parents ? Ne pourraient-ils vous aider à démarrer ? En avez-vous discuté avec eux ?

— Non.

Un tel défaitisme était aussi irritant qu'inattendu, et Pénélope se sentit à bout de patience.

— Excusez-moi, dit-elle, mais je ne vois pas le problème. Vous vous aimez, vous souhaitez passer votre vie ensemble : il faut donc saisir ce bonheur et ne pas le laisser échapper, une telle chance ne se présente qu'une fois dans la vie. Qu'importe si vous devez démarrer avec des capitaux minimes ? Antonia peut trouver un emploi, comme tant d'autres jeunes femmes de nos jours. Est-ce votre stupide orgueil écossais qui vous freine et vous empêche d'aller de l'avant ? Dans ce cas, permettez-moi de vous dire que vous faites preuve d'un égoïsme coupable. Comment pouvez-vous prétendre aimer une jeune fille, si vous la rendez malheureuse en l'abandonnant ? Qu'est-ce qui vous fait ainsi tourner le dos à l'amour, Danus ?

Le jeune homme garda le silence pendant un moment avant de répondre à cette question directe.

— Je vous ai dit qu'il existait deux raisons à mon attitude. La seconde, c'est que je suis atteint d'épilepsie.

Pénélope se sentit frappée de stupeur. Elle fixa son regard sur celui de Danus, mais il ne baissa pas les yeux. Elle aurait voulu le prendre dans ses bras mais elle restait aussi immobile qu'une statue. Des pensées incontrôlables surgissaient dans son esprit comme des oiseaux apeurés. Telle était donc la réponse à toutes les questions. Une maladie incurable. Elle respira profondément avant d'oser demander :

— L'avez-vous dit à Antonia ?

— Oui.

— Voudriez-vous m'en parler, à moi ?

— Je suis venu vous rejoindre ici tout exprès, sur les conseils d'Antonia. Elle prétend que si une autre personne doit être mise au courant, c'est vous. Et elle a raison. Avant de vous quitter, il est de mon devoir de vous expliquer pourquoi je m'en vais.

Elle lui posa doucement la main sur l'épaule.

— Je vous écoute.

— Il faut d'abord que je vous parle de mes parents et de Ian. Je crois vous avoir dit que mon père est avocat. Son père et son grand-père étaient aussi hommes de loi, et le père de ma mère juriste auprès des tribunaux d'Écosse. Ian, en tant qu'aîné de la famille, était destiné à suivre la tradition, et il y aurait réussi, car il était d'une intelligence supérieure. Hélas ! il a disparu à l'âge de quatorze ans. Il m'appartenait donc, en bonne logique, de prendre sa place. Vous allez sans doute me rétorquer que c'était là me programmer comme un ordinateur. Mais, dans des familles comme la nôtre, tradition oblige. Bien que moins brillant que mon frère, je réussis mes examens d'entrée à l'université d'Édimbourg. Cependant, je me trouvais trop jeune et m'accordai deux années pour voyager. Je partis donc pour l'Amérique. Après avoir erré d'une côte à l'autre en effectuant quelques petits travaux, j'arrivai en Arkansas, où je m'engageai dans un ranch. Ma tâche consistait à rassembler le bétail, à réparer les barrières, et je vivais en dortoir avec trois autres employés.

« Le ranch était très isolé. La ville la plus proche, Sleeping Creek, se trouvait à plus de soixante kilomètres. Je m'y rendais parfois en voiture, soit pour faire des courses, soit pour aller chercher des provisions et de l'équipement. Il fallait une journée entière pour effectuer l'aller et retour, par des routes défoncées.

« Vers la fin de mon séjour, je tombai brusquement malade. Je me sentais fatigué, je me mis à vomir, et fus pris de frissons accompagnés d'une forte fièvre. J'ai même dû délirer ou perdre connaissance à un certain moment, car je ne me souviens pas d'avoir été transporté depuis le dortoir jusqu'à la maison d'habitation des Roberts. Mme Roberts me soigna et, au bout d'une semaine, j'étais sur pied. On pensa que j'avais contracté un quelconque virus, et lorsque je me sentis robuste, je repris mon travail au ranch.

« A quelque temps de là, un beau jour, sans le moindre avertissement, je tombai en syncope et demeurai inconscient pendant une demi-heure. Et cela, sans raison apparente. Une semaine plus tard, le même accident se reproduisit, et Sally Roberts jugea bon de me conduire chez le médecin de Sleeping Creek. Il écouta mon récit avec attention, effectua un certain nombre de tests et me demanda de revenir le voir au bout d'une semaine. Il m'annonça alors que j'étais atteint d'épilepsie. Il me donna des comprimés, que je devais prendre quatre fois par jour, et m'assura que tout irait bien si je suivais son traitement. Il ne pouvait, ajouta-t-il, rien faire d'autre pour moi.

Danus se tut, et Pénélope sentit qu'il attendait d'elle un quelconque commentaire. Elle ne trouvait pas les mots qui l'auraient réconforté. Le jeune homme reprit son récit.

— Je n'avais jamais été malade, à l'exception de la rougeole. Je demandai au médecin ce qui avait pu se produire et comment avaient pu apparaître ces crises d'épilepsie. Il me posa des questions sur mon enfance et en vint finalement à la conclusion que mes troubles tiraient leur origine d'un coup de pied au crâne que j'avais reçu au cours d'un match de rugby à l'école. A l'époque, on avait parlé d'une simple commotion ; et voilà qu'à vingt et un ans j'étais atteint d'épilepsie.

— Avez-vous raconté tout cela aux gens chez qui vous étiez employé ?

— Non. Et je demandai au médecin de respecter le secret professionnel. Personne ne devait être au courant de mon état de santé. Je regagnai Londres par avion et pris le train de nuit pour Édimbourg. Je décidai de ne pas entrer à l'Université, me rendant compte que je ne pourrais jamais remplacer Ian. J'en étais d'ailleurs navré pour mon père. D'autre part, au cours de mes pérégrinations en Amérique, j'avais compris que j'avais besoin de vivre à l'extérieur, de travailler de mes mains. Avouer cela à mes parents constitua une des plus dures épreuves de ma vie. Ils furent d'abord incrédules, puis amèrement déçus. Et je ne puis les en blâmer, puisque je détruisais tous les projets qu'ils avaient formés pour moi après la mort de mon frère. Ils finirent par se résigner, mais je n'eus pas le courage de leur avouer que j'étais atteint d'une maladie grave.

— Pourquoi ne vous êtes-vous pas confié à eux ?

— J'ai pensé que la mort de mon frère, décédé des suites d'une méningite, les avait suffisamment traumatisés. A quoi bon accroître leur angoisse ? D'ailleurs, grâce aux médicaments ordonnés par le médecin américain, je n'avais plus de syncopes et me sentais parfaitement normal. Il m'avait suffi d'aller consulter à Édimbourg un jeune docteur qui ne savait rien de mes antécédents et qui accepta de me rédiger une ordonnance permanente.

« C'est alors que je m'engageai pour trois ans dans une école d'horticulture du Worcestershire, où je me comportais comme le reste de mes camarades. Je jouais au football, conduisais des voitures, fréquentais les filles et me soûlais à l'occasion. Mais, bien évidemment, ma maladie était à l'état latent. Je savais que si je cessais de prendre régulièrement mes médicaments, les crises se reproduiraient. Je m'efforçais de ne pas y songer, mais je sentais peser sur moi un poids, comme un havresac dont il serait impossible de se décharger.

— Si vous vous étiez confié à quelqu'un, ce poids vous aurait paru moins lourd.

— Je fus, en fin de compte, obligé d'en venir là. Après mes trois années à l'École d'horticulture, je trouvai un emploi dans une entreprise de jardinage de Pudley. J'y travaillai jusqu'à Noël, puis allai passer deux semaines chez mes parents. J'attrapai la grippe et dus garder la chambre. Or, j'étais à court de médicaments et, ne pouvant me rendre moi-même dans une pharmacie, je fus dans l'obligation de le demander à ma mère. Ce fut ainsi que se découvrit la vérité sur ma maladie.

— Votre mère ne vous en a-t-elle pas voulu de lui avoir caché si longtemps votre secret ?

— Elle éprouva une sorte de soulagement. Depuis un certain temps, elle avait l'intuition que quelque chose n'allait pas, et elle avait imaginé le pire. Dans notre famille, nous ne nous confions pas facilement. Nous aimons l'indépendance et ne voulons pas être une source d'ennui pour les autres. Ma mère n'est pas démonstrative, mais ce jour-là nous eûmes une conversation de plusieurs heures, ce qui ne s'était jamais produit auparavant. Nous évoquâmes le passé, les beaux jours d'autrefois. Après quoi, elle déclara que je devais consulter un autre médecin.

« Dès que je fus remis de ma grippe, je me retrouvai dans le cabinet d'un éminent neurologue, lequel me posa, lui aussi, de nombreuses questions. On procéda à des tests, on me fit subir un électro-encéphalogramme ; il était impossible d'émettre un diagnostic précis tant que j'absorberais des médicaments. Je dus interrompre mon traitement durant trois mois et retourner chez le spécialiste ; il déclara que, si je ne faisais pas d'imprudences, rien de dramatique n'arriverait. Mais je ne devais sous aucun prétexte boire de l'alcool ou conduire une voiture.

— Que s'est-il passé hier soir, avec Antonia ?

— Lorsqu'elle est descendue, parée des boucles d'oreilles que vous lui aviez offertes, je l'ai trouvée tellement belle que toutes les phrases que j'avais préparées se sont envolées, et je lui ai tout avoué sans détour. Je craignais tant de la chagriner, de lui faire du mal! Elle me paraissait si jeune, si vulnérable. Et, tout à coup, j'avais devant moi une femme à l'esprit étonnamment pratique et compréhensive.

— Et maintenant, que comptez-vous faire?

— J'ai téléphoné ce matin pour demander un rendez-vous au neurologue. Je dois subir un autre électro-encéphalogramme et avoir une réponse définitive.

— Vous nous appellerez à Podmore's Thatch pour nous tenir au courant, n'est-ce pas?

— Bien sûr.

— Si vous avez tenu plus de trois mois sans médicaments, le pronostic est sûrement favorable.

— Je n'ose pas l'espérer.

— Mais vous reviendrez?

Danus hésita.

— Je ne sais pas. Il n'est pas impossible que l'on me fasse subir un traitement de longue durée et que je sois tenu de rester à Édimbourg.

— Que va devenir Antonia pendant ce temps?

— Je ne vois pas comment lui offrir la vie dont elle rêve et qu'elle mérite. Elle n'a que dix-huit ans. Elle pourrait faire tant de choses, rencontrer tant de gens. Il lui suffit de passer un coup de fil à Olivia et, dans quelques mois, elle fera la couverture des plus grands magazines. Je ne veux pas qu'elle prenne d'engagement avec moi tant que j'ignore ce que me réserve l'avenir.

Pénélope respectait le point de vue du jeune homme.

— Si vous devez être séparés, il serait mieux pour elle de retourner à Londres auprès d'Olivia et de chercher un emploi. Elle ne peut pas demeurer avec moi à Podmore's Thatch, où elle mourrait d'ennui, sans amis, sans but.

— Sa présence ne vous manquera pas ?

— Si, je l'admets. Mais ne vous inquiétez pas pour moi. Et puis j'aurai toujours Mme Plackett. Bien sûr, je vous regretterai tous les deux. Je vous remercie, d'ailleurs, d'avoir accepté de m'accompagner jusqu'ici pour ces vacances.

— Je ne comprends pas ce qui vous pousse à vous montrer si bonne envers moi.

— C'est très simple. La vérité, c'est que vous ressemblez étrangement à un homme que j'ai aimé pendant la guerre. C'est comme si je vous avais déjà rencontré. Doris Penberth aussi a remarqué cette ressemblance. Doris, Ernie et moi sommes les seuls à nous souvenir de lui. Il s'appelait Richard Lomax et a été tué au cours du Débarquement. Dire qu'il a été l'amour de ma vie, cela fait figure de cliché, n'est-ce pas ? C'est pourtant ce qu'il a été pour moi. Lorsqu'il est mort, quelque chose est mort aussi au fond de moi. Et il n'y a jamais eu personne d'autre dans mon cœur.

— Et votre mari ?

Pénélope laissa échapper un soupir.

— Notre mariage n'a pas été une réussite. Si Richard avait vécu, j'aurais quitté Ambrose en emmenant Nancy avec moi. Les événements ont détruit le seul beau rêve de ma vie. Et je suis restée auprès de mon mari. C'était la seule chose à faire. Je me sentais coupable envers lui. Au moment de notre mariage, j'étais jeune et égoïste, et nous avons été séparés aussitôt par la guerre. Après la disparition de Richard, je devais lui accorder une autre chance. De plus, il était le père de Nancy, et je voulais d'autres enfants, tout en sachant que je n'aimerais plus jamais aucun homme. Il ne pourrait y avoir un autre Richard. Ma vie avec Ambrose n'a jamais été très agréable, mais j'avais Nancy, Olivia est arrivée, et enfin Noël. Les enfants sont un grand réconfort.

— Leur avez-vous parlé de cet homme que vous aviez aimé ?

— Non. Et je n'ai jamais prononcé son nom durant quarante ans, jusqu'à l'autre jour, chez Doris. Elle m'a parlé de lui comme s'il venait de sortir de la pièce. C'était très émouvant, mais pas triste du tout. J'ai si longtemps vécu au sein de la tristesse ; au sein d'une solitude que rien ni personne ne pouvait combler. Mais, au cours de ces longues années, j'ai appris à m'adapter, à avoir une vie intérieure ; et aussi à cultiver des fleurs, à regarder les enfants grandir, à admirer la peinture, à écouter de la musique.

— *Les Pêcheurs de coquillages* ne vont-ils pas manquer à votre univers ?

— Plus maintenant, Danus. Ils sont partis, comme Richard a disparu. Richard. Il est probable que je ne prononcerai jamais plus son nom. Et je vous demande de garder pour vous mes confidences. De ne jamais les trahir.

— Je vous le promets.

— Merci. Et maintenant je crois que nous ferions bien de bouger un peu. Antonia doit se demander ce que nous sommes devenus.

Danus se leva et tendit la main à Pénélope.

— Je me sens trop fatiguée pour remonter à pied cette côte, dit-elle. Voudriez-vous téléphoner à la direction de l'hôtel pour qu'on nous envoie un taxi ? Je vais laisser derrière moi *Les Pêcheurs de coquillages* et tous les souvenirs de mon passé. Ici même, dans cette galerie où ils ont pris naissance, un jour lointain du mois d'août, et où je trouve bon qu'ils demeurent.

Chapitre 14

Pénélope

LE portier du *Sands Hotel*, resplendissant dans son uniforme vert olive, s'inclina et leur souhaita un bon voyage. Antonia était au volant. La vieille Volvo se mit en marche, descendit la grande allée bordée d'hortensias avant de s'engager sur la route nationale. Pénélope ne tourna pas la tête.

C'était une journée parfaite pour un départ, car le temps était maussade. Au cours de la nuit, une épaisse brume était venue de la mer comme d'immenses bouffées de fumée. Les plages de vase étaient désertes, hormis la présence des oiseaux et on apercevait au loin les rouleaux de l'Atlantique. Puis le talus de la route vint s'intercaler dans le paysage.

Pénélope s'installa le plus confortablement possible. Elle songeait à Podmore's Thatch, elle avait hâte de se retrouver chez elle. Elle anticipait sur son arrivée, donnant un coup d'œil au jardin, entrant dans la maison, ouvrant les fenêtres, lisant son courrier...

— Tu vas bien ? demanda près d'elle la voix d'Antonia.

— T'attendais-tu à me voir en larmes ?

— Non. Mais il est toujours douloureux de quitter un lieu que l'on aime. Tu avais retardé si longtemps ton voyage à Porthkerris, et voici que nous en repartons déjà.

460

— J'ai la chance d'avoir mon cœur en deux endroits, de sorte que je suis partout satisfaite.

— Nous reviendrons l'année prochaine chez Doris et Ernie, et tu vas maintenant, durant des mois, vivre dans cette attente. Cosmo disait que la vie ne vaut pas la peine d'être vécue si on n'espère pas constamment quelque chose.

— Cher Cosmo, comme il avait raison. Je crains que pour le moment ton avenir ne soit un peu sombre. La solitude n'est jamais gaie. Néanmoins, il faut rester optimiste. Si tu te raidis en songeant au pire, tu considéreras toute amélioration dans l'état de santé de Danus comme une chose merveilleuse.

— Je le sais. Mais je ne me fais guère d'illusions. Je me rends compte que la guérison peut exiger des années ; et cette perspective m'effraie. Cependant, nous nous aimons réellement, et rien d'autre ne compte. C'est la chose la plus importante, et c'est à elle que je m'accroche.

— Tu es courageuse, je suis fière de toi.

— Je ne suis pas particulièrement courageuse, mais il me semble que rien n'est perdu tant que l'on agit utilement. Lundi, alors que nous rentrions de Manaccan et qu'aucun de nous deux ne disait mot, je sentais que quelque chose n'allait pas, mais j'ignorais quoi. Et c'est cela le pire. J'avais l'impression qu'il était las de moi, qu'il aurait souhaité être seul pour aller rendre visite à ses amis. C'était vraiment affreux. Le malentendu n'est-il pas la chose la plus terrible ? Cela ne se reproduira plus entre Danus et moi.

— C'était autant sa faute que la tienne. Cette attitude vient de sa réserve, de la manière dont il a été élevé.

— Il a dit que ce qu'il préférait en toi, c'est ton aisance à clarifier n'importe quelle situation. Et le fait que tu saches écouter. Il m'a avoué que, lorsqu'il était enfant, il n'avait jamais discuté librement avec ses parents, il ne se sentait pas assez proche d'eux. C'est triste, n'est-ce pas ? Il est probable qu'ils l'adoraient, mais ils n'ont pas su le lui dire.

– Antonia, en admettant que Danus doive rester à Édimbourg pour y suivre un traitement ou qu'il soit hospitalisé, as-tu songé à ce que tu feras?

– Oui. Si tu le veux bien, je resterai auprès de toi encore une ou deux semaines, le temps de savoir. Si Danus doit subir un traitement de longue durée, j'appellerai Olivia pour lui dire que j'accepte son offre. Je ne souhaite pas devenir mannequin, mais si je peux gagner ainsi ma vie, je mettrai de l'argent de côté et, à la guérison de Danus, nous serons en possession d'un petit capital pour aborder notre vie en commun. Et de plus, je n'aurai pas l'impression de perdre mon temps.

Le soleil, maintenant, baignait la lande, les champs, les fermes, les anciens bâtiments des usines d'étain dont les toits pointaient vers le ciel comme d'énormes dents brisées.

– C'est étrange…, soupira Pénélope.

– Qu'est-ce qui est étrange?

– Toutes nos vies entremêlées. Maintenant, c'est de ton avenir que nous parlons. Une bien étrange progression.

– Oui, dit Antonia avec hésitation. Je voulais te dire… Danus et moi, nous nous sommes vraiment aimés.

Le sens de cette observation pénétra lentement l'esprit de Pénélope. Elle jeta un coup d'œil à la jeune fille dont le charmant profil se colorait d'une imperceptible rougeur. Puis elle détourna la tête.

– Je m'en réjouis, dit-elle.

L'horloge de Pudley sonnait cinq heures lorsque la voiture franchit la grille de Podmore's Thatch. La porte d'entrée était ouverte, et la cheminée fumait. Mme Plackett les attendait. Elle leur avait fait des scones, et la bouilloire était déjà sur le fourneau. L'accueil n'aurait pu être plus sympathique.

– Avez-vous fait bonne route? s'enquit-elle. Mais où est Danus? Vous ne l'avez pas ramené?

– Il a dû partir pour l'Écosse, expliqua Pénélope. Il a pris le train hier soir. Mais nous avons passé ensemble un excellent séjour.

— C'est l'essentiel. Avez-vous vu votre amie ?

— Doris Penberth ? Naturellement. Et nous avons bavardé à n'en plus finir.

Pénélope, assise à la table de la cuisine, se régalait des scones. Mme Plackett se retira bientôt, après avoir servi le thé et donné des nouvelles sans le moindre intérêt de toutes les personnes de sa connaissance.

Pendant ce temps, Antonia avait déchargé la voiture et transporté les bagages au premier étage. Elle était probablement en train de défaire les valises, car elle n'avait pas encore reparu au départ de Mme Plackett.

Son thé bu, Pénélope passa dans la serre pour arroser ses fleurs. Cela fait, elle gagna le jardin. L'herbe avait besoin d'être tondue, les iris étaient ouverts, ainsi que des tulipes rouges et jaunes. Les rhododendrons précoces étaient déjà fleuris. Elle en cueillit une fleur d'un admirable rose pâle. Puis, traversant le verger, elle descendit à pas lents jusqu'à la rivière, qui coulait sous les voûtes des saules. Les berges étaient émaillées de primevères et de fleurs de mauve. Un canard sauvage émergea des roseaux pour aller se baigner en aval, suivi d'une demi-douzaine de canetons duveteux. Pénélope poursuivit son chemin jusqu'au pont de bois ; puis, décidant que sa promenade avait assez duré et se sentant un peu lasse, elle regagna la maison. Au moment où elle traversait la pelouse, Antonia l'appela depuis la fenêtre de sa chambre.

— Pénélope !

Elle leva la tête.

— Il est plus de six heures, dit la jeune fille. Cela t'ennuierait-il si je téléphonais à Danus ? J'ai promis de l'appeler pour lui dire que nous étions arrivées.

— Je n'y vois aucun inconvénient, ma chérie. Sers-toi de l'appareil de ma chambre... Et fais mes amitiés à Danus.

A la cuisine, Pénélope prit un vase en poterie, y glissa la fleur de rhododendron et l'apporta dans le salon, déjà décoré par les mains moins habiles de Mme Plackett. Elle posa le vase sur son bureau et s'assit pour prendre connaissance du courrier. Au même moment, une voiture s'immobilisa devant le perron. Des pas résonnèrent et la porte du salon s'ouvrit toute grande devant Noël.

— Salut! lança cavalièrement le jeune homme.

Il portait un pantalon en velours de couleur fauve, un sweater bleu ciel, et un foulard à pois rouges était négligemment noué autour de son cou.

Pénélope ne put masquer sa surprise.

— D'où viens-tu?

— Du pays de Galles.

Sa mère leva la tête, s'attendant à recevoir, comme d'habitude, un baiser désinvolte sur la joue, mais il ne se pencha pas pour l'embrasser. Au lieu de cela, il alla s'adosser à la cheminée, les mains enfoncées dans les poches de son pantalon.

— Je suis allé y passer le week-end de Pâques, continua-t-il, et, avant de rentrer à Londres, j'ai eu l'idée de faire un saut ici.

— Le week-end? s'étonna Pénélope. Mais nous sommes mercredi.

— Disons que c'était un week-end prolongé.

— En as-tu bien profité?

— Merveilleusement. Et toi, en Cornouailles, comment cela s'est-il passé?

— Notre séjour a été excellent à tous points de vue. Nous sommes rentrées cet après-midi, je n'ai pas encore eu le temps de défaire ma valise.

— Et où se trouvent tes compagnons de voyage? demanda Noël avec nervosité.

Pénélope leva la tête vers lui, mais il détourna les yeux.

— Danus a regagné l'Écosse en train, et Antonia est en haut, dans ma chambre.

Noël haussa les sourcils.

— Il m'est difficile de deviner ce qui s'est passé, mais si Danus a regagné l'Écosse c'est que vos rapports se sont détériorés durant votre séjour. Explique-moi donc cela.

— Il n'y a rien à expliquer. Danus avait à Édimbourg un rendez-vous important. C'est tout simple.

Le visage de son fils trahissait une telle incrédulité qu'elle préféra changer de sujet de conversation.

— Veux-tu rester à dîner ?

— Non, merci, je dois rentrer à Londres.

Toutefois, son attitude n'indiquait pas qu'il fût sur le point de partir.

— Veux-tu boire un verre, alors ?

— Non, pas davantage.

Pénélope sentit qu'elle n'avait pas intérêt à le brusquer.

— Mais moi, je prendrais volontiers un whisky-soda. Voudrais-tu être assez aimable pour me le préparer ?

Après une imperceptible hésitation, il se dirigea vers la salle à manger. Elle l'entendit ouvrir le buffet, puis il reparut avec un verre dans chaque main. Il avait donc changé d'avis. Il en tendit un à sa mère et alla reprendre sa pose précédente, contre la cheminée.

— Et *Les Pêcheurs de coquillages* ?

C'était donc cela qui le tracassait.

— Olivia t'a mis au courant ? demanda Pénélope avec un sourire. Ou plutôt Nancy ?

— C'est Nancy, en effet.

— Je m'en doutais. Elle s'est vexée que j'aie pris cette décision. Comme si je l'avais offensée personnellement. Éprouves-tu les mêmes sentiments ? Est-ce que tu es venu me dire cela ?

— Non. J'aimerais seulement savoir ce qui a pu t'inciter à agir de la sorte.

— Ce tableau m'a été donné par mon père en cadeau de

mariage. En l'offrant à la Galerie, j'ai l'impression de le lui avoir rendu.

— As-tu une idée de ce que vaut cette œuvre ?

— Je sais ce qu'elle vaut à mes yeux. Quant à sa valeur marchande, elle n'est pas fixée, puisqu'elle n'a jamais été exposée.

— J'ai téléphoné à mon ami Edwin Mundy pour avoir son point de vue. Il n'a pas expertisé le tableau, mais il a une idée de la somme qu'on aurait pu en obtenir dans une salle de vente. Veux-tu connaître le prix qu'il a avancé ?

— Cela ne m'intéresse pas.

La stupeur se peignit sur le visage du jeune homme.

— Tu es furieux, au même titre que Nancy, car vous avez la conviction que je me suis débarrassée d'un objet qui vous revenait de droit. Eh bien, c'est faux, Noël ! Cette toile ne vous a jamais appartenu. Et en ce qui concerne les deux autres tableaux — ceux que j'ai effectivement vendus —, tu devrais te montrer satisfait de voir que j'ai suivi tes conseils et ceux de ta sœur. Vous m'avez tous deux incitée à m'en défaire, et vous m'avez même indiqué Boothby's. C'est ainsi que j'ai été mise en rapport avec un acheteur privé qui m'en a offert cent mille livres. J'ai accepté, naturellement. Cet argent sera inclus dans mon héritage. Cette solution te satisfait-elle ? Ou bien avais-tu une autre idée ?

— Tu aurais dû en discuter avec moi. Après tout, je suis ton fils.

— Nous avons déjà débattu de cette question. Et, à chacune de ces occasions, la discussion a tourné court ou s'est achevée en querelle. Je sais ce que tu voudrais, Noël. Tu aimerais avoir cet argent entre les mains pour l'investir dans une de tes folles entreprises, pour passer ensuite à un autre projet tout aussi chimérique. Mais, vois-tu, le vrai bonheur consiste à savoir nous accommoder de ce que nous possédons. Pourquoi cherches-tu sans cesse à avoir plus ?

— Tu parles comme si je ne m'intéressais qu'à moi-même. Mais je songe aussi à mes sœurs et à tes petits-enfants. Cent mille livres, c'est une somme. Seulement, tu devras payer de lourdes taxes. Et si tu continues à jeter cet argent par les fenêtres, à le gaspiller pour subvenir aux besoins du premier canard boiteux qui croisera ton chemin et te tapera dans l'œil...

— Noël, je te prie de ne pas parler de cette façon vulgaire. J'ai l'intention de choisir mes amis et de prendre mes décisions sans l'aide de quiconque. Avant mon séjour au *Sands Hotel* en compagnie d'Antonia et de Danus, je n'avais jamais, de toute ma vie, gaspillé un sou. C'était la première fois que je me permettais un peu d'extravagance. Et la gratitude que j'ai reçue en échange m'a réchauffé le cœur.

— Est-ce donc là ce que tu désires ? Une éternelle gratitude ?

— Mais non. Tu devrais essayer de me comprendre. Si je me méfie tellement de tes projets, c'est que j'ai déjà connu tout ça avec ton père. Et je n'ai pas envie de recommencer.

— Tu ne me rends tout de même pas responsable des erreurs commises par mon père ?

— Non, mais tu lui ressembles beaucoup ; tu as son physique attrayant, son charme. D'autres qualités aussi. Mais également des traits moins enviables : des idées de grandeur, des goûts dispendieux et pas le moindre respect pour les biens d'autrui. Excuse-moi, j'ai horreur de parler de ces choses ; mais le moment est venu d'être franche.

— Je n'avais pas idée que tu me détestais à ce point.

— Je ne te déteste pas ! Si je ne t'aimais pas par-dessus tout, je ne te parlerais pas ainsi !

— Tu as une drôle de façon de manifester ton amour à tes enfants en distribuant ce que tu possèdes à des étrangers.

— Tu as les mêmes réactions que Nancy. Ta sœur m'a déjà accusée de ne lui avoir jamais rien donné. Pourtant, vous deux et Olivia avez été toute ma vie. Je n'ai vécu que pour vous. Avec vos reproches, vous m'emplissez d'amertume. J'ai l'impression atroce d'avoir totalement failli à ma tâche.

— J'en suis convaincu, répliqua Noël d'une voix lente.

Après cela, il n'y avait plus rien à dire. Il vida son verre et le posa sur la cheminée d'un geste brusque. Déjà, il se dirigeait vers la porte.

— Reste à dîner avec nous, Noël. Tu partiras après, et tu pourras être à Londres avant onze heures.

— Non, il faut que je m'en aille. Je suis attendu...

Pénélope se leva et le suivit jusque sur le seuil, navrée de le voir partir ainsi. Il monta dans sa voiture, claqua la portière et tourna la clef de contact.

— Noël !

Il tourna un instant la tête vers sa mère, le visage dur et implacable.

— Pardonne-moi, Noël, reprit-elle en s'efforçant de sourire. Et reviens vite.

Mais déjà la voiture roulait, et les paroles de Pénélope furent couvertes par le ronflement du moteur. Elle rentra, en proie au désarroi le plus profond. Par un immense effort, elle parvint à se reprendre. Elle aurait voulu pleurer, mais ses yeux restaient secs. Puis le téléphone de la cuisine émit un tintement : Antonia venait de raccrocher l'appareil du premier. Pénélope revint brusquement à la réalité. Lorsque la jeune fille redescendit, elle la trouva occupée à éplucher des pommes de terre.

— Je me rends compte que nous avons parlé bien longtemps, mais Danus a dit qu'il te rembourserait le prix de la communication.

— Petite sotte, dit Pénélope avec un sourire.

Antonia s'assit devant la table. Elle avait un air si satisfait qu'on s'attendait à la voir ronronner comme un chaton.

— Il te fait ses amitiés, reprit-elle, et il va t'écrire. Il a rendez-vous avec son médecin demain matin, et il nous téléphonera dès qu'il connaîtra le diagnostic. Le soleil brille à Édimbourg, et cela lui paraît un signe favorable... Mais j'ai eu l'impression d'entendre parler ici. Un visiteur ?

— Oui. Noël, qui s'est arrêté après avoir passé un « très long week-end » au pays de Galles. Je lui ai proposé de rester dîner avec nous, mais il devait absolument rentrer à Londres.

— Je regrette de l'avoir manqué. Mais j'avais tellement à dire à Danus que je ne pouvais m'arrêter de bavarder... Veux-tu que je m'occupe de ces pommes de terre ou préfères-tu que je mette le couvert ? Est-ce que ce n'est pas merveilleux de se retrouver à la maison ? Je sais parfaitement que je ne suis pas ici chez moi, mais je m'y sens si bien... Et toi, es-tu heureuse d'être de retour ? Tu ne regrettes rien ?

— Non, ma chérie, je ne regrette rien.

Le lendemain matin Pénélope téléphona à Londres pour prendre deux rendez-vous, dont un avec Lalla Friedmann.

Danus devait voir son médecin à dix heures, et il en était à peine onze lorsque retentit la sonnerie du téléphone. Antonia était dans le jardin, en train d'étendre du linge, et ce fut Pénélope qui prit l'appareil.

— Podmore's Thatch.

— Ici Danus.

— Danus ! Antonia est dans le jardin. Quelles nouvelles ?

— Aucune, hélas !

— Vous n'avez pas vu le docteur ?

— Si. Et je me suis rendu ensuite à l'hôpital pour mon électro-encéphalogramme, mais... vous n'allez pas me croire... l'ordinateur était en panne, de sorte qu'on n'a pas pu me donner les résultats.

— Qu'allez-vous faire dans l'immédiat ?

— Vous vous rappelez que je vous ai parlé un jour de mon ami Roddy MacCrea ? Il part demain pour une semaine dans le Sutherland, et il m'a demandé de l'accompagner. Nous séjournerons dans la fermette, et nous rentrerons jeudi à Édimbourg. Après tout, deux jours de plus ou de moins pour attendre les résultats, ce n'est pas bien grave.

— Votre mère ne pourrait-elle vous les communiquer ?

— Impossible. Nous n'avons pas le téléphone. Mais depuis que je vis dans l'incertitude, je peux patienter encore.

— Ne quittez pas... je vais chercher Antonia.

Elle aperçut la jeune fille qui revenait sans se presser, vêtue d'une jupe de coton bleu marine et d'un chemisier rose pâle dont elle avait roulé les manches jusqu'au-dessus des coudes.

— Antonia ! Vite... C'est Danus.

— Oh ! s'écria la jeune fille. Qu'a-t-il dit ?

— Rien de nouveau, car l'ordinateur est tombé en panne. Il va te l'expliquer lui-même. Donne-moi ton panier...

Antonia se précipita, tandis que Pénélope posait le panier sur un banc de bois. Elle songeait à la cruauté de la vie et à toutes les épreuves qui se succèdent inexorablement. Quelques instants plus tard, elle vit Antonia qui émergeait de la serre pour venir s'asseoir auprès d'elle en poussant un soupir de déception.

— Je sais, commenta Pénélope, c'est frustrant.

— Quelle plaie que ces ordinateurs ! Pourquoi ne peut-on pas les entretenir correctement afin d'éviter les pannes ? Et pourquoi faut-il que ça tombe précisément sur Danus ?

— Je compte me rendre à Londres lundi. Aimerais-tu m'accompagner ? Cela te changerait les idées.

— A Londres ? Pour quoi faire ?

— Revoir quelques amis. Si tu veux venir, nous pourrons y aller en voiture ; mais si tu préfères rester ici, tu me conduiras jusqu'à Cheltenham, où je prendrai le train.

Antonia réfléchit un instant.

— Je crois que je vais rester ici, dit-elle enfin. Il se peut que je doive bientôt vivre dans la capitale, et je voudrais profiter au maximum du peu de temps qu'il me reste à passer ici, dans cette maison. D'autre part, si jamais Danus avait la possibilité de téléphoner... je veux être ici pour lui répondre.

Pénélope partit pour Londres seule. Elle déjeuna en compagnie

470

de Lalla Friedmann, puis se rendit à l'étude Enderby, Looseby & Thring. Elle fut introduite dans le bureau personnel de Me Enderby. L'homme de loi se leva à son entrée et s'avança vers elle, la main tendue.

A l'époque où elle devait se montrer économe, Pénélope aurait regagné la gare de Paddington par le métro. Au lieu de cela, elle prit un taxi ; et elle se remémora son entretien avec Me Enderby. De nombreux points avaient été abordés. Il ne restait plus rien à débattre, mais elle avait trouvé la séance épuisante, physiquement et moralement. En outre, il faisait une chaleur accablante, bien que le ciel fût couvert et que le soleil n'eût pas réussi à percer les nuages. Elle baissa la vitre. Les scènes qui défilaient devant ses yeux la déprimèrent. La ville, les passants aux visages tendus et soucieux, hâtant le pas comme s'ils craignaient d'être en retard à quelque mystérieux rendez-vous. Elle avait autrefois habité Londres ; c'était là qu'elle avait élevé sa famille ; et maintenant, elle se demandait comment elle avait pu supporter une telle atmosphère pendant si longtemps.

Antonia l'attendait à Cheltenham, et Pénélope éprouva un bonheur intense à se laisser embrasser, emmener, se sentant ainsi dégagée de toute responsabilité. Le ciel était clair, et elle respirait à pleins poumons l'air embaumé du soir.

— J'ai l'impression d'avoir été absente durant des semaines, dit-elle en prenant place dans la Volvo.

— La journée a été bonne ? s'informa la jeune fille.

— Oui, mais je suis vannée. J'avais oublié à quel point la vie à Londres est épuisante.

— Dès que nous serons à la maison, tu prendras un bain. J'ai préparé une bonne fricassée de poulet.

— Tu es une enfant adorable. Qu'as-tu fait de ta journée ?

— J'ai tondu la pelouse.

— Danus a-t-il téléphoné ?

471

— Non. Mais je ne m'y attendais pas.

— Encore deux jours de patience, et nous aurons de ses nouvelles.

Pénélope se coucha de bonne heure, espérant trouver rapidement le sommeil. Mais elle n'eut droit qu'à une sorte de somnolence agitée, se tournant et se retournant dans son lit. Une torpeur où elle entendait des voix lointaines, des paroles sans suite, des conversations dépourvues de sens. Ambrose était là, ainsi que Dolly Keeling, errant dans une pièce qu'elle voulait absolument décorer de magnolias. Et Doris caquetait sans interruption en poussant parfois des rires aigrelets. Lalla Friedmann, de nouveau jeune, était désespérée parce que son mari paraissait perdre la tête. *Tu ne m'as jamais rien donné. Tu ne nous as jamais rien donné. Tu dois être folle. Ils profitent de toi.* Antonia montait dans un train qui s'en allait pour toujours. Elle essayait de dire quelque chose, mais le sifflet de la locomotive couvrait ses paroles, et Pénélope n'entendait rien. Elle distinguait seulement le mouvement des lèvres de la jeune fille, elle en était bouleversée parce que c'étaient des paroles d'une importance capitale. Et puis, le très vieux rêve : la plage déserte et désolée ; le brouillard qui tombait ; il n'y avait personne d'autre au monde qu'elle-même.

Et toujours les ténèbres. De temps à autre, s'éveillant à demi, Pénélope allumait la lampe de chevet pour consulter son réveil. Deux heures. Trois heures et demie. Quatre heures moins le quart. Les draps étaient froissés, ses membres lourds de fatigue. Elle aspirait à la lumière du jour.

Et l'aube apparut enfin. Elle regarda pâlir le ciel, et elle se sentit plus calme. Elle glissa dans une douce somnolence, puis ouvrit de nouveau les yeux. Il faisait jour, le ciel était sans nuages, une grive chantait dans le châtaignier.

Lorsque sa pendulette indiqua sept heures, elle se leva, enfila ses mules et se drapa dans son peignoir. Après cette nuit peuplée de cauchemars, elle se sentait plus fatiguée qu'à son coucher. Chacun de ses gestes lui coûtait un effort inhabituel, et chaque pensée exigeait de son cerveau une concentration anormale. Elle passa dans la salle de bains, sans bruit, afin de ne pas troubler le sommeil d'Antonia qui dormait dans la chambre voisine. Elle s'habilla, puis s'assit devant la coiffeuse pour brosser et natter ses cheveux. Elle était très pâle, et de larges cernes entouraient ses yeux.

Elle descendit au rez-de-chaussée, songea un instant à se faire une tasse de thé, y renonça et, traversant la véranda, ouvrit la porte qui donnait sur le jardin. L'air lui parut si froid qu'elle frissonna et resserra son cardigan autour d'elle. La pelouse nouvellement tondue scintillait de rosée, les premiers rayons du soleil éclairaient l'herbe d'une teinte différente.

Pénélope se sentit rassérénée par la contemplation de ce paysage familier, ce sanctuaire créé par cinq années d'un travail constant. Elle pourrait passer ici la journée entière. Il y avait tant à faire.

Elle gagna la terrasse et s'avança vers le banc. Entre les dalles poussaient des touffes de thym qui, plus tard, formeraient un tapis mauve et blanc ; il y avait quelques mauvaises herbes. Un pissenlit attira son regard, et elle se baissa pour l'arracher, ce qui parut exiger d'elle un effort anormal. En se redressant, elle se sentit bizarre, la tête vide, sur le point de s'évanouir. Instinctivement, elle allongea la main vers le dossier du banc pour y prendre appui et s'assit. Elle eut l'impression qu'un courant brûlant, parti de son bras gauche, entourait sa poitrine, à la manière d'une bande d'acier se resserrant. Elle respirait avec difficulté et n'avait jamais éprouvé pareille douleur. Elle ferma les yeux, ouvrit la bouche pour crier, mais aucun son ne sortit de ses lèvres. Les doigts de sa main droite tenaient encore la racine du pissenlit arraché. L'odeur un peu âcre de la terre montait jusqu'à elle. Au loin chantait une grive.

Puis ce furent d'autres odeurs et d'autres images. La senteur de l'herbe coupée, les jonquilles sauvages au bord de l'eau, la marée montante, les cris rauques des mouettes. Un pas d'homme...

Son amour. Pénélope ouvrit les yeux. La douleur à l'épaule avait disparu. Le soleil s'en était allé. Caché derrière un nuage? Cela n'avait pas d'importance. Rien n'avait plus d'importance.

Il venait.

Richard.

Il était là.

Le mardi matin, Olivia préparait son petit déjeuner tout en parcourant le courrier du matin. Elle s'était déjà lavée et peignée, selon son habitude mais elle n'était pas habillée. Elle tenait une carte postale d'Assise envoyée par une de ses rédactrices en vacances en Italie. Ce fut à cet instant que retentit la sonnerie du téléphone.

Sa carte à la main, elle traversa la salle de séjour pour répondre.

— Mademoiselle Keeling? dit une voix à l'accent provincial.

— C'est moi, oui.

— Dieu soit loué! Je craignais de ne pas vous trouver chez vous. Je suis Mme Plackett. Je vous téléphone de Podmore's Thatch.

Mme Plackett. Soigneusement, comme si ce détail était d'une importance capitale, Olivia posa la carte postale sur la cheminée, appuyée contre le miroir.

— Maman va bien? demanda-t-elle d'une voix mal assurée.

— Mademoiselle Keeling, je suis... désolée. J'ai une mauvaise nouvelle à vous annoncer. Votre mère est morte ce matin, avant mon arrivée.

Assise. Un ciel incroyablement bleu. Elle n'était jamais allée à Assise. Maman était morte.

— Qu'est-il arrivé?

— Elle a eu une crise cardiaque, sur le banc du jardin. C'est Mlle Antonia qui l'a découverte. Elle devait être occupée à arracher les mauvaises herbes, car elle tenait un pissenlit. Elle a senti venir la crise, et elle sera allée s'asseoir sur le banc. Elle n'a sûrement pas souffert... Son visage était calme...

— Était-elle fatiguée, ces temps derniers ?

— Non, elle est rentrée de Cornouailles avec une mine superbe, elle avait l'air très en forme. Mais hier, elle a passé la journée à Londres...

— A Londres ? Pourquoi ne m'en a-t-elle rien dit ?

— Je ne sais pas, mademoiselle Keeling. Elle a pris le train à Cheltenham, mais lorsque Mlle Antonia est allée la chercher à la gare dans la soirée, elle l'a trouvée fatiguée. Dès son arrivée ici, elle a pris un bain et s'est couchée. Mlle Antonia lui a apporté son dîner sur un plateau. Il n'est pas impossible que ce voyage à Londres l'ait épuisée.

Maman. Morte. Ce que l'on redoutait sans vouloir y croire était arrivé. Maman s'en était allée à jamais, et Olivia avait soudain très froid. Maman était morte. Les larmes, le chagrin seraient pour plus tard. Dans l'immédiat, la douleur devait être mise de côté. C'était le vieux stratagème que lui avait appris l'existence.

— Racontez-moi tout, madame Plackett, dit-elle.

— Je suis arrivée à huit heures, une heure plus tôt que d'habitude, parce qu'il faut aussi, le mardi, que j'aille faire le ménage chez Mme Kitson. La maison paraissait déserte. Je venais de mettre la bouilloire sur le fourneau lorsque Mlle Antonia est descendue. Elle a demandé tout de suite où pouvait bien être Mme Keeling, ayant trouvé la porte de sa chambre ouverte et le lit vide. A ce moment-là j'ai remarqué la porte de la serre entrebâillée, et j'en ai fait la remarque à Mlle Antonia. Elle doit être au jardin, a-t-elle dit en entrant dans la serre. Mais tout de suite après je l'ai entendue qui m'appelait. Je suis accourue, et... je l'ai vue. Je me suis efforcée de calmer Mlle Antonia, reprit Mme Plackett après un silence. Elle pleurait et tremblait comme un chaton. Je l'ai réconfortée de mon mieux, lui ai fait boire une tasse de thé. Elle est assise en ce moment près de moi. J'ai appelé le médecin de Pudley, qui est venu immédiatement, et j'ai pris aussi la liberté d'appeler mon mari. A eux deux, ils ont transporté Mme Pénélope dans sa chambre.

— Qu'a dit le docteur ?

— Une crise foudroyante. Il a signé le permis d'inhumer. Je voulais téléphoner à Mme Chamberlain, mais Mlle Antonia a préféré que je vous appelle d'abord. J'aurais pu le faire plus tôt, mais j'ai préféré attendre que cette pauvre Mme Keeling soit étendue sur son lit.

— C'est là une pensée très touchante, madame Plackett. Je vais prévenir ma sœur et mon frère. Dès que j'aurai pu m'organiser, je partirai pour Podmore's Thatch où j'arriverai sans doute vers midi. Serez-vous encore là ?

— Oh ! bien sûr. Je resterai aussi longtemps que vous aurez besoin de moi.

— Il faudra que je passe deux ou trois jours dans la maison. Voudriez-vous être assez aimable pour préparer la seconde chambre d'ami ? Antonia peut prendre la voiture pour aller faire des courses à Pudley. Il vaut mieux qu'elle ait quelque chose à faire. Et le jeune jardinier, Danus, est-il là ?

— Non, mademoiselle Keeling. Après les vacances en Cornouailles, il est reparti directement en Écosse.

— C'est dommage. Dites à Antonia que je pense beaucoup à elle.

— Désirez-vous lui parler ?

— Non, pas maintenant. Et je vous remercie pour tout, madame Plackett.

Elle reposa le récepteur sur son support et tourna machinalement les yeux vers la fenêtre. Il faisait très beau : une idéale matinée de mai. Et Maman était morte.

Plus tard, Olivia se demanderait comment on aurait fait face à la situation sans l'aide précieuse de Mme Plackett. Car elle ne s'était jamais trouvée confrontée aux formalités exigées par un enterrement.

George Chamberlain avait répondu au téléphone et, pour une fois, elle avait préféré entendre les accents lugubres de son beau-frère. Elle avait fait part des événements aussi simplement que possible et annoncé qu'elle partait sans délai pour Podmore's Thatch, lui laissant le soin d'apprendre la nouvelle à Nancy. Elle avait ainsi échappé aux jérémiades de sa sœur aînée.

Mais en franchissant les grilles de Podmore's Thatch, elle aperçut la voiture de Nancy. Les choses allaient être encore plus difficiles qu'elle ne l'avait craint.

Elle était à peine descendue de voiture que sa sœur sortait de la maison en faisant de grands gestes, le visage boursouflé par les pleurs. Elle entoura Olivia de ses bras et, pressant sa joue contre la sienne, éclata en sanglots dramatiques.

— Oh! ma chérie... je suis venue tout de suite... Dès que George m'a prévenue. Il me fallait absolument être auprès de vous... Il fallait...

Elle s'étranglait presque. Olivia, froide comme le marbre, parvint à se dégager.

— C'est très gentil à toi, Nancy. Mais il n'était pas nécessaire de te précipiter.

— C'est aussi ce que m'a dit George. Il a même prétendu que je serais une gêne.. Te rends-tu compte?

Elle fourra la main dans la manche de son cardigan pour en retirer un mouchoir déjà trempé avec lequel elle tenta d'éponger ses larmes.

— Je ne pouvais pourtant pas rester chez moi, n'est-ce pas? Mais le trajet jusqu'ici a été une épreuve terrible, un vrai calvaire. En arrivant, je tremblais de tous mes membres. Heureusement, Mme Plackett m'a fait boire une tasse de thé, et je me sens un peu mieux.

Olivia évoqua avec terreur la perspective de supporter la détresse bruyante de sa sœur.

— Tu ne peux pas rester, lui dit-elle. Tu as ton mari et tes enfants. Tu n'as pas le droit de les négliger. Moi, je suis seule, c'est différent.

— Mais... ton travail ?

Olivia prit son porte-documents.

— Tout est arrangé. Je reprendrai lundi matin. Eh bien, entrons. Nous allons boire un verre, et tu pourras ensuite retourner chez toi.

Elle se dirigea vers le perron, suivie de sa sœur. La cuisine était, comme à l'accoutumée, propre et nette, accueillante, mais déserte.

— Et Noël ? demanda Nancy. Tu l'as prévenu ?

— Naturellement. Je l'ai appelé tout de suite après George.

— Il va venir ?

— Pas tout de suite. Je lui ai dit que je le préviendrais au moment voulu.

Comme si elle était incapable de rester debout plus de deux minutes, Nancy s'affala sur une chaise. Son départ précipité de chez elle ne lui avait apparemment pas permis de se coiffer avec soin et de se poudrer le nez. De plus, elle avait un air si affolé qu'Olivia sentit monter en elle l'irritation. Quoi qu'il pût arriver, Nancy faisait du mélodrame et accaparait le premier rôle.

— Mère s'est rendue à Londres hier, dit Nancy. Elle est partie en train, et, si j'en crois Mme Plackett, elle est rentrée le soir épuisée.

Nancy paraissait vexée, comme si sa mère lui avait joué quelque vilain tour. Olivia s'attendait presque à ce qu'elle ajoutât : « Et elle ne nous a même pas prévenus qu'elle avait l'intention de mourir. »

— Où est Antonia ?

— Elle est allée faire des courses à Pudley.

— Et Mme Plackett ?

— Occupée à préparer ta chambre, puisque tu restes, toi.

— Je vais monter lui dire quelques mots. Attends-moi ici.

Quand je redescendrai, tu boiras un verre avec moi, et tu pourras ensuite retrouver George et les enfants...

— Mais je ne veux pas te laisser ici toute seule...

— Ne fais pas la sotte, répliqua Olivia d'un ton glacial. D'ailleurs, je serai mieux toute seule. Et nous resterons en contact par téléphone.

Nancy partie, Olivia et Mme Plackett décidèrent de la conduite à tenir.

— Il faut nous mettre en rapport avec un entrepreneur de pompes funèbres, dit la jeune femme.

— Je vous conseille Joshua Bedway. C'est le charpentier du village, un brave homme, sérieux. Il doit être chez lui à cette heure-ci. Voulez-vous que je l'appelle ?

— S'il vous plaît. Dites-lui de venir dès que possible.

Mme Plackett revint quelques instants plus tard.

— Il sera là à trois heures. Je reviendrai avec lui, si vous voulez.

Elles établirent la liste des personnes à prévenir. Olivia en était à son second gin-tonic, et Mme Plackett avait accepté un petit verre de porto.

— La première personne à alerter maintenant, c'est le pasteur, dit-elle. Car je suppose que vous souhaitez enterrer votre mère chrétiennement. Avec des chants, qu'elle appréciait beaucoup. Il faut un peu de musique à un enterrement. Mme Keeling aimait les concerts. Bien entendu, vous aurez à choisir, avec l'aide du pasteur, un emplacement dans le cimetière.

— Quel est le nom du pasteur ?

— Révérend Thomas Tillingham. Le presbytère se trouve tout à côté de l'église. Il serait bon de lui téléphoner pour lui demander de passer demain.

— Connaissait-il ma mère ?

— Tous les habitants du village la connaissaient.

— Elle n'était pas pratiquante, ce me semble.

— Elle ne refusait jamais de verser son obole aux bonnes œuvres, et, de temps à autre, elle invitait les Tillingham à dîner. Elle dressait une belle table et servait le meilleur bordeaux. Ce qui n'était pas une surprise pour Olivia qui ébaucha une ombre de sourire.

— Recevoir des amis était un de ses plus grands plaisirs.

— C'était une grande dame dans tous les sens du terme. Et on pouvait lui parler de n'importe quoi.

Mme Plackett but une petite gorgée de porto avant de poursuivre :

— Autre chose. Vous devriez prévenir son homme d'affaires, Me Enderby.

— J'y ai déjà pensé. Il faudra aussi faire passer des avis de décès dans les journaux. Le *Times* et le *Telegraph*.

— Ne pas oublier non plus les fleurs à l'église. Je vous conseille de vous adresser à une jeune fille de Pudley qui effectue ce travail à la perfection.

— Nous verrons ça. Il faut d'abord fixer la date des obsèques.

— Ensuite, je veux dire... après la cérémonie... De nos jours bien des gens oublient de donner une tasse de thé et un petit en-cas aux amis qui sont venus de loin rendre leurs derniers devoirs. Cela permet pourtant de bavarder et de chasser la tristesse. On se sent moins seul.

Cette coutume campagnarde ne serait pas venue à l'esprit d'Olivia sans la suggestion de Mme Plackett.

— Vous avez raison. Nous nous en occuperons. Mais je dois vous avertir que je suis une piètre cuisinière. Vous serez obligée de venir à mon secours.

— Ne vous inquiétez surtout pas. Les gâteaux aux fruits sont ma spécialité.

— Dans ce cas, c'est parfait.

Olivia se renversa contre le dossier de sa chaise. Pendant un moment, le silence régna.

Les Pêcheurs de coquillages

— Madame Plackett, vous étiez la meilleure amie de ma mère. Et il semble que vous êtes maintenant la mienne.

— Je n'ai rien fait de plus que ce que je devais faire, mademoiselle Keeling, répondit la femme d'un air gêné.

— Antonia va-t-elle bien ?

— Je le crois. Elle a reçu un choc, c'est certain, mais c'est une fille sensée et équilibrée. J'ai cru bien faire en l'envoyant faire des courses à Pudley. Je lui ai donné une liste longue comme le bras qui va l'occuper pendant un bon moment.

Sur ces mots, Mme Plackett avala une dernière rasade de son porto et se leva avec effort.

— Eh bien, voilà qui semble réglé en ce qui vous concerne. Moi, je vais rentrer préparer le repas de mon mari. Mais je serai de retour à trois heures pour conduire Joshua Bedway. Et je resterai auprès de vous jusqu'à ce que tout soit terminé.

Olivia la suivit jusqu'à la porte et la regarda s'éloigner sur sa bicyclette. Au même moment, elle entendit le ronflement d'une voiture qui approchait, et elle aperçut bientôt la Volvo qui franchissait la grille. Elle ne bougea pas. En dépit de son affection envers la fille de Cosmo et du chagrin qu'elle ressentait pour elle, elle se sentait incapable de céder à un flot d'émotions et de larmes. La carapace de sa retenue, aussi impénétrable qu'une armure, constituait sa seule défense. Antonia descendit de voiture. Olivia croisa les bras, en signe d'autoprotection, tandis que leurs yeux se rencontraient. Un moment de silence. Puis Antonia s'approcha d'Olivia.

— Tu es là, dit-elle seulement.

Olivia décroisa les bras et posa les mains sur les épaules d'Antonia.

— Oui, je suis là.

Elle se pencha en avant, et elles s'embrassèrent cérémonieusement, joue contre joue. Pas de démonstrations théâtrales, et Olivia en fut reconnaissante à la jeune fille. Elle se sentait peinée car il est toujours un peu triste de voir adulte un enfant que

481

vous avez connu naguère et de savoir que son insouciance s'en est allée à jamais.

Joshua Bedway se présenta à quinze heures précises en compagnie de Mme Plackett. Olivia avait craint de le voir arriver vêtu de noir et le visage empreint d'une tristesse de circonstance. Mais il s'était contenté d'échanger sa salopette de travail contre un complet décent agrémenté d'une cravate noire, et son visage de paysan tanné par le soleil ne semblait pas susceptible d'arborer très longtemps un air sinistre.

Il exprima sa sympathie, affirmant à Olivia que sa mère laisserait un grand vide dans le village, car, au cours des six années passées à Temple Pudley, elle s'était parfaitement intégrée à la communauté.

Olivia le remercia puis M. Bedway tira son calepin de sa poche pour y noter, dit-il, quelques détails. Il parla de l'emplacement à choisir, du sacristain, de l'officier de l'état civil. Il posa quelques questions auxquelles Olivia répondit de son mieux, puis rangea son carnet.

— Eh bien, je crois que ce sera tout, mademoiselle Keeling ; faites-moi confiance pour m'occuper des formalités.

Elle le remercia et entraîna Antonia hors de la maison. Au lieu de descendre à la rivière, elles franchirent le portillon qui donnait sur la route et, au-delà de la barrière, suivirent le chemin muletier qui gravissait la colline derrière le village. Il serpentait à travers des champs où paissaient des moutons. Les haies d'aubépine étaient déjà en fleur et les fossés moussus se tapissaient de primevères. Tout au sommet de la colline se dressait un groupe de vieux hêtres aux racines érodées par le vent et les intempéries. Essoufflées par leur ascension, elles se laissèrent tomber sur le sol et parcoururent des yeux le paysage qui s'étendait à perte de vue, baigné dans la chaleur d'un exceptionnel après-midi de printemps. Les fermes, les champs, les tracteurs, les maisons étaient réduits à la dimension de jouets. Au-dessous d'elles sommeillait Temple Pudley, petit groupe de maisons de pierre dorée autour de l'église. Celle-ci était à demi dissimulée par des ifs, mais on distinguait Podmore's Thatch, ainsi que les murs blanchis à la chaux du *Sudeley Arms*. De fines volutes de fumée montaient des cheminées et, dans un jardin, un homme avait allumé un feu de branchages.

Tout était d'un calme reposant. Les seuls bruits étaient les bêlements des moutons et le murmure de la brise qui chantait dans les bouleaux.

Les deux jeunes femmes conservèrent quelques instants le silence. Olivia tourna les yeux vers Antonia, assise dans l'herbe, vêtue de son jean délavé et d'un chemisier de coton rose. Son gilet, qu'elle avait ôté pour gravir la pente abrupte de la colline, gisait auprès d'elle. Elle baissait la tête et ses beaux cheveux retombaient sur son visage dont ils voilaient à demi les traits harmonieux. Malgré son chagrin, Olivia se sentait invinciblement attirée par cette jeune fille désemparée. Une enfant de dix-huit ans était vraiment trop jeune pour affronter d'aussi terribles événements. Mais on ne pouvait rien changer au cours des choses, et, Pénélope disparue, Antonia retombait sous sa responsabilité.

— Que comptes-tu faire ? demanda la jeune femme après un long moment de silence.

— Comment cela ?

— A présent que Maman n'est plus là, tu n'as pas de raison de demeurer à Podmore's Thatch. Il faut que tu prennes une décision en ce qui concerne ton avenir.

Antonia remonta les genoux et y appuya son menton.

— J'y ai songé.

— Veux-tu venir à Londres et accepter l'offre que je t'ai faite ?

— J'aimerais bien, si c'est possible, mais un peu plus tard. Pas tout de suite.

— Je ne comprends pas.

— J'ai pensé que je pourrais rester ici un certain temps. En effet, que va-t-il advenir de la maison ? Sera-t-elle mise en vente ?

— C'est probable. Je ne veux pas vivre ici, Noël non plus. Et je ne pense pas que Nancy ait l'intention de venir s'installer à Temple Pudley. Ce n'est pas une demeure assez imposante pour ses goûts et ceux de George.

— Dans ce cas, je veux dire si la maison est mise en vente, les acheteurs éventuels voudront la visiter, n'est-ce pas ? Et vous en obtiendrez un meilleur prix si elle est meublée, s'il y a des fleurs dans les parterres, si le jardin est bien entretenu. Je pourrais rester pour m'occuper de tout cela et faire visiter la maison. Ensuite, lorsque la vente sera conclue, j'irai à Londres.

Olivia ne put dissimuler sa surprise.

— Mais, Antonia, tu seras toute seule. Cela ne t'effraie pas ?

— Pas du tout. Dans cette maison, je ne me sentirai jamais seule.

Olivia réfléchit un instant. L'idée de la jeune fille n'était pas mauvaise.

— Ma foi, si tu es sûre de toi, nous te serons vraiment reconnaissants de l'aide que tu nous apporteras. Car aucun membre de la famille n'a la possibilité d'y séjourner et Mme Plackett a d'autres engagements. Rien n'est décidé, mais je suis certaine que la maison sera mise en vente.

Elle marqua un temps de silence avant de reprendre :

— Il y a cependant un point qui me chiffonne. Comment feras-tu pour le jardin ? Danus Muirfield doit-il reprendre son travail ?

— Je l'ignore.

Olivia fronça légèrement les sourcils.

— J'avais cru comprendre qu'il était parti pour Édimbourg pour un simple rendez-vous.

— Oui, avec un médecin.

— Est-il malade ?

— Il est atteint d'épilepsie. Il avait des examens à subir.

— Épileptique ? Mais c'est affreux ! Maman le savait ?

— Il nous a dit la vérité le dernier jour de nos vacances en Cornouailles.

— Maman m'avait dit qu'il ne buvait ni ne conduisait, et tu as aussi mentionné ce fait dans ta lettre. Je suppose que c'est à cause de sa maladie. Quand aura-t-il ses résultats d'examens ?

— Après-demain.

— Reviendra-t-il travailler ici ?

— Je ne sais pas. Cela dépendra de la gravité de sa maladie.

Tout cela était consternant. Pas surprenant si on songeait à tous les farfelus et les canards boiteux qui s'étaient faufilés dans l'existence de Pénélope, toujours prête à les aider. Cette générosité avait le don d'irriter Noël, et sans doute était-ce la raison qui lui avait tout de suite fait détester Danus.

— Maman avait de l'affection pour lui, n'est-ce pas ?

— Oui. Je crois qu'elle l'aimait beaucoup. Et il le lui rendait bien.

— S'est-elle montrée très bouleversée par l'annonce de sa maladie ?

— Oui, très peinée. Nos vacances en Cornouailles avaient été merveilleuses, nous avions l'impression que rien n'arriverait de mal. C'était il y a juste une semaine. A la mort de Cosmo, j'avais pensé connaître le pire. Pourtant, aucune semaine n'a jamais été pour moi aussi longue que celle que je vis en ce moment.

— Antonia, je suis navrée.

Elle craignait que la jeune fille n'eût une crise de larmes. Mais Antonia ayant tourné son visage vers elle, ce lui fut un soulagement de constater que ses yeux étaient secs, son air grave.

— Elle aura pu, reprit Antonia, retourner avant de mourir dans ces Cornouailles qui lui étaient si chères. Je suis certaine qu'elle a apprécié chaque minute et retrouvé un peu de sa jeunesse. Elle avait conservé toute son énergie et tout son enthousiasme ; chacune de ses journées a été bien remplie. Elle n'en a pas perdu un seul instant.

— Je sais qu'elle t'aimait beaucoup, Antonia. Et ta présence auprès d'elle a dû doubler son plaisir durant ses dernières vacances.

— Il y a autre chose qu'il faut que je te dise, Olivia. Elle m'a offert les boucles d'oreilles que lui avait léguées sa tante Ethel. Je ne voulais pas les accepter, mais elle a insisté. Si tu penses que je doive les restituer...

— Pour quelle raison les rendrais-tu ?

— Parce qu'elles ont une grosse valeur et il me semble qu'elles devraient revenir à Nancy ou à sa fille.

— Si Maman n'avait pas voulu les donner *à toi,* elle ne l'aurait pas fait, répondit Olivia avec un sourire. D'ailleurs, j'étais déjà au courant : elle me l'avait écrit.

— Je me demande pourquoi elle a agi ainsi.

— Elle a pensé à toi et à ta réputation. Elle ne voulait pas que l'on pût t'accuser de les avoir volées.

— Elle aurait pu te le dire de vive voix.

— Il est mieux que ces choses soient consignées par écrit.

— Tu ne crois pas qu'elle éprouvait une sorte de prémonition ? Qu'elle savait qu'elle allait mourir ?

— Nous savons tous que nous allons mourir.

Le révérend Thomas Tillingham se présenta à Podmore's Thatch le lendemain. C'était un homme d'âge moyen, simple et sans façons, portant une veste de tweed et un faux col d'ecclésiastique. Olivia le conduisit au jardin d'hiver.

— Mme Keeling nous manquera terriblement, dit-il, car elle était d'une immense bonté, et elle tenait une grande place dans la vie de notre communauté.

Ces paroles avaient l'accent de la sincérité.

— C'est aussi ce que m'a déclaré M. Bedway, lequel a été très compréhensif à mon égard. Lui et Mme Plackett m'ont été d'un grand secours.

La brave femme apparut au même instant, avec un plateau garni de deux tasses de café et d'une assiette de biscuits. M. Tillingham se servit largement de sucre et en vint tout de suite aux affaires religieuses. Les obsèques de Pénélope auraient lieu samedi à quinze heures, et il n'y avait plus qu'à discuter du genre de service souhaité par la famille.

— C'est mon épouse qui remplit les fonctions d'organiste, et elle se fera un devoir de jouer si vous le désirez.

— Nous lui en serons reconnaissants, mais nous ne voudrions pas de la musique trop triste et déprimante. Plutôt des airs connus de tous.

— Et en ce qui concerne les hymnes ?

Ils en choisirent une ensemble.

— Et une lecture de l'Écriture sainte, sans doute ?

Ils débattirent encore de quelques points de détail, puis le révérend finit son café et se leva. Olivia le raccompagna. Il adressa un sourire empreint de chaleur et de bonté à la jeune femme :

— Je ne comprends pas, mon révérend, que vous soyez aussi attentionné envers nous, sachant que ma mère n'était pas très religieuse. Elle trouvait difficile d'admettre l'idée de la Résurrection.

— Je ne l'ignore pas : nous avons parfois discuté ce point de vue.

— Je ne suis même pas certaine qu'elle croyait en Dieu.

Le prêtre sourit de nouveau en posant la main sur la poignée de la portière.

— A votre place, je ne m'inquiéterais pas trop à ce sujet. Peut-être ne croyait-elle pas en Dieu, mais je suis à peu près certain que Dieu croyait en elle.

La maison, privée de son occupante habituelle, paraissait morte, elle aussi. Il semblait que son cœur se fût arrêté, et il y régnait un étrange silence. Plus de pas sur les carrelages, de voix dans les pièces. Les portes restaient fermées, et, chaque fois qu'elle gravissait l'étroit escalier conduisant à l'étage, Antonia ne pouvait s'empêcher de poser tristement son regard sur celle de la chambre de Pénélope qui, autrefois, était constamment ouverte.

Le grand fauteuil était vide devant la cheminée du salon. Dans le monde de Pénélope, il paraissait impossible que quelque chose de triste ou de dramatique survienne. Et même si cela se produisait — car Pénélope avait eu sa part de soucis —, elle avait une manière bien à elle de tenir tête, d'accepter ou de refuser la défaite.

Elle était morte. Lorsque Antonia était sortie dans le jardin et l'avait vue assise sur le vieux banc de bois, les jambes étendues, les yeux clos, elle avait d'abord pensé qu'elle s'accordait un instant de repos en savourant l'air pur réchauffé par les premiers rayons du soleil. Hélas ! elle s'en était allée.

Maintenant les heures s'écoulaient, interminables. Autrefois, les journées n'étaient jamais assez longues ; à présent, elles semblaient ne devoir jamais finir. Et rien n'avait plus d'importance.

Se sentir si seule et désemparée était pour Antonia une expérience terrifiante. Elle n'avait jamais su ce que c'était que la vraie solitude. Jusque-là, elle avait toujours eu quelqu'un auprès d'elle, Cosmo, bien sûr, puis Olivia, que son père avait tant aimée. Elle était à Londres, à des milliers de kilomètres d'Ibiza, mais elle était *là*. Elle entendait encore sa voix, au téléphone : « Viens, je m'occuperai de toi. » Mais, pour l'heure, Olivia était inapprochable. Pour la première fois, la jeune fille se rendait compte qu'elle avait devant elle l'autre face d'Olivia. Olivia, la femme d'affaires, à qui elle n'avait pu dire que quelques mots sur Danus. Presque rien, en fait. Elle lui avait annoncé qu'il était épileptique et attendait le résultat de tests importants, mais elle n'avait pas eu le temps de lui apprendre qu'elle l'aimait et qu'il l'aimait aussi. Elle aurait voulu lui dire en toute franchise : « Il m'aime, et nous avons fait l'amour ensemble. C'était merveilleux, rien ne comptait plus que notre union et notre amour, même notre avenir incertain. Et maintenant, je ne souhaite que son retour. S'il est malade, je le soignerai, j'attendrai patiemment qu'il guérisse. Nous habiterons ensemble. »

Elle n'avait rien dit de tout cela, parce qu'Olivia était occupée à des tâches urgentes et n'avait pas le temps de s'intéresser aux états d'âme d'une enfant désemparée. Elle était vraiment seule. Même Danus était loin. Et pourtant, comme elle avait besoin de lui, de sa présence! Plus encore depuis la mort de Pénélope. Mais il allait téléphoner, pour lui annoncer le résultat de ses tests. Alors, elle lui apprendrait la disparition de leur chère Pénélope, et il s'arrangerait pour venir aussitôt. Sans lui, elle se sentait incapable d'affronter l'épreuve de l'enterrement. Il fallait absolument qu'il fût auprès d'elle pour lui insuffler un peu de sa force.

Lentement, les heures passaient. Trop lentement. Le mercredi s'écoula. Puis le jeudi. Il téléphonera aujourd'hui. Jeudi matin. Jeudi midi. Jeudi après-midi.

Cependant, aucun appel ne parvenait à Podmore's Thatch.

A trois heures et demie, Olivia se rendit à l'église pour s'entendre avec la jeune fille qui devait s'occuper des fleurs. Restée seule, Antonia se mit à flâner dans le jardin, descendit jusqu'au verger pour ramasser le linge étendu par Mme Plackett.

L'horloge de l'église sonna quatre heures, et Antonia sentit qu'elle ne pouvait attendre davantage. Le moment était venu d'agir. Sinon elle allait sombrer dans une crise de nerfs ou se jeter dans la rivière. Elle laissa tomber son panier de linge, remonta le jardin, traversa la serre pour gagner la cuisine, se saisit du téléphone et appela Édimbourg.

En attendant la réponse à son appel, Antonia se demandait ce qu'elle allait pouvoir dire à la personne qui viendrait à l'appareil. Si c'était la mère de Danus, il faudrait laisser un message. *Mme Keeling est morte. Pouvez-vous, je vous prie, prévenir Danus? Et lui demander de m'appeler. Je suis Antonia Hamilton. Il a mon numéro.* Mais aurait-elle ensuite assez de courage pour lui demander des nouvelles de l'hôpital? Et si le diagnostic ne laissait pas d'espoir ? La mère de Danus allait-elle partager sa douleur avec une inconnue ?

— Allô ?

Ses pensées volant dans toutes les directions, Antonia fut prise de panique et faillit lâcher le récepteur.

— Je... êtes-vous madame Muirfield ?

— Non, je regrette, Madame est absente pour le moment.

Une voix de femme à l'accent typiquement écossais.

— Quand sera-t-elle de retour ?

— Je ne sais pas. Elle s'est rendue à une réunion de bienfaisance, et ira ensuite prendre le thé chez une amie.

— Et M. Muirfield ?

— Il est à son bureau et ne rentrera pas avant six heures et demie.

— Qui est à l'appareil ?

— La femme de charge de Mme Muirfield. Souhaitez-vous que je prenne un message ?

— Danus n'est pas là non plus ?

— Il est à la pêche.

— Je le sais. Mais il devait rentrer aujourd'hui, et je pensais qu'il était de retour.

— Non, et je n'ai pas idée du moment où il est attendu.

— Bien. Alors, dans ce cas... Voulez-vous prendre un message ? Dites que c'est Antonia qui a appelé. Antonia Hamilton. Pour annoncer à Danus la mort de Mme Keeling. Décédée mardi matin. Les obsèques auront lieu samedi après-midi à quinze heures. Il saura quoi faire... Et peut-être... Merci de votre compréhension.

De tout cœur, Antonia souhaitait qu'il pût venir ; qu'elle pût s'appuyer sur son bras...

Le vendredi matin à dix heures, le téléphone sonna à Podmore's Thatch. Antonia s'était rendue au village pour aller chercher les journaux et le lait, de sorte que ce fut Olivia qui prit la communication.

— Podmore's Thatch.

— Mademoiselle Keeling ?

— C'est moi.

— Ici Charles Enderby, de l'étude Enderby, Looseby et Thring.

— Bonjour, maître.

— Je me propose d'assister samedi aux obsèques de Mme Keeling. Mais il m'est venu à l'idée que, dès après la cérémonie, nous pourrions avoir, en présence de votre sœur et de votre frère, un bref entretien concernant le testament de votre mère et, en particulier, les quelques points qui méritent une explication. Cela peut paraître précipité, mais il ne faudra pas plus d'une demi-heure, et si vous êtes d'accord...

— Je ne vois pas pourquoi nous ne le serions pas. Je vais immédiatement prévenir mon frère et ma sœur.

Olivia appela aussitôt Nancy.

— Oh! j'allais justement te téléphoner, dit celle-ci. As-tu besoin de moi à Podmore's Thatch ? Je ne sais pas à quoi je pourrais me rendre utile, mais je peux tout de même venir si tu penses que c'est mieux...

Olivia l'interrompit brusquement.

— Me Enderby vient d'appeler. Il souhaite une réunion de famille après l'enterrement, afin de discuter du testament. Vers dix-sept heures.

— Dix-sept heures ? Oh, non, ce n'est pas possible.

— Et pourquoi, s'il te plaît ?

— George a une réunion au presbytère avec le curé et l'archidiacre, à propos des appointements du vicaire. C'est extrêmement important.

— Et tu crois que notre réunion à nous n'est pas importante ? Dis-lui de faire remettre la séance, voilà tout.

— C'est impossible, Olivia.

— Dans ce cas, vous viendrez ici avec les deux voitures, mais il faut que tu sois présente. J'ai promis au notaire que nous serions tous réunis.

— C'est bien, soupira Nancy.

— Je te charge de prévenir Noël. Il ne faut pas qu'il nous fasse faux bond.

Après une longue période de temps sec, durant laquelle le niveau des eaux de la rivière avait sérieusement baissé, la pluie était enfin venue dans le Sutherland, amenée par de gros nuages sombres arrivant par l'ouest. Dès le jeudi matin, on pouvait prévoir une pêche fructueuse. Or, les deux jeunes gens avaient précisément projeté de regagner Édimbourg ce même jour.

— Es-tu vraiment très impatient d'avoir tes résultats ? demanda Roddy. Si tu voulais patienter un peu ? Je ne reprends mon travail que lundi.

Les deux jeunes gens étaient amis depuis des années. Et, dans leur isolement actuel, ils se sentaient encore plus proches. Danus avait raconté à Roddy toutes les péripéties de son séjour en Amérique, de sorte que celui-ci était au courant de sa maladie. Il lui avait bien sûr parlé de ses travaux de jardinage chez Mme Keeling, de leurs vacances idylliques dans les Cornouailles et de ses relations avec Antonia.

— Si tu tiens vraiment à elle, pourquoi ne l'épouses-tu pas ?

— C'est mon plus cher désir. Mais je veux d'abord être fixé sur mon état de santé. Si nous nous marions, nous aurons des enfants, et j'ignore si l'épilepsie est héréditaire.

— Certainement pas.

— Par ailleurs, mon travail n'est pas lucratif, et je n'ai pas un sou d'avance.

— Fais-toi accorder un prêt par ton père. Il n'est sûrement pas à court d'argent.

— Je le pourrais, bien sûr, mais j'aime mieux pas.

— L'orgueil ne te conduira nulle part, mon vieux.

Danus leva les yeux vers la pluie ; il mourait d'envie de rentrer chez lui où devaient l'attendre les résultats de son électro-encéphalogramme. Il songeait aussi à Antonia qui, à Podmore's Thatch, rêvait d'entendre sonner le téléphone.

— J'ai promis à Antonia de l'appeler aujourd'hui.

— Tu le feras demain. Si c'est la fille que tu m'as décrite, elle comprendra. Nous ne pouvons pas rentrer sans rapporter au moins deux ou trois saumons. Jusqu'à présent, nous n'avons eu que les truites que nous avons mangées.

Danus tourna la tête vers son camarade et n'eut pas le cœur de lui refuser ce plaisir.

— D'accord, dit-il. Restons encore une journée.

Le lendemain de bonne heure, ils prirent la direction du sud, l'arrière de la voiture de Roddy chargé de sacs, de cannes à pêche, de gaffes, de casiers, de cuissardes et de deux gros saumons. La pluie avait cessé, mais le ciel était encore gris et lourd au-dessus de l'autoroute. On apercevait déjà au lointain les flèches et les tours de la cité, ainsi que la masse imposante du château.

Les deux jeunes gens avaient gardé le silence durant la plus grande partie du trajet. Ce fut Roddy qui parla le premier.

— C'était merveilleux. Il nous faudra revenir une autre fois.

— Oui. Et je te remercie pour ces quelques jours de détente.

— Comment te sens-tu? Pas trop angoissé?

— Non, ça va. Si je dois vivre avec ma maladie, il faudra bien me faire une raison. Je dois être réaliste.

Une fois passé Dean Bridge, ils s'engagèrent dans les rues larges de la ville récente. Dans Heriot Row, le jeune homme arrêta sa voiture devant la maison des parents de Danus.

— Veux-tu que j'entre un instant avec toi? demanda-t-il, une fois les bagages déchargés.

— Non, merci, ça va aller. Je t'appellerai demain.

Il regarda s'éloigner la voiture. Puis il ouvrit la lourde porte de chêne.

Devant lui s'étendait le hall familier avec, au fond, l'escalier aux formes gracieuses. Le silence n'était rompu que par le tic-tac de la grande horloge qui avait appartenu à l'arrière-grand-père de Danus. Un vase de jacinthes trônait sur la console, et l'air était empli d'une senteur lourde et sensuelle.

Il hésita. À l'étage, une porte venait de s'ouvrir. Il aperçut sa mère en haut des marches.

— Danus!

— La pêche était bonne, et nous sommes restés un jour de plus, expliqua-t-il.

— Oh! Danus...

Elle était aussi élégante que d'habitude, vêtue d'une jupe de tweed ajustée et d'un sweater. Pourtant, elle paraissait différente. Elle descendit en courant, contrairement à ses habitudes.

— Tout va bien, dit-elle en s'immobilisant au bas de l'escalier.

Ses yeux brillaient de larmes contenues. Il ne l'avait jamais vue dans une telle émotion.

— Tout va bien, Danus, disait-elle. Tu n'as absolument rien, tu n'as jamais rien eu. L'hôpital a appelé hier soir, et j'ai eu un long entretien avec le spécialiste. Tu n'as jamais été atteint d'épilepsie, le diagnostic fait aux États-Unis était faux!

Danus ne trouvait rien à répondre. Il avait l'impression que son cerveau était vide. Enfin, une pensée le traversa.

— Mais les syncopes...

— ... étaient provoquées par un virus que tu avais contracté. Cela n'avait rien à voir avec l'épilepsie.

Le cauchemar s'évanouissait, disparaissait à jamais. Plus d'incertitude et plus de drogues. C'était un tel soulagement, il lui semblait que tout était désormais possible. Il pourrait tout faire. Il pourrait épouser Antonia. Et une voix irrésistible criait en lui : «*Je peux épouser Antonia, et nous aurons des enfants! Je ne suis pas malade!*»

— Danus, ne reste donc pas planté là. Tu ne comprends donc pas?

— Si, dit-il, je comprends.

Et il ajouta :

— Je t'aime, Maman.

Bien qu'il eût toujours éprouvé la plus profonde affection pour sa mère, il ne se rappelait pas le lui avoir jamais dit. Elle se mit à pleurer et Danus la prit dans ses bras, la serra très fort jusqu'à ce qu'elle fût calmée.

— C'est stupide, observa-t-elle en portant un mouchoir à ses yeux. Mais ton père et moi-même étions dans un tel état... Et maintenant que je t'ai rassuré sur ce point important, j'ai autre chose à t'annoncer. Il est arrivé hier après-midi un message téléphoné pour toi, Mme Cooper l'a noté. J'espère que tu ne seras pas trop bouleversé, bien que ce ne soit pas une bonne nouvelle.

Sa première émotion passée, elle se dirigea vers la console pour y prendre le message.

— Voici. Il vient d'une certaine Antonia Hamilton.

Antonia !

Il prit le bloc des mains de sa mère.

Antonia Hamilton a téléphoné. Jeudi 16 h. Pour dire que Mme Keeling est décédée mardi matin. Obsèques à Temple Pudley samedi 15 h. Espère que vous pourrez être présent.

Toute la famille était réunie. Les Chamberlain étaient arrivés les premiers, George dans sa Rover, Nancy dans sa voiture personnelle. Elle avait revêtu un ensemble bleu marine, et un chapeau ahurissant lui cachait presque entièrement le visage. Olivia, vêtue d'un tailleur gris, fit un effort pour les embrasser avant de les précéder dans le salon où Nancy se laissa tomber dans le fauteuil de Pénélope.

— Où est Antonia ? demanda-t-elle.

— Dans sa chambre. Elle s'habille.

— Elle ferait bien de se dépêcher, commenta George en jetant un coup d'œil à sa montre. Il ne reste que cinq minutes pour nous rendre à l'église.

— Et... Mère? reprit Nancy. Où est-elle?

— On l'a transportée dans l'église, répondit Olivia d'un ton sec. M. Bedway avait suggéré un cortège depuis la maison, mais j'ai refusé. Je suppose que vous m'approuvez?

— Et Noël?

— Nous l'attendons d'un moment à l'autre. Il vient de Londres en voiture.

— Avec la circulation du samedi après-midi, il sera probablement en retard, grommela George.

Mais, cinq minutes plus tard, le calme de la campagne était brusquement troublé par le ronflement de la Jaguar. L'instant d'après, le jeune homme faisait dans le salon une apparition remarquée, vêtu d'un élégant complet gris trop ostentatoire pour une cérémonie d'obsèques.

Nancy et George ne firent pas un geste pour l'accueillir, mais Olivia se leva pour venir l'embrasser. Il adressa à son autre sœur et à son beau-frère un vague signe de main.

— Qui est le bonhomme en bleu qui rôde du côté du garage? demanda-t-il.

— C'est M. Plackett, répondit Olivia. Il va garder la maison pendant que nous serons à l'église.

— Nous attendons donc des cambrioleurs?

— Il s'agit d'une coutume locale. Ce n'est pas *comme il faut* [1], et cela porte malheur de laisser la maison vide durant la cérémonie des obsèques. M. Plackett va rester ici pour veiller à ce que les feux ne s'éteignent pas, pour faire chauffer des bouilloires d'eau et ainsi de suite.

George consulta sa montre, impatient.

— Je crois vraiment qu'il est temps de partir. Allons, Nancy.

La jeune femme se leva et se dirigea vers le petit miroir qui

---

1. En français dans le texte (*N.d.T.*).

dominait le bureau de Pénélope pour modifier l'angle de son horrible chapeau. Cela fait, elle enfila ses gants.

— Et Antonia?

— Je vais l'appeler, dit Olivia.

Mais la jeune fille était déjà en bas, en conversation avec M. Plackett qui était venu prendre son poste. A l'entrée de son amie, elle esquissa un sourire poli. Elle était vêtue d'une jupe de cotonnade, d'un corsage crème à col froncé sur lequel elle avait enfilé un cardigan. Ses beaux cheveux brillants étaient rejetés en arrière en une queue de cheval attachée par un ruban. Elle faisait songer à une écolière mais son visage était très pâle.

Olivia sortit la première, suivie de la famille. La cloche de l'église se mit à sonner, lentement, dérangeant les corneilles qui quittèrent le clocher en croassant. C'est pour Maman que l'on sonne, se dit Olivia, rappelée à la réalité. Elle marqua le pas pour attendre que Nancy l'eût rejointe et, en tournant la tête, elle aperçut Antonia qui s'arrêtait, pâle.

— Antonia, que se passe-t-il?

— Je... j'ai oublié quelque chose, balbutia-t-elle.

— Qu'as-tu oublié?

— Un mouchoir. Il faut que... j'en aie un. Ne m'attendez pas, je vous rattrape.

Et, faisant demi-tour, elle se précipita dans la maison.

— C'est étrange, dit Nancy. Elle va bien?

— Elle est bouleversée. Je ferai peut-être bien de l'attendre.

— Impossible, déclara George d'un ton ferme. Nous n'avons pas le temps. Allons, Olivia, dépêchons-nous...

Le ronflement d'une voiture rapide déchira l'air, traversant les rues du village à une vitesse folle. Elle ralentit pour s'arrêter à quelques mètres de la grille ouverte. C'était une Ford Escort vert foncé, que personne n'avait jamais vue dans les parages. Le conducteur en descendit et claqua la portière derrière lui. Un jeune homme qu'Olivia n'avait jamais vu. Nul ne disant mot, il prit la parole.

— Je suis désolé d'arriver si tard, j'avais une très longue route à faire. Je ne crois pas que nous ayons jamais été présentés. Vous êtes sûrement Olivia. Je suis Danus Muirfield.

— Je vous croyais en Écosse.

— Je m'y trouvais, mais j'ai appris le décès de Mme Keeling. Je suis vraiment navré...

— Nous nous rendons à l'église. Si vous désirez...

Il l'interrompit.

— Où est Antonia ?

— Elle est retournée à la maison, où elle avait oublié quelque chose. Elle ne va pas tarder. Si vous voulez l'attendre... M. Plackett est dans la cuisine.

George perdait patience.

— Olivia, nous n'avons pas le temps de bavarder.

Il se remit en marche, et ils le suivirent.

— Où pourrai-je trouver Antonia ? demanda Danus.

— Dans sa chambre, j'imagine, répondit Olivia en tournant légèrement la tête. Nous vous garderons deux places.

Danus se précipita vers l'escalier, qu'il gravit quatre à quatre.

— Antonia !... Antonia !

Il ouvrit plusieurs portes avant de trouver la bonne. Il découvrit alors la jeune fille assise au bord de son lit, en pleurs. En deux enjambées, il était près d'elle, la prit dans ses bras et baisa ses cheveux, ses joues humides. Elle était la créature qu'il aimait le plus au monde et, désormais, ils ne seraient plus jamais séparés.

— Chérie, ne m'as-tu pas entendu appeler ?

— Si, mais je croyais que c'était une illusion. Je n'entendais que le bruit de cette cloche. Dès qu'elle a commencé, j'ai senti que j'allais m'effondrer. *Elle* me manque tellement, tu sais ! Sans elle, tout est devenu horrible. Elle est morte, Danus, et je l'aimais tant ! J'aurais voulu qu'elle reste toujours près de moi.

— Je te comprends, ma chérie, murmura-t-il, tandis qu'elle continuait à sangloter sur son épaule.

— Je pensais sans cesse à toi. Tout à l'heure, j'ai bien entendu ta voix, mais je ne pouvais le croire. Je croyais que c'était encore cette cloche qui me jouait un mauvais tour.

Ses sanglots s'espaçaient. Il relâcha son étreinte, et elle s'éloigna un peu de son visage pour le regarder au fond des yeux. Il écarta une mèche de cheveux qui avait glissé sur son front, puis lui tendit un mouchoir pour sécher ses pleurs.

— Mais, Danus, où étais-tu? murmura-t-elle. Que s'est-il passé? Pourquoi n'as-tu pas téléphoné?

— Roddy a tenu à rester une journée de plus, et je n'ai pas eu le courage de l'en empêcher. C'est en rentrant à la maison, hier, que j'ai eu ton message. Je n'ai pas réussi à te joindre.

— Je sais. Le téléphone n'a pas cessé de sonner.

— En fin de compte, j'ai sauté dans la voiture de ma mère, et je suis parti.

— C'est toi qui as... *conduit*?

— Oui. Je conduis de nouveau. Et je peux aussi boire de l'alcool si j'en ai envie. Tout est redevenu normal. Je ne suis pas épileptique, je ne l'ai jamais été. Le médecin américain avait commis une erreur de diagnostic. J'ai été malade, certes, mais cela n'avait rien à voir avec l'épilepsie.

Pendant un instant, il crut qu'elle allait de nouveau éclater en sanglots. Mais elle lui jeta les bras autour du cou pour le serrer à l'étouffer.

— Oh! Danus, mon chéri!

Il se détacha lentement d'elle, prit ses mains dans les siennes.

— C'est un nouveau départ pour nous deux. J'ignore ce que l'avenir nous réserve, et je n'ai toujours rien à t'offrir ; mais si tu m'aimes, ne permets pas que nous soyons de nouveau séparés.

— Nous ne serons plus séparés, Danus, affirma la jeune fille après avoir séché ses larmes. Nous trouverons de l'argent, et nous ouvrirons ce jardin maraîcher dont tu rêves.

— Je ne veux pas que tu deviennes mannequin à Londres.

— Il y a d'autres moyens. Nous trouverons.

Une idée traversa son esprit.

— Je sais. Je peux vendre les boucles d'oreilles de tante Ethel. Elles valent au moins quatre mille livres... Ce n'est pas une somme énorme, mais ce serait un début, tu ne crois pas ? Cela nous permettrait de démarrer. Lorsque Pénélope me les a données, elle m'a dit que je pouvais les vendre si j'en avais besoin.

— Ne préférerais-tu pas les garder en souvenir ?

— Danus, je n'ai pas besoin de boucles d'oreilles pour me souvenir d'elle. J'ai dans ma tête des milliers de souvenirs précieux.

Pendant ce temps, le bourdon n'avait cessé de résonner, lugubre. Soudain, il se tut.

Les jeunes gens se regardèrent, surpris.

— Il faut partir, dit Danus.

Ils se levèrent, la jeune fille arrangea ses cheveux, puis passant lentement la main sur sa joue :

— On ne voit pas trop que j'ai pleuré ? demanda-t-elle.

— Un peu. Mais personne ne le remarquera.

— Je suis prête, dit-elle.

Il lui prit la main et l'entraîna.

A mesure que la famille approchait de l'église, le bruit de la cloche s'intensifiait. Des voitures étaient alignées le long des trottoirs, et des assistants longeaient les allées du vieux cimetière.

Olivia s'arrêta un instant pour échanger quelques mots avec M. Bedway, puis suivit les autres à l'intérieur de l'église. Après la chaleur du soleil, on était saisi par la fraîcheur qui montait des dalles de pierre grise. On croyait pénétrer dans une grotte, mais les fleurs disposées partout tempéraient cette sensation.

La cloche se tut tandis qu'ils longeaient l'allée centrale pour prendre place sur les bancs. Le cercueil attendait devant l'autel, et c'était le moment qu'Olivia redoutait entre tous. Elle détourna les yeux. Parmi les habitants du village elle distingua des visages connus : les Atkinson, du Devon ; Me Enderby, le notaire de la famille ; Robert Wimbush, le portraitiste qui, bien des années auparavant, alors qu'il était étudiant, s'était installé dans l'ancien studio de Lawrence Stern, à Oakley. Elle aperçut aussi Lalla et Willi Friedmann, Louise Duchamp, la fille de Charles et Chantal Rainier, une des plus vieilles amies de Pénélope, venue de Paris. En levant les yeux, elle adressa un sourire triste à Olivia, touchée que Louise eût accompli ce voyage pour adresser un dernier adieu à son amie.

Mme Tillingham s'était installée à l'orgue et, bientôt, la musique succéda au bruit assourdissant du gros bourdon. L'instrument était un peu essoufflé, mais ses défauts ne pouvaient déparer la beauté de la *Petite musique de nuit*, de Mozart, qui avait été un des morceaux préférés de Pénélope. Olivia entrevit Rose Pilkington qui, en dépit de ses quatre-vingt-dix ans, paraissait aussi alerte qu'elle l'avait toujours été, avec sa cape de velours noir et son chapeau mauve. Son visage était sillonné de rides, mais calme. En la regardant, digne dans son chagrin, Olivia eut honte de sa lâcheté, et se força à fixer le cercueil qui disparaissait sous l'abondance des fleurs.

Des pas assourdis se firent entendre dans l'allée. Olivia tourna légèrement la tête pour apercevoir Antonia et Danus qui gagnaient leurs places.

Dans le clocher, l'horloge sonna trois heures. Le service religieux allait commencer.

Chapitre 15

Me Enderby

LES derniers invités partis, Antonia sortit l'aspirateur tandis que Danus aidait Mme Plackett à ranger tasses et soucoupes.

La réunion de famille devait se tenir dans la salle à manger, où se trouvaient déjà Me Enderby, Noël et Nancy, George étant reparti pour Londres. Le notaire se leva à l'entrée d'Olivia. C'était un homme de quarante ans à peine, mais presque chauve, ce qui le faisait paraître plus âgé. Il s'assit à l'extrémité de la table et ouvrit son porte-documents, dont il tira une grande enveloppe et disposa ses papiers devant lui. Puis, ajustant ses lunettes, il commença :

— Nous avons ici le testament contenant les dernières volontés de Pénélope Sophia Keeling, née Stern, document daté du 8 juillet 1980. Si vous n'y voyez pas d'inconvénient, je me contenterai de vous en indiquer les points essentiels.

Ayant obtenu l'approbation de ses auditeurs, il poursuivit.

— Nous avons tout d'abord deux legs attribués à des personnes étrangères à la famille. Mme Florence Plackett, domiciliée à Pudley, 43 Hodges Road, reçoit la somme de deux mille livres ; Mme Doris Penberth, domiciliée à Porthkerris, 7 Wharf Lane, la somme de cinq mille livres.

— C'est magnifique, commenta Nancy qui, pour une fois,

approuvait la générosité de sa mère. Mme Plackett lui a été précieuse, je ne sais comment elle aurait fait sans elle.

— Et Doris, ajouta Olivia, était l'amie la plus chère de maman. Elles avaient traversé ensemble toute la période de la guerre et étaient très liées.

— Je crois avoir aperçu Mme Plackett, dit Me Enderby, mais il ne me semble pas que Mme Penberth ait été parmi nous aujourd'hui.

— Non. Elle a téléphoné que son mari était malade et qu'il lui était impossible de le quitter, expliqua Olivia. Elle était profondément affectée.

— Je me propose de faire parvenir une lettre officielle à ces deux personnes pour les mettre au courant des legs qui leur reviennent. Venons-en aux membres de la famille de Mme Keeling. Pour commencer, il y a un certain nombre de meubles qu'elle souhaitait vous voir conserver. Pour Mme Nancy Chamberlain, la table Régence de sa chambre à coucher, qui lui servait de coiffeuse ; pour Mlle Olivia Keeling, le bureau du salon, ayant autrefois appartenu à Lawrence Stern ; pour M. Noël Keeling, enfin, la table de la salle à manger et les huit chaises assorties.

— Est-ce tout ? demanda Nancy. Et les bijoux ?

Olivia intervint.

— Maman n'avait plus de bijoux, Nancy. Elle les avait vendus, il y a bien longtemps, pour payer les dettes de notre père.

Nancy fronça les sourcils.

— Et les boucles d'oreilles de la tante Ethel ? Ne sont-elles pas mentionnées dans le testament ?

— Maman les a données à Antonia.

Un silence suivit, bientôt rompu par Noël.

— Grand Dieu !

Et Nancy d'ajouter en rougissant de colère :

— Dites-moi que ce n'est pas vrai !

— Je crains, répondit le notaire d'un ton mesuré, que ce ne soit la vérité. Mme Keeling a fait don de ces boucles d'oreilles à

503

la jeune Antonia lors de leur séjour dans les Cornouailles. Elle m'a mis au courant de ce fait lorsqu'elle m'a rendu visite la veille de sa mort, me déclarant qu'il était hors de question de revenir sur ce présent fait à la jeune fille.

Nancy se tourna vers Olivia.

— Comment savais-tu, toi, que Mère avait fait une telle chose ?

— Parce qu'elle me l'avait écrit.

— Ces bijoux auraient dû revenir à Mélanie.

— Antonia s'est montrée d'une grande bonté envers Maman, qui l'aimait et l'appréciait. C'est elle qui a adouci les derniers jours de sa vie, qui a accepté de l'accompagner en Cornouailles, alors que nous avions tous refusé.

— De sorte que, selon toi, nous devrions lui être reconnaissants de son geste...

Me Enderby s'éclaircit la gorge, mettant fin à cette discussion stérile.

— Veuillez m'excuser, dit-il, mais il faut en venir au reste des biens de votre mère. Lors de la rédaction du testament, Mme Keeling m'a déclaré que, ne souhaitant aucun désaccord ultérieur entre vous, la maison serait mise en vente et le produit de cette transaction partagé équitablement. A la maison proprement dite il faut ajouter les meubles qu'elle contient, ainsi que le compte bancaire et le portefeuille de valeurs détenu par votre mère. Mais il faudra déduire droits de succession, frais d'obsèques et taxes diverses.

— Cela me paraît bien compliqué, fit observer Noël en tirant de sa poche un calepin et un stylo. Pourriez-vous, maître, nous fournir une évaluation approximative de l'ensemble de ces biens ?

— Volontiers. Commençons par la maison. Podmore's Thatch, avec ses dépendances et son jardin, vaut environ deux cent cinquante mille livres. Votre mère l'avait payée cent vingt mille ; mais il y a de cela plus de cinq années, et la valeur des immeubles a considérablement augmenté depuis, surtout pour les domaines situés près de Londres. En ce qui concerne les meubles, je les évaluerai à environ dix mille livres. Quant au portefeuille d'actions, il s'élève à quelque vingt mille livres.

Noël laissa échapper un petit sifflement.

— Et d'où provient cet argent? Je ne m'attendais pas...

— C'est ce qui reste du produit de la vente de la maison d'Oakley Street, soigneusement investi par votre mère après qu'elle eut fait l'acquisition de Podmore's Thatch.

— Et le compte courant? s'informa Noël tout en griffonnant sur son calepin.

— Il est en ce moment fort important du fait des cent mille livres que votre mère a reçues pour la vente de deux tableaux de Lawrence Stern, cédés à un acheteur privé par l'intermédiaire de la firme Boothby's. Mais là encore, il faudra tenir compte des taxes qui viendront en déduction de cette somme.

— Même ainsi, intervint Noël après un calcul rapide, cela doit aller chercher dans les... trois cent cinquante mille livres.

Il rangea calepin et stylo avant d'ajouter à l'adresse de ses sœurs.

— Pas si mal, hein? Et si nous buvions un verre pour arroser ça? Qu'en dites-vous, maître?

— C'est prématuré, car nous n'en avons pas fini.

— Que reste-t-il donc à discuter? demanda Noël avec un froncement de sourcils.

— Le testament de votre mère comporte un codicille daté du 13 avril 1984.

— Le 13 avril? répéta Olivia. C'est le jour où elle s'est rendue à votre étude, n'est-ce pas? La veille de sa mort. Et elle est venue tout exprès pour rédiger ce codicille?

— C'est bien cela.

— Voudriez-vous nous en donner lecture?

— Je vais le faire, mademoiselle Keeling. Mais, auparavant, je crois utile de mentionner qu'il est rédigé de la main même de votre mère et signé par elle en présence de mon secrétaire et de mon clerc.

Le notaire marqua un temps d'arrêt avant de lire :

« A Danus Muirfield, domicilié à Sawcombe's Farm, Pudley, Gloucestershire, je lègue quatorze esquisses à l'huile des principales œuvres effectuées par mon père Lawrence Stern entre les années 1890 et 1910. Elles portent les titres suivants : *Le Jardin en terrasse, L'Approche de l'amant, La Cour du batelier, Pandora...* »

Les esquisses à l'huile. Noël avait soupçonné leur existence et confié ses soupçons à Olivia. Mais il avait fouillé en vain la maison de sa mère.

« *Les Porteuses d'eau, Un marché à Tunis, Le Jardin d'Amoretta...* »

Où diable pouvaient-elles bien se trouver durant toutes ces années ?

« *L'Esprit du printemps, La Matinée du berger, La Lettre d'amour...* » Noël fut incapable de se contenir plus longtemps.

— Où étaient ces esquisses ? demanda-t-il avec colère.

Me Enderby, brutalement interrompu, conserva tout son calme. Sans doute s'attendait-il à une telle explosion de fureur.

— Peut-être aurez-vous la bonté de me laisser achever, monsieur Keeling ? dit-il. L'explication suivra.

Il y eut un silence gêné.

— Poursuivez.

« *Le Dieu de la mer, Le Souvenir, Les Roses blanches, La Cachette.* Ces œuvres sont actuellement en possession de M. Roy Brookner, de la firme Boothby's, de Bond Street, afin d'être mises en vente à New York. Si je venais à décéder avant que cette vente n'ait lieu, il appartiendra à Danus Muirfield de les conserver ou de les vendre, à son gré. »

Sa lecture terminée, Me Enderby se renversa dans son fauteuil, attendant questions et commentaires.

— Où ces esquisses se trouvaient-elles ? répéta Noël d'une voix qui n'avait rien perdu de sa hargne.

— Durant des années, votre mère les a gardées dissimulées

dans l'armoire-penderie de sa chambre sous une couche de papier peint.

— Elle ne voulait donc pas que nous en ayons connaissance?

— Il ne s'agissait pas de cela. Elle avait découvert ces esquisses dans le vieil atelier de son père, à Oakley Street, et les avait dissimulées à cause de son mari, qui avait de sérieuses difficultés financières et les aurait vendues en dessous de leur valeur.

— Quand donc ont-elles reparu?

— Elle a fait venir M. Brookner à Podmore's Thatch dans l'intention de faire estimer deux tableaux de votre grand-père. Et c'est alors qu'elle lui a montré les esquisses.

— Quand avez-vous appris leur existence?

— Mme Keeling m'a mis au courant le jour où elle est venue rédiger le codicille... Vous vouliez dire quelque chose, madame Chamberlain?

— Oui. Je ne comprends pas que vous fassiez tant d'histoires pour de vulgaires esquisses datant du siècle dernier.

— C'est qu'elles ont de la valeur.

— Vraiment? A combien les estimeriez-vous?

— Quatre ou cinq mille livres chacune, d'après M. Brookner. Et elles sont au nombre de quatorze. Faites la multiplication...

Olivia avait déjà effectué l'opération. Soixante-dix mille livres. Lorsque Noël avait fouillé la maison à la recherche de ces esquisses, pourquoi Maman n'avait-elle rien dit? Sans doute parce qu'il était le portrait de son père et qu'elle craignait qu'il ne les vendît pour rien. Aussi avait-elle décidé de les léguer à Danus. Mais pourquoi à cet étranger?

— Maître Enderby...

C'était la première fois qu'elle parlait depuis qu'on avait soulevé la question du codicille, et le notaire parut soulagé par le ton calme de sa voix.

— ... vous a-t-elle fourni une raison pour ce legs à Danus Muirfield qu'elle ne connaissait que depuis peu de temps?

— J'ignore la réponse, mademoiselle Keeling. Mais il était

visible que votre mère appréciait les qualités de ce jeune homme et souhaitait l'aider. J'ai cru comprendre qu'il envisage de monter une affaire et a besoin de capitaux.

— Avons-nous la possibilité d'attaquer ce codicille? demanda Noël.

Olivia se tourna vivement vers lui pour répliquer :

— Nous ne ferons rien de tel, affirma-t-elle. Même si la chose était légalement possible, je m'opposerais à une telle conduite.

Nancy, qui avait fini par venir à bout de sa petite opération de calcul, intervint de nouveau dans la discussion.

— Mais... ces esquisses représentent une somme de soixante-dix mille livres ! Et c'est ce jeune homme qui va empocher une telle somme ?

— S'il décide de les vendre, oui.

— C'est scandaleux. Après tout ce garçon n'était que le *jardinier* de notre mère. Je trouve cela aberrant. Depuis le début, j'avais raison. Je ne m'étais pas trompée sur son compte : il avait une influence néfaste sur elle. Je te l'avais dit, n'est-ce pas, Noël, au moment où elle a fait don des *Pêcheurs de coquillages* à la galerie de Porthkerris. Ensuite, les boucles d'oreilles de la tante Ethel... Et maintenant ce codicille. Elle aura tout gaspillé. Elle avait incontestablement perdu la tête, la pauvre femme. Sa récente maladie avait altéré son jugement. C'est la seule explication possible. Mais je suppose que nous avons encore notre mot à dire...

Pour une fois, Noël se rangea du côté de sa sœur.

— En ce qui me concerne, je ne suis pas disposé à rester les mains dans les poches à me laisser ainsi gruger...

— ... il est évident qu'elle avait perdu la raison...

— ... il s'agit d'une somme trop considérable...

— ... ce jeune profiteur...

— En voilà assez ! s'écria Olivia. Taisez-vous tous les deux.

Nancy et Noël n'avaient encore jamais entendu ce ton glacial dissimulant une fureur contenue, et ils échangèrent un regard étonné.

— Cette affaire est classée. Maman est morte. Nous l'avons enterrée aujourd'hui même, et on pourrait croire que vous l'avez déjà oubliée. Elle n'a jamais perdu la raison — Me Enderby est là pour en attester — et j'affirme n'avoir jamais connu une femme plus intelligente. Généreuse, mais toujours avec discernement, dotée d'un esprit pratique et prévoyant. Comment croyez-vous qu'elle se soit débrouillée durant toute notre jeunesse, pour nous élever, nous vêtir et nous nourrir, avec un mari qui gaspillait chaque penny ? Elle nous a procuré à tous les trois un bon départ dans la vie, et j'ai honte de votre réaction d'aujourd'hui.

Elle fixa ses yeux froids sur sa sœur pour ajouter :

— Quant aux boucles d'oreilles qui t'obsèdent, si elle les a données à Antonia plutôt qu'à ta Mélanie, ce n'est sûrement pas sans bonne raison. Et si c'est Danus qui hérite des esquisses plutôt que Noël, il a dû y avoir là aussi une raison valable.

Noël ouvrit la bouche, mais il la referma sans avoir prononcé une parole.

— Elle a rédigé son testament selon sa volonté, conclut Olivia, et personne n'a le droit de le contester.

Sans élever la voix un seul instant, elle avait tout dit. Dans le silence gêné qui suivit, elle attendit les objections de Noël et de Nancy. Mais aucun des deux ne souffla mot. En un geste qui consacrait sa défaite, le jeune homme se frotta les yeux, se lissa machinalement les cheveux, puis, redressant les épaules, il ajusta son nœud de cravate et s'efforça même d'esquisser un sourire.

— Après ce petit éclat, dit-il en se levant, je crois que nous avons tous besoin de boire quelque chose. Un whisky, maître Enderby ?

L'homme de loi, soulagé, accepta l'offre et se mit à ranger ses documents. Nancy se leva à son tour et quitta la pièce pour aller, dit-elle, se repoudrer le nez. Olivia demeura seule en présence du notaire.

— Veuillez m'excuser, maître, dit-elle.

— Vous n'avez pas à vous excuser : votre intervention était bienvenue.

— Vous avez vu Danus Muirfield, cet après-midi. Quelle impression vous a-t-il faite ?

— Excellente. Je le tiens pour un garçon droit et honnête.

— J'aimerais tout de même savoir ce qui a pu pousser notre mère à lui faire un legs d'une telle importance.

— Je ne pense pas, mademoiselle Keeling, que nous le sachions jamais.

— Quand avez-vous l'intention de le mettre au courant de cette disposition ?

— Dès maintenant, si je peux avoir un entretien privé avec lui.

— Après le départ de Nancy et de Noël, toutefois ? suggéra Olivia avec un sourire.

— Ce serait préférable, en effet.

Noël revenait avec de la glace.

— Olivia, il y a un message pour toi sur la table de la cuisine. Danus et Antonia sont allés au *Sudeley Arms*. Ils seront de retour à six heures.

Il avait prononcé le nom des deux jeunes gens sans animosité, ce qui était rassurant.

— Pouvez-vous attendre jusque-là, maître ? demanda Olivia en se tournant vers le notaire.

— Bien sûr.

— Je vous en remercie. Vous avez fait preuve avec nous d'une extrême patience.

— Cela fait partie de mon métier, mademoiselle Keeling.

Nancy reparut à cet instant pour annoncer qu'elle rentrait chez elle, et Olivia l'accompagna jusqu'au perron.

— Conduis prudemment, recommanda-t-elle. Bien des choses à George et aux enfants.

Elle regagna le salon, où Noël avait tiré les rideaux et allumé le feu. Mais, dès qu'il eut fini son whisky, il se leva et annonça qu'il retournait, lui aussi, à Londres.

— Je suis navrée que les choses se soient passées ainsi, lui dit-elle avec une sincérité affectée. Il aurait été intéressant pour toi de recevoir ces esquisses ; tu t'es donné assez de mal pour les chercher. Mais, que veux-tu, il n'y a rien à faire. Et puis, il faut te dire que la maison se vendra un bon prix. Ne rumine donc pas des injustices imaginaires.

— La pilule est dure à avaler, fit-il observer avec un sourire forcé ; mais il semble qu'il n'y ait pas d'alternative. Pourtant, j'aimerais savoir pourquoi Maman ne nous a jamais parlé de ces esquisses et les a léguées à ce jeune homme.

Olivia haussa les épaules.

— Le plaignait-elle ? Souhaitait-elle l'aider ? Nous n'aurons jamais la clef de cette énigme.

— Il y a sûrement autre chose.

— C'est possible, admit la jeune femme. Mais nous ne découvrirons jamais la vérité.

Olivia regarda son frère monter dans sa Jaguar et s'éloigner dans un bruit d'échappement défectueux. Elle s'apprêtait à rentrer lorsqu'elle perçut des pas sur le gravier. Danus entourait d'un bras protecteur les épaules d'Antonia. Les joues de la jeune fille étaient roses d'émotion. Elle leva les yeux et vit Olivia debout sur le perron.

— Olivia, que fais-tu là, toute seule ?

— Noël vient de partir, et je vous ai entendus arriver.

— Nous sommes allés boire un verre. J'espère que tu n'es pas fâchée ? Je n'étais jamais entrée dans le pub. Il est ravissant, dans son style vieillot, et Danus a joué aux fléchettes avec le facteur.

— Avez-vous gagné la partie, Danus ?

— Hélas ! non. J'ai été au-dessous de tout, et j'ai dû payer une chope de Guinness à ce brave homme.

511

Les Pêcheurs de coquillages

Ils rentrèrent ensemble dans la cuisine où Antonia se débarrassa du foulard qui lui entourait le cou.

— La réunion est terminée ? demanda-t-elle.

— Oui. Nancy est repartie, elle aussi. En revanche, Me Enderby est encore là. Il voudrait avoir un entretien avec Danus.

— Avec moi ? s'étonna le jeune homme. Que peut-il avoir à me dire ?

— Je n'en ai pas la moindre idée, mentit Olivia. Il vous attend dans le salon.

Le jeune homme s'éloigna.

— Que peut-il lui vouloir ? insista Antonia. Rien de grave, j'espère.

— Certainement pas, répondit Olivia.

Elle s'empressa de changer de conversation.

— Qu'allons-nous manger ce soir ? Est-ce que Danus reste avec nous ?

— Si tu n'y vois pas d'inconvénient.

— Bien sûr que non. Il peut même passer la nuit. Nous lui trouverons bien un lit.

— C'est une bonne idée. Après deux semaines d'absence, j'imagine que son cottage doit être très humide.

— Dis-moi... comment les choses se sont-elles passées à Édimbourg ?

— Tout va bien. Il a la certitude qu'il n'est pas épileptique et ne l'a jamais été. Au départ, une erreur de diagnostic.

— Mais c'est une merveilleuse nouvelle. Avez-vous des projets ?

— Danus a l'intention de créer une jardinerie. Et... je vais l'aider, naturellement. Il faut d'abord qu'il donne congé à son employeur actuel, et nous chercherons ensuite un endroit qui nous convienne. Peut-être dans le Somerset. Ou dans le Devon. Toutefois, j'ai l'intention, comme je l'ai déjà expliqué, de rester à Podmore's Thatch jusqu'à ce que la propriété ait été vendue. Danus entretiendra le jardin, et je ferai visiter la maison aux acheteurs éventuels.

512

— Excellente idée ! Dans ces conditions, il faut que Danus reste ici auprès de toi. Il est inutile qu'il continue à vivre dans son cottage.

— Il n'y a qu'un ennui dans nos projets, je ne pourrai pas venir à Londres, ainsi que nous en étions convenues.

— Je m'en rends compte, ma chérie.

— D'ailleurs, je n'aurais rien valu comme modèle. Je suis trop timide.

— Tu as sans doute raison. Tu te sentiras mieux dans une salopette, les ongles pleins de terre. Tu es heureuse, n'est-ce pas, Antonia ?

— Oui, plus heureuse que je n'aurais espéré pouvoir l'être. Et affreusement triste en même temps. Mais je crois que Pénélope aurait compris ça.

— J'en suis sûre. Et maintenant, je vais prendre un bain. Cela me délassera.

Cinq minutes plus tard, Me Enderby et Danus reparurent dans la cuisine. Antonia tourna la tête, mais aucun des deux hommes ne parla de leur entretien. Le notaire prit congé en souhaitant bonne chance aux jeunes gens. Danus le raccompagna jusqu'au perron, et Antonia demeura seule, se demandant pourquoi Mc Enderby leur avait souhaité bonne chance. Au bout d'un moment, elle entendit démarrer la voiture, et Danus reparut dans la cuisine.

— Que te voulait-il ? demanda la jeune fille avant même qu'il n'eût franchi le seuil. Pourquoi a-t-il désiré te voir en particulier ?

Danus prit la jeune fille dans ses bras.

— J'ai quelque chose à te dire, chérie.

— Quoi donc ?

— Tu ne seras pas obligée de vendre les boucles d'oreilles de la tante Ethel.

— Madame Plackett, appela Olivia. Voudriez-vous me rejoindre, je vous prie ? Je suis dans la chambre de Maman.

Mme Plackett s'engagea dans l'escalier.

— Vous avez commencé à ranger ? demanda-t-elle en entrant.

— Pas vraiment. J'ai besoin de votre aide pour savoir ce que nous allons faire de tout cela. Ces vêtements sont trop vieux et démodés pour que nous puissions songer à en faire cadeau à quelqu'un.

— Mme Tillingham, l'épouse du pasteur, organise une vente de charité le mois prochain. Voulez-vous que je les lui propose ?

— Pourquoi pas ? Je vous laisse libre.

Elles se mirent au travail.

— Que va devenir la maison ? demanda Mme Plackett.

— Elle sera mise en vente, selon le désir de Maman, puisque aucun de nous trois n'a l'intention de l'habiter. Mais Danus et Antonia vont y rester quelque temps, pour la faire visiter et entretenir le jardin.

— Antonia et Danus ? répéta Mme Plackett, s'efforçant de saisir toute la portée de ces paroles.

— Ensuite, ils loueront ou achèteront un terrain pour y créer une jardinerie.

— Oui, ils me paraissent avoir la tête sur les épaules, ces deux petits... Que faisons-nous de ceci ?

Olivia leva les yeux. Mme Plackett lui présentait la vieille pèlerine de Pénélope. En un éclair, la jeune femme se vit quelques années en arrière. Maman et la jeune Antonia débarquaient à l'aéroport d'Ibiza. Pénélope avait cette cape sur les épaules, et Antonia courait pour aller se jeter dans les bras de Cosmo. Comme c'était loin, tout cela.

— Ce vêtement est trop bon pour être jeté, répondit-elle. Vous pouvez le donner à la vente de charité de l'église.

Mais Mme Plackett paraissait réticente.

— Cette cape est très chaude et peut faire encore un long usage, vous savez.

— Si elle vous plaît, gardez-la.

— C'est gentil de votre part, mademoiselle Keeling. Je penserai à votre mère chaque fois que je la porterai.

La grande penderie fut bientôt presque vide.

— Oh ! Voyez cette robe, dit Mme Plackett. Je ne l'avais jamais vue.

C'était une robe rouge, parsemée de pâquerettes blanches, avec un décolleté carré, d'allure jeune mais faite d'un tissu bon marché.

— Je ne la connaissais pas non plus, dit Olivia, et je me demande pourquoi Maman l'avait conservée. Elle doit dater de la guerre.

Les tiroirs de la commode furent vidés. Ils contenaient des sous-vêtements, d'anciens flacons de parfum, des crèmes et des lotions, des bijoux de pacotille. Elles s'occupèrent ensuite des chaussures. Lorsque tout eut été mis dans des sacs, elles descendirent au rez-de-chaussée, et Mme Plackett se confondit encore en remerciements pour la cape dont elle venait d'hériter. Puis elle s'éloigna sur son vélo, tandis qu'Olivia remontait dans la chambre de Pénélope. La pièce paraissait tristement vide. Lorsque Podmore's Thatch aurait été vendu, elle deviendrait le domaine d'une autre personne. Il y aurait là d'autres meubles ; on y sentirait des parfums différents ; on y entendrait des voix nouvelles, des rires nouveaux. Olivia s'assit au bord du lit. Elle voyait le feuillage vert pâle du marronnier dont les fleurs commençaient à s'ouvrir. Cachée dans ses branches, une grive chantait.

Elle regarda autour d'elle. La table de chevet, avec la lampe chinoise et son abat-jour en parchemin, comportait un tiroir qui avait échappé aux yeux de la jeune femme lors du nettoyage. Elle l'ouvrit machinalement. Elle y trouva un tube d'aspirine, un bouton solitaire, un bout de crayon, un agenda périmé. Tout au fond, un livre qu'elle fit glisser vers elle. Un livre tout mince relié en bleu. *Le Journal d'automne*, de Louis MacNeice. Il s'ouvrit de lui-même à la page où se trouvaient un petit stylet

Les Pêcheurs de coquillages

d'argent et quelques feuilles de papier jauni pliées en quatre. Une lettre. Et une photographie d'homme, qu'elle mit de côté pour déplier la lettre. Mais ses yeux s'arrêtèrent sur la page du livre.

Septembre est arrivé, et c'est lui
Dont la vitalité éclate en automne,
Lui dont la nature aime
Les arbres dépouillés et le feu dans l'âtre.
Je dédie à mon aimée ce mois et le prochain,
Bien que mon année entière lui devrait
Être offerte, à elle qui m'a valu
Tant de journées de peine et de désarroi,
Mais aussi tant d'heures de félicité.

A elle qui a laissé en mon âme un immortel parfum
Pour s'en aller ensuite, dansant comme une ombre
Dont la chevelure s'entrelaçait avec mes larmes,
Alors que tout Londres était encore parsemé du souvenir
De nos baisers.

Ces vers n'étaient pas nouveaux pour Olivia. Lorsqu'elle était étudiante à Oxford, elle avait découvert MacNeice et lu tout ce qu'il avait écrit. Maintenant encore, après tant d'années, elle était aussi émue par ce passage que lors de sa première lecture. Elle le relut, puis posa le livre en se demandant quelle signification il avait eue pour Pénélope. Elle reprit la photo.

Elle représentait un homme en uniforme, nu-tête, avec sur l'épaule un rouleau de corde d'escalade. Il se tournait vers le photographe, comme s'il avait été saisi à l'improviste. Ses cheveux étaient soulevés par le vent, et on apercevait la mer au loin. Un homme qu'Olivia était sûre de ne pas connaître et dont pourtant l'allure lui semblait vaguement familière. Elle fronça les sourcils. Qui cet homme lui rappelait-il ?

Et soudain, en un éclair, elle comprit. Danus Muirfield. Il ne s'agissait pas de ses traits, ni de ses yeux, mais de quelque

516

chose de plus subtil : peut-être la forme de la tête, la ligne du menton, la chaleur du sourire.

Danus.

Était-ce donc cet homme qui détenait la réponse à la question que ni elle, ni Noël, ni Me Enderby n'avaient pu résoudre ?

Intriguée, Olivia se saisit de la lettre et en déplia les pages fragiles jaunies par le temps.

La maison était vide, le silence impressionnant. Olivia était seule dans la chambre de sa mère, et on n'entendait que le bruissement des feuilles de papier. Le présent était oublié. C'était le passé de Pénélope, un passé insoupçonné, que sa fille découvrait aujourd'hui.

... La mort me semble si loin, au-delà de la vieillesse et des infirmités. Je ne puis croire que le destin qui nous a réunis ait l'intention de nous séparer...

Mais il avait été tué. La mort seule avait pu mettre fin à un tel amour. Il avait été tué et n'était jamais revenu vers Pénélope, tous ses espoirs réduits à néant par un éclat d'obus. Il avait été tué, et Pénélope avait continué à vivre. Retournée vers Ambrose, elle avait lutté le restant de sa vie sans remords ni amertume, sans s'apitoyer sur elle-même. Et ses enfants n'avaient jamais rien su. Nul n'avait jamais rien deviné. *Tu aurais dû me parler de lui, Maman. J'aurais compris. J'aurais aimé connaître ton secret.* Les yeux d'Olivia se remplirent de larmes qui coulaient le long de ses joues. *Je voudrais que tu sois encore là, près de moi, Maman, pouvoir te parler.*

Peut-être était-il bon de pleurer maintenant, alors que ses larmes n'avaient pas coulé au moment de la mort de Pénélope. Personne n'était là pour observer ce signe de faiblesse. Elle avait l'impression d'être redevenue l'enfant qui franchissait en courant la porte d'Oakley Street en appelant : « Maman ! » sachant que, quelque part dans la maison, sa voix allait résonner. Et, tandis qu'elle pleurait ainsi, se désintégrait son armure de sang-froid et de maîtrise qui la protégeait, sans laquelle il lui eût été impossible de survivre dans un monde dur et froid où Pénélope n'existait pas.

Lorsqu'elle fut remise, elle s'empara du dernier feuillet de la lettre.

... Je voudrais tellement être auprès de toi, partager ton rire et les tâches dans cette maison à laquelle je songe comme à un second foyer. Tout y était si doux. Et, dans cette vie, rien de ce qui est bon n'est jamais perdu. Une partie de toi me suit toujours partout, et une partie de moi-même est à toi pour l'éternité, mon cher amour.

Richard.

Richard. Elle prononça le nom à haute voix. *Une partie de moi-même est à toi pour l'éternité.* Elle plia la lettre et la glissa, avec la photo, entre les pages du *Journal d'automne.* Elle ferma le livre et se renversa sur les oreillers, les yeux fixés au plafond. Elle était maintenant au courant du secret de Pénélope, et elle aurait souhaité en connaître tous les détails : savoir comment ils s'étaient rencontrés ; comment était né un amour aussi profond et impérissable ; comment il avait trouvé la mort.

Qui pouvait être au courant ? Une seule personne au monde : Doris Penberth. Elle et Pénélope avaient traversé la guerre ensemble et n'avaient pas eu de secret l'une pour l'autre.

Après un instant de réflexion, Olivia prit une décision. Au mois de septembre, lorsque son travail au journal serait plus calme, elle se rendrait en Cornouailles. Elle écrirait à Doris. Elle était certaine de pouvoir l'inciter à parler de Richard, si elle amenait habilement ce nom dans la conversation. Elle apprendrait la vérité sur les mystérieuses amours de Pénélope. Doris lui ferait également visiter Porthkerris, lui montrerait les endroits qui avaient tenu une si grande place dans la vie de Maman. Elle lui montrerait la maison où Pénélope avait vécu, la Galerie d'Art que Lawrence Stern avait en partie créée. Elle reverrait *Les Pêcheurs de coquillages*.

Elle songea aux quatorze esquisses exécutées par son grand-père au tournant du siècle et qui étaient maintenant la propriété de Danus. Une fois encore elle se demanda pourquoi Pénélope avait jugé bon de les léguer à ce jeune homme. Noël avait fini par user sa patience avec ses éternels besoins d'argent, et elle avait trouvé en Danus une personne plus digne d'être aidée. Lors des vacances passées à Porthkerris, elle avait vu s'épanouir son amour pour Antonia et s'était convaincue qu'il finirait par épouser la jeune fille. Ces deux jeunes gens lui étaient très chers, et elle souhaitait leur donner un bon départ dans la vie. Mais, surtout, Danus lui rappelait Richard. Elle avait dû remarquer la ressemblance dès le premier jour, et c'était cela qui l'avait attachée au jeune homme. Quoi qu'il en soit, Antonia et Danus avaient embelli la fin de son existence.

Olivia jeta un coup d'œil à sa montre. Il était près de midi. Danus et Antonia, qui étaient allés jusqu'à l'église, n'allaient pas tarder à rentrer. Elle se leva avec un soupir et alla, pour la dernière fois, fermer la fenêtre. Puis, s'arrêtant un instant devant la glace, elle s'assura que son visage ne portait pas de traces de larmes. Elle quitta la chambre en emportant le livre de poèmes, avec la lettre et la photo.

Dans la cuisine, elle se saisit du gros tisonnier et souleva le couvercle de la chaudière. Une énorme bouffée de chaleur lui brûla les joues. Elle laissa tomber le secret de Pénélope au milieu des charbons ardents et le regarda se consumer. Il ne fallut que quelques secondes.

Il ne restait plus trace de ce passé que Pénélope, jusqu'à la fin de ses jours, avait tenu secret.

Chapitre 16

Mlle Keeling

LE printemps avait été beau, le pays baignait dans une vague de chaleur. Depuis l'enterrement de sa mère, Olivia n'avait revu ni son frère ni sa sœur, mais elle leur avait parlé au téléphone à plusieurs reprises. Podmore's Thatch avait été vendu très vite et pour une somme qui dépassait les prédictions les plus optimistes de Noël. Cette transaction conclue et les meubles vendus, Danus et Antonia étaient partis. Le jeune homme avait acheté la vieille Volvo de Pénélope ; ils y avaient entassé leurs affaires avec l'intention de rechercher un endroit où s'établir. Ils avaient téléphoné à Olivia pour lui dire au revoir ; depuis elle n'avait pas eu d'autres nouvelles.

Un matin, elle se trouvait à son bureau lorsque résonna l'interphone.

— Mademoiselle Keeling, dit sa secrétaire, j'ai un appel pour vous. Antonia est en ligne. Désirez-vous lui parler ?

Olivia eut un instant d'hésitation. La jeune fille était sortie de sa vie. Pourquoi l'appelait-elle ? Elle poussa un soupir, ôta ses lunettes et se renversa dans son fauteuil.

— D'accord, passez-la moi.

— Olivia ? dit la voix familière.

— Oui. D'où m'appelles-tu ?

— Je suis à Londres. Je sais que tu es terriblement occupée ; mais pourrais-tu te rendre libre pour le déjeuner ?

— Aujourd'hui ? Tu me préviens un peu tard. Je *suis* très occupée, et j'avais prévu de déjeuner d'un sandwich à mon bureau.

— Je suis désolée, Olivia, mais c'est vraiment important. Fais un effort, je t'en prie !

La voix trahissait l'émoi de la jeune fille.

— Eh bien, c'est entendu. Mais il faudra faire vite. Je dois être de retour à deux heures.

— Tu es un amour.

— Je te retrouverai à *L'Escargot* à une heure. Ne sois pas en retard !

— Ne t'inquiète pas.

— Antonia... Où est Danus ?

Mais la jeune fille avait raccroché.

Le taxi avançait lentement dans les encombrements. Olivia se sentait mal à l'aise, au téléphone Antonia avait semblé agitée, et la jeune femme se demandait ce qui l'attendait. Elle s'imaginait entrant à *L'Escargot* pour y trouver Antonia vêtue de son jean délavé et de son chemisier de coton. Elle détonnerait dans cette ambiance d'hommes d'affaires cossus. Qu'est-ce qui pouvait être si important pour elle ? Il était difficile de croire à des ennuis graves entre elle et Danus ; mais mieux valait se préparer au pire. Plusieurs éventualités se présentaient à l'esprit d'Olivia. Ils n'avaient pas trouvé d'endroit pour faire pousser leurs fleurs, leurs choux et leurs carottes, et Antonia voulait discuter de quelque autre projet. Ou alors ils avaient découvert un terrain valable, mais la maison ne leur plaisait pas et ils souhaitaient qu'Olivia leur donne son avis. Peut-être Antonia était-elle enceinte ? Ou encore les jeunes gens s'étaient aperçus qu'ils n'avaient pas les mêmes aspirations et avaient décidé de se séparer. Olivia pria Dieu que tel ne fût pas le cas.

Au restaurant, Olivia aperçut Antonia et Danus à son côté. Ils étaient vêtus avec la plus grande recherche. Antonia était bien coiffée, les boucles de tante Ethel étincelaient à ses oreilles. Elle portait une ravissante robe bleue à grandes fleurs blanches, et Danus un complet gris anthracite de très belle coupe, à rendre jaloux Noël lui-même. Tous les deux avaient l'air heureux. Ils se levèrent ensemble pour accueillir Olivia. La jeune femme embrassa Antonia, puis se tourna vers Danus.

— Je ne m'attendais pas à vous trouver ici, dit-elle. Antonia ne m'avait pas prévenue.

— Je voulais te faire la surprise, répondit la jeune fille en riant. C'est notre repas de noce ; c'est pour cela que c'est très important. Nous nous sommes mariés ce matin.

Le repas était offert par Danus, qui avait déjà commandé du champagne, et Olivia fit une entorse à la règle qu'elle s'était fixée de ne jamais boire au déjeuner. Elle leva la première son verre en l'honneur de l'événement.

— Depuis quand êtes-vous à Londres ?

— Nous sommes arrivés hier matin et avons passé la nuit au *Mayfair*, qui est presque aussi luxueux que le *Sands*, répondit la jeune fille. Nous repartons ce soir en voiture pour Édimbourg, où nous passerons deux ou trois jours chez les parents de Danus.

— Vous êtes-vous occupé des esquisses ? demanda Olivia en se tournant vers Danus.

— Nous avons vu M. Brookner hier après-midi. Elles seront expédiées à New York le mois prochain pour figurer dans une vente aux enchères en août. Mais treize seulement. Nous avons décidé d'en garder une : *Le Jardin en terrasse*.

— Avez-vous trouvé l'emplacement idéal pour votre jardinerie ?

— Oui, dans le Devon : deux hectares de terre, autrefois le jardin d'une grande maison. Il y avait des serres en assez bon état, et Danus a fait une offre qui a été acceptée.

— C'est merveilleux. Et où habiterez-vous ?

La propriété comportait une maisonnette, dont les nombreuses réparations nécessaires avaient fait baisser le prix de vente.

— La banque nous accorde un prêt en attendant que les esquisses soient vendues, et nous vivons dans une caravane louée, en commençant les travaux de la maison.

— Danus a acheté un motoculteur, ajouta Antonia, et nous allons d'abord faire de la pomme de terre, afin de nettoyer le sol. Après quoi, nous attaquerons pour de bon. Je compte également entreprendre un élevage de poules et de canards. Nous ne sommes qu'à cinq kilomètres du bourg le plus proche où nous pourrons vendre nos produits : fleurs et légumes. Oh ! J'ai hâte de te montrer tout ça, Olivia ! J'espère que tu pourras nous rendre visite et rester quelques jours lorsque tout sera terminé.

— Je te le promets, répondit la jeune femme. Dépêchez-vous d'achever vos travaux.

Quelques instants plus tard, ils attendaient sur le trottoir le taxi qui devait ramener Olivia à son bureau.

— C'était merveilleux, dit la jeune femme. Au revoir, Antonia.

Elles s'embrassèrent affectueusement.

— Je te remercie pour tout, Olivia. Et surtout pour être venue aujourd'hui, malgré ton travail.

— C'est moi qui dois vous remercier tous les deux pour m'avoir invitée. Une agréable surprise, et... il y a longtemps que je n'avais autant bu. Je crains de ne pas être bonne à grand-chose cet après-midi.

Le taxi s'arrêta devant eux.

— Au revoir, Danus, reprit Olivia. Je vous souhaite beaucoup de chance. Et prenez bien soin d'Antonia.

Il lui ouvrit la porte du taxi.

— Au *Vénus*, dit-elle au chauffeur, tout en agitant la main par la portière.

Le jeune homme fit un grand geste du bras, et Antonia lui envoya des baisers. Ils s'éloignèrent ensemble main dans la main.

Olivia se renversa contre le dossier avec un soupir de satisfaction. Tout allait bien pour Danus et Antonia. Leur avenir semblait assuré, Maman avait eu raison. Son instinct lui avait fait comprendre que Danus et Antonia méritaient d'être encouragés. A présent, il leur appartenait de tirer le meilleur parti de la situation. Leur amour les aiderait à réussir.

Qu'allaient devenir les enfants de Pénélope ? Comment emploieraient-ils leur argent ? Nancy achèterait peut-être une Range Rover pour éblouir ses amies, mais elle dépenserait certainement la plus grosse partie pour l'éducation de Mélanie et de Rupert, qui ne lui en auraient aucune reconnaissance.

Et Noël ? Jusqu'à présent, il n'avait pas quitté son emploi. Mais, dès qu'il aurait touché sa part, il élaborerait quelque plan mirifique dans lequel il engloutirait son capital. Lorsqu'il n'aurait plus un seul penny, il épouserait une jeune fille laide mais bien dotée, qui l'adorerait et qu'il tromperait dès le lendemain de leur mariage. Olivia sourit. Noël était un garçon impossible, qui ressemblait terriblement à leur père, mais pour lequel elle ne pouvait s'empêcher d'éprouver une affection amusée.

En ce qui la concernait, il n'y avait guère de questions à se poser. Elle investirait prudemment dans des entreprises sûres l'argent hérité de sa mère, en vue de sa retraite et de sa vieillesse. Elle s'imaginait dans vingt ans, toujours célibataire et habitant une petite maison de Ranfurly Road. Indépendante et convenablement pourvue. Elle s'offrirait les petits plaisirs et le superflu qu'elle aimait. Elle fréquenterait les théâtres et les salles de concerts, recevrait des amis et irait passer des vacances à l'étranger. Peut-être un petit chien lui tiendrait-il compagnie. Elle se rendrait dans le Devon pour de brefs séjours chez Danus et Antonia. Et lorsque ceux-ci viendraient à Londres, suivis des enfants qu'ils n'auraient pas manqué d'avoir, elle les emmènerait voir des ballets et des spectacles de marionnettes. Elle aurait ainsi l'impression d'avoir des petits-enfants bien à elle. Et il lui vint à la pensée qu'ils seraient vraiment les petits-enfants de Cosmo, qu'elle n'avait pas oublié même après tant d'années. Tout comme Pénélope avait gardé jusqu'à la fin de sa vie un amour intact et indestructible pour Richard. Comme tout cela était étrange. Elle avait l'impression d'observer un écheveau de fils tressés pour former une corde qui s'étendait à l'infini et se perdait dans un insondable avenir.

Le taxi fit halte, et elle constata avec surprise qu'elle était arrivée devant l'immeuble prestigieux qui abritait les bureaux de *Vénus*.

Elle descendit et régla le chauffeur.

— Gardez la monnaie, dit-elle en un élan de générosité.

— Oh ! merci beaucoup, madame.

Elle gravit les marches blanches du perron qui donnaient accès à l'entrée principale, et l'employé de service se précipita pour lui tenir la porte.

— Une bien belle journée, mademoiselle Keeling, dit-il.

Elle s'immobilisa un instant pour lui adresser un sourire éclatant auquel il n'était pas accoutumé.

— Oui, répondit-elle. Une journée particulièrement belle, en effet.

Et elle franchit le seuil. Pour entrer dans son royaume, dans son monde.

Aubin Imprimeur

LIGUGÉ, POITIERS

Cet ouvrage a été imprimé
sur du Bouffant or des Papeteries de Vizille
et relié par la Nouvelle Reliure Industrielle
à Auxerre

Achevé d'imprimer en février 1991
pour le compte de France Loisirs
123, bd de Grenelle, 75015 Paris
N° d'édition 25322 / N° d'impression L 37165
Dépôt légal, février 1991
Imprimé en France